高橋則子著

草双紙と演劇

―役者似顔絵創始期を中心に―

汲古書院

序

私が本書の著者高橋則子さんと初めて知り合いになったのは、今から二十年程以前、彼女が私の勤務先の明治大学に訪ねてこられた折のことだったのではないかと思う。もっとも、これは、お互いが名乗り合った時という、いわば正式なものについてのことなのであって、そうでない場合のものを入れれば、既にその何年か前からも、学会その他の機会には、東京学芸大学の小池正胤教授の指導下で草双紙研究を熱心に進めている院生のグループの中の一人としてはよく見知っていたのだし、それにまた、私の記憶に誤りがないとしたら、やはり正式に知り合うもより前の頃、たまたまある晩、電車の中の近くの座席で、その色合いや大きさ、厚さから見て、多分日本名著全集と思しき書物を読んでいる彼女を見かけたこともあるなど、真面目で篤学の若手研究者ということでは、かなり早い時期から印象に残る存在となっていたのである。

ところで、右の来訪の際の用件は、その頃彼女が研究対象として取り組んでおり、後には論文化されて『近世文芸』誌に掲載されることになった黒本・青本体裁の狂言絵本の件についての質問のためであったというように覚えているが、あるいは、当時私が同誌の編集委員をしていたことから考えると、著者校段階においての内容確認といったようなことだったのかも知れない。が、それはともあれ、この折は、わざわざ和泉校舎にまで出向いてきてくれたにも拘らず、この時期まだ不明な点が非常に多かったこのジャンルに関しては、彼女以外に地道な調査を進めている研究者はほとんど見当らないといった状態だったので、いろいろと質問を受けても、私の方からは、それ以上に役に立てるような事柄を何も付け加えることが出来ないという結果に終ったのだった。この時、彼女は、大学院の修士課程を修了され、都立の定時制高校に専任教諭として勤務しながら自分の研究も継続するという新しい道に踏み出されて間もない時期だったのではないかと思われるが、この面談の一件にも明らかなように、江戸期の演劇と絵画との接点に生じた諸事象の具体的解明という、後に彼女の学位論文、さらには本書においてもその結実の一端を見ることになる、高橋さん独自の一貫した研究テーマは、既にしてこの頃、自身にとっての最も基本的なものとして明確に定められ、加えて、着実な成果をもあげつつあったということが出来るのである。

それから十年を経た一九九一年四月より、彼女は、再び院生として勉強を続けたいからということで、明治大学大学院の博士後期課程に入学されることとなり、そのため、私が、図らずも彼女の指導教授という立場に立つことになった。けれども、前記の通り、既に十年の研究歴を持ち、自身の方法も確立している高橋さんに対しては、改めて私の方から指導しなければならないようなことは何もなく、以来、今日に至るまで、万事に手回しのよい彼女が、その周到な研究計画を着々と実現してゆかれる成り行きを黙って見守っているだけでよいという、私にとっては、まことに恵まれた状態が続いている。その後、約十年を経てからの学位論文の提出も、また、それに基づき今回実現されることとなった本書の刊行も、まさにそうした彼女自身による意欲的な研鑽の成果に他ならない。

本書『草双紙と演劇―役者似顔絵創始期を中心に―』の最大の特色は、従来、ともすれば、文学・演劇・絵画それぞれの分野に固有の関心に従って、ある一つの限られた角度からのみ試みられることの多かった草双紙に対する考察が、それら諸分野における最新の研究成果を総合的に踏まえつつ、しかも、極めて手堅い手法を通して、積み重ねられているという点にあるといってよいだろう。そして、そこに提示されている多彩な諸成果は、今後の草双紙研究自体に対してはもとより、芝居や浮世絵の研究に対しても、大きく寄与するはずのものと思われる。そのような本書の上梓を契機として、高橋さん自身の草双紙研究も、さらに一層の発展を遂げることとなるよう期待したい。

二〇〇三年十月

原　道　生

目次

序……原道生 1

序章

一　浄瑠璃からの影響の先行研究……7

二　歌舞伎からの影響の先行研究……14

三　草双紙における役者似顔絵の先行研究……16

第一章　浄瑠璃抄録物草双紙

第一節　浄瑠璃抄録物草双紙の享受……23

一　赤本『たんばよさく』について……24

二　黒本『弘徽殿』について……30

三　黒本『〔大しよくはん〕』について……36

第二節　草双紙から見た江戸での『国性爺合戦』の受容……62
一　青本『国せんや合戦』と浄瑠璃……63
二　青本『国せんや合戦』と黒本『こく性や合戦』……66
三　二代目市川団十郎の国性爺歌舞伎……74
四　浄瑠璃絵尽し本・浮世草子と黒本『こく性や合戦』……76
五　黄表紙『〔和藤内三舛若衆〕』・『和藤内九仙山合戦』と青本『国せんや合戦』……77
六　合巻『国性谷合戦』……84
七　江戸での『国性爺合戦』受容の問題点……86

第二章　初期草双紙と歌舞伎役者

第一節　初代・二代目瀬川菊之丞……95
一　黒本『菊重女清玄』と土佐浄瑠璃『定家』……96
二　「嫉妬の前段」の影響……98
三　初代瀬川菊之丞の歌舞伎……103
四　菊之丞暗示の模様……107
五　「菊重」の意味……112
第二節　二代目市川団十郎……120

一　黒本『龍宮土産』の歌舞伎摂取……121
二　二代目団十郎の写し……129
三　明和期における二代目団十郎の意味……133
第三節　初代嵐音八と二代目坂東彦三郎……139
一　歌舞伎役者写しの手法……139
二　初代嵐音八とくくり猿……140
三『〔せいすいき〕』と『筆累絹川堤』の方法……145
四　嵐音八の似顔絵……150
五　二代目坂東彦三郎の人気……153
六『風流いかい田分』の隠された意味……157
七　二代目坂東彦三郎の似顔絵……161
八　結　語……166
第四節　初代中村仲蔵……170
はじめに……170
一　草双紙における初代中村仲蔵の描かれ方……171
Ⅰ　作品中での単なる敵役としての役割……171
Ⅱ　歌舞伎上演した役をふまえたもの……172
Ⅲ　劇界内紛の仄めかしを目的とするもの……175

Ⅳ めくりカルタの賭博用語「団十郎、仲蔵、海老蔵」等を登場人物とするもの……176
Ⅴ 追善草双紙……176
二 「早替り」について……178
三 「法界坊」ものの原型について……182

第三章 役者似顔絵と草双紙

第一節 役者似顔絵絵本番付『鏡池《かゞみがいけ》俤《おもかげ》曾我《そが》』……193
一 役者似顔絵の絵本番付……194
二 歌舞伎『鏡池俤曾我』の位置づけ……198
三 役者評判記から見た『鏡池俤曾我』……199
四 『鏡池俤曾我』写真版と翻刻……218
第二節 黎明期の役者似顔絵黄表紙……231
一 黒本・青本における似顔絵……231
二 黄表紙初期における似顔絵……236
三 黄表紙作品内容に深く関わる似顔絵……243
第三節 初期追善草双紙の定型化―二代目市川八百蔵の死をめぐって―……260
はじめに……260

一　二代目市川八百蔵の追善草双紙……261
二　最期物語の伝統……270
三　地獄・極楽での歌舞伎興行……271
四　地獄破り説話……278
おわりに……279
第四節　六代目市川団十郎追善草双紙の中の市川家の芸……285
はじめに……285
一　死絵と追善草双紙との相互影響関係……287
二　『東発名皐月落際《えどのはなさつきのちりぎわ》』における「市川家の芸」意識……289
三　五・六代目団十郎による市川家の芸……294
四　六代目団十郎の死の意味……300
第五節　役者似顔絵黄表紙の隠された意味（一）―天明三年までの劇界内紛の投影―……319
はじめに……319
一……320
二……328
第六節　役者似顔絵黄表紙の隠された意味（二）―寛政改革への庶民意識―……338

第四章　役者名義合巻と正本写し合巻

第一節　役者名義合巻『都鳥浮寝之隅田川《みやこどりうきねのすだがは》』の手法……365
一　書誌的事項……367
二　梗　概……370
三　解　説……372
（一）読本『隅田川梅柳新書』からの取材……372
（二）勧化本『隅田河鏡池伝』からの取材……373
①あらすじ上の類似……373
②人物名・文辞・和歌等の類似……373
（三）歌舞伎の影響……375
①当時の歌舞伎界の反映……375
②役者似顔絵……377
③三十丁裏の新之助について……381
第二節　四谷怪談・似顔象嵌の合巻……391
はじめに……391
一　初摺り本『名残花四家怪譚』について……393
二　文政十年刊『四ツ家怪談後日譚』と文政十一年刊『東海道四ッ家怪だん』……395

三　天保三年刊『東海道四ツ谷怪談』……400
四　天保八年刊『東街道四ツ家怪談』……406
第三節　演劇資料としての正本写し合巻―『金瓶梅《きんぺいばい》曾我賜宝《そがのたまもの》』考―……414
一　正本写し合巻『金瓶梅曾我賜宝』の作者・画工……415
二　正本写し合巻『金瓶梅曾我賜宝』の内容・考察……420
三　歌舞伎『金瓶梅曾我松賜』に関して……432
四　結　語……435

終　章

一……441
二……442
三……446
四……451
初出論文一覧……457
あとがき……459

草双紙と演劇

——役者似顔絵創始期を中心に——

序章

草双紙とは、江戸時代中期の十七世紀末頃から後期の十九世紀にかけて、主に江戸の地で売られていた絵入り小説板本である。五丁を一冊の単位として、二、三冊から五、六冊で一作品を成すのが、初期草双紙では一般的である。各丁に挿絵と文が共に書かれ、絵と文が互いに関連性を持つ内容である。主に表紙の色から命名された、赤本（丹表紙）、黒本（黒色表紙）・青本（萌黄色表紙か、但し褪色が早く黄色に変化する）、黄表紙（黄色表紙）、合巻（錦絵摺付け表紙）が存在し、ほぼその順に展開した。草双紙を読んでいたのがどういう人々であったかは未詳である部分が多い。婦女童幼向きと言われてはいるが、赤本であっても歌謡や謡曲を題材とした、あまり子供向きでないような作品もあり、一概に子供対象とは言い切れない面もある。また、江戸へ出てきた地方出身者が、江戸土産として一枚摺り錦絵や草双紙を地方へ持ち帰ることも多かった。享受者層については未詳な部分が多いが、草双紙が主として江戸を中心とした、庶民対象の文学である、と言うことはできよう。

江戸時代において、草双紙は最も多く出版された庶民文学の中心でありながら、あまり研究の進んでいない分野でもある。その理由として、草双紙があまりにも膨大に存在するために、全体像を把握しにくいという面がある。そしてまた、井原西鶴や上田秋成の小説のように、それを読んだだけで深い文学性に感銘を受けるという作品とは違い、どのように意義づけたらよいのか、その作品のみでは研究方法の見いだしにくい場合もままある。草双紙があまりにも江戸時代の庶民生活に密着していて、当時の娯楽の中心であった歌舞伎や浄瑠璃と深く関わって作られており、近世演劇の知識や情報なくしては研究が成立しにくいということも、原因の一つとして存在している。加えて、絵と文とが密接に関連し、絵画の読み解きが作品を理解する重要な要素となるために、草双紙研究には浮世絵に関する知識も必要とされる。このように草双紙を理解するには、近世演劇及び浮世絵の複合的な知識が前提となるために、研究の進みにくい分野であった。しかしながら草双紙は、庶民生活や世相、時には政治風刺すらをも含む、文化史的にも意義深い作品群である。また、現在においても世界的に高い水準を保ち、諸外国に享受されている日本の絵画小説の根元は、これら草双紙にある。本書は草双紙の演劇受容の面を重視し、様々な演劇摂取の手法を明らかにする。それによって、資料が少なく研究の遅れていた、江戸時代中期の庶民文化、近世中期の歌舞伎や浄瑠璃の享受の実態、当時の浮世絵師の活動を多少明らかにできるのではないかと思う。

草双紙はその発生のごく初期から、演劇との関係が深かった。赤本の時代から、浄瑠璃題材の作品は数多く存在した。演劇と関係の深い板元が草双紙出版にも関わったためでもあり、享保の改革により、上演演劇と子供向きの作品ならば出版してよい、という行政指導があったためともされている。(1) 演劇取材草双紙には、浄瑠璃を題材とする多くの作品と、大当たりを取った歌舞伎の一場面を取り入れたり、人気役者の名前を本文中に明記するという歌舞伎利用が見られる作品があるとされていた。

草双紙における歌舞伎利用は、絵を重視する草双紙の特性によって、役者の名前を本文に明記するのではなく、役者紋や替え紋を登場人物の衣裳に描く事によって、読者に歌舞伎役者を連想させるという方法も見られた。そして暗に示された歌舞伎役者を読者が連想して楽しむという知的遊戯性は、徐々に高度化されていった。役者紋や替え紋のような、誰でも知っている明らかなものではなく、その役者が好んで用いた模様（合印《あいじるし》）を登場人物の衣裳に配するのである。読者は、贔屓の歌舞伎役者に関する知識の大小に応じて、作品理解の深浅が異なってくるという、贔屓心理を微妙にくすぐる手法を喜んで受け入れたものと思われる。そして明和頃になり、一枚絵で役者を似顔絵で描く手法が用いられると、草双紙でも特徴的な顔立ちの人気役者を似顔絵で描くようになる。ここで言う似顔絵とは、他の資料によって似顔であると傍証できるものを対象とし、肖像画のように一部の人間に鑑賞されることを前提とした肉筆画ではなく、商品として流通販売される、社会的客観性を取得したものを指す。

例えば二代目市川団十郎のような江戸歌舞伎にとって特別な存在の役者は、寛延期から浮世絵に似顔絵で描かれているが、こうした現象は草双紙においても同時期より起こり、やはり似顔絵で描かれていた。一枚絵で役者を似顔絵で描く手法が一般化するのは、制作年代が明らかになるのは明和五年頃とされるが、それ以前の刊行が推定できる草双紙でも、特徴的な顔立ちの人気役者を似顔絵で描く試みが成されていた。黄表紙期になると、似顔絵もかなり写実的に様々な登場人物を描き分けるようになる。

出版文化の成熟に伴い、草双紙の似顔絵は戯作の手法の一つとして、読者は似顔絵で表されることの、更に裏を読み解くことに、知的遊戯性を求めるようになる。しかしながら、草双紙における似顔絵使用が政治的内容に及んだために、幕政批判へと結びつくことを恐れた幕府の禁制（寛政の改革）に触れる。そして禁制を意識して、再び単純な浄瑠璃抄録物が多く刊行されるようになった。合巻期における歌舞伎役者の似顔絵は、歌舞伎舞台上での役柄を単に登場人物の性格に投影させる手段となってしまう。但し役者似顔絵自体は、類型的ながら描き方が巧妙になっていき、特に演劇との関係が深い分野の合巻（役者名義合巻・正本写し合巻等）においては、役者似顔絵は非常に重視される面となった。

本書は主に、役者似顔絵が生み出され一般化していく、その社会現象的意味を考察するものである。

一　浄瑠璃からの影響の先行研究

「草双紙と演劇」と題した本書の各論に移る前に、浄瑠璃からの影響、歌舞伎からの影響、草双紙における役者似顔絵の、それぞれの先行研究を紹介する。本書と直接の関係がない先行研究や、本書の中で内容紹介をしている場合は、適宜省略した。

草双紙と演劇に関しては、昭和初期までは、合巻を中心にではあるが比較的研究されていた。例えば坪内逍遙氏の『少年時に観た歌舞伎の追憶』（大正九年刊・一九二〇・日本演芸合資会社出版部）には、「絵入刊行脚本の目録　其一　草双紙仕立の部」として、いわゆる正本写し合巻等歌舞伎と深い関係を持つ合巻が、百三十余点列挙してある。それらの合巻は、役者似顔絵についても、簡単ではあるが指摘されている。初期草双紙をも含むものとしては、渥美清太郎氏の「歌舞伎小説解題」（『早稲田文学』二百六十一号所収・昭和二年十月刊・一九二七）がある。渥美氏は、戯曲から引き直された小説として、浮世草子『国性爺御前軍談』からの作品を時代順に紹介し、特に後期の合巻を中心に大量詳細に紹介した。その中で、黄表紙十二作品も挙げられている。本書で触れる青本『菅原伝授手習鑑』も、絵が中心になった筋書きとして記されている。但しこの期の研究は、いわゆる「正本写し合巻」（歌舞伎のあらすじをそのまま草双紙化したもの）の紹介に主眼が置かれ、かつ「正本写し合巻」と「歌舞伎趣味が濃厚な作品」がやや混在する傾向がある。特に初期草双紙に関しては、番付などの歌舞伎資料も未整理であったためか、文献として内容を知り得やすい浄瑠璃の、抄録物草双紙について、その典拠とする浄瑠璃作品を指摘することに、研究の重点が置かれる傾向があった。

本書に主に関係する、寛政期までの浄瑠璃取材の草双紙についての先行研究は、次のようになる。

渥美清太郎氏が、「歌舞伎小説解題」で、『菅原伝授手習鑑』（鳥居清経画・安永五年刊・一七七六）・『江戸自慢恋商人』（鳥居清経画・安永六年刊・一七七七）・『糸桜本町育』（鳥居清経画・安永六年刊）・『一谷嫩軍記』（勝川春英画・天明八年刊・一七八八）・『有職鎌倉山』（蘭徳斎画・寛政三年刊・一七九一）・『源平布引瀧』（勝川春英画・寛政六年刊・一七九四）・『碁太平記白石噺』（式亭三馬作・鳥居清長画・寛政七年刊・一七九五）・『彦山権現誓助剣』（曲亭馬琴作・北尾重政画・寛政九年刊・

一七九七）・『鏡山旧錦絵』（曲亭馬琴作・北尾重政画・寛政十年刊・一七九八）・『木下蔭狭間合戦』（十返舎一九画作・寛政十二年刊・一八〇〇）等の黄表紙を全て同題浄瑠璃の抄録と指摘した。

和田萬吉氏は、『赤本・黒本・青本』（昭和三年刊・一九二八・冨山房）で、『風流一対男』（鳥居清満画か・宝暦八年刊・一七五八・丸屋小兵衛板）が『双蝶々曲輪日記』のあらすじと類似している、とされた。

水谷不倒氏は、『草双紙と読本の研究』（昭和九年刊・一九三四・奥川書房）に、演劇題材の初期草双紙について断片的に記している。赤本期においては、延宝版の昔噺物に対する新素材として、金平本や六段本・浄瑠璃から取り入れたものが存在するという。これらの新古浄瑠璃からの影響のある作品としては、『頼光山入』（赤本『らいこう山入』は刊年未詳・村田屋板）・『金平手柄盡』（赤本は不明、黒本は刊年未詳・鱗形屋板）・『義経島めぐり』（西村重長画か・刊年板元未詳）・『大友真鳥』（刊年未詳・近藤清春画・小川板）・『富士見西行絵盡』（刊年未詳・山本重春画・丸屋小兵衛板）・『かな村やおさん』（所在不明）・『お染久松蔵の内』（所在不明）・『苅萱桑門』（刊年板元未詳・鳥居画）・『塩売文太物語』（寛延二年刊か・一七四九・画工未詳・鱗形屋板）が挙げられている。この中で、現在確認しうるもので、浄瑠璃との直接の影響関係が見出せないのは、『頼光山入』・『義経島めぐり』・『塩売文太物語』であった。

小池藤五郎氏は「草双紙・洒落本の芝居趣味」（『日本演劇史論叢』所収・昭和十二年刊・一九三七・東京帝国大学演劇史研究学会）の中で、浄瑠璃抄録物草双紙について次のように指摘する。赤本『ねこ鼠大友のまとり』（刊年未詳・近藤清春画・さがみや板）は浄瑠璃『大内裏大友真鳥』によったもの、『夕霧阿波鳴門』（刊年画工未詳・丸屋小兵衛板）が近松門左衛門作の同題作品より、黒本・青本『丹波爺打栗』（延享元年刊・一七四四・画工未詳・岩戸屋板）が浄瑠璃『丹州爺打栗』より、『弘徽殿』（刊年画工未詳・鱗形屋板か）が浄瑠璃『花山院后諍』より、『津の国夫婦が池』（寛延二年刊か・一七四九・画工未詳・鱗形屋板）が浄瑠璃『津国夫婦池』より、『御所桜都飛梅』（明和五年刊・一七六八・鳥居清経画・板元未詳）が浄瑠璃『菅原伝授手習鑑』より、筋をそのまま利用したものと紹介している。この中で、『弘徽殿』は本書でも触れるが、近松門左衛門作の浄瑠璃『弘徽殿鵜羽産家』の抄録物である。また小池藤五郎氏は同論文で、数種の浄瑠璃種を持っていたり、歌舞伎との取り合わせのある作品として、『糸桜女臈蜘』（明和六年刊・一七六九・鳥居清経画・丸屋小兵衛板）・『物種太郎』（明和六年刊・鳥居清経画・鱗形屋板）・『卯花重奥州合戦』（明和八年刊・一七七一・柳川桂子作、鳥居清経画・鶴屋板）を挙げていた。

この後、第二次世界大戦の影響と思われる空白期が、二十年ほど続く。

昭和三十年代になり、再び草双紙の研究論文が見られるようになる。鈴木重三氏は、「芝居と小説―江戸後期小説を中心に」（『解釈と鑑賞』所収・昭和三十一年二月刊・一九五六・至文堂）で、『風流一対男』、『夕霧阿波鳴門』、『ねこ鼠大友のまとり』について触れた。

戦後二十年近く経ち、ようやく草双紙研究も細々とではあるが、軌道に乗ってきた。鈴木重三氏は、『岩崎文庫貴重本叢刊〈近世編〉第六巻　草双紙』（昭和四十九年刊・一九七四・貴重本刊行会）で、黒本『風流一対男』（宝暦八年刊・一七五八・鳥居清満画・丸屋小兵衛板）は近松作浄瑠璃『山崎与次兵衛寿門松』と竹田出雲作浄瑠璃『双蝶々曲輪日記』のとりあわせの作品とし、青本『夜雨虎少将念力』（安永元年刊・一七七二・富川房信画・奥村屋源六板）が近松作浄瑠璃『曾我会稽山』に借りた筋立てと紹介された。

中村幸彦氏は、『大東急記念文庫善本叢刊　赤本黒本青本集』（昭和五十一年刊・一九七六・財団法人大東急記念文庫）で、『義経堀河夜討』（延享三年刊か・一七四六・画工未詳）が浄瑠璃『御所桜堀河夜討』の抄録物であり、『乗初奥州黒』（寛延元年刊か・一七四八・画工未詳・小川屋板）が近松作浄瑠璃『源義経将棊経』を草双紙化したものとした。

昭和五十五年頃より、草双紙と浄瑠璃の関係は、かなり詳細な考察を加えられるようになった。

荻田清氏の「赤本「ぎおん大まつり」考」(『芸能史研究』七十号所収・昭和五十五年七月刊・一九八〇・芸能史研究会)では、『ぎおん大まつり』(刊年未詳・奥村政信画・木下甚右衛門板)が土佐浄瑠璃『三世二河白道』の「祭礼渡り物尽し」の部分の草双紙化、『夕霧阿波鳴門』が近松作同題浄瑠璃の抄録であって、結末部は改作物によったか、赤本としての改変を加えたものとし、赤本『〔定家〕』(刊年板元未詳・鳥居清信画)は土佐浄瑠璃の抄録とした。また、「「善光寺」の絵入本をめぐって―浄瑠璃本と草双紙―」(『語文叢誌』所収・昭和五十六年刊・一九八一・田中裕先生の御退職を記念する会)では、小本絵尽し『善光寺』が古浄瑠璃『善光寺』の名場面集で、絵入り本の挿絵を利用したものである、とした。

叢の会の研究者による指摘も、この頃より頻繁に行われるようになった。黒石陽子氏の「『はんごんかう』について」(『叢』四号所収・昭和五十六年五月刊・一九八一・近世文学研究「叢」の会)は、浄瑠璃『傾城反魂香』の抄録であり、絵の起こす不思議さを強調した『はんごんかう』(刊年未詳・鱗形屋板)を論じたものである。三好修一郎氏の「操り絵尽本『軍法富士見西行』について」(『叢』五号所収・昭和五十七年四月刊・一九八二)は、浄瑠璃『軍法富士見西行』の抄録である赤本『新板軍法富士見西行絵尽』(刊年未詳・山本重春画・丸屋小兵衛板)と黒本『富士見西行』(刊年画工板元未詳)を紹介し、赤本は正本の本文を利用したもので、黒本は浄瑠璃絵尽本の本文と絵を利用したもの、と考察した。有働裕氏は「『日本商人の始』について」(『叢』五号所収)で、古浄瑠璃『日本商人の始』の抄録である『日本商人の始』(明和六年刊か・一七六九・鱗形屋から岩戸屋へ板元移動)が、正本挿絵を参照利用していると考察した。以降、叢の会による研究は、二十四号(平成十五年二月刊・二〇〇三)まで多数あり、浄瑠璃抄録物草双紙であっても、単に浄瑠璃のあらすじを簡約化するのみではなく、浄瑠璃絵尽本から絵の構図や文を利用したり、説話等に拠る伝奇的造型を付け加えている作品の指摘もある。

岡本勝氏により、赤本に先行する初期上方子供絵本が紹介され、これらも古浄瑠璃との関わりが深いことがわかった。即ち「初期上方子供絵本をめぐって」(『文学』所収・昭和五十六年八月刊・一九八一・岩波書店)及び『初期上方子供絵本集』(昭和五十七年刊・一九八二・角川書店)で、説経や浄瑠璃種の類として、『牛若千人切はし弁慶』(寛文七年刊・一六六七・山本九兵衛板)、『源よしつね高名そろへ』(刊年未詳・八文字屋八左衛門板)、『弁慶誕生記』(刊年未詳・山本九兵衛板)、『おぐり判官てるて物語』(延宝五年刊・一六七七・庄兵衛板)が挙げられている。

木村八重子氏が『日本古典文学大辞典』(昭和五十八年刊・一九八三・岩波書店)「赤本」の項で、土佐浄瑠璃との関係がある『ぎおん大まつり』、『塩売文太物語』、『(定家)』を挙げた。鈴木重三氏・木村八重子氏が『日本古典文学大辞典』(昭和五十九年刊・一九八四・岩波書店)「黒本・青本」の項で、演劇の影響の著しい作品として挙げた中で、前出していないものを列記する。『漢楊宮』(宝暦八年刊・一七五八・画工板元未詳)・『天智天王』(刊年画工未詳・鱗形屋板)・『弘法大師御本地』(明和四年刊か・一七六七・鳥居清満画か・村田屋板、但し丸屋小兵衛板の後刷本か)・『相模入道千疋犬』(刊年画工未詳・村田屋板)は、全て同名の新古浄瑠璃の抄録とされる。但しこの中で、『弘法大師御本地』は、近松作浄瑠璃『以呂波物語』の別題である。その他、『金剛杖花高峰』(刊年未詳・丈阿作、鳥居清満画・丸屋小兵衛板)が浄瑠璃『大塔宮曦鎧』より、『眉輪王出生記』(明和七年刊・一七七〇・富川房信画・奥村源六板)が浄瑠璃『浦島年代記』より、『提彦松浦軍記』(明和二年刊・一七六五・富川房信画・鶴屋板)が浄瑠璃『武烈天皇𣲹』より、『四天王再功』(安永三年刊・一七七四・富川吟雪画・鶴屋板)が浄瑠璃『殿造千丈嶽』より直接の影響を受けている、とされた。また、黒本は浄瑠璃本の黒表紙を模したものであり、鱗形屋が永年使った題簽の鳳凰と桐の意匠は、人形芝居の小幕と手摺の舞台面からの影響か、と浄瑠璃と黒本との密接さを書誌的方面からも考察した。

鈴木重三氏・木村八重子氏の『近世子どもの絵本集　江戸篇』(昭和六十年刊・一九八五・岩波書店)には、前出作品以外の戯曲物赤本は、『公平寿八百余歳の札』（刊年未詳・安清画か・江見屋板）・『〔赤本聖徳太子〕』（刊年画工未詳・伊勢屋金兵衛板）があり、解説には浄瑠璃題材の赤本として、『たんばよさく』も挙げられていた。そして、浄瑠璃抄録物の赤本について、古浄瑠璃にも観劇用筋書き絵本が作られ、赤本体裁だったのではあるまいか、同じ演目上演の都度、増し刷りをしたのではないかという刊行の可能性についても触れられている。

棚橋正博氏は『黄表紙総覧　前編』（昭和六十一年刊・一九八六・青裳堂）で、浄瑠璃抄録物の黄表紙について次のような作品を挙げている。『名君矢口社』（明和年間刊安永四年再板か・一七七五・丸屋小兵衛板）が浄瑠璃『神霊矢口渡』の抄録物、『娘敵討上代染』（安永五年刊・一七七六・松村屋板）が浄瑠璃『相模入道千疋犬』の抄録物である。『江戸自慢恋商人』（安永六年刊・一七七七・西村屋板）、『糸桜本町育』二種（安永六年刊・西村屋板）（安永六年刊・伊勢治板）は同題浄瑠璃の絵尽本である。『驪比翼塚』（安永九年刊・一七八〇・西村屋板）、『鎌倉三代記』（天明元年刊・一七八一・伊勢治板）、『一谷嫩軍記』（天明八年刊・一七八八・村田屋板）が全て同題浄瑠璃の抄録物である。また、棚橋氏は続けて『黄表紙総覧　中編』（平成元年刊・一九八九・青裳堂）でも、寛政十二年（一八〇〇）までの、三十余作品についても指摘している。

神楽岡幼子氏は、「芝居種の黒本の作法」（『百舌鳥国文』八号所収・昭和六十三年十月刊・一九八八・大阪女子大学大学院国語学国文学専攻院生の会）で、浄瑠璃絵尽本を利用した初期草双紙を列挙している。前述されていないものは、赤本『大友真鳥』、同『猫鼠大友真鳥』、同『苅萱桑門』、黒本『丹波爺打栗』、同『千本さくら』、同『粟嶋譜嫁入雛形』、同『傾城枕軍談』、青本『仮名手本忠臣蔵』等である。そして、大坂初演浄瑠璃を原拠とする草双紙は、大坂上演時に出される浄瑠璃絵尽本を利用して作られる、と指摘された。傍証のもととなった絵尽本の刊年が記されなかったために若干の疑問の余地が残されたが、重要な視点であるように思われる。

以下、浄瑠璃抄録物に関する先行研究について、平成十五年三月までのものは、第一章第一節で列挙し、表Ⅰの「浄瑠璃作品五十音順」と表Ⅱの「草双紙作品五十音順」にした。元になった浄瑠璃作品の指摘と、どのように簡約化したかという、基本的な研究方法は変化していない。また、先行研究の内容については、『叢』二十一号所収の拙稿「赤本『たんばよさく』について」（平成十一年六月刊・一九九九）の中でまとめた。

このように、浄瑠璃作品の抄録物や浄瑠璃を取り入れた草双紙は、研究が進むに従い、更に多くの作品が指摘されつつある。抄録物に限っては、宝暦期位までの比較的初期と、寛政期に多く刊行された傾向がある。

二　歌舞伎からの影響の先行研究

歌舞伎からの影響の見られる草双紙に関しては、大当たり狂言から着想を得たのではないかという指摘と、狂言絵尽本の指摘が中心で、浄瑠璃からの取材に比べ、非常に研究が遅れていた分野である。

水谷不倒氏が『草双紙と読本の研究』（昭和九年刊・一九三四）に、享保十一年（一七二六）五月、江戸中村座上演歌舞伎『大桜勢曾我』で、二代目市川団十郎演ずる宿禰兼道から着想した赤本『猫鼠大友真鳥』や、享保四年（一七一九）十一月、江戸市村座上演歌舞伎『立髪定家鬘』の狂言絵尽本である『〔竹之丞〕』を挙げている。つまり、享保年間より赤本の一部に歌舞伎の一場面をはめ込んだものと、上演歌舞伎に密着した狂言絵尽本が併存することが指摘されていることになる。黒本・青本については、『国せんや合戦』（鳥居清信画）が二代目市川団十郎の国姓爺竹抜五郎（享保十二年上演・一七二七）上演時のものではないかということと、『七福神宝あらそひ』（鳥居清信画）が、延享三年（一七四六）大坂竹本座上演の浄瑠璃『菅原伝授手習鑑』の好評を、翌四年、江戸市村座上演歌舞伎で初代瀬川菊之丞の女菅丞相として改作し、大好評を取ったことを当て込んでいる、と述べている。

小池藤五郎氏が、「草双紙・洒落本の芝居趣味」（『日本演劇史論叢』所収・昭和十二年刊・一九三七）及び『増補新版日本文学史　近世』（昭和五十四年刊・一九七九・至文堂）の中で行っている、歌舞伎物の草双紙の指摘を次に挙げる。『曾我十ばん切』（所在不明。『曾我兄弟十ばん切』のことか）が、『〔竹之丞〕』同様の狂言絵尽本、『三升なこや』（伊賀屋板・所在不明）も演劇趣味の強いものとされる。小池氏は、赤本『〔うゐろう〕』（所在不明）は享保三年（一七一八）森田座上演の歌舞伎『若緑勢曾我』に依ったものと指摘する。しかし、もし赤本『〔うゐろう〕』が『〔花ういらう〕』（刊年板元未詳・近藤清春画）のことであるならば、外郎売りのせりふの箇所に市川升五郎（後の三代目市川団十郎、升五郎は享保十一年十月からの名）とあるので、享保十三年（一七二八）正月江戸中村座上演歌舞伎『曾我蓬莱山』に依ったものと考察できる。赤本『お染久松蔵の内』（所在不明）は、享保四年（一七一九）江戸中村座上演歌舞伎『お染久松心中』・享保五年江戸森田座上演歌舞伎『お染久松心中袂の白紋』に影響されての創作とある。黒本・青本では『鳴神化粧桜』（延享元年刊・一七四四・鱗形屋板・所在不明）が前年の歌舞伎に拠ったもので、その他にも追善物として『瀬川菊物語』（刊年画工未詳・鱗形屋板）、芝居の起源を題材とした『芝居始』（刊年未詳・鳥居清満画・鱗形屋板）といった特殊な例も指摘されている。

小池正胤氏は「草双紙（黒本・青本）と浄瑠璃・歌舞伎の関連―「おしゅん伝兵衛」「草履打事件」ノート―」（『未定稿』七号・昭和三十五年十二月刊・一九六〇・東京教育大学文学部国文研究室内）で、青本『末ひろ扇』は（刊年未詳・富川房信画・鶴屋板）は浄瑠璃を単純化し、歌舞伎化への契機となった媒体であったのではないかとされ、『日本文学全史近世』（昭和五十三年刊・一九七八・学燈社）で、赤本『観世又次郎』（刊年画工未詳・奥村屋板）・『ねずみ文七』（享保三年刊か・一七一八・画工未詳・西村屋板）が浄瑠璃・歌舞伎の単純な翻案を行ったものと指摘した。但しその後、『近世

子どもの絵本集　江戸篇』で、『観世又次郎』は正徳五年（一七一五）上演の歌舞伎『坂東一寿曾我』で二代目市川団十郎が虚無僧役で当たりを取った由緒にちなんだものであり、『ねずみ文七』は享保二年（一七一七）二月上演の歌舞伎『街道一棟上曾我』の二番目狂言を鼠で描いたものであると考察されている。

黒本・青本が歌舞伎に影響を与えた例として、小池藤五郎氏が『増補新版　日本文学史　近世』で挙げている、『女清玄二見桜』（宝暦十年刊・一七六〇・鳥居清倍、清満画・丸屋小兵衛板）と『芝居始』（明和二年刊・一七六五・鳥居清満画・鱗形屋板）に関しては再考を要するが、同様な例として、守随憲治氏が『歌舞伎脚本集』（日本名著全集・昭和三年刊・一九二八・日本名著全集刊行会）の解説で、写真版一葉を紹介した『風流从すけ六』（刊年未詳・鳥居清重画・丸屋小兵衛板か）は、二人助六という趣向を歌舞伎に提供した可能性を考えることはできる。

鈴木重三氏・木村八重子氏が『日本古典文学大辞典』「黒本・青本」の項で、演劇の影響の著しい作品として挙げた中で、「駄洒落に歌舞伎役者名が頻出」する、即ち人気役者の名や俳名が、登場人物の形容に用いられことが非常に多いといった、歌舞伎からの摂取方法についても、具体的作品名は省略されていたが、触れられていた。また、役者紋や替紋を登場人物の衣裳に示すことによって、役者を暗示する方法については、作品解説等でしばしば触れられてきた。

三　草双紙における役者似顔絵の先行研究

役者似顔絵に関しては、『蜘蛛の糸巻』（弘化三年序・一八四六・山東京山）に、「〇文化の中頃にや、京伝、〇お六櫛木曾の仇打を作られし時、画師豊国おもひつきにて、巻中の人物はじめてやくしやの似顔になせり」とある。また、

『国字小説通』（木村黙翁・嘉永二年序・一八四九）には、「さしゑに俳優の似貌を出すは、敵討松山鑑といふ本に、豊国かき始めしより、折節には似貌の本を出すなり」とある。幕末の考証随筆に、役者似顔絵の始まりは、文化初期から中頃とされた。

坪内逍遙氏は、『芝居絵と豊国及び其門下』（大正九年刊・一九二〇・春陽堂）で、一部の役者が、黒本・青本のある場面で似顔らしき相貌になることについて、「通例、それらは正當に謂ふ似顔畫ではなく、只時として、團十郎らの特色のある鼻附や口附が暗示されてゐる位ゐに止まってゐたものである」とする。

鈴木重三氏は、「芝居と小説－江戸後期小説を中心に」（『解釈と鑑賞』・昭和三十一年二月刊・一九五六・至文堂）で、黄表紙期にごく一部分に限って、「歌舞伎摂取作品に小部分乍らも写実的似顔絵使用の端を開かせかけている」として、安永六年（一七七七）刊『中凋花小車』（画工未詳・鶴屋板）と寛政七年（一七九五）刊『浮世双紙洗小町』（栄松斎長喜画）を挙げる。また、「後期草双紙における演劇趣味の検討」（『国語と国文学』・昭和三十三年十月刊・一九五八・東京大学国語国文学会）で、『蜘蛛の糸巻』の説を否定しながらも、やはり文化四・五年の合巻形態安定期以降に顕著になってきた手法である、とされていた。

向井信夫氏は、「古書雑録（五）－元文曾我と「絵本敵討待山話－」（『愛書家くらぶ』第九号・昭和四十四年五月刊・一九六九・後に『江戸文芸叢話』に所収・平成七年刊・一九九五・八木書店）で、『国字小説通』の記述に基づき、文化元年（一八〇四）刊の読本『絵本敵討待山話』（談州楼焉馬作・歌川豊国画）の登場人物のほとんどが、役者似顔絵になっているとの指摘をしている。

木村八重子氏が『日本古典文学大辞典』（昭和五十九年刊・一九八四・岩波書店）の『二代政宗』（一筆斎文調画か・安永元年刊・一七七二・鶴屋板）で、複数役者の似顔を推定している。

棚橋正博氏は『黄表紙総覧　前編・中編』（昭和六十一年刊・一九八六・平成元年刊・一九八九・青裳堂書店）で、『其返報怪談』（恋川春町画作・安永五年刊・一七七六・鱗形屋板）、安永六年（一七七七）刊『中凋花小車』（画工未詳・鶴屋板）、同年刊『江戸贔屓八百八町』（蓬莱山人亀遊画作・松村屋板）、同年刊『［中車光陰］』（追善久陽作・鳥居清経画・板元未詳）、『新狂言梅姿』（勝川春常画・安永九年刊・一七八〇・鶴屋板）、『𭔃事夢能枕』（市場通笑作・鳥居清長画・天明元年刊・一七八一・西村屋板）、『再評判』（在原艶美作・北尾政演画・天明二年刊・一七八二・板元未詳）、『花珍奴茶屋』（辛井山椒作・勝川春常画・天明二年刊・伊勢治板）、『笑種花濃台』（勝川春旭画・天明二年刊・一七八三・岩戸屋板）、『闇羅三茶替』（芝全交作・北尾重政画か・天明四年刊・一七八四・鶴屋板）等が役者似顔絵使用の黄表紙と指摘した。

岩田秀行氏が「黄表紙『明矣七変目景清』攷」（『近世文芸』五十二・平成二年六月刊・一九九〇・日本近世文学会）、「黄表紙『明矣七変目景清』をめぐって」（『国文学研究』百十・平成五年六月刊・一九九三・早稲田大学国文学会）、「役者似顔絵と黄表紙」（『芝居おもちゃ絵の華麗な世界』所収・平成七年刊・一九九五・たばこと塩の博物館）で行った役者似顔絵の深い読み解きは、黄表紙の役者似顔が、当時の出来事や風俗を前提にして構成される場合が多く、それぞれの役者のその時その時の評判やゴシップを前提にして、始めて理解できるといった性格のものである、という指摘であった。

しかしながら、草双紙における役者似顔絵の使用は、明和七年（一七七〇）刊の役者似顔絵絵本『絵本舞台扇』の画工である一筆斎文調・勝川春章以後であるという文学史の定説は未だ根強く、草双紙個々の作品の詳細な検討が必要とされる。

注

（1）「赤小本から青本まで―出版物の側面」（木村八重子・『草双紙集』所収・新日本古典文学大系・平成九年刊・一九九七・岩

波書店）

第一章　浄瑠璃抄録物草双紙

第一節　浄瑠璃抄録物草双紙の享受

赤本『たんばよさく』は、近松門左衛門作の浄瑠璃『丹波与作待夜の小室節《たんばよさくまつよのこむろぶし》』、黒本『弘徽殿《こうきでん》』は近松作浄瑠璃『弘徽殿鵜羽産家《こうきでんうのはのうぶや》』、黒本『〔大しよくはん〕』は、相模掾正本の古浄瑠璃『大しよくはん』をそれぞれ抄録した草双紙である。浄瑠璃抄録物草双紙についての先行研究は多く存在するが、典拠としての浄瑠璃作品名を挙げているのみに留まるものが、特に研究初期のものには少なくない(1)。これらの先行研究で触れられている浄瑠璃抄録物草双紙は、現在のところ百二十作品ほどであり、研究の進展に従ってその数は増加すると思われる。先行研究で指摘された抄録物草双紙の依拠した作品は、説経節・古浄瑠璃をも含む様々な新古浄瑠璃であり(2)、板元も様々であるが、浄瑠璃正本および段物集の板元と重なる傾向が見受けられる。実際の上演が少なかった近松門左衛門作浄瑠璃に基づく作品が比較的多いのは、近松の浄瑠璃本が読み物として高く評価されていた(3)こととの関連が考えられる。ところで、赤本『たんばよさく』が依拠した浄瑠璃『丹波与作待夜の小室節』の江戸での上演は、『義太夫年表』によると延享元年（一七四四）以前の夏に限定される。浄瑠璃抄録物赤本が浄瑠璃上演の都度観劇用筋書き絵本として刊行された(4)と仮定すると、赤本『たんばよさく』は延享元年頃の刊行と考えられる。黒本『弘徽殿』は浄瑠璃『弘徽殿鵜羽産家』を抄録しているが、『弘徽殿鵜羽産家』は正徳四年（一七一四）もしくは五年(5)に大坂竹本座で初演されたのみで、再演記録の現存しない作品である(6)。黒本『〔大しよくはん〕』は、相模掾正本の古浄瑠璃『大しよくはん』（延宝八年・一六八〇・刊

記）を抄録したものであり、この古浄瑠璃は正本が種々残存している。三作品全て浄瑠璃絵尽本は現存しない。(7)

これらの浄瑠璃抄録物草双紙は、原作浄瑠璃の重要な部分を的確に捉え、絵画的に興味深い箇所にスペースを割き、読み物として理解しやすくする等の改変が加えられている。と同時に、読み物としても非常に多くの人々に鑑賞されていた浄瑠璃が、江戸草双紙愛好者にまで、その享受の層を拡大していたことが窺えるのである。

一　赤本『たんばよさく』について

赤本『たんばよさく』（画工未詳・刊年未詳・丸屋小兵衛板）は、『国書総目録』・『日本小説書目年表』には記載されない。所見本は東京大学総合図書館霞亭文庫蔵であり、他での所蔵は現在のところ見いだせない。また、『近世子どもの絵本集　江戸篇』（昭和六十年刊・一九八五・岩波書店）所収「赤本の世界」（木村八重子）に、「浄瑠璃題材のもの」と触れられている。

赤本『たんばよさく』の刊年は未詳である。内容が近松門左衛門作の浄瑠璃『丹波与作待夜の小室節』（宝永四年・一七〇七・十一月頃・大坂竹本座初演）の抄録であり、板元が江戸の丸屋小兵衛であって、浄瑠璃抄録物草双紙の刊行が上演と関係すると仮定するならば、延享元年（一七四四）以前の夏とされる、『丹波与作待夜の小室節』江戸上演時の刊行の可能性が考えられる。その理由は以下の通りである。

浄瑠璃『丹波与作待夜の小室節』が初演されたのは、宝永四年（一七〇七）十一月頃（大坂竹本座）であり、次は正徳二年（一七一二）三月（大坂竹本座・『傾城掛物揃・丹波与作』）、享保十七年（一七三二）六月（大坂竹本座・『信田小太郎・伊達染手綱』）、更に延享元年（一七四四）以前の夏（江戸・座不明・『丹波与作』(8)）であって、宝暦元年（一七五一）二月朔日、大坂竹本座で改作物浄瑠璃『恋女房染分手綱』（吉田冠子・三好松洛合作）が上演されると、全て『恋女房染分手綱』系列へとなってしまう。つまり、江戸での浄瑠璃『丹波与作』の上演は、現存資料では、延享元年以前の夏（豊竹肥前掾の語り）に限定されるということになる。

歌舞伎の丹波与作ものは、浄瑠璃に先行する。延宝五年（一六七七）十一月京都北側芝居の初代嵐三右衛門による籠抜けのやつしの丹波与作の狂言、貞享四年（一六八七）七月十一日の『松平大和守日記』の記録を典拠とする江戸市村座の『与作三番続』は、『歌舞伎年表』（伊原敏郎・昭和三十一年刊・一九五六・岩波書店）には「第一舟路の争ひ、第二吉原夜みせ、第三与作馬方」と記され、『役者絵尽し』（古山師重画・元禄八年以前か・一六九五）に「与作馬士しよさ」とあり、市村竹之丞らの役者名、江戸で名のある人物であった与作が、吉原通いで身を持ち崩し馬士となった内容の歌詞が記される。元禄六年（一六九三）京都村山座の『丹波与作手綱帯』（富永平兵衛作）[9]は、大和屋甚兵衛が与作を演じている。近松作浄瑠璃以前の歌舞伎が、初代嵐三右衛門・大和屋甚兵衛らによるやつし芸を見せるものであったことに注目したい[10]。

近松作浄瑠璃『丹波与作待夜の小室節』上演以後の歌舞伎は、宝永五年（一七〇八）十一月京都早雲座『ゑびす講結御神』（馬方丹波与作　初代沢村長十郎）、同年十一月京都榊山座上演か『両州連理松』、同六年以降か大坂岩井座上演『丹波与作』は、近松作品を歌舞伎化し、お家騒動を加えたものであるが[11]、同様のものは江戸では上演されなかった。享保八年（一七二三）江戸市村座上演歌舞伎『丹波与作』は、宝永五年京都上演時の沢村長十郎の弟子である初代沢村宗十郎の与作で、その評判に、「丹波与作に、ひたちの介と成、祐若兄弟をたすけられし所至極、其後廻文状やかれし所、おち付てよし」（『役者《やくしゃ》辰暦《たつごよみ》芸品定《げいしなさだめ》』）とある。寛保二年（一七四二）十一月、大坂大西芝居中村座上演『工藤祐経大磯通』三番目『伊達与作亀山通』（馬士与作実は動木幸助　中山新九郎）、延享元年（一七四四）十一月、京粂太郎座上演『丹波与作亀山通』（馬かた与作　坂東助三郎）は、共に近松作品を大幅に改作したもので、後者は前者を踏襲したものである。延享三年（一七四六）七月か十月、江戸市村座上演『児桜《ちごさくら》 莠実記《ふたばじつき》』第三『丹波与作浮名 鞚《たづな》』は、「与作実は市のや十郎兵衛（団蔵）」とあり、三代目市川団蔵が与作を演じたと思われる。宝暦元年（一七五一）二月朔日、改作物浄瑠璃『恋女房染分手綱』が上演されると、それが早速歌舞伎化され、同年七月（秋）江戸中村座で『恋女房染分手綱』（与作　二代目中村七三郎）の大当たり、同年十月大坂中村座で『恋女房染分手綱』、宝暦三年（一七五三）九月大坂大西芝居三條定助座で『恋女房染分手綱』、同年十月京嵐座で『恋女房染分手綱』と、歌舞伎も『恋女房染分手綱』系列へとなってしまう。

以上のことから、本書『たんばよさく』は、歌舞伎からの影響はなく、浄瑠璃『丹波与作待夜の小室節』の抄録物であって、現存する江戸での浄瑠璃上演資料に沿って刊行を考えると、延享元年以前の夏頃ということになる。しかし、『丹波与作待夜の小室節』の絵入り本挿絵(12)と本書とは、特に類似性は認められず、読み物として浄瑠璃正本が享受されていたことを考えるならば、あえて江戸上演時に結びつけて考えることはない、とも言えよう。例えば『今昔操年代記』（享保十二年刊・一七二七・西沢一風）に、特に近松作の浄瑠璃が読書の対象として優れていることについて、「近松門左衛門ハ作者の氏神《うちかみ》也。年来作《ねんらいつくり》出せる浄るり百余番《よはん》。其《その》内あたりあたらぬありといへとも。素読《そよみ》するに何《いづ》れかあしきハなし。」とあり、『戯財録』（享和元年成立・一八〇一・二世並木正三）にも、「近松の浄瑠璃本を百冊読む時は、習はずして三教の道に悟を開き、上一人より下万民に至るまで、人情をつらぬき、乾坤の間に、あらゆる事、森羅万象弁へざる事なし」と、上演とは別に読書の対象であったことがうかがえる。

本書『たんばよさく』の内容は下巻のみしか判明しないが、浄瑠璃『丹波与作待夜の小室節』の中の巻以降の抄録である。しかしながら、原作浄瑠璃中之巻の口での、東海道の関宿白子屋での出女達の風俗描写や、実家の年貢未納や愛人である馬方与作の博打に悩む小万の切々とした嘆きは描かれていない。加えて、小万の父親を年貢未進故の水牢から出そうとして、かえってその博打の負けのために、小万が実家のために蓄えていた金までも使わせてしまう与作の不甲斐なさも描かれていない。その一方、いささか滑稽味の加わる、与作による博打で負け続きとなった顛末の語り（六オ）や馬方達の博打ちの様子、馬方八蔵と与作の喧嘩、「与作」という名に惹かれて、父とは知らずに与作を匿う自然生の三吉（六ウ・七オ）（図①）は描かれている。実家の年貢未進故の小万お預け（七ウ）、切「三吉盗みの場」で与作に唆されての三吉の盗みとその露顕（八オ）、三吉の母である乳母重の井の嘆き（八ウ・九オ）は描かれているが、重の井が三吉を助けようとする意図を裏切って、三吉が八蔵を殺す箇所は描かれていない。また、三吉の守り袋から与作が三吉を我が子と知る部分もない。博打による借金の取り立てに来た馬方八蔵と喧嘩をするような与作の言動故の小万の悲嘆も割愛されている。下之巻の「道行　与作小万夢路の駒」の詞章は一部であるがそのまま引用され（九ウ）（図②）、本文中に「道行夢路の駒」と記されている。これは『丹波与作待夜の小室節』自体元々歌謡が先行して存在し、「山家鳥虫歌」に登場する与作や関の小万を形象化した作品であり、その先行歌謡を取り入れた「道行　与作小万夢路の駒」も、非常に評判が良かったためと思われる。浄瑠璃切「帰参の場」は、御殿の中で与作、三吉が裃を着ている様子で描かれている（十ウ）（図③）点は、正月刊行が原則である草双紙の特質に沿って、祝儀的要素の強い場面が最後に描かれた部分であると思われる。そして浄瑠璃最終部分の「与作踊り」は、草双紙では割愛されている。

赤本『たんばよさく』の、原作浄瑠璃を抄録する上での特徴と考えられるのは、与作を中心とした「やつし」を見せる所に力点が置かれている点である。原作浄瑠璃での与作の博打に負けた顛末を語る台詞は、掛詞や地名をはめ込んだ趣向に富んだものであり、内容の悲惨さを言葉遊び的な滑稽さで表現する秀逸なものであるが、これを非常に限

図①　『たんばよさく』6ウ・7オ

図②　『たんばよさく』9ウ・10オ

られた赤本の本文に部分的ではあるが引用している。その一方、与作の自己破滅的行動によって苦しめられる、重の井や小万の深刻な述懐などは全く描かれてはいない。こうした特徴は、江戸草双紙愛好者層の嗜好に対応したものと考えることもできるが、もともと『丹波与作待夜の小室節』自体がやつし芸を浄瑠璃化したものであり、色好みや世間知らずといった現実社会への適応性の欠如した「やつし」的人物である伊達与作[13]が主人公である、『丹波与作待夜の小室節』の特質を的確に捉えているとも言えよう。

注目すべきは、六丁裏の与作と八蔵の喧嘩場で、与作の言葉に、「つがもない」という二代目市川海老蔵の癖台詞を使わせていること（図①）である。二代目市川海老蔵（二代目市川団十郎）が丹波与作を歌舞伎で演じたという記録はない。但し二代目市川団十郎は、近松物世話浄瑠璃を江戸で歌舞伎化する際に、和事の演技で好評を博している。即ち享保四年（一七一九）四月に江戸中村座上演歌舞伎『曾我《ママ》崎心中』で平野屋徳兵衛、享保五年四月に江戸森田座『心中重井筒』で井筒屋徳兵衛、享保六年夏『心中天網島』で紙屋治兵衛を演じて当たりを取っているのである。故に、同じく近松門左衛門作の『丹波与作待夜の小室節』での丹波与作を演じてもおかしくはないと思われる素地は十分にあるといえよう。赤本『たんばよさく』はやつし芸を浄瑠璃化した『丹波与作待夜の小室節』の中心的人物伊達与作に、二代目海老蔵を思わせるような台詞を使わせ、江戸歌舞伎愛好者達に親しみを感じさせる造形を行った作品と思われる。

図③　『たんばよさく』10ウ

二　黒本『弘徽殿』について

黒本『弘徽殿』は『国書総目録』によると、慶応義塾図書館、都立中央図書館加賀文庫（巻下）、岩瀬文庫に蔵されている。『日本小説書目年表』黒本の寛延元年出版の項に、「弘徽殿　二」とある。刊年推定の根拠は不明である。加賀文庫本は保存状態不良ではあるが、欠丁はなく、『国書総目録』の記事は誤っている。保存状態が若干良好な岩瀬文庫本には、上下共に題簽が存するが、商標は削られている。しかし題簽の「鳳凰に桐」の意匠より、鱗形屋から初板刊行されたものと思われる（図④）。なお、加賀文庫本には下巻題簽のみ、慶応本には上巻題簽のみが存するが、共に商標はない。また、南山大学蔵黒本『かうきでん』は、村田屋板の別本である（図⑤）。

黒本『弘徽殿』の梗概は次の通りである。

【梗概】（一オ）花山院の后、弘徽殿と藤壷が同時に懐妊した。平産の祈祷のため、弘徽殿方に芦屋道満、藤壷方に安倍晴明が選ばれる。弘徽殿の伯父右大弁早峯は悪事を企む。（一ウ・二オ）早峯は伊賀介に、藤壷を討つように依頼する。藤壷の乳母清滝は、弘徽殿と藤壷の車争いの時に、弘徽殿の女中を牛に踏み殺させた咎によって、縛られている。頼光の家来小余綾《こゆるぎ》新左衛門は、清滝の番をしていたが、居眠りをしている内に伊賀介に刀を盗まれる。伊賀介は小余綾の刀で藤壷を殺す。木に縛られ、猿轡をかませられた清滝は、全てを為すすべもなく見ている。（二ウ・三オ）小弘徽殿の館では、時ならず藤が咲き、その内より藤壷の怨霊が現れて怨みを言う。それより弘徽殿は病気になる。小余綾新左衛門は獄門にかかり、小余綾の妻は制札をはずして行く。（三ウ・四オ）小余綾の妻竹篠は、夫の敵を討とうと、伊賀介方へ腰元奉公に来る。そこへ国許から、息子の小余綾小文吾が尋ね来る。竹篠は小文吾に、夫が人の咎を

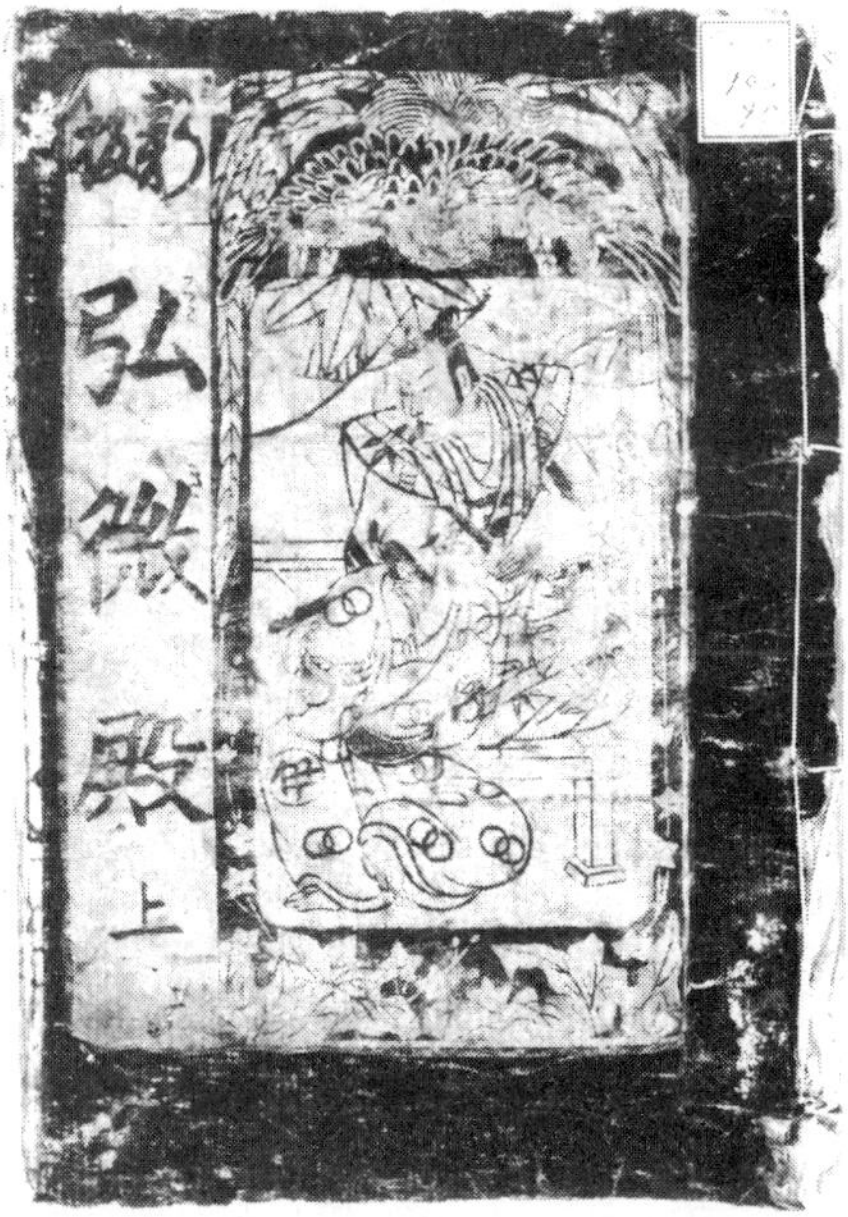

図④　『弘徽殿』上巻題簽

図⑤　『かうきでん』上下巻題簽

被って殺された事を物語る。伊賀介が何心もなく藤壺殺しを白状すると、卜部季武や碓氷定光が伊賀介を引っ立て行く。（四ウ・五オ）小余綾の妻子が決断所の頼光の許へ来て、「新左衛門の命を返せ」と怨み嘆く。親子の前に酒瓶が運ばれ、瓶の中から新左衛門が命助かり出てくる。頼光は伊賀介を詮議し、早峯の悪巧みを白状させる。（五ウ）伯父早峯の悪事が顕れ、弘徽殿は髪を切って書き置きを残して出奔する。花山院は嘆く。（六オ）弘徽殿を捜そうと、花山院は義懐《よしかね》一人をお供として、内裏を出る。（六ウ・七オ）さまよい出た弘徽殿が身投げをしようとした所を、清滝・又五郎夫婦に助けられ、男山の神前で養われている。安倍晴明は弘徽殿の行方を占い、尋ね来る。弘徽殿の食事を運ぶ又五郎と出合い、鹿島の事触れに化けた晴明は、重箱の中の粟飯を柑子に、煮染めを鼠に転じ変える。（七ウ・八オ）芦屋道満と早峯が、弘徽殿を連れ戻そうと、大勢の捕り手と共に来る。晴明が小余綾新左衛門の姿絵馬へ行力をかけると、新左衛門が現れ、敵を悩ませる。そこへ誠の新左衛門も現れ、道満を殺し、弘徽殿のお供をする。（八ウ・九オ）花山院と再会した弘徽殿は、内裏に還幸しようと、共に御車で都へ向かう途中、藤壺の化身である蟷螂が御車の上に乗る。蟷螂は早峯の仕業とも知らず、弘徽殿を怨んだことを詫び、封じ込めた胎内の子供を平産させると言う。弘徽殿は王子を産む。（九ウ・十オ）又五郎・清滝夫婦と新左衛門は、藤壺の敵討ちと、堀川の早峯の館へ夜討ちに入り、早峯を討ち取る。頼光より遣わされた渡辺綱・坂田金時が加勢する。（十ウ）源頼光は、国家安全の祝いとして、四天王へ御土器《かわらけ》賜る。渡辺はひとさし舞う。

黒本『弘徽殿』は、近松作浄瑠璃『弘徽殿鵜羽産家』の一段目（加茂の河原に一オ、治部卿壬生邸に一ウ・二オ、内裏弘徽殿に二ウ・三オ）、三段目（伊賀介邸に三ウ・四オ、記録所に四ウ・五オ）、四段目（内裏に五ウ、花山院道行に六オ、男山八幡に六ウ・七オ・七ウ・八オ）、五段目（真葛が原に八ウ・九オ、内裏に九ウ・十オ）を抄録したものである。原作浄瑠璃二段目の、清滝に思いをかける衛士又五郎の一件は全く省かれ、三段目の口、頼光館の部分もない。しかしながら黒本『弘徽殿』は、僅か十丁の草双紙にしては、大部の近松作浄瑠璃を巧妙に抄録した作品と思われる。梗概の波線部分は、黒本に特異な箇所であり、抄録のための省略方法として、最初から藤壷を殺した真犯人伊賀介が小余綾の刀を盗み、藤壷殺害の咎を小余綾に負わせようとした点を明らかにしているという筋の改変がある（図⑥）。また、粗筋が理解しやすいように、浄瑠璃では回顧の形で物語られる、小余綾妻が獄門の高札を抜き取る所を然るべき時間的経過の中で描き出す（図⑦）。浄瑠璃では小余綾妻が、知らぬこととはいいながら、夫を罪に陥れた伊賀介に再嫁するのであるが、草双紙では伊賀介を敵討ちしようと腰元奉公に入るという筋に改変されている。また、浄瑠璃で伊賀介が小余綾親子の嘆きを知り、老母への薬代が欲しくて藤壷殺害を依頼されたという自白をする部分は、草双紙では省略して、何心なく白状することになっている。浄瑠璃『弘徽殿鵜羽産家』で最も重要と思われる三段目記録所での、頼光が伊賀介自ら自白と証拠の品を出すようにしむけ、獄門にかけたと思われた小余綾を酒瓶の内から出現させる部分は、草双紙では頼光の深い意図を描く点は省略されているが、やはりこの法廷の場は描かれ（図⑧）、上の巻題簽（図④）にも描かれていることから、重要視されていたことが窺われる。草双紙最終丁は、源頼光と四天王が国家安全を祝うといった場面（図⑨）が創られており、正月刊行を原則とする草双紙の祝儀性からか、と推測される。[14]

ところで、浄瑠璃『弘徽殿鵜羽産家』は「外題別興行一覧」[15]によると、正徳四年（一七一四）もしくは五年に大坂竹本座で初演されたのみで、再演記録の現存しない作品である。但し、「藤壷の怨霊」を題材にした歌舞伎・浄瑠璃作品は多く、『古今役者大全』（多田南嶺作・八文字屋其笑、瑞笑撰・寛延三年刊・一七五〇）にも、「京都都万太夫芝居へ近松門左衛門ありつき、「藤壷の怨霊」、直に藤の花が大蛇と成ル工夫より、門左衛門〳〵ともてはやしぬ。」とある。詳細未詳ながら、近松作品中で藤壷怨霊のからくりは印象深いものであったと思われる。本書は浄瑠璃『弘徽殿鵜羽

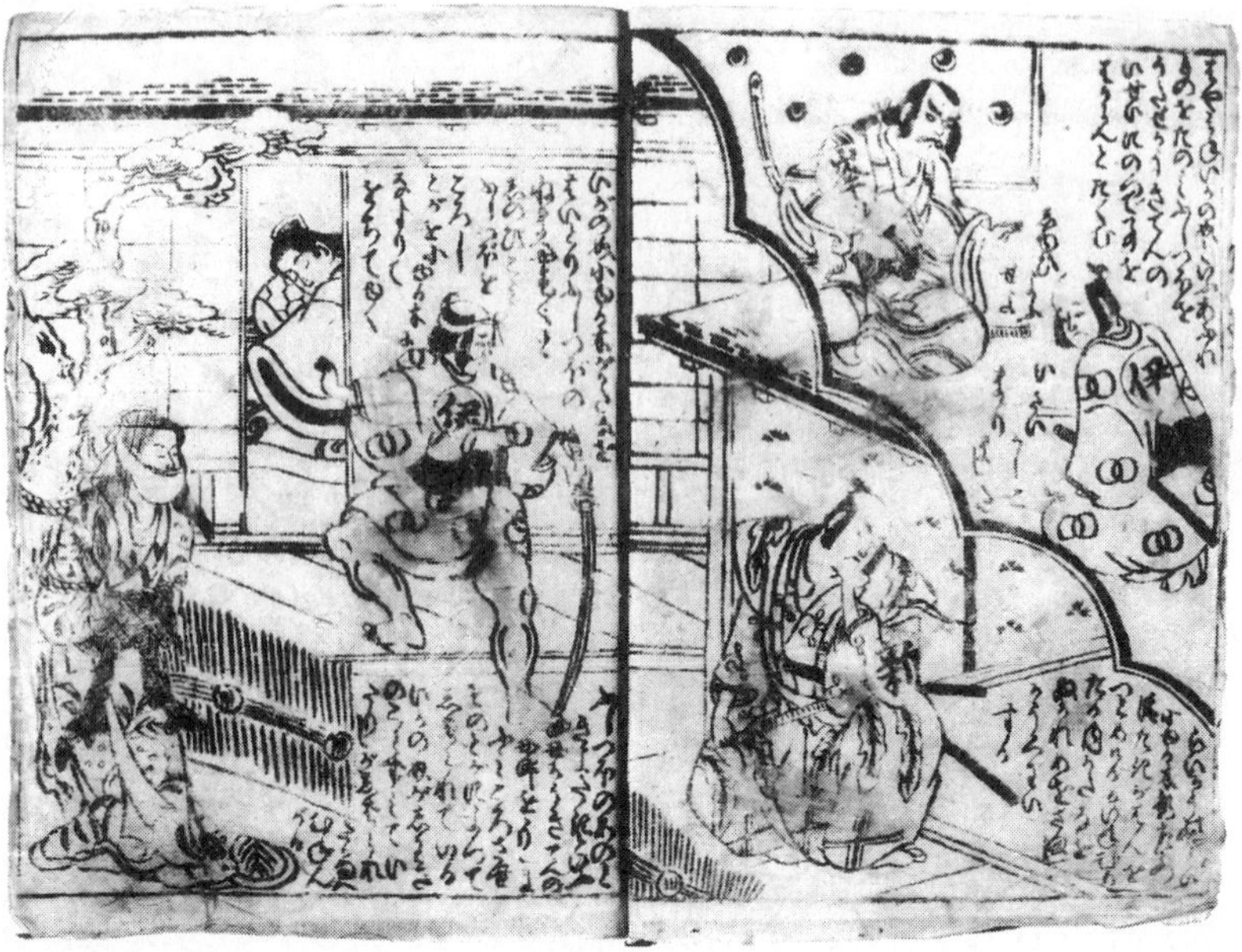

図⑥『弘徽殿』1ウ・2オ

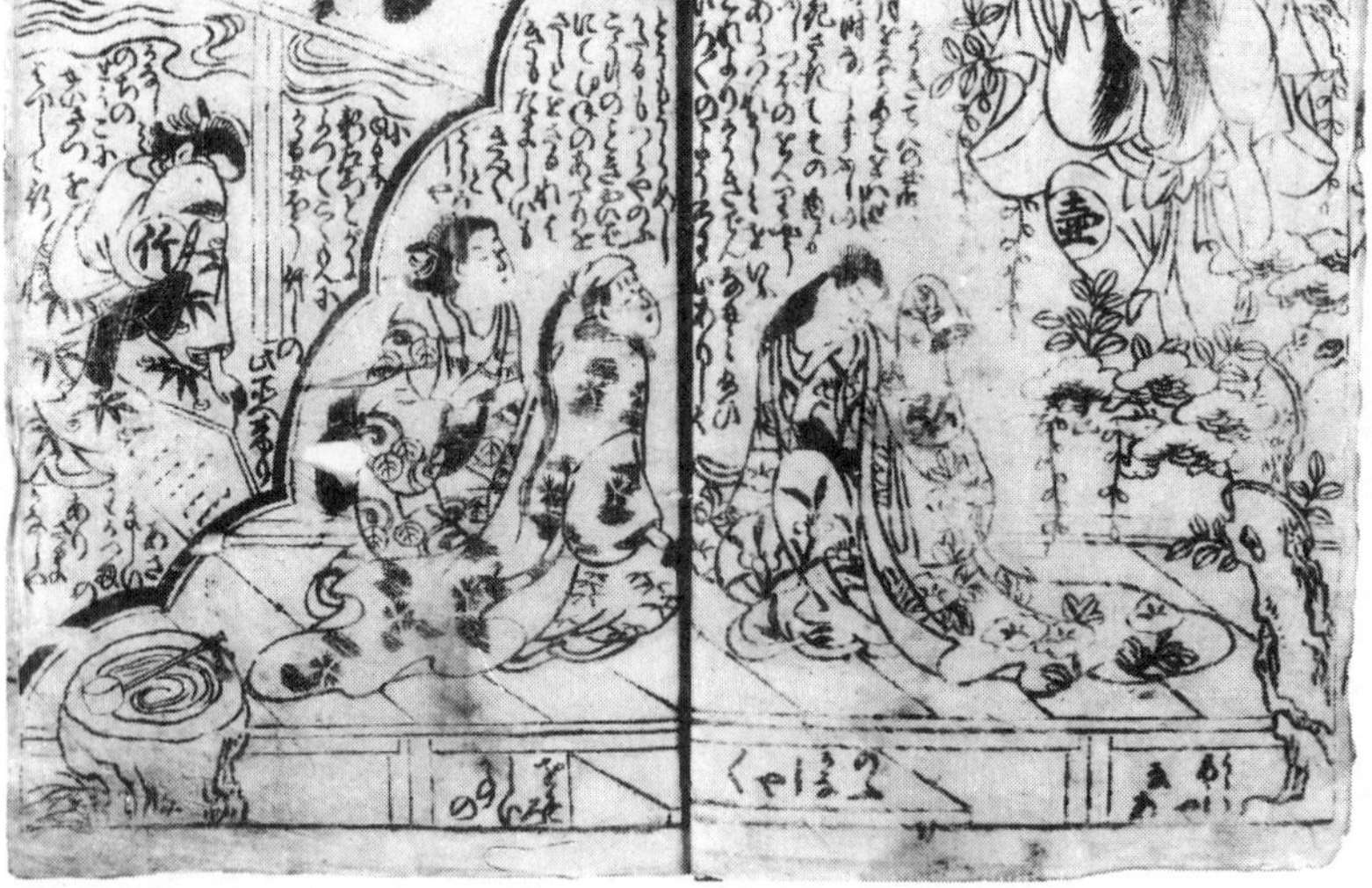

図⑦『弘徽殿』2ウ・3オ

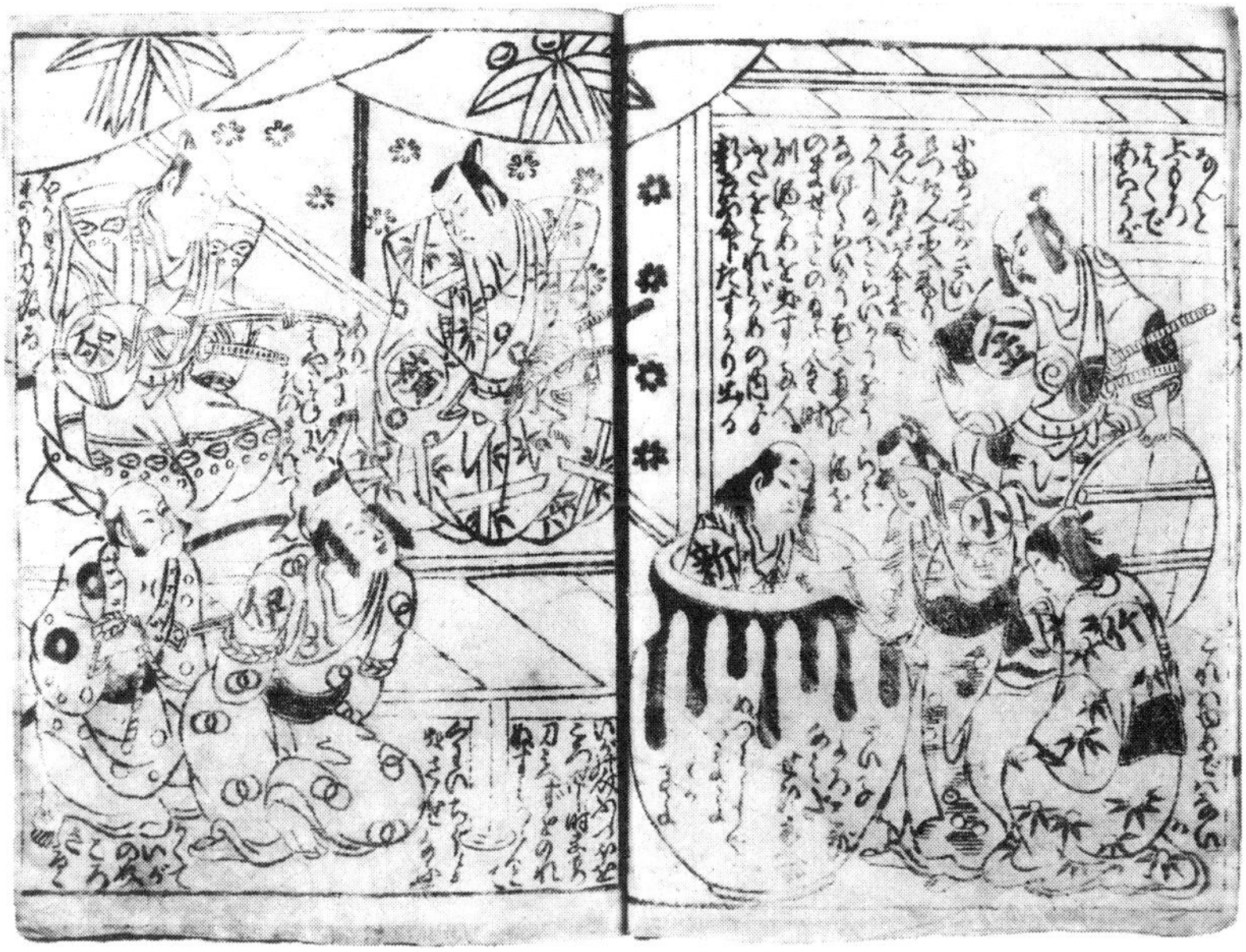

図⑧『弘徽殿』4ウ・5オ

図⑨『弘徽殿』10ウ

産家』の正本をもとに、僅か十丁の草双紙に内容を抄録したものであると思われ、省略や粗筋を理解しやすくするためのいくつかの改変は認められるが、浄瑠璃の見せ場であるからくりや主要な決断所の場面を的確に取り入れた作品と思われる。

三　黒本『〔大しよくはん〕』について

大東急記念文庫蔵の黒本『〔大しよくはん〕』（画工未詳・刊年未詳・村田屋板）は、山本角太夫の相模掾時代正本である古浄瑠璃『大しよくはん』（延宝八年・一六八〇・八月刊記）の抄録物である。黒本『〔大しよくはん〕』の梗概を記す。

【梗概】（一オ）大職冠藤原鎌足の娘紅白女は、美人の聞こえ高く、唐の太宗皇帝より后妃に望まれる。大職冠は喜んで紅白女を唐へ送る。（一ウ・二オ）太宗皇帝は、華原磬《かげんけい》、泗浜石《しゆひんせき》、面向不背玉《めんこうふはいのたま》の三つの宝を日本へ送ろうと、万戸将軍にその役目を命ずる。（二ウ・三オ）竜官の八大竜王は、日本へ面向不背玉が渡ることを知り、途中で玉を奪い取るよう阿修羅王に頼む。（三ウ～五オ）阿修羅王は多くの眷属と共に、筑羅《ちくら》が沖で万戸将軍と戦う。（五ウ・六オ）美人が乗る小舟が一艘近づき、万戸将軍を誑かして玉を見せるように頼む。（六ウ・七オ）万戸将軍が玉を取り出して見せると、美女はたちまち大蛇となり、玉を奪って逃げる。（七ウ）万戸将軍は日本で大職冠と面会し、皇帝よりの三つの宝のうち、面向不背玉を奪われたことを報告する。（八オ）大職冠は春日大明神に祈誓をかけると、白鹿と衣冠正しき老人が現れ、房前《ふさざき》の浦へ下るように教える。（八ウ）春日明神は翁の姿で現れ、鎌足公を小舟に乗せて志度の浦あまの里まで連れて行く。（九オ）鎌足は玉を竜宮より奪い返そうと、海女と契り一子をもうける。（九ウ・十オ）海女は竜宮から玉を奪い、海上に上がるが竜に追いかけられ、危うい所を乳の下を掻き切り、玉を押し込める。（十ウ）房前の大臣は、母の海女孝養のため、法華読誦を行わせる。竜王達も聴聞のために、浮かび上がる。

　数多い大職冠物諸作(16)の中で、特に相模掾正本の古浄瑠璃より取材したと推定するのは、春日明神の神託に基づく玉取り（白鹿と貴人、柴舟の老船頭として明神は登場）・海女追善のための行基の供養という、相模掾正本に特徴的な粗筋との類似と、以下の相模掾正本のみに見られる文章との類似による。

黒本『〔大しょくはん〕』	古浄瑠璃『大しょくはん』
三オ　お丶小河を大海となし　四天下に雨を降らし	一段　お丶小がを大かいとなし。四天下にあめをふらす
五オ　これこそ望む所なれと　連銭葦毛の馬に乗り万戸を目がけ戦ひけり	一段　是こそのぞむ所なれと。…れんぜんあしげのこまにうちのり　万こをめかけ
六オ　千歳万こ《ママ》を過ぐとも……釈迦の像まします由一目拝ませ候へ	二段　ちとせ万せをすごす共……天ちくのしやかのざうましますよしを承る。一めおかませたび給へ。
六ウ・七オ　見しかと思へしに　二十尋余りの大蛇となり…日頃の願ひも叶へたり　是までなりや人々よ	二段　ひごろのねがひかなひたり。是までなりや人々と。いふかと思へはたちまちはたひろの大じやと成。
七ウ　三つの宝の内　面向不背の玉はいづれにてやはある……都の女と語い	三段　三つのたからのうち　めんかうふはいの玉と申はいづれのたからにて候ぞ……日本ならのみやこのものなるが

八オ　竜女に取られし玉を　二度日本へ渡させたひ給へと　深く祈誓し給へは…（白鹿と衣冠正しき貴人の図⑩）…我はこれ当社の明神なり

八ウ　明神翁と現れ…（小舟に老人と鎌足が乗る図⑪）…あれはあまの、里

十ウ　（法華読誦する僧の図⑫）…竜神浮かみ…あら有難や　法華の御法

三段　りうによにとられし此玉を。二たび日本へわたさせてたび給へと。ふかくきせいをなされつゝ。……有がたや　いくはんたゞしききにん。しろきしかに…我は。是。たうしやみやうじん也。

三段　せうせんにしばをつみ。らうじん手つからろをおして。…むかふにみへ候あまの、さとこそ。あま人のすみかにて候

五段　しどじには。きやうぎぼさつましませは。此御そうをだうしとたのみ。御とふらひ候へ…かゝる所にりう王なみまにあらはれ出。あら有がたの御きやうやな。

粗筋の類似と相模掾正本にのみ認められる詞章との類似から、黒本『〔大しよくはん〕』が相模掾正本の古浄瑠璃『大しよくはん』の抄録物であることは確定できる。しかし、両書には若干の相違点もある。それは、古浄瑠璃では、大職冠の娘との縁組みをするのが、唐の太宗皇帝の子である「かうそう皇帝」であり、竜宮に取られた玉を取り返すべく努力するのが、藤原淡海である点である。黒本では、それぞれ太宗皇帝、藤原鎌足であり、僅か十丁の中で集約的に粗筋を表現する必要上、登場人物を少なくし簡略化したものと思われる。

また、古浄瑠璃五段目は、黒本ではほとんど省略されているのであるが、謡曲『海人』や志度寺縁起に基づいて創られた箇所である。以下、黒本が省略している古浄瑠璃の該当部分を列挙する。十四才に成長した右大臣房前公が、

亡き母の跡を尋ねて、志度の浦まで道行をする。房前公は、その浦の海女に出会い、昔面向不背の玉を取った海女がいたという話を聞く。海女は母の亡霊である正体を明かし、菩提を弔うよう、房前公へ頼む。房前公は志度寺の行基に事情を話し、母の菩提を弔うように頼む。行基は海女であった母の罪障を滅するため、房前の浜にて大がかりな法事を行う。法事の途中で水面に宮殿が浮かび出、その上に宝塔が建ち、塚から現れた海女が如意輪観世音の姿と変じる。

古浄瑠璃『大しよくはん』の、房前公の道行から、海女が母の亡霊である正体を明かすまでは、謡曲『海人』から構成や詞章を大幅に取り入れている箇所であり、行基の登場は『讃州志度道場縁起』を典拠とする。法事の途中での様々な奇瑞は、海女の珠取り（図⑬）と共に水からくりの見せ場であった所とも思われる。これらの箇所の黒本での削除や省略は、道行や母の亡霊である海女との邂逅や法華経の奇瑞が、大陸伝来の名玉をめぐる人間界対竜宮界の対立の粗筋には、さして大きな関わりがないためであり、寺院の縁起譚としては重要な行基の法華供養も、黒本の最終丁に特有な「祝儀的要素」として竜王達の成仏得脱を描くのみに留まるように改変されている。

山本角太夫の相模掾時代正本である古浄瑠璃『大しよくはん』については、正本も九行本（鶴屋喜右衛門板、題簽に「万延新刻　大しよくはん」とある板元未詳のもの）、十行本（山本九兵衛板、山木九兵衛板、鱗形屋孫兵衛板、谷村太兵衛板）、絵入り十七行本（板元不明）と諸種存在しており、[17]初演以降も天和元年（一六八一）九月九日名古屋尾頭町上演の『大職冠水からくり』、元禄期の出羽掾による『大織冠』の上演が認められていて、[18]上演や正本読書によって、江戸期を通じてかなり広く知られていた作品であると思われる。古浄瑠璃『大しよくはん』の内容は、「最も規範的な形での大職冠玉取り譚を浄瑠璃という様式を通して紹介するもの」・「極めて古典主義的な色彩の濃い作品」とされ、「そのためその話に関する基本的知識といったものの流布の上でも大きな役割を果していたに違いない」とされている。[19]

図⑩『〔大しよくはん〕』7ウ・8オ

図⑪『〔大しよくはん〕』8ウ・9オ

図⑫『〔大しよくはん〕』10ウ

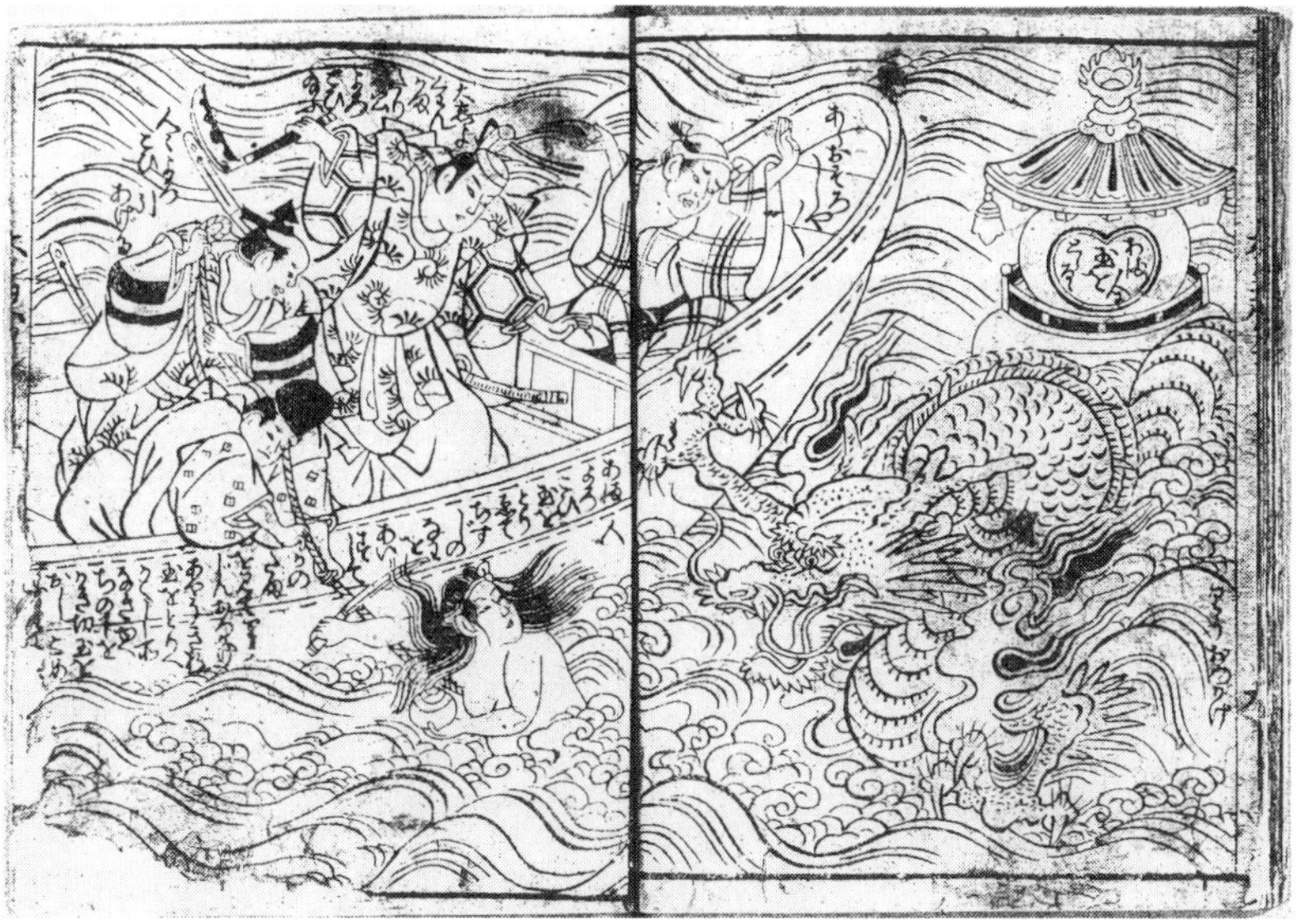

図⑬『〔大しよくはん〕』9ウ・10オ

黒本『〈大しょくはん〉』が、数多い大職冠ものの中で、特に相模掾正本の古浄瑠璃『大しよくはん』を抄録する対象として選択した理由も、最も規範的な大職冠玉取り譚としての構成を備えていることと、種々の正本の流布が考えられる。

以上のように、これらの浄瑠璃抄録物草双紙は、非常に巧妙に原作浄瑠璃を「読み物」として抄録している。僅かな丁数の草双紙にまとめるために、読み物としてわかりやすい筋に改変させ、浄瑠璃上演時には見せ場であったからくりの場や道行の場も、粗筋に関わらなければ省略し、浄瑠璃の聴かせどころである登場人物の心情描写を簡略化する。そして江戸の人気歌舞伎役者を登場人物に仄めかす等の、草双紙享受者層に興味を持たせる工夫を加えている。さらに草双紙としての特性に応じ、「絵」のおもしろさが味わえる部分を重点的に取り入れるという特徴もある。また、正月刊行原則のある草双紙の祝儀性に応じて、ほとんどの浄瑠璃抄録物草双紙は最終部分を変化させている。しかしながら浄瑠璃抄録物草双紙は、原作浄瑠璃の眼目となる部分を的確に捉えており、上演以外に素人による稽古や読書によっても享受されていた浄瑠璃が、江戸草双紙愛好者にまでその享受の層を拡大していたことが窺えるのである。

注

（1）　浄瑠璃抄録物草双紙（寛政期まで）についての先行研究を年代順に列記する。
「歌舞伎小説解題」（渥美清太郎・『早稲田文学』二百六十一号所収・昭和二年十月刊・一九二七）
『赤本・黒本・青本』（和田萬吉・昭和三年刊・一九二八・冨山房）
『草双紙と読本の研究』（水谷不倒・昭和九年刊・一九三四・奥川書房・『水谷不倒著作集第二巻』再録・昭和四十八年刊・一

九七三・中央公論社）
「草双紙・洒落本の芝居趣味」（小池藤五郎・『日本演劇史論叢』所収・昭和十二年刊・一九三七・東京帝国大学演劇史研究学会）
「芝居と小説－江戸後期小説を中心に」（鈴木重三・『解釈と鑑賞』所収・昭和三十一年二月刊・一九五六・至文堂）
『岩崎文庫貴重本叢刊〈近世編〉第六巻　草双紙』（鈴木重三・昭和四十九年刊・一九七四・貴重本刊行会）
『大東急記念文庫善本叢刊　赤本黒本青本集』（中村幸彦・昭和五十一年刊・一九七六・財団法人大東急記念文庫）
『増補新版　日本文学史　近世』（小池藤五郎・昭和五十四年刊・一九七九・至文堂）
「赤本「ぎおん大まつり」考」（荻田清・『芸能史研究』七十号所収・昭和五十五年七月刊・一九八〇）
「『はんごんかう』について」（黒石陽子・『叢』四号所収・昭和五十六年五月刊・一九八一）
「「善光寺」の絵入本をめぐって－浄瑠璃本と草双紙－」（荻田清・『語文叢誌』所収・昭和五十六年刊・一九八一・田中裕先生の御退職を記念する会）
「初期上方子供絵本をめぐって」（岡本勝・『文学』四十九巻八号・昭和五十六年八月刊・一九八一）
「操り絵尽本『軍法富士見西行』について」（三好修一郎・『叢』五号所収・昭和五十七年四月刊・一九八二）
「『日本商人の始』について」（有働裕・『叢』五号所収・昭和五十七年四月刊・一九八二）
「『夕霧阿波の鳴戸』について」（黒石陽子・『叢』五号所収・昭和五十七年四月刊・一九八二）
『初期上方子供絵本集』（岡本勝・昭和五十七年刊・一九八二・角川書店）
『日本古典文学大辞典』「赤本」（木村八重子・昭和五十八年刊・一九八三・岩波書店）
『日本古典文学大辞典』「黒本青本」（鈴木重三・木村八重子・昭和五十九年刊・一九八四・岩波書店）
「黒本青本『惟高惟仁位あらそひ』について」（三好修一郎・『叢』七号所収・昭和五十九年四月刊・一九八四）
「『江島児淵』について」（山下琢巳・『叢』七号所収・昭和五十九年四月刊・一九八四）
「『筆累絹川堤』について－累物草双紙の二・三に関して－」（高橋則子・『叢』八号所収・昭和六十年四月刊・一九八五）

『近世こどもの絵本集　江戸篇』（鈴木重三・木村八重子・昭和六十年刊・一九八五・岩波書店）

「黒本『天智天皇』について」（黒石陽子・『昭和60年度科学研究費による「江戸時代の児童読物の中心となった赤本・黒本・青本の調査内容分析と翻刻研究」報告書』所収・昭和六十一年二月刊・一九八六）

「『一休和尚悟乳柑子』について」（山下琢巳・『昭和60年度科学研究費による「江戸時代の児童読物の中心となった赤本・黒本・青本の調査内容分析と翻刻研究」報告書』所収・昭和六十一年三月刊・一九八六）

『黄表紙総覧　前編』（棚橋正博・昭和六十一年刊・一九八六・青裳堂書店）

『台湾大学所蔵　近世芸文集　第五巻』（鳥居フミ子・昭和六十一年刊・一九八六・勉誠社）

「黒本『くりうしのづかはたわたりゆう力かゞ見東荘寺合戦』について（丹和浩・『昭和61年度科学研究費による「江戸時代の児童読物の中心となった赤本・黒本・青本の調査内容分析と翻刻研究」報告書』所収・昭和六十二年三月刊・一九八七）

『江島児淵』（山下琢巳・『江戸の絵本Ⅰ』所収・昭和六十二年刊・一九八七・国書刊行会）

「碁太平記白石噺」の上演の形態について－黒表紙を資料として－」（神楽岡幼子・『百舌鳥国文』七号所収・昭和六十二年刊・一九八七・大阪女子大学大学院国語学国文学専攻院生の会）

『くりうしのづかはたわたりゆう力かゞ見東荘寺合戦』（丹和浩・『江戸の絵本Ⅱ』所収・昭和六十二年刊・一九八七・国書刊行会）

『一休和尚悟乳柑子』（山下琢巳・『江戸の絵本Ⅱ』所収・昭和六十二年刊・一九八七・国書刊行会）

『夕霧阿波の鳴戸』（黒石陽子・『江戸の絵本Ⅱ』所収・昭和六十二年刊・一九八七・国書刊行会）

『日本商人始』（有働裕・『江戸の絵本Ⅱ』所収・昭和六十二年刊・一九八七・国書刊行会）

『新板軍法富士見西行絵尽』（三好修一郎・『江戸の絵本Ⅱ』所収・昭和六十二年刊・一九八七・国書刊行会）

「『新板　倭歌須磨昔』について」（三好修一郎・『昭和62年度科学研究費による「江戸時代の児童絵本の調査分析と現代の教育的意義の関連の研究」報告書』所収・昭和六十三年三月刊・　九八八）

「『五衰殿熊野本地』について」（山下琢巳・『昭和62年度科学研究費による「江戸時代の児童絵本の調査分析と現代の教育的意義の関連の研究」報告書』所収・昭和六十三年三月刊・一九八八）

『天智天皇』（黒石陽子・『江戸の絵本Ⅲ』所収・昭和六十三年刊・一九八八・国書刊行会）
『はんごんかう』（黒石陽子・『江戸の絵本Ⅲ』所収・昭和六十三年刊・一九八八・国書刊行会）
『菊重女清玄』（高橋則子・『江戸の絵本Ⅲ』所収・昭和六十三年刊・一九八八・国書刊行会）
「芝居種の黒本の作法」（神楽岡幼子・『百舌鳥国文』八号所収・昭和六十三年十月刊・一九八八）
「『こく性や合戦』について」（高橋則子・『昭和63年度科学研究費による「江戸時代の児童絵本の調査分析と現代の教育的意義の関連の研究」報告書』所収・平成元年二月刊・一九八九）
『倭歌須磨昔』（三好修一郎・『江戸の絵本Ⅳ』・平成元年刊・一九八九・国書刊行会）
『五哀殿熊野本地』（山下琢巳・『江戸の絵本Ⅳ』・平成元年刊・一九八九・国書刊行会）
『黄表紙総覧　中編』（棚橋正博・平成元年刊・一九八九・青裳堂書店）
「赤本『千本左衛門』について」（加藤康子・『叢』十二号所収・平成二年七月刊・一九九〇）
「『ふゑ竹角田』について」（山下琢巳・『叢』十二号所収・平成二年七月刊・一九九〇）
「『小野小町今様姿』について」（高橋則子・『叢』十二号所収・平成二年七月刊・一九九〇）
「黒本『ちんぜい八郎ためとも行状記《いちだいき》』について」（小池正胤・『叢』十二号所収・平成二年七月刊・一九九〇）
「『八百屋お七恋藤巴』について」（細谷敦仁・『平成2年度科学研究費による草双紙研究報告書』所収・平成三年八月刊・一九九一）
「『悪源太平治合戦』について」（渡邊英信・『平成2年度科学研究費による草双紙研究報告書』所収・平成三年八月刊・一九九一）
「『驪比翼塚』について」（細谷敦仁・『叢』十六号所収・平成六年三月刊・一九九四）
「『源氏烏帽子折』の変容と展開」（林久美子・『近世前期浄瑠璃の基礎的研究』所収・平成七年刊・一九九五・和泉書院）
「黒本・青本『浦島出世亀』について」（三好修一郎・『叢』十七号所収・平成七年五月刊・一九九五）
「『甲子待座鋪狂言』について」（有働裕・『叢』十七号所収・平成七年五月刊・一九九五）
「『大益天神記』（二）」（丹和浩・『叢』十八号所収・平成八年五月刊・一九九六）

「『〔うはがひ〕』について」（藤原はるか・『叢』十八号所収・平成八年五月刊・一九九六）
「『出世やつこ』について」（福田泰啓・『叢』十八号所収・平成八年五月刊・一九九六）
「『娘敵討上代染』について」（細谷敦仁・『叢』十八号所収・平成八年五月刊・一九九六）
「『〔さんせう太夫〕』について」（菊池真理子・『叢』十八号所収・平成八年五月刊・一九九六）
「『平家女ごの嶋』について」（小関智子・『叢』十九号所収・平成九年六月刊・一九九七）
「赤小本から青本まで―出版物の側面」（木村八重子・『草双紙集』新日本古典文学大系・平成九年刊・一九九七・岩波書店）
『青本黒本集』（神楽岡幼子・平成九年刊・一九九七・関西大学出版部）
「『〔今川状〕』について」（丹和浩・『叢』二十号所収・平成十年六月刊・一九九八）
「国会図書館本『〔善光寺〕』について」（湯浅佳子・『叢』二十号所収・平成十年六月刊・一九九八）
「赤本『たんばよさく』について」（高橋則子・『叢』二十一号所収・平成十一年六月刊・一九九九）
「黒本・青本『かつらきやま眉輪王出生記』」（三好修一郎・『叢』二十一号所収・平成十一年六月刊・一九九九）
「『小栗吹笛乾局』について」（菊池真理子・『叢』二十一号所収・平成十一年六月刊・一九九九）
「黄表紙『郡山非人敵討』について」（細谷敦仁・『叢』二十一号所収・平成十一年六月刊・一九九九）
「赤本『風流なこや山三』について」（佐藤悟・『実践国文学』第五十七号所収・平成十二年三月刊・二〇〇〇）
「赤本『女はちの木』について」（佐藤悟・『実践国文学』第五十九号所収・平成十三年三月刊・二〇〇一）
「『伏見夜舟　沖津白波』『勅宣養老水』影印・翻刻」（早稲田大学近世貴重本研究会・『早稲田大学図書館紀要』四十八号所収・平成十三年三月刊・二〇〇一）
「絵草紙と芸能」（黒石陽子・『国文学』四十六巻七号所収・平成十三年六月刊・二〇〇一・学燈社）
「『望夫石堤彦松浦軍記』について」（丹和浩・『叢』二十四号所収・平成十五年二月刊・二〇〇三）

（2）　浄瑠璃抄録物草双紙に関する先行研究を、浄瑠璃作品名五十音順に並べ替え（表Ⅰ）、草双紙作品五十音順にもした（表Ⅱ）。表は本節の最後に載せた。なお、刊年、板元等は論文記載によるものである。

（3）「浄瑠璃本―その需要と供給」（長友千代治・『岩波講座　歌舞伎・文楽　第九巻』所収・平成十年刊・一九九八）、『近世上方浄瑠璃本出版の研究』（長友千代治・平成十一年刊・一九九九・東京堂出版）

（4）「芝居と小説」（鈴木重三・『解釈と鑑賞』所収・昭和三十一年二月刊・一九五六・至文堂）、「赤本」の項（木村八重子・『日本古典文学大辞典』所収・昭和五十八年刊・一九八三・岩波書店）、「赤本の世界」（木村八重子・『近世子どもの絵本集江戸篇』所収・昭和六十年刊・一九八五・岩波書店）。但しその後木村八重子氏は、浄瑠璃題材の作品の多さについて、享保の改革による行政指導の影響も指摘している（「赤小本から青本まで―出版物の側面」・『新日本古典文学大系　草双紙集』所収・平成九年刊・一九九七・岩波書店）。

（5）「正徳四年九月十日以前か」の項で、年代不明のものの内の一つとするのが、『義太夫年表近世篇』（昭和五十四年刊・一九七九・八木書店）であり、正徳五年七月頃とするのが、「「弘徽殿鵜羽産家」の背景、いわゆる「正徳の治」」（内山美樹子・『浄瑠璃史の十八世紀』・平成元年刊・一九八九・勉誠社）である。

（6）その他の江戸での浄瑠璃上演記録がない浄瑠璃抄録物草双紙の例として、青本『義経堀河夜討』・黒本『傾城枕軍談』が、「絵草紙と芸能」で指摘されている。

（7）「操浄瑠璃「絵づくし本」攷」（近石泰秋・『国語国文学研究』四輯所収・昭和十六年七月刊・一九四一）、「「絵づくし本攷」繙読勘考」（祐田善雄・『国語国文学研究』五輯所収・昭和十六年十月刊・一九四一）、「操浄瑠璃「絵づくし本」攷補遺」（近石泰秋・『国語国文学研究』五輯所収・近石氏の二稿は『操浄瑠璃の研究』昭和三十六年刊・一九六一・風間書房に再録）、「浄瑠璃絵尽の効用」（中村幸彦・『語文研究』第十五号所収・昭和三十七年十二月・一九六二・後に『中村幸彦著述集』第三巻・昭和五十八年刊・一九八三・中央公論社に再録）、「演劇博物館所蔵の浄瑠璃絵尽」（内山美樹子・『演劇研究』第五号所収・昭和四十六年四月刊・一九七一）、「浄瑠璃絵尽所在目録（稿）」（浦辺幹資・『日本演劇学会紀要』二十一号所収・昭和五十八年三月刊・一九八三）、「浄瑠璃絵尽所在目録」（浦辺幹資・『義太夫年表　近世篇　別巻〈索引篇〉』所収・平成二年刊・一九九〇・八木書店）、『芝居番付　近世篇㈣』（平成六年刊・一九九四・早稲田大学演劇博物館編）。

（8）「豊竹肥前掾論」（祐田善雄・『浄瑠璃史論考』所収・昭和五十年刊・一九七五・中央公論社）

（9）『元禄歌舞伎傑作集　下巻』所収（大正十四年刊・一九二五・早稲田大学出版部）
（10）「「やつし」の浄瑠璃化－煙草売り源七の明と暗－」（原道生・『文学』四十三巻六号・昭和五十年六月・一九七五・岩波書店）
（11）『上方狂言本（七）』（土田衛・昭和五十五年刊・一九八〇・古典文庫）
（12）『近松全集』第十七巻影印（平成六年刊・一九九四・岩波書店）所収の絵入本、『丹波与作待夜のこむろぶし』・『ゑびす講結御神（丹波与作待夜のこむろぶし）』・『丹波与作』を参照した。
（13）「「やつし」の浄瑠璃化－煙草売り源七の明と暗－」
（14）「「弘徽殿鵜羽産家」の背景、いわゆる「正徳の治」」に、「「弘徽殿鵜羽産家」は、幕府評定所の出先機関として、京都所司代と町奉行が新体制に入った、正徳五年の時点で、公正な裁判への期待を込めて書卸され、頼光自らの明智によって、無罪の死者を出す事なく、逆転判決が下される」という部分に、新井白石の「評定所の裁判公正化への寄与」という事業を作品の中心部分に置いたとされている。
（15）佐藤恵里・『義太夫年表　近世篇　別巻』所収・平成二年刊・一九九〇・八木書店。
（16）『『大職冠』ノート－近松以前－』（原道生・『近松論集』第六集所収・昭和四十七年三月刊・一九七二・近松の会）、『『大職冠』ノート追録』（原道生・『近松浄瑠璃集　上』新日本古典文学大系91所収・平成五年刊・一九九三・岩波書店）等に紹介、論究されている。
（17）「山本角太夫について」（信多純一・『古浄瑠璃集　角太夫正本（一）』古典文庫所収・昭和三十六年八月刊・一九六一）、『古浄瑠璃正本集　角太夫編』第一所収解題（山田和人・平成二年七月・一九九〇・大学堂書店）
（18）『『大職冠』ノート追録』
（19）『『大職冠』ノート－近松以前－』

（図版リスト）

①赤本『たんばよさく』六丁裏・七丁表。東京大学総合図書館霞亭文庫蔵。
②赤本『たんばよさく』九丁裏・十丁表。東京大学総合図書館霞亭文庫蔵。
③赤本『たんばよさく』十丁裏。東京大学総合図書館霞亭文庫蔵。
④黒本『弘徽殿』上巻題簽。西尾市岩瀬文庫蔵。
⑤黒本『かうきでん』上・下巻題簽。南山大学図書館蔵。
⑥黒本『弘徽殿』一丁裏・二丁表。西尾市岩瀬文庫蔵。
⑦黒本『弘徽殿』二丁裏・三丁表。西尾市岩瀬文庫蔵。
⑧黒本『弘徽殿』四丁裏・五丁表。西尾市岩瀬文庫蔵。
⑨黒本『弘徽殿』十丁裏。西尾市岩瀬文庫蔵。
⑩黒本『〔大しよくはん〕』七丁裏・八丁表。大東急記念文庫蔵。
⑪黒本『〔大しよくはん〕』八丁裏・九丁表。大東急記念文庫蔵。
⑫黒本『〔大しよくはん〕』十丁裏。大東急記念文庫蔵。
⑬黒本『〔大しよくはん〕』九丁裏・十丁表。大東急記念文庫蔵。

先行研究一覧

刊　年　1	画　作　者	板　元　名	研　究　論　文
			『草双紙と読本の研究』
寛文七年		山本九兵衛	「初期上方子供絵本をめぐって」
寛文七年		山本九兵衛	『初期上方子供絵本集』
			「草双紙・洒落本の芝居趣味」
			『増補新版　日本文学史　近世』
			「芝居種の黒本の作法」
刊年未詳		山本九兵衛	「初期上方子供絵本をめぐって」
刊年未詳		山本九兵衛	『初期上方子供絵本集』
			「草双紙・洒落本の芝居趣味」
			『増補新版　日本文学史　近世』
刊年未詳		八文字屋八左衛門	「初期上方子供絵本をめぐって」
刊年未詳		八文字屋八左衛門	『初期上方子供絵本集』
刊年未詳		鱗形屋	「『悪源太平治合戦』について」
			「芝居種の黒本の作法」
寛政五年か	曲亭馬琴作・北尾政美画	鶴屋	『黄表紙総覧　中編』
安永七年頃		松村屋	『黄表紙総覧　中編』
宝暦七年	鳥居清倍・清満画	鱗形屋	「『沖津白波』『勅宣養老水』影印・翻刻」
天明八年	勝川春英画		「歌舞伎小説解題」
天明八年		村田屋	『黄表紙総覧　前編』
安永六年	鳥居清長画		「歌舞伎小説解題」
安永六年		西村屋	『黄表紙総覧　前編』
安永六年		伊勢治	『黄表紙総覧　前編』
安永六年	鳥居清経画		「歌舞伎小説解題」
刊年未詳		丸屋小兵衛	「『〔今川状〕』について」
			『日本古典文学大辞典』「黒本青本」
明和七年		奥村屋	『日本古典文学大辞典』「黒本青本」
		板元未詳	「黒本・青本『浦島出世亀』について」
		松本屋治兵衛	「黒本・青本『浦島出世亀』について」
明和七年		奥村屋	「黒本・青本『浦島出世亀』について」
明和七年	富川房信画	奥村屋	「黒本・青本『かつらきやま眉輪王出世記』」
安永六年	鳥居清経画		「歌舞伎小説解題」
安永六年		西村屋	『黄表紙総覧　前編』
			『日本古典文学大辞典』「黒本青本」
明和五年	鳥居清経画	鱗形屋	「『小栗吹笛乾局』について」
延宝五年		庄兵衛	「初期上方子供絵本をめぐって」
延宝五年		庄兵衛	『初期上方子供絵本集』
			『草双紙と読本の研究』
			『増補新版　日本文学史　近世』
			「草双紙・洒落本の芝居趣味」
寛政十年	曲亭馬琴作・北尾重政画	鶴屋	『黄表紙総覧　中編』
寛政十年	曲亭馬琴作・北尾重政画	鶴屋	『黄表紙総覧　中編』
寛政十年	曲亭馬琴作・北尾重政画		「歌舞伎小説解題」
安永五年	鳥居清長画	伊勢幸	「黄表紙『郡山非人敵討』について」
寛政四年	鳥居清経画	村田屋	『黄表紙総覧　中編』
寛政九年	勝川春英画	村田屋	『黄表紙総覧　中編』
			「芝居種の黒本の作法」
			「芝居種の黒本の作法」
寛政四年	勝川春英画	村田屋	『黄表紙総覧　中編』
天明元年		伊勢治	『黄表紙総覧　前編』
			『草双紙と読本の研究』
			「芝居種の黒本の作法」
寛延二年か		鱗形屋	「『〔うはがひ〕』について」
			『日本古典文学大辞典』「黒本青本」
			『近世子どもの絵本集　江戸篇』
宝暦十一年か安永二年か		鱗形屋→岩戸屋	「『五衰殿熊野本地』について」
宝暦十一年	鳥居清満画	鱗形屋→岩戸屋	「『五衰殿熊野本地』」
		丸屋小兵衛	「赤小本から青本まで」
		丸屋小兵衛	「操り絵尽本『軍法富士見西行』について」
		板元未詳	「操り絵尽本『軍法富士見西行』について」
		丸屋小兵衛	「『新板軍法富士見西行絵尽』」
			「『新板軍法富士見西行絵尽』」
			「芝居種の黒本の作法」
			「芝居種の黒本の作法」
			『草双紙と読本の研究』
			「黒本『天智天皇』について」
刊年不明		鱗形屋	「『はんごうかう』について」

表Ⅰ－1　浄瑠璃作品名順

浄瑠璃抄録物草双紙

浄瑠璃作品名	浄 瑠 璃 読 み	浄 瑠 璃 作 者	草双紙作品名
			石山の本地
			牛若千人切はし弁慶
			牛若千人切はし弁慶
			御所桜都飛梅
			御所桜都飛梅
			春遊座舗狂言
			弁慶誕生記
			弁慶誕生記
			三升なこや
			三升なこや
			源よしつね高名そろへ
			源よしつめ高名そろへ
悪源太平治合戦	アクゲンダヘイジガッセン	浅田一鳥・安田蛙桂・並木周蔵	悪源太平治合戦
粟島譜嫁入雛形	アワシマケイズヨメイリヒナガタ	竹田出雲・三好松洛・並木千柳	粟島譜嫁入雛形
伊賀越乗掛合羽	イガゴエノリカケガッパ	近松東南	伊賀越乗掛合羽
伊賀越乗掛合羽	イガゴエノリカケガッパ	近松東南	伊賀越乗掛合羽
石川五右衛門	イシカワゴエモン	松本治太夫	沖津白波
一谷嫩軍記	イチノタニフタバグンキ	並木宗輔（他６名）	一谷嫩軍記
一谷嫩軍記	イチノタニフタバグンキ	並木宗輔（他６名）	一谷嫩軍記
糸桜本町育	イトザクラホンチョウソダチ	紀上太郎	糸桜本町育
糸桜本町育	イトザクラホンチョウソダチ	紀上太郎	糸桜本町育
糸桜本町育	イトザクラホンチョウソダチ	紀上太郎	糸桜本町育
糸桜本町育	イトザクラホンチョウソダチ	紀上太郎	糸桜本町育
今川本領猫魔館	イマガワホンリョウネコマタヤシキ	文耕堂・三好松洛（他３名）	〔今川状〕
以呂波物語	イロハモノガタリ	近松門左衛門（存疑作）	弘法大師御本地
浦島年代記	ウラシマネンダイキ	近松門左衛門	眉輪王出生記
浦島年代記	ウラシマネンダイキ	近松門左衛門	浦島出世亀
浦島年代記	ウラシマネンダイキ	近松門左衛門	今昔浦島記
浦島年代記	ウラシマネンダイキ	近松門左衛門	眉輪王出生記
浦島年代記	ウラシマネンダイキ	近松門左衛門	眉輪王出生記
江戸自慢恋商人	エドジマンコイノアキンド	友三郎・吉田鬼眼	江戸自慢恋商人
江戸自慢恋商人	エドジマンコイノアキンド	友三郎・吉田鬼眼	江戸自慢恋商人
大塔宮曦鎧	オオトウノミヤアサヒノイヨロイ	竹田出雲・松田和吉	金剛杖花高峰
説教『小栗判官』	オグリハンガン	未詳	乾局
説教『おぐり判官』	オグリハンガン	未詳	おぐり判官てるて物語
説教『おぐり判官』	オグリハンガン	未詳	おぐり判官てるて物語
お染久松袂の白しぼり	オソメヒサマツタモトノシラシボリ	紀海音	お染久松蔵の内
お染久松袂の白しぼり	オソメヒサマツタモトノシラシボリ	紀海音	お染久松蔵の内
お染久松袂の白しぼり	オソメヒサマツタモトノシラシボリ	紀海音	お染久松蔵の内
加賀見山旧錦絵	カガミヤマコキョウノニシキエ	容楊黛	時代世話足利染
加賀見山旧錦絵	カガミヤマコキョウノニシキエ	容楊黛	足利染拾遺雛形
加々見山旧錦絵	カガミヤマコキョウノニシキエ	容楊黛	鏡山旧錦絵
敵討襤褸錦	カタキウチツヅレノニシキ	文耕堂・三好松洛	郡山非人敵討
仮名手本忠臣蔵	カナデホンチュウシングラ	竹田出雲・並木千柳・三好松洛	仮名手本忠臣蔵
仮名手本忠臣蔵	カナデホンチュウシングラ	竹田出雲・並木千柳・三好松洛	仮名手本忠臣蔵
仮名手本忠臣蔵	カナデホンチュウシングラ	竹田出雲・並木千柳・三好松洛	仮名手本忠臣蔵
仮名手本忠臣蔵	カナデホンチュウシングラ	竹田出雲・並木千柳・三好松洛	化物忠臣蔵
仮名手本忠臣蔵	カナデホンチュウシングラ	竹田出雲・並木千柳・三好松洛	仮名手本忠臣蔵
鎌倉三代記	カマクラサンダイキ	未詳（近松半二か）	鎌倉三代記
苅萱桑門筑紫𨏍	カルカヤドウシンツクシノイエズト	並木宗輔・並木丈輔	苅萱桑門
苅萱桑門筑紫𨏍	カルカヤドウシンツクシノイエズト	並木宗輔・並木丈輔	苅萱桑門
河内国姥火	カワチノクニウバガヒ	松田和吉	〔うはがひ〕
咸陽宮	カンヨウキュウ	未詳	漢楊宮
金平地獄破	キンピラジゴクヤブリ	（所在不明）	公平寿八百余歳の札
説教『熊野之御本地』	クマノノゴホンジ	未詳	五衰殿熊野本地
説教『熊野之御本地』	クマノノゴホンジ	未詳	五衰殿熊野本地
軍法富士見西行	グンポウフジミサイギョウ	並木千柳・小川半平・竹田出雲	軍法富士見西行絵尽
軍法富士見西行	グンポウフジミサイギョウ	並木千柳・小川半平・竹田出雲	軍法富士見西行絵尽
軍法富士見西行	グンポウフジミサイギョウ	並木千柳・小川半平・竹田出雲	富士見西行
軍法富士見西行	グンポウフジミサイギョウ	並木千柳・小川半平・竹田出雲	軍法富士見西行絵尽
軍法富士見西行	グンポウフジミサイギョウ	並木千柳・小川半平・竹田出雲	富士見西行
軍法富士見西行	グンポウフジミサイギョウ	並木千柳・小川半平・竹田出雲	富士見西行
軍法富士見西行	グンポウフジミサイギョウ	並木千柳・小川半平・竹田出雲	軍法富士見西行絵尽
軍法富士見西行	グンポウフジミサイギョウ	並木千柳・小川半平・竹田出雲	富士見西行絵尽
傾城反魂香	ケイセイハンゴンコウ	近松門左衛門	はんごんかう
傾城反魂香	ケイセイハンゴンコウ	近松門左衛門	はんごんかう

刊　年　1	画　作　者	板　元　名	研　究　論　文
刊年未詳		鱗形屋	「『はんごうかう』」
宝暦元年		村田屋	「『江島児淵』について」
宝暦元年		村田屋	「『江島児淵』」
			「芝居種の黒本の作法」
宝暦十二年		村田屋	「『新板　倭歌須磨昔』について」
宝暦十二年	丈阿作・鳥居清久画	村田屋	「『倭歌須磨昔』」
			「『源氏烏帽子折』の変容と展開」
寛政六年		村田屋	『黄表紙総覧　中編』
寛政六年		村田屋	『黄表紙総覧　中編』
寛政九年		村田屋	『黄表紙総覧　中編』
寛政六年	勝川春英画		『歌舞伎小説解題』
			「芝居種の黒本の作法」
安永六年			「『甲子待座鋪狂言』について」
		鱗形屋か	『増補新版　日本文学史　近世』
		鱗形屋か	「赤小本から青本まで」
		鱗形屋か	「草双紙・洒落本の芝居趣味」
寛政五年		村田屋	『黄表紙総覧　中編』
寛政五年		村田屋	『黄表紙総覧　中編』
寛政六年		村田屋	『黄表紙総覧　中編』
			『草双紙と読本の研究』
刊年未詳		村田屋	「『こく性や合戦』について」
延享三年か	画工未詳		『大東急記念文庫善本叢刊』
寛政七年	式亭三馬作・歌川豊国画	西宮	『黄表紙総覧　中編』
天保七年	宝田千町補作・歌川貞秀画	和泉屋市兵衛	『黄表紙総覧　中編』
寛政八年	曲亭馬琴作・北尾重政画か	鶴屋	『黄表紙総覧　中編』
寛政八年	式亭三馬作・歌川豊国画	西宮	『黄表紙総覧　中編』
寛政七年	式亭三馬作・鳥居清長画		「歌舞伎小説解題」
寛政十年	式亭三馬作・歌川豊国画	西宮	『黄表紙総覧　中編』
文政三年	式亭三馬作・歌川国貞画	西宮	『黄表紙総覧　中編』
寛政十二年	十返舎一九画作	岩戸屋	『黄表紙総覧　中編』
寛政十二年	十返舎一九画作	岩戸屋	『黄表紙総覧　中編』
寛政十二年	十返舎一九画作	岩戸屋	『黄表紙総覧　中編』
寛政十二年	十返舎一九画作		「歌舞伎小説解題」
明和二年		村田屋	『台湾大学所蔵　近世芸文集　第五巻』
寛延三年か		鱗形屋	「黒本青本『惟高惟仁位あらそひ』について」
			「黒本『天智天皇』について」
安永五年		松村屋	「『娘敵討上代染』について」
安永五年		松村屋	『黄表紙総覧　前編』
刊年未詳	鳥居清満画作	丸屋小兵衛	「黒本『東荘寺合戦』について」
明和二年	鳥居清満画作	丸屋小兵衛	「『東荘寺合戦』」
			『日本古典文学大辞典』「黒本青本」
寛政十一年	十返舎一九画作	山口屋	『黄表紙総覧　中編』
刊年未詳	鳥居清信画	村田屋	「『〔さんせう太夫〕』について」
			「赤本「ぎおん大まつり」考」
		木下甚右衛門	『近世子どもの絵本集　江戸篇』
			『日本古典文学大辞典』「赤本」
寛延二年か			『草双紙と読本の研究』
寛延二年か			『日本古典文学大辞典』「赤本」
			「黒本『天智天皇』について」
寛延二年	鳥居清満画	丸屋小兵衛	『青本黒本集』
	鳥居清満画か		「『源氏烏帽子折』の変容と展開」
安永四年		西村屋	「『出世やつこ』について」
		伊勢屋金兵衛	『近世子どもの絵本集　江戸篇』
		鱗形屋	「『筆累絹川堤』について」
明和年間		丸屋小兵衛	『黄表紙総覧　前編』
安永五年	鳥居清経画		「歌舞伎小説解題」
			「芝居種の黒本の作法」
安永八年	鳥居清経画	西村屋	「『ふゑ竹角田』について」
文化三年か	十返舎一九画作	岩戸屋	『黄表紙総覧　中編』
寛政十一年	十返舎一九画作	岩戸屋	『黄表紙総覧　中編』
寛政十一年	十返舎一九画作	岩戸屋	『黄表紙総覧　中編』
			「『善光寺』の絵入本をめぐって」
安永七年か	呉増左作か・鳥居清経画	板元未詳	「国会図書館本『〔善光寺〕』について」
安永元年	富川房信画	奥村屋	『岩崎文庫貴重本叢刊』
			『近世子どもの絵本集　江戸篇』
			『草双紙と読本の研究』

表Ｉ－２

浄瑠璃作品名	浄瑠璃読み	浄瑠璃作者	草双紙作品名
傾城反魂香	ケイセイハンゴンコウ	近松門左衛門	はんごんかう
傾城枕軍談	ケイセイマクラグンダン	並木千柳・三好松洛・竹田出雲	傾城枕軍談
傾城枕軍談	ケイセイマクラグンダン	並木千柳・三好松洛・竹田出雲	傾城枕軍談
傾城枕軍談	ケイセイマクラグンダン	並木千柳・三好松洛・竹田出雲	傾城枕軍談
現在松風	ゲンザイマツカゼ	土佐少掾橘正勝か	倭歌須磨昔
現在松風	ゲンザイマツカゼ	土佐少掾橘正勝か	倭歌須磨昔
源氏烏帽子折	ゲンジエボシオリ	近松門左衛門か	〔ゑほし〕
源平布引瀧	ゲンペイヌノビキノタキ	並木千柳・三好松洛	源平布引瀧
源平布引瀧	ゲンペイヌノビキノタキ	並木千柳・三好松洛	旭出幼源氏
源平布引瀧	ゲンペイヌノビキノタキ	並木千柳・三好松洛	源平布引瀧
源平布引瀧	ゲンペイヌノビキノタキ	並木千柳・三好松洛	源平布引瀧
恋女房染分手綱	コイニョウボウソメワケタヅナ	吉田冠子・三好松洛	酒呑童子
恋娘昔八丈	コイムスメムカシハチジョウ	松貫四・吉田角丸	恋娘昔八丈
弘徽殿鵜羽産家	コウキデンウノハノウブヤ	近松門左衛門	弘徽殿
弘徽殿鵜羽産家	コウキデンウノハノウブヤ	近松門左衛門	弘徽殿
弘徽殿鵜羽産家	コウキデンウノハノウブヤ	近松門左衛門	弘徽殿
国性爺合戦	コクセンヤカッセン	近松門左衛門	〔和藤内三舛若衆〕
国性爺合戦	コクセンヤカッセン	近松門左衛門	和藤内九仙山合戦
国性爺合戦	コクセンヤカッセン	近松門左衛門	国性爺合戦
国性爺合戦	コクセンヤカッセン	近松門左衛門	国せんや合戦
国性爺合戦	コクセンヤカッセン	近松門左衛門	こく性や合戦
御所桜堀河夜討	ゴショザクラホリカワヨウチ	文耕堂・三好松洛	義経堀河夜討
碁太平記白石噺	ゴタイヘイキシロイシバナシ	紀上太郎・容楊黛・烏亭焉馬	碁太平記白石噺
碁太平記白石噺	ゴタイヘイキシロイシバナシ	紀上太郎・容楊黛・烏亭焉馬	碁太平記白石噺
碁太平記白石噺	ゴタイヘイキシロイシバナシ	紀上太郎・容楊黛・烏亭焉馬	報讐瀬狂夫
碁太平記白石噺	ゴタイヘイキシロイシバナシ	紀上太郎・容楊黛・烏亭焉馬	敵討白石噺
碁太平記白石噺	ゴタイヘイキシロイシバナシ	紀上太郎・容楊黛・烏亭焉馬	碁太平記白石噺
碁太平記白石噺	ゴタイヘイキシロイシバナシ	紀上太郎・容楊黛・烏亭焉馬	碁太平記白石噺
碁太平記白石噺	ゴタイヘイキシロイシバナシ	紀上太郎・容楊黛・烏亭焉馬	碁太平記白石噺
木下陰狭間合戦	コノシタカゲハザマカッセン	若竹笛躬・近松余七・２世並木千柳	木下陰狭間合戦
木下陰狭間合戦	コノシタカゲハザマカッセン	若竹笛躬・近松余七・２世並木千柳	後編狭間合戦
木下陰狭間合戦	コノシタカゲハザマカッセン	若竹笛躬・近松余七・２世並木千柳	木下陰狭間合戦
木下陰狭間合戦	コノシタカゲハザマカッセン	若竹笛躬・近松余七・２世並木千柳	木下陰狭間合戦
嫗山姥	コモチヤマウバ	近松門左衛門	金時稚立剛士雑
惟高惟仁位諍	コレタカコレヒトクライアラソイ	宇治加賀掾	惟高惟仁くらゐ諍ひ
惟高惟仁位諍	コレタカコレヒトクライアラソイ	宇治加賀掾	惟高惟仁くらゐ諍ひ
相模入道千疋犬	サガミニュウドウセンビキノイヌ	近松門左衛門	娘敵討上代染
相模入道千疋犬	サガミニュウドウセンビキノイヌ	近松門左衛門	娘敵討上代染
相模入道千疋犬	サガミニュウドウセンビキノイヌ	近松門左衛門	東荘寺合戦
相模入道千疋犬	サガミニュウドウセンビキノイヌ	近松門左衛門	東荘寺合戦
相模入道千疋犬	サガミニュウドウセンビキノイヌ	近松門左衛門	相模入道千疋犬
三十石夜舟初	サンジュッコクヨフネノハジマリ	近松柳	三十石夜舟初
説教『さんせう太夫』	サンショウダユウ	未詳	新三荘太夫
三世二河白道	サンゼニガビャクドウ	土佐少掾橘正勝	ぎおん大まつり
三世二河白道	サンゼニガビャクドウ	土佐少掾橘正勝	ぎおん大まつり
三世二河白道	サンゼニガビャクドウ	土佐少掾橘正勝	ぎおん大まつり
塩屋文正物語	シオヤブンショウモノガタリ	土佐少掾橘正勝	塩売文太物語
塩屋文正物語	シオヤブンショウモノガタリ	土佐少掾橘正勝	塩売文太物語
持統天皇歌軍法	ジトウテンノウウタグンポウ	近松門左衛門	寿天香久山
釈迦如来誕生会	シャカニョライタンジョウエ	近松門左衛門	釈迦如来御一代記
出世太平記	シュッセタイヘイキ	薩摩外記	新田四天王
出世握虎稚物語	シュッセヤッコオサナモノガタリ	竹田出雲	出世やつこ
聖徳太子御伝記	ショウトクタイシゴデンキ		〔赤本聖徳太子〕
新板累物語	シンパンカサネモノガタリ	並木良輔（他３名）	〔かさね〕
神霊矢口渡	シンレイヤグチノワタシ	福内鬼外	名君矢口社
菅原伝授手習鑑	スガワラデンジュテナライカガミ	竹田出雲・並木千柳・三好松洛	菅原伝授手習鑑
菅原伝授手習鑑	スガワラデンジュテナライカガミ	竹田出雲・並木千柳・三好松洛	菅原伝授手習鑑
説教『すみだ川』	スミダガワ	未詳	角田川梅若物語
住吉詣婦女行烈か	スミヨシモウデオンナギョウレツ		天下茶屋敵討
住吉詣婦女行烈か	スミヨシモウデオンナギョウレツ		敵討住吉詣
住吉詣婦女行烈か	スミヨシモウデオンナギョウレツ		殿下茶屋誉仇討
善光寺	ゼンコウジ		善光寺
善光寺御堂供養	ゼンコウジミドウクヨウ	近松門左衛門か	〔善光寺〕
曾我会稽山	ソガカイケイザン	近松門左衛門	夜雨虎少将念力
大内裏大友真鳥	ダイダイリオオトモノマトリ	竹田出雲	〔大友真鳥〕
大内裏大友真鳥	ダイダイリオオトモノマトリ	竹田出雲	大友真鳥

刊年1	画作者	板元名	研究論文
			「芝居種の黒本の作法」
			「芝居種の黒本の作法」
延享元年		岩戸屋	『増補新版　日本文学史　近世』
延享元年		岩戸屋	「草双紙・洒落本の芝居趣味」
延享元年		岩戸屋	「芝居種の黒本の作法」
延享元年以前の夏か		丸屋小兵衛	『近世子どもの絵本集　江戸篇』
延享元年以前の夏か		丸屋小兵衛	「赤本『たんばよさく』について」
寛延二年か		鱗形屋	「草双紙・洒落本の芝居趣味」
寛延二年か		鱗形屋	「黒本『天智天皇』について」
寛延二年か		鱗形屋	『増補新版　日本文学史　近世』
寛延二年か		鱗形屋	『日本古典文学大辞典』「黒本青本」
			『日本古典文学大辞典』「赤本」
延享二年か		鱗形屋	「『菊重女清玄』」
			「赤本『ぎおん大まつり』考」
			『近世子どもの絵本集　江戸篇』
宝暦十一年		鱗形屋	「『大益天神記』（二）」
刊年未詳		鱗形屋	「黒本『天智天皇』について」
刊年未詳		鱗形屋	「『天智天皇』」
刊年未詳		鱗形屋	「赤小本から青本まで」
			『日本古典文学大辞典』「黒本青本」
			『日本古典文学大辞典』「黒本青本」
享保十二年		奥村屋	「赤本『風流なこや山三』について」
			「『小野小町今様姿』について」
明和六年か		鱗形屋→岩戸屋	「『日本商人始』」
刊年未詳丑年か		鱗形屋→岩戸屋	「『日本商人の始』について」
			「芝居種の黒本の作法」
			『日本古典文学大辞典』「黒本青本」
寛政九年	曲亭馬琴作・北尾重政画か	蔦屋	『黄表紙総覧　中編』
安政四年	東亀庵臥龍作・歌川貞秀画	山本屋平吉	『黄表紙総覧　中編』
寛政九年	曲亭馬琴作・北尾重政画		「歌舞伎小説解題」
延享から寛延期か		丸屋小兵衛	「赤本『千本左衛門』について」
延享から寛延期か		丸屋小兵衛	「赤小本から青本まで」
宝暦八年	鳥居清満画か		「芝居と小説」
宝暦八年	鳥居清満画か		「赤本・黒本・青本」
明和二年か四年か	富川房信画	鶴屋	「『堤彦松浦軍記』について」
明和二年か四年か	富川房信画	鶴屋	『日本古典文学大辞典』「黒本青本」
			「芝居種の黒本の作法」
明和元年か安永五年		村田屋	「『平家女ごの嶋』について」
明和七年か		鱗形屋	「黒本『ちんぜい八郎ためとも行状記』について」
寛政十一年		岩戸屋	『黄表紙総覧　中編』
	鳥居清満画		「『一休和尚悟乳柑子』について」
	鳥居清満画		「『一休和尚悟乳柑子』」
	鳥居清満画		「『一休和尚悟乳柑子』について」
	鳥居清満画		「『一休和尚悟乳柑子』」
寛延元年か	画工未詳	小川屋	『大東急記念文庫善本叢刊』
			『草双紙と読本の研究』
			「『驪翼塚』について」
安永九年		西村屋	『黄表紙総覧　前編』
安永元年か		鱗形屋	「『八百屋お七恋藤巴』について」
			「黒本『天智天皇』について」
			「赤本「ぎおん大まつり」考」
刊年未詳		丸屋小兵衛	「『夕霧阿波の鳴戸』」
刊年未詳		丸屋小兵衛	「『夕霧阿波の鳴戸』について」
			『増補新版　日本文学史　近世』
			『近世子どもの絵本集　江戸篇』
			「草双紙・洒落本の芝居趣味」
寛政十一年	（蘭徳斎画）	岩戸屋	『黄表紙総覧　中編』
寛政三年		秩父屋	『黄表紙総覧　中編』
寛政三年	蘭徳斎画		「歌舞伎小説解題」
文政二年	東里山人作・歌川美丸画	岩戸屋	『黄表紙総覧　中編』
			「芝居種の黒本の作法」
		鶴屋	「赤小本から青本まで」

表Ⅰ－3

浄瑠璃作品名	浄瑠璃読み	浄瑠璃作者	草双紙作品名
大内裏大友真鳥	ダイダイリオオトモノマトリ	竹田出雲	大友真鳥
大内裏大友真鳥	ダイダイリオオトモノマトリ	竹田出雲	猫鼠大友真鳥
丹州爺打栗	タンシュウテテウチグリ	竹田小出雲・三好松洛	丹波爺打栗
丹州爺打栗	タンシュウテテウチグリ	竹田小出雲・三好松洛	丹波爺打栗
丹州爺打栗	タンシュウテテウチグリ	竹田小出雲・三好松洛	丹波爺打栗
丹波与作待夜のこむろぶし	タンバヨサクマツヨノコムロブシ	近松門左衛門	たんばよさく
丹波与作待夜の小室節	タンバヨサクマツヨノコムロブシ	近松門左衛門	たんばよさく
津国女夫池	ツノクニメオトイケ	近松門左衛門	津の国夫婦が池
津国女夫池	ツノクニメオトイケ	近松門左衛門	津の国夫婦が池
津国女夫池	ツノクニメオトイケ	近松門左衛門	津の国夫婦が池
津国女夫池	ツノクニメオトイケ	近松門左衛門	津の国夫婦が池
定家	テイカ	土佐少掾橘正勝	〔定家〕
定家	テイカ	土佐少掾橘正勝	菊重女清玄
定家	テイカ	土佐少掾橘正勝	〔定家〕
定家	テイカ	土佐少掾橘正勝	〔定家〕
天神記	テンジンキ	近松門左衛門	大益天神記
天智天皇	テンチテンノウ	近松門左衛門	天智天皇
天智天皇	テンチテンノウ	近松門左衛門	天智天皇
天智天皇	テンチテンノウ	近松門左衛門	天智天皇
天智天皇	テンチテンノウ	近松門左衛門	天智天皇
殿造千丈嶽	トノヅクリセンジョウガタケ	豊竹応律・黒蔵主	四天王再功
名古屋山三郎	ナゴヤサンザブロウ	土佐少掾橘正勝	風流なこや山三
七小町	ナナコマチ	竹田出雲	雨請小町名歌栄
日本商人の始（恵美酒本地）	ニッポンアキンドノハジマリ	未詳	日本商人始
日本商人の始（恵美酒本地）	ニッポンアキンドノハジマリ	未詳	日本商人の始
番場忠太紅梅箙	バンバノチュウダコウバイエビラ	若竹笛躬・中邑阿契	番場忠太紅梅箙
番場忠太紅梅箙	バンバノチュウダコウバイエビラ	若竹笛躬・中邑阿契	番場忠太紅梅箙
彦山権現誓助剣	ヒコサンゴンゲンチカイノスケダチ	梅野下風・近松保蔵	彦山権現誓助剣
彦山権現誓助剣	ヒコサンゴンゲンチカイノスケダチ	梅野下風・近松保蔵	彦山権現誓助剣
彦山権現誓助剣	ヒコサンゴンゲンチカイノスケダチ	梅野下風・近松保蔵	彦山権現誓助剣
風俗太平記	フウゾクタイヘイキ	為永太郎兵衛（他3名）	千本左衛門
風俗太平記	フウゾクタイヘイキ	為永太郎兵衛（他3名）	千本左衛門
双蝶々曲輪日記	フタツチョウチョウクルワニッキ	竹田出雲・三好松洛・並木千柳	風流一対男
双蝶々曲輪日記	フタツチョウチョウクルワニッキ	竹田出雲・三好松洛・並木千柳	風流一対男
武烈天皇艤	ブレツテンノウフナヨソオイ	為永太郎兵衛	堤彦松浦軍記
武烈天皇艤	ブレツテンノウフナヨソオイ	為永太郎兵衛	堤彦松浦軍記
文武世継梅	ブンブヨツギウメ	並木千柳・三好松洛	文武世継梅
平家女護島	ヘイケニョゴノシマ	近松門左衛門	平家女ごの嶋
保元平治軍物語	ホウゲンヘイジイクサモノガタリ		ちんぜい八郎ためとも行状記
星月夜百人上臈	ホシヅキヨヒャクニンジョウロウ		星月夜鎌倉山
本朝檀特山	ホンチョウダントクセン	並木宗助・安田蛙文	蜷川新右ヱ門
本朝檀特山	ホンチョウダントクセン	並木宗助・安田蛙文	蜷川新右ヱ門
本朝檀特山	ホンチョウダントクセン	並木宗助・安田蛙文	知光一休ばなし
本朝檀特山	ホンチョウダントクセン	並木宗助・安田蛙文	知光一休ばなし
源義経将棊経	ミナモトノヨシツネショウギキョウ	近松門左衛門	乗初奥州黒
睦月連理たまつばき	ムツマジキレンリノタマツバキ		〔かな村やおさん〕
驪山比翼塚	メグロノヒヨクヅカ	源平藤橘・吉田鬼眼他	驪比翼塚
驪山比翼塚	メグロノヒヨクヅカ	源平藤橘・吉田鬼眼他	驪比翼塚
八百やお七恋緋桜	ヤオヤオシチコイノヒザクラ	竹本喜世太夫	八百屋お七恋藤巴
夕霧阿波鳴渡	ユウギリアワノナルト	近松門左衛門	夕霧阿波の鳴戸
夕霧阿波鳴渡	ユウギリアワノナルト	近松門左衛門	夕霧阿波鳴戸
夕霧阿波鳴渡	ユウギリアワノナルト	近松門左衛門	夕霧阿波の鳴戸
夕霧阿波鳴渡	ユウギリアワノナルト	近松門左衛門	夕霧阿波の鳴戸
夕霧阿波鳴渡	ユウギリアワノナルト	近松門左衛門	夕霧阿波鳴戸
夕霧阿波鳴渡	ユウギリアワノナルト	近松門左衛門	夕霧阿波の鳴戸
夕霧阿波鳴渡	ユウギリアワノナルト	近松門左衛門	夕霧阿波鳴戸
有職鎌倉山	ユウショクカマクラヤマ	菅専助・中村魚眼	有職鎌倉山
有職鎌倉山	ユウショクカマクラヤマ	菅専助・中村魚眼	有職鎌倉山
有職鎌倉山	ユウショクカマクラヤマ	菅専助・中村魚眼	有職鎌倉山
有職鎌倉山	ユウショクカマクラヤマ	菅専助・中村魚眼	有職鎌倉山
義経千本桜	ヨシツネセンボンザクラ	竹田出雲・三好松洛・並木千柳	千本さくら
吉野都女楠	ヨシノノミヤコオンナクスノキ		菊水軍法錦

先行研究一覧

画　作　者	浄瑠璃作品名	研　究　論　文
	聖徳太子御伝記	『近世子どもの絵本集　江戸篇』
	悪源太平治合戦	「『悪源太平治合戦』について」
	源平布引瀧	『黄表紙総覧　中編』
曲亭馬琴作・北尾重政画	加賀見山旧錦絵	『黄表紙総覧　中編』
	七小町	「『小野小町今様姿』について」
	粟島譜嫁入雛形	「芝居種の黒本の作法」
曲亭馬琴作・北尾政美画	伊賀越乗掛合羽	『黄表紙総覧　中編』
	伊賀越乗掛合羽	『黄表紙総覧　中編』
		『草双紙と読本の研究』
勝川春英画	一谷嫩軍記	「歌舞伎小説解題」
	一谷嫩軍記	『黄表紙総覧　前編』
鳥居清長画	糸桜本町育	「歌舞伎小説解題」
	糸桜本町育	『黄表紙総覧　前編』
	糸桜本町育	『黄表紙総覧　前編』
鳥居清経画	糸桜本町育	「歌舞伎小説解題」
鳥居清経画	説経『小栗判官』	「『小栗吹笛乾局』について」
	今川本領猫魔館	「『〔今川状〕』について」
		「初期上方子供絵本をめぐって」
		『初期上方子供絵本集』
	河内国姥火	「『〔うはがひ〕』について」
	浦島年代記	「黒本・青本『浦島出世亀』について」
鳥居清経画	江戸自慢恋商人	「歌舞伎小説解題」
	江戸自慢恋商人	『黄表紙総覧　前編』
	源氏烏帽子折	「「源氏烏帽子折」の変容と展開」
	大内裏大友真鳥	『近世子どもの絵本集　江戸篇』
	大内裏大友真鳥	『草双紙と読本の研究』
	大内裏大友真鳥	「芝居種の黒本の作法」
鳥居清倍・清満画	石川五右衛門	「『沖津白波』『勅宣養老水』影印・翻刻」
	説経『おぐり判官』	「初期上方子供絵本をめぐって」
	説経『おぐり判官』	『初期上方子供絵本集』
	お染久松袂の白しぼり	『草双紙と読本の研究』
	お染久松袂の白しぼり	『増補新版　日本文学史　近世』
	お染久松袂の白しぼり	「草双紙・洒落本の芝居趣味」
曲亭馬琴作・北尾重政画	加々見山旧錦絵	「歌舞伎小説解題」
	新板累物語	「『筆累絹川堤』について」
曲亭馬琴作・北尾重政画か	碁太平記白石噺	『黄表紙総覧　中編』
式亭三馬作・歌川豊国画	碁太平記白石噺	『黄表紙総覧　中編』
十返舎一九画作	住吉詣婦女行烈か	『黄表紙総覧　中編』
勝川春英画	仮名手本忠臣蔵	『黄表紙総覧　中編』
	仮名手本忠臣蔵	「芝居種の黒本の作法」
鳥居清経画	仮名手本忠臣蔵	『黄表紙総覧　中編』
勝川春英画	仮名手本忠臣蔵	『黄表紙総覧　中編』
	睦月連理たまつばき	『草双紙と読本の研究』
	鎌倉三代記	『黄表紙総覧　前編』
	苅萱桑門筑紫𨏍	『草双紙と読本の研究』
	苅萱桑門筑紫𨏍	「芝居種の黒本の作法」
	咸陽宮	『日本古典文学大辞典』「黒本青本」
	三世二河白道	『近世子どもの大まつり　江戸篇』
	三世二河白道	「赤本「ぎおん大まつり」考」
	三世二河白道	『日本古典文学大辞典』「赤本」
	定家	「『菊重女清玄』」
	吉野都女楠	「赤小本から青本まで」
	嫗山姥	『台湾大学所蔵　近世芸文集　第五巻』
	金平地獄破	『近世子どもの絵本集　江戸篇』
	軍法富士見西行	「赤小本から青本まで」
	軍法富士見西行	「操り絵尽本『軍法富士見西行』について」
	軍法富士見西行	「『新板軍法富士見西行絵尽』」
	軍法富士見西行	「芝居種の黒本の作法」
	傾城枕軍談	「『江島児淵』について」
	傾城枕軍談	「『江島児淵』」
	傾城枕軍談	「『芝居種の黒本の作法』」
	源平布引瀧	『黄表紙総覧　中編』
	源平布引瀧	『黄表紙総覧　中編』
勝川春英画	源平布引瀧	「歌舞伎小説解題」
	恋娘昔八丈	「『甲子待座鋪狂言』について」
	弘徽殿鵜羽産家	『増補新版　日本文学史　近世」

表Ⅱ－1　草双紙作品名順

浄瑠璃抄録物草双紙

草双紙作品名	作品名読み	刊年1	刊年2	板元名
〔赤本聖徳太子〕	アカホンショウトクタイシ			伊勢屋金兵衛
悪源太平治合戦	アクゲンダヘイジガッセン	刊年未詳		鱗形屋
旭出幼源氏	アサヒノデオサナゲンジ	寛政六年	1794	村田屋
足利染拾遺雛形	アシカガゾメジュウイヒナガタ	寛政十年	1798	鶴屋
雨請小町名歌栄	アマゴイコマチメイカノサカエ			
粟島譜嫁入雛形	アワシマケイズヨメイリヒナガタ			
伊賀越乗掛合羽	イガゴエノリカケガッパ	寛政五年か	1793	鶴屋
伊賀越乗掛合羽	イガゴエノリカケガッパ	安永七年頃	1778	松村屋
石山の本地	イシヤマノホンジ			
一谷嫩軍記	イチノタニフタバグンキ	天明八年	1788	
一谷嫩軍記	イチノタニフタバグンキ	天明八年	1788	村田屋
糸桜本町育	イトザクラホンチョウソダチ	安永六年	1777	
糸桜本町育	イトザクラホンチョウソダチ	安永六年	1777	西村屋
糸桜本町育	イトザクラホンチョウソダチ	安永六年	1777	伊勢治
糸桜本町育	イトザクラホンチョウソダチ	安永六年	1777	
乾局	イヌイノツボネ	明和五年	1768	鱗形屋
〔今川状〕	イマガワジョウ	刊年未詳		丸屋小兵衛
牛若千人切はし弁慶	ウシワカセンニンギリハシベンケイ	寛文七年	1667	山本九兵衛
牛若千人切はし弁慶	ウシワカセンニンギリハシベンケイ	寛文七年	1667	山本九兵衛
〔うはがひ〕	ウバガヒ	寛延二年か	1749	鱗形屋
浦島出世亀	ウラシマシュッセノカメ			板元不明
江戸自慢恋商人	エドジマンコイノアキンド	安永六年	1777	
江戸自慢恋商人	エドジマンコイノアキンド	安永六年	1777	西村屋
〔ゑぼし〕	エボシ			
〔大友真鳥〕	オオトモノマトリ			
大友真鳥	オオトモノマトリ			
大友真鳥	オオトモノマトリ			
沖津白波	オキツシラナミ	宝暦七年	1757	鱗形屋
おぐり判官てるて物語	オグリハンガンテルテヒメ	延宝五年	1677	庄兵衛
おぐり判官てるて物語	オグリハンガンテルテヒメ	延宝五年	1677	庄兵衛
お染久松蔵の内	オソメヒサマツクラノウチ			
お染久松蔵の内	オソメヒサマツクラノウチ			
お染久松蔵の内	オソメヒサマツクラノウチ			
鏡山旧錦絵	カガミヤマコキョウノニシキエ	寛政十年	1798	
〔かさね〕	カサネ			鱗形屋
報讐獺狂夫	カタキウチオソノタワレオ	寛政八年	1796	鶴屋
敵討白石噺	カタキウチシライシバナシ	寛政八年	1796	西宮
敵討住吉詣	カタキウチスミヨシモウデ	寛政十一年	1799	岩戸屋
仮名手本忠臣蔵	カナデホンチュウシングラ	寛政九年	1797	村田屋
仮名手本忠臣蔵	カナデホンチュウシングラ			
仮名手本忠臣蔵	カナデホンチュウシングラ	寛政四年	1792	村田屋
仮名手本忠臣蔵	カナデホンチュウシングラ	寛政四年	1792	村田屋
〔かな村やおさん〕	カナムラヤオサン			
鎌倉三代記	カマクラサンダイキ	天明元年	1781	伊勢治
苅萱桑門	カルカヤドウシン			
苅萱桑門	カルカヤドウシン			
漢楊宮	カンヨウキュウ			
ぎおん大まつり	ギオンオオマツリ			木下甚右衛門
ぎおん大まつり	ギオンオオマツリ			
ぎおん大まつり	ギオンオオマツリ			
菊重女清玄	キクガサネオンナセイゲン	延享二年か	1745	鱗形屋
菊水軍法錦	キクスイグンポウノニシキ			鶴屋
金時稚立剛士雑	キントキオサナダチツワモノマジリ	明和二年	1765	村田屋
公平寿八百余歳の札	キンピラコトブキハッピャクヨネンノフダ			
軍法富士見西行絵尽	グンポウフジミサイギョウエヅクシ			丸屋小兵衛
軍法富士見西行絵尽	グンポウフジミサイギョウエヅクシ			丸屋小兵衛
軍法富士見西行絵尽	グンポウフジミサイギョウエヅクシ			丸屋小兵衛
軍法富士見西行絵尽	グンポウフジミサイギョウエヅクシ			
傾城枕軍談	ケイセイマクラグンダン	宝暦元年	1751	村田屋
傾城枕軍談	ケイセイマクラグンダン	宝暦元年	1751	村田屋
傾城枕軍談	ケイセイマクラグンダン			
源平布引瀧	ゲンペイヌノビキノタキ	寛政六年	1794	村田屋
源平布引瀧	ゲンペイヌノビキノタキ	寛政九年	1797	村田屋
源平布引瀧	ゲンペイヌノビキノタキ	寛政六年	1794	
恋娘昔八丈	コイムスメムカシハチジョウ	安永六年	1777	
引徽殿	コウキデン			鱗形屋か

画　作　者	浄瑠璃作品名	研　究　論　文
	引徽殿鶫羽産家	「赤小本から青本まで」
	引徽殿鶫羽産家	「草双紙・洒落本の芝居趣味」
十返舎一九画作	木下陰狭間合戦	『黄表紙総覧　中編』
	以呂波物語	『日本古典文学大辞典』「黒本青本」
鳥居清長画	敵討檻褸錦	「黄表紙『郡山非人敵討』について
	国性爺合戦	『黄表紙総覧　中編』
	国性爺合戦	『草双紙と読本の研究』
	国性爺合戦	「『こく性や合戦』について」
		『増補新版　日本文学史　近世』
		「草双紙・洒落本の芝居趣味」
	説経『熊野之御本地』	「『五衰殿熊野本地』について」
鳥居清満画	説経『熊野之御本地』	「『五衰殿熊野本地』」
式亭三馬作・歌川豊国画	碁太平記白石噺	『黄表紙総覧　中編』
式亭三馬作・歌川国貞画	碁太平記白石噺	『黄表紙総覧　中編』
宝田千町補作・歌川貞秀画	碁太平記白石噺	『黄表紙総覧　中編』
式亭三馬作・歌川豊国画	碁太平記白石噺	『黄表紙総覧　中編』
式亭三馬作・鳥居清長画	碁太平記白石噺	「歌舞伎小説解題」
	持統天皇歌軍法	「黒本『天智天皇』について」
十返舎一九画作	木下陰狭間合戦	『黄表紙総覧　中編』
十返舎一九画作	木下陰狭間合戦	「歌舞伎小説解題」
十返舎一九画作	木下陰狭間合戦	『黄表紙総覧　中編』
	惟高惟仁位諍	「黒本青本『惟高惟仁位あらそひ』について」
	惟高惟仁位諍	「黒本『天智天皇』について」
	大塔宮曦鎧	『日本古典文学大辞典』「黒本青本」
	浦島年代記	「黒本・青本『浦島出世亀』について」
	相模入道千疋犬	『日本古典文学大辞典』「黒本青本」
富川房信画	武烈天皇艤	「『堤彦松浦軍記』について」
富川房信画	武烈天皇艤	『日本古典文学大辞典』「黒本青本」
十返舎一九画作	三十石夜舟初	『黄表紙総覧　中編』
	塩屋文正物語	『草双紙と読本の研究』
	塩屋文正物語	『日本古典文学大辞典』「赤本」
曲亭馬琴作・北尾重政画	加賀見山旧錦絵	『黄表紙総覧　中編』
	殿造千丈嶽	『日本古典文学大辞典』「黒本青本」
鳥居清満画	釈迦如来誕生会	『青本黒本集』
	出世握虎稚物語	「『出世やつこ』について」
	恋女房染分手綱	「芝居種の黒本の作法」
鳥居清信画	説経『さんせう太夫』	「『〔さんせう太夫〕』について」
鳥居清経画	菅原伝授手習鑑	「歌舞伎小説解題」
	菅原伝授手習鑑	「芝居種の黒本の作法」
鳥居清経画	説経『すみだ川』	「『ふゑ竹角田』について」
呉増左作か・鳥居清経画	善光寺御堂供養	「国会図書館本『〔善光寺〕』について」
	善光寺	「『善光寺』の絵入本をめぐって」
	風俗太平記	「赤本『千本左衛門』について」
	風俗太平記	「赤小本から青本まで」
	義経千本桜	「芝居種の黒本の作法」
	天神記	「『大益天神記』（二）」
	丹州爺打栗	『増補新版　日本文学史　近世』
	丹州爺打栗	「草双紙・洒落本の芝居趣味」
	丹州爺打栗	「芝居種の黒本の作法」
	丹波与作待夜の小室節	「赤本『たんばよさく』について」
	丹波与作待夜のこむろぶし	『近世子どもの絵本集　江戸篇』
鳥居清満画	本朝檀特山	「『一休和尚悟乳柑子』について」
鳥居清満画	本朝檀特山	「『一休和尚悟乳柑子』」
	保元平治軍物語	「黒本『ちんぜい八郎ためとも行状記』について」
	津国女夫池	『増補新版　日本文学史　近世』
	津国女夫池	「黒本『天智天皇』について」
	津国女夫池	「草双紙・洒落本の芝居趣味」
	津国女夫池	『日本古典文学大辞典』「黒本青本」
	定家	『近世子どもの絵本集　江戸篇』
	定家	『日本古典文学大辞典』「赤本」
	定家	「赤本「ぎおん大まつり」考」
十返舎一九画作	住吉詣婦女行烈か	『黄表紙総覧　中編』
十返舎一九画作	住吉詣婦女行烈か	『黄表紙総覧　中編』
	天智天皇	「赤小本から青本まで」
	天智天皇	「黒本『天智天皇』について」
	天智天皇	『天智天皇』

表Ⅱ－2

草双紙作品名	作品名読み	刊年1	刊年2	板元名
引徽殿	コウキデン			鱗形屋か
引徽殿	コウキデン			鱗形屋か
後篇狭間合戦	コウヘンハザマカッセン	寛政十二年	1800	岩戸屋
弘法大師御本地	コウボウダイシゴホンジ			
郡山非人敵討	コオリヤマヒニンカタキウチ	安永五年	1776	伊勢幸
国性爺合戦	コクセンヤカッセン	寛政六年	1794	村田屋
国せんや合戦	コクセンヤカッセン			
こく性や合戦	コクセンヤカッセン	刊年未詳		村田屋
御所桜都飛梅	ゴショザクラミヤコトビウメ			
御所桜都飛梅	ゴショザクラミヤコトビウメ			
五衰殿熊野本地	ゴスイデンクマノノホンジ	宝暦十一年か安永二年か		鱗形屋→岩戸屋
五衰殿熊野本地	ゴスイデンクマノノホンジ	宝暦十一年	1761	鱗形屋→岩戸屋
碁太平記白石噺	ゴタイヘイキシライシバナシ	寛政七年	1795	西宮
碁太平記白石噺	ゴタイヘイキシライシバナシ	文政三年	1820	西宮
碁太平記白石噺	ゴタイヘイキシライシバナシ	天保七年	1836	和泉屋市兵衛
碁太平記白石噺	ゴタイヘイキシライシバナシ	寛政十年	1798	西宮
碁太平記白石噺	ゴタイヘイキシライシバナシ	寛政七年	1795	
寿天香久山	コトブキアマノカグヤマ			
木下陰狭間合戦	コノシタカゲハザマカッセン	寛政十二年	1800	岩戸屋
木下陰狭間合戦	コノシタカゲハザマカッセン	寛政十二年	1800	
木下陰狭間合戦	コノシタカゲハザマカッセン	寛政十二年	1800	岩戸屋
惟高惟仁くらゐ諍ひ	コレタカコレヒトクライアラソイ	寛延三年か	1750	鱗形屋
惟高惟仁くらゐ諍ひ	コレタカコレヒトクライアラソイ			
金剛杖花高峰	コンゴウヅエハナノタカミネ			
今昔浦島咄	コンジャクウラシマバナシ			松本屋治兵衛
相模入道千疋犬	サガミニュウドウセンビキノイヌ			
堤彦松浦軍記	サデヒコマツラグンキ	明和二年か四年か	1765	鶴屋
堤彦松浦軍記	サデヒコマツラグンキ	明和二年か四年か	1765	鶴屋
三十石夜舟初	サンジッコクヨフネノハジマリ	寛政十一年	1799	山口屋
塩売文太物語	シオウリブンタモノガタリ	寛延二年か	1749	
塩売文太物語	シオウリブンタモノガタリ	寛延二年か	1749	
時代世話足利染	ジダイセワアシカガゾメ	寛政十年	1798	鶴屋
四天王再功	シテンノウニドノイサオシ			
釈迦如来御一代記	シャカニョライゴイチダイキ	寛延二年	1749	丸屋小兵衛
出世やつこ	シュッセヤッコ	安永四年	1775	西村屋
酒呑童子	シュテンドウジ			
新三荘太夫	シンサンショウダユウ	刊年未詳		村田屋
菅原伝授手習鑑	スガワラデンジュテナライカガミ	安永五年	1776	
菅原伝授手習鑑	スガワラデンジュテナライカガミ			
角田川梅若物語	スミダガワウメワカモノガタリ	安永八年	1779	西村屋
〔善光寺〕	ゼンコウジ	安永七年か	1778	板元未詳
善光寺	ゼンコウジ			
千本左衛門	センボンザエモン	延享から寛延期か		丸屋小兵衛
千本左衛門	センボンザエモン	延享から寛延期か		丸屋小兵衛
千本さくら	センボンサクラ			
大益天神記	タイエキテンジンキ	宝暦十一年	1761	鱗形屋
丹波爺打栗	タンバテテウチグリ	延享元年	1744	岩戸屋
丹波爺打栗	タンバテテウチグリ	延享元年	1744	岩戸屋
丹波爺打栗	タンバテテウチグリ	延享元年	1744	岩戸屋
たんばよさく	タンバヨサク	延享元年以前の夏	1744	丸屋小兵衛
たんばよさく	タンバヨサク	延享元年以前の夏	1744	丸屋小兵衛
知光一休ばなし	チコウイッキュウバナシ			
知光一休ばなし	チコウイッキュウバナシ			
ちんぜい八郎ためとも行状記	チンゼイハチロウタメトモイチダイキ	明和七年か	1770	鱗形屋
津の国夫婦が池	ツノクニメオトガイケ	寛延二年か	1749	鱗形屋
津の国夫婦が池	ツノクニメオトガイケ	寛延二年か	1749	鱗形屋
津の国夫婦が池	ツノクニメオトガイケ	寛延二年か	1749	鱗形屋
津の国夫婦が池	ツノクニメオトガイケ	寛延二年か	1749	鱗形屋
〔定家〕	テイカ			
〔定家〕	テイカ			
〔定家〕	テイカ			
天下茶屋敵討	テンカジャヤカタキウチ	文化三年か	1806	岩戸屋
殿下茶屋誉仇討	テンカジャヤホマレノアダウチ	寛政十一年	1799	岩戸屋
天智天皇	テンチテンノウ	刊年未詳		鱗形屋
天智天皇	テンチテンノウ	刊年未詳		鱗形屋
天智天皇	テンチテンノウ	刊年未詳		鱗形屋

画　作　者	浄瑠璃作品名	研　究　論　文
	天智天皇	『日本古典文学大辞典』「黒本青本」
鳥居清満画作	相模入道千疋犬	「黒本『東荘寺合戦』について」
鳥居清満画作	相模入道千疋犬	「黒本『東荘寺合戦』」
鳥居清満画か	出世太平記	「『源氏烏帽子折』の変容と展開」
	日本商人の始（恵美本地）	「『日本商人始』」
	日本商人の始（恵美本地）	「『日本商人始』について」
鳥居清満画	本朝檀特山	「『一休和尚悟乳柑子』について」
鳥居清満画	本朝檀特山	「『一休和尚悟乳柑子』」
	大内裏大友真鳥	「芝居種の黒本の作法」
画工未詳	源義経将纂経	『大東急記念文庫善本叢刊』
	仮名手本忠臣蔵	「芝居種の黒本の作法」
		「芝居種の黒本の作法」
	傾城反魂香	「黒本『天智天皇』について」
	傾城反魂香	「『はんごんかう』について」
	傾城反魂香	「『はんごんかう』」
	番場忠太紅梅箙	『日本古典文学大辞典』「黒本青本」
	番場忠太紅梅箙	「芝居種の黒本の作法」
曲亭馬琴作・北尾重政画	彦山権現誓助剣	「歌舞伎小説解題」
曲亭馬琴作・北尾重政画か	彦山権現誓助剣	『黄表紙総覧　中編』
東亀庵臥龍作・歌川貞秀画	彦山権現誓助剣	『黄表紙総覧　中編』
鳥居清満画か	双蝶々曲輪日記	『赤本・黒本・青本』
鳥居清満画か	双蝶々曲輪日記	「芝居と小説」
	名古屋山三郎	「赤本『風流なこや山三』について」
	軍法富士見西行	「芝居種の黒本の作法」
	軍法富士見西行	「操り絵尽本『軍法富士見西行』について」
	軍法富士見西行	「『新板軍法富士見西行絵尽』」
	軍法富士見西行	『草双紙と読本の研究』
	文武世継梅	「芝居種の黒本の作法」
	平家女護島	「『平家女ごの嶋』について」
		「初期上方子供絵本をめぐって」
		『初期上方子供絵本集』
	星月夜百人上臈	『黄表紙総覧　中編』
		「初期上方子供絵本をめぐって」
		『初期上方子供絵本集』
		『増補新版　日本文学史　近世』
		「草双紙・洒落本の芝居趣味」
	浦島年代記	『日本古典文学大辞典』「黒本青本」
	浦島年代記	「黒本・青本『浦島出世亀』について」
富川房信画	浦島年代記	「黒本・青本『かつらきやま眉輪王出生記』」
	相模入道千疋犬	『黄表紙総覧　前編』
	相模入道千疋犬	「『娘敵討上代染』について」
	神霊矢口渡	『黄表紙総覧　前編』
	驪山比翼塚	「『驪比翼塚』について」
	驪山比翼塚	『黄表紙総覧　前編』
	八百やお七恋緋桜	「『八百屋お七恋藤巴』について」
丈阿作・鳥居清久画	現在松風	「『倭歌須磨昔』について」
	現在松風	「『新板　倭歌須磨昔』について」
	夕霧阿波鳴渡	「草双紙・洒落本の芝居趣味」
	夕霧阿波鳴渡	「『夕霧阿波の鳴戸』について」
	夕霧阿波鳴渡	「黒本『天智天皇』について」
	夕霧阿波鳴渡	『近世子どもの絵本集　江戸篇』
	夕霧阿波鳴渡	『増補新版　日本文学史　近世』
	夕霧阿波鳴渡	「赤本「ぎおん大まつり」考」
	夕霧阿波鳴渡	「『夕霧阿波の鳴戸』」
	有職鎌倉山	『黄表紙総覧　中編』
東里山人作・歌川美丸画	有職鎌倉山	『黄表紙総覧　中編』
(蘭徳斎画)	有職鎌倉山	『黄表紙総覧　中編』
蘭徳斎画	有職鎌倉山	「歌舞伎小説解題」
画工未詳	御所桜堀河夜討	『大東急記念文庫善本叢刊』
富川房信画	曾我会稽山	『岩崎文庫貴重本叢刊』
	国性爺合戦	『黄表紙総覧　中編』
	国性爺合戦	『黄表紙総覧　中編』

表Ⅱ－3

草双紙作品名	作品名読み	刊年1	刊年2	板元名
天智天皇	テンチテンノウ			
東荘寺合戦	トウショウジガッセン	刊年未詳		丸屋小兵衛
東荘寺合戦	トウショウジガッセン	明和二年	1765	丸屋小兵衛
新田四天王	ニッタシテンノウ			
日本商人始	ニッポンアキンドノハジマリ	明和六年か	1769	鱗形屋→岩戸屋
日本商人の始	ニッポンアキンドノハジマリ	刊年未詳丑年か		鱗形屋→岩戸屋
蜷川新右ヱ門	ニナガワシンエモン			
蜷川新右ヱ門	ニナガワシンエモン			
猫鼠大友真鳥	ネコネズミオオトモノマトリ			
乗初奥州黒	ノリゾメオウシュウグロ	寛延元年か	1748	小川屋
化物忠臣蔵	バケモノチュウシングラ			
春遊座舗狂言	ハルアソビザシキキョウゲン			
はんごんかう	ハンゴンコウ			
はんごんかう	ハンゴンコウ	刊年不明		鱗形屋
はんごんかう	ハンゴンコウ	刊年不明		鱗形屋
番場忠太紅梅箙	バンバノチュウダコウバイエビラ			
番場忠太紅梅箙	バンバノチュウダコウバイエビラ			
彦山権現誓助剣	ヒコサンゴンゲンチカイノスケダチ	寛政九年	1797	
彦山権現誓助剣	ヒコサンゴンゲンチカイノスケダチ	寛政九年	1797	蔦屋
彦山権現誓助剣	ヒコサンゴンゲンチカイノスケダチ	安政四年	1857	山本屋平吉
風流一対男	フウリュウイッツイオトコ	宝暦八年	1758	
風流一対男	フウリュウイッツイオトコ	宝暦八年	1758	
風流なこや山三	フウリュウナゴヤサンザ	享保十二年	1727	奥村屋
富士見西行	フジミサイギョウ			
富士見西行	フジミサイギョウ			板元未詳
富士見西行	フジミサイギョウ			
富士見西行絵尽	フジミサイギョウエヅクシ			
文武世継梅	ブンブヨツギウメ			
平家女ごの嶋	ヘイケニョゴノシマ	明和元年か安永五年	1764	村田屋
弁慶誕生記	ベンケイタンジョウキ	刊年未詳		山本九兵衛
弁慶誕生記	ベンケイタンジョウキ	刊年未詳		山本九兵衛
星月夜鎌倉山	ホシヅキヨカマクラヤマ	寛政十一年	1799	岩戸屋
源よしつね高名そろへ	ミナモトノヨシツネコウミョウゾロエ	刊年未詳		八文字屋八左衛門
源よしつね高名そろへ	ミナモトノヨシツネコウミョウゾロエ	刊年未詳		八文字屋八左衛門
三升なこや	ミマスナゴヤ			
三升なこや	ミマスナゴヤ			
眉輪王出生記	ミリンオウシュッセイキ	明和七年	1770	奥村屋
眉輪王出生記	ミリンオウシュッセイキ	明和七年	1770	奥村屋
眉輪王出生記	ミリンオウシュッショウキ	明和七年	1770	奥村屋
娘敵討上代染	ムスメカタキウチジョウダイゾメ	安永五年	1776	松村屋
娘敵討上代染	ムスメカタキウチジョウダイゾメ	安永五年	1776	松村屋
名君矢口社	メイクンヤグチノヤシロ	明和年間		丸屋小兵衛
驪比翼塚	メグロノヒヨクヅカ			
驪比翼塚	メグロノヒヨクヅカ	安永九年	1780	西村屋
八百屋お七恋藤巴	ヤオヤオシチコイノフジドモエ	安永元年か	1772	鱗形屋
倭歌須磨昔	ヤマトウタスマノムカシ	宝暦十二年	1762	村田屋
倭歌須磨昔	ヤマトウタスマノムカシ	宝暦十二年	1762	村田屋
夕霧阿波鳴戸	ユウギリアワナルト			
夕霧阿波の鳴戸	ユウギリアワノナルト	刊年未詳		丸屋小兵衛
夕霧阿波の鳴戸	ユウギリアワノナルト			
夕霧阿波の鳴戸	ユウギリアワノナルト			
夕霧阿波鳴戸	ユウギリアワノナルト			
夕霧阿波鳴戸	ユウギリアワノナルト			
夕霧阿波の鳴戸	ユウギリアワノナルト	刊年未詳		丸屋小兵衛
有職鎌倉山	ユウショクカマクラヤマ	寛政三年	1791	秩父屋
有職鎌倉山	ユウショクカマクラヤマ	文政二年	1819	岩戸屋
有職鎌倉山	ユウショクカマクラヤマ	寛政十一年	1799	岩戸屋
有職鎌倉山	ユウショクカマクラヤマ	寛政三年	1791	
義経堀河夜討	ヨシツネホリカワヨウチ	延享三年か	1746	
夜雨虎少将念力	ヨルノアメトラショウショウノネンリキ	安永元年	1772	奥村屋
和藤内九仙山合戦	ワトウナイキュウセンザンガッセン	寛政五年	1793	村田屋
〔和藤内三舛若衆〕	ワトウナイサンショウノワカシュ	寛政五年	1793	村田屋

第二節　草双紙から見た江戸での『国性爺合戦』の受容

演劇研究の視点から、国性爺もの浄瑠璃抄録物草双紙に考察を加え、残存上演記録の少ない江戸での浄瑠璃『国性爺合戦』受容の問題を、特に出版物の側面から考えたい。

関西大学図書館蔵の「〔国性爺合戦〕」と整理書名のついた初期草双紙を、青本『国せんや合戦』とする。[1] 青本『国せんや合戦』は、画工の活躍年代等から、享保後期から宝暦初年までに初板刊行されたと思われる。内容は近松門左衛門作浄瑠璃『国性爺合戦』初段から五段目までのほぼ忠実な抄録物であるが、三段目の国性爺老母の自害は絵・文共に描かれない。

黒本『こく性や合戦』は、浄瑠璃二段目から五段目までの抄録物草双紙である。[2] 画工の活躍時期や筆致等から、安永初期位の刊行と推測される。内容は、浄瑠璃二段目の鴫蛤の場面から始まり、千里が竹での虎との格闘が強調して描かれ、三段目は簡略化され、四・五段目は和藤内の勇猛さを中心に描かれている。江戸での浄瑠璃『国性爺合戦』の上演記録は、現在のところ近世期を通じて五回しか見いだせない。加えて浄瑠璃上演は三段目を中心としており、これらの浄瑠璃抄録物は、浄瑠璃上演に即した草双紙ではない可能性がある。

黒本『こく性や合戦』には、青本『国せんや合戦』と構図的類似が認められる箇所が複数あり、両書共に二代目市川団十郎の歌舞伎からの影響がある。また黒本『こく性や合戦』は、上方出版の浄瑠璃絵尽し本『国性爺合戦』・浮世草子『国性爺御前軍談』挿絵をも参照している。

黄表紙『〈和藤内三舛若衆〉』・『和藤内九仙山合戦』は、寛政五年（一七九三）に初板刊行され、以後二回改題後摺りして刊行されている。一丁表には豊竹座の櫓紋のある劇場が描かれ、浄瑠璃抄録物であることを強調している。そして青本『国せんや合戦』との構図的類似性が強く見受けられ、青本を黄表紙風に描き直したものと言える。

天保五年（一八三四）刊合巻『国性谷合戦』は、口絵等を除く二十六丁のうち二十一丁は浄瑠璃初段から三段目までで占められている。三段目までに該当する本文は、浄瑠璃をかなり忠実に用いているが、絵は、青本・黒本・黄表紙・挿絵入り七行本『座敷操御伽軍記』を参照している。三段目が占める割合が増えているにも関わらず、国性爺老母の自害は絵画化されない。また、九仙山の場面のみ浄瑠璃舞台の画面で描かれているが、付舞台でのからくりによる戦闘場面は描かれていない。

これらのことから、江戸草双紙での『国性爺合戦』受容は、三段目の老母自害は簡略化される傾向があり、市川家の荒事と結びつけた形で受容されたこと、江戸における多数の浄瑠璃抄録物草双紙の出版には、享保の改革による方向付けや寛政の改革による出版統制の影響があることなどを考察したい。

一　青本『国せんや合戦』と浄瑠璃

関西大学図書館蔵の青本『国せんや合戦』（二世鳥居清信画・刊年未詳・村田屋板）は薄黄色無地の原表紙で、内容と無関係な『曾我十番切』（寛政六年刊・西村屋板）の貼題簽を付す。[3] 題簽は後人が貼付したと思われる。表紙やや左側に「和藤内出世物語」と墨書されるが、この書名は『国書総目録』・『日本小説書目年表』ともに記載がなく、何に依ったのかは不明である。

青本『国せんや合戦』は『草双紙と読本の研究』の「鳥居派　鳥居清信」の項に、六丁表の絵とともに紹介されたもの[4]と同板本と思われる。青本『国せんや合戦』（以下青本と略称する）の梗概を記す。

【梗概】（1オ～2オ）大明国思宗烈《しそうれつ》皇帝の許へ韃靼《だつだん》王からの使者梅勒王《ばいろくおう》がきて、懐妊中の后、華清夫人《かせいぶにん》を所望した。李踏天《りとうてん》は左の目をくり抜いて秘かに内通の意を示したため、使者はそのまま帰る。（2ウ・3オ）皇帝は妹梅檀皇女《せんだんこうにょ》を李踏天にめあわせようとして、女官達に花軍を行わせる。（3ウ・4オ）呉三桂《ごさんけい》が諫言する所へ、梅勒王と李踏天が押し寄せ、皇帝は李踏天に殺される。（4ウ・5オ）呉三桂は敵弾に当たって落命した后の胎内から若宮を取り出し、代わりに我が子を刺し殺して胎内へ入れる。（5ウ）呉三桂の妻柳歌君《りゅうかくん》は梅檀皇女に従って港まで落ち、皇女を船に乗せて日本へと渡らせる。（6オ）日本肥前の国松浦の郡の和藤内《わとうない》という漁師は、浜辺で鴫蛤の争いを見て軍法の奥義を会得する。（6ウ～8オ）和藤内の父老一官《ろういっかん》は、明の旧臣鄭芝龍《ていしりゅう》であり、折から日本に漂着した梅檀皇女から明朝の危機を伝えられ、和藤内親子三人は二手に別れて渡海する。（8ウ～10オ）千里が野辺の竹林で唐人達の虎狩りに出会った和藤内と母は、伊勢神宮の神威によって虎をてなずけ、軍兵達の頭を日本風に剃って配下に組み入れる。（10ウ・11オ）老一官の幼くして別れた娘、錦祥女《きんしょうじょ》の夫五常軍甘輝《ごじょうぐんかんき》を味方にしようと、和藤内らは獅子が城にやってくる。（11ウ～13オ）甘輝不在のため、母のみ縄をかけて城内に入る。甘輝が承諾すれば白粉を流し、不承知なら紅を流す約束をする。（13ウ）夫甘輝が得心しない様子を見て、錦祥女は自害する。（14オ）甘輝は和藤内に対面して良き大将と思い、味方につく。（14ウ～16オ）日本に残された和藤内女房小むつは、若衆姿となり木刀の練習をしている。折しも松の木が真剣の如くに切れたので、渡海する決心をする。（16ウ・17オ）小むつと梅檀皇女は、住吉明神の加護を得て無事唐土に着く。（17ウ～20オ）呉三桂は山中で秘かに若宮を養育しており、九仙山で碁をする二人の老人から、和藤内の加勢を教えられ、その戦いぶりを見せて貰うが、その間いつしか五年の歳月が流れていた。（20ウ～22オ）そこへ老一官、梅檀皇女、小むつが現れ、敵兵も押し寄せるが、呉三桂らは雲の懸け橋のはかりごとで敵兵を破り、碁盤を武器にして戦う。（22ウ・23オ）国性爺・呉三桂・甘輝が戦の評定をしていると、老一官が韃靼勢の籠もる城へ赴いたとの知らせがくる。（23ウ～25オ）老一官を人質とされるが、知略によって首尾よく韃靼勢を滅ぼす。（25ウ）太子を即位させて御代の万歳を祝う。

青本は、近松門左衛門作浄瑠璃『国性爺合戦』（正徳五年十一月初演・一七一五）初段から五段目までのほぼ忠実な抄録物草双紙であり、あらすじの改変は、諫言する呉三桂を帝が踏みつけると、額に書かれた「大明」の字が砕け散る箇所が省略されている部分と、甘輝が和藤内に味方する決意をするに至る経緯が簡略化されている箇所である。前者はからくりの見せ場であるためか、浄瑠璃絵尽し本等には必ず描かれている。また後者は、浄瑠璃三段目切の最も多く上演される場であるにも関わらず、和藤内老母の自害が画文共に全く触れられていない。

青本と特に類似性の認められる浄瑠璃絵尽し本等はない。浄瑠璃『国性爺合戦』には、多くの「読み物」としての作品が現存しており、絵尽し本『国性爺合戦』（正徳六年夏頃成か・一七一六・大坂山本九兵衛板）、浮世草子『国性爺御前軍談』（西沢一風か・享保元年刊・一七一六・京都菊屋長兵衛板）、浮世草子仕立浄瑠璃本『座敷操御伽軍記』（刊年未詳・上方板）等がある。青本はこれらの上方出版物挿絵に比べ、絵画化する箇所や画面の構図に独自性が認められる。

近松作浄瑠璃『国性爺合戦』は、大坂竹本座での初演時には十七ヶ月即ち三年越しの大当たりを取った作品である。しかしながら現存する江戸上演記録は、非常に少ない。『義太夫年表　索引篇』（義太夫年表近世篇索引刊行会・平成二年刊・一九九〇・八木書店）によると、江戸での『国性爺合戦』の上演記録は次に記す如く、近世期を通じて五回しか見いだせない。

享保四年（一七一九）十一月　劇場未詳　手妻人形　詳細不明
安永三年頃（一七七四）　肥前座　三段目の口（楼門）
天明五年頃（一七八五）　結城座　三段目（紅流しの評のみ）か
天保十一年（一八四〇）一月　結城座　三段目・四段目道行のみ
安政二年（一八五五）十月以降　劇場未詳　三段目

江戸上演の残存記録が少ない状況からは確定的な論証は避けるべきであるが、江戸上演は三段目中心である可能性がある。一方上方では、近世期五十三回もの上演記録が存在し、初演から宝暦七年（一七五七）までの竹本座上演は、五段目までの通し上演である。しかしそれ以降は、初段から三段目まで、或いは三段目のみといった場合が多く、四段目九仙山の上演は、宝暦十一年（一七六一）竹本座、安永元年（一七七二）伊勢中之地蔵、天明年間東竹田芝居藤川菊松座、文化三年（一八〇六）道頓堀大西芝居、天保十四年（一八四三）道頓堀若太夫芝居と五回のみである。

これらのことから青本は、浄瑠璃の江戸上演に即さずに刊行された草双紙である可能性がある。

二　青本『国せんや合戦』と黒本『こく性や合戦』

国立国会図書館蔵の黒本『こく性や合戦』は、安永初年頃の刊行かと思われる、鳥居清満画村田屋板の三巻一冊の作品で、黒色無地の原表紙、外題と絵が一枚に摺られた貼題簽が一枚付く。

黒本『こく性や合戦』（以下黒本と略称する）は、浄瑠璃『国性爺合戦』二段目から五段目までの抄録物草双紙である。黒本全十五丁のうち、二段目が六丁、三段目が二丁、四段目が六丁、五段目が一丁半に纏められていて、二段目と四段目に重点が置かれた構成になっている。

黒本は青本と構図的類似性が見いだせる部分がある。(5) 青本六丁表の鴫蛤の構図（図①）が黒本一丁表（図②）と、青本八丁裏・九丁表の虎との格闘の構図（図③）が黒本三丁裏・四丁表（図④）と、青本九丁裏・十丁表で頭を剃られる唐人が、自分で髪を板状のものに受けている図（図⑤）が、黒本五丁裏（図⑥）と、青本十六丁裏・十七丁表の小むつと梅檀皇女が大海童子に助けられて渡海する図（図⑦）が、黒本八丁裏・九丁表（図⑧）と類似している。

例えば図①②の鴫蛤の争いを見る和藤内は、中央やや右側に立ち、厚綿の上着を両肌脱ぎにし、衣裳は大格子の模様となっている。これは、二代目市川団十郎の歌舞伎舞台姿を描く『金之揮《きんのざい》』（近藤清春画・享保十三年刊・一七二八）享保二年五月の図（図⑨）や鳥居清倍画の役者絵（図⑩）と類似している。特に図①は、鉢巻きをやや斜めの位置で結ぶ所まで類似している。更に図③④の虎との格闘場面は、大太刀を左手に、大格子の厚綿を半分脱ぎ、鋲打胴丸かと思われる衣裳を着込み、二色の太綱状の丸絎け帯を締める。どちらの虎も、脚の付け根部分が渦巻き状に描かれ、母親の衣裳模様も一致している。このような国性爺の描かれ方は、『金之揮』享保十二年三月の図（図⑪）、同じく享保十二年の「国性爺竹抜五郎」を描いたと思われる鳥居清倍画役者絵（図⑫）、それと筆致の類似した画工未詳の役者絵（図⑬）、奥村政信画役者絵（図⑭）と、衣裳に三升紋が入る等の微細な違いはあるものの、類似している。鳥居清広画役者絵（図⑮）も同様の衣裳であるが、画工の作画期より宝暦期のものと推定する。とすると、これは四代目市川団十郎を描いたものと考えられる。

これらのことから、黒本は青本を参照したことがわかる。更に二書共に、二代目市川団十郎の歌舞伎からの影響が

図①　青本『国せんや合戦』6オ

図②　黒本『こく性や合戦』1オ

図⑨　『金の揮』7ウ

図⑩　こくせんやわとうない　大判墨摺絵

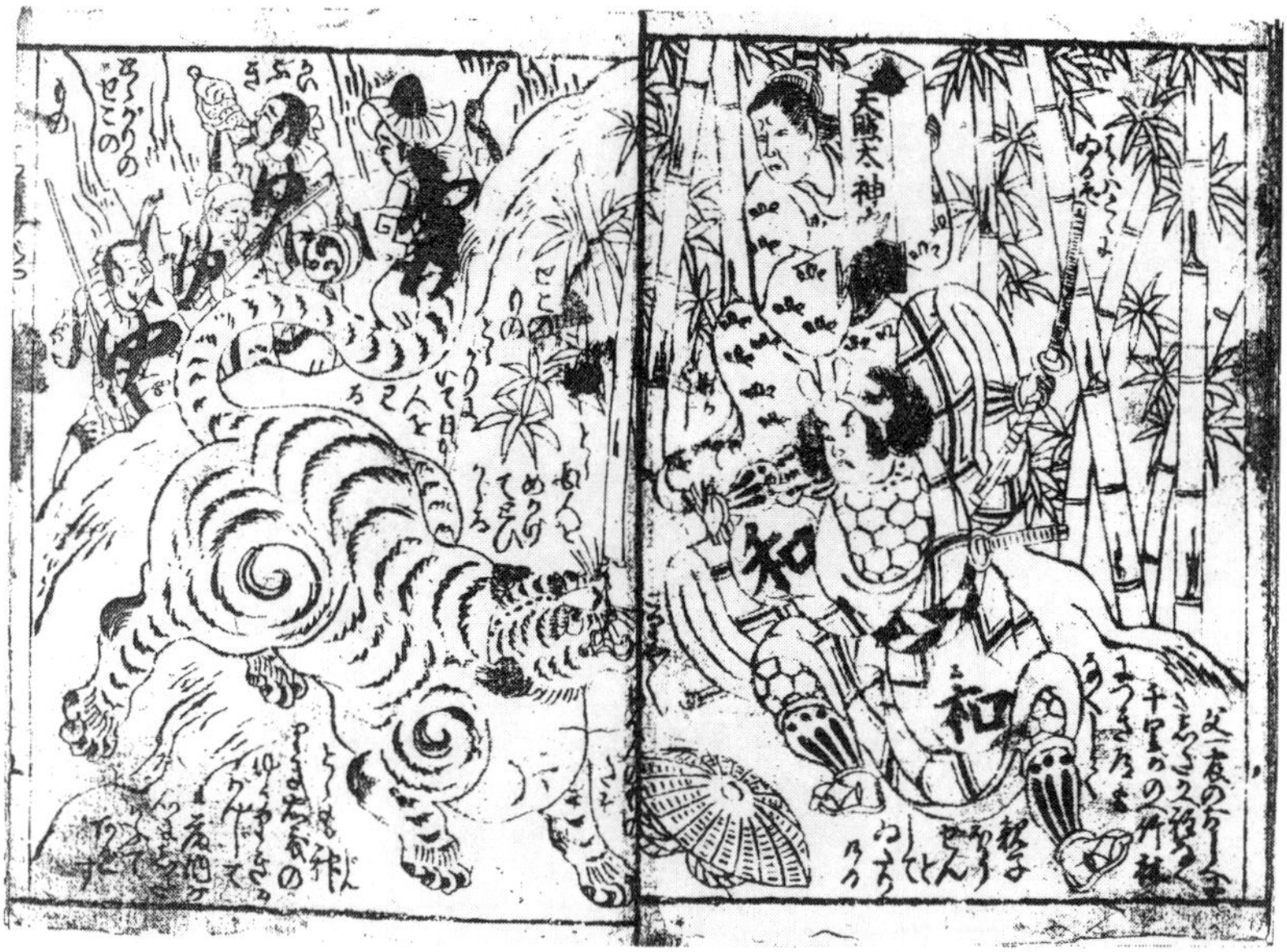

図③　青本『国せんや合戦』８ウ・９オ

図④　黒本『こく性や合戦』３ウ・４オ

図⑤　青本『国せんや合戦』9ウ・10オ

図⑥　黒本『こく性や合戦』5ウ

図⑦　青本『国せんや合戦』16ウ・17オ

図⑧　黒本『こく性や合戦』8ウ・9オ

図⑪　『金の揮』19ウ

図⑫　細判漆絵

図⑬　和藤内　細判漆絵

図⑭　和藤内　細判紅摺絵

図⑮　わとうない　細判紅摺絵

考えられる。

三　二代目市川団十郎の国性爺歌舞伎

浄瑠璃『国性爺合戦』初演の二年後である享保二年（一七一七）五月、江戸三座で『国性爺合戦』は歌舞伎化される。そしてこれは「只誠案、義太夫節浄瑠璃狂言を江戸歌舞伎狂言にて興行の事、此年此月中村座を始とす」(6)ともされる。『金の揮』には「しぎはまぐりのぐん法時むねからわとう内のもちこみ狂言のしくみよけれ共りとうてんの役なき故不当り也」とあるが、役者評判記『役者三幅対』（享保三年正月刊）中村座の市川団十郎評には「国性爺の狂言江戸三芝居で市村座大当なれ共……和藤内蛤の所は市川殿に上こすはおりない」とされる。

二度目の江戸での歌舞伎化は享保十二年（一七二七）三月中村座上演の『国性爺竹抜五郎』である。役者評判記等の記録は残らないが、二匹の虎を足下に踏まえた複数の役者絵の存在により、狂言が大当たりであったことを推測させる。三度目の享保十五年（一七三〇）四月中村座上演の『唐錦国性爺合戦』では、「御停止之諸品」を用いたとして罰せられている。『旧記拾要集』巻十二(7)「享保十五年戌四月廿九日御用覚書抜」に、「堺町勘三郎（六世）抱役者市川団十郎（二世）、足駄ニ銀箔を付、狂言いたし候由相聞候。箔付候儀、御停止ニ有之候所、不届ニ被思召候間、相改可申旨……」とあり、足駄に銀箔を付けた点が咎められたことがわかる。団十郎らは五月二日に呼び出されて御叱りの上、足駄は御番所にて打ち割られたとある。こうした処罰は、二代目団十郎の国性爺が大評判であったために、見せしめとして行われたものであるようにも思われる。

更に四度目の宝暦六年（一七五六）七月中村座上演の『月湊芃雄鑑』では、二代目市川海老蔵（二代目団十郎）は

「国姓爺作者近松門左衛門実は緒方三郎」の役で、和藤内は四代目市川団十郎が演じた。役者評判記『役者真壷錺《つぼかざり》』（宝暦七年正月刊）の市川団十郎評に、「どつと落がないといへばまだ有〳〵七月かはり国せんやの不印シ．芝居近所では三升が和藤内の役じやげなとも．いふたが山の手へん．芝筋では根からさたもないとのうはさ也．」とあり、四代目団十郎の和藤内が不評であったことが窺われる。二代目団十郎とは芸風の違う四代目の和藤内は、江戸歌舞伎愛好者達には馴染まなかったようである。先の鳥居清広画の和藤内（図⑮）は、この時のものと考えられる。五度目の安永二年（一七七三）五月中村座上演の『大日本伊勢神風』では、七草四郎本名和藤内三官を三代目市川海老蔵こと四代目団十郎、平戸のあま小弓を四代目岩井半四郎、老一官を大谷友右衛門、船頭与次兵衛実は赤松彦五郎教祐を中村仲蔵、細川勝元を四代目松本幸四郎、源頼兼を二代目市川八百蔵、井筒女之助を二代目市川門之助が演ずるという、人気役者揃いの上演であった。この時、今川仲秋を坂東又太郎が演じ、坂東善次と中村此蔵の虎との大立があったという。東山の世界とのない交ぜで、詳細未詳ながら、原作浄瑠璃とはかなり離れた内容と思われる。役者評判記『役者有難《ありがたい》』（安永三年正月刊）の海老蔵評に「夏の和藤内ははやり病におされた」とあり、『増訂武江年表』（斎藤月岑・東洋文庫・昭和四十三年刊・一九六八）安永二年の項にも、「〇三月末頃より、疫病行はれ人多く死す（江戸中にて三月より五月まで凡そ十九万人疫死と云ふ。大方中人以下なり。）御救として朝鮮人参を給はる。」とある。人気役者揃いながら、大当りとまでは至らなかった様子が窺われる。

以後、安永七年（一七七八）七月森田座上演の『国性爺合戦』は、四代目坂東又九郎（八代目森田勘弥）の和藤内、初代尾上松助の甘輝で、辻番付の役名からは、二段目虎退治と三段目が上演されたと思われる。役者評判記『役者男紫花《なんしのはな》』（安永八年正月刊）には、尾上松助評に「国性爺に大太郎殿と両人虎の大評判」とあり、松助と中村大太郎が、虎役で評判を取ったことが窺われる。和藤内の評判はない。天明六年（一七八六）五月森田座上演の『国性爺合戦』

は、辻番付の役名から、初段から三段目まで上演されたことがわかる。役者評判記『役者吉書始《きつしよはじめ》』（天明七年正月）に評判は記されないが、和藤内は、安永七年上演時と同じ八代目森田勘弥である。

以上のことから、草双紙が黄表紙期に移行するとされる安永四年頃（一七七五）までで、江戸における国性爺もので強く印象を残したのは、二代目市川団十郎の歌舞伎荒事としての虎退治、かつその影響下にある他役者による虎との大立であった。これらのことから、青本・黒本は共に、二代目市川団十郎の歌舞伎舞台での『国性爺合戦』の荒事の演技を踏まえた草双紙である、と言えよう。

四　浄瑠璃絵尽し本・浮世草子と黒本『こく性や合戦』

黒本は青本との部分的な類似が認められる作品であるが、更に絵尽し本『国性爺合戦』・浮世草子『国性爺御前軍談』挿絵をも参照していると思われる。黒本二丁裏三丁表の小むつを櫂で打とうとし、栴檀皇女を小むつに預ける図は、絵尽し本『国性爺合戦』に描かれているものである。更に虎退治の場面での安大人の死も絵尽し本『国性爺合戦』に描かれる。黒本六丁裏・七丁表の和藤内一行に鉄砲を向ける図は、浮世草子『国性爺御前軍談』挿絵に見られ、和藤内母の自害は、構図的にも『国性爺御前軍談』挿絵のその部分と類似する。九丁裏の呉三桂の描かれ方や十一丁裏・十二丁表の焙烙火矢の図も、『国性爺御前軍談』挿絵を参照した可能性が考えられる。[8]

このように黒本は、青本のみならず、上方で出版された浄瑠璃絵尽し本『国性爺合戦』、浮世草子『国性爺御前軍談』挿絵を参照して作られたものであることがわかる。これは、当時の板元に、享保年間からの出版物の集積があり、草双紙の制作指示をしていたことを想像させる。こうした板元の作品制作への積極的な関与は、既に寛永期京都において行われていたとの指摘[9]があるが、江戸においても、情報・出版文化が高度に発達した明和・安永期には、同様のことが行われていたと判断される。

五　黄表紙『〔和藤内三舛若衆〕』・『和藤内九仙山合戦』と青本『国せんや合戦』

前出の青本・黒本と同板元の村田屋は、寛政年間に青本を黄表紙風に描き直した、浄瑠璃五段を抄録した作品を刊行している。

黄表紙『〔和藤内三舛若衆〕』・『和藤内九仙山合戦』は、『黄表紙総覧　中篇』（棚橋正博・平成元年刊・一九八九・青裳堂書店）では、両書共に寛政五年（一七九三）初板とし、翌寛政六年に『国性爺合戦』と改題再摺とされる。更に寛政九年（一七九七）にも、両書を併せて五巻本とし『国性爺合戦』として三摺されたとする。棚橋氏が指摘する如く、名古屋市蓬左文庫蔵の『国性爺合戦』三巻の題簽には、外題上部に寅と記され、これが寛政六年刊の改題再摺本であることがわかる。国立国会図書館蔵『〔和藤内三舛若衆〕』は、外題が後に墨書されたものであるが、諸書に従い『〔和藤内三舛若衆〕』を外題とする。『〔和藤内三舛若衆〕』は、浄瑠璃『国性爺合戦』初段から二段目までを一丁から十五丁に抄録し、『和藤内九仙山合戦』は、三段目から五段目までを十六丁から始まる丁付けに抄録している。また、架蔵黄表紙『国性爺合戦』（仮題）（表紙・外題なし）は、『〔和藤内三舛若衆〕』・『和藤内九仙山合戦』を合冊改題後摺りした寛政九年板と判断される。

黄表紙『〔和藤内三舛若衆〕』・『和藤内九仙山合戦』（以下黄表紙と略す）は、内容的には浄瑠璃初段の明朝滅亡に、両書を併せた全体の三分の一以上も費やされる点が特徴的であるが、青本と類似した構図が多く見受けられる。以下黄表紙が、青本の構図を利用すると思われる箇所を挙げ、適宜図で示す。以下、黄表紙をAとし、青本をBとする。

A一丁裏・二丁表　思宗烈皇帝が華清夫人の懐妊を喜び乳母と対面	B一丁表
A二丁裏・三丁表　韃靼の使者の申し出を李蹈天が巧みに断る（図⑯A）	B一丁裏・二丁表（図⑯B）
A三丁裏・四丁表　皇帝と梅檀皇女が結婚をめぐり花軍	B二丁裏・三丁表
A四丁裏・五丁表と七丁表　韃靼の奇襲で皇帝死す	B三丁裏・四丁表
A八丁裏・九丁表　梅檀皇女を妻に託し胎内より皇子を取り出す	B四丁裏・五丁表
A九丁裏・十丁表　柳歌君は追っ手の降達を櫂で打つ	B五丁裏
A十一丁表　鴫蛤の争いを見る国性爺	B六丁表
A十四丁裏～十五丁裏　千里が竹で虎退治をし韃靼の兵を従える	B八丁裏～十丁表
A十六丁表　獅子が城に至り、唐人の門番と話す	B十一丁表
A十六丁裏・十七丁表　楼門に現れた錦祥女と対面	B十一丁裏・十二丁表
A十七丁裏・十八丁表　縛められた母を歓待する錦祥女・甘輝（図⑰A）	B十二丁裏・十三丁表（図⑰B）
A十八丁裏・十九丁表　錦祥女の自害と国性爺・甘輝の同盟（図⑱A）	B十三丁裏・十四丁表（図⑱B）
A十九丁裏・二十丁表　九仙山で碁を囲む二老人と会う呉三桂	B十七丁裏・十八丁表
A二十丁裏　国性爺女房小むつと梅檀皇女は明に旅立つ	B十六丁表
A二十一丁表　老一官と呉三桂は九仙山で追っ手と戦う	B二十一丁裏
A二十一丁裏・二十二丁表　二老人は先祖皇帝と告げて消える	B十九丁裏・二十丁表
A二十三丁裏・二十四丁表　南京城に老一官は生け捕られる	B二十三丁裏・二十四丁表

図⑯A　黄表紙『〔和藤内三舛若衆〕』2ウ・3オ

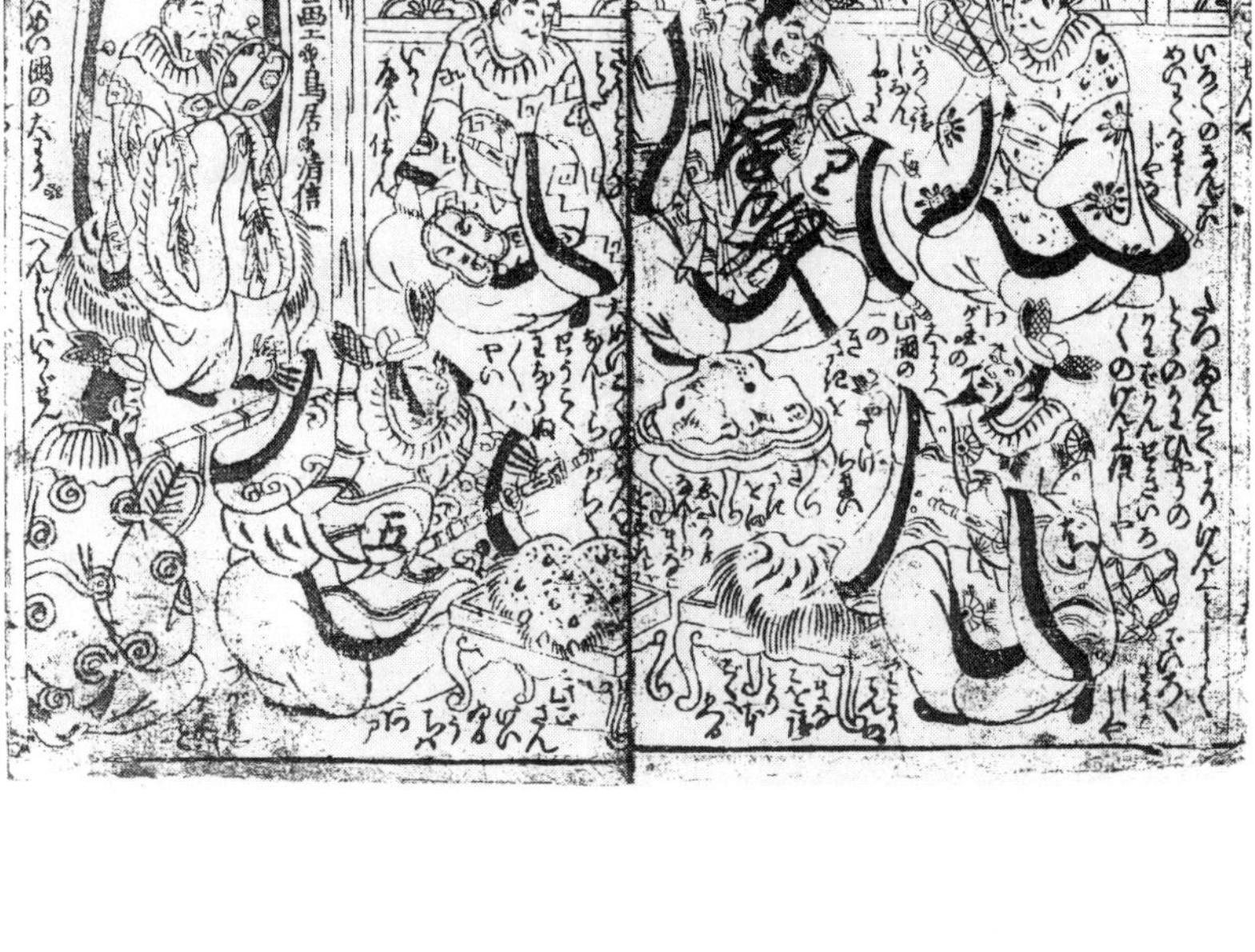

図⑯B　青本『国せんや合戦』1ウ・2オ

図⑰A　黄表紙『〔国性爺合戦〕』17ウ・18オ

図⑰B　青本『国せんや合戦』12ウ・13オ

図⑱A　黄表紙『〔国性爺合戦〕』18ウ・19オ

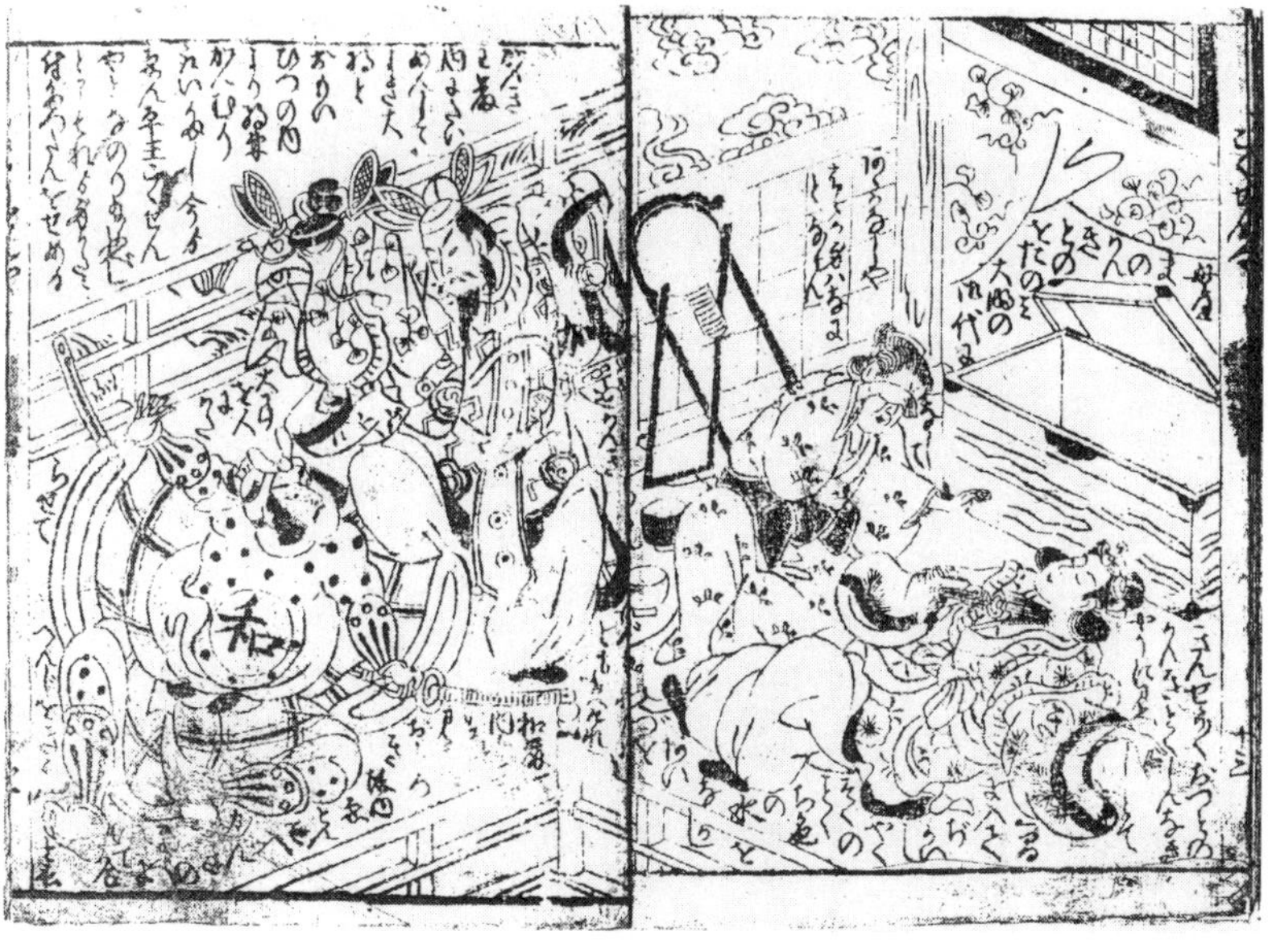

図⑱B　青本『国せんや合戦』13ウ・14オ

A二十四丁裏・二十五丁表　李蹈天を殺し韃靼王を捕らえる　　B二十四丁裏・二十五丁表
A二十五丁裏　　新帝永暦帝の即位を祝す　　B二十五丁裏

黄表紙全二十五丁のうち約二十丁は、青本の画面構図を利用しており、最も浄瑠璃上演度数の高い三段目の描かれ方が簡略化され、国性爺老母の自害が画文共に省略されているといった特徴も同じである。また、青本本文を参照したと思われる部分が数箇所ある。つまり黄表紙は、青本を当世風な画面に描き直して再び刊行したものである。そしてこの黄表紙は何度も後摺り本が出ていることから、当世風に描き直した工夫は成功したと言えよう。

ところで黄表紙の一丁表には豊竹座の櫓紋がある劇場表側が描かれている（図⑲）。浄瑠璃上演に即した刊行を想像させるが、寛政年間における浄瑠璃『国性爺合戦』の上演記録は江戸上方共にない。むしろこれは、寛政年間に浄瑠璃抄録物黄表紙が多く出版された現象の一つの事例にすぎない。

寛政の改革の一環として、寛政二年（一七九〇）五月、書籍・草双紙・一枚絵に出された町触れ[10]の中に「其外品々享保年中相触候処、いつとなく相ゆるみ」、「一　近年子供持遊ひ草紙絵本等、古代之事によそへ、不束成儀作出候類相見候、以来無用に可致候、　但、古来之通質朴に仕立、絵様も常体にいたし、全子供持遊ひに成候様致候儀は不苦候」、「一　浮説之儀、仮名書写本等に致し、見料を取、貸出倖儀致間敷候、但、浄瑠璃本は制外之事」とある。幕政批判に結びつくような、現実に起こった事件を仄めかすことを禁じ、実録に仕立てて貸本にすることを禁じているが、浄瑠璃本は制外とされている。即ち子供の玩弄物であることを建前とした草双紙で、本書黄表紙のように浄瑠璃の筋書きであることをあえて標榜するような作品を刊行することは、寛政年間の板元にとって、最も安全な出版の方法であった。そして、『享保撰要類集』[11]所収の享保六年（一七二一）閏七月の箇所には、「一　狂言本并浄瑠璃本　右芝居にて狂言にいたし候事　浄瑠璃座にてあやつりにいたし候事を　其侭致板行候儀は不苦候事　一　慰本　右狂言にも不致

図⑲　黄表紙『〔和藤内三舛若衆〕』1オ

図⑳　合巻『国性谷合戦』26ウ・27オ

義を狂言の様に作り成し　無筋事を草紙に綴り　二三冊あるひは四五冊物にいたし　近来京都より差下し江戸にても綴申候　此等の類向後無用にいたし　若京都より差出し候歟　新規に致板行候は、　奉行所え可訴出事　一子共翫ひ草双紙并一枚絵　右子共一通りにいたし候草紙又は人形草花の類　一枚紙半切等に致板行候儀は不苦候事」とあることから、浄瑠璃抄録物である青本も、享保改革による出版統制に方向付けられて刊行された可能性がある。(12)

江戸草双紙における浄瑠璃抄録物の多さは、享保改革や寛政改革による出版統制が特に厳重であった江戸において、浄瑠璃が「制外」と見なされ緩やかな扱いを受けたために、安全な出版を志向した板元によって選択されたものと考えることもできよう。

六　合巻『国性谷合戦』

合巻『国性谷合戦』（墨川亭雪丸作・歌川国虎画・天保五年刊・一八三四・山本平吉板）（以下合巻と略称する）は、六巻三冊、多色摺り錦絵表紙が三枚続き役者絵になっており、七代目市川団十郎の和藤内の虎退治が描かれている。(13)但し七代目団十郎が虎退治を演じたという記録はなく、文化十三年（一八一六）閏八月江戸中村座上演歌舞伎は三段目のみである。また、本書は、天保年間に墨摺り表紙で役者似顔絵を改刻した後摺り本、嘉永年間に改題後摺り本『絵本国せんやかつせん』として刊行されている。後者は表紙のみ八代目市川団十郎の似顔象嵌になっている。嘉永三年（一八五〇）五月江戸中村座上演歌舞伎も三段目のみである。但し天保十四年（一八四三）六月河原崎座上演歌舞伎は、初段から三段目までであり、八代目団十郎が虎退治を演じたと思われる。後摺り本は天保十四年上演時刊行のものと、天保十四年上演時の八代目団十郎による虎退治の記憶を利用した表紙での、嘉永年間刊行のものと思われる。

本書は全三十丁で、序文半丁、口絵三丁、祝儀的な絵と広告の半丁を除き、内容に関わる二十六丁のうち浄瑠璃初段から三段目までの部分が二十一丁半を占める。三段目に該当する部分は、本文は七丁半であるが、絵は小むつが武芸鍛錬をする四段目のものとなっている箇所が一丁半ある。つまり絵としては、初段から三段目までは二十丁となる。そしてこの三段目までの部分は、筋展開に直接関与しない箇所を除き、浄瑠璃本文をかなり忠実に引用している。

絵は、前述した青本を主に利用し、部分的に挿絵入り七行本『座敷操御伽軍記』・黒本・黄表紙を参照している可能性がある。青本とは、花軍の構図が類似する。また、虎狩りの唐人達を従え、日本風の頭に剃る場面の構図も青本に類似する。更に日本に残された小むつが武術鍛錬をする場面も青本にしかない。また、李蹈天を殺す大団円の構図も青本に類似している。こうした複数場面の類似から、黄表紙の時と同様に、合巻においても、青本を参照したと思われる。また、七行本『座敷操御伽軍記』とは、呉三桂の額を皇帝が踏みつけると、大明の字が砕ける場面が類似する。黒本とは、梅檀皇女を乗せた船に取りすがる女房小むつを、櫂で打とうとする場面が類似する。黄表紙とは、獅子が城の描き方が類似する。

注目すべきは、前出の抄録物草双紙に比べ、浄瑠璃三段目本文の占める割合が圧倒的に増えているにも関わらず、合巻にも国性爺老母の自害が絵画化されていない点である。また、九仙山の場面のみ浄瑠璃舞台の画面で描かれている（図⑳㉑）[14]が、「昔操座のかゝりは、此やうなものにはあるまじけれど、此草子は唐人ばかり多く、愛敬薄からんとて、作者のわざくれなり。好古のご見物方怪しみ給ふことなかれ」（適宜漢字句読点をあてた）とあり、付舞台でのからくりによる戦闘場面は描かれず[15]、既に九仙山の舞台が未詳となっていることが窺われる。

七　江戸での『国性爺合戦』受容の問題点

浄瑠璃『国性爺合戦』は、興行とは遊離したところで、作者の神格化と共に、非常に高い評価を得ていた。[16]更に上演とは関わりなく、素浄瑠璃で『国性爺合戦』は多く語られていた。

奥付に文化十三年製造とある、江戸西宮新六板の『ひらかな六くたり稽古本目録』に、『国性爺合戦』は、「二の口　鴫蛤の段」「二の切　虎狩の段」「三の口　楼門の段」「三の切　紅流しの段」「四段目　九仙山の段」とある。加えて、近松浄瑠璃は読書の対象でもあった。[17]故にこれらの江戸草双紙での浄瑠璃『国性爺合戦』の抄録化は、素浄瑠璃や読書の対象として『国性爺合戦』が享受されていたことを示していよう。そして、青本や黒本では浄瑠璃三段目が簡略化され、青本や黄表紙で老母自害が絵文共に省略され、合巻においても絵画化されていないことは、三段目は浄瑠璃では愛好されたものの、江戸草双紙享受者層には、老母自害は画面としては選ばれなかったと考えられる。また、青本、黒本、黄表紙の描かれ方や、合巻表紙の描かれ方より、江戸では『国性爺合戦』は、市川家の歌舞伎荒事と結びつけた形で受容され続けたものと思われる。

また黒本では、九仙山から見た戦闘場面が、浮世草子や青本のように呉三桂らより小さく描かれるのではなく、国性爺の活躍を中心に他の場面の人物と同じ大きさで描かれている部分がある（図㉒）。これは歌舞伎荒事的な描写への嗜好と共に、江戸では九仙山のからくりによる戦闘場面上演が伝承されなかったとも想像される。黄表紙や合巻で、九仙山から見える戦闘場面が全く描かれていないことは、この可能性を更に強める。

そして、青本や黄表紙、更に合巻の後摺り本の例に見られるように、浄瑠璃抄録物草双紙は、享保の改革による方

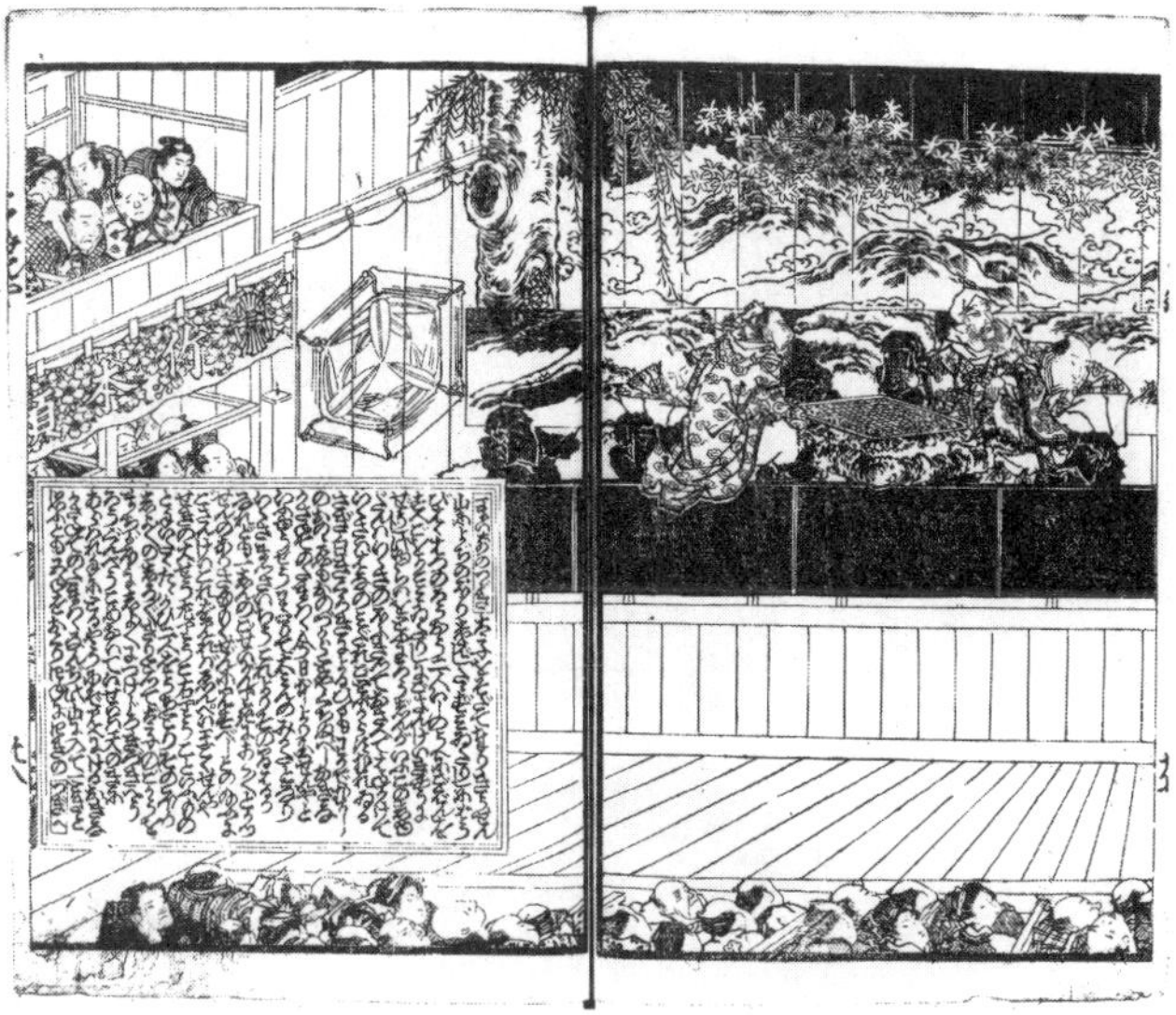

図㉑　合巻『国性谷合戦』27ウ・28オ

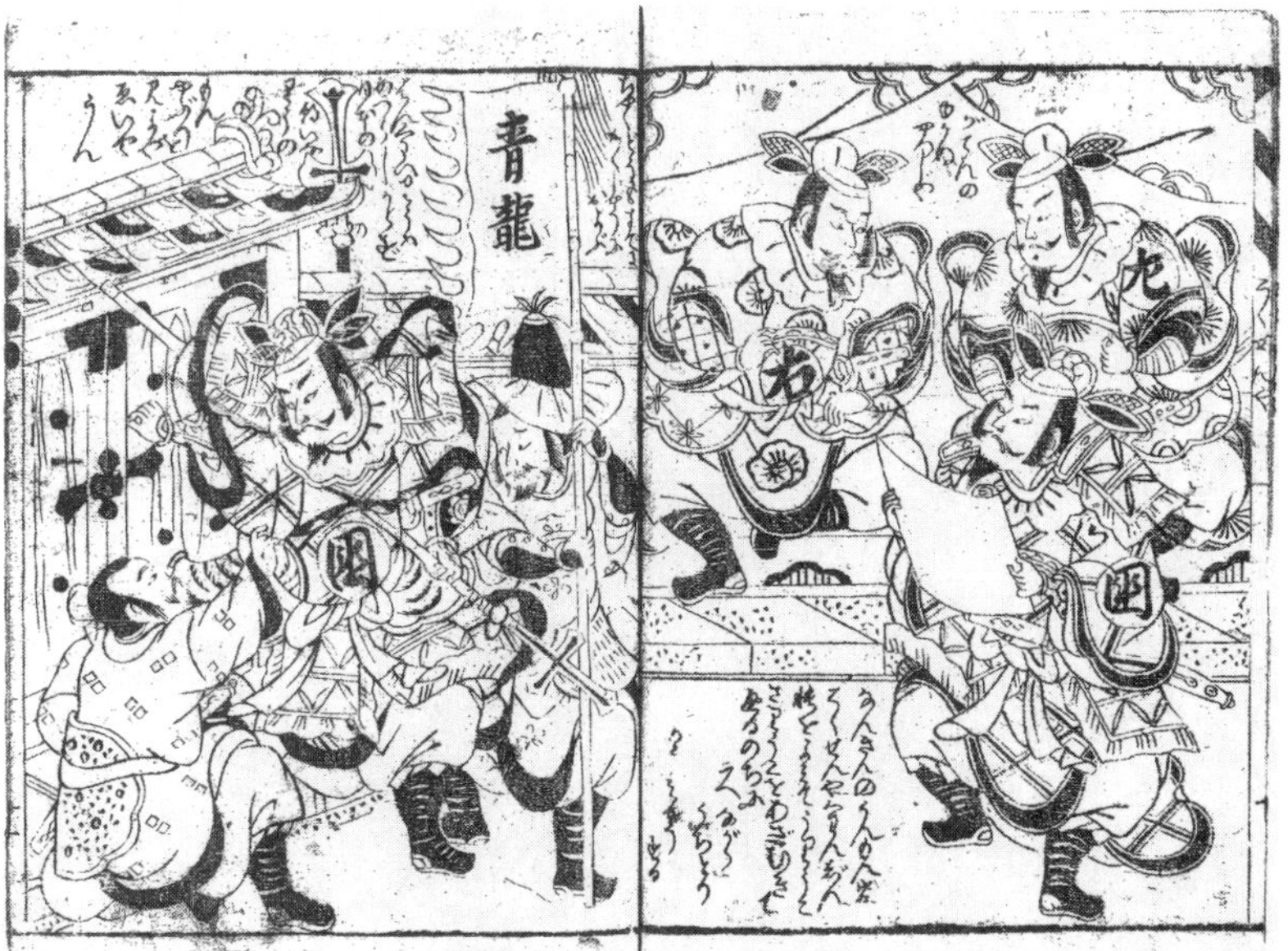

図㉒　黒本『こく性や合戦』10ウ・11オ

向付けで、草双紙の題材として浄瑠璃が多く選択され、寛政の改革の出版統制から逃れるために、そして統制が強くなるごとに、安全な出版物として刊行されたものと考えられる。

注

（1）「関西大学所蔵初期草双紙一覧」（神楽岡幼子・『関西大学図書館影印叢書　青本黒本集』第一期第七巻・平成九年刊・一九九七・関西大学出版部）。『歌舞伎文化の享受と展開』（神楽岡幼子・平成十四年刊・二〇〇二・八木書店）に、青本『国せんや合戦』全丁の写真版と解題が載る。

（2）黒本『こく性や合戦』の全丁写真版翻刻と書誌は、「『こく性や合戦』について」（『昭和63年度科学研究費による「江戸時代の児童絵本の調査分析と現代の教育的意義の関連の研究」報告書』所収・平成元年二月刊・一九八九）で行った。なお、『国書総目録』によるもう一書である東北大学狩野文庫本は、後表紙であるため、原表紙を有する本書により黒本とした。

（3）『歌舞伎文化の享受と展開』所収の解題による。

（4）「外題も版式も、前（『頼光一代記』引用者注）と異なり、普通の形式であるが、絵はいかにも古風である。これは二代目団十郎の国性爺竹抜五郎の時の作でないかと思はれる。すると享保十二年の作である」（水谷不倒・昭和九年刊・一九三四。後に自筆訂正本から『水谷不倒著作集』第二巻所収・昭和四十八年刊・一九七三・中央公論社）とされている。

（5）黒本『こく性や合戦』と青本『国せんや合戦』の鴫蛤と虎退治の構図の類似については、「黒本・青本と浄瑠璃絵尽し本―黒本『こく性や合戦』をめぐって―」（『国際日本文学研究集会会議録』第12回所収・平成元年刊・一九八九・国文学研究資料館）で論じた。

（6）『東都劇場沿革誌料』上・関根只誠・明治二十六年頃成・一八九三・国立劇場芸能調査室編。

（7）安政二年成・一八五五・『日本庶民文化史料集成』第六巻所収・昭和四十八年刊・一九七三・三一書房。

（8）「六段本『こくせんやぐんき』と浮世草子挿絵」（高橋則子・『調査研究報告』二十二号所収・平成十三年九月刊・二〇〇一・

国文学研究資料館）

（9）「草子屋仮説」（浜田啓介・『江戸文学』八号所収・平成四年三月刊・一九九二・ぺりかん社）、「寛永期の浄瑠璃」（秋本鈴史・『岩波講座　歌舞伎・文楽　第七巻　浄瑠璃の誕生と古浄瑠璃』所収・平成十年刊・一九九八）

（10）『御触書天保集成』下　百三（昭和十六年刊・一九四一・岩波書店）所収。

（11）『旧幕府引継書影印叢刊4享保撰要類集』第四巻（昭和六十一年刊・一九八六・野上出版）所収。

（12）「赤小本から青本まで―出版物の側面」（木村八重子・『草双紙集』所収・新日本古典文学大系・平成九年刊・一九九七・岩波書店）に、享保の改革による通達に沿って、子供を対象とすると標榜し浄瑠璃に取材した草双紙が多くなったのではないか、とある。

（13）「墨川亭雪麿活動年譜稿」（佐藤至子・『江戸の絵入小説』所収・平成十三年刊・二〇〇一・ぺりかん社）に、前半三巻の草稿に天保二年の年記があること、後摺り本二種のうち、天保の改革のために表紙が墨摺りの役者似顔絵でないものと、嘉永年間刊行で多色摺り表紙が八代目団十郎の似顔象嵌になっているものがあること、どちらの後摺り本も二十六丁裏から二十八丁表までが、一部削除されていることの言及がある。

（14）本書の後摺り本における九仙山場面の一部削除とは、観客や太夫・人形遣い等のあらすじに関係しない登場人物を削除したものである。

（15）信多純一氏（『新潮日本古典集成　近松門左衛門集』解説・昭和六十一年刊・一九八六・新潮社）によると、九仙山は付舞台で、小人形を用いてのからくりで見せたものであることが推定される。山田和人氏も「人形・からくり」（『岩波講座　歌舞伎・文楽　第八巻　近松の時代』所収・平成十年刊・岩波書店）、「劇場・舞台―『国性爺後日合戦』の舞台と人形」（『国文学』・平成十四年五月刊・二〇〇二・学燈社）で同じ立場を取る。

（16）「興行」（池山晃・『国文学』・平成十四年五月刊・二〇〇二・学燈社）

（17）「浄瑠璃本―その需要と供給」（長友千代治・『岩波講座　歌舞伎・文楽　第9巻　黄金時代の浄瑠璃とその後』所収・平成十年刊・一九九八・岩波書店）、「浄瑠璃の受容」「読物としての浄瑠璃本」（長友千代治・『近世上方浄瑠璃本出版の研究』

所収・平成十一年刊・一九九九・東京堂出版）

（図版リスト）

①青本『国せんや合戦』六丁表。関西大学図書館蔵。
②黒本『こく性や合戦』一丁表。国立国会図書館蔵。
③青本『国せんや合戦』八丁裏・九丁表。関西大学図書館蔵。
④黒本『こく性や合戦』三丁裏・四丁表。国立国会図書館蔵。
⑤青本『国せんや合戦』九丁裏・十丁表。関西大学図書館蔵。
⑥黒本『こく性や合戦』五丁裏。国立国会図書館蔵。
⑦青本『国せんや合戦』十六丁裏・十七丁表。関西大学図書館蔵。
⑧黒本『こく性や合戦』八丁裏・九丁表。国立国会図書館蔵。
⑨『金之揮』七丁裏。享保二年五月の図。国立国会図書館蔵。
⑩鳥居清倍画・大判墨摺絵。『歌舞伎図説』（昭和六年刊・一九三一・萬葉閣）一一一より転載。
⑪『金之揮』十九丁裏。享保十二年三月の図。国立国会図書館蔵。
⑫鳥居清倍筆・細判漆絵・横山町近江屋。『シンドラー・コレクション浮世絵名品展』（昭和六十年刊・一九八五・日本浮世絵協会・日本経済新聞社）3より転載。
⑬画工未詳・細判漆絵。『ベルリン国立博物館所蔵　名作浮世絵展』（昭和四十八年刊・一九七三）二十九より転載。
⑭奥村政信画・細判紅摺絵。東京国立博物館蔵。
⑮鳥居清広画・細判紅摺絵。Collection of Portland Art Museum, Portland, Oregon. Mary Andrews Ladd Collection, anonymous gift.
⑯A黄表紙『〔和藤内三舛若衆〕』二丁裏・三丁表。国立国会図書館蔵。

B青本『国せんや合戦』一丁裏・二丁表。関西大学図書館蔵。
⑰A黄表紙『〔国性爺合戦〕』十七丁裏・十八丁表。架蔵。
B青本『国せんや合戦』十二丁裏・十三丁表。関西大学図書館蔵。
⑱A黄表紙『〔国性爺合戦〕』十八丁裏・十九丁表。架蔵。
B青本『国せんや合戦』十三丁裏・十四丁表。関西大学図書館蔵。
⑲黄表紙『〔和藤内三舛若衆〕』一丁表。国立国会図書館蔵。
⑳合巻『国性谷合戦』二十六丁裏・二十七丁表。国立国会図書館蔵。
㉑合巻『国性谷合戦』二十七丁裏・二十八丁表。国立国会図書館蔵。
㉒黒本『こく性や合戦』十丁裏・十一丁表。国立国会図書館蔵。

第二章　初期草双紙と歌舞伎役者

第一節　初代・二代目瀬川菊之丞

黒本『菊重女清玄《きくがさねおんなせいげん》』は、土佐浄瑠璃『定家《ていか》』の筋を基としていつつも、様々な工夫が加えられ、変化を持たせられている作品である。歌舞伎役者初代瀬川菊之丞の嫉妬事の地芸を嵌め込み、主人公の衣裳に菊之丞を仄めかす模様を一貫して用いるという手法は、その工夫の一つである。これは初代瀬川菊之丞に始まり、初代瀬川菊次郎・初代中村富十郎に継承された女性像を、登場人物に投影させる方法である。同様の手法が取られる黒本・青本『〔むけん〕』及び本書は、高い人気を博しつつも技芸的には未熟であった二代目瀬川菊之丞のために、或いは上方下りの三代目をも念頭に、登場人物に初代瀬川菊之丞を思わせる造型を行うことによって、芸の継承を願いつつ作られたものと思われる。初期草双紙と歌舞伎との関係については詳述されていない現状であるが、本書及び『〔むけん〕』が、初代瀬川菊之丞を写した人物造型をしているのは、登場人物に歌舞伎役者を振り当てるという、合巻・読本で指摘されている方法のごく初期の形態を示しているともいえよう。また、評判記・番付以外に資料が少ない[1]初代瀬川菊之丞が、当時の庶民にどのように受け取られていたかを知る資料としても、初期草双紙が示す意味は大きい。

一　黒本『菊重女清玄』と土佐浄瑠璃『定家』

黒本『菊重女清玄』（明和六年刊か・一七六九・画工未詳・鱗形屋板か）は、慶応義塾図書館[2]、大東急記念文庫に蔵されている。表紙・題簽共後のものである。都立中央図書館加賀文庫蔵の黒本『女清玄昔噺』は、本書と同内容の異題簽本であるが、これは『菊重女清玄』の改題後摺り本と思われる[3]。書誌については『昭和61年度科学研究費による「江戸時代の児童読物の中心となった赤本・黒本・青本の調査内容分析と翻刻研究」報告書』（昭和六十二年三月刊・一九八七・東京学芸大学国語教育学科古典文学第六研究室）・『江戸の絵本Ⅲ』（昭和六十三年刊・一九八八・国書刊行会）に記した。

梗概を述べる。

【梗概】田部《たなべ》造酒《みき》之《の》丞義仲《じようよしなか》は、桜姫と難波津の梅を見ている内に、酒に興じて禁を破り、梅を折ってしまう。桜姫の腰元狭衣《きごろも》は、義仲の身代わりに小指を切る。連歌の会で義仲の恋歌を聞いた狭衣は、自分の思いが通じたものと誤解する。義仲と桜姫の寝所に、狭衣の嫉妬の生霊が現れ、狭衣は主を恋慕するふとどき者として剃髪させられ、清玄比丘尼となる。連歌の会に来た芦川梅柳は、夜中に桜姫を盗み出し、有馬湯の宿の主人となるが、桜姫が意のままにならぬので、下働きの下女にして苦しめる。清玄は義仲と桜姫の別れを伝え聞き、鬘を付けて馬子となり、義仲を有馬まで連れて行き、素姓を明かして口説く。義仲は明日逢うと約束して宿で再会した桜姫と共に逃げる。清玄はこれを追う。義仲の家来丹波助太郎は釣鐘の中に潜み、不審に思った清玄が釣鐘を引き上げる内に主を逃がす。助太郎は清玄を制止するが聞き入れないので殺す。清玄の怨霊は有馬寺の住僧の祈りによって観音となり、義仲は釣鐘を鋳なおさせる。

本書は基本的には土佐浄瑠璃『定家』を下敷きとした話の筋となっている。旧赤木文庫蔵『定家』（『土佐浄瑠璃正本集』第一巻所収）は尾題が「新道成寺」とあり、土佐少掾橘正勝に所属している。刊記は宝永五年（一七〇八）とあるが、元禄十五年（一七〇二）の上演記録が『日乗上人日記』に見られる(4)。

土佐浄瑠璃『定家』の梗概を述べる。

【梗概】藤原定家は歌道の師範をし、式子内親王と密会の約束をする。内親王に恋慕し、かなわなかった平の左近時国は、その宿意により定家を讒訴する。勅命を以っておし寄せる時国の軍に、定家は落ちのび、時雨の亭に蟄居する。そこへ式子内親王は腰元野分を連れ、男装して訪れる。定家との逢瀬の際に、腰元野分の玉章を見つけ、内親王は嫉妬する。玉章を燃やすと野分の生霊が現れ、定家が切りつける。すると不思議や次の間に寝ている野分が血に染まっている。身の安全を計るため、富士川の寂蓮法師の許へ下る定家につきそう女馬子は実は野分であり、定家に逢うことを約束させるが、定家は逃げ出す。気付いた野分は後を追い、終には一念の蛇身となり、定家の家来に殺される。法師に頼み、野分のために法華読誦を行っていると白拍子が来る。これは野分の怨霊であり、寂蓮の法力によって成仏する。平の時国と定家が今川将監春方の前で言い争う所へ、時国の家来岩波弥七がさし出で、時国の悪企みを暴露する。時国は捕われ、定家は大和三千町を賜わる。

本書はこの『定家』の筋を踏襲しながら、登場人物名を古浄瑠璃『一心二河白道』の清玄・桜姫・田部義長（本書では義仲）とし、更に清玄を女性と設定したものである。また、説経『をぐり』からの影響もある。しかしながら、これらの浄瑠璃の筋に変化を持たせるため、歌舞伎からの趣向取りがいくつか見られる。歌舞伎からの影響と思われる部分は以下の通りである。

一、狭衣が義仲のために小指を切る件に、「此梅を折たる者は代はりに指を一本切り取る者也」の制札が利用されている。

二、狭衣の義仲への恋慕が顕われ、剃髪させられるが、再び煩悩にとらわれる。

三、清玄（狭衣）が鬘をあつらえ馬を盗み、女馬子となって義仲を有馬へ連れ行く。

四、丹波助太郎が鐘の中に潜み、清玄（狭衣）は一念の力で釣り鐘を引き上げる。

五、清玄（狭衣）が観音の姿となって成仏し、義仲は有馬寺の鐘を鋳なおす。

二　「嫉妬の前段」の影響

本書『菊重女清玄』が、土佐浄瑠璃『定家』の筋から離れ、腰元狭衣（後に清玄）が一途に恋を貫こうとする様々な行動を描く特徴を持つのは、歌舞伎役者の初代瀬川菊之丞がその晩年になって成功した嫉妬の地芸や、菊之丞から初代瀬川菊次郎・初代中村富十郎に継承された「嫉妬の前段」(5)から強く影響された作品だからである。本書『菊重女清玄』は歌舞伎とどのような関わりを持つのか。

本書の特徴の（二）に挙げた、狭衣が身分違いの恋故に剃髪させられる箇所（図①）は、寛保三年（一七四三）正月江戸市村座上演の歌舞伎『春曙墎曾我《はるはあけぼのくるわそが》』(6)の中で、初代瀬川菊之丞が演じたおみわ（後に鳴神比丘尼）が、「十良にほれとらと祝言をねたみ・ぜひに十良にそはんといふ時・十右衛門は本名忠信にて・兄にてうちやくにあひ髪《かみ》をきられ・外へ追出され給ふ時雪ふり・又もんのやねへあがり・とらがさかづきをあせらるゝ所よいぞ〳〵」（『役者桃埜酒《もものさけ》』）と演じられてから一つの型になった、強制的剃髪から嫉妬へ移る演技が取り込まれているものである。役者評判記『役者桃埜酒』には、障子に虎と十郎の祝言の様子が映るのを見て、髪を逆立てて嫉妬するおみわが描かれる。この狂言は二番目に演じられた女鳴神が大変な評判を取ったことで知られるものでもある。『中古戯場説』[7]に、女鳴神の演じ方の工夫が菊之丞自身の語として次のように記される。

　一躰鳴神は女にて、おみわと云女が十郎にぞつこん惚て、敵工藤をうつと、十郎は討死するは、極てしれし事故、何卒祐成を殺しともなく、それ故に逆沢潟の鎧を滝壷に封じこめしと云が、狂言の大筋也。我はただその大筋にそむかぬやうにと計心得、比丘尼にはなりしかど、十郎を片時も忘れぬと云を第一に心得し也

そして顔のこしらえもやはり美しいままで演じながら、凄み強くぞっとするものであったと評されている。二番目女鳴神は、役割番付（『劇代集』所収）に、「鳴神弟子白雲ひく　沢村哥菊　同こくうんひく　佐の川千蔵」とあることや、「松むしの鐘を打ての出、うつくしづくめ、桟敷もしんとなりし、其跡は栢莚の鳴神の通」（『中古戯場説』）とあることから、寛保二年（一七四二）正月大坂佐渡嶋座上演の歌舞伎『雷神不動北山桜』の大評判を利用して、それを女方が演じたという趣向であることがわかる。しかしながら『雷神不動北山桜』とは異なり、一番目からの曾我十郎へ

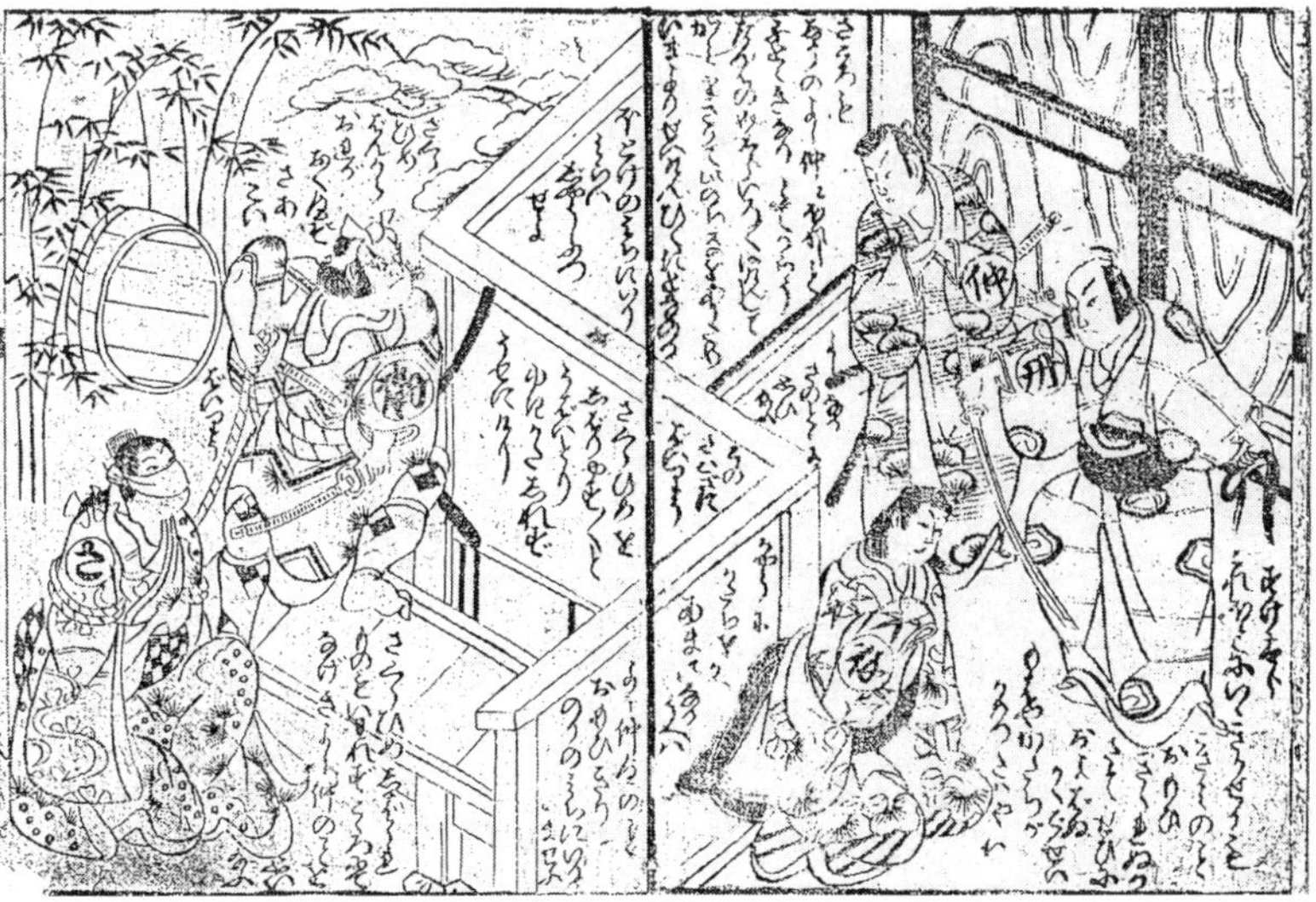

図①　『菊重女清玄』4ウ・5オ

の叶わぬ恋が演じられた上での出家剃髪、破戒であり、「全体生付嫉妬ふかく、捨おくと髪一丈余も長き故、少し延ると切て捨し故、後家髷にせしと云が狂言の筋」（『中古戯場説』）で、祝言の盃を「うすどろにて皆々吸取飲ほす」（『中古戯場説』）というからくりを思わせる演出部分がある。虎と十郎の祝言への嫉妬のすさまじさが、この作品での重要な見せ場であったと思われる。後家髷の件と嫉妬事は、約二十年後の宝暦十二年（一七六二）、初代中村富十郎演じる『嫗　髪《をんななるかみ》歌《か》仙桜《せんざくら》』(8)（大坂中山文七座）にまで踏襲されていて、この時期における女方の演技の一系譜となっている。

この菊之丞の「女鳴神」は、元禄・宝永期の軽業の怨霊事であった道成寺物を、女の怨みを所作事で見せるものへと変化させたこの期の道成寺物と、「嫉妬の前段」を共有するものでもあった。(9)つまり菊之丞の嫉妬事は、新しい肉体表現の可能性を示した(10)、当時における画期的な演技であったのであり、そのため兄とは芸風の全く違う、地芸の名人であった弟の瀬川菊次郎も、菊之丞が江戸で「女鳴神」を演じた半年後の寛保三年七月に、大坂岩井座において『女鳴神振分曾我』を演じ、「女雷神《なるかみ》に大当《あて》をなされ……町中こぞつて．よい〳〵との評判」（『役者子住算《ねずみさん》』）を取る。更に菊次郎は江戸に下り、同年十一月市村座上演の『石居《いしずゑ》太平記』で真那子庄司娘の魂が乗り移っての嫉妬事を見せ、寛延二年（一七四九）十一月江戸中村座上演の『御能太平記』での大森彦七妹白妙の役で「女なる神に．菊之丞せられしかたを以てせらる、」（『役者新詠合《うたあはせ》』）嫉妬事、宝暦二年（一七五二）正月江戸中村座上演の『花街《くるわ》曲輪《くるわ》商《あきない》曾我《そが》』の一番目では十郎に恋慕しつつ鳴神亡魂に取りつかれて剃髪させられてしまう松葉が谷袖之介の役で、(11)三番目に女鳴神を演じている。

これらの嫉妬の地芸は初代中村富十郎に継承され、前述の『嫗髪歌仙桜』上演の三年前の宝暦九年（一七五九）、江戸市村座上演『二十《はたち》山《やま》蓬莱《ほうらい》曾我《そが》』(12)二番目で工藤妹きぬたとなり、十郎を恋慕する故に十郎の身の安全を思い、友切丸を鐘に隠すという、曾我の世界の中で道成寺と女鳴神を完全に複合させた役を演じた。また、宝暦四年（一七五四）正月、江戸中村座上演の『百千鳥《ももちどり》艶郷《くるわ》曾我《そが》』二番目で傾城山路に扮し、曾我十郎に惚れて、誤って梅を折った十郎が「一枝をおらば一指きるべし」の制札の法に行われようとする時、身代わりに指を切り[13]、その恋を虎からとがめられ、母に説得されて剃髪するがあきらめ切れず嫉妬に狂う、という演技をしている。この制札の箇所は、本書『菊重女清玄』の特徴（二）の、狭衣（清玄）が義仲のために小指を切る件と類似している（図②）。初代菊之丞が、身代わりに指を切る演技を行ったという資料はなく、本書のこの部分は、『百千鳥艶郷曾我』の富十郎の演技からの影響が考えられる。菊之丞から継承された嫉妬の前段の、一つの変型として加えられた部分がこの身代わりの指切りであり、それが本書に投影されたのである。更に、本書『菊重女清玄』の特徴（四）にある、清玄が一念の力で釣鐘を引き上げる箇所（図③）も、やはり富十郎が寛保三年（一七四三）十二月、大坂中村座（大西）上演の『大門口《おおもんぐち》鎧襲《よろいかさね》』（並木宗輔・並木榮輔[14]）で、傾城外山野を演じた時に、揚代の百五十両が払えずに、桶伏ならぬ鐘伏にされた恋人勝家を救おうと、一人で鐘を引き上げる演技を見せたものを取り入れたものである。翌延享元年（一七四四）正月、京都中村座上演『傾城千引鐘[15]』で、中村喜代三郎にも演じられ、当たりを取る。江戸においては延享二年（一七四五）正月、市村座上演の『初暦寿曾我』で『大門口鎧襲』の焼き直しを行い、曾我五郎役の市村満蔵が鐘引きを行っているが、「大門口に富十郎致されし格《かく》大でけ〳〵」（『役者紋二色』）と評される。菊之丞・菊次郎がこれを演じたという記録はなく、女性が恋の一念で鐘を引き上げる演技は、初代中村富十郎のものと意識されていたと思われる。

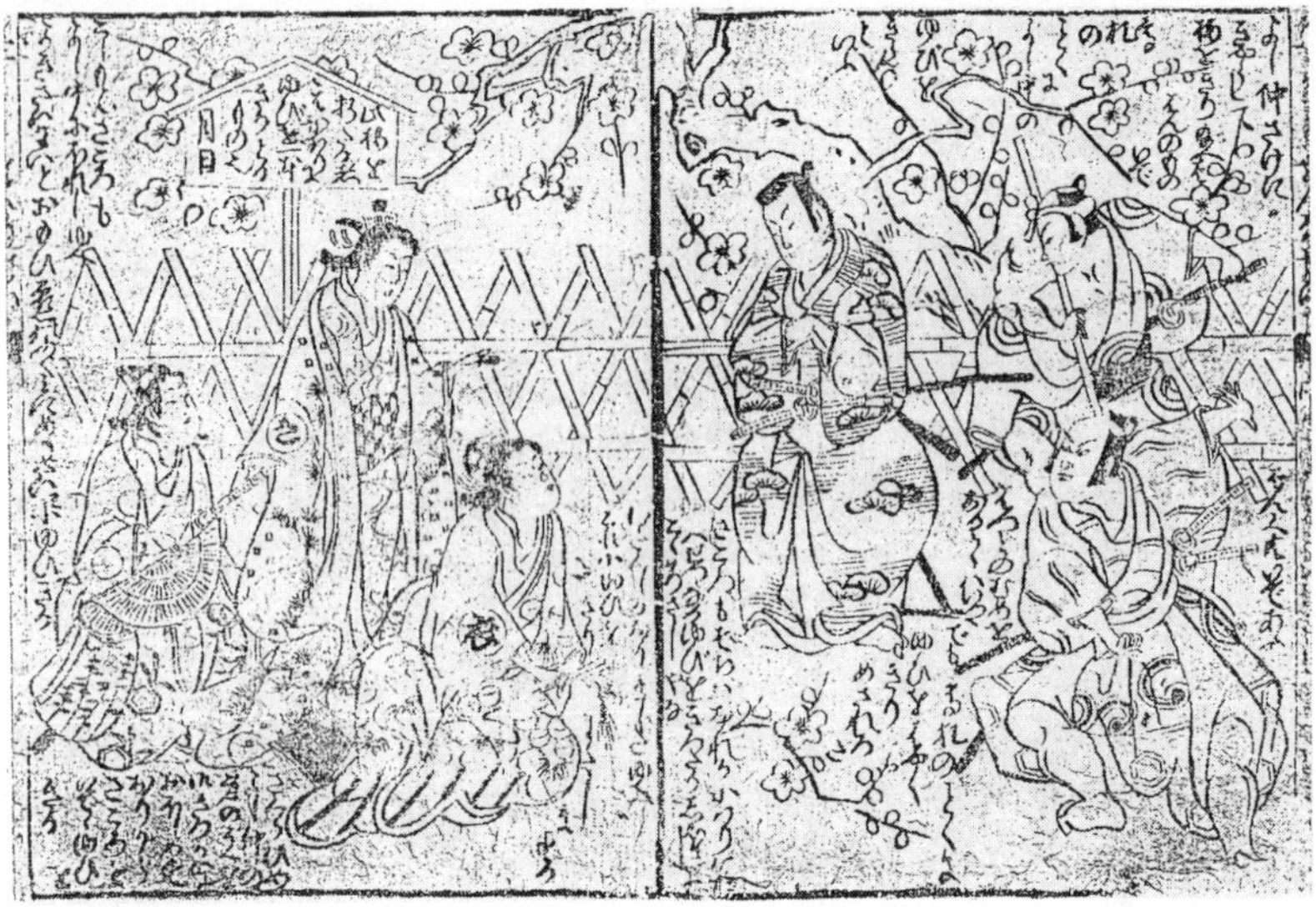

図②　『菊重女清玄』1ウ・2オ

図③　『菊重女清玄』12ウ・13オ

三　初代瀬川菊之丞の歌舞伎

本書『菊重女清玄』に見られる狭衣（清玄）には、菊之丞に始まり、菊次郎・富十郎が演じた嫉妬の地芸の投影が見られ、いわば複合的な像となっているのであるが、中でも特に初代瀬川菊之丞が暗示されていると思われる点について述べてみたい。それは、本書『菊重女清玄』の特徴（五）に挙げてある清玄が観音の姿となって成仏する箇所と、（三）にある女馬子の箇所での浄瑠璃詞章である。

土佐浄瑠璃『定家』では、鐘供養をする寂蓮法師と定家の許へ白拍子が来て舞い、後に野分の死霊の正体を現わす。「ふしぎや二つのつのおちて。おんれうすなわち仏果をゑて、天上する」（『定家』）とある部分である。本書ではこれが、清玄が観音となるように変えられている（図④）。この場面は、寛保三年上演の『春曙墎曾我』の「女鳴神」の最終部分で、菊之丞が観音となる見せ場を踏まえたものである。役割番付（『劇代集』所収）に、「竜頭観世音　瀬川菊之丞」とあり、『中古戯場説』には、「とゞ白衣観音に成仏迄……至てよかりし」とある。役者評判記『役者桃埜酒』には、「時宗が海へ打こみし・やさかりの玉を海中より取上・弁天の神たいとなる仕内」とある。本書の十四丁裏の清玄が化した観世音が、釣鐘の竜頭から抜け出た竜を従え、手に宝珠を持っているのは、まさしく『春曙墎曾我』の女鳴神の最終部を取り込んだためと思われる。宝暦二年（一七五二）上演の瀬川菊次郎演ずる女鳴神は、終始「傾城松葉ヶ谷屋袖之介後に切髪のおなつ」と役割番付（『劇代集』所収）に記され、宝暦九年（一七五九）上演の『二十山蓬莱曾我』における初代中村富十郎の女鳴神にも、観音になるという記述は役割番付・評判記共にない。宝暦十二年（一七六二）上演の『婚髪歌仙桜』での中村富十郎のお三輪は、紀名虎の怨霊がその身体より飛び去るという結末となっ

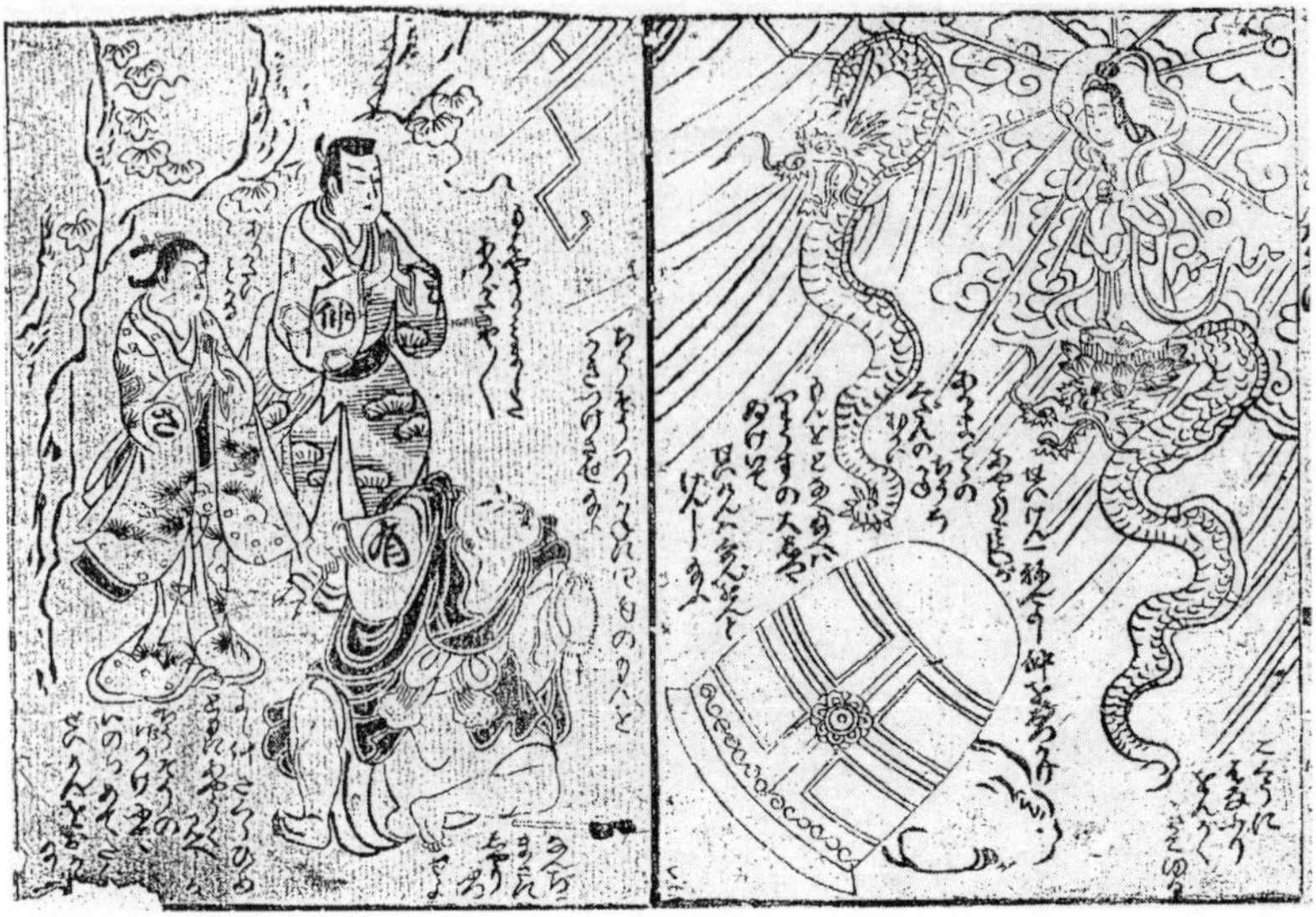

図④『菊重女清玄』14ウ・15オ

図⑤『菊重女清玄』8ウ・9オ

ている。これらのことより、本書は菊之丞の『春曙墎曾我』の「女鳴神」を特に投影させたものと思われる。

本書『菊重女清玄』八丁裏・九丁表は、清玄が女馬子となって義仲を有馬へ連れて行く所である（図⑤参照）。叶わぬ恋の相手を馬に乗せて、女馬子となるのは土佐浄瑠璃『定家』にもあるが、本書に出てくる「〽仕合よしの恋のしゆび　なさけをうつすながしめに　〽せきのおぢそうはおやよりましじやおやもゆるさぬつまこひて　五十三つきにかくれのない馬かた」という文は、延享元年（一七四四）正月、江戸中村座上演の歌舞伎『碙末広曾我《さゝれいしすえひろそが》』の二番目浄瑠璃「駒鳥恋関札《こまどりこいのせきふだ》」[16]（常磐津・宮古路文字太夫・加賀太夫一日替り）に、「しやわせよしのこひのしゆびなさけをうつすながしめに……せきのお地蔵は親よりましじや親も定めぬつまをもつ親もゆるさぬつまこひて。……五十三次にかくれのないむすめ」とある詞章を取ったものである。宝暦六年（一七五六）四月江戸中村座上演『長生殿常桜《ちょうせいでんふだんざくら》』中の浄瑠璃「鈴曙恋関札」（富十郎が女馬子）[17]の時は紀の路に改作されていて「五十三次にかくれのないむすめ」の部分がなく、安永二年（一七七三）十一月江戸中村座上演『御摂勧進帳《ごひいきかんじんちょう》』の中の浄瑠璃「色手綱恋《いろたづなこい》の関札《せきふだ》」（四代目岩井半四郎が女馬子）[18]の時は、北陸道で詞章も変化してしまっている。延享元年の『碙末広曾我』における浄瑠璃「駒鳥恋関札」は長唄「百千鳥娘道成寺」の道行であり、道成寺所作事中別名題を用いた道行の嚆矢[19]である。しかも元文四年（一七三九）九月、水野備前守による豊後節の全面禁止令が下された後の宮古路文字太夫・加賀太夫の出勤であり、豊後節復活現象の一つでもある。「百千鳥娘道成寺」で文字太夫の豊後節を採用したについては、初代瀬川菊之丞の庇護があったものとされる[20]。このように道成寺舞踊の道行としても、また豊後節禁止後の復活上演としても重要な意味を持つ「駒鳥恋関札」が、江戸の庶民へ強い印象を残したことは想像に難くなく、役者絵にも描かれて（図⑥）本書へ詞章が載ることについても首肯される。こうしたことから本書の女馬子の箇所は、初代瀬川菊之丞が演じた『碙末広曾我』を投影していると思われる。但し、『碙末広曾我』における女馬子おろくの役は、役割番付（『劇代集』所収）

に、一番目に百姓娘おろくとして若衆方の滝中秀松が演じ、二番目に傾城小紫と女馬子おろくの二役を瀬川菊之丞が演じたと記される。役者評判記『役者夫美《ふみが》孫《みこ》』の菊之丞の項には小紫の演技評として、「次に何心なくお六が小袖を着て死霊取付・梅三郎にぬれかゝりくどかる、仕内よし・工藤が帯せし刀に恐れ死霊たちさり……其後また死霊とりつき・鐘擣《かねい》の絵図に向ひ梅三郎へ恨いひ」とあることから、死霊に取りつかれて嫉妬する設定であったことが窺われる。『花江都歌舞妓年代記』三の巻（文化九年刊・一八一二・烏亭焉馬作）には、「駒鳥恋関札」の所に、

図⑥　女馬子　細判紅摺絵

此浄留理すんで次に矢矧《やはぎ》の長者《ちやうじや》やしき。じやうるり御前に滝中初瀬。梅三郎に才次郎しうげんの所へ。おろく菊之丞。嫉妬《しつと》にてさまたげる。海老蔵鬼治いろ〳〵いけんする所あつて二人を立のかせる。夫より菊之丞おつかけ箱根《はこね》の鐘供養《かねくよう》にて。道成寺の所作大評判大々当り。

とあり、前年演じて大当りを取った『春曙堺曾我』の女鳴神の嫉妬の地芸と類似した演技であったと思われる。これ

らの二点より、本書は最も強く初代瀬川菊之丞を想定していると判断される。

本書『菊重女清玄』は、寛保三年（一七四三）正月江戸市村座上演の『春曙墎曾我』・同年十二月大坂中村座上演の『大門口鎧襲』・延享元年（一七四四）正月江戸中村座上演の『礪末広曾我』・宝暦四年（一七五四）正月江戸中村座上演の『百千鳥艶郷曾我』の歌舞伎からの影響を受けて成った作品であり、主人公清玄には、初代瀬川菊之丞らの女方による「嫉妬の前段」の演技を映している。このことは、軽業的な怨霊事であった嫉妬の演技を、所作事で情念を見せるものへと作りかえた初代瀬川菊之丞の肉体表現が、いかに江戸庶民に印象深いものであったかを示すものであり、当時の歌舞伎享受者達の嗜好を反映していると思われる。

四　菊之丞暗示の模様

本書の清玄の衣裳の模様に注目したい。清玄の描かれる全十七図のうち、十図までは図①②③⑤に示されるような葉状のものとなっている。残りの二図は、生霊と観音になった所であり、三図は出家して比丘尼となった時の図であるので、ほぼ一貫して前述した模様の着物を着ているといえよう。

この模様は、図⑦に示した『明和伎鑑』（明和六年刊・一七六九・淡海三磨・抱谷文庫蔵）・『役者觽《けい》』（明和七・八年刊か・国立国会図書館蔵）・『三芝居連名』（安永五年刊・一七七六・東京大学総合図書館蔵）の、二代目瀬川菊之丞の合印に類似している。(21)また、初代瀬川菊之丞を描く役者絵にも葉状模様の衣裳を着用している事が多く見られる（図⑧⑨）ことから、この葉状模様は、初代・二代目共に合印として用いたものと思われる。

この模様が菊之丞を暗示している事を示すもう一つの資料に、黒本・青本『〔むけん〕』がある。『〔むけん〕』は十

図⑦

『明和伎鑑』

『役者雛』

『三芝居連名』

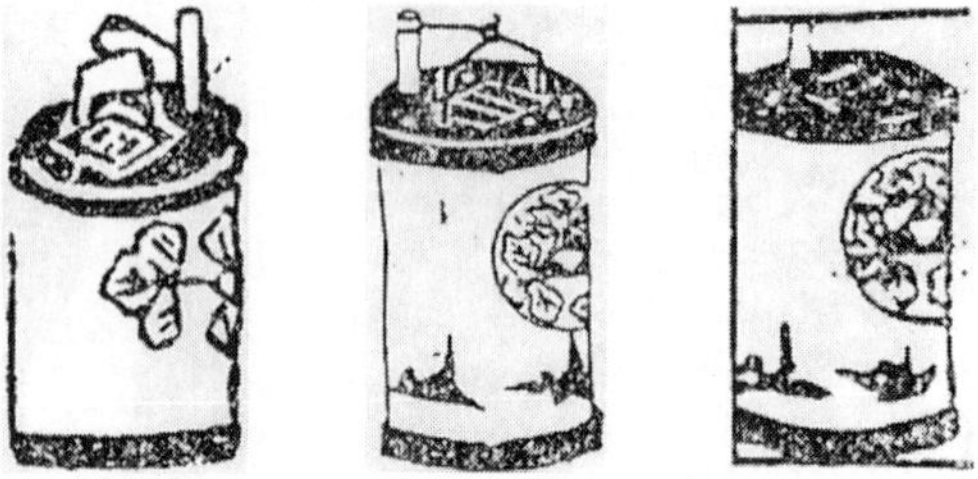

図⑧　しのたしよさ　細判漆絵

図⑨　くずのは　細判漆絵

丁、刊年・画工未詳で鱗形屋から出されたものである。梗概を示す。

【梗概】名古屋山三郎が身持ち放埒から勘当され、その間に名古屋家は家老常陸弾正に横領される。傾城和国は山三郎に貞節を立てるため端女郎に下ろされ、山三郎の借金百五十両欲しさに、無間の鐘になぞらえて手水鉢を打つと金が降ってくる。そのため食べ物が全て蛭に見えるようになった和国は、山三郎と西国巡礼に出る。和国は夢に地獄へ堕ち、鐘をかぶせられて苦しめられる。巡礼途中で常陸弾正に出会い、敵討ちし、山三郎は名古屋の家を相続する。

この中で和国が着ている衣裳には、全て単純化された葉状の模様が配されている（図⑩⑪）。しかも内容は、初代瀬川菊之丞が演じて大当りを取ったいくつかの歌舞伎を踏まえていつつも、歌舞伎をそのまま草双紙化したものではなく、菊之丞が演じた女性像を基として作品の内容を創作するという、『菊重女清玄』と類似の手法をとったものであることがわかる。『〔むけん〕』と初代瀬川菊之丞の歌舞伎との関わりについて述べる。

『〔むけん〕』四丁裏から五丁裏までの、山三郎の借金のために思い悩み、髪をふり乱して手水鉢を無間の鐘に見立てて打つ所（図⑩）は、本書の大きな山場である。これは菊之丞が享保十三年（一七二八）、京都市山助五郎座上演の歌舞伎『けいせい満蔵鑑《まくらかゞみ》』において大当りを取った演技である。役者評判記『役者色紙子』によると、『けいせい満蔵鑑』は親が盗んで落とした金故の苦労という、『〔むけん〕』とは違う設定になっている。享保十六年（一七三一）正月、江戸中村座上演の『傾城福引名古屋《けいせいふくびきなごや》』においても、手水鉢を無間の鐘になぞらえて演じ、「大々当り・江戸中の大評判」（『二の替芸品定』）となって、菊之丞は若女方の巻頭に置かれている。しかも本書にも描かれる、小袖の片袖をひきちぎり金を拾うという型は、『傾城福引名古屋』において初代菊之丞が演じてからのものであり、ここでも『〔むけん〕』が、菊之丞の歌舞伎舞台を忠実に描いていることがわかる。その後無間の鐘は何度も演じられ、浄瑠璃『ひらがな盛衰記』（元文四年初演・一七三九・文耕堂・三好松洛ら合作）の梅ヶ枝を経て継承されていく。梅ヶ枝の恋す

図⑩　『〔むけん〕』4ウ・5オ

図⑪　『〔むけん〕』7ウ・8オ

る梶原景季が、鎧入用のために三百両必要となり、梅ヶ枝はその難儀を見かねて無間の鐘を打つ、という趣向は、『〔むけん〕』の山三郎のために和国が鐘をついてしまう設定と類似している。『〔むけん〕』は浄瑠璃『ひらがな盛衰記』をも下敷きとしていよう。

七丁裏・八丁表の、西国巡礼に出かけた和国が夢に地獄へ堕ち鐘をかぶせられる（図⑪）のは、道成寺の鐘入りを表している。地獄の呵責にしてはや、奇異なこの場面は、『傾城福引名古屋』三番目で、初代瀬川菊之丞演じた「無間鐘新道成寺」（一名「傾城道成寺」）が、愛する男性のために無間の鐘を撞き、地獄の呵責の苦しみを訴える傾城という設定となっているのを踏まえている。このような道成寺と無間の鐘とを結びつけたものは、元文五年（一七四〇）大坂富十郎座上演の歌舞伎『三浦弾正風俗鎧《みうらだんじょうすがたのよろい》』でも、初代瀬川菊之丞により「傾城今様道成寺」として演じられている。道成寺舞踊は、宝暦三年（一七五三）上演の『京鹿子娘道成寺』以降、初代中村富十郎の型が定式化するのであり、『〔むけん〕』に見られる無間の鐘と混淆した道成寺は、それ以前の菊之丞が演じた道成寺を連想させる手法といえる。

このように『〔むけん〕』は初代瀬川菊之丞が演じて大当りを取った歌舞伎を明らかに入れ込んでいる。故に衣裳に用いられた模様の、菊之丞の合印との類似も、単なる偶然とは思われない。そしてこれらの歌舞伎の有名場面の入れ込みと、衣裳の合印から、読者に初代瀬川菊之丞のイメージを喚起させた上で、菊之丞が演じた情の深い女性という役柄を投影させて人物造型したものである。

五　「菊重」の意味

本書『菊重女清玄』の書名冒頭の「菊重」とは何を意味しているのか。単純な語意としては、重袿《かさねうちぎ》の色目や陰暦閏九月の異称・菊の花を重ねた模様を表わす。ここでは役者評判記『役者笑上戸』（宝暦七年刊・一七五七）の上白上の瀬川菊之丞（二代目）の評に、「父はしぼみて菊たばこ．菊の分根《わけね》のいつかいつ舞台《ぶたい》おぼへて菊重《きくがさね》．」とあることから、二代目菊之丞への芸の継承という意で使われたものと思われる。宝暦六年（一七五六）十一月、瀬川吉次改め二代目菊之丞となった時、二代目菊之丞は『今様道成寺』として「地芸の仕内なし」（『役者真壺錺《つぼかざり》』）の所作事のみを演じた。また、宝暦七年（一七五七）二月、叔父瀬川菊次郎の追善として、江戸市村座において『染手綱初午曾我《そめたづなはつうまそが》』で「自然生のおさん」を演じ女馬子となっているが、これは宝暦四年（一七五四）八月、江戸市村座上演の『由良千軒蟠《つ》鬼湊《きのみなと》』同様の丹波与作の世界のものである。なお『染手綱初午曾我』の二番目に、「頃皐月娘鳴神《ころはさつきむすめなるかみ》」を上演し、鳴神比丘を二代目菊之丞が演じているが、評判記には触れられていない。その後二代目菊之丞が嫉妬の地芸を演じたのは、明和二年（一七六五）十一月江戸中村座上演の『神楽歌雨乞小町』の五大三郎妹お町であり、「次に三郎藤作を少将としらせ．小町と祝言の盃させんといふ時．悋気《りんき》の思ひ入はお家の物．兄三郎にゐけんされ思ひ切身がはりにしなんと心を取直し．髪結直《ゆひなを》さるゝ仕内．楓江がめりやすにての一人リ芸．うまいといふか外には有まい．よう思はれます．次に二かいにて祝言の声を聞．又思ひ出してしつとの段．兄三郎に殺され．幽霊《ゆうれい》にて雨乞の歌を吟《きん》しらるゝ迄大でき〳〵．二ばんめは至極《しごく》よけれ共一ばんめの狂言はきとせぬ故．余りさへませいできのどく．春は肝《きも》の潰《つぶれ》る大当テを待ます〳〵」（『役者年内立春』）と評せられ、人気役者故に一応褒めてはいるが、「余りさへませいできのどく」とのことであった。続いて翌三年（一七六六）十一月江戸市村座上演の『東山殿戯場朔日《ひがしやまどのかぶきのついたち》』の出雲お国の役でも嫉妬の地芸を見せている。しかしながら『東山殿戯場朔日』で最も評判を取ったのは、二番目の虚無僧の所作事であり、「太夫元と両人こも僧の所作．ぬれ事に成てはきつい物．桟敷《さじき》の涎《よだれ》で土間の見物はびつしよりと濡《ぬれ》ました」（『役者巡《まわし》炭《ずみ》』）と評される。嫉妬の地芸については「いてうの前と山三祝言の盃ｷと聞嫉妬《しつと》の段．萩江露友がめりやすにての仕内．名代〳〵．しかしなごや帯《おび》は邪魔《じやま》に見へます」（『役者巡炭』）と一応賞賛していつつも若干水を差す評が入る。明和六年（一七六九）正月江戸中村座上演の『曾我䄉《もやう》愛護若松』でも、やはり最も評判をとったのは「浅間嶽」の所作事であり、「相生獅子」即ち石橋の所作事であった。三十歳程の若盛りで病死した二代目菊之丞は、美貌と所作事が売り物であり、地芸に関しては「中年過なば名人なるべし」（『中古戯場説』）というのが、正直な評であろう。

本書『菊童女清玄』は、衣裳の模様からも、明和六年の刊行時[22]に存在した二代目菊之丞を意識しつつ、初代瀬川菊之丞より継承されている嫉妬の地芸から造型されたものであることを表しているのであり、「菊重」という外題から、二代目菊之丞がこれらの嫉妬の地芸を受け継ぐことを願った作品であることが窺われるのである。

享保十五年（一七三〇）に江戸下りした初代瀬川菊之丞は、「是まで上手の女形の．下り衆多き中に．此君の顔見世のはづみやう．あやめ殿下り以来おぼへぬあたり」（『役者若見取』享保十六年刊・一七三一）と評され、石橋・無間の鐘・傾城道成寺と、次々に江戸中を熱狂させ、元文二年（一七三七）帰京した。そして寛保元年（一七四一）再び江戸へ下り、寛延二年（一七四九）に病死するまで、女方の「極上上吉」として江戸に君臨した。芳沢あやめが、その活躍の場を主に上方に据えたのに対し、菊之丞は晩成型のその油の乗り切った時期を、ほとんど江戸において過したのである。あやめのような確とした芸論を残さなかった菊之丞ではあるが[23]、「いつでも女の情を本として．ぼんじやりとした本の女子よりつる取仕内．女形の形の字のいらぬは此人」（『役者三叶和《みつかなわ》』延享三年刊・一七四六）と評された演技は、その後の女方芸に大きな足跡を残した。兄とは異なり舞台に華のなかった初代瀬川菊次郎によって、写実的な嫉妬事は継承され、初代中村富十郎に受け継がれていった。そして当然の事ながら、二代目菊之丞が所作事と共に、嫉妬の地芸を継承していくものと目されていた。安永二年閏三月、三十三歳という若さで、技芸が熟さぬ内に早世した二代目菊之丞ではあったが、「第一美しく舞台花やかにて、仕内にいやみなく直《すな》をなる芸風にて」（『新刻役者綱目』明和八年刊・一七七一・八文字屋自笑）江戸中の人気を一身に集め、路考茶・路考髷など流行させた。その熱狂ぶりの一端は、『根南志具佐』（宝暦十三年刊・一七六三・平賀源内）の中で、菊之丞に打ち込んで病死した僧が所持した絵姿を見て、閻王が「空蝉のもぬけのごとくなりて」、菊之丞を地獄に連れて来るように厳命を下すことが発端となっている事からも窺われる。してみると、享保末年から安永初年までの、まさに初期草双紙が全盛した時期に、初代・二代目瀬川菊之丞は活躍し、江戸中の人気を集めていたといえよう。

前述した黒本・青本『菊重女清玄』・『〔むけん〕』の他に、初代・二代目瀬川菊之丞を投影している赤本・黒本・青本に次のようなものがある。

○『鬼の四季遊』赤本、画工刊年未詳。「菊之丞が弟子になり、女鳴神で当てて見よう」と言う美しい稲妻姫が描かれる。

○『瀬川菊物語』黒本、画工刊年未詳。『菊家彫《きくけぼり》』（安永八年刊）にも載る、瀬川菊之丞の名の由来が物語化されている。

○『色紙百人一首』黒本・青本、画工未詳。宝暦八年刊か。「さて〳〵すさまじい。二代の道成寺といふしうちじゃ」とあり、土佐浄瑠璃『定家』の野分を二代目菊之丞に形容する。

○『篠塚角力遊』黒本・青本、鳥居清満画、刊年未詳。無間の鐘のパロディがあり、菊之丞の合印模様の着物を着た雌の小天狗登場。

○『春霞清玄凧』黒本・青本、鳥居清経画、明和四年刊。桜姫の美しさを二代目菊之丞に形容し、狂気する女性を「此まへ元祖路考《ぐはんそろかう》が市村で女鳴神《なる》といふ身をこぢ付る」と形容する。

○『〔せいすい記〕』青本、鳥居清経画、刊年未詳。浄瑠璃『ひらがな盛衰記』の抄録本。梅が枝の衣裳に瀬川家の結綿紋の模様。

○『〔女てつかい〕』黒本、最終丁の印より丈阿作か。刊年未詳。美しい女鉄枴仙人「かのこの前」の衣裳は菊之丞の合印模様。初代菊之丞は延享元年（一七四四）八月、江戸中村座上演の『東山後日八百屋半兵衛』にてお千代役、鉄枴仙人の趣向を演じた。

その他、単に菊之丞の合印模様の衣裳を着ている女性が登場する作品は多数ある。赤本『定家』(24)は、鳥居清信画・刊年未詳・全十丁の作品である。内容は土佐浄瑠璃『定家』の抄録であるが、均一に要約したものではない。土佐浄瑠璃『定家』には絵入り本『新古今歌合』（享保九年刊・一七二四・木下甚右衛門板・十丁十六行　画工未詳）があり、赤本『定家』はこれと構図的類似性を持つ。しかし赤本中に登場する腰元野わけには、絵入り浄瑠璃本には見られなかった、葉状模様の衣裳が一貫して着せられている。しかも全ての丁に野わけが登場する、野わけ中心の物語となっていて、その前後の定家と平の時国の確執はほとんど省かれてしまっている。赤本『定家』は、土佐浄瑠璃『定家』の抄録でありつつも、初代瀬川菊之丞を仄めかすことによって、登場人物を生々しく読者にイメージさせようとしている。

浮世草子『丹波与作無間鐘』（元文四年刊・一七三九・八文字屋自笑）も、初代瀬川菊之丞の歌舞伎に影響されて成ったものである。これは浄瑠璃『丹波与作待夜小室節』（宝永五年初演・一七〇八・近松門左衛門）に無間の鐘を結びつけたもので、『浮世草子の研究』(25)に、享保十七年（一七三二）六月竹本座上演の浄瑠璃『伊達染手綱』と、歌舞伎での無間の鐘の趣向、元文三年（一七三八）正月豊竹座上演の浄瑠璃『傾城無間鐘』からの影響が指摘されている。ここに登場する関の小万は、親の借金のために心染まぬ身請けをされそうになり、愛する与作に身請けされたいために無間の鐘をついてしまい、与作が自分をひき取れない事情を察して、「食べ物が蛭に見える」と嘘をついて絶食し、死のうとする情の深い女と造型されている。これは当時上方で出演していた初代菊之丞が、恋情のために身を滅していくような女性を歌舞伎舞台で見せ、大当りを取っていた事を背景にしているためと思われる。

向井信夫氏は、文化元年（一八〇四）刊の読本『絵本敵討待山話』（談州楼焉馬作・歌川豊国画）について、実際にあった事件を読本化するにあたり、その登場人物のほとんどを、当時江戸で活躍していた歌舞伎役者の似顔とし、いかにもその役柄相応に当て嵌めて創作している、と指摘されている(26)。

黒本『菊重女清玄』は、土佐浄瑠璃『定家』の筋に、初代瀬川菊之丞の当たり狂言や、菊之丞より嫉妬の地芸を継承した初代中村富十郎らの歌舞伎場面を入れ込み、しかも衣裳に瀬川菊之丞を連想させる模様をつけることによって、主人公清玄に初代瀬川菊之丞を連想させるように作られている。しかしながら、後の読本・合巻或いは黄表紙の一部の画工のように顔を描き分けてはいず、一つの役柄に一人の役者を振り当てる、という意識には至っていないことから、その人物造型がやゝ不整合なものとなってしまっている。その点同様の手法を取りつつも、初代瀬川菊之丞のみを想定している黒本・青本『〔むけん〕』の方が、女主人公の性格としては、捉えやすい作品となっている。

これらの初期草双紙の歌舞伎摂取の方法を、読本『絵本敵討待山話』に指摘される読本・合巻の似顔絵による役者の振り当て法の先蹤とするには、あまりに稚拙でもあり、特殊な宣伝際物的性格を持つことが問題となってこよう。しかし古浄瑠璃から取材した筋をいかに庶民に生き生きとイメージさせるか、という所で、初期草双紙作者の脳裏に有名な歌舞伎役者の利用という手法が意識されてい、役者名等を明記するのではなく合印によって仄かす程度にとどめている、という点に、初期草双紙の中に既に後の黄表紙・読本・合巻の手法に連なっていく性格が内包されていた、と考えることはできよう。

注

（1）『菊家彫』（安永八年刊・一七七九・波静）、『瀬川ぼうし』（天保三年刊・一八三二・琴通舎英賀著・初代歌川国貞・歌川国芳画）。共に代々の菊之丞の代表的演目について編年体で簡単に述べられたもの。
（2）『国書総目録』に記載されていない。
（3）黒本『日本商人の始』の一丁表にある広告や、『青本絵外題集Ⅰ』（昭和四十九年刊・一九七四・岩崎文庫貴重本叢刊）に載る題簽による。
（4）『土佐浄瑠璃正本集』第一巻（昭和四十七年刊・一九七二・角川書店）解題による。
（5）「道成寺物における地芸と所作事－富十郎による「嫉妬の前段」確立まで－」（水田かや乃・『演劇学』第二十九号所収・昭和六十三年三月刊・一九八八）
（6）上演形態の詳細は「江戸歌舞伎の興行と狂言－寛保三年『春曙𡋽曾我』の場合－」（佐藤知乃・『近世文芸』六十九号所収・平成十一年一月刊・一九九九）。
（7）早稲田大学演劇博物館蔵本参照。『燕石十種』第四巻（昭和五十四年刊・一九七九・中央公論社）所収も参照した。
（8）『歌舞伎台帳集成』第十六巻（歌舞伎台帳研究会・昭和六十三年刊・一九八八・勉誠社）所収。
（9）注（5）参照。
（10）「新しい歌舞伎史を求めて－宝暦期－」（『歌舞伎　研究と批評』第五号・平成二年六月刊・一九九〇・リブロポート）後に『歌舞伎の歴史　新しい視点と展望』（平成十年刊・一九九八・雄山閣）に脚注付きで再録、『歌舞伎の歴史』（今尾哲也・平成十二年刊・二〇〇〇・岩波新書）。

(11) 狂言絵尽し本『花街曲輪商曾我』（東京都立中央図書館加賀文庫蔵）による。

(12) 国立国会図書館蔵『浄瑠璃本』所収。

(13) 狂言絵尽し本『百千鳥艶郷曾我』（早稲田大学附属図書館蔵）による。

(14)『歌舞伎台帳集成』第十六巻所収。

(15)『歌舞伎台帳集成』第五巻（歌舞伎台帳研究会・昭和五十九年刊・一九八四・勉誠社）所収。

(16) 国立国会図書館蔵『宮古路月下の梅』所収。『徳川文芸類聚』第九（昭和四十五年刊・一九七〇・国書刊行会）所収も参照した。

(17)『桜草集』（『徳川文芸類聚』第九所収）所収。

(18)『新日本古典文学大系96　江戸歌舞伎集』（古井戸秀夫校注『御摂勧進帳』・平成九年刊・一九九七・岩波書店）

(19)『江戸近世舞踊史』（九重左近・昭和五年刊・一九三〇・万里閣書房）

(20)『江戸豊後浄瑠璃史』（岩佐慎一・昭和四十三年刊・一九六八・くろしお出版）

(21) 合印については洒落本『青楼花色寄』（安永四年刊か・一七七五）、『傾城觽』（天明八年刊・一七八八・山東京伝）に、吉原の有名な遊女の評判や定紋等と共に、提燈の合印が示されている。

(22) 黒本『日本商人の始』の広告に、「うしの正月新板目録」とあることより、明和六年としたが、それ以後の後摺本刊行の可能性はある。例えば安永三年三月江戸市村座上演『花覯風折烏帽子』は瀬川富三郎（後の三代目菊之丞）による道成寺で、嫉妬の前段もあり、この上演用に過去の草双紙を改題して刊行する、という可能性は充分想定しうる。

(23)『古今役者論語魁』（『近世芸道論』・日本思想大系61・昭和四十七年刊・一九七二・岩波書店）に九ヶ条の女方心得が述べられている（臨終の様子の一条を除く）が、芸論というには若干疑問を感じるような、眉の描き方、皺のよらぬ方法等が短文で述べられる。その中で、「豊後《ぶんご》・一中・半太夫《はんだゆう》・柯東《かとう》の所作《しょさ》は、狂言《きょうげん》をする心《こゝろ》にてふりを付《つける》がよし。」とある部分が注目される。

（24）『近世子どもの絵本集 江戸篇』（鈴木重三・木村八重子編・昭和六十年刊・一九八五・岩波書店）所収。なお、木村八重子氏による解題も載る。

（25）長谷川強・昭和四十四年刊・桜楓杜。

（26）「古書雑録（五）―元文曾我と「絵本敵討待山話」―」（『愛書家くらぶ』第九号・昭和四十四年五月刊・一九六九・後に『江戸文芸叢話』平成七年刊・一九九五・八木書店に再録）

（図版リスト）

①『菊重女清玄』四丁裏・五丁表 慶應義塾図書館蔵。

②『菊重女清玄』一丁裏・二丁表 慶應義塾図書館蔵。

③『菊重女清玄』十二丁裏・十三丁表 慶應義塾図書館蔵。

④『菊重女清玄』十四丁裏・十五丁表 慶應義塾図書館蔵。

⑤『菊重女清玄』八丁裏・九丁表 慶應義塾図書館蔵。

⑥ © The Art Institute of Chicago.

⑦『明和伎鑑』抱谷文庫蔵、『役者觽』国立国会図書館蔵、『三芝居連名』東京大学総合図書館蔵。

⑧『浮世絵大成 第二巻』（昭和六年刊・一九三一・東方書院）九三より転載。

⑨『浮世絵大成 第二巻』（昭和六年刊・一九三一・東方書院）一三九より転載。

⑩『〔むけん〕』四丁裏・五丁表 東京都立中央図書館加賀文庫蔵。

⑪『〔むけん〕』七丁裏・八丁表 東京都立中央図書館加賀文庫蔵。

第二節　二代目市川団十郎

二代目市川団十郎が江戸歌舞伎に残した大きな足跡については、彼が江戸荒事を大成し、和事をも結合させ、世話事系の演技・演出様式をもたらし、台詞術・化粧・衣裳の工夫に優れ、俳諧を中心とした交友関係を持ち、不動信仰を背景にした〝役者の氏神〟であった点について既に多くの指摘がなされている。(1)また、二代目団十郎についての様々な方面からの資料も提供され、(2)彼を中心とした年代記『金《きん》の揮《ざい》』についても、研究されている。(3)他の初期歌舞伎役者に較べれば、いささか研究され尽くされている観のある二代目団十郎ではあるが、初期草双紙も二代目団十郎から大きな影響を受けているといえよう。また、初期草双紙における二代目団十郎の造型は、従来の演劇史的位置づけからのみでは捉えられない、江戸庶民の享受層からの視点を、極めて示唆に富んだ形で表していると思われる。

既にいくつかの黒本における二代目団十郎からの影響については、後述する如く丹和浩氏や細谷敦仁氏により言及されている。しかし黒本『龍宮土産《りゆうぐうみやげ》』は、あらすじは二代目団十郎が演じたことのない俵藤太の百足退治説話を利用し、場面場面では二代目団十郎が大当りを取った歌舞伎荒事をいくつも当て込んでいる。更に、一貫性は認められないながらも、明らかに複数箇所に、二代目団十郎の顔を模した部分がある。(4)黒本『龍宮土産』の刊年は明和七年(一七七〇)かと推測される。

『龍宮土産』を中心に、初期草双紙に二代目市川団十郎がどのように投影されているかを検討し、二代目在世時から明和期にかけての歌舞伎享受層の視点から若干の考察を加えたい。

一　黒本『龍宮土産』の歌舞伎摂取

黒本『龍宮土産』は、『国書総目録』に記載がなく、『東北大学所蔵和漢書古典分類目録　和書　中』に、酒田金時　龍宮土産　二巻二冊　富川房信（吟雪）画　江戸村田屋次郎兵衛　狩　四・一二一　一三・二と記される、狩野文庫蔵本である。原表紙・原題簽であり、絵と外題が一枚の貼題簽である。上巻の題簽の絵は、まさかりを持ち鳴蛤の争いを眺める国性爺風のポーズ、下巻の題簽は百足の上に乗って剣をつきたてている絵である。一丁表に「残跡庵蔵書印」の印があり、奥村繁次郎旧蔵書であることがわかる。刊年は、下巻題簽に「寅」とあり、宝暦八年（一七五八）か明和七年（一七七〇）かであるが、宝暦十一年からとされる富川房信の作画期(5)とあわせ考えると、明和七年である可能性が強い。丁数は十丁、上下二冊で、五丁裏・十丁裏に「富川房信画」とある。梗概を述べる。

【梗概】坂田の金平は、母から譲り受けたまさかりを肌身離さず持ち、研ぎ磨いている。ある時鳴蛤の争いを浜辺で見ていると、睡魔に襲われ、夢の中で乙姫に請われて龍宮へ行く。龍宮では大蛸が謀叛を企て、百足に頼んで乙姫をさらって来させる。金平は百足を退治し、大蛸を生け捕って龍宮の王に差し出す。そして龍宮から数々の宝をもらって帰る所で、夢から覚める。

本書は、その大筋を俵藤太が三上山の百足を退治し、龍宮からお礼の宝をもらって帰るという伝説から取っている。下野国の土豪であり、平将門を討った俵藤太（藤原秀郷）の百足退治説話は、『太平記』巻十五にも見られるが、室町時代の御伽草子『俵藤太物語』や絵巻『俵藤太絵巻』によってより具体化し、流布していったものと思われる。近世期に入り、仮名草子『伽婢子』（浅井了意作・寛文六年刊・一六六六）巻之一「龍宮の上棟《むねあげ》」に部分的に引用されたり、古今東西の有名な説話に絵を配した『絵本故事談』（山本序周作・橘守国画・正徳四年刊・一七一四）巻五に載っていることより、近世初頭には既に広く伝承されていた説話であることが窺われる。本書以外の黒本に『秀郷《ひでさと》龍宮巡《りゅうぐうめぐり》』（鳥居清満画・刊年未詳・国立国会図書館蔵）があり、本書と類似したあらすじである。

【梗概】龍宮内で謀叛を企んだ鰐鮫が、百足を加勢に頼んで龍宮内を悩ますが、忠臣共が秀郷に百足退治を頼み、鰐鮫を引き裂いてもらう。秀郷は龍宮より宝をもらい、乙姫からの伝言を浦島太郎へ伝える。

本書とこの黒本が類似しているのは、龍宮のお家騒動という大きな筋立てばかりでなく、秀郷（藤太）が百足を殺す方法が、弓でなく剣である、という細部にも互っている。かつ『秀郷龍宮巡』には、原話とは全く関連性のない鰐鮫を引き裂く場（図①）を設けていることからこれも歌舞伎荒事からの影響[6]が多分に窺われる作品であることがわかるが、本書のような徹底した歌舞伎摂取とまでは至っていない。

本書の歌舞伎との対応を述べる。一丁表はまさかりを研ぐ金平の姿が描かれるが（図②参照）、これは「矢の根」を取り入れたものである。『歌舞伎十八番集』（日本古典文学大系98・郡司正勝校注・昭和四十年刊・一九六五・岩波書店）所載の「矢の根」本文ト書きに、「紅白の梅の立木」が背景に使われていて、図②にもそのように描かれている。「矢の根」は享保五年（一七二〇）正月、森田座上演の『楪《ゆずりは》根元《こんげん》曾我《そが》』が初演とされていたが、最近それが疑問視され、享保十四年である可能性も指摘されている[7]。享保十四年（一七二九）正月、中村座上演の『扇《すえひろ》恵方《えほう》曾我《そが》』より二代目団十郎は生涯に四度「矢の根」を演じている。『扇恵方曾我』は五月まで続く大評判を取り、座元は「矢の根蔵」を建てたという[8]。宝暦以降でも、宝暦四年（一七五四）正月、中村座上演の『百千鳥《ももちどり》艶郷《くるわ》曾我《そが》』の二番目に「分身《ふんじん》鏃《やのね》五《ご》

図①『秀郷龍宮巡』8ウ・9オ

図②『龍宮土産』1オ

郎《ろう》」を二代目団十郎改め海老蔵が六十七歳で演じ、「いつも〳〵角鬘《かつら》．うつり扨々若いぞ〳〵．大当り〳〵．」（『役者刪家系《けずりかけ》』）と評され、辻番付にも大きく描かれている（図③参照）。更に宝暦八年（一七五八）三月、市村座上演の『恋染隅田川』で五郎時宗の神霊に扮し、矢の根を富士太郎（初代市村亀蔵）へ譲る。

此時荒《あら》人神曾我の五郎時宗の神ゝ霊《れい》にて．矢の根五郎の什内．まへ〳〵のごとく矢の根五郎のせりふ．つらね顔くまどりてのりき身．大でけ．富士太郎に汝よきかな〳〵此矢の根をもつて．父が敵討べしと．矢の根をあたゆる段．三十年ゝ昔にかはらず．扨も顔の肉《にく》も落ず．さて〳〵徳若な栢莚親仁かなと．海老蔵が一世一代狂言．大入大あたりの評判．諸見物くんじゆせし所に……（『役者談合膝』）

大入大当りを取り、これを最後の舞台として、半年後に没す。してみると「矢の根」は二代目団十郎の「一世一代狂言」であり、「荒人神」となって演じることのできる性格を持つものであったと考えられよう。本書がまさかりを使うのは、主人公が坂田金平であるから当然のことと思われるが、寛延三年（一七五〇）十一月、市村座上演の『帰《がい》陣《じん》太平記』の評に「まさかりを手にもち．とうぞくを追ちらさるゝも．先年ゝの矢の根五郎のうつり．少シ計用らる、所さりとはよし．」（『役者枕言葉』）とあるように、実際に演じたものを利用したとも考えられる。

一丁裏・二丁表は金平が鳴蛤の争いを眺める図となっている（図④）。これは国性爺の鳴蛤の図柄である。二代目団十郎が演じた国性爺の黒本への投影については、既に論じているが、[9] 享保二年（一七一七）の五月に江戸で「義太夫節浄瑠璃狂言を江戸歌舞伎狂言にて興行の事、此年此月中村座を始とす」（『東都劇場沿革誌料』）とある時から、二代目団十郎は三回国性爺（和藤内）を演じ、更にもう一度「国姓爺作者近松門左衛門」として、四代目団十郎と同座している（図⑤参照）。つまり安永末年までの江戸での国性爺歌舞伎の上演、六回のうち半分以上は二代目団十郎が関与していることになる。更に江戸における安永末年までの国性爺浄瑠璃の上演は、現存資料からは、上演年未詳の

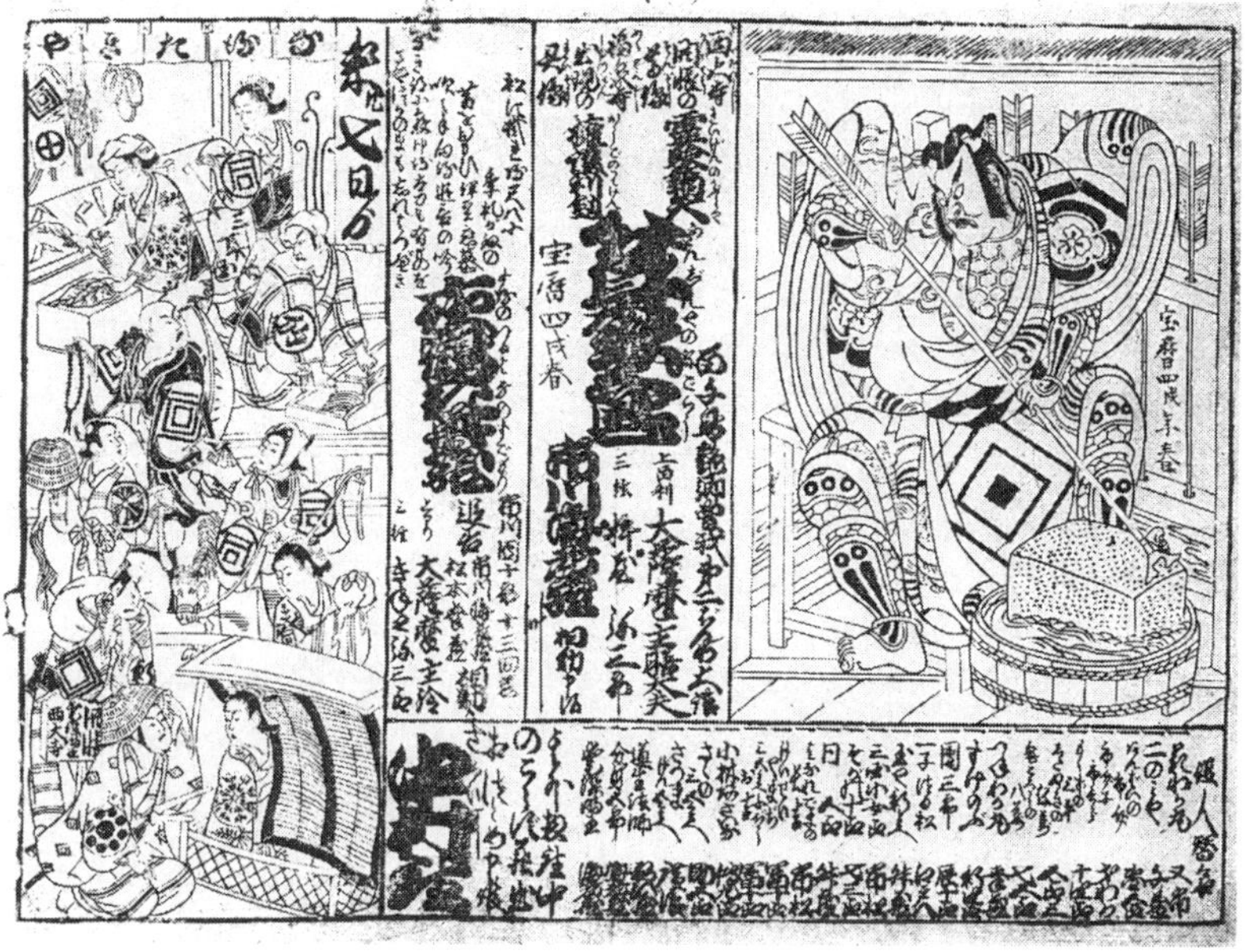

図③『百千鳥艶郷曾我』の辻番付

図④『龍宮土産』1ウ・2オ

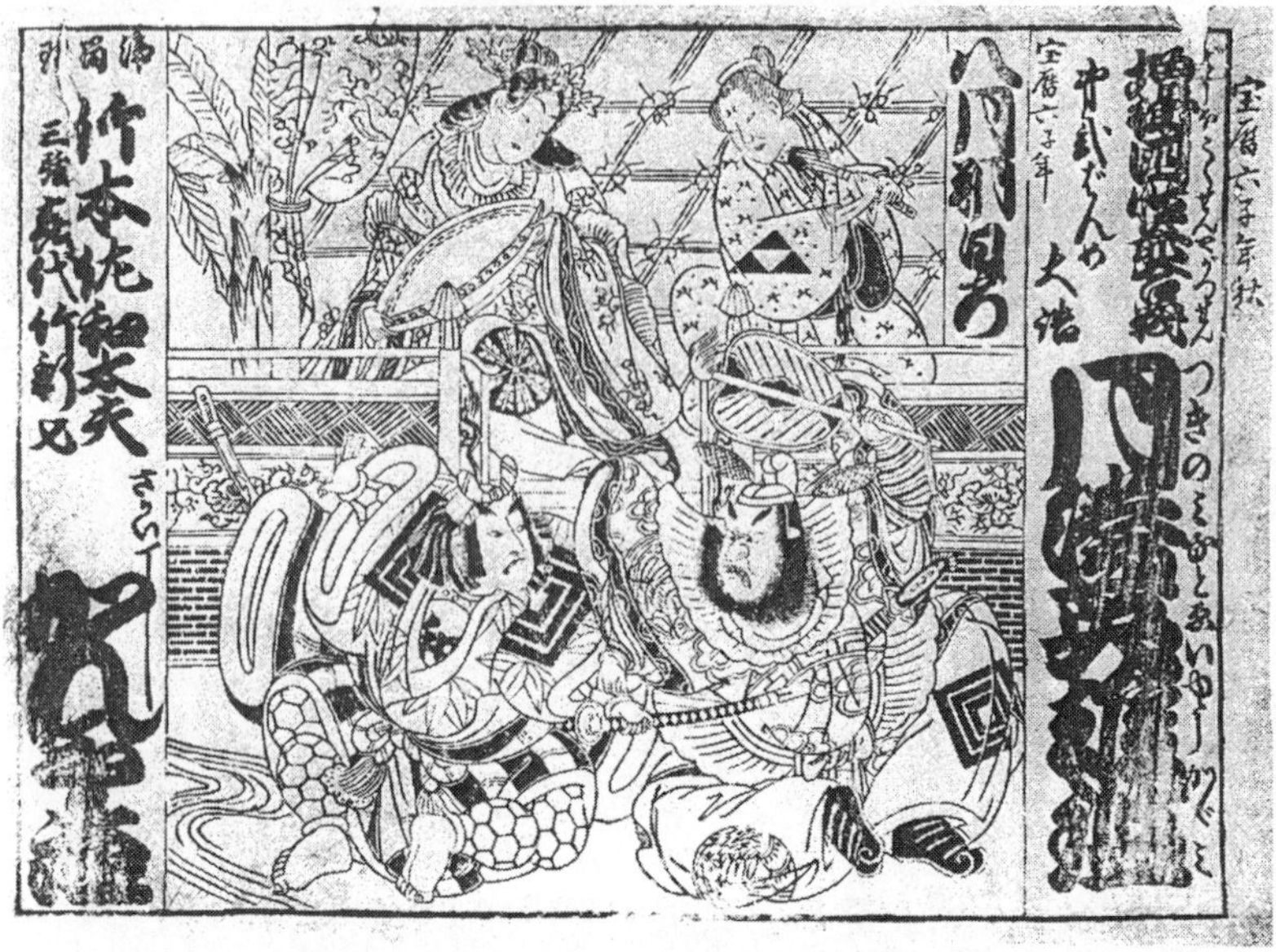

図⑤『月湊英雄鑑』の辻番付

図⑥『龍宮土産』7ウ・8オ

「木挽町で三ノ中」(『音曲猿口轡』)・安永四年の「三ノ口」のみであり[10]、非常に少なかった可能性がある。してみると江戸における国性爺のイメージは、二代目団十郎の荒事と結びついて形成された可能性が強い。そして黒本『こく性や合戦』(鳥居清満画　刊年未詳)は、原作浄瑠璃をそのままダイジェストしたものではなく、国性爺の勇猛ぶりが武者絵のように誇張されて表現され、あたかも歌舞伎荒事の舞台をそのまま黒本化したような作品となっていることに注目したい。江戸において浄瑠璃を歌舞伎化することは、二代目団十郎がごく初期に行ったとされ、上方と江戸における〝国性爺〟受容の相異に、二代目団十郎演じる歌舞伎荒事が深く関与しているのではないかと思われる。

七丁裏・八丁表の百足退治(図⑥)は、俵藤太説話の眼目となる所であるが、二代目市川団十郎が俵藤太(藤原秀郷)を演じたという記録は現存していない。宝暦五年(一七五五)八月、中村座上演の『信田長者柱』で、浮島弾正と平親王将門の神霊に扮し、「金冠の出立大出来」(『役者名声《ほまれ》牒』)ではあったが、将門を討つ藤太に扮したという記録は辻番付にも見出し得ない。また、俵藤太の百足退治は弓矢で行うものであるが、本書では剣を用いている。元禄十四年(一七〇一)七月、中村座上演『当世《いまよう》酒呑童子』で、二代目団十郎は「しはかるらう人と也　さつま上るりにて道をしへ切にひしや門にてむかでたいぢ」(『金の揮』)を演じている。これは志貴の毘沙門天開帳を当て込んだもので、『金の揮』所載の図にも、甲冑を着け、片手に戟を持った九蔵即ち二代目団十郎の姿が描かれている。七福神の一つで、北方を守護し、夜叉羅刹を統率する毘沙門天は、怒りの相を表す荒事には恰好の題材であり、庶民が荒事によって、神格化した二代目団十郎の姿を舞台に見ていたと考えることができよう。このような毘沙門天の百足退治は、翌十五年十一月、山村座上演の『〔百合若〕』で、初代坂東又太郎の荒事として演じられている[11]。本書のみならず、前述した黒本『秀郷龍宮巡』においても藤太は剣で百足を退治しているし(図⑦)、黒本『日本蓬艾始』(山本重春《しげはる》画・寛延二年刊・一七四九・丸屋小兵衛板)[12]は、やはり二代目団十郎の艾《もぐさ》売りに関連した内容であるが、金平と樊噲が剣を持っ

図⑦『秀郷龍宮巡』5ウ・6オ

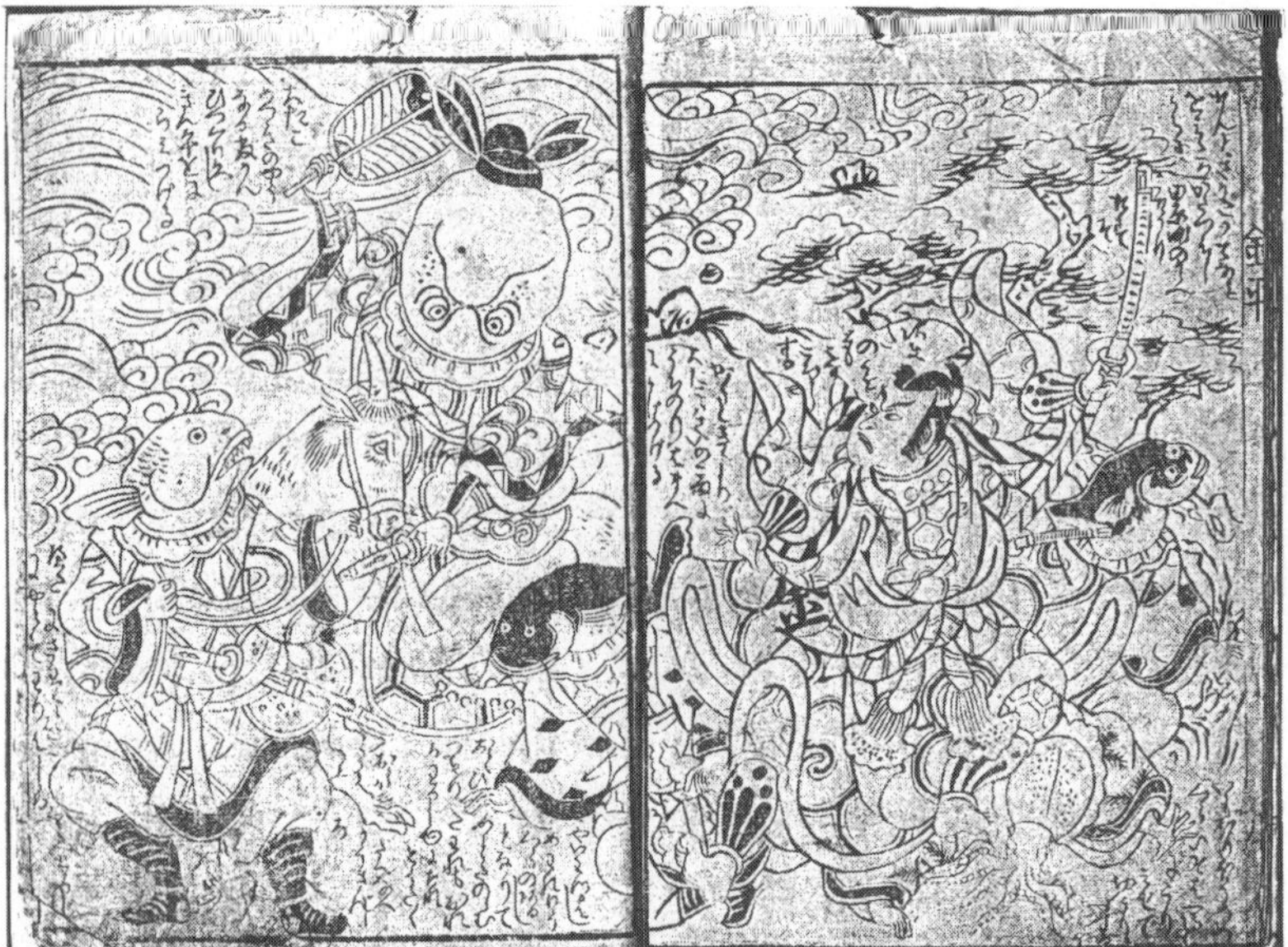

図⑧『龍宮土産』8ウ・9オ

て百足退治をしている図（図⑪）がある。黒本の側から見て、俵藤太或いは毘沙門天の百足退治は、二代目団十郎の荒事の一種と受け取られていたことがわかる。

八丁裏・九丁表の、一角獣に乗る大蛸と謀叛を起した魚共を踏みひしぐ金平がにらみ合う場面は、大友真鳥と宿禰兼道を仄めかしているものである（図⑧）。正徳四年（一七一四）七月、森田座上演の『金花山大友真鳥』で、二代目団十郎は兼道と扇売を演じて「打つゞゐての大当り」（『役者懐世帯』）を取り、享保十一年（一七二六）五月、中村座上演の『大桜《おおざくら》勢《いきおい》曾我《そが》』で、再び二代目団十郎は兼道を演じ「切に大友の真鳥幸四郎成かね道の役にてつめ合よしそがの狂言よりまとりへのもちこみよし」（『金の揮』）と評されている。この真鳥と兼道のつめ合いは、既に赤本『猫鼠大友真鳥』（享保十二年刊か）[13]にも利用されていて、非常に好評な場面であった事が窺われるものである。

以上、俵藤太の百足退治伝説を基とし、矢の根・国性爺・毘沙門天の百足退治・大友真鳥の、有名な一場面のみを繋ぎ合わせて作られた本書は、あたかも二代目市川団十郎演ずる荒事を、集大成的に並べたかのような特徴を持つ作品であることがわかる。

二　二代目団十郎の写し

次に本書の主人公坂田金平の顔の描かれ方に注目したい。全丁に亙っての一貫性はないものの、黒本に描かれる人物の類型的な顔立ちとは、やゝかけ離れた描かれ方をしている部分が数箇所見られる。

図②の一丁表は、矢の根を当て込んだ場面であるが、ここで描かれる金平の顔は、やゝ下ぶくれした輪郭、大きくて高い鼻、鋭い目、大きな口をしている。こうした特徴は、『日本演劇史』[14]に書かれる二代目団十郎の顔の特徴、「其の類の豊かなる、其の眼の円かなる、又其の鼻高くして口の大なる」に、そのままと言ってよかろう。二十二歳で夭折した養子の三代目団十郎については『日本演劇史』には記載がないが、団扇絵[15]などには面長で鼻の小さく低い顔に描かれている。四代目団十郎は二代目の落胤説もあるほどであるから、二代目とその容貌が似ていた点もあるのかと思われるが、『日本演劇史』には「おも長く……此れはトカトカしく……神経質に類したり」とあり、全く相違していたことがわかる。『増補 古今俳優似顔大全』（役者絵研究会編・平成十年刊・一九九八・早稲田大学演劇博物館）でも、四代目団十郎の似顔の大きな特徴は目尻が下がっていることであり、本書の図②や図⑥が四代目を描いたものでないことはほぼ推測される。また、番付でも、図③の宝暦四年（一七五四）中村座での二代目団十郎の「分身鏃五郎」の顔の描かれ方は、本書のそれとほぼ等しい。図⑤の宝暦六年（一七五六）中村座上演の『月湊英雄鑑《つきのみなとえいゆうかがみ》』で、四代目団十郎と市川海老蔵即ち二代目団十郎が同座しているが、ここでも右側の二代目の顔の特徴は本書と共通している。図③と図⑤の番付は鳥居派の絵師による図であり、本書は富川房信の手に成るものである。房信も清信の信をとったといわれているが、黒本の描き方は個性的で所謂鳥居派とは若干相異している。画工が異っていても、類似した顔立ちが描かれているということは、とりもなおさずそれが二代目団十郎の特徴を模しているからに他ならない。また、図⑥の本書七丁裏・八丁表に描かれる金平も、やはり黒本の一般的主人公の顔とは違って、二代目団十郎を想定しているかのような描かれ方をしている。

一枚絵における二代目団十郎の似顔で、制作年代が明らかになるごく初期のものは、寛延元年（一七四八）十一月、江戸中村座上演の歌舞伎『女文字平家物語』に取材した、渡辺滝口競《わたなべのたきぐちぎおう》の「暫」であり、画工は鳥居清重である。[16]清重は鳥居派の中でも傍系であり、年齢的にも高齢で長老的立場であったため、かなり早い時期でも似顔を描きやすかったのではないかと思われる。ともあれ、一枚絵では、宝暦以前に二代目団十郎の似顔が描かれていたという点に注目したい。

二代目団十郎の取り入れが指摘されている初期草双紙で、最も初期のものは赤本『観世又次郎』（刊年未詳）[17]・『猫鼠大友真鳥』（享保十二年刊か）[18]である。これらはそれぞれ正徳五年（一七一五）上演の『坂東一寿曾我』二番目の虚無僧、享保十一年（一七二六）上演の『大桜勢曾我』の大友真鳥と宿禰兼道を、一場面に嵌め込んで作られているものであり、二代目団十郎がまさに江戸歌舞伎界で活躍している姿を、同時代的に取り込んだものといえよう。

また、や、時代が下ってからの二代目団十郎の投影が見られる黒本・青本に、『篠塚角力遊』（鳥居清満画・刊年未詳）[19]がある。これは太平記に世界を借り、生涯に何度も篠塚五郎を演じた二代目団十郎から材を得ている。[20]その他、未だ指摘されていない黒本に、『矢根朝比奈』（富川房信画・明和五年刊・一七六八・鶴屋板）・『元服朝比奈』（富川房信画・明和六年刊・一七六九・鶴屋板）がある。前者は筋らしい筋はほとんどなく、朝比奈三郎と曾我五郎時致の勇力ぶりが全編を通じて描かれる。矢の根や太綱の首引・碁盤をひじに太ギセルで煙草を吸う所、鷲を素手で殺したり大鯰を退治する等、二人の超人的な力強さが強調されている。後者は出家を命じられた箱王（曾我五郎時致）が、団三郎を身替わりにして自分は元服してしまい、十郎祐成の難儀を夢に見て大根馬に乗って駈けつけ、朝比奈と草摺引をする、という曾我物としてのパターン化された筋の作品である。しかしながら三升紋（市川団十郎）と結綿紋（瀬川菊之丞）が比翼紋となって描かれ、化粧坂の少将と五郎時致の濡れ場があったり、太綱の首引や矢の根の一部や門破りがある等、和事も荒事もよくした二代目団十郎を仄めかしていると考えられる。その他、瀬川菊之丞、中村伝九郎（朝比奈）、市村亀蔵（曾我十郎祐成）の役者紋等による想定も見られる。没後から程経てのこうした作品の制作について、丹和浩氏は「当時の江戸の人々にとって、二世団十郎の心象の投影は、二世を江戸の看板として長く讃えようとする意識のあらわれではなかったか」[21]とされている。

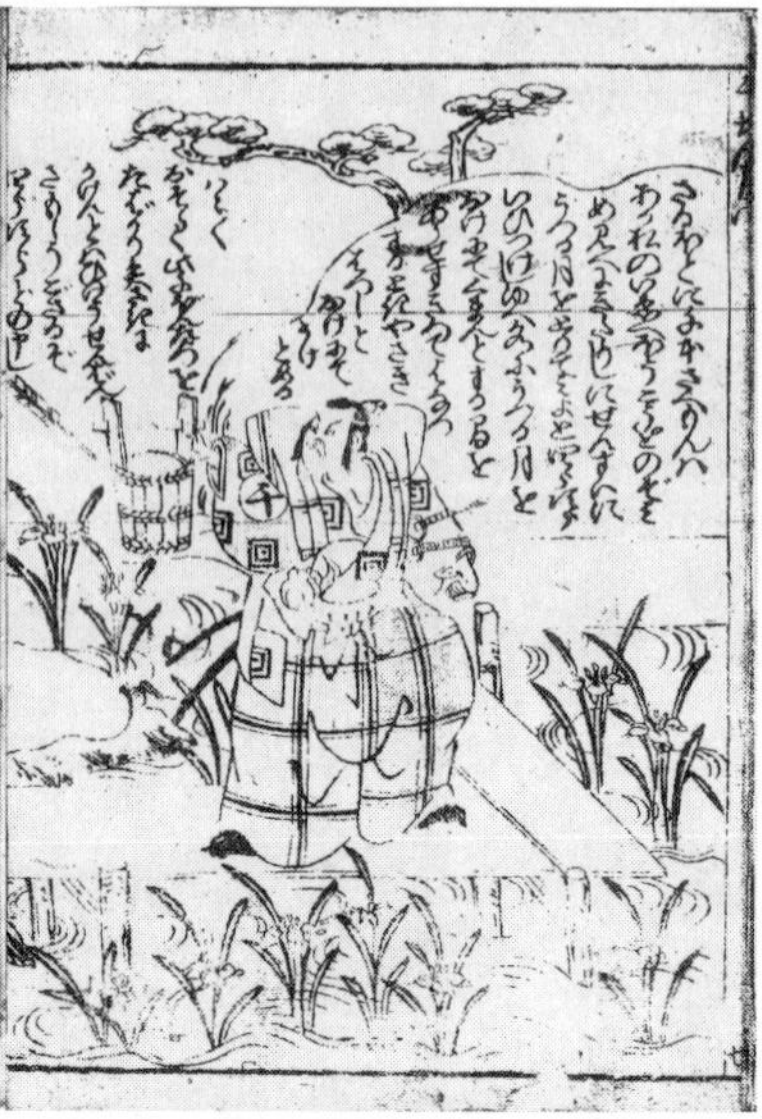

図⑨『千本左衛門』7ウ

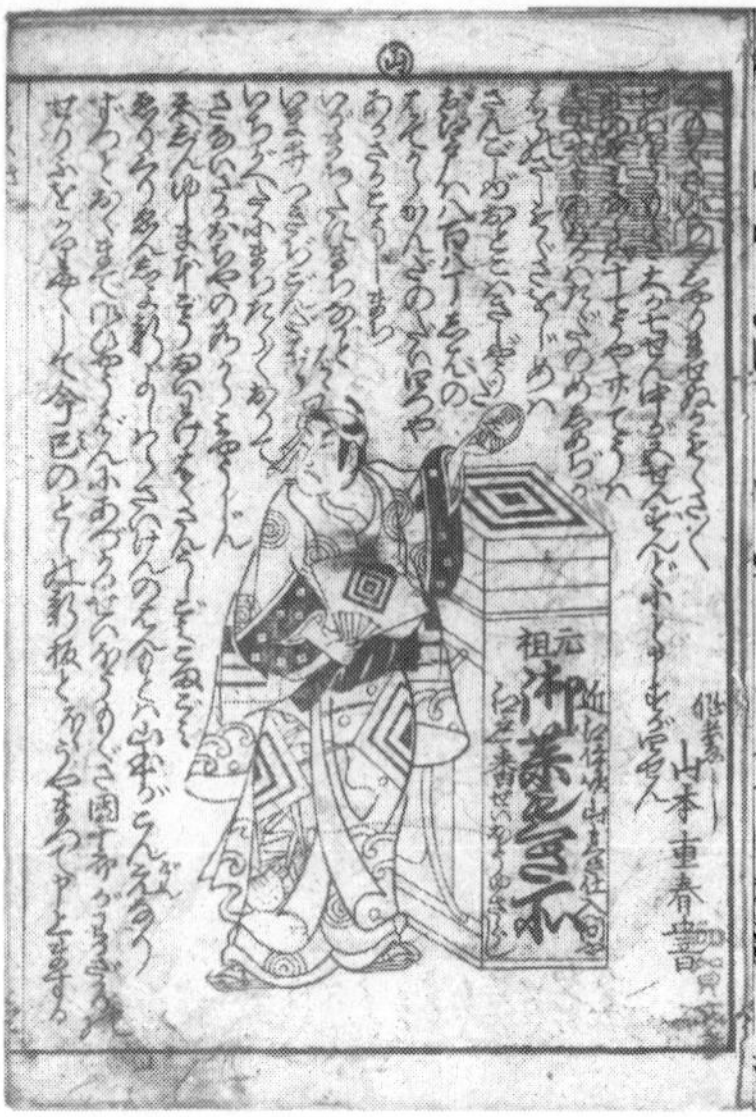

図⑩『日本蓬艾始』1オ

図⑪『日本蓬艾始』8ウ・9オ

ところで、これらの草双紙は、二代目団十郎を役者紋等で仄めかしてはいるが、登場人物の顔の描かれ方は類型的なものであった。近年指摘されている、二代目団十郎の似顔で描かれている初期草双紙に、黒本『くりうしのづかはた わたりゆう力かゞみ東荘寺合戦』（鳥居清満画・明和二年刊か・一七六五）[22]・赤本『千本左衛門』（山本重春《しげはる》画・延享～宝暦初年刊・一七四四～五四）がある（図⑨）。ところで前述した黒本・青本『日本蓬艾始』は、山本重春画で、一丁表にあるもぐさ売せりふ（図⑩）の中に「巳《み》のとし」とあることから、寛延二年（一七四九）であることは確実である。大東急記念文庫蔵赤本『〔花ういろう〕』と同じように、団十郎の言いたてを一丁表に書いている。『〔花ういろう〕』は市川升五郎（三代目団十郎）の外郎売の姿が描かれている、享保十三年（一七二八）正月頃の作品である。この『日本蓬艾始』の坂田金平の顔は、下ぶくれで大きな鼻と目に描かれており（図⑪）、二代目団十郎の似顔と思われる。してみると、初期草双紙においても、刊年が明確になるものでの似顔使用は寛延二年（一七四九）頃からであり、一枚絵の直後かと思われるのである。

画工山本重春は義信の初名、西村重長の門人かとされ、俗称平八郎。延享～宝暦期に漆絵・黒本を描いたとされるが、詳細は不明である。

三　明和期における二代目団十郎の意味

このように、本書は二代目団十郎の歌舞伎荒事を複数当て込み、更に登場人物の顔も部分的に二代目団十郎の似顔を用いている作品である。本書の刊年は確定はできないが、明和七年（一七七〇）である可能性が強い。明和七年という年は、市川家ひいては江戸歌舞伎において、大きな意味を持つ年であった。九月二十四日に、二代目団十郎の十三回忌追善をした四代目市川団十郎は、その座付口上で「忰幸四郎儀は栢莚肉縁の者てござりますれば・（四代目は二代目の女婿で、肉縁ではなかった。引用者注）当顔みせより団十郎の名を相譲・私儀は又々幸四郎に立帰り実悪を致て」（『役者歳旦帳』）と言った。そしてその言葉通り、十一月中村座上演『鵺森一陽的』で、団十郎を三代目幸四郎に譲り、五代目団十郎を襲名させたのである。四代目団十郎は宝暦四年（一七五四）に襲名したが、「いかにも三升上手なれど・市川の名跡をつげ共・市川家の芸風ならざる品有」（『役者裏彩色』明和七年九月刊）と終始言われ続けた役者であった。庶民は当然新しい団十郎に、二代目団十郎の芸風の継承を願っていたと思われる。本書の二代目団十郎の荒事尽し風構成は、二代目の十三回忌追善と、五代目への芸の継承を願って作られたものではないだろうか。

本書『龍宮土産』の刊年は明和七年と推定されるが、明和年間に入ってからの黒本では、このように二代目市川団十郎の荒事を特に意識した形での創作がなされている。江戸歌舞伎界の流れの中でも、明和年間は江戸系の劇書『明和伎鑑』（明和六年刊・一七六九・淡海三麿）・『役者名声《ほまれ》牒』（明和七年刊・一七七〇・阿那聒散人）・『役者名物袖日記』（明和八年刊・一七七一・萬里亭）が刊行され出した時期である。特に『役者名物袖日記』は「江戸における本格的劇書の嚆矢[23]」とされ、江戸歌舞伎の創始から書き始められている作品である。主として享保期から本格的形成期に入った江戸歌舞伎を概括して捉えようという意識と、「享保期に対する強烈な懐古の情[24]」とに支えられた『役者名物袖日記』の中で、二代目市川団十郎は「古今の稀もの」の筆頭に挙げられている。「男ぶり能《よく》……声色あざやか……愛敬なければ不叶《かなハず》」という三条件を全て兼ね備え、更に「芸品よき」と許される二代目団十郎のような理想的役者に較べ、筆者は当時の役者を手厳しく批評している[25]。

本書『龍宮土産』をはじめ、明和期に入ってからの二代目団十郎写しの黒本は、『役者名物袖日記』に通底するような享保期懐古の情と、二代目とは芸風の違う四代目団十郎への不満を背景にしているのではないだろうか。そして、明和元年、同七年にあった二代目の追善も、これらの草双紙制作の契機となりうる、と考える。

以上のように、本書黒本『龍宮土産』は、丁数僅か十丁の片片たる小冊子にすぎないが、初期草双紙中の歌舞伎役者似顔絵利用の点・二代目市川団十郎の明和期における評価の反映の点・二代目団十郎の十三回忌と、新団十郎への芸の継承を祈念して作られた草双紙である点から、示唆する所の多い資料と思われる。

注

（1）『日本演劇史』（伊原青々園・明治三十七年刊・一九〇四・早稲田大学出版部）、『市川団十郎の代々』（伊原青々園・大正六年刊・一九一七・市川宗家）、「新しい歌舞伎史を求めて−享保期」（『歌舞伎　研究と批評』第二号・昭和六十三年十二月刊・一九八八・リブロポート）「新しい歌舞伎史を求めて−宝暦期」（『歌舞伎　研究と批評』第五号・平成二年六月刊・一九九〇・リブロポート）、後に『歌舞伎の歴史　新しい視点と展望』「享保期の歌舞伎」・「宝暦期の歌舞伎」（平成十年刊・一九九八・雄山閣）に脚注付きで再録。「元禄かぶき以降の荒事−「荒実事」の出現と荒事への吸収−」（武藤純子・『演劇研究』十五号・平成四年三月刊・一九九二・早稲田大学演劇博物館）、「近世の芸能」（服部幸雄・『体系日本史叢書21　芸能史』所収・平成十年刊・一九九八・山川出版社）等。

（2）『資料集成　二世市川団十郎』（立教大学近世文学研究会・昭和六十三年刊・一九八八・和泉書院）

（3）「『諸芸評判　金の揮』考」（赤間亮・『近世文芸46』所収・昭和六十二年刊・一九八七）

（4）赤本における二代目団十郎の似顔の指摘は、「赤本『千本左衛門』について」（加藤康子・『叢』第13号所収・平成二年七月刊・一九九〇・近世文学研究「叢」の会）解説でなされ、黒本・青本における指摘は、「くりうしのづかはた　わたりゆう力かゞみ　東荘寺合戦」（丹和浩・『江戸の絵本Ⅱ』所収・昭和六十二年刊・一九八七・国書刊行会）十五丁裏の注釈においてなされている。

（5）『日本古典文学大辞典』「富川房信」の項（鈴木重三・昭和五十九年刊・一九八四・岩波書店）による。

（6）「荒事考−元禄江戸かぶきを中心にして−」（武藤純子・『武蔵大学人文学会雑誌』第16巻第2号・昭和五十九年十二月刊・

一九八四・後に『日本文学研究資料新集9　歌舞伎の世界』昭和六十三年刊・一九八八・有精堂出版に再録）

（7）注（2）の口絵部分参照。『扇恵方曾我』の台詞本が発見され、「楪《ゆづりは》矢の根五郎のせりふ」とあったことによる。

（8）『花江都歌舞妓年代記』に、「是五月までつゞき、座元蔵を建しを矢の根蔵といふ」とある。

（9）『昭和63年度科学研究費による「江戸時代の児童絵本の調査分析と現代の教育的意義の関連の研究」報告書』（平成元年刊・一九八九・東京学芸大学国語教育学科古典文学第六研究室）所収「『こく性や合戦』について」、『第十二回国際日本文学研究集会会議録』所収「黒本・青本と浄瑠璃絵尽し本」（平成元年刊・一九八九・国文学研究資料館）、本書第一章第二節参照。

（10）『義太夫年表』近世編第一巻（昭和五十四年刊・一九七九・八木書店）参照。尚、江戸の番付が残存していない可能性もある。

（11）注（6）参照。

（12）『昭和63年度科学研究費による「江戸時代の児童絵本の調査分析と現代の教育的意義の関連の研究」報告書』所収「『日本蓬艾始』について」（小池正胤）に、写真版翻刻と解説が載る。

（13）原本所在不明。『草双紙と読本の研究』（昭和九年刊・一九三四・奥川書房・『水谷不倒著作集』第二巻に再録・中央公論社）に依る。

（14）伊原青々園・明治三十七年刊・一九〇四・早稲田大学出版部。

（15）『江戸歌舞伎団扇絵』（木村捨三・宮尾しげを・昭和三十七年刊・一九六二・井上書房）

（16）「役者絵の隆盛（一）－江戸絵」（岩田秀行・『岩波講座　歌舞伎・文楽　第四巻　歌舞伎文化の諸相』・平成十年刊・一九九八・岩波書店）。また、鳥居清重については、「鳥居派の役者似顔－鳥居清重に注目して」（武藤純子・『浮世絵の現在』・平成十一年刊・一九九九・勉誠出版）が詳しく、役者似顔のごく初期の例として挙げられているのは、二代目松本幸四郎（四代目団十郎）の不破伴左衛門で、制作年代は、寛延元年（一七四八）正月とされている。更に武藤氏は、四代目市川団十郎に関しては似顔表現が行われていたのは寛延元年からとされている。

（17）『近世子どもの絵本集　江戸篇』（鈴木重三・木村八重子・昭和六十年刊・一九八五・岩波書店）の脚注。

（18）注（13）参照。
（19）『江戸の絵本Ⅳ』（平成元年刊・一九八九・国書刊行会）所収。
（20）『昭和63年度科学研究費による「江戸時代の児童絵本の調査分析と現代の教育的意義の関連の研究」報告書』所収「『篠塚角力遊』について」の細谷敦仁氏の歌舞伎上演に関する指摘。
（21）注（4）参照。
（22）注（4）及び『昭和61年度科学研究費による「江戸時代の児童読物の中心となった赤本・黒本・青本の調査内容分析と翻刻研究」報告書』所収「黒本『くりうしのづかはた わたりゆう力かゞみ 東荘寺合戦』について」（丹和浩・昭和六十二年三月刊・一九八七・東京学芸大学国語教育学科古典文学第六研究室）。
（23）『日本庶民文化史料集成第六巻』（立川洋・昭和四十八年刊・一九七三・三一書房）解題。
（24）注（23）参照。
（25）『役者名物袖日記』が批判の対象としている役者は具体的には不明であるが、「親のゆづり、師匠の名字を付ながら、おのれ〳〵が作ところは他のまねをする也……総て当時の役者実悪をかね、其上に道外・花車・親父形の類までするを上手と思ひの、しれとも、是は大きなる下手な事なり。」とある。

（図版リスト）
①『秀郷龍宮巡』八丁裏・九丁表　国立国会図書館蔵。
②『龍宮土産』一丁表　東北大学附属図書館狩野文庫蔵。
③『歌舞伎図説』（秋葉芳美・守随憲治・昭和六年刊・一九三一・萬葉閣）一四七図より転載。
④『龍宮土産』一丁裏・二丁表　東北大学附属図書館狩野文庫蔵。
⑤『歌舞伎図説』一五一図より転載。
⑥『龍宮土産』七丁裏・八丁表　東北大学附属図書館狩野文庫蔵。

⑦『秀郷龍宮巡』五丁裏・六丁表　国立国会図書館蔵。
⑧『龍宮土産』八丁裏・九丁表　東北大学附属図書館狩野文庫蔵。
⑨『千本左衛門』七丁裏　国立国会図書館蔵。
⑩『日本蓬艾始』一丁表　東京都立中央図書館加賀文庫蔵。
⑪『日本蓬艾始』八丁裏・九丁表　東京都立中央図書館加賀文庫蔵。

第三節　初代嵐音八と二代目坂東彦三郎

一　歌舞伎役者写しの手法

演劇種初期草双紙の手法の一つに、役者名を本文中に明記せずに読者に歌舞伎役者を連想させるものがある。最も多く用いられるのが役者紋・替紋を登場人物の衣裳に入れる手法であり、市川団十郎の三升紋（『千本左衛門』『日本蓬艾始』）・瀬川菊之丞の結綿紋（『〔せいすいき〕』『雪女瀬川結綿』）・市村羽左衛門の亀蔵小紋（『かち〳〵山』『風流从すけ六』『仇敵衠名香』）などはよく見られるものである。その他に合印（役者に因む模様）に依るものがあり、また僅かではあるが似顔らしきものもある。草双紙の場合、役者似顔による登場人物の描き分けが、完成された手法となるのは文化年間であるが(1)、一部役者が作品のある場面で似顔らしき相貌となることはかなり早い時期から見られる。この点については夙に坪内逍遙が、「彼の劇畫を専門とする鳥居派の畫く繪本なぞには、ずっと前からも有ったことではあるが、通例、それらは正當に謂ふ似顔畫ではなく、只時として、團十郎らの特色のある鼻附や口附が暗示されてゐる位ゐに止まってゐたものである。」と述べている(2)。

青本『小野小町今様姿』（刊年・画工未詳・鶴屋板）の二十五丁裏には、「絵ぐみは鳥居が筆をもてやくしやすがたに

うつし　それにぞうたんをまじへ　みなさまの御わらいくさとなすのみ」とある。「役者姿に写し」という語を、登場人物に歌舞伎役者を想定して描いている、という意味に解釈することは可能であろう。しかしながら『小野小町今様姿』の実際の登場人物の描かれ方は類型的で、判別不能な上に、役者推定の手掛りとなるものは全く無かった。また、『戯作外題鑑』（江戸時代後期成立・編者未詳）に、「昔は、青本と呼しは藍表紙の事なるべし、宗因が誹諧談林（延宝四年撰）附合の句に、青表紙かさなる山を枕もと　ト尺　一ト ふしかたる松の夜あらし　在色　按、十二段、梵天国、大江山等の浄るり本を其頃青表紙と称したり則今の草紙のはじまりなり、其後、行成紙表紙となる、また赤本と替る、黒本あり、宝暦の頃、薄萌黄表紙となりたり、明和の頃、黄表紙となる、文化年中、黒本、萌黄有、赤本もあれど、厚表紙にて、絵外題をはる、役者似顔の絵本は、宝暦年間既にあり」とある。江戸後期成立の『戯作外題鑑』の記述にはやや疑問があるが、役者似顔の手法はかなり早くからある、とされる。どの程度の写実的描き方によって似顔と判断するかという問題にもなるのであるが、類型的な鳥居派の描き方の中でも、一部には役者似顔と判断されるものがあったと考えてみてもよいのではないだろうか。以下、黒本・青本における歌舞伎役者写しの手法の諸相について考察してみたい。

二　初代嵐音八とくくり猿

歌舞伎役者投影の手法の中で、『菊重女清玄』については、初代瀬川菊之丞の嫉妬事の地芸を利用し、登場人物の衣裳に菊之丞を仄めかす模様（合印）を一貫して用いているという考察を行ったことがある。[3] 但し、菊之丞の合印については蔦か河骨状のものであり、判別断定しかねた。[4] 今ここで嵐音八を連想させる「くくり猿」模様が、歌舞伎役者の投影の手法として有効に使われている例をいくつか挙げてみたい。

黒本『初春万歳寿《はつはるまんざいのことぶき》』（富川房信画）は、『国書総目録』によると、明和元年（一七六四）刊、加賀文庫のみの所蔵で、板元は不明である。『青本絵外題集Ⅰ』（岩崎文庫貴重本叢刊・昭和四十九年刊・一九七四・貴重本刊行会）には、「明和元年」の箇所に「徳若　才若　初春万歳寿《はつはるまんざいのことぶき》」と外題にある絵題簽があり、奥村板で括り猿の意匠であることから、本書刊行は明和元年かと思われる。[5] 梗概を述べる。

【梗概】三位富士丸は、万歳楽を伝授し鼓を重宝としているが、世継の男子がなく娘沢瀉姫を残して死ぬ。伯父の太《ふと》見県主《みのあがたぬし》は、徳若智略之介・才若武略之介を連れて参内し、万歳楽を叡覧させる。県主時景の話を聞いて、輦《てぐるま》の親王が沢瀉姫に恋慕し、女官として参内し、鼓も持参するように命じる。富士丸の後室は継子沢瀉姫を憎み、家宝の鼓を奪い、実子夕映姫を親王に奉らんとする。後室の企みを知った沢瀉姫は、鼓を持って、恋人呉服《くれは》の中将雪枝と駆け落ちする。県主は鼓を渡せとの難題を持ちかけ、雪枝の家臣黄金五郎は贋物の鼓を作ろうと狐釣りに出る。千年の白狐宇賀の神が、黄金太郎の伯父に化けて、鼓は自分の妻狐の皮を張ったものであると話す。狐釣りをあきらめた黄金太郎は、県主の一味に殺される。夕映姫は母の悪心を悲しみ家を立ちのく。呉服の中将は、親王に見初められた沢瀉姫の立場を思いやり、阿呆銀介に自分は自刃したと沢瀉姫に伝えるよう命じる。阿房銀介は中将の自刃が嘘であることを沢瀉姫に伝えてしまい、沢瀉姫は中将が以前の恋人陸奥《みちのく》の内侍の許に行ったと思い込む。中将雪枝は偶然陸奥の内侍の家に紛れ込み、内侍と知らずに内侍との恋を物語る。そこへ沢瀉姫が尋ね来たり、争いになる時、県主の軍が押し寄せ、二人の姫は捕らえられる。沢瀉姫の乳人徳若・才若が現れ、姫達を救う。白狐宇賀の神の知らせで、県主時景は生け捕られ、呉服の中将雪枝は勅勘許され、沢瀉姫・陸奥の内侍と仲良く暮す。

本書は、近松門左衛門作の浄瑠璃『丹州千年狐』（元禄十二年初演・一六九九）の、一段・三段・五段をほぼ忠実に抄録したものである。宇治加賀掾正本『丹州千年狐』は、元禄十四年に竹本座で上演された時、『天鼓』と改題され、内容の一部が改められた。(6) 本書は、二丁表に「当年はうのとし」（元禄十二年。『天鼓』は「かのとの巳のとし」と改められている）とあり、『天鼓』で削られた五段目も抄録していることから、『丹州千年狐』を抄録したものと判断する。本書での注目すべき変化は、中将雪枝家臣の名が、『丹州千年狐』の巴丸から黄金五郎に変わり、中将から偽自刃を沢瀉姫に伝えるよう命じられるのが、阿呆の金目丸から銀介に変わっていることである。また、県主時景の家来で、沢瀉姫や中将を捕らえようと内侍の館へ押し寄せるのが、宇治太郎から風見軍八という名に変化している。

浄瑠璃『丹州千年狐』及び『天鼓』の上演に関しては、元禄十二年六月頃の宇治座初演、同十四年竹本座上演『天鼓』、同十五年八月伊勢津八幡にて竹本座上演『天鼓』、宝永六年（一七〇九）四月上演記録が『外題年鑑　明和版』に載る『新天鼓』のみの記録しか残存していない。つまり『丹州千年狐』は、初演のみの上演記録しかなく、江戸の上演については未詳である。正本としてのみ、伝来していた可能性がある。また、『丹州千年狐』及び『天鼓』は、浄瑠璃『義経千本桜』（延享四年・一七四七・竹本座初演、並木千柳・三好松洛ら合作）の構想のもととなっているのであり、(7) 本書刊行近くに『丹州千年狐』及び『天鼓』の歌舞伎上演は行われていない。

本書『初春万歳寿』では、登場人物の衣裳模様に工夫が凝らされている。例えば中将雪枝には、九代目市村羽左衛門を思わせる、亀蔵小紋の衣裳が着せられている。羽左衛門が中将雪枝を演じたという記録はないが、和事に長じ、宝暦十三年（一七六三）一月市村座上演歌舞伎『封文栄曾我』で、十郎役で藤屋伊左衛門のやつしを演じた羽左衛門に、中将役を想定したものと思われる。また本書では、沢瀉姫には沢瀉模様の衣裳で、嫉妬に狂い出す所を「ア、此所を瀬川氏にさせてみたい」との語が入る（図①）。二代目瀬川菊之丞も、宝暦十三年十一月市村座上演歌舞伎『四海浪和太平記』等で羽左衛門と共演し、嫉妬の段を演じている。嫉妬の地芸は初代菊之丞から伝承されるべきお家芸であり、沢瀉の葉状模様も、菊之丞を暗示するものと思われる[8]。

そして本書の阿房銀介には、なすとくくり猿模様の衣裳が着せられ、筋展開には何の関係もない「ア、はらかへつてきたかのこもちてもくいたひ」との語が入る。くくり猿模様は、咄本『話稿鹿の子餅』（木室卯雲・明和九年刊・一七七二）口絵の勝川春章描くところの初代嵐音八像の衣裳にも用いられる（図②）。『役者全書』（八文字屋自笑・安永三年刊・一七七四）・『三芝居連名』（安永五年刊・一七七六）共に、嵐音八の替紋として記されるくくり猿は、音八を仄めかす模様であったのであり、特に黒本『初春万歳寿』には鹿の子餅の台詞もあることから、初代音八の写しの手法であるといえよう。

人形町で嵐音八が鹿の子餅屋を開いていたことは有名で、『明和誌』（青山白峯・文政五年序・一八二二[9]）に、「宝暦・明和に専ら行れし嵐音八と云役者、人形町東がわ中程に住し、見世にて鹿の子餅を商、余風今にあり、至て上品の餅なり。」とあり、『寛天見聞記』（著者不明・刊年未詳[10]）に、「寛政の末まで、此所に、あらし音八と云役者の家にて、鹿子餅を売りける、見世先に四尺ばかりの坊主小僧の人形、袖なし羽織を着し、茶台の上へ竹の皮包を持たるを立置たり、餅買人の来る時、此人形おのれと持出るぜんまいからくり有し也」とある。『初春万歳寿』の銀介が、くくり猿模様の袖なし羽織を着、鹿の子餅の事を話すのは、初代嵐音八を仄めかしているからに他ならない。九代目市村羽左衛門（宝暦十二年までは亀蔵）・二代目瀬川菊之丞・初代嵐音八が同座しているのは、宝暦十年（一七六〇）・同十一年・明和元年（一七六四）であり、特に宝暦十一年（一七六一）三月、市村座上演の『江戸紫根元曾我』二番目中幕『助六所縁江戸桜』では、音八は鹿の子餅売三ぶに扮し、加賀文庫蔵『浄瑠理せりふ』所収の薄物には、四代目市川団十郎の白酒売との「もん日の艪拍子かけ合せりふ入上」がある（図③）。翌十二年二月、中村座上演『曾我贔負二本桜』で「此度かね子の十郎にて．かのこもちのかんばんをおろさんとする時しばらくの出おかし．十郎といふ名よりとら

図①　『初春万歳寿』8ウ・9オ

図②　『鹿の子餅』口絵

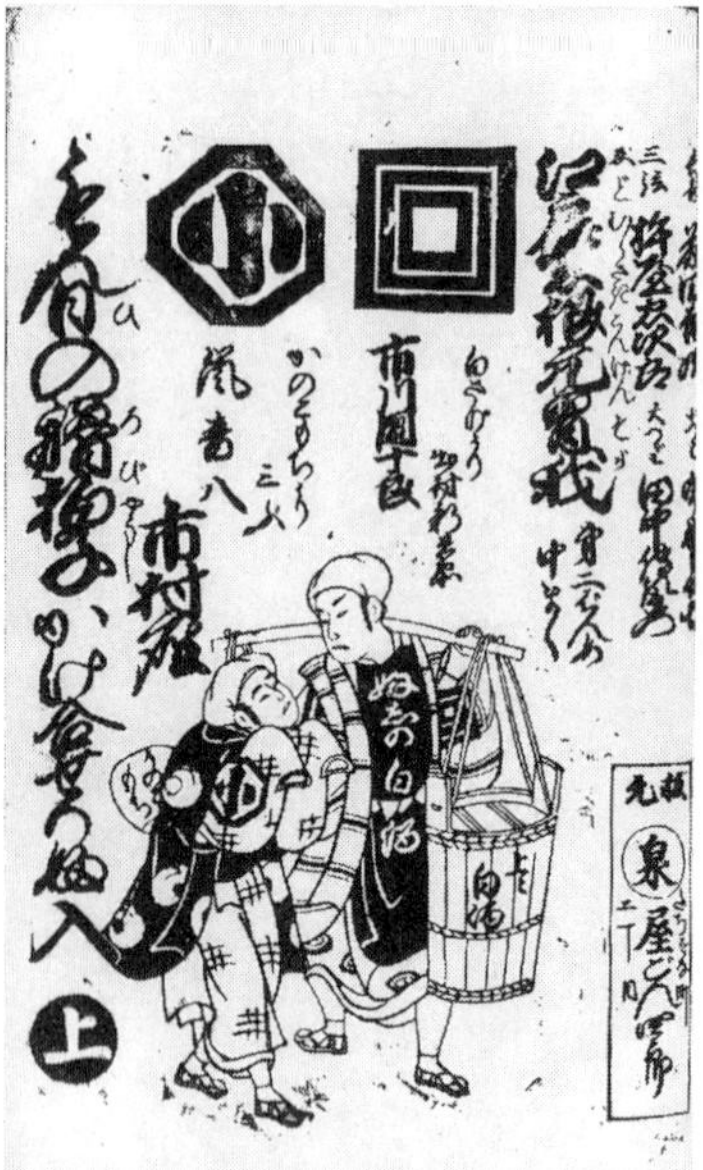

図③　『浄瑠理せりふ』

に頼まれ・かたかいとの出合おかしい事〱」（『役者手はじめ』）[11]とあり、この頃しきりに舞台上で鹿の子餅にちなんだ役を演じていた事がわかる。

これらの事により、本書『初春万歳寿』は、『青本絵外題集Ⅰ』所載の絵題簽意匠からの推察に加えて、明和元年の刊行と考えることができよう。

三　『〔せいすいき〕』と『筆累絹川堤』の方法

『〔せいすいき〕』（柱刻より）は、『国書総目録』には「草双紙」と分類される鳥居清経画の十丁の作品で、早稲田大学及び国立国会図書館蔵『絵本東土産』所収のものと加賀文庫蔵本とがある。原表紙は残らず、板元・刊年は不明である。内容は浄瑠璃『ひらがな盛衰記』の大序から四段目の無間の鐘のところまでをダイジェストしたものである。但し、梶原源太景季には亀蔵小紋が、梅ケ枝には結綿紋が入っていて、三丁表の番場の忠太を案内して山吹御前らを捕らえさせようとする家主八兵衛には、『初春万歳寿』と同じくくり猿模様の袖なし羽織が着せられている（図④）。役割番付は見出し得ないが『歌舞伎年表』によれば、明和元年五月、市村座にて歌舞伎『ひらがな盛衰記』が上演され、その時の配役の中に「巴・千鳥（菊之丞）……義盛・源太（羽左衛門）……家主杢兵衛・辻法印（音八）」とある。これは二代目瀬川菊之丞・九代目市村羽左衛門・初代嵐音八のことであり、『〔せいすいき〕』はこれらの役者を紋等で示していると考えられる。役者評判記『役者今川状』（明和元年刊）によると、大上上吉の位付の嵐音八について、

　此度やうじやの段はさせる役にあらぬを引取て家主八兵へにてのおかしみ・此場立者少にての仕内を引うけてのあんばい・いやはやどうもいへた物ではござりませぬ[わる口]いや〱辻法印はさのみにないぞ[頭取曰]夫レは近

比此役にてめづらしからぬ故なり．さあ外にこんな仕人が有ますかい一たい此辻法印の役は道外にてもきたなき方よし．和孝には役がうつりかねると申ス事は．先ン年申シ置ました．大家の段はめさまし〳〵……

とある。『歌舞伎年表』に「家主李兵衛」とあるのは「八兵衛」の誤りであり、『〔せいすいき〕』に記されている名は役者評判記で確認することができる。また、二代目瀬川菊之丞は**上上吉**の位付で

頭取曰 此度一ばんめともへの役．上るりに合せ．てのきれいさ．殊に太夫元と松の木引の段は．人形丁から札を入ました．……此度の大当リは一人にとゞめました．ことにせんぢんもんどうの段人形の身ぶりなき思ひ入は．いやはやがの折たせんさく．たつた一所の拍子でとはきつい〳〵．次に源太かんどうの段次に
ひいき組 此むけんのかねはなぜおそいと．待た程に〳〵．初ッ午から大入〻いとう〳〵仕切場は金でまばゆい 頭取曰 そこを我らが受取．扨むけんの段そらさぬ顔はほんにまん誠のけいせいじや．おまへは一たい

図④『〔せいすいき〕』2ウ・3オ

　かうなる筈じや・はて瀬川三代のめいじんむけんの段・手水鉢《てうつばち》に向ひ・石の打かた一トくふうなされ・せん路考《ろかう》を引かけて・扠々きよう共くふう共つ、むにあまる悦び・見物袖ひつちぎつても・瀬川けんぶつに行ふ〳〵とのあい娘子たちがござんす

とあり、『〔せいすいき〕』の構成が役者評判記で好評を得ている所に重点を置いたものとなっていることがわかる。即ち『〔せいすいき〕』は、所謂狂言絵尽し本ではないが、明和元年（一七六四）上演の歌舞伎『ひらがな盛衰記』を、好評を博した場面に重点を置いてそのまま草双紙化したものであり、演じた役者達を紋等によって推測させる方法を示している。故に『〔せいすいき〕』の刊年は未詳であるが、歌舞伎上演年から考えると、明和元年から程経ずして出されたものと推測される。

　くくり猿模様によって嵐音八を写すという手法を利用していると思われる黒本に、『筆累絹川堤』（安永七年刊・一七七八・鳥居清経画・柳川桂子作）がある。これは大筋を浄瑠璃『信田小太郎小山判官新板累物語』（寛延三年初演・一七五〇・二世津打治兵衛作）に仰いでいるが、貴種流離譚的側面が全くなくなっている作品である。この中に登場する累の兄金五郎の衣裳には、既述したくくり猿模様が配せられ、常に懐手をして登場している（図⑤）。これを浄瑠璃『新板累物語』の絵尽し本（豊竹肥前掾・鱗形屋・鳥居清満画）に比較すると（図⑥）、『筆累絹川堤』の金五郎は更に〝阿呆〟として造型され、その道外的滑稽さを増幅させて描かれていることがわかる。浄瑠璃絵尽し本の金五郎は懐手もしていない。元の浄瑠璃には、累と金五郎はゆずり葉の鏡を見てしまったために、近親間で愛着の念がわく、という箇所があり、それが初めて鏡を見て己の醜さを知って半狂乱となっていく累が、夫与右衛門に殺されてしまう一つの重要な原因ともなる。浄瑠璃では重要なこの部分も、浄瑠璃絵尽し本には書かれているが、『筆累絹川堤』では昏い近親相姦的部分は全く無くなっていて、金五郎は滑稽さのみをふりまく、道外の役割のみとなっている。

図⑤『筆累絹川堤』11ウ・12オ

図⑥『新板累物語』9ウ・10オ

また、懐手については、嵐音八に関する役者評判記の記述に、「此音八は袖口より手も出さず・ただ口合のみにて笑はす事・落がきます〳〵・」（『役者初火桶』宝暦八年刊・一七五八）、「いつもかはらず懐手にて口さき計で笑はす人は此和孝丈・」（『役者開帳場』宝暦九年刊・一七五九）とあり、前出の『浄瑠理せりふ』所収の薄物にも描かれ（図③）、音八のスタイルとして認識されていたと考えられる。先のくくり猿模様や、原作浄瑠璃の改変の仕方と合わせ考えると、この懐手も音八仄めかしの一方法と受け取ることも可能であろう。

歌舞伎上演や浄瑠璃との対応を見てみると、初代及び二代目嵐音八が安永七年（一七七八）以前に金五郎役を演じたことはない。また道外方が金五郎を演じているのは、享保十六年（一七三一）市村座上演の『大角力藤戸源氏』と、明和七年（一七七〇）中村座上演の『敵討忠孝鑑』であり、前者では道外方の上上士中村吉兵衛が演じ、後者では中村伝九郎が道外の役で演じている。本書刊行の年とされる安永七年には、七月中村座で『伊達競阿国戯場』（初世桜田治助・笠縫専助合作）が演じられ、実悪之部上上吉の初代大谷友右衛門が金五郎に扮している。『伊達競阿国戯場』は大当りを取り、以後金五郎役から道外的要素は失われる。つまり黒本『筆累絹川堤』は、実際に嵐音八によって金五郎役が演じられたわけではないが、浄瑠璃『新板累物語』の阿呆な兄金五郎を、有名歌舞伎役者を暗示することによって、より具体化し滑稽な人物像を強調して描き出す手法であったと考えられる。

『〔せいすいき〕』は実際の歌舞伎舞台を、役者を紋等によって推測させつつ草双紙化したものであり、『筆累絹川堤』は、歌舞伎で演じられていないものの、歌舞伎役者を暗示することにより、人物像をより明確化するという対照的な方法を取った二作品である。

四　嵐音八の似顔絵

ところで初代嵐音八については、『日本演劇史』（伊原敏郎・明治三十七年刊・一九〇四）に

嵐音八（和考・元禄十一―明和六）は京阪の出身にして、其の同胞は岸喜七、秋田彦九郎、小佐川清三郎、笹尾音十郎など孰れも俳優なりき。初世嵐三五郎の門に入り、音之助といひて大阪竹田の子供芝居に出でしが、享保十七年、江戸の森田座へ下りてより死するまで三十数年間、道外方の名手たりき。

と記され、余り長く述べられていない上に、同時代の道外方鶴屋南北のことを「其の江戸に於ける名声は寧ろ音八に越えたり」と評している。『古今役者大全』（寛延三年刊・一七五〇・多田南嶺作か、八文字其笑・瑞笑撰）には、「今様ノ奇麗……江戸にのミむかしの通、道外をきつと立て、笑ひを催さする事、まことに古風にかなへり……さりとはきれいなる仕内若ければ頼もし〳〵」とあり、役者評判記では宝暦十三年（一七六三）まで**上上吉**の位であり、必ずしも賞賛されてばかりではなかった音八を[12]、高く評価している。特に、南北が活躍しなくなった宝暦十年（一七六〇）以降は、江戸道外方は彼の独壇場であったと言ってよく、明和元年（一七六四）より**大上上吉**、同二年より没年の六年までは**大上上吉**の位に上っている。

その人気の理由は、「一たいきれいにして．古訥子の仕内をこんたんし．しかも狂言花やかにして見物うけよく」（『役者初庚申』・明和元年刊・一七六四）、「第一にひんよく．今つゞく者は有まい．どうけにて一まく持るゝは此人古今ためし有まい」（『役者今川状』明和元年刊）とあることから、上品で華があり、上方歌舞伎の長所を取り入れた和事的側面のある道外にあったと思われる。死の前々年の明和四年（一七六七）には「三芝居の内に道外方の有はさかい町

計・江戸中のおかしい事を一つ所へ寄せ給へ」（『役者巡炭』）とまで評されている。

『寛天見聞記』に嵐音八とその似顔絵について次のように記される。

此音八は俳名を和考と云て、道化の名人にて、元禄十三年四月、五人男の狂言に布袋市右衛門をせし時、其頃、長谷川町に勝川春章と云仏画師有て、此似顔を画て出板す、是似顔画の始なりと聞伝ふ、春章、其時壺の印を押出せし故、春章を世に壺と呼しとぞ

正徳元年（一七一一）生まれとされる音八にしては、年齢的に不自然な設定であり、元禄十三年（一七〇〇）に該当する歌舞伎上演の記録は見出し得ない。また、音八が布袋市右衛門を演じたのは、明和五年（一七六八）四月江戸中村座上演『操《あやつり》歌舞岐《かぶき》扇《おうぎ》』のうちの「男作《おとこだて》五ツ《いつつ》雁金《かりがね》」であり、春章の絵の模写は『寸錦雑綴《すんきんざつてつ》』（文化文政頃か・森羅亭主人の序文あり）に、「此五人男の画は世に玩ぶ俳優《ヤクシヤ》真《ニ》写《カオ》のはじまりにや・勝川春章人形町林屋七衛門といへるもの、ところに・寓居してはじめてこの画をかけり・名さへなければ林屋の仕切判をおして草紙屋にあたへしとなむ・是より人・名をいはすして壺と異名す」という文と共にある（図⑦）。同じ時の歌舞伎で、あんばいよし六兵衛の二役を演じている音八を描いた一筆斎文調の大判錦絵が『歌舞伎図説』四五一で、「高麗蔵の文七と音八の六兵衛」と説明されている（図⑧）。同じ文調画の音八演ずる布袋市右衛門の細判は、ワズワース図書館にも所蔵され、林京平氏による「一筆斎文調版画作品目録」（『浮世絵聚花』十四巻所収）No.3の一人立役者絵がそれに該当する。どの絵も、頬骨と額が出、下がり眉で目尻の下がった顔に描かれている。

『初春万歳寿』（富川房信画）・『〔せいすいき〕』（鳥居清経画）・『筆累絹川堤』（鳥居清経画）で嵐音八を写していると思われる人物は、画工による描き方の相違はありながらも皆一様に頬骨と額がやや出ていて、下がり眉、小さな髭を生やしている。こうした特徴は、道外方役者の一般的描き方と考えられないこともないが、役者似顔に関するこの期の

図⑦　『寸錦雑綴』

図⑧　あんばいよし六兵衛　大判錦絵

図⑨　『三芝居役者絵本』

図⑩　『降積花二代源氏』9オ

参考基礎資料とされる『三芝居役者絵本』（勝川春好画・安永元年十二月成・一七七二）の嵐音八像の顔の特徴とも高い類似性を持つ（図⑨）。また、役者絵以外でも、明和二年（一七六五）十一月上演歌舞伎の絵本番付『降積花二代源氏』（富川房信画）で、伊丹村百姓太郎作を演じる音八は先の特徴を備えた顔立ちに描かれている（図⑩）。『初春万歳寿』・『〔せいすいき〕』・『筆累絹川堤』は、くくり猿模様等からも該当人物が嵐音八の写しであることがわかり、顔の特徴をも模したものと考えることができよう。

即ち、明和元年（一七六四）刊或いは明和初期に刊行された、富川房信画・鳥居清経画の草双紙で、初代嵐音八の似顔絵が試みられている、ということである。明和七年（一七七〇）刊の役者似顔絵絵本『絵本舞台扇』（勝川春章・一筆斎文調画）以前にも、勝川春章・一筆斎文調以外の画工によって、一部の役者ではあるが、似顔描法で表されていたことがわかる。

五　二代目坂東彦三郎の人気

嵐音八の似顔の特徴を備える道外役が登場する他の黒本に、『風流達磨隠居』（富川房信画・刊年板元未詳・加賀文庫蔵）がある。梗概を述べる。

【梗概】九年屋面右衛門の娘な、こは、隣町の黄鳥屋梅五郎と互いに見染め合い、梅五郎の供の道外者六介の手引きによって、茶屋で忍び違う。それをな、こに横恋慕するあふむの横蔵に見つけられ、梅五郎は乱暴される。梅五郎の知り合いの男達、青海勘七にこらしめられたあふむは立腹し、な、こをかどわかす。危うい所を勘七に救われ、あふむ横蔵と手下のしゃうじゃうの八は縛られる。な、こと梅五郎は婚礼の式を挙げて九年屋の店を継ぎ、面右衛門は隠居する。

この中に登場する日傭取六介は、「とんさくかる口おどけもの」で、「八嶋一ノ谷ひよどりごへのこうしやくを聞おほへ」た道外者と設定され、先述した嵐音八と似た顔の特徴を備えているのだが、紋や役者名は記されない。この作品で文章からも仄めかされていることのわかる役者は、二代目瀬川菊之丞であり、二代目坂東彦三郎である（図⑪）。それぞれ「見事〳〵とんとろかう（路考は菊之丞の俳名、筆者注）じや」「よいとのごじやしんすい（薪水は彦三郎の俳名、筆者注）に其まま」との記述もあり、菊之丞の役者紋である結綿紋と、彦三郎の鶴の丸紋が比翼紋に描かれている丁もある。また、梅五郎の衣裳は鶴の丸と鶴菱の模様となっており、なゝこの方には沢瀉の模様の着物が着せられている。二代目坂東彦三郎と二代目瀬川菊之丞が同座した主な歌舞伎を役割番付等によって年代順に挙げると次のようになる。

宝暦三年（一七五三）十一月　市村座
『冠競和黒主《かんむりくらべやつしくろぬし》』増長天（彦三郎）持国天（瀬川吉次）

図⑪『風流達磨隠居』1ウ・2オ

宝暦四年（一七五四）四月　市村座
『皐需《さつきまつ》曾我《そが》橘《のたちばな》』三番目「我衣手《わがころもで》蓮曙《はちすのあけぼの》」制吒迦童子・久米之すけ（坂東彦三郎）矜羯羅童子・おむめ（瀬川
吉次）
宝暦五年（一七五五）十一月　市村座
『撲樕峠《かしはがとうげ》吉例《きちれい》相撲《すもう》』にせやつこさなだの与市（坂東彦三郎）二のみや（瀬川吉次）
宝暦十年（一七六〇）十一月　市村座
『梅紅葉《うめもみじ》伊達《だての》大關《おおきど》』源義家（坂東彦三郎）白拍子三輪本名貞任娘尾上前（瀬川菊之丞）戸隠の神職本名はちや孫太
郎（嵐音八）
宝暦十一年（一七六一）三月　市村座
『江戸《えど》紫《むらさき》根元《こんげん》曾我《そが》』五郎・吉三郎（坂東彦三郎）乱髪おせん・お七・揚巻（瀬川菊之丞）八百屋丁稚・団三郎・
かのこ餅うり三ぶ（嵐音八）
宝暦十二年（一七六二）一月　市村座
『残雪《のこんのゆき》槑《かついろ》曾我《そが》』五郎時宗（坂東彦三郎）しほくみ藤太娘千鳥（瀬川菊之丞）
明和四年（一七六七）十一月　中村座
『太平記《たいへいき》賤女《しづのめ》振袖《ふりそで》』小山田太郎・文殊菩薩（坂東彦三郎）泣男・恩地左近（嵐音八）栗生妹いつき・小山田太郎妹
お綿・普賢菩薩（瀬川菊之丞）
明和五年（一七六八）一月　中村座
『筆始《ふではじめ》曾我《そが》玉章《のたまずき》』吉三郎本名禅師坊（坂東彦三郎）団三郎・番人弥作（嵐音八）八百屋お七（瀬川菊之丞）

そして彦三郎は明和五年五月、二十八歳で早世する。これらの歌舞伎の中でも特に八百屋お七物を二回上演していることに注目したい。本書の内容とそのまま同じ歌舞伎は見出し得ないが、二代目瀬川菊之丞と二代目坂東彦三郎がお七・吉三郎を演じたものを踏まえた上での創作と考えられよう。吉三郎は二代目彦三郎の当たり役であったので、宝暦八年（一七五八）七月、市村座上演『星合源氏車《ほしあいげんじぐるま》』で、二代目山下金作のお七と、「まだにつとりとなしはげみ給へ」（『役者談合膝』）と評され、明和元年（一七六四）二月、森田座上演『誰袖粧曾我《たがそでよそおいそが》』で嵐雛治のお七と「お七にくどかれおぼこの仕内．扨々うまい事〳〵．お七と手ならひの段は．一まい絵見る様でうき〳〵とした事」（『役者今川状』）と評される。

『日本演劇史』においては初代坂東彦三郎についての長い記述の後、「二世彦三郎の名は彼れが実子菊松によりて継がれしが早世せるを以て顕はれず」と記されるのみである。「化形として婦女子に人気を集めていた[13]」という彼の評判を、少し詳しく見てみたい。二代目坂東彦三郎を襲名したのは宝暦元年（一七五一）であるが、評判記に本格的に芸評が載るのは同七年（一七五七）からである。彼の人気の理由とその有様とは、「第一きれいに愛敬有て．さじきからも薪水．切落しからも坂東と．かけ声のたゆる事なし．」（『役者一向一心』宝暦十一年刊・一七六一）とある事からもわかるが、それ以後の人気の沸騰ぶりは甚しく、明和元年（一七六四）刊『役者初庚申』に、

朝の夜の内からひこさ〳〵．薪水〳〵と大木戸のおよつさんも．すゞの森のおいしも．つるの丸じやの九字だのと紋付て口あいて待てじやに．やう〳〵二ばんめの出は．……さなだにてのせり出し．気も魂も宿がへして．よ

図⑫『三芝居役者絵本』

だれがあごをつたふやら．ぎん出しが耳へ流れるやら．上るりの内の所作事はみずに．かけるか落るか顔ばかり
見てじや……

とまでに熱狂する。時の位付は「上上吉」であるが、いかに婦女子に人気があったかが窺われる。「いつでもみづ〳〵とした物．路次の下草と薪水」（『役者久意物』・明和二年刊・一七六五）、「海棠《かいどう》の花をたとへていは、薪水の芸ぶり」（『役者年内立春』・明和三年刊・一七六六）という評判や、『三芝居役者絵本』（図⑫）に、細面でつり上がった目、下がり気味のひきしまった小さな口の凛凛しい顔立で描かれており、人気の理由も肯けるのである。演劇史の上からはほとんど評価されていない二代目彦三郎は、その人気故に黒本・青本にはよく登場する。

六　『風流いかい田分』の隠された意味

黒本『風流いかい田分』は、題簽上欄に描かれた虎の絵と画工富川房信の活躍時期、及び十五丁裏に登場する助高屋高助の改名時期から、明和七年（一七七〇）刊と推定される[14]。内容は中国と日本の歴史上有名な人物が全く混淆して登場するものである。梗概を述べる。

【梗概】参州足久保の浪人、玉本勘蔵の夢に白楽天が現れ、おもしろい夢を見せようと言う。漢の高祖が唐の八百屋お七を見染め、渡辺の源五忠信の家臣、源三位今井四郎業平にお七を連れてくるように命ずる。お七には玄宗皇帝の家臣小林五郎時宗という恋人がいた。玄宗皇帝は養女お七が時宗と密通と聞き、お七を勘当する。時宗も叔父越中の工藤左衛門に勘当される。今井四郎業平はお七を連れ帰れず、工藤に怨みを持つ。今井の家臣釜屋武助景季は、お七を連れ行こうとして殺される。漢と唐の戦いとなり、唐の玄宗皇帝は、昔家臣であった坂田の和藤内を呼びよせる。

唐壇ノ浦千里が城での合戦で、坂田の和藤内は、荒れ虎を退治する。ひよどり越鉄枴が峰に、関羽、孔明、楠木判官右大将義経が碁を打っていると、張飛が漢と唐の戦の次第を物語る。楠木判官右大将義経は漢と唐を和睦させる。小林五郎時宗とお七は、中村という在所に忍んでいたが、両国の和睦により勘当が許され、お七は男児を生む。五郎時宗の子、久松は油屋久右衛門方へ奉公に出され、油屋の娘お染に惚れられる。番頭中嶋助五郎は久松に嫉妬し、久松に乱暴するため、二人は家を出る。人買い猿島惣太に拐かされた二人は、由良の湊横山山庄太夫長範方へ売られる。柴刈りや汐汲みに苦しむ二人を、小栗之介教清が同情し、お染を匿う。久松は富士の裾野まで逃げ、西行法師に匿われる。久松を横山山庄太夫の追手が囲む所を、西行の弟子、武蔵坊蓮生が救う。渡唐天神が桜の枝を持って現れ、武蔵坊に力を添える。摂津守多田朝臣頼朝は、御所の四郎忠常を供に連れて通りかかり、この様子を見て武蔵坊を抱える。玉本勘蔵の夢に、白楽天と見えたのは初代助高屋高助であり、目覚めた勘蔵は狂言綺語の悟りを得る。

一読して内容を理解するのは難しい、様々な世界の登場人物を寄せ集めた『風流いかい田分』は、「嘘言のおもしろさ」[15]を楽しむ姿勢を前面に打ち出したものであり、黄表紙へ展開していくものとして位置づけられるが、もう一つの隠された意味として、何人かの故人となった歌舞伎役者の仄めかしが考えられる。坂田の和藤内金時は、江戸において最も多く国性爺を演じたのは二代目市川団十郎であることや、その顔が二代目団十郎の顔の特徴である、下ぶくれした目鼻立ちのはっきりした顔に描かれている事・大竹を片手に持っていて、享保十二年（一七二七）に国性爺を竹抜五郎の荒事で演じた二代目団十郎の演技を連想させること（図⑬）から、二代目団十郎（宝暦八年没）を想定していると思われる。またお染久松の敵役、番頭中島助五郎は、敵役の名優二代目中島勘左衛門（宝暦十二年没）と、愛嬌のある実悪の名優初代中村助五郎（宝暦十三年没）を合体させた名と思われる。また、助高屋高助こと初代沢村宗十郎は、二代目団十郎と人気を二分した和事・実事の名優であるが、宝暦六年没である。そして、衣裳に鶴の丸や鶴

図⑬『風流いかい田分』7ウ・8オ

図⑭『風流いかい田分』11ウ・12オ

菱の入る久松は、二代目坂東彦三郎を仄めかしているのであり（図⑭）、彦三郎は明和五年（一七六八）に没している。明和七年刊の本書は、二代目坂東彦三郎の三周忌追善の意図を持つ出版である可能性がある。ところで前半の話の中心人物であるお七の恋人小林五郎時宗は、単なる色事仕として登場していて、小林朝比奈や曾我五郎とはおよそかけ離れたイメージであるが、衣裳に「吉」という文字が入ることから、吉三郎の人物設定にひかれての事と一応は解釈できる。しかしながら、二代目坂東彦三郎が演じた歌舞伎に、まさに類似の設定のものがある点に注意したい。宝暦十一年（一七六一）正月、市村座上演『江戸紫根元曾我』二番目『筆菱《ふでつばな》八百屋お七』で、彦三郎は初めての五郎役で対面の場を演じ、二番目に吉三郎となる。「第一きれいに愛敬有て．さじきからも薪水．切落しからも坂東と．かけ声のたゆる事なし」（『役者一向一心』）という前出の評は、この時のものである。翌十二年（一七六二）正月、市村座上演の『残雪《のこんのゆき》槑《かついろ》曾我《そが》』・十三年（一七六三）二月、中村座上演の『百千鳥大磯通』でも彦三郎は五郎時宗を演じている。更に明和元年（一七六四）二月、森田座上演『誰袖《たがそで》粧《よそおい》曾我《そが》』の五郎・団三郎・禅師坊の評判に、「此度は時宗たいめんの段……次に団三郎十郎なんぎの場へ．あめうりにて出……次にぜんじ坊にてそがの里へ．祐成かんどうのわびに来り．お七にくどかれおぼこの仕内．扨々うまい事〳〵．お七と手ならひの段は．一まい絵見る様でうき〳〵とした事．栈敷も切落しもよだれだらけに成ます．扨も〳〵五郎と団三郎のわかり．又吉三郎のしかた．外の人の様でござる」（『役者今川状』）とある。明和二年（一七六五）正月、市村座上演『色上戸三組曾我』でも五郎役で、嵐雛治の照手の前を背負って芥川の見得を演じている。彦三郎が五郎時宗を何度も演じていた事や、本書と類似の色事仕的人物設定の歌舞伎があったことがわかる。

　してみると『風流いかい田分』は、既に故人となっている有名な歌舞伎役者で脇を固め、前半は五郎役で吉三郎の設定、後半は久松を演じている二代目坂東彦三郎を、明和五年五月に惜しくも二十八歳で没した彼を主人公に仄めかしている追善草双紙と捉えることもできよう。

七　二代目坂東彦三郎の似顔絵

青本『佐野本領《さの、ほんりやう》玉恋聟《たまのこいむこ》』（鳥居清満画・刊年未詳・鱗形屋板）は、役者名や役者紋は明記されていないが、主人公原田次郎吉の容姿を二代目坂東彦三郎に模しているのではないかと思われる作品である（図⑮）。梗概を述べる。

【梗概】佐野源左衛門の娘玉章は、野がけに出て原田次郎吉と会い、互いに思い合うようになる。佐野源藤太の息子源藤次は義平に取り入って、源左衛門の所領を奪おうと企み、玉章が次郎吉とわけあると知りながら、義平へ差し上げるように持ちかける。原田次郎吉は玉章と忍び逢う時、宝蔵より平時頼の自筆の書物を盗み出す源藤次に出くわし、額に切りつける。佐野源左衛門は原田次郎吉の助力を得て、宝捜索の旅に出、相模の白旗大明神へ祈請する。額の傷から町人に身をやつしていた源藤次を捜し出し、義平のむほんの企みも明らかとなる。原田次郎吉は佐野家の養子となり、佐野源之丞と

図⑮『佐野本領玉恋聟』3ウ・4オ

名を改め玉章と夫婦になる。

二代目坂東彦三郎が原田次郎吉を演じた歌舞伎はなく、また同内容の歌舞伎もない。『佐野本領玉恋聟』の話の筋は、古浄瑠璃『原田二郎種直』（寛文十一年刊・一六七一）を基とすると思われるが、最明寺殿より賜わった宝が重要な役割を持つ点と親族の所領争いである所に僅かに共通点が見いだせるのみである。原作古浄瑠璃の戦闘的部分を全く排除し、玉章と次郎吉との恋愛模様に中心を据えている改変の仕方などが、彦三郎を意識したものと考えられる。

宝暦九年（一七五九）九月市村座上演『敵討《かたきうち》最上稲舟《もがみのいなぶね》』の信田小太郎役の彦三郎の役者絵（図⑯）、宝暦九年十一月市村座上演の『阿国染《おくにぞめ》出世《しゅっせ》舞台《ぶたい》』の名古屋小山三を演じる一人立役者絵（図⑰）と二人立役者絵（図⑱）、宝暦十三年（一七六三）二月中村座上演の『百千鳥《ももちどり》大磯《おおいそ》通《がよひ》』での金屋金五郎を演じる彦三郎（図⑲）で、「むらさきは江戸の名とりよ藤の色」との賛が入り、木庵の円印がある役者絵等、清満画の彦三郎役者絵は数多く見いだされる。活躍時期が短いにも関わらず、彦三郎の一枚絵は非常に数多い。これらの一枚絵の制作年を明らかにすることは難しいが、歌舞伎上演年頃とすると宝暦期後半ということになる。

ところで、図⑯⑰⑱の彦三郎の衣裳には定紋鶴の丸の他に観世水を縞にしたような模様がある。これは図⑮の『佐野本領玉恋聟』の原田次郎吉の衣裳の模様と類似している。観世水の縞は、彦三郎の俳名「薪水」に因む模様であると考えられる。また、図⑮の『佐野本領玉恋聟』の原田次郎吉の衣裳には、光琳菊の模様も描かれている。これも、彦三郎の前名「菊松」に因む模様であると思われる。

図⑯⑰⑱⑲の役者絵の彦三郎の顔は、面長でひきしまった顔立ち、細くて少しつり上がった目の凛凛しい若衆ぶりに描かれているが、こうした描かれ方の類似は彦三郎の特徴を模しているためと考えられ、宝暦期後半から、人気役者彦三郎似顔の役者絵が売り出されていたことになる。前述した熱狂的な彦三郎の人気から考えると、彼の特徴的な

図⑯　信田小太郎　細判紅摺絵

図⑰　名古屋小山三　細判紅摺絵

図⑱　不破伴作・名古屋小山三　細判紅摺絵

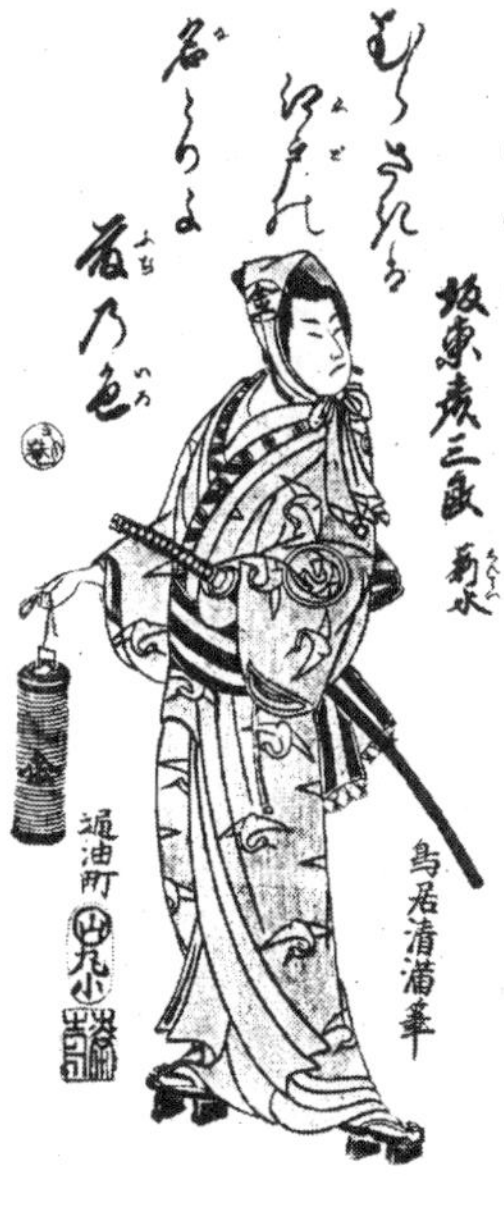

図⑲　金屋金五郎　細判紅摺絵

顔立ちを浮世絵板元が利用して、販売増加に結びつけようと目論んだ可能性が考えられる。『佐野本領玉恋聟』の原田次郎吉は、これらの役者絵の二代目坂東彦三郎の描き方との類似が認められる。また、『三芝居役者絵本』（図⑫）のの二代目彦三郎の顔も、『佐野本領玉恋聟』の原田次郎吉と非常によく似ている点に注意したい。鳥居清満描く所の二代目彦三郎の役者絵は多く残存しているが、本書『佐野本領玉恋聟』も清満が彦三郎を写して創作した草双紙なのではないだろうか。先の嵐音八の場合、くくり猿や鹿の子餅という語が演劇関係書で音八との関連性を傍証できるため、明和元年刊と思われる『初春万歳寿』・『〔せいすいき〕』で描かれる顔も、似顔であると推定し得た。『佐野本領玉恋聟』は『草木国土歌嚢蛙鶯』の広告から宝暦十年（一七六〇）の刊行と判断され[16]、登場人物の衣裳の観世水や光琳菊模様からも彦三郎を写していると推測されるが、これも二代日坂東彦三郎の似顔を用いている可能性がある作品と考える。

　このように二代目坂東彦三郎、初代嵐音八は宝暦の終りから特に高い人気を得、明和五年（一七六八）、六年に相次いで没した役者であり、演劇史の上からは格別に高い評価を得ているわけではない。しかしながら黒本・青本には活躍時代が重なったためかよく登場し、当時の庶民にいかに愛され、その意識の中に深く浸透していたかを垣間見させるものがある。彼らは初期草双紙のみではなく、談義本『根無草後編』（平賀源内・明和六年刊・一七六九）や咄本『話稿鹿の子餅』（木室卯雲・明和九年刊・一七七二）にも登場している。即ち二代目彦三郎は、『根無草後編』の序に、「柏車・薪水無常《むじやう》の嵐に御《さそ》はるると聞きて、継ぎて此の編を為《つく》つて、以て諸《これ》を借本屋《かしほんや》に伝ふ。二子の追善、焉《これ》より大なるは莫《な》し」とあって、追善の意を以ての出版であると明記されている。また本文にも

　薪水子役より愛敬つよく、若衆形にて大入を取、僧俗男女心をうごかし、扇・牙杈差《やうじさし》・煙袋《たばこいれ》、哥発句はいふに及ばず、薪水が手で墨を付けても、兒女子《むすめごども》の嬉しがること、羲之《ぎし》が墨蹟・定家の色紙にもまされり……

と、彦三郎の人気の程が記され、普段の行跡の正しさや臨終の様までもが触れられる。一方『話稿鹿の子餅』の方は、書名に音八の俳号「和考」をかけ、音八が販売していた「鹿の子餅」を使っている。更に話数を「六百八」と、音八の字を分解したものとし、序者名に「嵐」を二分した「山風」、印に音八の紋を用いている。[17] 序文中の「山の手を飛《とび》歩行《あるく》尻やけ猿」には、音八の替紋のくくり猿がきかせてある可能性がある。そして口絵には、初代嵐音八の肖像画といった凝り様である。

これらの談義本や咄本は、どちらも二代目彦三郎や初代音八の死後に刊行されており、『鹿の子餅』も江戸笑話を集めたという内容から考えるに、往時の江戸道外方の随一であった音八への追善の思いが込められた作品と考えられる。

初期草双紙は、刊年が未詳のものが多く、またその推定も難しいのであるが、明和元年或いは明和初期の刊行と推定される『初春万歳寿』・『〔せいすいき〕』、宝暦十年刊行と思われる『佐野本領玉恋聟』など、富川房信・鳥居清経・鳥居清満画の作品で、既に似顔表現が試みられていることは、勝川春章・一筆斎文調以降とされる役者似顔描法が、実はそれ以前から、一部の役者に関しては比較的試みられていた表現方法である可能性を示している。また、これらの人気役者を写した草双紙は、役者が生存中と思われる刊行のものも、明らかに没後のものも、更に死後かなりの年月が経過したものもある。死後刊行の草双紙は、恐らくは追善物と捉えることができよう。また、人気役者の死を利用して、一枚絵や草双紙を売り捌こうという、板元の商業的意図があったとも思われる。そして明和期前後は、江戸庶民を対象とした出版文化が、高度に整いつつあった時期と考えることができよう。

技芸的には未熟であり、演劇史上では余り重要視もされない二代目坂東彦三郎が、役者評判記や『根無草後編』に書かれる如く、熱狂的に人々に愛惜され、様々な草双紙や浮世絵に造型され、そして恐らくは役者絵や初期草双紙に似顔で描かれ、死絵や追善草双紙の先蹤となった作品を生み出させたと思われる。このことは、歌舞伎役者の存在の社会現象的意味を考えさせると同時に、初期草双紙の読者層が、江戸市中の歌舞伎愛好者層を完全に取り込んでいたことを表している現象に他ならない。

結　語

初期草双紙における歌舞伎役者の写しは、役者紋・替紋・合印（役者に因む模様）、そして一部の役者の似顔描法が混在していた。特に富川房信らの後期の画者が用いた歌舞伎役者写しの手法は、登場人物の造型や作品の構成に深く関り、かつ繊細な方法になってきていることが認められるのである。

歌舞伎役者写しの手法が似顔描法で表されるのは、二代目市川団十郎や初代嵐音八のような、人気もあり、顔も個性的な役者については比較的早くから見られるのであるが、似顔描法が多く見られるようになる明和期というのは、黒本・青本としてはやや後期作品であることに注目したい。草双紙の画工が暗示する方法は、原則的には直接的な役者紋からやや間接的な合印等へ移行し、似顔も二代目市川団十郎のような江戸庶民にとっても特別な存在である役者のみでなく、初代嵐音八・二代目坂東彦三郎のような、人気もあり顔も特徴的な役者についても行うようになったのである。そしてそれは宝暦後期〜明和初期からと推測され、浮世絵における似顔表現の一般化してくる時期をも示唆するものがある。

ともあれ、画工が暗に示した歌舞伎役者を、読者が連想して楽しむといった知的遊戯性は、初期草双紙期に既に胚胎し、その手法を多様化させ繊細化の変化をたどっていったと考えられるのである。

注

（1）「後期草双紙における演劇趣味の検討」（鈴木重三・『国語と国文学』・昭和三十三年十月刊・一九五八・東京大学国語国文学会）。また、登場人物のほとんどが役者似顔になったのは、山東京山著『蜘蛛の糸巻』（弘化三年刊・一八四六）により、山東京伝作『お六櫛木曾ノ仇討』（文化四年刊・一八〇七）がその嚆矢とされていた。『国字小説通』（木村黙翁著）の記述に基づき、文化元年刊の読本『絵本敵討待山話』（談州楼焉馬作・歌川豊国画）の登場人物のほとんどが歌舞伎役者似顔であるとの指摘が、「古書雑録（五）－元文曾我と「絵本敵討待山話」－」（向井信夫・『愛書家くらぶ』第九号・昭和四十四年五月刊・一九六九、後に『江戸文芸叢話』平成七年刊・一九九五・八木書店）によってなされた。

（2）『芝居絵と豊国及び其門下』（大正九年刊・一九二〇・春陽堂）

（3）「黒本・青本と瀬川菊之丞」（『近世文芸』四十九号・昭和六十三年十一月刊・一九八八）。第二章第一節参照。

（4）二代目瀬川菊之丞の仄めかしのある黒本『風流達磨隠居』『初春万歳寿』は、後述する如く沢瀉の模様の衣裳を着ている。

（5）「富川房信著作年表稿」（松原哲子・『実践国文学』第六十一号所収・平成十四年三月刊・二〇〇二）にも、「明和元年刊」と判断されている。

（6）『近松全集』第三巻（昭和六十一年刊・一九八六・岩波書店）所収『天鼓』解説（内山美樹子）より。

（7）『竹田出雲　並木宗輔浄瑠璃集』（角田一郎・内山美樹子、平成三年刊・一九九一・新日本古典文学大系・岩波書店）所収『義経千本桜』四段目「河連法眼館の段」の注参照。

（8）第二章第一節参照。

（9）『鼠璞十種』中巻所収（昭和五十三年刊・一九七八・中央公論社）

（10）『燕石十種』五巻所収（昭和五十五年刊・一九八〇・中央公論社）

（11）以下、役者評判記は『歌舞伎評判記集成　第二期』（歌舞伎評判記研究会・岩波書店）を参照した。

（12）『役者懐相性』（宝暦四年刊・一七五四）に「此人も何とやら半道のやうに見へます」とある。

（13）『演劇百科大事典』（昭和三十六年刊・一九六一・平凡社）
（14）『江戸の絵本Ⅱ』（昭和六十二年刊・一九八七・国書刊行会）所載の小池正胤氏解題・解説による。
（15）注（14）参照。
（16）「『日本小説年表』考　黒本・青本を中心に」（木村八重子・『江戸文字』十五号所収・平成八年五月刊・一九九六）。
（17）『小咄本集・近世笑語集（中）』（武藤禎夫・昭和六十二年刊　一九八七・岩波文庫）脚注による。

（図版リスト）
①『初春万歳寿』八丁裏・九丁表。東京都立中央図書館加賀文庫蔵。
②『鹿の子餅』東洋文庫内岩崎文庫蔵。
③『浄瑠理せりふ』東京都立中央図書館加賀文庫蔵。
④『〔せいすいき〕』二丁裏・三丁表。東京都立中央図書館加賀文庫蔵。
⑤『筆累絹川堤』十一丁裏・十二丁表。東京都立中央図書館加賀文庫蔵。
⑥『新板累物語』九丁裏・十丁表。西尾市岩瀬文庫蔵。
⑦『寸錦雑綴』東京都立中央図書館蔵。
⑧『歌舞伎図説』（昭和六年刊・一九三一・萬葉閣）四五一より転載。
⑨⑫『三芝居役者絵本』Courtesy of prof. Dr. Gerhard Pulverer, Germany.
⑩『降積花二代源氏』九丁表。早稲田大学演劇博物館蔵。ロ二三―〇〇〇一―八
⑪『風流達磨隠居』一丁裏・二丁表。東京都立中央図書館加賀文庫蔵。
⑬⑭『風流いかい田分』七丁裏・八丁表／十一丁裏・十二丁表。東洋文庫内岩崎文庫蔵。
⑮『佐野本領玉恋聟』三丁裏・四丁表。東北大狩野文庫蔵
⑯『浮世絵大成　第四巻』（昭和五年刊・一九三〇・大鳳閣書房）第三一九図より転載（鳥居清満画・山城屋板・細判紅摺絵）。

⑰『浮世絵大成　第四巻』（昭和五年刊・一九三〇・大鳳閣書房）第三九五図より転載（鳥居清満画・丸屋小兵衛板・細判紅摺絵）。
⑱『浮世絵大成　第四巻』（昭和五年刊・一九三〇・大鳳閣書房）十二図より転載（鳥居清満画・松村屋板・細判紅摺絵）。
⑲『浮世絵大成　第四巻』（昭和五年刊・一九三〇・大鳳閣書房）十三図より転載（鳥居清満画・丸屋小兵衛板・細判紅摺絵）。

第四節　初代中村仲蔵

はじめに

安永五年（一七七六）以降顕著になる、草双紙における似顔絵による歌舞伎役者の写しは、明和～天明にかけて活躍した立役・敵役の名優、初代中村仲蔵の姿を草双紙の中に多く見いだせるという現象を招いた。

草双紙における初代中村仲蔵の描かれ方には、大きく分けて四種類ある。その一は、草双紙作品の中の敵役に仲蔵の写しが認められるもの。その二は、中村仲蔵が歌舞伎上演した役を踏まえ、舞台の姿を写そうという意識で描かれたもの。その三は、安永七年八月以降の劇界内紛を仄めかすことを目的としたもの。その四は、めくりカルタの役名に「団十郎・仲蔵・海老蔵」とあるのを、登場人物として造型したもの。その他、五十四歳という、当時としてはさほど若くはない年で死んだ時に、追善草双紙が作られているのも、特記すべきことである。

本稿では、草双紙における初代仲蔵の描かれ方を類別し、歌舞伎史の上から注目すべき描かれ方について主に述べる。

一　草双紙における初代中村仲蔵の描かれ方

Ⅰ　作品中での単なる敵役としての役割

＊『唐文章《とうぶんしやう》三笠《みかさ》の月《のつき》』（安永五年刊・一七七六・鳥居清経画・松村屋板）(1)「みねの弥太郎」という天下を望む謀反人の山賊が、全丁仲蔵の似顔で描かれる。上題簽にも描かれる姿は、仲蔵が改める前の定九郎の山賊姿に類似。二丁裏に「これから都へ上り、秀鶴（仲蔵の俳名）とこぢつけませう」とある。（図①）

図①『唐文章三笠の月』1オ

＊『郡山非人敵討《こおりやまひにんかたきうち》』（安永五年刊・鳥居清長画・伊勢幸板か）(2)謀反を企て奥方に恋慕する須藤六郎左衛門は、三つ人文字模様（仲蔵の替紋）の衣裳を着る。仲蔵の写しは、既に指摘されている。

＊『甲子待座鋪狂言《きのえねまちざしききやうげん》』（安永六年刊・鳥居清経画・村田屋板）(3)仲蔵似顔の人物が、素人狂言の工藤役であることや、大日坊（安永四年上演歌舞伎『色模《いろも》

様《やう》青柳《あおやぎ》曾我《そが》』）の部分的取り入れも指摘されている。但し大日坊役は仲蔵似顔ではない。

＊『花《はな》珍《めつらしき》奴茶屋《やつこちやや》』（天明二年刊・一七八二・勝川春常画・伊勢屋治助板）(4)石川五右衛門が、仲蔵似顔であることは既に指摘されている。

Ⅱ　歌舞伎上演した役をふまえたもの

＊『助六上巻　二代《にだい》政宗《まさむね》』（安永元年刊・一七七二・一筆斎文調画か・鶴屋板）(5)敵役の定九郎、伊久に仲蔵写しが指摘されている。（図②）

＊『菅原伝授手習鑑』（安永五年刊・鳥居清経画・村田屋板）(6)安永元年から四年にかけて上演された歌舞伎『菅原伝授手習鑑』の影響があり、松王丸役に仲蔵写しがあることは指摘されている。

＊『恋《こひ》娘《むすめ》昔《むかし》八丈《はちじやう》』（安永五年刊・鳥居清経画・西村屋板）

安永五年三月中村座上演歌舞伎『恋娘昔八丈』等に拠る。大当りの際物出版か。(7)仲蔵は秋月一角・尾花六郎右衛門役で、似顔で描かれている。（図③）

＊『鐘入《かねいり》七人《しちにん》化粧《けせう》』（安永九年刊・一七八〇・朋誠堂喜三二作・北尾重政画か・蔦重板）(8)仲蔵は大日坊（似顔）と荵《しのぶ》売《う》りの役。序文に書かれるように、「取合はぬ役者をとりあつめ」たもので、複数の役者の写しがある。刊年からも、仲蔵

図②『助六上巻　二代政宗』2ウ・3オ

図③『恋娘昔八丈』1ウ

図④『鐘入七人化粧』7ウ・8オ

図⑤『振袖江戸紫』6オ

の大日坊・葱売りの大評判が作品中に占める大きさを後述。（図④）

＊『娘敵討故郷錦《むすめかたきうちこきやうのにしき》』（安永九年刊・北尾政演画・鶴屋板）[9] 敵役の登場人物を、仲蔵の大日坊に例える。

＊『振袖江戸紫《ふりそでゑどむらさき》』（天明元年刊・一七八一・勝川春常画・村田屋板）[10] 安永八年上演歌舞伎『潤色江戸紫』を基としながらも、役者を多少変えた登場人物にしていて、同宿弁長を歌舞伎上演時の大谷徳次ではなく、仲蔵似顔で描いているのは、大日坊の影響である点について指摘されている。（図⑤）

Ⅲ　劇界内紛の仄めかしを目的とするもの

＊『染直鳶色會我《そめなをしとびいろそが》』（安永九年出版予定天明二年刊か・朋誠堂喜三二作・恋川春町画・鱗形屋板）[11] 仲蔵は工藤役であり、四代目市川団蔵・三代目瀬川菊之丞・四代目岩井半四郎・初代坂東三津五郎・二代目市川門之助と対立するように描かれていると指摘されている。

＊『新狂言梅姿《しんきやうげんうめすがた》』（安永九年刊・勝川春常画・鶴屋板）[12] 仲蔵は半沢六郎と意休役で、四代目市川団蔵・二代目市川門之助・三代目瀬川菊之丞と対立するように描かれていると指摘されている。

＊『笑種花濃台《わらいぐさはなのうてな》』（天明三年刊・一七八三・勝川春旭画・岩戸屋板）[13] 仲蔵は意休役で、四代目松本幸四郎と対立するように描かれていると指摘されている。

Ⅳ　めくりカルタの賭博用語「団十郎、仲蔵、海老蔵」等を登場人物とするもの

明和・安永から寛政の改革まで、「めくり」を中心とした賭博カルタが流行していた。「めくり」の札にはみな点数が定められており、手持ちの札と場の札を合わせて取り、更に伏せて積んである山札を一枚めくって場の札に合わせて取る。これを順次行い、最も高い点数の者を勝ちとする。「めくり」には出来役があり、「あざ（青一）、青二、釈迦十（青十）」を団十郎、「青七、青八、青九」を仲蔵、「あざ、海老二、釈迦十」を海老蔵といった(14)。故にこの「団十郎、海老蔵、仲蔵」を登場人物とした、めくりカルタの内容をうがった草双紙がある。

＊『咸陽宮通約束《かんやうきうつうのやくそく》』（天明四年刊・一七八四・勝川春朗画・伊勢幸板）めくりカルタ好きの男の夢に、仲蔵が葱売り、団十郎が外郎《ういろう》売り姿で現れる。

＊『寓骨牌《むだかるた》』（天明七年刊・一七八七・山東京伝作・北尾政演画・榎本屋板）(15)賭博用語を登場人物として、めくりカルタの内容を細かくうがったもの。

Ⅴ　追善草双紙

＊『中村秀鶴面影帰咲御評判高雄文覚《ごひやうばんたかおのもんがく》』（寛政三年春刊・七珍万宝作・北尾政美画・鶴屋板）寛政二年（一七九〇）四月に死んだ仲蔵追善を意図するが、内容は天明二年（一七八二）十一月江戸市村座上演歌舞伎『伊勢平氏栄花暦《いせへいじえいがごよみ》』での盛遠役の写しがありつつも、仲蔵を茶化すもの。（図⑥）

【梗概】中村秀鶴の追善の意図。遠藤武者盛遠《とりとお》が一間に忍び込み、暗闇で斬りつけたのは、俵に詰めた南瓜や薩摩芋であった。これは袈裟《けさ》御前が南瓜や薩摩芋を日頃好み、朝晩愛したその恩返しに、それらが身代わりとなったのである。盛遠は無常を感じて出家し、名を文覚と改める。文覚は断食行から思い立ち、大食行をなす。無言の行から有言の行を思い立ち、勧進帳を外郎売りのごとくに吉原でしゃべり通す。水行では滝壺につかる代わりに、夏の炎天に銭湯の熱湯に入り、気を失う所を制吒迦《せいたか》童子・衿羯羅《こんがら》童子に救われ、それ以後行法加わる。旱魃に様々の工夫をするが雨が降らず、帝より安部晴明と文覚が召され、雨乞の行法を行う。文覚の秘密の行法にて雨が降り、人々は文覚を尊んだ。

この追善草双紙の最終丁に、「俺が仕打ちを見物が大きいぞ〳〵と言つたが、今思ひあたつた」とある部分以外には、仲蔵がどのように庶民に受け取られていたかは記されていない。むしろ六代目市川団十郎の追善草双紙『東《えどの》発名《はな》皐月落《さつきのちり》際《ぎわ》』（寛政十一年刊・一七九九・曲亭馬琴作・歌川国政画・鶴屋板）

図⑥『御評判高雄文覚』1ウ・2オ

で、六代目団十郎が極楽で助六を演じる時、意休役を勤めたり、「市川によしみある役者」・「白猿と兄弟分なる秀鶴」と記され、市川の極楽楽屋へ初代菊五郎と共に六代目を連れていき、「この子の仏果を得たは喜ばしいが、いかにしても白猿殿の嘆きが気の毒でござる」と言うところに、五代目団十郎と近しい立場と見なされていたことが窺える。

二　「早替り」について

前述した舞台の姿を写そうという意識で描かれた草双紙の中で、「早替り」を描いていると思われるものがある。青本『恋娘昔八丈』は、『国書総目録』では黄表紙に分類され、「鳥居清経画、安永四年刊、大東急・林美一蔵」とされているが、『黄表紙総覧　前編』では、「安永五年三月中村座所演の大当り「恋娘昔八丈」の紙上ダイジェスト版」であり、歌舞伎の大当りを利用した際物出版であろうとされている。

青本『恋娘昔八丈』の主な登場人物は、全て役者似顔絵で描き分けられており、これは安永五年（一七六六）三月江戸中村座上演歌舞伎『恋娘昔八丈』に沿ったものである。早稲田大学演劇博物館蔵の役割番付・辻番付を参照しながら、図③の役者を推定すると、萩野千種之介が三代目坂東彦三郎、尾花才三郎が二代目嵐三五郎、喜蔵が二代目中村助五郎、秋月一角が初代中村仲蔵であり、その足の下の本文部分に、「いよ中村」と記される。役者名を挙げて賞賛しているのは、ここのみである。また、安永四年八月初演の原作浄瑠璃にはない、手代丈八（初代大谷友右衛門）の滑稽な見せ場が描かれ、これも歌舞伎に取材したものと思われる。しかしながら、本文四丁表に記される浄瑠璃太夫名「豊竹嶋太夫」は、安永五年春に「和佐太夫」が襲名したもので、安永五年春以降の浄瑠璃続演時のものである。

これらのことから、青本『恋娘昔八丈』は安永五年三月以降に、同年上演の浄瑠璃と歌舞伎の大当りを利用して出版されたものと思われる。ここで注目すべきは、敵役秋月一角と立役尾花六郎右衛門の二役を演じている仲蔵が、早替りを演じたと思われる場が描かれていることである（図⑦）。

同様に、天明元年（一七八一）刊の黄表紙『振袖江戸紫』でも、仲蔵似顔で描かれた神田与吉と同宿弁長とが、殺し殺される早替りを演じているように描かれている（図⑧）。但し青本『恋娘昔八丈』とは異なり、黄表紙『振袖江戸紫』は、安永八年（一七七九）正月江戸市村座上演歌舞伎『潤色江戸紫』に取材しつつも、前述したように、内容的には歌舞伎とはかなり違うものと思われる。ここで描かれている早替りも舞台を描写したものではない。図⑧には身を隠す稲村等が描かれていず、殺し殺される早替りをこのように行うのは現実的には難しい。

図⑦　『恋娘昔八丈』5ウ

実際の舞台では、仲蔵は、安永八年十一月江戸森田座上演歌舞伎『倭歌競当世模様《うたくらべたうせいもよう》』の絵本番付に、卒塔婆小町から奴へと「はやかわり」しているのが描かれている（図⑨）。これは変化舞踊と考えるべきだが、「早替り」と認識されていたとも言える。それ以前の安永八年正月には、仲蔵が二度目の葱売りを演じた『江戸名所緑曾我《えどめいしよみどりそが》』で、初代尾上松助が阿古屋と番場の忠太の早替りを演じている。「此所ばんばの忠太との早がはり皆おどろきました」（『役者互先《たがひせん》』三月刊）、「後軍助にころされ又あこやのはやがはりめづらしいこととてきつい評判でござる」（『役者商売往来』四月刊）

図⑧『振袖江戸紫』12ウ・13オ

図⑨『倭歌競当世模様』3ウ・4オ

と、松助のテンポの早い早替りが耳目を集めている。

しかしながら、殺し殺される早替りは、上方で生まれたものである。安永五年（一七七六）十二月大坂嵐座上演歌舞伎『伊賀越乗掛合羽《いがごえのりかけがつぱ》』で、初代浅尾為十郎による殺し殺される早替りは、江戸の初代尾上松助や四代目市川団蔵に影響を与えた。『伊賀越乗掛合羽』での、八ッ目稲村早替りの段における為十郎の、沢井又五郎と俗医者左内の早替りは、次のようなものである。(16)

為〔左内〕　エ、いま〱しい　色《いろ》〱の目に会《あ》ふ事じや　そふして、又此雨のゑらさはひ　イヤ　丁度良《とよ》ひ雨宿《やど》り　暫《しばら》く此木の下にて休もふぞ

ト為十郎〔左内〕　右の稲叢《いな村》の側へ寄る　稲叢《いな村》の内より又五郎の為十郎〔又五郎〕　薬屋《や》の首筋《くびすじ》つかみ　内へ引込　芋刺《いもざ》しに殺す　と薬屋《くすりや》の吹替《ふきがへ》出す　と早替《がわ》りにて為十郎〔又五郎〕又五郎の形りにて物凄《すご》き思入あつてとゞ薬屋《くすりや》を殺《ころ》し　懐《ふところ》に有件の薬《くすり》二包共《とも》に取　戴《いた》き　向《むか》ふへ行《い》こふとして思ひ入

安永三年（一七七四）十一月から安永六年（一七七七）正月まで上方にいた初代尾上松助は、安永九年（一七八〇）三月江戸中村座上演歌舞伎『初紋日艶郷曾我《はつもんびくるわそが》』二番目大詰で、幸崎甚内と釣鐘弥左衛門の早替りを為十郎の「又五郎・左内」のやり方で演じて、大当りを取る。『戯場年表』に、「松助二役幸崎甚内にて鐘弥左衛門の松助を稲村引込、早替り大当り」、「此早替の案事は、安永五申年大坂にて浅尾為十郎伊賀越の股五郎、らい病医者の二役、稲むらの中の早替り大当りなりしを此度松助江戸役の初なり、此後忠臣蔵の定九郎与一兵衛の早替り皆此形なり」とあり、『江戸芝居年代記』にもほゞ同文で、「松助江戸にていたし候初り也」とする。また、四代目市川団蔵も、天明元年（一七八一）

三月江戸森田座上演歌舞伎『仮名手本忠臣蔵』で、「判官・由良之助・定九郎・与一兵衛・大鷲文吾・天川屋儀兵衛・となせ」（『戯場年表』）の七役を始め、定九郎・与一兵衛の早替りに為十郎（或いは前年の松助）のやり方を用いた。

仲蔵も変化舞踊や早替りを試みてはいたが、安永五年以降に上方で生まれ、為十郎↓松助↓団蔵と継承された早替り程、早いテンポのものではなかった。天明元年刊の黄表紙『振袖江戸紫』が殺し殺される早替りを仲蔵似顔で描いているのは、仲蔵にもこうした早替りを演じて欲しいという願望が表れているのではないか、と思われる。

三　「法界坊」ものの原型について

安永九年（一七八〇）以降の『振袖江戸紫』・『鐘入七人化粧』等数多くの黄表紙に登場する悪坊主「大日坊」は、現行の歌舞伎『隅田川続俤《ごにちのおもかげ》』の法界坊のもととなったものである。

隅田川の世界には、享保五年（一七二〇）八月上演の近松作の浄瑠璃『双生《ふたご》隅田川』から法界坊は登場しており、人買い猿島物太（淡路七郎俊兼）の霊が山伏法界坊となって班女《はんじょ》道行の道中を慰めている。宝暦十年（一七六〇）七月京都南沢村国太郎座上演歌舞伎『花筐班女扇《はながたみはんじょがおうぎ》』で、坂東万蔵（『役者初白粉《はつおしろい》』実悪之部　上上吉）演じる法界坊は、人妻に恋慕し盗みをする破戒僧として設定されていた。宝暦十一年（一七六一）二月江戸中村座上演歌舞伎『曾我贔屓《そがびいき》二本桜《にほんざくら》』で、道外方初代嵐音八が山伏法界坊（宝暦十二年三月刊『役者手はじめ』道外之部　上上吉）を演じ、滑稽味を含む造型があったと思われる。この時、初代市川雷蔵（立役之部上上吉）が白菊亡魂にて葱売《しのぶう》りの浄瑠璃所作事（常磐津「垣衣草千鳥紋日《しのぶぐさちどりのもんび》」）を演じ、「行平妹しらぎくにて．介成にれんぼし．介成がうばはれし矢のねを取かへさんといづの次郎にころさる、段しあい見事〱．次にしらぎくぼうこんにてしのぶうり．扨も〱おしい事かな．女形ならばと存るほどのきれい［わる口］きれいなかしらぬが・おいどにきつうみか入たぞ・［頭取］それゆへおしいと申ス事・しよさにか丶つての仕内かんしん〳〵・立役の身でむすびさげ・しのぶいらんせんかいにやん共か共いへぬ〳〵」（『役者手はじめ』）と、立役でありながらの美しさが絶賛されている。

明和二年（一七六五）正月江戸市村座上演歌舞伎『色上戸《いろじょうご》三組《みつぐみ》曾《そ》我《が》』で、始めて法界坊を演じた仲蔵は、「ほうかい坊の段は手に入つた物かな」（明和二年三月刊『役者闘鶏宴《とりあはせ》』色悪之部　上上士）と評せられるが、この時葱売りは演じていない。安永四年（一七七五）二月江戸中村座上演歌舞伎『色《いろ》模様《もよう》青柳《あおやぎ》曾《そ》我《が》』で、仲蔵は聖天町の同心者大日坊と美しい葱売りを演じ分け（常磐津「垣衣《しのぶぐさ》恋《こいの》写《うつし》絵《え》」）、桜田治助の狂言作りとも相俟って、大評判を取る。「大日坊の悪坊のわけをころさる丶所すごい〳〵・次にときはづ上るりにてふり袖の娘がた所作事きれい古人栢車のせられししのぶうりいやはやうつくしい物でござる夫より鐘《かね》入おそろしくなら丶まで何一つ不足《そく》なく出かされ」（安永四年三月刊『役者芸雛形』立役・実悪・敵役之部　《ほうび》上上吉）と評された、悪坊主と

図⑩　大日坊　細判錦絵

図⑪　葱売り　細判錦絵

美しい葱売りの娘の演じ分けは、よほど印象深かったためか、多くの役者絵にも描かれている（図⑩⑪⑫⑬）。そしてこの時から、一種の「道成寺のやつし」として演じられるようになったのである。安永六年（一七七七）正月江戸森田座上演歌舞伎『江戸《えど》繍小袖曾我《じたてこそでそが》』で、仲蔵は式部卿清玄物狂いで、葱売りと類似した趣向ともいえる「道成寺のやつし」を再び演じるが、「二役式部卿清玄少し斗なれどもよし追付此清玄の仕内がまだござりませうしのぶうり大日坊といふあたりをたのみまする」（安永六年三月刊『役者花の会』実悪之部巻軸）と不評であった（図⑭）。安永八年（一七七九）三月江戸森田座上演歌舞伎『江戸名所緑曾我』で、仲蔵は再び聖天町大日坊と、常磐津「垣衣恋写絵」での所作事二葉の前亡魂葱売りを演じ、「二やく大日ぼうにてお染に心をかけ極楽の次兵衛にきめつけらるゝ所よし……軍介団蔵どのとのたてはおもしろい事さて軍介にころされほうこんにてしのぶうりの所作常磐津兼太夫上るりにて過し中村座青柳そが二ばんめに致されし通りの大当り［ひいき］しのぶうりが出てから日にまして見物が山をなしやすまたとふたりは仲さんありがてい」（安永八年四月刊『役者商売往来』実悪

図⑫　葱売り　細判錦絵

図⑬　葱売り　細判錦絵

図⑭『江戸綉小袖曾我』辻番付

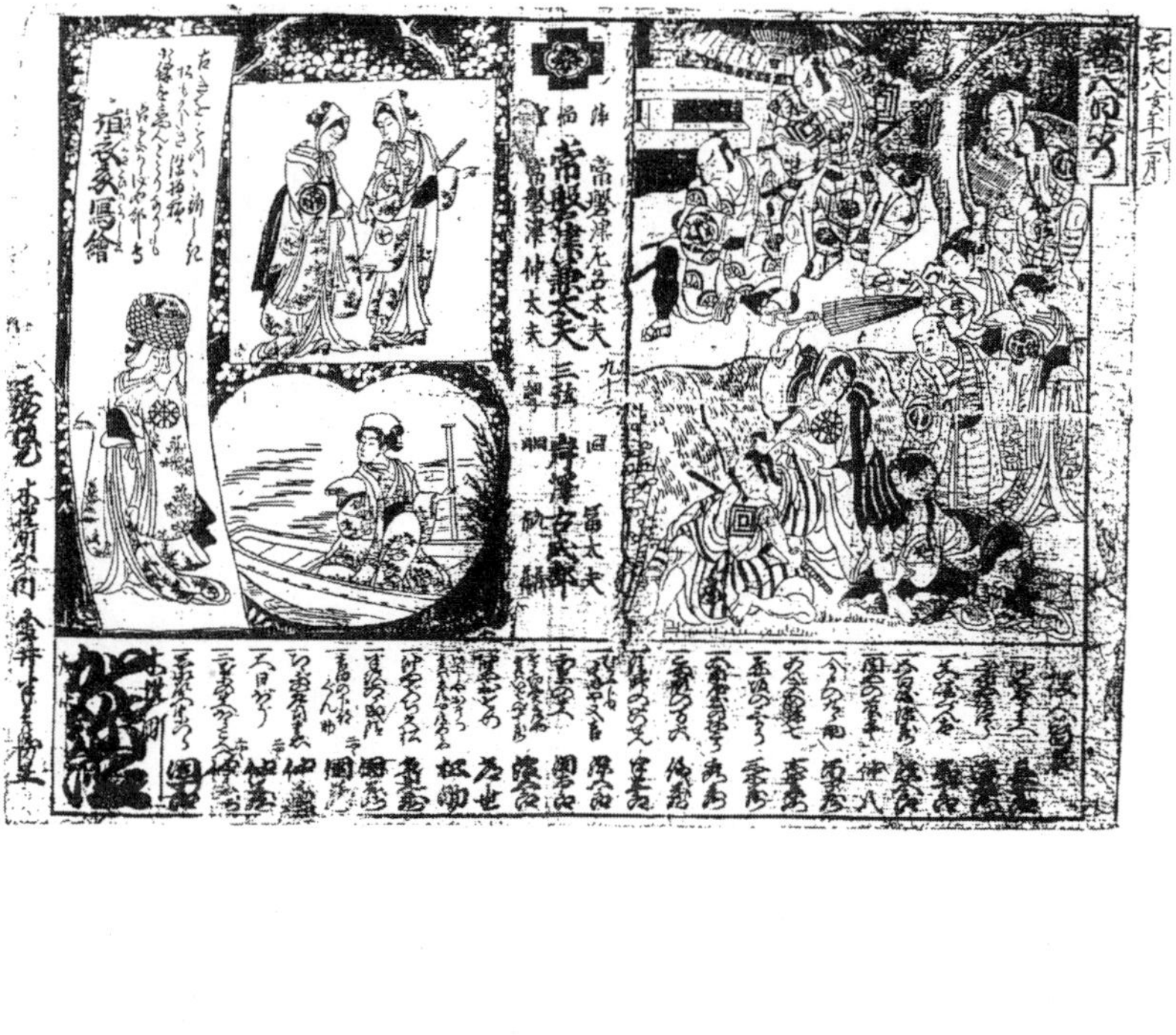

図⑮『江戸名所緑曾我』辻番付

之部上上吉）と大当りを取る（図⑮⑯）[17]。

そしてこの時、四代目市川団蔵は吉田の下部軍助を演じ、「次に軍介にて大日坊を手にかけてのうしろかへり わる口 ちとたてものにはしやくはいな」（『役者商売往来』立役之部上上吉）、「団蔵軍助にて大日坊を殺し、梅若丸の供をして立のかんとする時、大日坊の亡魂うしろ髪を引ゆへ、花道より本舞台へ引戻されながら刀を抜切払、其刀をかつぎたるまゝ、後へ中返り三度せり」（『戯場年表』）と敏捷な動作を印象づけた。天明四年（一七八四）四月大坂角の芝居藤川菊松座上演歌舞伎『隅田川続俤《ごにちのおもかげ》』で、四代目市川団蔵は始めて曾我の世界から独立させたしやうてん町法界坊、野分亡魂を演じた。以来、団蔵は上方で四回法界坊ものを演じ、寛政十年（一七九八）九月、江戸森田座『振袖隅田川』でも曾我の世界と切り離した法界坊、常磐津「両顔月姿絵《ふたおもてつきのすがたえ》」による所作事野分亡魂葱売りを演じる。そして法界坊は、団蔵の代表的演目となる。

続いて法界坊を演じて評判を取ったのは三代目中村歌右衛門である。三代目歌右衛門の仲蔵傾倒は、子供芝居時代に、上坂した仲蔵に志賀山の振の指南を受けたことに起因する[18]。文化五年（一八〇八）一月大坂中の小川座にて江戸へ旅立つ暇乞い狂言として、歌右衛門は『隅田川続俤』の法界坊と常磐津「垣草恋写絵」の所作事を演じる。そして江戸でも、様々な仲蔵ぶりを見せる上演の一つとして、文化六年八月中村座の『葱例跡色歌《しのぶれどいろのことのは》』で法界坊、葱売りを

図⑯　葱売り　細判錦絵

演じ、大出来と評される。

これらの法界坊もの歌舞伎に与えた影響という点からも、安永四年と同八年の仲蔵の大日坊・葱売りは大きな意味を持つのであり、役者似顔絵が草双紙に頻繁に見いだせるようになる安永五年以降、特に九年刊の草双紙に目立って登場することにもなる。中でも『鐘入七人化粧』は、写されている複数役者の内唯一人似顔絵で描かれ、「仲蔵が大日坊」と明記もされ、鐘入りの所で「此大日ぼうはなぜしのぶうりのむすめとなりてきたりしや　ふしぎせんばん也」と空とぼけている点など、仲蔵の「道成寺のやつし」上演の意図を踏まえて制作している黄表紙である可能性が強い。

三代目中村仲蔵著『手前味噌』に載る話に、初代仲蔵が道成寺所作事を演じたく思いつつも、立役故に遠慮があり、初代河竹新七に相談すると、「立役で変化物などで勤めたら憚かるところもなし」として作ったものが、大日坊・葱売りだとされている。実際には、立役の道成寺は元禄期から存在し(19)、仲蔵の道成寺の少し前でも、九代目市村羽左衛門が明和六年（一七六九）正月市村座上演歌舞伎『江戸花陽向曾我《ゑどのはなわかやぎそが》』で、今様の役人花形主馬之介の役にて、「女形の出立」にて出、後に見顕わされる道成寺ものや、同じく九代目羽左衛門が明和七年七月市村座にて、信田左衛門役での道成寺のやつしを演じている。しかしながら、そうした一種の伝説が生まれるほど、仲蔵の葱売りは、巧妙に換骨奪胎された「立役の道成寺」であったのだ、とも言えよう。

注

（1）「仲磨・吉備入唐説話を扱う黒本・青本・黄表紙四種」（山下琢己・『叢』十六号所収・平成六年三月刊・一九九四）に全丁写真版と翻刻。

（2）「黄表紙『郡山非人敵討』について」（細谷敦仁・『叢』二十一号所収・平成十一年六月刊・一九九九）に全丁写真版と翻刻、

解説。

（3）「『甲子待座鋪狂言』について」（有働裕・『叢』十七号所収・平成七年五月刊・一九九五）に全丁写真版と翻刻、解説。

（4）「『花珍奴茶屋』について」（高橋則子・『叢』十五号所収・平成四年十月刊・一九九二）に全丁写真版と翻刻、解説。

（5）『日本古典文学大辞典』（昭和五十九年刊・一九八四・岩波書店）に該当項（木村八重子）あり。

（6）「青本『菅原伝授手習鑑』について」（高橋則子・『平成二年度科学研究費による草双紙研究報告書』所収・平成三年八月刊・一九九一）に全丁写真版と翻刻、解説。

（7）『黄表紙総覧　前編』（棚橋正博・昭和六十一年刊・一九八六・青裳堂書店）に指摘あり。

（8）『日本文学大辞典』「鐘入七人化粧」の項（山口剛・昭和七年刊・一九三二・新潮社）。古典文庫『黄表紙集二』解題（水野稔・昭和四十八年刊・一九七三）。『喜三二戯作本の研究』（井上隆明・昭和五十八年刊・一九八三・三樹書房）。『黄表紙総覧前編』。「『鐘入七人化粧』小考―菊之丞と富十郎―」（神楽岡幼子・『演劇研究会会報』第二十一号所収・平成七年六月刊・一九九五）、後に『歌舞伎文化の享受と展開　観客と劇場の内外』（八木書店・平成十四年刊）に再録。

（9）「京伝と役者絵―黄表紙『娘敵討古郷錦』と初世中村仲蔵について―」（細窪孝・山崎春奈・『東京家政学院大学紀要』第三十六号所収・平成八年刊・一九九六）に仲蔵似顔と大日坊の指摘あり。『山東京伝全集　第一巻』（ぺりかん社・平成四年刊・一九九二）に全丁写真版と翻刻。

（10）「黒本・青本・黄表紙と似顔絵」（高橋則子・『浮世絵芸術』百十四号所収・平成七年一月刊・一九九五・第三章第二節参照）。

（11）「役者似顔絵黄表紙の意味―天明前半までの劇界の投影―」（高橋則子・『日本文学』四十五号所収・平成八年十月刊・一九九六・第三章第五節参照）。『黄表紙総覧　前篇』には、安永七年刊『三幅対紫曾我』の趣向を取ったと『染直鳶色曾我』本文十五丁表に明記され、『三幅対紫曾我』は、実在する大名の町人的遊興ぶりを諷し、筆禍を受けた。そのための刊行遅延か、という指摘あり。

（12）「役者似顔絵黄表紙の意味―天明前半までの劇界の投影―」

（13）「役者似顔絵黄表紙の意味―天明前半までの劇界の投影―」

（14）「博奕仕方風聞書」（天保十年編か・一八三九・『未刊随筆百種』第一巻所収）、『賭博史』（宮武外骨・大正十二年刊・一九二三・半狂堂）、「日本のかるたの歴史」（村井省三・『歌留多』所収・昭和五十九年刊・一九八四・平凡社）。
（15）『山東京伝全集　第一巻』に全丁写真版と翻刻。
（16）『歌舞伎台帳集成　第三十四巻』（歌舞伎台帳研究会・平成九年刊・一九九七・勉誠社）所収。
（17）図版⑯は、船の櫂を持った阿古屋を演じる初代尾上松助の細判錦絵と二枚続となっていることから、安永八年上演時のものと推定できるというご教示を、浅野正人氏よりいただいた。
（18）「友五郎の春（二）」（古井戸秀夫・『早稲田大学大学院文学研究紀要　三十八』所収・平成五年二月刊・一九九三）後に「大坂の仲蔵」と改題されて、『歌舞伎・問いかけの文学』（平成十年刊・一九九八・ぺりかん社）所収。
（19）元禄期からの男の道成寺については、「道成寺物における地芸と所作事－富十郎による「嫉妬の前段」確立まで－」（水田かや乃・『演劇学』第二十九号所収・昭和六十三年三月刊・一九八八）に詳述されている。

（図版リスト）
①『唐文章三笠の月』一丁表。国立国会図書館蔵。
②『助六上巻　二代政宗』二丁裏・三丁表。東北大学附属図書館狩野文庫蔵。
③『恋娘昔八丈』一丁裏。大東急記念文庫蔵。
④『鐘入七人化粧』七丁裏・八丁表。東京都立中央図書館加賀文庫蔵。
⑤『振袖江戸紫』六丁表。国立国会図書館蔵。
⑥『御評判高雄文覚』一丁裏・二丁表。東京都立中央図書館加賀文庫蔵。
⑦『恋娘昔八丈』五丁裏。大東急記念文庫蔵。
⑧『振袖江戸紫』十二丁裏・十三丁表。国立国会図書館蔵。
⑨『倭歌《うたくらべ》競当世模様』三丁裏・四丁表。勝川春英画。早稲田大学演劇博物館蔵。ロ二三－一－三二。

⑩勝川春章画・細判錦絵・河鍋暁斎旧蔵・東京国立博物館蔵。
⑪勝川春章画か・細判錦絵・『歌舞伎図説』（守随憲治・昭和六年刊・一九三一・萬葉閣）四五九より転載。
⑫勝川春章画・細判錦絵・東京国立博物館蔵。
⑬鳥居清長画・細判錦絵・『浮世絵聚花　ベルリン東洋美術館』（昭和五十六年刊・一九八一・小学館）P・シャイベ・コレクションより転載。
⑭『江戸綉小袖曾我』辻番付。早稲田大学演劇博物館蔵。イ一三－一八二－一－二二。
⑮『江戸名所緑曾我』辻番付。早稲田大学演劇博物館蔵。ロ二二－一一－五七。
⑯勝川春章画・細判錦絵・浅野正人氏蔵。

第三章　役者似顔絵と草双紙

第一節　役者似顔絵絵本番付『鏡《かゞみ》池《がいけ》俤《おもかげ》曾我《そが》』

明和七年（一七七〇）正月十五日より江戸中村座で上演された歌舞伎『鏡池俤曾我』の絵本番付は、『歌舞伎絵尽し年表』（須山章信、土田衛編・昭和六十三年刊・一九八八・桜楓社）によると、早稲田大学演劇博物館にのみ所蔵されている。しかしこれは、一丁表・裏のない欠本であり、落書の多い保存状況良好とは言いがたいものである。小池正胤氏御架蔵の絵本番付『鏡池俤曾我』は、原表紙・原題簽の完本であり保存状況も良い。よってここに紹介し、若干の考察を加えたい。

本書の書誌的記録は以下の通りである。

一、表紙――原表紙。黄蘗色無地。縦十七・七センチ、横十三・一センチ。

二、題簽――原題簽。朱色無地の紙に外題と絵が一枚に刷られ、絵の上に「中村勘三郎座春狂言画尽」とあり中村座の隅切り銀杏の櫓紋が描かれる貼題簽。上下あり。鶴屋の商標あり。縦十三・一センチ、横九・七センチ（上）。縦十三・二センチ、横十センチ（下）。

三、本文匡郭――縦十五・三センチ、横十一・八センチ。

四、柱刻——

五、板元——題簽・一丁表の商標より鶴屋。
六、画者——十丁裏に北尾重政筆とある。
七、丁数——十丁。

画者北尾重政については、『総校日本浮世絵類考』（由良哲次・昭和五十四年刊・一九七九・画文堂）に、「北尾重政は書画ともに善す。就中板下に妙なり。武者画花鳥に委し壮年の頃は鳥居風の役者画をかけり」とある。更に『古画備考』（朝岡興禎・明治三十六年・一九〇三・弘文館）には、「画ハ暦ヨリ発ニテ、其頃ノ草双紙等ノ画、アマリニ拙シトテ、上方ノ何某ガ描ケル本、当地ニ下ル毎ニ、称美シテ其画風ヲ慕ヒ、（坦考橘守国ナルヘシ）初テ草双紙ヲ描シガ、其濫觴也、書画トモニ、謝物ナシニ書シ故、共ニ上達シテ、頼ミ来ル者漸多シ、……門人モ多ク出来、他門ニモ、勝川春章ナド、似顔ハ能クセシカド、画法ハ届カザル所アリシ故、常ニ親ク交リテ、重政ノ指図ヲ受ク」とあり、勝川春章との関係について言及している。また鈴木重三氏は、当時の浮世絵画壇における北尾重政の勢力が今日想像する以上のものであったことについて、「その活躍期にあっては、むしろ隠然たる勢力をもって、他浮世絵師をおさえ、その崇敬をえていたようである(1)」と述べている。

一　役者似顔絵の絵本番付

『鏡池俤曾我』は水谷不倒氏の『古版小説挿画史』(2)所収「似顔式小説絵」の中で、「春章の似顔絵を真似たもの」「併しこの絵尽しは、似顔式に作ったものでは素よりない。気まぐれに春章の似顔絵を、一二この狂言の役割の上に試みたものに過ぎない」として紹介されている。そして似顔で描かれる役者としては、四代目市川団十郎・二《(ママ)》代目中村歌右衛門・二代目市川高麗蔵（四代目松本幸四郎）・市川弁蔵（二代目門之助）・二代目市川八百蔵・二代目瀬川菊之丞・三代目松本幸四郎（五代目市川団十郎）が指摘され、「この外の役者は、すべて似顔式ではない」と述べている。似顔の程度にも差があり、歌右衛門や団十郎は「全く春章の似顔絵を模したもの」、八百蔵や幸四郎は「幾分その特徴を摑んで」いるものとしている。

　しかしながら、この期の役者似顔の基本的資料とされる、『絵本舞台扇』（明和七年刊・一七七〇・一筆斎文調、勝川春章画・雁金屋伊兵衛板）、『役者身振氷面鏡』（明和八年刊か・一七七一・勝川春章画か）、『三芝居役者絵本』（安永元年成・一七七二・勝川春好画）で、本書に登場する役者の顔を照合してみると次表のような結果が得られる。尚『絵本舞台扇』は舞台扇、『役者身振氷面鏡』は氷面鏡、『三芝居役者絵本』は三芝居と略称した。照合の結果似顔で描かれていると判断したものには○、判断しかねたものには△、照合できなかったものは空欄にした。

役者名	舞台扇	氷面鏡	三芝居
二代目中村助五郎	○		○
宮崎八蔵	○		
二代目中村伝九郎	○		○
三代目松本幸四郎	○	○	○

篠塚浦右衛門	○	○	
松本大七	○		
二代目小佐川常世	△		
三代目芳沢崎之助	△		
中嶋国四郎			
初代中村仲蔵	○	○	○
初代中村松江	△		
嵐雛治	△	△	
二代目坂田藤十郎	○	○	○
市川伊達蔵	○		
坂東善次			
中村此（蔵）			
大谷広蔵	○		
瀬川吉松	○		
中村友十郎			
市川雷蔵	○		
市川弁蔵	○		
松本秀十郎	○		

二代目中村七三郎	○		○
初代中村歌右衛門	○		○
四代目市川団十郎	○	○	○
二代目市川高麗蔵	○	○	○
二代目市川八百蔵	○	○	○
瀬川雄二郎	△	△	
二代目瀬川菊之丞	△	△	

本書『鏡池俤曾我』に名前入りで登場する全二十九名の役者のうち、十九名までは前三書によって照合でき、六名は判断しかねた。照合し得ない四名も、その顔立ちはかなり個性的に描き分けられているように思われる。つまり本書『鏡池俤曾我』は、水谷不倒氏の言われる如く「気まぐれに春章の似顔絵を、一二この狂言の役割の上に試みたもの」といった程度のものではなく、登場人物のほとんどを上演歌舞伎の役者似顔で表したものと言えよう。明和九年（一七七二）十一月上演歌舞伎『大鎧海老胴篠塚』や、安永二年（一七七三）十一月上演歌舞伎『御摂勧進帳』の絵本番付は、村田屋板で画工未詳ながら、登場人物を全て役者似顔で描き分けたごく早い時期のものであるが(3)、管見の限り本書はその嚆矢ともいうべき作品であり、同時代の鳥居清経や富川房信画の絵本番付が、一部の役者を限られた場面においてのみ似顔のように描いていたのとは、一線を画する。

二　歌舞伎『鏡池俤曾我』の位置づけ

歌舞伎『鏡池俤曾我』は、中村仲蔵の初めての工藤役・釣狐の対面・松本幸四郎のういろう売り・団十郎と歌右衛門の両執権役で大当りを取った。『江戸芝居年代記』に「初工藤　仲蔵、狐つり、祐成　高麗蔵、時宗　八百蔵、大当り、粟津六郎左衛門　団十郎、松井源吾　歌右衛門、両人長上下、両しつけん大当り、ういろう売　幸四郎大当り、団十郎、菊之丞道成寺のやつし、大当り、」とあり、『歌舞妓年代記』には「工藤祐経仲蔵是初役也。十郎にこま蔵。五郎八百蔵（釣狐）の対面所作大でき幸四郎うゐらう売実は京の次郎高麗蔵忰市川純蔵（傀儡師）の所作あり（最後に四《（ママ）》代目松本幸四郎と成）朝比奈に伝九郎。松井の源吾実は熊坂か手下三條の右衛門に歌右衛門。鬼王に坂田藤十郎。合羽かごを上下を着てかづき子路が故事をいひて行ところよし。粟津の六郎団十郎。贋聾にて源吾が悪事を顕す所大評判。二やく景清大詰僧正坊の化身花やか也。二番目さいかやといふ紺屋に高野心中を取組お梅に雄次郎。久米之助に弁蔵。さいかや與治右衛門藤十郎。菊之丞下女奉公人の目見へ、諸芸は勿論縫はりの手業はいふに及ばず夫で給金に望なき珍らしき奉公人。でつち長吉にて実は由利の八郎幸四郎。両人万年草の場大でき。後に高麗蔵梅の由兵衛にて、長吉殺し。五月より十番切を出し始終一座大評判大当り也。」とある。尚、三種類ある役者評判記『役者美開帳』（明和七年三月刊）、『役者龍門滝』（明和七年三月刊）、『役者色艶起』（明和七年六月刊）の挿絵に、『鏡池俤曾我』はそれぞれ図①②③のように描かれる。

更に中村仲蔵の一代記である『秀鶴草子』[4]には「（頭欄）桜田作大入大当り。同七年寅年（三拾五才）。春、俤曾我に初て工藤役釣狐対面大出来大入。」とあり、そこへの書き入れである『劇神僊筆記』には、「十郎こま蔵、五郎八百蔵。釣狐ノ工藤ノ咥へ面落テ　鳥は八声にト唄ニカ、ル所ノ顔ト関ノ戸ノ鉞研、同ジ狂言ニ良実狂乱ニナリテいさゝらはあたし雲居のト唄ニカ、ル所ノ顔、コンナ顔ハ絶テナシ。錦升モ不及。」のように記される。同じく仲蔵の随筆『月雪花寝物語』(5)には、「一、私初役工藤左衛門祐経仕り申候。中村七三郎少長さま御内江御呼被遊、此度初役大出来也、是古来のさけ物也、宜敷は無御座候へ共ほうびに進上致し申候とて、小菊の紙に菊の花を画被成て、／千両のうへをゆくかや当り菊／少長判右の通り被遊被下候。」と、いささか得意気に書かれている。市川純蔵の傀儡師の所作については、役割番付（『劇代集』所収）の浄瑠璃名題に「浄瑠璃　傀儡師髭の門松　大薩摩文太夫　三絃杵屋喜三郎　市川すみ蔵　第一ばんめニ相勤申候」とあり、一筆斎文調描くところの役者絵（図④）及び長唄正本『春宝東人形』（図⑤）もあるが、本書『鏡池俤曾我』には記されていない。同様に、朝比奈の「虫づくしせりふ」（早稲田大学大学院研究室蔵）もあるが、本書には記されない。また本書の内容は、役割番付の小名題一～四のうちの「一　対面釣狐　二　馴初万年草」の部分のみである事が、役人替名よりわかる。

三　役者評判記から見た『鏡池俤曾我』

役者評判記『役者美開帳』『役者龍門滝』『役者色艶起』(6)による歌舞伎『鏡池俤曾我』の役者評判を、本書に描かれる場面に沿って挙げる。尚、『役者美開帳』は（美）、『役者龍門滝』は（龍）、『役者色艶起』は（色）の略号で示す。更にその部分に該当すると思われる役者絵等の資料は、傍証の得られるもののみを挙げた。

（一オ）中村助五郎「二役かぢはら景時もよし〳〵」（美）。

中村伝九郎「頭取曰 此度お家の朝ひな役よし〳〵」（美）、「頭取 当狂言はあさひなにてくはいらいしの出純蔵を人形にしてしよさ．」（龍）。

（一ウ）松本幸四郎「頭取曰 此度栢莚ゆづりのういらう売せりふ．二度めようござる．」（美）、「此度栢莚ゆずりのういらう売せりふ．二度目ようござる．」（色）（図⑥⑦）。

小佐川常世「頭取曰 常世殿は近江の小藤太妹糸ゆふ役よし〳〵」（美）、「常世殿は小藤太が妹しらいとの役」（龍）、「常世さんは小藤太娘糸ゆふの役よし」（色）。

（二オ）松本大七「頭取曰 大七殿はいづの次郎役よし」（美）、「大七殿はいづの次郎の役よし」（色）。

芳沢崎之助「扠春水丈此度あこやにてはご板うりの出よし．」（美）、「頭取曰 此度あこやにてはご板売にて出．源吾が飛脚をころしいしやうを改め．」（龍）。

（二ウ・三オ）坂田藤十郎「頭取曰 此度鬼王新左衛門にて．浪人の形ㇼにてあみ笠うたひをうたひての出端．うさみ三郎に出合見咎られめいわくがらるゝ所よし．次にそがのひんくをみつがん為に．松若が腰の印ン籠を切にかゝり見とがめられ本心を語り忠義故のらうぜきと物がたる故松若鬼王が心をかんじ右の印ン籠と金をもらひ．次に小ざるにゆすられ難義するを．少将に助けられ．」（美）。

中村仲蔵「頭取曰 此度初〆ての工藤役．諸見物受ヶとらせ大慶〳〵 巧者 いかにも是迄の初役の工藤の内にては．是程の出来なし．第一仁躰よく大勇にてようござる．其上出端の見へよく．是は桜田殿の御きてん面白し〳〵是にて口中がよかろう物ならば上は有まいにおしい事かな 頭取 虎少将と髪梳の段よし．夫より鬼王に逢．そがを悪口し團三郎が面へ．鏡にて疵付にくていなる仕内よし．」（美）、「頭取 此度初〆ての工藤役．先ッは諸見ン物ニ受とらせ大慶〳〵 巧者 いかにも是迄の初役の工藤の内にては是程の出来なし．第一仁躰よく大ゆうニてよふござる．其うへ出端の見へよく是は桜田殿の御きてん面白し〳〵是にて口中がよかろうものならばうへは有まいニおしい事かな［頭取］虎少将と髪すきの出端よし．夫レより鬼王ニ逢曾我を悪口し．團三郎が面へ鏡にて疵を付にくていなる仕内よし．」（色）（図⑧）。

中村助五郎「［頭取口（ママ）］此度團三郎にて．兄鬼王の供して出．工藤に逢．そがを悪口せらるゝ故に無念がり．其上鏡にて面テへ疵を付られ．又大ぜいにてうちやくに合．鬼王に仮に勘当受ヶ今様の切手を取て．兄弟へ送らんとする迄．此度はいかふ出来ました．評よく大慶．」（美）。

市川伊達蔵「［頭取曰］うさみの三郎にて都鳥の笛をうばひ．工顕はるゝ迄にくてい〳〵」（美）。

中村松江「［頭取曰］此度大いその虎なれ共．祐経に身受せられ．髪すきの出よし．工藤いろ〳〵くどけ共．祐成に心中立て聞入ず．次に祐成に逢．恨いはるゝ所よし．」（美）、「［頭取］当春狂言は大磯のとらにて祐経にうけ出され祐成にあひ．」（龍）、「［頭取］大磯のとらなれ共祐経に身受せられ．髪すきの出よし．工藤いろ〳〵くどけ共祐成に心中立て聞き入ず．次ニ祐成ニ逢．うらみいはるゝ所よし．」（色）。

嵐ひな治「［頭取曰］此度けはい坂少将にて．丹前の出端よし．次に虎諸共工藤に身受せられ．髪梳きれい〳〵．祐経にくどかるれ共．時宗に心中立て合点せぬ仕内．大てい〳〵」（美）、「けはい坂少将にて丹前の出よし．次ニ虎少将諸共工藤ニ身受せられ髪すききれい〳〵．祐経にくどかるれ共時宗ニ心中立て合点せぬ仕内大てい．」（色）。

（三ウ）中村助五郎「又大ぜいにてうちやくに合．鬼王に仮に勘当受ヶ今様の切手を取て．兄弟へ送らんとする迄．此度はいかふ出来ました．評よく大慶．」（美）、「大勢の者にぶたれ．鬼王に勘当受て今様の切手を取兄弟へ送らんとする迄評よく大慶．」（色）（図⑨⑩）

（四オ）松本幸四郎「本名京の次郎にてそかへ貢の為のやつし姿．近比はとかく実役計致さるれ共．此度二ばんめ悪故・本役実悪の部へ直しました・一躰大場成ル仕内大立者になるべき萌見へたり頼もし〳〵・」（美）、「本名京の次郎にて曾我へ貢の為やつし姿・近比はとかく実役計リ致さるれ共本役の所で評致さふ・一ッ躰大場成ル仕内大立テ物にならるべき萌見へたり頼もし〳〵・」（色）。

（四ウ）市川八百蔵「頭取曰此度奴軍助にて・五立目幕の外にて梅若を連・大ぜいの追手に逢切ぬけ・又次の幕の外にて同しく大ぜいに取巻れ難義の所・鬼王に引合・是を頼ミてかくまひもらひ・小柄を印シに持別る、所よし〳〵・」（美）、「頭取壱ばん目奴軍助の役よし〳〵皆々嬉しがりました・」（色）。

坂田藤十郎「次に工藤に対面ゞし團三郎を勘当し・合羽籠をかづき入る、所よし」（美）、「頭取壱ばん目鬼王新左衛門にて・工藤に対面の所團三郎を勘当して合羽籠かつき入る、時皆々に悪口され・忠義の為ならばといはる、所できました・」（色）。

瀬川吉松「頭取吉松殿は梅若の役」（龍）。

（五オ）松本秀十郎「頭取曰此度ちばの助常たね役よし〳〵」（美）、「ちば之助常種の役よし〳〵」（色）。

市川弁蔵「頭取曰此度松若にて・二の宮に惚れらる、所よし・」（美）、「松若にて二の宮にほれらる、所よし・」（色）。

市川雷蔵「雷蔵殿はあそうの松若の役」（龍）（図⑪）。

（五ウ）中村七三郎「頭取曰扠めづらしく此度は近江の小藤太役・二人の松若かとく定めに上下の出端よし・」（美）、「頭取曰此度はわか〳〵と若手の内へ入ました・近江の小藤太役・松若かとく定めに上下の出端よし・」（色）。

坂田藤十郎「二役入間郡領役二人の松若がかとく定めをはからふまていつとても何を致されてもあしき事なし・」（美）。

中村伝九郎「二役八幡三郎にて松井源吾に一味し・悪の仕内よし・さして評する程の事なし」（美）、「二役八わたの三郎にて松井源五に一味し悪の仕内よし打つゞき芝居はんじやうにて先は珍重〳〵」（色）。
（六オ）市川団十郎「此度俤曾我にお定りの景清．粟津二役．則チ一ばんめは粟津にて二人の松若かとく定め．上下の出端．雷蔵としなへ打の勝負にしなへにて打れ．夫レより聾と成」（美）、「頭取扠当春狂言鏡池俤曾我にあは津六郎左衛門にて．二人の松若詮議の所へ歌右衛門松井の源吾と一トつに出．にせ松若としなへ打にまけ．それより聾になり」（龍）、「此度俤曾我にお定りの景清．粟づ二役．則チ一番ン目は粟津にて二人の松若かとく定め上下の出端．雷蔵としなへ打の勝負にしなへにて打れ夫より聾と成．」（色）。

中村歌右衛門「頭取曰此度松井源五にて．熊坂が一子を松若に仕立．吉田のかとくを継せんとはかり．上下の出端．大場にてよし．次に松若に逢．我名熊坂が手下三条の衛門となのり．吉田の家をつがせんと．いろ〳〵すゝむれ共せういんなき故残念がり．」（美）、「頭取曰松井源五にて熊坂が一子を松若に仕立．吉田のかとくを継せんとはかり．次ニ松若に逢我名熊坂が手下三条の右衛門と名のり．吉田の家をつがせんと．色々すゝむれ共せういんなき故残念がり．」（色）。

中村助五郎「二役かぢはら景時もよし〳〵」（美）、「二ばん目梶原役よし．」（色）。

（六ウ・七オ）市川高麗蔵「頭取曰此度曾我十郎釣狐対面せり出しきれい〳〵夫レより祐経に羽織をもらひ無念に思ふ所朝ひなかの羽織取上見れば裏に狩場の絵図しるし有故に悦び．祐経の心をかんじ立別れ．」（美）、「頭取曾我の十郎にて釣狐対面せり出しきれい〳〵．夫レより祐経に羽織をもらひ無念がらるゝ所．朝比奈が羽織を取上見れば裏に狩場の絵図しるし有故悦び．祐経の心をかんじ立別れ．」（色）。

市川八百蔵「次に時宗にて釣リ狐の役人と成て入込祐経に対面の場よし大詰赤木柄をもらひ立別るゝ迄．今での五郎役よし〳〵．」（美）、「次ニ時宗にて釣狐の役人と成て入込対面の所よし．」（色）（図⑫⑬⑭⑮⑯）。

中村仲蔵「次に釣リ狐の場きれい〳〵．夫レより三つ組之盃を出し．朝ひなが心を引．其上くらま山の杉の木の盃にてのまんとする時のうらんし．僧正坊の祟を受ケて．虎が石にひめ置キし義経の狩衣．祐信がなんぎと成べき品を時宗にうばはれ無念がり．又祐成には我気絶したる内かいほうしたる神ン妙なる心をかんじ．狩場の絵図を書キし羽織をやり［わる口］此羽織の趣向は見物へ落たなれど．是千本桜のかぢ原が陣羽織から出た思ひ付なれど．あれは内や床しきといふ趣向有直に裏に有ては趣意うすし［頭取］何ンでも此度秀鶴丈当り珍重〳〵．夫故ほうび付ました」（美）、「次ニ釣り狐の場きれい〳〵．夫レより三つ組の盃を出し．朝比奈が心を引其うへくらま山の杉の木の盃にて呑んとする時のうらんし．僧正坊のたゝりを受て虎ゲ石にこめ置し義経の狩衣．祐信が難義となるべき品を時宗ニうばはれ無念がり．又祐成には．我気絶したる内かいはうしたるしんべう成心をかんじ羽織をやり［わる口］此羽織の趣向は見物へ落たなれど．是は千本桜の梶原が陣羽織から出た思ひ付なれど．あれは内やゆかしだから趣向有リ直に裏に有ッては趣うすし［頭取］何でも此度は秀鶴丈にての当りと見へたり．珍重〳〵．夫レ故ほうびを付ました．」（色）。

中村伝九郎「次に曾我兄弟の対面の取もち．」（龍）。

（七ウ・八オ）市川団十郎「次に十郎ととらがじやらくらを見て．耳聞へぬ故にあやしみ．敵討と聞て恟りし．さすが三升の仕内かんしん〳〵［老人出］此仕内寛保二戌年．此座にて娘曾我帰陣屋島に．万菊古訥子慶子相手にてせしが．面白い事であつた［頭取曰］次に二人が中の起請を焼し時松井が密事を書キし烏一羽火の上へ落．上成ル衣に文字写る故．あこやがくれし烏羽の歌を書キし短冊の手跡と引合せ．松井が工ミとさとらるゝ所よし〳〵．夫レより主君少将難義の場へ出切腹をとゞめ．松井八幡が悪事をはからん為．聾と成工ミを見顕はし．つよくならるゝ所お家〳〵．」（美）、「あこや景清に似たる故．夫トと思ひいろ〳〵のたはむれ．景清と兄弟なりと名のる所よし．次に十郎ととらのぬれの所へ出．敵打と聞両人へちからを付る所．かたくておかしみあり外にしては有ルまい〳〵．二人の起請を火にくべればからす地に落・かりぎぬへ酒にて文字うつりからす羽の文字にて・松井の源吾がみつしよとしりみぶの小ざるをしばりはいる迄よし・跡にてにせつんぼうなりと松井の源吾があくを見出し・」（龍）、「次に十郎とらがじやらくらを見て耳聞コへぬ故にあやしみ・敵討チと聞て恂りし逌三升の仕内かんしん〱 老人 此仕内は寛保二戌ノ年此座にて・娘曾我帰陣八島に万ン菊古訥子慶子相ィ手にてせしか面白い事て有た 頭取 次ニ三人か中の起請を焼し時松井か密事を書し烏一羽火の上へ落うへなる衣に文字写る故あこやかくれし烏羽の歌を書し短冊の手跡と引合せ松井が工みと悟る丶所よし〱・夫レより主君少将難義の場へ出切ッ腹をとゞめ松井八幡が悪事をはからん為聾と成・工みを顕はしつよくならる丶所お家〱・」（色）。

市川高麗蔵「次にとらに逢恨いはる丶所・有ル格なれどお家のしやれおかしみをくはへての仕内よし・」（美）、「次ニとらに逢恨いはる丶所・有ル格なれど出《（ママ）》家のしやれおかしみくはへての仕内よし・」（色）。

中村歌右衛門「次にうさみ三郎八幡三郎としめし合せし工顕はれ・あはづに切かけらる丶時・いんこの松にて姿を隠し逃さり・夫レより少将を殺さる丶所にくてい〱・悪のつよいに憎まれてかはいがらる丶は敵のつね・当時真ンの悪と申は此人〱」（美）、「次ニうさみ八わたとしめし合せたくみ顕はれあはづに切かけらる丶時・いんこのたいまつにて姿を隠し逃さり・夫レより少将を殺さる丶所にくてい〱・悪のつよいに憎まれてかはいからる丶は敵のつね・当時真ンの悪と申は此人〱」（色）。

芳沢崎之助「次にあはづ六郎を夫景清と思ひ・身の上をあかし聾としらぬ故あやしみ・よく〱聞ば夫トにあらず景清とは兄弟あはづ六郎故身の上をかたり・烏羽の歌を書し短冊を渡しわかる丶迄やはらかに能せられまする わる口 いかに兄弟にたればとて・我夫トを見ちがへるといふは飛だ茶がま ひいき どうりでや官とはげた何もしらずばすつこんでけつかれ・既に唐土にも兄弟の似たるを・我夫トと見ちがへたると云例が有そふな 頭取 いかにも古事

がございます．あの様な論語よまずの論語しらずにはおかまひなされな．」（美）、「北条よりの使に成ﾘ入りこみあはづの六郎を景清と思ひ．てのぬれ事よし．」（龍）、「扠春水丈あこやにてあはづ六郎を夫景清と思ひ身の上をあかし．つんぼとしらずあやしみよく〳〵聞て夫にあらず．景清とは兄弟あはづ六郎故身の上をかたり．烏羽の歌を書し短冊を渡し．別る丶迄やはらかによふせられまする わる口 いかに兄弟にたれば迚我夫を見ちがへるといふは飛だ茶がま ひいき どうりでしやく《ママ》はんとばけた何もしらずばすつこんでりつかれ既に唐土にも．兄弟の似たるを其妻．我夫と二度迄見ちがへたると云例も有そふな． 頭取 いかにも古事がございます．あの様な論語よまず論語知らずにはおかまいなされな．」（色）。

中村松江「次にあこやと女同士夫婦の約束して．」（美）、「ぬれの所へあはづ六郎に見とがめられ．敵うちなりとだまし．きしやうをやきからす羽の文字をあらはし次にあこやに女同士ぬれをしかけ．くはいらいしの箱より友若を出し．」（龍）。

（八ウ）芳沢崎之助「夫ﾚより女景清大仏くやうのやつし迄．始終さしたる事はなけれ共よいぞ〳〵」（美）、「次にはご板の絵を平家の一門なりとてのうれい．くはいらいしの箱より知盛のきんだち友若を出し．いづの次郎とあらそひ長刀にて女房を相手にてのたて．めづらしく見事．大仏供養の見へにてとらに見とがめられしゆりけんを打ｯまく出来ました．」（龍）。

中村松江「あこやと見顕はし．大仏くやうのやつし迄大てい〳〵」（美）、「景清が女房と見あらはしのまく．二ばんめ迄出来ました．ずいぶんせいを出し給へ．今がかんじんの所とぞんじます」（龍）、「次ニあこやと見顕はし大仏くやうのやく迄大てい．」（色）。

（九オ）市川団十郎「大詰僧正坊の化身迄よし．」（美）、「大切の僧正坊迄大でき〳〵」（龍）、「大詰僧正坊の化身迄よし．」（色）（図⑰）。

中村伝九郎「敵役の仕打大切の草ずり引迄できました．」（龍）。

（九ウ・十オ）市川高麗蔵「二ばんめ由兵へ役．さしたる事なけれ共かるうてよし．今此様なやはらかみ仕手なし一流〳〵．」（美）。

松本幸四郎「第二ばんでつち長吉の役．路考丈との出合．万年草の場よし〳〵」（美）。

瀬川菊之丞「此度俤そがに二ばんめよりの出勤．下女奉公人の姿にての出端よし．さいかやへ奉公にすまる、所．路考丈目見へにて口入をして．何かの取持次に自分ン書きたる物を出せば与次右衛門見て．是は平家のすけの局の手風じやといはれ恂りし【ぐどん者】わしは是故すけの局じやと思ひました【ひいき】うぬが様な者をば里といふ【頭取曰】ヤレおかまひあられな．次にお梅久米之助が恋を取持る、所よし．次に幸四郎と万年草の場よし〳〵．夫レより時宗に逢．友切丸のありかをおしへ入る、迄．いまださしたる仕内なし．」（美）、「扨当春狂言にやりてのおせんにて出．でつちの長吉といもとの行衛をあんし万年ン草となぞらへし．名をたらいの水へ入ひらくゆへよろこび．次にしやく銭こひの云ィわけ詰マり．あかるくは云わけならずと火をけしてにけ．五郎が入し戸だなへ入出てのぬれ．友切丸の行衛を五郎にしらせ男作になれとす、めて．五郎が跡したひ行迄出来ました．次に十郎梶原がゐしやうにて．とらが客のていを取もち．かねのかはりにゐしやうをはがれ．梶原が羽織着てはづかしがる仕打出来ました【ひいき】あんなうつくしいやり手が有ッたら女郎はめいわくで有ふ」（龍）、「俤曾我に二ばん目より御出勤下女奉公人ンの姿にての出端よし．さいかやへ奉公に住る、所錦考丈目見へにて口入をして．何かの取持に自分ンの書ィたる物を出せば．平家のすけの局の手風じやといはれ恂りし【ぐどん者】わしはこれをすけの局じやと思ひました【ひいき】うぬが様な者をば里といふ【頭取】やれおかまひあられな．次にお梅久米之助が恋を取持タる、所よし．次ニ幸四郎殿と万年草の所よし．次ニ着物をはがれ羽織を着て恥しがる思ひ入よし．」（色）。

瀬川雄次郎「頭取二ばん目お梅にて弁殿と濡かはいらしい物」（美）、「頭取二ばん目お梅にて弁さんとのぬれかはゆらしい」（色）。

市川弁蔵「誠はつね若なれ共．久米之介と名をかへさいかやへ来り．お梅とのぬれ事ひいききれいな物でござりやんす．宗旨かへたもむりならず」（美）、「頭取吉田の松若二ばんめ久米之助にはやとの介いづれも出来ました」（龍）、「誠は経若なれども久米助と名をかへさいかやへ来り．お梅とのぬれ事きれい〳〵．」（色）。

（十ウ）市川八百蔵「二ばんめ軍助にて小柄をしやうこに．さいかやへ尋来り．梅若に逢昔語リに落涙し．さしたる事なけれ共皆嬉しがります．」（美）、「二ばん目又軍助にて小柄を証拠にさいかやへ尋来り．梅若丸に逢昔語りに落涙の所よし．」（色）（図⑱）。

坂田藤十郎「二ばんめさいかやの段迄よし」（美）、「二ばん目さいかやの段もよし．」（色）。

松本幸四郎「誠は熊坂が一子ゆりの八郎と名のり由兵へに殺さる丶迄よし．」（色）。

尚、本書『鏡池俤曾我』には記載されていない部分であるが、『歌舞妓年代記』に「五月より十番切を出し始終一座大評判大当り也」とある部分（図⑲⑳）、『歌舞伎年表』に「春、中村座、……二番目大詰。はねわなの彌蔵実ハ景清（団十郎）」とあり、役者評判記『役者龍門滝』に「頭取曰扨此度の二番目景清にて．三途川のうばにて往来をはぎ取仕打大出来〳〵．次に親方の女房と門にて．しうげんのおかしみよし．次に悪七兵衛が絵姿出しにたるゆへ小五郎兵衛しばられほうびの金をもうけさしよと云れしばられてやりませふとせりふのつよさ外にしては有ルまいほんの景清はあ丶で有ふと思わる丶誠に名人は此人〳〵大切の道成寺迄申ぶんはあるまい〳〵打つゞいてのはんじやう大入中村座のかねばこ〳〵」、『役者色艶起』に「追加　三月十八日より二番目鐘入の端出則景清役出来ました．」とある部分（図㉑㉒㉗）、『役者龍門滝』に「芳沢崎之介……二ばんめ二やく由兵衛女房にて間ちがひにて．長吉と枕をかはしじがいの所よし．次にあこやにてほうどう丸をうしなひ．小六兵衛としうげんし景清にあひ．後に娘人丸が死れう付ｷまつりのいしやうにてしよさまで……」とある部分（図㉓）、『歌舞伎年表』に「三番目。……山田ノ三郎女房らん菊実ハ三原野ノ女狐（菊之丞）」とあり、『役者色艶起』に「三ばん目狐の所仲蔵殿相ィ手に出来ました〳〵．夫より御出勤なし」とある部分（図㉔）、『歌舞伎年表』に、「三番目。……渡シ守都鳥沖右衛門実ハ京ノ次郎（幸四郎）」と記される箇所に該当する資料もある（図㉕）。また、三番目の辻番付も参考までに挙げておく（図㉖）。

注

（1）『絵本と浮世絵』所収「京伝と絵画」（昭和五十四年刊・一九七九・美術出版社）

（2）昭和十年刊・一九三五・大岡山書店。後に『水谷不倒著作集』第五巻（昭和四十八年刊・一九七三・中央公論社）に再録。

（3）「役者似顔絵と黄表紙」（岩田秀行・『芝居おもちゃ絵の華麗な世界』所収・平成七年刊・一九九五・たばこと塩の博物館）

（4）国立国会図書館蔵。『『秀鶴草子』――附「劇神僊筆記」――』（鹿倉秀典・『関東短期大学紀要　第三十五集』平成二年十二月刊・一九九〇）も参照した。

（5）『日本庶民生活史料集成　十五巻』（昭和四十六年刊・一九七一・三一書房）所収

（6）全て『歌舞伎評判記集成　第二期　第九巻』（役者評判記研究会・平成二年刊・一九九〇・岩波書店）を参照した。

（図版リスト）

①『役者美開帳』。早稲田大学演劇博物館蔵。ロ一一―一二四〇―二。

②『役者龍門滝』。慶應義塾図書館蔵。
③『役者色艶起』。抱谷文庫蔵。
④早稲田大学演劇博物館蔵。図録番号86。
⑤『歌舞伎図説』（昭和六年刊・一九三一・万葉閣）三七三より転載。
⑥早稲田大学演劇博物館蔵。図録番号25。
⑦『せりふ正本集』。早稲田大学演劇博物館蔵。ロ六ー八一。
⑧早稲田大学演劇博物館蔵。図録番号23。
⑨Courtesy of prof. Dr. Gerhard Pulveror, Germany.
⑩平木浮世絵財団リッカー美術館蔵。
⑪早稲田大学演劇博物館蔵。図録番号90
⑫早稲田大学演劇博物館蔵。図録番号22
⑬「一筆斎文調版画作品目録」第29図（『浮世絵聚花　第14巻』昭和五十六年刊・一九八一・小学館）より転載。
⑭東京国立博物館蔵。Ｂ二四一。
⑮『釣狐春乱菊』。早稲田大学演劇博物館蔵。ト一三ー七二。
⑯『芝居絵に歌舞伎を見る』（ホノルル美術館所蔵ジェイムズ・Ａ・ミッチナーコレクション　平成二年刊・麻布美術工芸館）図70より転載。
⑰『名作浮世絵二百年展　故郷にもどったチコチン・コレクション』（昭和五十三年刊・一九七八・朝日新聞社）図47より転載。
⑱『浮世絵大成　第五巻』（昭和六年刊・一九三一・東方書院）第一二二図より転載。
⑲ⓒ Copyright The British Museum.
⑳東京国立博物館蔵。Ｂ一三九九。
㉑『団十郎と江戸歌舞伎展』（昭和六十年刊・一九八五・読売新聞社）より転載。

㉒『山桜姿鐘入　上』。早稲田大学演劇博物館蔵。イ一一―一二―二―一五C。
㉓『山桜姿鐘入　下』。早稲田大学演劇博物館蔵。イ一一―一二―二―一五C。
㉔早稲田大学演劇博物館蔵。図録番号24。
㉕東京国立博物館蔵。B二六七。
㉖早稲田大学演劇博物館蔵。イ一三―二八二―二。
㉗早稲田大学演劇博物館蔵。イ一三―二八二―三―四五。

尚、早稲田大学演劇博物館の図録番号とは、『一筆斎文調』（早稲田大学演劇博物館編）の中のものを指す。

図①

図④

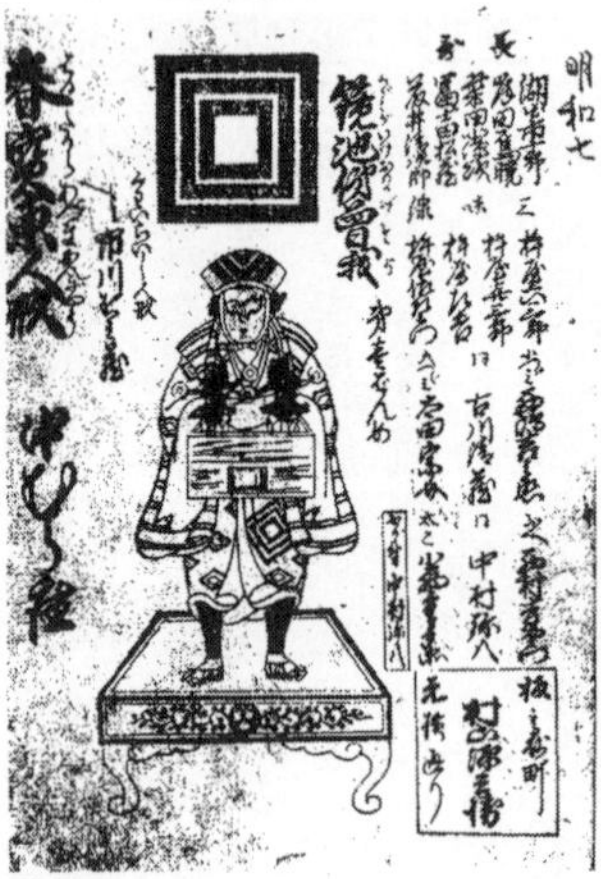

図⑤

図②

図③

図⑥

図⑦

図⑧

図⑨

図⑩

図⑪

図⑫

図⑬

図⑭

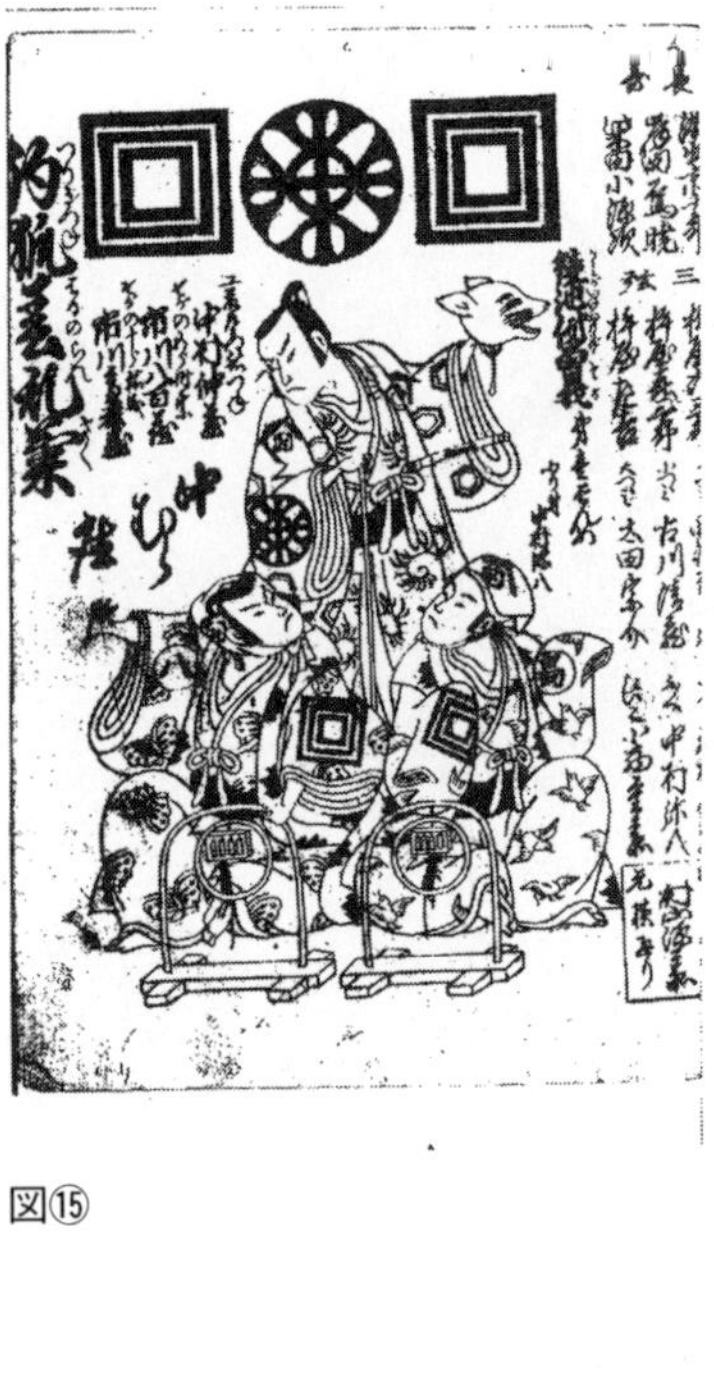

図⑮

図⑯

図⑳

図⑲

図⑰

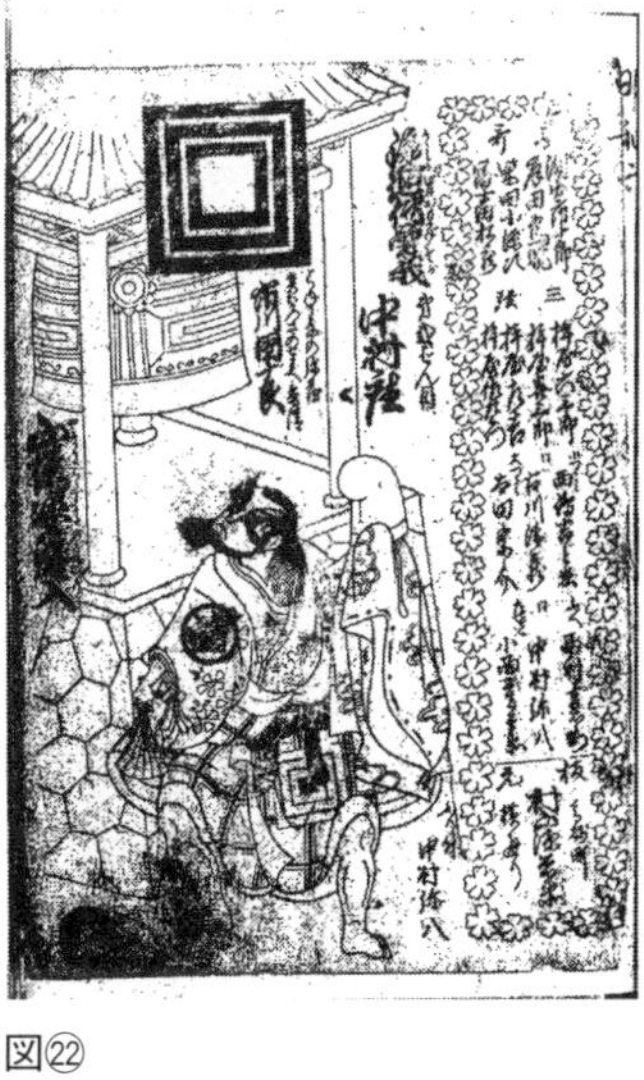

図㉒

図㉑

図⑱

図㉓

図㉔

図㉕

図㉖

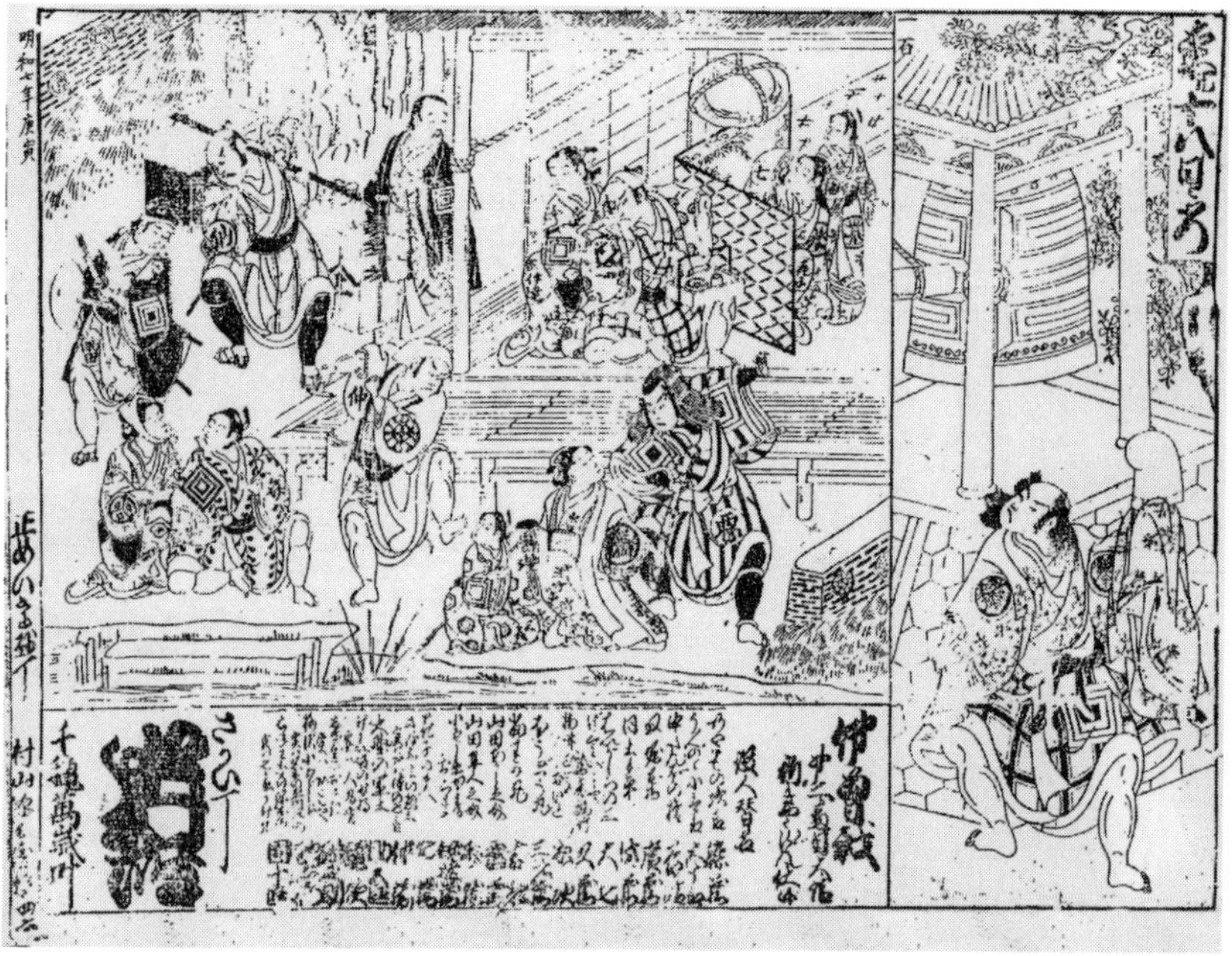

図㉗

四　『鏡池俤曾我』写真版と翻刻

凡　例

一、翻刻は紙面の許す限り、原本の文字遣い・文字の位置・表記記号を忠実に再現した。翻刻は次に示す原則により行なった。

(1)文中における「ミ・ハ・ニ・ワ」及び「ゟ」「ヿ」は、それぞれ「み・は・に・わ」、「より」「こと」と平仮名で表記する。

(2)異体字・旧字体は、現行標準字体が明らかなものは標準字体に直して表記し、特殊なものは原本に忠実に表記する。

二、翻刻不能の箇所は、○○で示した。

三、誤字及び脱字は、校訂者の判断によって（　）で補った。

上巻表紙

1丁表

中村勘三郎座
春狂言画尽
鏡《かゞみ》池《かいけ》俤《おもかげ》曽《そ》我《が》　上

かちはち　あさひなやぼめ〱
平三
かけとき
中村
介五郎

かぢはら
源太
かすけへ
宮崎八蔵
あさひな
中村伝九郎

よりともてうふく
のわら人きやうを
あさひなに見付
られせひなく
みつ書をあさ
ひなにわたし
此所をわかれ
んといふ

そんなら
此ばはさ
たなしに
してやる
べ

2丁表　　1丁裏

たい
らこ
の平
馬之丞
しの
つか浦右衛門
しんひの一くわん
をしのびのものに
ぬすませあいつの
ふゐをういらう売に
ひろはれこれをもつてういらう売かのあい
つむふけはしのひのもの出しかば一くわんの箱を手に入る

ういらう売とらや清兵へ
本名京の次郎
松本幸四郎
いとゆふ此所へ来り人々に見とかめられ
にせひやう
きといつ
はりしを
ういらう
うりにた
すけられ
よろこび

相州
小田原ういらう

立のく
いとゆふ
小佐川つねよ
ういらう
のせりふ
大出来〳〵

いづの二郎
松本大七
かぢはらと一味して
あくじをたくむ
わが恋はからすばに
かくことのはのうつさぬまでは
しる人もなし
さてはあのからすのはねには
まつゐがたくみをかき付たるか
はてざんねんな

大藤内
中嶋国四郎
あさひながもち出たるくわい
らいしの箱へかくしたるほう
どう丸をうばいかぢはらへわたさんといふ

あこや　芳沢崎〇〇
よりともをねらはんとはご
いたうりとやつしかま
くらへ来りしか
からすをぢさん
したるはやひきやくに
行あいしを
くせものと
さとりとりかごを
うばいとらんとしてあや
まつてからすをにがし
あとにのこりしたんざく
を見れは松井の
源吾がたくみのてだてとしりからす
ばのふみをうしないしとくやむ

3丁表　　2丁裏

くとう左衛門すけつね　中村仲蔵
大いそのとら
中村松江

祐つねは
ふじの
みかりの
御やくうけ
給りかりば
をたてんと
くらまさんの
杉をきら
せければ
たちまち
ひやうきと
なりべつしやう
にて
とらせう〳〵
をよびよせ
ほやう
する

みやことり
とびかふ

うさみの
二郎
市川伊達蔵

よしだのいへのてうほうみやことり
の名てきをぬすみとりていえを
をうりやうせんとはかりしをみやこ
どりのとぶをみて介つねさとり
しゆへきづかふ

とら思はず
すけつねに
うけ出され
しがさま〳〵
くとかれても

介なりへ心中
を立て祐つね
にしたかはず

団三郎
中村
介五郎

せう〳〵
あらし
ひな治
介すねがそが
をあつこうする
をむねんがる

居たりしが
おにわう団三郎
にあいわざとしら
ぬかほにてゐる

くどうがやかたへ下
部となり入来り
しが人々あくとう(三)
せられむねんがり
介つねにたいめんし
てさま〳〵介つねを
うらみければかゞ
みをもつておもて
を打くだかれ
むねんかる

鬼王新左衛門
坂田藤十郎

そがの介のぶが
名代として
年始に来
介つねにさみ
せられし
むねんを
こらへる

4丁表　　3丁裏

大出来〱
べらほうめ
太刀の
目くぎ
のつゝく
たけ
切〱きり
さけるぞ

坂東
善治

団三郎
中村介五郎

団三郎とつた〱
中村此(蔵)

くとうをうら
みしゆへうさ
みの三郎その
ほかけらいに
てうちやくされ
しにうさみがくわい中より落
したる合(今)やうの
きつてふだをひろいて
よろこびそかきやうだい
にわたし今やうの役
人に仕立介つねにたい
めんさせんと
うらみちを切ぬける

かちはら平次かけたか　大谷広蔵
神ぎの一くわんをぬすみとらせ
あいつのふへを　ふきければ
折よしと
京の二郎
かの箱の内へ
しのびの
ものが
くびを入置
目とをりへさし出しむりに五十
両のほうび金をとりて
そがをみつがんと
よろこび
一くわんを
もち立かへる

さむらいとも京の二郎をやるなやい

京の次郎
松本
幸四郎
べらぼうめら
これをうぬらが
手にわたして
つまるものかおれ(が)
ぽつぽへをさ
めるがいゝぶんは
あるまい

5丁表　　4丁裏

鬼王 坂田藤十郎
介つねがやかたへ団三郎
をのこしそが兄弟
を手ひきさせんと
みづからかつは箱を
かつきかへる折ふし
大わらはになり
たる下部のわか
きみをかくまい
くれよとたの
むゆへぜひなくかつは
箱へかくし
名をあかさず小づか
を下部にわたし
わかれる

梅わか丸 瀬川吉松
やつこぐん介
市川八百蔵
梅わかをつれたち
のく道にておつて
にあい鬼王を見
かけかくまい
くれよ　たのむ

うす
きの三郎
中村
友十郎

まつわか丸 市川雷蔵
よし田のかとくさうぞくに
つき今日よりいへ公御ぜん
に二人のまつわかを
めし出し
さうほうたい
けつにおよふ
に一人のまつ
わか丸は
とし十六さいに
てくらまさんより
まつゐの
源五が
つれ来る

まつわか丸
市川弁蔵
一人のまつわか
はとし
十八歳
にして
はこね山
よりあはづ
の六郎かつれ
来る二人共
よりいへの御
めとをりへ
あいつめる

ちばの
介つねたね
松本
秀十郎

5丁裏

八わたの三郎
中むら
伝九郎

入間の
ぐん
りやう
坂田
藤十郎

松井の源五と
心をあわせ十六歳
のにせまつわかにかとく
をつかせんとほう
けんをちさんする
近江の小藤太
中村七三郎
あわづの六郎が
つれ来る十八さい
のまつわかこそま
ことのまつわかと
さうほうあらそふ

入間のぐんりやう
さうほうたいけつ
をたゞしいへさうぞく申つけんといふ

下巻表紙

6丁表

中村勘三郎座

春狂言画尽

鏡池俤曽我《かゞみかいけおもかげそが》　下

松井の源吾中村歌右衛門
十八さいのまつ
わかこそにせ
ものなれあれ
はよしつねのわ
すれがたみつね
わかならん

かぢ
はら平三
中村
介五郎

よしだのかとくさうそくの事二人のまつわかにて
わけがたければ二人のまつわかしなへうちの
せうぶにていへさうぞくさせんとたち合
けれは十八歳のまつわかさん／＼にう
ちまけしかばあわづの六郎と十六歳
のまつわか又々たち合しにうしろより
あわづをつきたをしければあわづ
したゝかうたれ
いよ／＼十六
さいの松
わかにか
とくを
つがせんといふ

粟津
の六郎
市川
団十郎

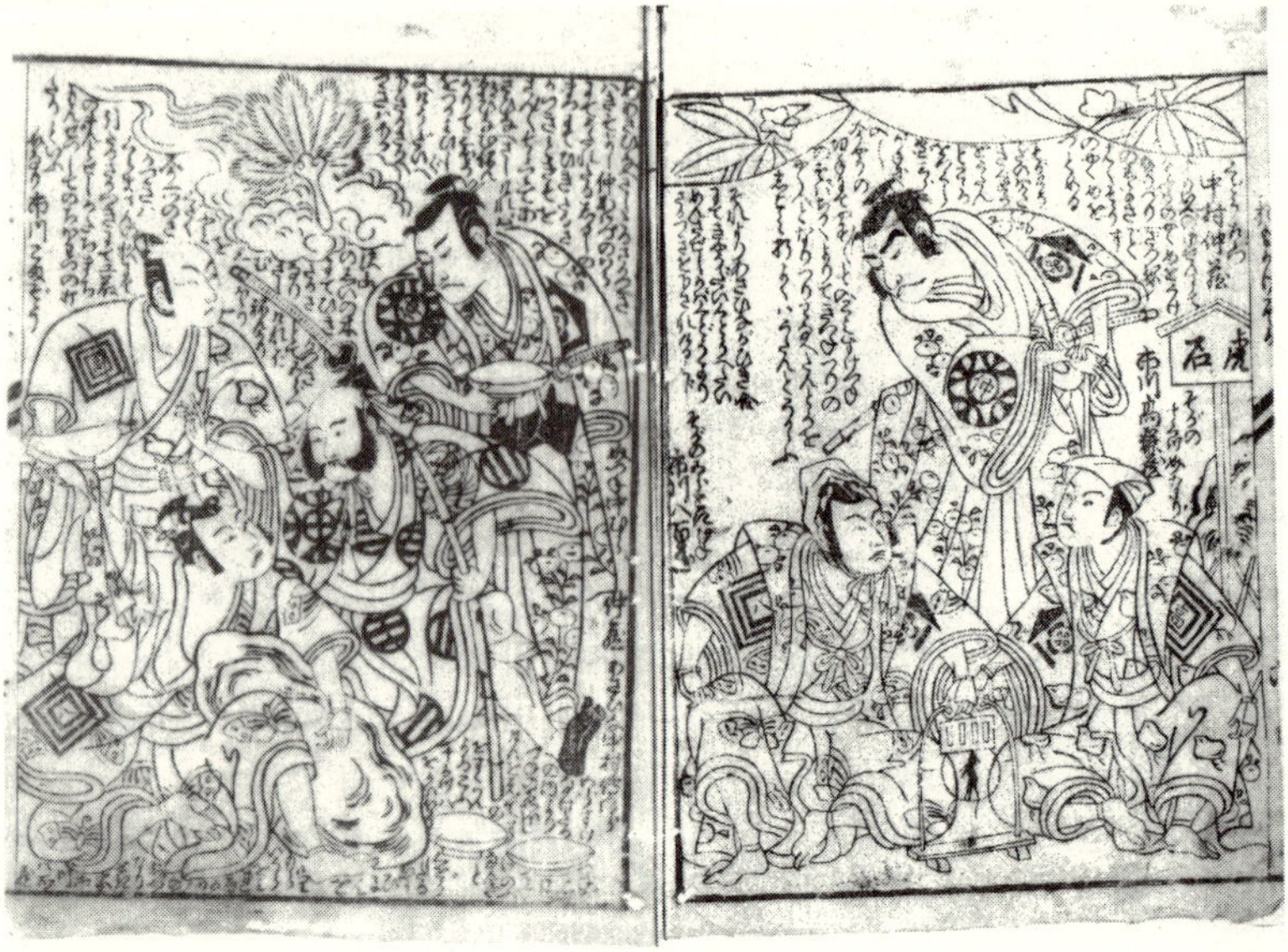

7丁表　　6丁裏

くどう左衛門
中村仲蔵
よりいへの御せんにて今やうのやくめをうけ
給りつりぎつねのしよさごと
はくそうすのやくめをつとめる

そがけうだいはかたきくどうをうたん
とこゝろをつくし団三郎が手に入し
今やうの切手にてやす〳〵と入こみすけつね
のそばちかくよりてきつねつりの
やく人となりつりわなへたんとうを
しこみ折よくはうたんとうかゝふ

石虎
そがの十郎介なり
市川高麗蔵

それよりあさひながひき合
にてきやうだいくどうへたい
めんさせしかばくどうより
さかつきを下されけるはじ　介つね　中村仲蔵　あさひな　中村伝九郎
めあさひなへさしたるさかつき
はきそよし仲あはづのはら
にてりたれたるしるし
まつにてひきたるさかづきときそを
さん〳〵そしりてあさひなへさしければ
朝ひなむねんがりて三ほう
をつかみひしぐ又けうだいへ
下さるさかつきはあか　沢山のしいの木
にてひきたるさかづき
なりとて五郎へさしければ
むねんかり三ほうをふみくだく
今一つのさかつきはくらまさんの杉にて
引たるさかつきにて工藤のまんとせしかたちまち
もんぜつしてのちかわづの打たりといふ
介なり　市川こまぞう

そがの五郎ときむね
市川八百蔵
五郎すけつねが
なげたる石
の内よりよし
つねのゐほしてう
けんをえてすけのぶ
のなんきをすくはんと
よろこふ
十郎はくどう
をかいほうしたる
ほうびにはをり
もらいうら
をみればかりば
のゐづなり
とき宗
市川八百蔵

8丁表　　　　　　　　　　　　7丁裏

とら　中村まつえ
あこやをせんぎせんとわざとあこやにれん
ほしかけきせうをみな〳〵火のうちへ
入ければふしぎやからすとび来て衣へ
をちけるを見ればさきににげたるまつゐが
みつしよをかきたるからすゆへ
衣へもんじあり〳〵とうつる

あはつ六郎
　市川団十郎
しなへ打にてみゝをうたれつんぼになり
たるといつわりゐる
あこやにしみ〳〵しきことばを
かけられまことはかげきよがをとゝなりと
ほんしんをあかし此よしをみて
松井の源五がたくみをしりてよろこぶ

これは松井が手せきにち　あこや
がいない　よし沢
崎之介
あこやは
あわつを
をつとかげきよと
おもいなれ〳〵しくして
よく〳〵みれは人ちがいなり
ときのどくかる

松井の源吾　中村歌右衛門
あわつの六郎にせつんぼにてまつゐ八わたが
あくじをきゝとり十六歳
のまつわかはくまさかがせがれと
さとりつめばらきらせくひうつ
て来り十八さいまつわか
がせつふくをとゞめあく人どもを
うたんといふ
松井はくまさかよりつた
わりしいんこのたいまつ
をとぼしてわが
身をかくせは
人々ふしき
をなし
たつぬれとも見へず

よしだのせう〳〵
市川こま蔵
ついに松井にころ
され給ふ

まつかわ丸
市川弁蔵
此所を立のきて
寺小性くかの介となる

あわづの六郎
市川団十郎

9丁表　　8丁裏

大いそのとら
中村松江
はご板うりの女はあこやと
しりまくのうちよりこへを
かけあさまるのたんとう
をしゆりけんにうち
てあたへたすけ
かへす

あこや
芳沢崎之介

よりとも公
をねら
はん(と)かま
くらへいり
こみしか
どもてだ
てなく一まづ
立さり
時せつをまたんし(と)
いふ

くとう左衛門
中村仲蔵
五月下じゆんに
ふじのかりば
にてうた
れんといふ

くらよ山
のさりしやう
ぼう
市川団十郎
そがよしだ
の行すへまもら
んゆめ〳〵うた
かふこと
なかれ

これより第二ばんめ　はじまり

あさいな
中村伝九郎
かたきうち
のやくそくして
あかぎのつかを
ときむねに
もらはせて
此ばをわかる、

そがの五郎
市川八百蔵

10丁表　　9丁裏

むめの由兵へ
本名そがの十郎
さいかや　市川こま蔵
二人が恋を
とりもつ

鬼王
新左衛左門そがを
みつぎのためこん
やせうばいをして
さいかや左二右衛門となのる
柳しま善右衛門
市川伊達蔵
左二右衛門に百五十両のかねをかしたる
さいそくに来りかねのかわりにむすめ
おむめをつれ行んといふ

さいかやおむめ
瀬川雄二郎
久米之介に
ほれて
くどく

久米之介
市川弁蔵
さいかやでつち長吉
本名ゆりの八郎
松本幸四郎
おやくまさか
があたをむく
はんと身を
やつしとたう
をそろへん
といふ

そがの五郎
市川八百蔵
鬼王にかくまはれ此所にしのひ
ゐてしらゆふにれんほしかけられる
長吉もまんねんさうになぞらへみる
にみな〱しづみて弟のうたれたるとさとる
しらゆふはさいかやの下女ほうこう
に来りへいけの一もんならびにちゝ
かげきよの身の上をしらんとたらいにあいをくみて
ふみをまんねんさうになぞらへてみればこと〱く
うかみしゆへよろこぶ

おせん本名
かげきよむすめ
しらゆふ
瀬川菊之丞

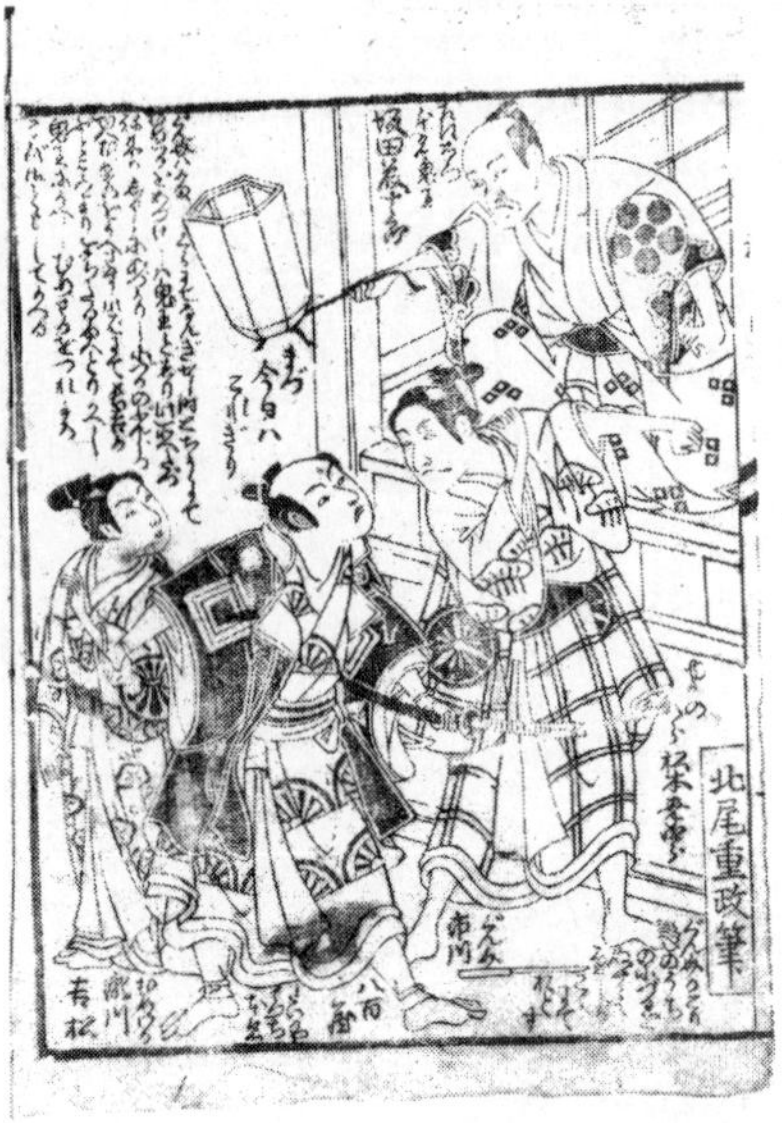

10丁裏

左次右衛門
本名鬼王
坂田藤十郎

まづ今日は
これぎり

ぐん介はかまくらにてなんぎせし時とちうにて
むめわかをあづけしは鬼王としり此所へたづ
ね来りしるしにあづかりし小づかのぶんじつ（ママ）
ゆへむめ若をかへさす此ばにて長吉か
ふところよりをちたるゆへとりかへし
鬼王にかへしむめわかをつれよろ
こび御ともしてかへる

北尾重政筆

ゆりの
八郎　松本幸四郎

ぐん介かこりのうち
のこづかを
ぬすみ置しが
こゝにて
おとす

ぐん介
市川
八百蔵

さいかやてつち
本名
むめわか
瀬川
吉松

第二節　黎明期の役者似顔絵黄表紙

一　黒本・青本における似顔絵

草双紙は江戸時代中期以降の庶民に最も身近な文芸であり、当時の嗜好や風俗までをも知る資料として高い価値を持つ。加えて浮世絵とは同じ地本問屋・絵草紙屋で売られており[1]、深い影響関係を持ちあった。草双紙に当時の娯楽の中心であった浄瑠璃・歌舞伎が投影されるのは、当然のことであるが、役者似顔絵が用いられだした時期については諸説ある。

現在では否定されているものの、山東京山の『蛛の糸巻』に、役者似顔絵の用いられた嚆矢とされているのは、文化四年（一八〇七）刊の『お六櫛木曾仇討』である。文化四・五年とは、合巻形態の安定してきた時期であり、この時に似顔使用が顕著になってきたとの指摘が、鈴木重三氏によってなされている[2]。ところで『国字小説通』（木村黙翁・嘉永二年序・一八四九）の「読本繡像之精粗」にある記述に基づき、向井信夫氏は、文化元年（一八〇四）刊の読本『絵本敵討待山話』（談州楼焉馬作・歌川豊国画）で登場人物のほとんどが役者似顔になっているとの指摘をしている[3]。加えて『国字小説通』には、「草双紙画之精粗」として次の如くいう。黒本・青本期の草双紙の絵は「至つて麁なる物」であったが、安永・天明に至って、鳥居清長・北尾重政によって細かな絵が描かれるようになった。しかし、文化期に歌川豊国が役者似顔を描くようになってから、登場人物もかなり写実性を帯びるようになった。但し芝居絵本に限っては、以前の方が絵も精しく、天明期の江戸では役者似顔の芝居絵本もあった、と。坪内逍遙は『芝居絵と豊国及び其門下』(4)で、黒本・青本については、「正当に謂ふ似顔画ではなく」としている。

しかしながら黒本・青本は、刊年の判明している上限の延享元年（一七四四）刊『丹波爺打栗』から、安永三年（一七七四）まで、或いは安永四年以降も内容的には青本に該当するものもあるので、実に三十年以上にもわたって刊行されていたことになり、内容的にも絵の描法にも、多少の変化は認められる。

明和年間は一筆斎文調・勝川春章によって役者似顔の錦絵が大量に流布した時代であった。ほぼ時を同じくして、黒本・青本としては後期の作品に、一部の特徴的顔立ちの役者については、類型的ではありつつも似顔らしき描かれ方をするものがあることは、既に述べたことがある。(5)

初代嵐音八は、享保十七年（一七三二）に江戸下りしてから没年の明和六年（一七六九）までの三十七年間、道外方の名手であった。役者似顔絵は彼を描くことから始まったとする説すらある。『寸錦雑綴』（森羅亭主人の序・文化文政頃）・『寛天見聞記』（著者未詳・天保年間か）共に、音八が雁金五人男で布袋市右衛門を演じた時に、勝川春章が壷印を押して似顔絵を出版したのが役者似顔絵の始まりとしている。音八が布袋市右衛門を演じたのは、明和五年（一七六八）四月江戸中村座上演歌舞伎『操歌舞妓扇』の浄瑠璃寄せ物の中の「男作五ツ雁金」である。これらの説は現在疑問視されているが(6)、いかに初代音八の似顔が浸透し愛好されたかを示してもいる。

鳥居清経画『[せいすいき]』（柱刻より）は、浄瑠璃『ひらがな盛衰記』のダイジェスト草双紙であり、明和元年（一七六四）五月市村座上演の同題歌舞伎での役者を、紋を衣裳につける等で暗示している。この時家主八兵衛と辻法印を演じた音八は、衣裳に替紋のくくり猿模様があるのみでなく、下がり眉で目尻が下がり、額が出て髭を生やした顔に描かれている。『［せいすいき］』は、明和元年より程経ずしての刊行と思われる。黒本『初春万歳寿《はつはるまんざいのことぶき》』（明和元年刊、奥村板、富川房信画）でも、くくり猿模様の衣裳を着た阿房銀介は、音八が経営していた鹿の子餅のことを話す。この音八を写した銀介は、前述した特徴のより明確な顔で描かれている（第二章第三節参照）。こうした顔を道外役のパターン化した描かれ方と見なすこともできるが、くくり猿模様も共にあり、文調や春章の役者絵とも高い類似性を持つことから、黒本の中で似顔を試みた例と捉えてもよいと思われる。

その他にも、二代目坂東彦三郎の似顔と判断される青本『佐野本領玉戀聟』（宝暦十年刊か、鱗形屋板、鳥居清満画）などもある（第二章第三節参照）。つまり宝暦後期～明和期黒本・青本での似顔絵は、ごく一部の人物にのみ、道外方や若衆方のやや類型化された表現の枠を持ちつつも、行われていたと言えよう。

安永五年（一七七六）刊の青本『菅原伝授手習鑑』（鳥居清経画・村田屋板）[7]は、『国書総目録』には黄表紙に分類され、渥美清太郎氏には、歌舞伎小説とか「番附と云った方がいい[8]」作品とされている。登場人物に役者名が書き入れられてはいず、その多くが似顔で表されている。役者紋等が着物の模様のようにして描きこまれている人物もいる。あらすじは、概ね安永三年（一七七四）中村座上演歌舞伎『仮名手本手習鑑』に依ると思われるが、似顔等で推定した役者は、『仮名手本手習鑑』上演時の役者と異なる場合もある。

役者写しの行われている登場人物は、表Aの通りである。尚、役者紋・替紋・合印が衣裳につけられている場合は、『三芝居連名』（安永五年正月刊・一七七六）による照合を行った。それらの補助資料や文中表現により推定したものはそれを記し、似顔絵を推定資料にしたものは該当箇所に丸をつけた。

〈表A〉

役名	役者名（代数）	補助資料	似顔絵
春藤玄番	3大谷広右衛門か	紋	
判官代輝国	3大谷広衣	紋	○
桜丸	2市川門之助か		○
御台	3瀬川菊之丞か	合印	
武部源蔵	3大谷広次	文	○
菅丞相	2嵐三五郎（9ウ）	文	○
	2中村七三郎		○
	3市川海老蔵（21オ）		○
梅王	4坂東又太郎		○
宿禰太郎	2中村助五郎	替紋	○
土師兵衛	2中嶋三甫右衛門	紋	○
藤原時平	2中嶋三甫右衛門		○
白太夫	1大谷友右衛門	紋	○
松王	1中村仲蔵	文	○

補助資料なしに似顔のみによって推定した役者の中で

図①　『菅原伝授手習鑑』20ウ・21オ

も、特に二代目中村七三郎と三代目市川海老蔵（四代目団十郎）（図①）・四代目坂東又太郎・二代目中嶋三甫右衛門（図②）は特徴ある顔立ちに描かれている。また、初代中村仲蔵は「仲蔵は松王そうた」との記述がなくても、面長でつり上がった目、口をへの字なりに曲げて鼻筋の通った、似顔判別のしやすい役者であるといえよう（図②）。図①では菅丞相が人変雷神になると、それまでの七三郎の顔から三代目海老蔵（四代目団十郎）の顔に変化している。これは人変雷神は四代目団十郎がやるものとの意識が、庶民に根強くあったためであり、安永四年（一七七五）上演時の役者絵（図③）もある。同じように、藤原時平は二代目中嶋三甫右衛門の当たり役であり（図④）、安永三年（一七七四）上演歌舞伎では仲蔵が演じたにも関わらず、本書には三甫右衛門で描かれている。

　このように、安永期に入っての青本では、清経が多数役者の描き分けを試みる作品などもあったが、鳥居派の伝統的描法の枠内に留まったため、役者紋・替紋等の補助資料なしに似顔推定が行えるのは、一部の個性の強い

図②　『菅原伝授手習鑑』15ウ

図③　人変雷神　細判錦絵

顔立ちの役者のみであった。役者描き分けの手段としては、似顔とそれらの補助資料が併存していた時代、と言えよう。

図④　藤原時平　細判錦絵

二　黄表紙初期における似顔絵

安永五年（一七七六）刊の黄表紙『其返報《そのへんぽう》怪談《ばけものばなし》』（恋川春町作画）は、絵師数川春章（勝川春章のこと）を登場させ、「春章と申す人は、さて〳〵すごいものでござります。浮世絵では黒極ときております」「役者の姿を写すに誠に生けるがごとし」と賛嘆する。そして春章の役者似顔の団扇絵を、化物があたかもその役者になったかと思われるような構図で持ち（図⑤）、似顔絵を目新しい趣向として効果的に用いている。

安永六年・七年（一七七七・八）の江戸・松村弥兵衛板の黄表紙は、題簽が二人の役者の半身像で、女方はやや見分けが困難ではあるが、全て似顔で描かれている意匠となっている。ところが作品中は似顔絵ではなく、黒本・青本時代と同様の類型的顔立ちで描かれている。題簽の似顔絵は特定役者に片寄ることなく、役柄相応の当時の役者が、作品内容に即した扮装で描かれている。作品の画工は表に示した通りであり、題簽のみを別の絵師に描かせたと考えられる。外題と柱題とが明らかに異なっている『祝昆布《よろこんぶ》君を松前《まつまえ》』（柱題「おっとせい」）・『持遊《もちあそび》太平記《たいへいき》』（柱題「手あそび」）・『妙智力《めうちりき》群鳩《むらがるはと》』（柱題「れいけんはと」）・『縁草有馬藤《ゆかりぐさありまのふぢ》』（柱題「二ッたかのは」）は、改題後刷り本である可能性もあるが、『日本小説書目年表』には該当する外題の作品は見出せない。題簽は安永六年酉年の意匠や描かれている役者の顔ぶれから、この時期であることが適当である。鳥居清経画の『敵討《かたきうち》嗚呼《あゝ》孝哉《かうなるかな》』は、『農人孝人敵討《かたきうち》垣衣摺《しのぶずり》』という改題後刷り本が同年に刊行された作品であるが、『半日閑話』安永六年正月の条にこの作品が載り、本文中にも「頃は安永五ッの年」とあることや、安永五年に流行した女力持ち〝ともよ〟の見世物に取材していること等から、棚橋正博氏は『嗚呼孝哉』を安永六年新春刊行の初板としている。(9) また、『東《はなのゑど》川添名所《かはぞいめいしよ》』は『川《かわを》隔《へだて、》小瀬《をせ》世話《せばなし》』の改題後刷り本と思われるが、柱題には「こいすもふ」とある。板元は同じ松村屋であり、『川隔小瀬世話』の方の題簽は役者似顔絵ではない。『近代金平娘』も女力持ちに取材した話であるので、安永七年刊行の初板と考えてよいかと思われる。改題後刷り本が含まれる可能性があるとはいえ、安永六年・七年に、鳥居清経・清長・富川房信らの作品に、他の絵師の役者似顔絵題簽が付されて、目新しさによる売り上げ増加を目的として販売されていたのである。この題簽の絵師は、描法から勝川派と類似しており、板元が題簽のみ別の絵

図⑤『其返報怪談』9ウ・10オ

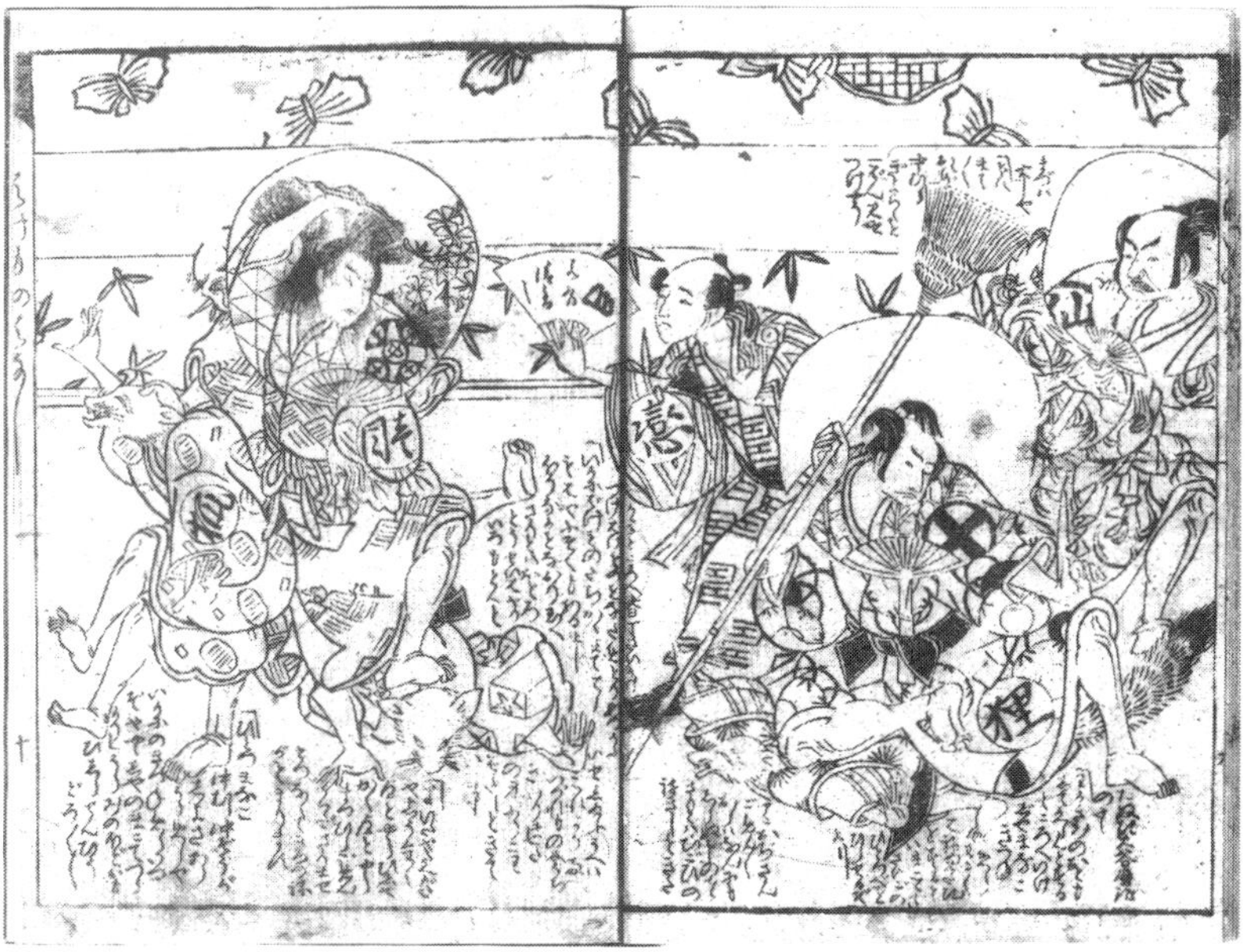

師に描かせた可能性がある。

以下、両年の松村屋板黄表紙題簽に似顔で描かれている役者は、表Bの通りである。尚、所在不明のものや題簽不備の作品は、『青本絵外題集Ⅰ』（岩崎文庫貴重本叢刊、昭和四十九年刊・一九七四）・『黄表紙絵題簽集』（浜田義一郎、昭和五十四年刊・一九七九、ゆまに書房）によって検討し、備考欄に「青本絵外題集」「黄表紙絵題簽集」と記した。また本文の記述を役者推定の補助資料としたものは、備考欄に「本文」と記した。

〈表B〉

刊年	外題	画工	巻	役者名（代数）	備考
安永六	三保崎《みほがさき》 貍《ねこまた》 膏薬《こうやく》	未詳	上	2中嶋三甫右衛門か 2佐野川市松か	
			下	1大谷友右衛門 1瀬川雄次郎か	
	大鉞《をゝまさかり》 御存知荒事《ごぞんじのあらごと》	富川吟雪	中	3市川団蔵 2中嶋三甫右衛門	青本絵外題集

	敵討《かたきうち》鳴呼《あゝ》 孝哉《かうなるかな》	鳥居清経	上	1坂東三津五郎 女方不明	
			下	5市川団十郎 2坂田半五郎	図⑥
	祝昆布《よろこんぶ》君《きみ》を松前《まつまえ》	鳥居清経	上	4松本幸四郎 3瀬川菊之丞か	
			下	4市川団蔵 3大谷広次	青本絵外題集 黄表紙絵題簽集
	三徳兼備《さんとくけんび》源家《げんけ》 長久《ちやうきう》	未詳	中	3市川団蔵か 5市川団十郎か	黄表紙絵題簽集
			下	坂田佐十郎か 2市川八百蔵	青本絵外題集
	持遊《もちあそび》太平記《たいへいき》	鳥居清経	上	2市川八百蔵 3瀬川菊之丞	本文 本文
			下	4坂東又太郎	

				3大谷広右衛門	
安永七	妙《めう》智《ち》力《りき》群《むらがる》鳩《はと》	鳥居清長	上	2市川八百蔵 3瀬川菊之丞	本文
			中	2市川門之助 2山下金作	図⑦
			下	5市川団十郎 3大谷広次	図⑧
	縁《ゆかり》草《ぐさ》有馬藤《ありまのふぢ》	鳥居清経	上	3市川海老蔵 1坂東三津五郎	図⑨
			中	1大谷友右衛門 3瀬川菊之丞	青本絵外題集 黄表紙絵題簽集
			下	1中村仲蔵 1中村富十郎	本文
	逸竹《いつちく》達竹《たつちく》験《きく》温泉《のゆ》華《のはな》	鳥居清長	上	2山下金作か 1坂東三津五郎	

			下	3大谷広次 4市川団蔵	青本絵外題集
	近代金平娘	鳥居清長	上	1中村富十郎か 1尾上松助	
			下	2佐野川市松か 3大谷広右衛門	青本絵外題集
	東《はなのゑど》川添《かはぞい》名所《めいしよ》	鳥居清経	下	2中村助五郎 3大谷広次	
	敵討女鉢木	未詳 蓬莱山人亀遊作	上	2山下金作 3大谷広右衛門	

ところで、これら一連の作品の板元松村弥兵衛は、『慶長以来書賈集覧』（井上和雄・大正五年刊・一九一六・彙文堂書店）には「江戸通油町　安永−」とある。『近世書林板元総覧』（井上隆明・昭和五十六年刊・一九八一・青裳堂書店）によると、文化年間に江戸通油町から長谷川町重兵衛店に移転しており、宝暦十年から天明八年まで草双紙と版画を扱った、とある。新進の板元が、新板ばかりでなく改題後刷り本にも役者似顔絵の意匠の題簽を使って、やや強引に売り

図⑥『敵討鳴呼孝哉』下題簽

図⑦『妙智力群鳩』中題簽

図⑧『妙智力群鳩』下題簽

図⑨『縁草有馬藤』上題簽

上げを伸ばそうとしたのではないだろうか。

役者似顔絵は、安永五年刊の『其返報怪談』・安永六年・七年の松村屋の題簽のように、目新しい趣向や売り上げ増加をねらった試みとして黄表紙に使われ始めたのである。但し、黄表紙以外の絵本番付では、明和七年（一七七〇）刊『鏡池俤曾我』（北尾重政画）[10]以降、登場人物のほぼ全員が似顔で描き分けられているものもある。また、追善草双紙『〔中車光陰〕』（安永六年刊・一七七七・追善久陽作・鳥居清経画）・『中《なかにし》凋《ぼむ》花《はなの》小《を》車《ぐるま》』（同年刊・画工不明）・『〔三《み》歳《とせ》繰《ぐり》珠《じゅ》数《ずの》暫《しばらく》〕』（安永七年刊・一七七八・肝釈坊作・磯田湖龍斎、一筆斎文調画）も、多数役者の似顔絵が用いられてはいるが、性格が特殊の草双紙であるため別に述べる。

三　黄表紙作品内容に深く関わる似顔絵

安永七年刊とされていた黄表紙『おはん長右衛門　桂川嬎嘶《かつらがわうわなりはなし》』（勝川春常画か）の刊年を、棚橋正博氏は天明二年（一七八二）ではないか、としている。[9] その理由として氏は、同意匠のよしや板題簽である『七つめゑと　人似小《ひとまねこ》真根《まね》』（金中斎作・勝川春常画）の一丁表に、「寅の春のしんはんに」と書いてあることを挙げている。私も『人似小真根』は、『日本小説書目年表』に安永七年刊とされ天明二年に『十二支大通話』として改題後刷りとされているが、その本文中に〝七つめの干支を祭ると幸いがある〟という記述と共に、猿の絵を飾っている図が一丁表と上巻題簽に描かれていることから、逆算して寅年の天明二年刊と考える。但し、『人似小真根』の版心には「十二」と記される。尚、『人似小真根』は勝川春常画であり、役者似顔絵は用いられていないものの、『桂川嬎嘶』と類似した描法であった。

『桂川嫐嘶』の内容は、読書好きの男が浄瑠璃本『桂川連理柵《れんりのしらがみ》』（安永元年七月・一七七二・豊竹座初演）を読んでいるうちに見た夢という構造になっている。その昔遊女と心中しそこなった長右衛門が、結婚後、隣の信濃屋お半と伊勢参りの道中に関係を結んでしまい、家族の知る所となって出奔し、持参していた金を目当ての盗賊に、昔心中しそこなった所で殺され、心中に見せかけられる、というものである。お半との関係が、昔遊女と心中しそこなった因果とするのは『桂川連理柵』から取った部分であり、金目当ての盗賊に偽装心中にして殺されたとするのは、むしろ随筆に記されている実説に近い(11)。一丁表の「しら玉か何ぞと人のとがめなば」という書き出しは、『桂川連理柵』より以前の宮薗節にあり、明和六年（一七六九）刊の『宮薗花扇子』に載る。故に『桂川嫐嘶』のみからでは、安永七年刊ではないと断定することはできない。

しかし本書がお半長右衛門に、それぞれ三代目瀬川菊之丞・四代目松本幸四郎を似顔で描いている点や（図⑩）、長右衛門が『桂川連理柵』よりも色悪的に人物造型されていることなど、幸四郎を最初から頭に置いて構想したものと思われる(12)。故に『桂川嫐嘶』は、天明元年（一七八一）三月市村座上演歌舞伎『劇場花万代曾我《かぶきのはなばんだいそが》』の二番目からの影響を受けて成ったと考えられ、先述した同意匠題簽の『人似小真根』からの傍証と共に、天明二年刊であることを表している。

歌舞伎『劇場花万代曾我』は、絵本番付によると、一番目は曾我物の中に景清が登場するもので、見せ場は二番目の、江戸・大坂・京都の心中道行を一日ずつ三日替りで、三代目瀬川菊之丞が演じる部分にあった。二代目市川門之助と『お夏清十郎道行比翼の菊蝶』を、初代坂東三津五郎と『お千代半兵衛道行垣根の結綿』を、四代目松本幸四郎と『お半長右衛門道行瀬川の仇浪』を演じたのである。特に幸四郎とのお半長右衛門は、江戸で最初に仕組まれたお半長右衛門物として人気を博し、七月より市村座で同役割にて再演し、人形浄瑠璃でも江戸肥前座にて七月より「路

図⑩『桂川嫐嘶』8ウ

図⑪『劇場花万代曾我』お夏清十郎

図⑫『劇場花万代曾我』お千代半兵衛

図⑬『劇場花万代曾我』お半長右衛門

考似かほの人形にて」（『瀬川ぼうし』）、歌舞伎同様三種の道行を上演した程である。これは菊之丞の所作事を中心に据えた桜田治助の作劇法が、当時の好尚に適合したためと思われ、台帳は残らないものの、勝川春常画の三種類の絵本番付が残存する（図⑪・⑫・⑬）。

この歌舞伎『劇場花万代曾我』に取材した錦絵は多く、勝川春章画のお夏清十郎（図⑭）、春好画のお夏（図⑮）、春常画のお夏（図⑯）があり、春章画のお千代半兵衛二種（図⑰・⑱・⑲）春章画のお半長右衛門（図⑳）、春常画のお半と長右衛門二種（図㉑・㉒・㉓）がある。また、翌天明三年刊の黄表紙『笑種花濃台《わらひぐさはなのうてな》』（勝川春旭画）は、草花による異類騒動ものであるが、三代目瀬川菊之丞に例えられている美人草を、二代目市川門之助の似顔の蘭之丞が背負って、「桂川といふ身」（七丁裏）で落ちていく場がある。尚、美人草に横恋慕する薄（後に意休）は初代中村仲蔵の似顔で描かれ、牡丹杏葉之助・杜若（四代目松本幸四郎・四代目岩井半四郎か）という人物も登場する、助六の話を利用したものである。

天明四年（一七八四）刊の黄表紙『闇羅三茶替《やみらみつちやがはり》』（芝全交作・北尾重政画か）は、先の歌舞伎『劇場花万代曾我』二番目を茶化した内容のものである。王子の狐に願を立てて金持ちになった吹屋長兵衛の娘お菊に婿入の申し込みが殺到し、お菊は三人の婿を一日ずつ三日替りで取ることにする。婿となった刀屋半七・八百屋半兵衛・帯屋長右衛門は、それぞれお菊の心中（誠意）を見たいと言いだし、お菊はそれぞれの夫と毎日心中に出かける。しかし夜明けと共に次の日の夫が現れ、心中は実現しない。そんな忙しい日が百日余りも続いた後、三人の夫は狐に化かされていた事に気付く、というあらすじである。

お菊の三代目瀬川菊之丞、帯屋長右衛門の四代目松本幸四郎、刀屋半七の二代目市川門之助、八百屋半兵衛の初代坂東三津五郎が、非常に精密な似顔絵で描かれている（図㉔）。但し似顔はこれら四人の登場人物のみに限られる。

図⑭　お夏清十郎　間判錦絵

図⑮　お夏　細判錦絵

図⑯　お夏　細判錦絵

図⑰　お千代半兵衛　細判錦絵

図⑱　半兵衛養母　細判錦絵

図⑲　お千代半兵衛　大判錦絵

図⑳　お半長右衛門　細判錦絵

図㉑　長右衛門　細判錦絵

図㉒　お半　細判錦絵

図㉓　お半長右衛門　細判錦絵二枚続

むしろこの作品のおもしろさは、三人の立役との三日替りの心中道行を見せた歌舞伎を、三人の婿に心中を見せる（誠を示す）ために、それぞれと心中しようとして時間切れで果たせない話へと逆転した所にあり、結局は王子の狐（三代目瀬川菊之丞）に化かされていたのだ（図㉕）、とする覚めた視点にある。

これより後の黄表紙における演劇の取り入れは、こうした逆転やこじつけが中心になり、役者似顔は一部の人物のみに用いられるようになるのである。更には、作品中の役柄に相応する役者の似顔を単に用いるというのではなく、顔の一部分のみを用いたり、[13] 似顔で役者を暗示することによって、より深い意味を読者に推測させる等の手法を用いたりするのであるが、ここではそこまで触れない。

時期は前後するが、安永九年（一七八〇）刊勝川春常画の黄表紙二作品、『新狂言梅姿』（鶴屋板）・『夏祭其翌年』（鶴屋板）[14]、同じく天明元年（一七八一）刊の『振袖江戸紫』（村田屋板）がある。

『新狂言梅姿』は、『顔《かほ》而《で》知《しれ》勧《くわん》善《ぜん》懲悪《てうあく》』との別題本があるごとく、登場人物のほとんどが似顔で描き分けられている（図㉖）。図の右から、似顔と結綿紋と菊模様から三代目瀬川菊之丞の美女姫、似顔から四代目市川団蔵の本田次郎、似顔と三升紋から五代目市川団十郎の畠山重忠、似顔と銀杏の葉の替紋と三つ人文字の模様から初代中村仲蔵の半沢六郎、似顔ともみじの替紋模様から二代目市川門之助の竹下要之介である。登場人物はほとんどが個性を見分けられる似顔で描かれながらも、役者紋や替紋・合印といった役者を示す模様を付せられる場合が多い。内容は美女姫と要之介の不義密通あらわれ、姫は家追放、要之介は父が身代わりに切腹して、家再興のために落ちのびる。要之介は忠臣にかくまわれ、悪臣半沢六郎の野望をくじき、帰参するというものであり、助六の一場面を用いている。要之介即ち二代目市川門之助の助六は、安永八年（一七七九）三月中村座上演の『助六廓夜桜』であり、その時の揚巻を四代目岩井半四郎が演じた。『新狂言梅姿』でも助六を思わせる場面での揚巻にあたるお梶は半四郎かと思われる似

図㉔『闇羅三茶替』13ウ・14オ

図㉕『闇羅三茶替』14ウ・15オ

顔になっている。つまり部分的に上演歌舞伎を取り込んだものといえる。

『夏祭其翌年』は、版心に「団七嶋」と記されるが、類似の外題作品は『日本小説書目年表』に見いだせない。『夏祭其翌年』という題名からも、本書は安永八年（一七七九）七月森田座上演の歌舞伎『夏祭浪花鑑』の影響を受けたかと思われるが、似顔で描き分けられた登場人物は、歌舞伎とは全く異なる役者となっている。団七九郎兵衛に三代目大谷広次、三河屋義平次に二代目中嶋三甫右衛門、一寸徳兵衛に四代目松本幸四郎等であり、衣裳に役者紋や替紋は描かれていない。

『振袖江戸紫』は、安永八年（一七七九）正月市村座上演の歌舞伎『潤色江戸紫』を基としながらも、役者を多少変えて用い、梅川忠兵衛の話をないまぜた作品である。これも登場人物が似顔で描き分けられ、しかも役者紋や替紋等が模様として衣裳に描き込まれる手法は取られていない場合が多い（図㉗）。図の右から三代目坂東彦三郎の吉三郎、三代目瀬川菊之丞の八百屋お七、初代大谷徳次の釜屋武兵衛、三代目大谷広次の湯島の三吉、二代目山下金作の下女お杉である。お七にだけは菊模様の着物が着せられているが、その他の人物には役者紋等の印はない。

黄表紙評判記『菊寿草』（天明元年刊・四方山人）若女形之部に、本書の評判が次のように載る。

　頭取 此度八百やお七にて、吉三郎と茶みせのぬれ事のゑよし。二役けいせい梅川の役、大てい〳〵。吉三郎伝吉とかたき打のまくのゑは出来ました。一体《たい》狂言の筋計《すぢばかり》わかりて、ちつとことばの花のない仕向、又こん春をまちます〳〵 わる口 八百やお七にしては火の用心のよい趣向《しゅこう》だ ひいき よいしめりのぬれ事〳〵

「茶みせのぬれ事のゑ」とは図㉗のことである。「二役けいせい梅川の役、大てい〳〵」とは、役者評判記そのままの表現であり、お七役三代目瀬川菊之丞が、梅川の役も演じているとの読者の鑑賞を前提にし、なおかつ役者名は記すまでもない、といった表現である。

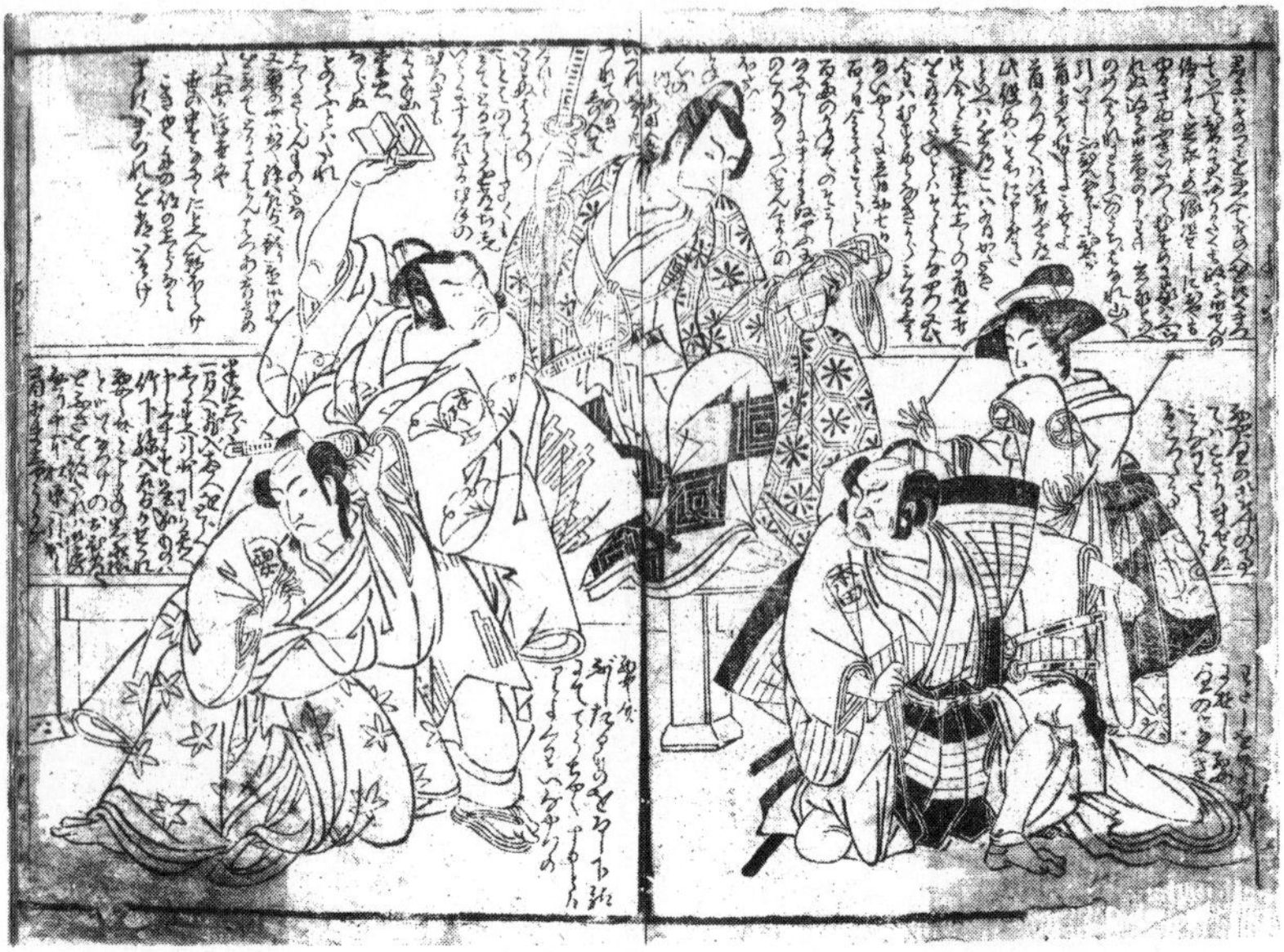

図㉖『新狂言梅姿』4ウ・5オ

図㉗『振袖江戸紫』3ウ・4オ

これらの役者の顔合わせは歌舞伎『潤色江戸紫』とほぼ等しく、釜屋武兵衛役が歌舞伎では三代目中島勘左衛門である点が異なる。また、同宿弁長の役を初代中村仲蔵の似顔で描いており（図㉘）、歌舞伎での大谷徳次にしていない。これは安永四年（一七七五）正月中村座上演の『色模様青柳曾我』二番目浄瑠璃「垣衣《しのぶぐさ》恋写絵」で仲蔵の大日坊と葱売りの所作が大評判であり、更に安永八年（一七七九）正月森田座上演の『江戸名所緑曾我』で、仲蔵が二度目の大日坊と葱売りで、再び大当りを取ったことを部分的に利用したものであろう。

歌舞伎の内容は、台帳・絵本番付共に現存せず未詳であるが、浄瑠璃『潤色江戸紫』（延享元年初演、為永太郎兵衛・浅田一鳥他作）に基づいたものと思われる。『振袖江戸紫』は、お家騒動ものとしての構想と登場人物を借りつつも、浄瑠璃とは離れた内容のものとなっており、他の歌舞伎をも利用している。尚、安永八年上演歌舞伎『潤色江戸紫』の時かとされる、三代目坂東彦三郎の吉三郎を描く、鳥居清長画の細判錦絵がある[15]。

このように、安永九年・天明元年（一七八〇・八一）には、勝川春常画の黄表紙で、登場人物の多くが役者似顔で描き分けられている作品が、複数出版されていた。一つの上演歌舞伎を紹介するといった絵本番付とは異なり、いくつもの歌舞伎に取材しつつも、役柄に適した役者を選択して用いるという手法の黄表紙である。こうした手法は、伝奇性のある話と結びつければ、そのまま文化四・五年（一八〇七・〇八）の合巻へとつながっていくものであり、黄表紙

図㉘『振袖江戸紫』5オ

初期に一部のものではあるが、役者似顔合巻の先蹤といってよい作品が見られたということになる。

勝川春常は、『古画備考』（朝岡興禎・明治三十六年刊・一九〇三・弘文館）には、「春章門人」と記されるのみの、浮世絵では傍系の人物である。『日本版画便覧』（日本版画美術全集別巻・鈴木重三・昭和三十七年刊・一九六二・講談社）や『総校日本浮世絵類考』渡辺庄三郎本（由良哲次編・昭和五十四年刊・一九七九・画文堂）には、勝川春章の門人で本名安田岩蔵、作画期は安永七年から天明二年、役者絵の細判や絵本番付・黄表紙を描いたとされている。作画期が五年間のみの短期間であった点も、あまり注目されなかった原因ではないかと思われるが、草双紙における似顔絵利用の上からは重要な人物である。

このように、黄表紙初期の段階で、絵本番付や追善物草双紙ではなく、役者似顔絵によって登場人物を描き分けた作品が数点存在している。しかしながらこれらの作品の興味の大半は、似顔による役者の描き分けに費され、変化に富むあらすじやうがちといったおもしろさに乏しい。故にその後の黄表紙全盛期には影をひそめ、役者似顔は茶化しやうがちの一手法として部分的に用いられるようになった。主眼は似顔によって表されることの更に奥を解くという、高度な読みへと移っていったのである。そして合巻期に再び、より完成された描き分けの似顔の手法が用いられたのではないか、と思われる。

注

（1）「絵草紙屋追懐」（鈴木俊幸・『江戸文学』十五号・平成八年五月刊・一九九六・ぺりかん社）

（2）「後期草双紙における演劇趣味の検討」（『国語と国文学』・昭和三十三年十月刊・一九五八・東京大学国語国文学会）

（3）「古書雑録（五）－元文曾我と「絵本敵討待山話」－」（『愛書家くらぶ』第九号・昭和四十四年五月刊・一九六九）後に

『江戸文芸叢話』（平成七年刊・一九九五・八木書店）に所収。

（4）『逍遙選集』第七巻（昭和二年刊・一九二七・春陽堂）所収。

（5）「初期草双紙と演劇」（『黒本・青本の研究と用語索引』・平成四年刊・一九九二・国書刊行会）及び第二章第二節第三節参照。

（6）役者似顔の一枚摺作画開始時期については、鳥居清重の寛延元年（一七四八）からのものとされる（「役者絵の隆盛（一）」・岩田秀行・『岩波講座　歌舞伎・文楽　第四巻』所収・平成十年刊・一九九八）、「鳥居派の役者似顔―鳥居清重に注目して―」・武藤純子・『浮世絵の現在』所収・平成十一年刊・一九九九）。

（7）全丁の写真版翻刻と解説は、拙稿「青本『菅原伝授手習鑑』について」（『平成二年度科学研究費による草双紙研究報告書』・平成三年八月刊・一九九一）に載る。

（8）「歌舞伎小説解題」（『早稲田文学』第二百六十一号・昭和二年十月刊・一九二七・東京堂）

（9）『黄表紙総覧　前編』（日本書誌学大系48（1）・昭和六十一年刊・一九八六・青裳堂書店）

（10）全丁の写真版翻刻と解説は、拙稿「絵本番付『鏡池俤曾我』について」（『浮世絵芸術』百五号・平成四年七月刊・一九九二・日本浮世絵協会）に載る（第三章第一節参照）。

（11）「『桂川連理柵』の実説とその成立」（土田衛・『愛媛大学紀要　第一部』人文科学　九―一A・昭和三十八年十二月刊・一九六三）後に『考証元禄歌舞伎』（平成八年刊・一九九六・八木書店）に再録。

（12）安永七年（一七七八）八月に、五代目市川団十郎が舞台上にて幸四郎を弾劾するという事件があり、翌八年もこれが尾を引いた。その詳細については『歌舞伎年表』所載の『秀鶴日記』・「五代目団十郎のとんだ噂」（武井協三・『歌舞伎　研究と批評』2・昭和六十三年刊・一九八八・歌舞伎学会）に書かれている。安永九年（一七八〇）には、初代尾上菊五郎に舞台上で罵詈雑言を浴びせられ、真剣にて切られようとする、という事件が再びあり、それを当て込んだ黄表紙『再評判』（天明二年刊・一七八二）がある。その中で幸四郎写しの人物銀考が、不義密通する場面が描かれ、当時の幸四郎に対して持たれていたイメージの一端をのぞかせる。尚、この件は、「鶴屋南北（二）の下」（古井戸秀夫・『近世文芸　研究と評論』二十二、昭和五十七年十月刊・一九八二）に載る。

（13）「黄表紙『明矣七変目景清』攷－「景清が目姿」をめぐって－」（岩田秀行・『近世文芸』五十二号・平成二年六月刊・一九九〇・日本近世文学会）

（14）『黄表紙総覧』に、『顔而知勧善懲悪』と同趣向であり、安永八年（一七七九）七月上演歌舞伎『夏祭浪花鑑』に取材しているとされるが、後述するごとく歌舞伎上演時の役者とは異なる役者似顔である。また九丁表には、お半長右衛門のように手代清七となった玉嶋礒之丞（初代坂東三津五郎）が、お仲（二代目瀬川菊之丞か）を背負って立つ図がある。安永八年上演歌舞伎の役者絵が、『浮世絵聚花　シカゴ美術館2』（昭和五十五年刊・一九八〇・小学館）第32・33図に載る。

（15）『浮世絵聚花　シカゴ美術館2』（昭和五十五年刊・一九八〇・小学館）第146図。

（図版リスト）

①『菅原伝授手習鑑』二十丁裏・二十一丁表・東京都立中央図書館加賀文庫蔵。

②『菅原伝授手習鑑』十五丁裏・東京都立中央図書館加賀文庫蔵。

③勝川春章画・細判錦絵・『The Male Jorney in Japanese Prints』一八〇より転載。

④勝川春章画・細判錦絵・『浮世絵大成　第五巻』（昭和六年刊・一九三一・東方書院）一〇八より転載。

⑤『其返報怪談』九丁裏・十丁表・東京都立中央図書館加賀文庫蔵。

⑥『敵討鳴呼孝哉』下題簽・東京都立中央図書館加賀文庫蔵。

⑦『妙智力群鳩』中題簽・東京都立中央図書館加賀文庫蔵。

⑧『妙智力群鳩』下題簽・東京都立中央図書館加賀文庫蔵。

⑨『縁草有馬藤』上題簽・東京都立中央図書館加賀文庫蔵。

⑩『桂川嫐噺』八丁裏・国立国会図書館蔵。

⑪『劇場花万代曾我』八丁裏・九丁表・早稲田大学演劇博物館蔵。ロ23－2－7

⑫『劇場花万代曾我』八丁裏・九丁表・早稲田大学演劇博物館蔵。ロ23－1－35
⑬『劇場花万代曾我』八丁裏・九丁表・早稲田大学演劇博物館蔵。ロ23－1－36
⑭勝川春章画・間判錦絵・© The Art Institute of Chicago.
⑮勝川春好画・細判錦絵・平木浮世絵美術館蔵。
⑯勝川春常画・細判錦絵・© The Art Institute of Chicago.
⑰勝川春章画・細判錦絵・Courtesy of prof. Dr. Gerhard Pulveror, Germany.
⑱勝川春章画・細判錦絵・© The Art Institute of Chicago.
⑲勝川春章画・大判錦絵・© The Art Institute of Chicago.
⑳勝川春章画・細判錦絵・東京国立博物館蔵。
㉑勝川春常画・細判錦絵・たばこと塩の博物館蔵。
㉒勝川春常画・細判錦絵・© The Art Institute of Chicago.
㉓勝川春常画・細判錦絵二枚続・Courtesy of the Museo Chiossone, Genova, Italy.
㉔『閻羅三茶替』十三丁裏・十四丁表・東京都立中央図書館加賀文庫蔵。
㉕『閻羅三茶替』十四丁裏・十五丁表・東京都立中央図書館加賀文庫蔵。
㉖『新狂言梅姿』四丁裏・五丁表・国立国会図書館蔵。
㉗『振袖江戸紫』三丁裏・四丁表・国立国会図書館蔵。
㉘『振袖江戸紫』五丁表・国立国会図書館蔵。

第三節　初期追善草双紙の定型化
――二代目市川八百蔵の死をめぐって――

はじめに

初期追善草双紙については、追善草双紙の嚆矢とされる安永二年刊（一七七三）『籬《まがき》の菊』（柳川桂子作・鳥居清経画）が、(1)役者の冥土物としての先蹤作『根南志具佐《ねなしぐさ》』（宝暦十三年刊・一七六三・天竺浪人＝平賀源内作）・『根無草後編』（明和六年刊・一七六九・風来山人＝平賀源内作）の趣向を仰いだものであり、(2)後の追善草双紙に一つの型を与えたとされている。(3)特に後者は、寝惚先生（大田南畝）の序にも「二子追善」と書かれ、『籬の菊』に刊行年も近く、初期追善草双紙に何らかの影響を与えた可能性はある。

『根南志具佐』前編は、宝暦十三年六月の二代目荻野八重桐溺死に取材した地獄物の談義本である。しかしながら地獄の描写は、一之巻の山師が横行する当時の世相を風刺した部分と、二代目瀬川菊之丞に焦がれ死んだ僧の所持していた役者絵に、閻魔が恋着心を起こすところのみである。主眼は才人源内の、奇警な修飾形容の文章であり、洒落や風刺にあるのであって、八重桐の死を菊之丞の身代わりになったものとする「美化」を追善と捉えられないこともないが、後述するいわゆる追善物とは性格を異にする。『根無草後編』も、明和四年（一七六七）四月没の初代市川雷蔵・同五年（一七六八）五月没の二代目坂東彦三郎に取材したものであるが、地獄の鬼を田舎者・職人風・上方者・通人風・宗匠風で会話させるおかしみ、十王達が女色男色論の形で吉原・歌舞伎界をうがつ箇所に中心があり、わずかに雷蔵病中の夢に、閻魔を投げつけるところや、雷蔵・彦三郎の生い立ちを記す部分が追善物の趣向を取ると考えられる。しかしながら、この二つの談義本と追善草双紙の間には若干の距離があるようにも思われる。

一　二代目市川八百蔵の追善草双紙

二代目市川八百蔵は、安永六年（一七七七）七月、四十三歳で急死した人気役者である。八百蔵の死を題材とした追善草双紙が三種現存している。『中凋花小車《なかにしぼむはなのをぐるま》』（画工未詳・鶴屋板）・『〔中車光陰《ちゅうしゃこういん》〕』（追善久陽作・鳥居清経画・板元未詳）・『江戸贔屓八百八町《えどびいきはっぴゃくやちょう》』（蓬莱山人亀遊画作・松村屋板）がそれで、全て八百蔵没後間もない安永六年夏の刊行と思われる。既に紹介されたことのある資料ではあるが、論旨の展開上、やや詳しく梗概を述べる。

『中凋花小車』

【梗概】二代目市川八百蔵は、善知鳥安方《うとうやすかた》の役をして念仏を唱える所へ大勢の捕り手が来て連れて行かれる夢をみて死ぬ。地獄へ着いた八百蔵は、閻魔が助六を観たかったために、早く呼ばれたと言われる。また、多くの贔屓の女中達をうち捨てて嘆きをかけた罪があるので、七日間地獄で助六を演じるように命ぜられる。そこへ極楽より既に菩薩となっている二代目瀬川菊之丞（安永二年没・一七七三）が迎えに来るが、揚巻役を無理に頼まれる。極楽まで番付を売りに行く鬼達や芝居小屋の前の様子（図①②）。髭の意休を閻魔・助六を八百蔵・揚巻を菊之丞が勤め（図③）、狂

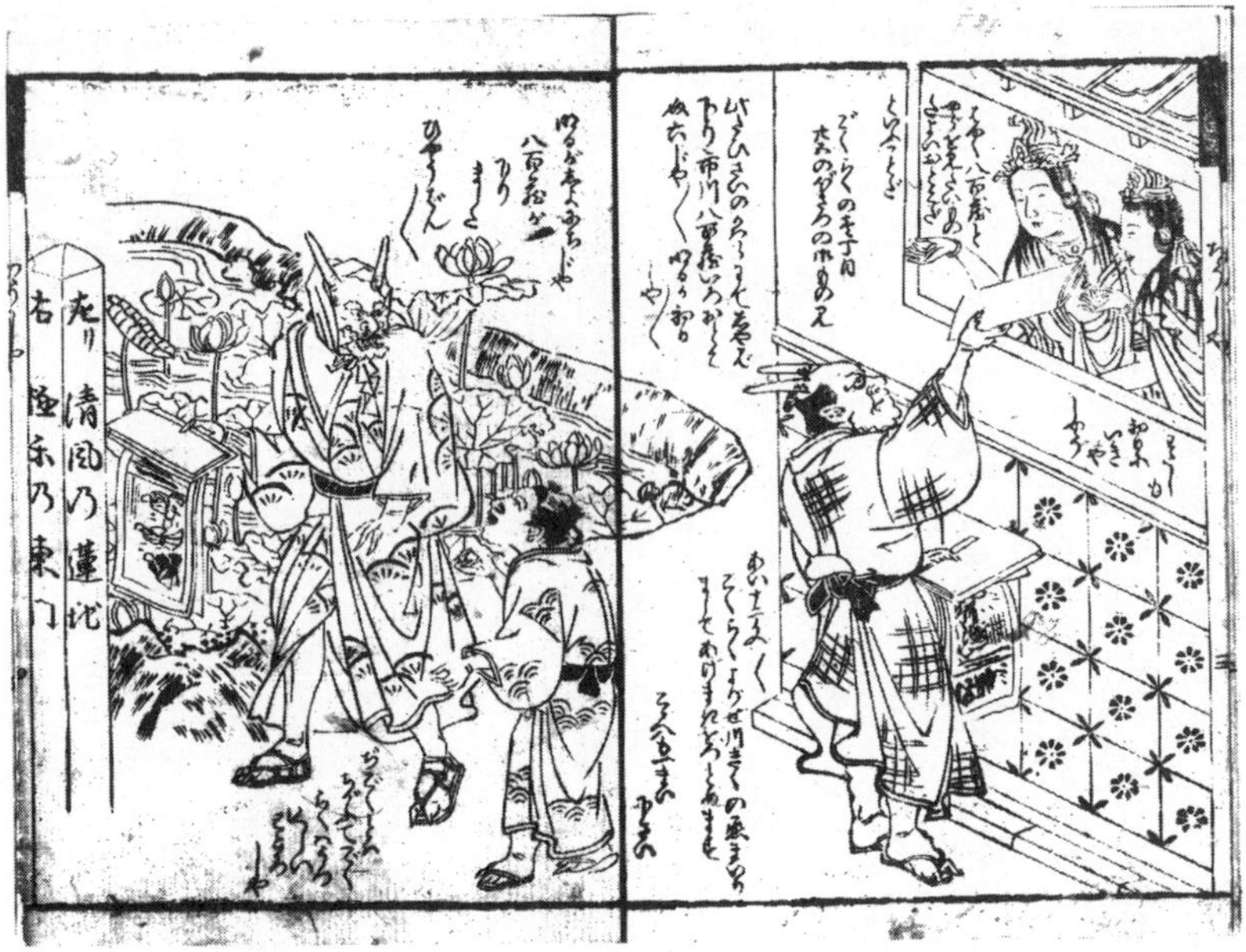

図①　『中凋花小車』3ウ・4オ

図②　『中凋花小車』4ウ・5オ

図③『中凋花小車』5ウ・6オ

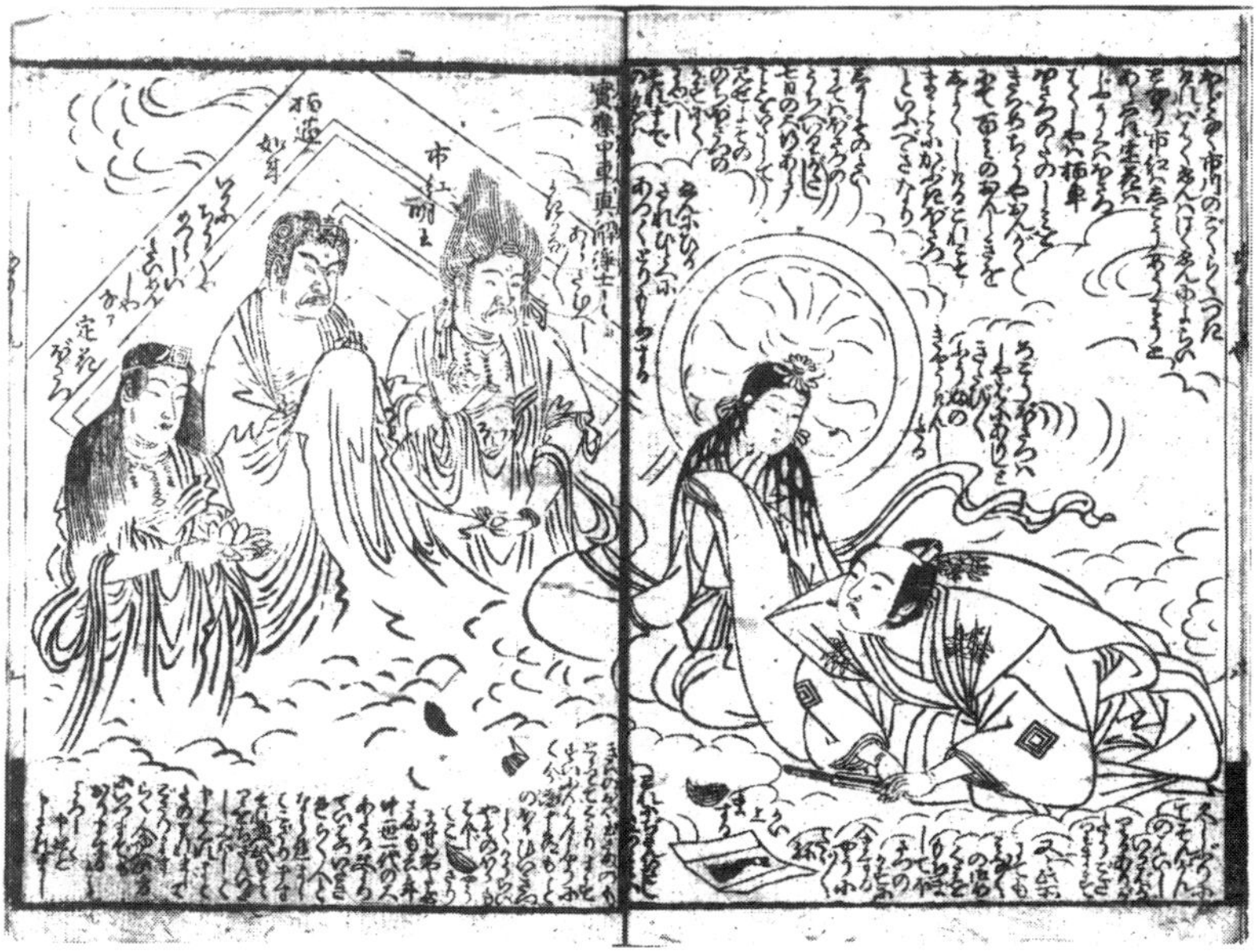

図④『中凋花小車』8ウ・9オ

図⑤『中凋花小車』9ウ・10オ

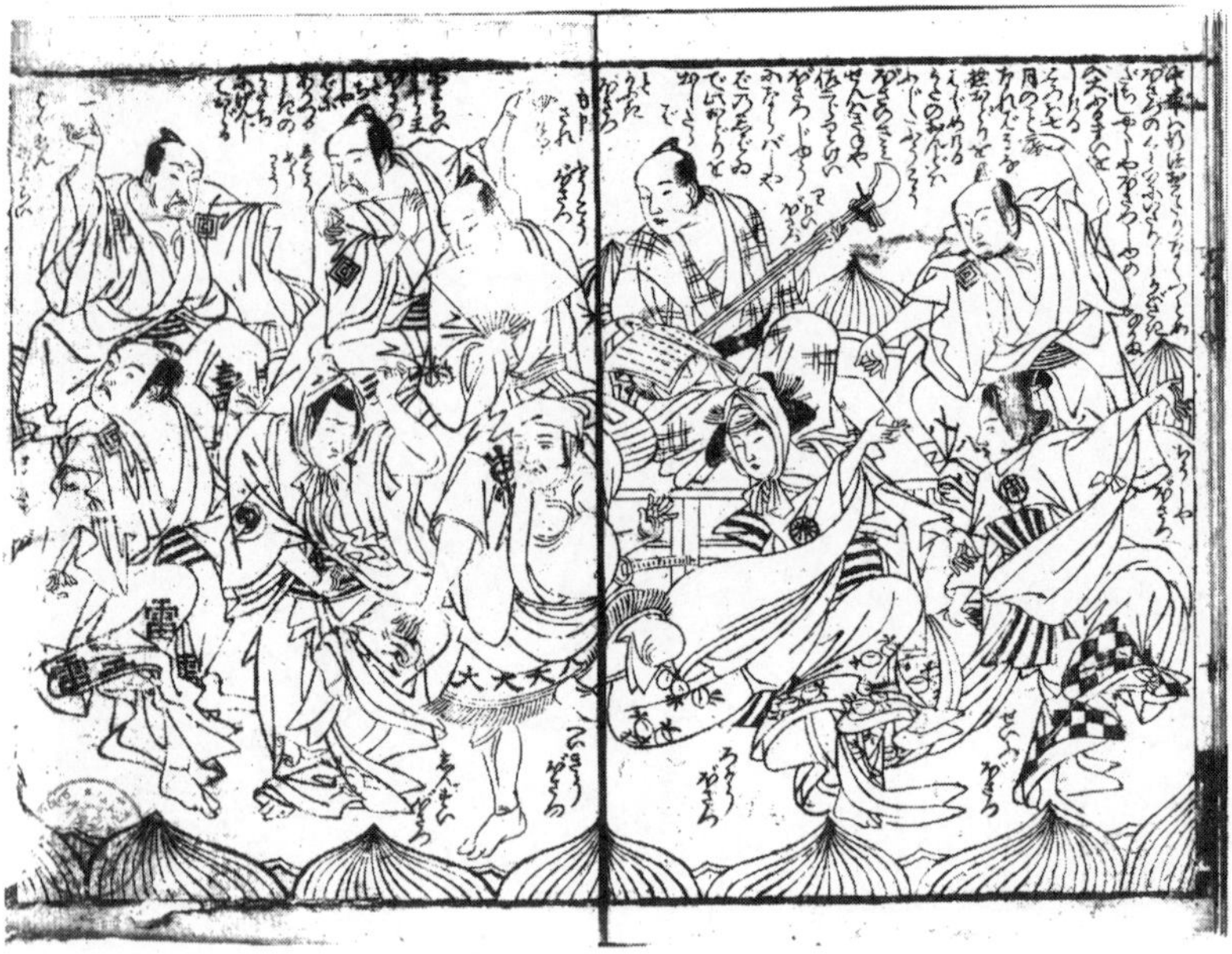

図⑥『中凋花小車』10ウ・11オ

言の途中で菊之丞は八百蔵を極楽へ逃がす。八百蔵は路考《ろこう》菩薩（二代目菊之丞）に伴われて市川の極楽へと行き、そこで栢莚《はくえん》如来（二代目市川団十郎・宝暦八年没・一七五八）・市紅《しこう》明王（三代目市川団蔵・明和九年没・一七七二）・定花《じょうか》菩薩（初代市川八百蔵・宝暦九年没・一七五九）・栢車《はくしゃ》菩薩（初代市川雷蔵・明和四年没・一七六七）と対面し、木場の親玉（四代目団十郎）より預かった髻を渡し、親玉が隠居したことを伝える（図④）。八百蔵は七日の荒行をして菩薩の仲間入りをし（図⑤）、役者菩薩達はその祝いに惣踊りをする。歌の音頭は富士田楓江《ふじたふうこう》菩薩（初代富士田吉治・明和八年没・一七七一）、三味線は杵屋佐二郎《きねやさじろう》りけい菩薩（没年等未詳）で、路考菩薩・栢莚如来・市紅明王・定花菩薩・栢車菩薩の他、薪水《しんすい》菩薩（二代目坂東彦三郎・明和五年没・一七六八）・平久《へいきゅう》菩薩（初代坂東三八・明和七年没・一七七〇）・盛府《せいふ》菩薩（初代佐野川市松・宝暦一二年没・一七六二）が娑婆《しゃば》にいた時の姿で踊った（図⑥）。

『〔中車光陰〕』

【梗概】中車（二代目市川八百蔵）の一子伝蔵《でんぞう》、改名して中村伝九郎の夢枕に中車が立ち、舞台に精出すように諭す。閻魔は子無き故、薬研堀の弁天おとよを養子に迎える。おとよは中車に恋い焦がれて病気となったので、閻魔は早速八百蔵を冥土へ迎える。既に物故している歌舞伎菩薩の役者達は、八百蔵を迎える。少長《しょうちょう》菩薩（二代目中村七三郎・安永三年没・一七七四）は、八百蔵の死はおとよのせいばかりでなく、多くの女中を迷わせた罪もあるかもしれないので、閻魔大王との対面は慎重に行おうと提案する。路考菩薩・市紅菩薩・平久菩薩・栢車菩薩・園枝《えんし》菩薩（二代目吾妻藤蔵・安永五年没・一七七六）も相談に乗る。八百蔵は曾我の対面もどきに閻魔に対面し（図⑦）、極楽への切手と引き替えに、おとよと枕を交わす。八百蔵は極楽へと向かう途中、おとよに横恋慕していた髭の伊鬼九郎の指図で、鬼達に切手を奪われる。八百蔵は地獄へ戻り、おとよに嘆く。おとよは菊之丞の錦絵を祈り無間の鐘をまねて手水鉢を

図⑦『〔中車光陰〕』3ウ・4オ

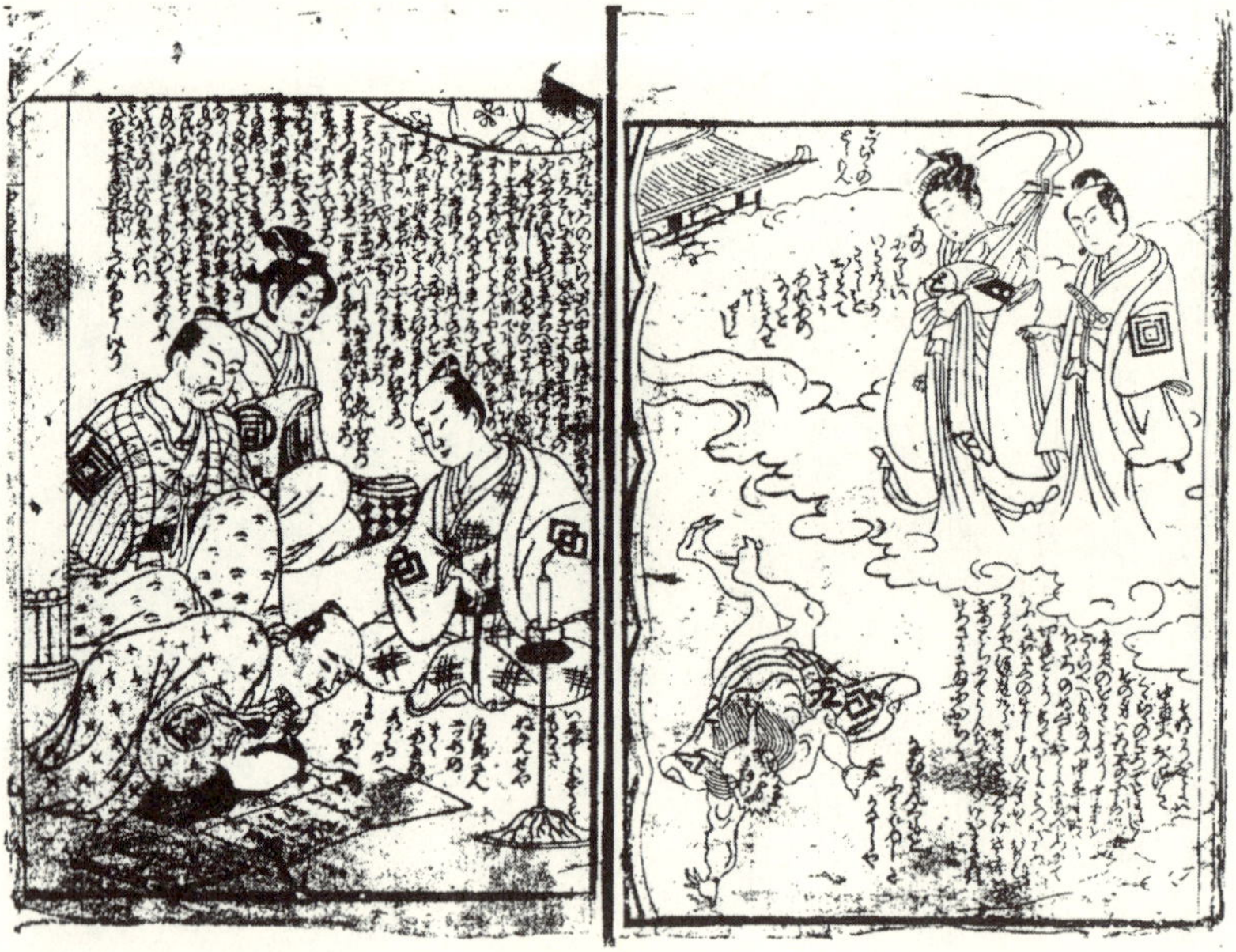

図⑧『〔中車光陰〕』8ウ・9オ

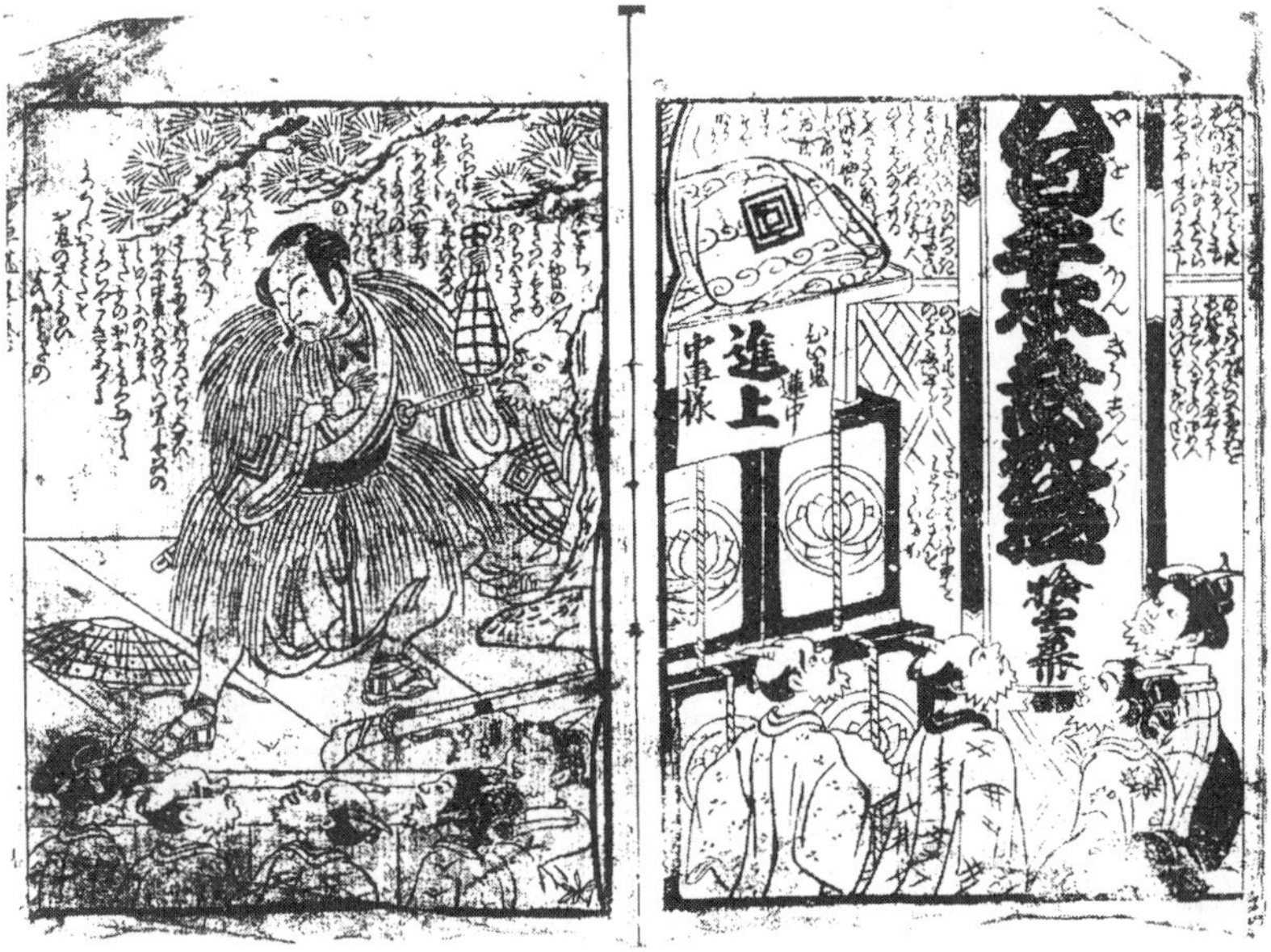

図⑨『〔中車光陰〕』9ウ・10オ

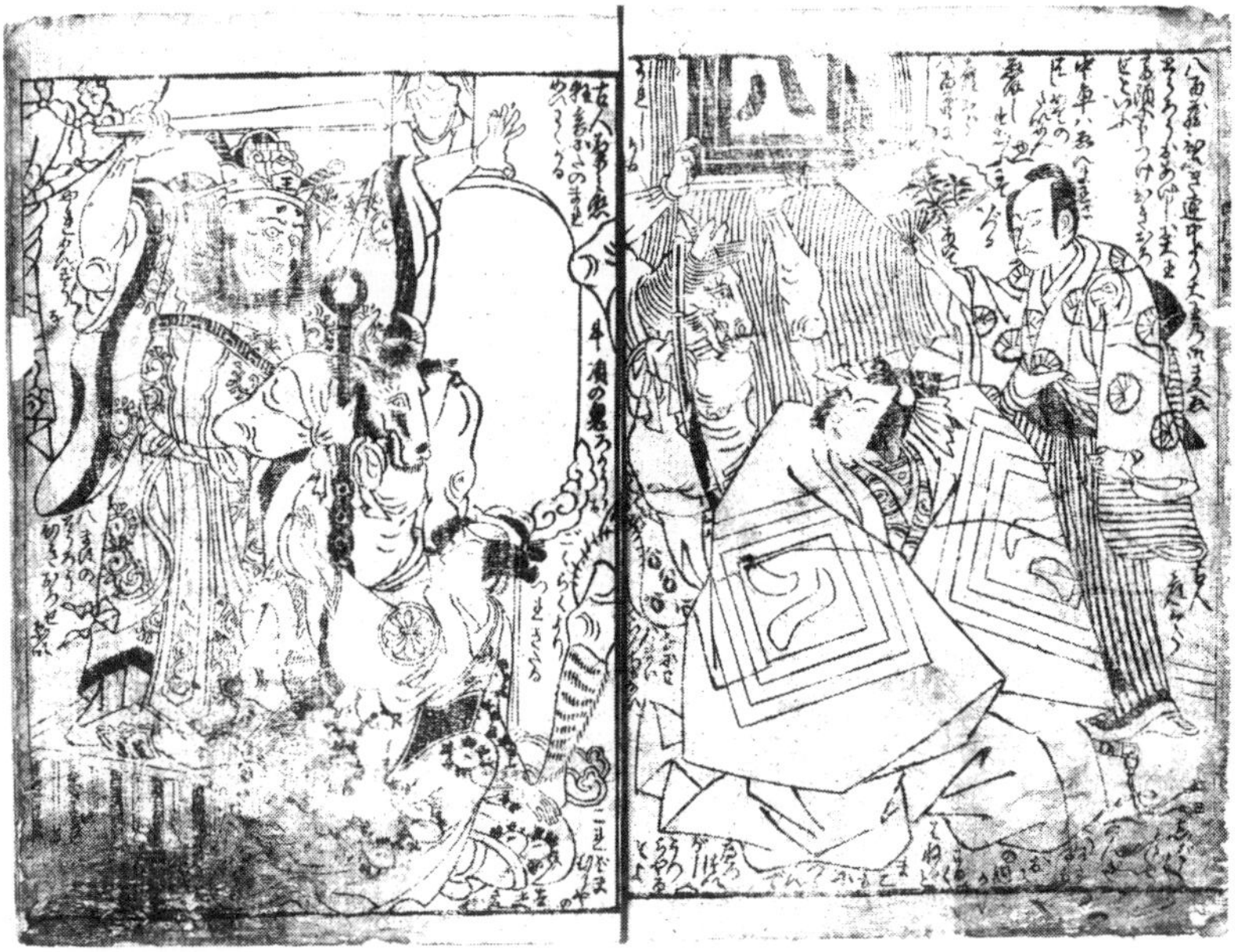

図⑩『江戸贔屓八百八町』3ウ・4オ

図⑪『江戸贔屓八百八町』5ウ・6オ

図⑫『江戸贔屓八百八町』6ウ・7オ

打つと、切手が天から降ってくる。弁天になったおとよは、中車と共に極楽へ行く。極楽では中車を迎えた喜びに、『忠臣蔵』を菩薩達で演じることとなり、役割を沢井《さわい》注蔵《ちゅうぞう》に書き付けさせる（図⑧）。中車が得意の勘平《かんぺい》役なので『八百手本急死蔵《やおでほんきうしんぐら》』と題した芝居は、地獄からも鬼が大勢つめかける大当たりを取る（図⑨）。追善句五句と辞世。

『江戸贔屓八百八町』

【梗概】風邪で急に死んだ市川八百蔵は、先だった故人の役者達に対面しようと、市川伝蔵であった時の姿となる。三途の川で出会った鬼達が浄玻璃の鏡に豊竹和泉太夫《とよたけいずみだゆう》であった時の姿を映し出す。閻魔大王は地獄・極楽一緒に茶番狂言をしようと、八百蔵を待っている。八百蔵は烏帽子素袍で「暫」のごとくに対面し（図⑩）、地蔵の仲介で閻魔と仲直りの芝居をすることとなる（図⑪）。

『鼠尾艸取縁紫《みそはぎゆかりのむらさき》』という助六物で、助六に八百蔵、意休に閻魔、揚巻に二代目瀬川菊之丞、冷水売りに二代目坂東彦三郎である（図⑫）。八百蔵は地蔵に頼まれて狂言にこと寄せて蓮切丸《はすきりまる》の刀を詮議し、閻魔から蓮切丸を奪う。八百蔵は菊之丞と共に極楽へ逃げ行く。八百蔵の墓参りをする贔屓の女中達と、その人出を当て込んだ寺の茶屋（図⑬）。

図⑬『江戸贔屓八百八町』10ウ

二　最期物語の伝統

歌舞伎役者の追善物には、早くは『おせん長右衛門いせさんくう新五人女』（貞享三年刊・一六八六）に含まれる初代鈴木平八の「真覚声吟ついぜんのおどりうた念仏」や「たき川市弥しでみちゆき」の追善歌謡や、(4)『舞曲扇林《ぶきよくせんりん》』（元禄二～三年前半刊）「十四夢路の花」の二代目伊藤小太夫《こだゆう》に関する記事等、(5)膨大な資料があるが、特に貞享から元禄期に行われた「最期物語」と称される、主に役者を慕って焦がれ死んだ男女の愛執に役者が取り付かれて命を落とす話については、多くの先学のご研究がある。(6)

井原西鶴の『男色大鑑』（貞享四年刊・一六八七）巻五の二・六の一・六の五・七の三や『嵐《あらしは》無《む》常物語《じょうものがたり》』（貞享五年刊・一六八八）に代表される最期物語は、その後、芸の伝承等のおり込まれた、お家意識の強まった傾向を持つ作品も見られたが、(7)夭折した人気役者の死の原因を、その役者への恋慕故に死んだ者の怨念とする、という話の原型は、洒落本仕立ての追善本『草白露《くさのしらつゆ》』（安永六年刊・一七七七）にも引き継がれている。(8)『草白露』は二代目市川八百蔵の死を題材としたものであるが、先述した追善草双紙のうちの二作品『中凋花小車』・『〔中車光陰〕』でも、梗概に傍線を引いた部分のごとく、八百蔵には多くの女中を悩ませた罪があるとし、最期物語の片鱗を窺わせるものとなっている。また、『妓者呼子鳥《げいしゃよぶこどり》』（田螺金魚・安永六年刊・一七七七）等にも登場する、実在した芸者弁天おとよと八百蔵との関係は、『草白露』には記されず、未詳である。

三　地獄・極楽での歌舞伎興行

『中凋花小車』・『〔中車光陰〕』・『江戸贔屓八百八町』の三つの追善草双紙は、地獄もしくは極楽で、既に物故している役者達と八百蔵が芝居をするという共通した趣向を持つ。この「地獄・極楽での芸能興行」という趣向は、追善際物草双紙の嚆矢とされる安永二年刊（一七七三）『籬《まがき》の菊』（二代目瀬川菊之丞の追善物）にも類似の場面（極楽での菊之丞の石橋・田舎娘の舞踊）があり、これが『中凋花小車』・『〔中車光陰〕』・『江戸贔屓八百八町』等の後続追善草双紙に継承された、とされているが、(9)『籬の菊』の場合は、菊之丞は阿弥陀如来や観音に依頼されて、極楽から地獄へ行き、「鳴神《なるかみ》」もどきに閻魔を騙すという内容である。閻魔達を懲らしめるのは初代市川団蔵《だんぞう》（元文五年没・一七四〇）であり、絶間姫の如くに弥陀経を取り返し、旱魃の憂いを除いた菊之丞が、極楽で舞踊をする。その後見を二代目坂東彦三郎・初代団蔵が勤めるといった内容は、微細な点ではあるが、『中凋花小車』等三作品とは異なり、「鳴神」の粗筋を利用するという特徴を持つ。

　ところで、地獄や極楽での芸能興行という趣向の見られる作品は、管見の限り元禄期に遡ることができる。元禄期によく行われた地獄物の一つである浮世草子『小夜嵐《さよあらし》』（元禄十一年刊・一六九八・作者未詳）は、地獄破り説話取材の作品群、御伽草子『朝比奈物語《あさいなものがたり》』・古浄瑠璃『義経地獄破り』（寛文元年刊・一六六一）の影響を受けている。但し御伽草子や古浄瑠璃には見られなかった、地獄における能興行の趣向がある。『小夜嵐』巻之第十には、「第四十七、遊戯の事附伶人の舞」・「第四十八、連通の原へ御幸の事」があり、地獄に堕ちた武将らが閻魔討伐に成功し、武器作りで協力した鍛冶・細工人へのお礼に、能見物をさせようと、観阿弥・世阿弥をはじめ四座の太夫、千代寿丸、とがり彦次衛門、丹波の日吉等を召して舞わせた、とある。(10) 武将らしく地獄においても儀式として能を演じさせているという設定がおもしろい。

また、死んだ役者があの世でも歌舞伎を演じているという発想も、比較的容易に思いつきやすかったようで、元禄期から役者評判記に頻繁に見いだすことが出来る。元禄六年（一六九三）正月刊『古今四場居色競百人一首《ここんしばいいろくらべひやくにんいっしゅ》』の「坂東又二郎」の項に、「をしやはやく世を去て、広嶋へ行て古の大かぶき。一代めの勘三と猿若の曲をなし、名人共と五番つゝき。きりは梅の好兵へ大をどりを、甚兵へかゝりしに、上は諸の仏卉より、下は午頭馬頭あほうらしき鬼口をあかせ、ねだりくさきむしやくしやかほのゐんま、元日にも笑はぬによこはらをかゝへさせ……」とある。元禄十三年（一七〇〇）三月刊の役者評判記『役者談合衝《だんごうずく》』江戸の部の開口「江戸芝居の風聞」には、男色好きの夢助がまどろむ夢に、芝居にいたり、櫓幕には二代目伊藤小太夫（元禄二年没・一六八九）・竹中吉三郎《たけなかきちさぶろう》（没年未詳）・初代嵐《あらし》三右衛門《さんえもん》（元禄三年没）・初代嵐三郎四郎《あらしさぶろしろう》（貞享四年没・一六八七）の紋があって、不思議に思うところ、僧が現れて男色道の話をし、座元の三右衛門を呼んで娑婆の役者評判をさせるという話になっている。元禄十五年（一七〇二）三月刊『役者二挺三味線《やくしゃにちょうじゃみせん》』大坂の部の開口「難波の梅盛つて出る浮気男」は、二代目嵐三右衛門の死（元禄十四年・一七〇二）で無常を悟り、出家しようとしている綿九《わたく》大臣を引き留めようと、神子に口寄せさせるという話で、若女方の評の時に二代目嵐三右衛門が現れ、「我等も冥途の狂言仏の原の役をしまい・ 娑婆が恋しうござつて・ 少のいとまを申請・ ……菩薩おどりのまぎれにぬけてまいつた」と言う。

宝永二年（一七〇五）刊の『宝永忠信物語《ほうえいただのぶものがたり》』は初代市川団十郎の追善物であり、正徳六年（一七一六）刊の『正徳《しょうとく》追善曾我《ついぜんそが》』は同内容のものを改題後刷りしたものである。(11) この『宝永忠信物語』は、地獄において新入りの役者と既に物故している役者達とが芝居をするという趣向が見られるかなり早い物と思われる。梗概を述べる。

一之巻　宝永元年生島半六《いくしまはんろく》に刺されて横死した初代市川団十郎の噂話。

二之巻　中野に住む一楽という連俳の朋友が今生の別れに訪ね来る。一楽は地獄の有様を見て出家する志を固めたと言う。地獄で俳諧の友三夕に遭った一楽は、新王に地獄に招かれる。

三之巻　大王二十五菩薩等は三途の川で新王をもてなす。三夕・一楽も句を付けて興じる。賽の河原では芝居小屋を作り、初代市川団十郎（宝永元年没・一七〇四）・初代坂東又太郎（宝永元年没）・初代花井才三郎《さいざぶろう》（元禄七年没か・一六九四）・初代猿若三左衛門《さるわかさんざえもん》（元禄十四年没か・一七〇一）・二代目伊藤小太夫（元禄二年没・一六八九）・初代玉川千之丞（寛文十一年没・一六七一）・初代荻野沢之丞《おぎのさわのじょう》（宝永元年没）・岸田小才治《きしだこさいじ》（元禄十二年没・一六九九）・しててん孫太郎（没年未詳）・初代坂東又九郎《またくろう》（元禄十三年没・一七〇〇）・生島半六（宝永元年没）・中村勘三郎《かんざぶろう》・森田勘弥《かんや》が、浄瑠璃太夫は虎《と》屋永閑《やえいかん》（没年未詳）・説教太夫は天満八太夫《てんまはちだゆう》（没年未詳）・長歌源右衛門《ながうたげんえもん》（没年未詳）らと新狂言をおこなった（図⑭⑮）。

四之巻　狂言がおもしろいと仏・菩薩が喜ぶとみると一楽は夢醒めた。一楽は冥土で遭った人々の戒名俗名を過去帳に書き集めて高野山へ登る決意をする。

五之巻　品川に着いた一楽は、茶屋で市川団十郎の曾我五郎の草摺引を演じる。

宝永六年（一七〇九）前半刊かとされる『役者小夜衣』は『小夜嵐』の武将を物故役者に代えたものであり、最後に地獄を逃れ極楽成仏する祝いに、初代嵐三右衛門（元禄三年没・一六九〇）は「だんじり六法ぐぜいの舟」を演じる（図⑯）。笛を初代中村七三郎（宝永五年没・一七〇八）と市村四郎治、小鼓を初代藤田小平治（元禄十年没か・一六九七）と初代市川団十郎、大鼓を大和屋甚兵衛（元禄十七年没・一七〇四）、三味線を初代鈴木平左衛門（元禄十四年没・一七〇

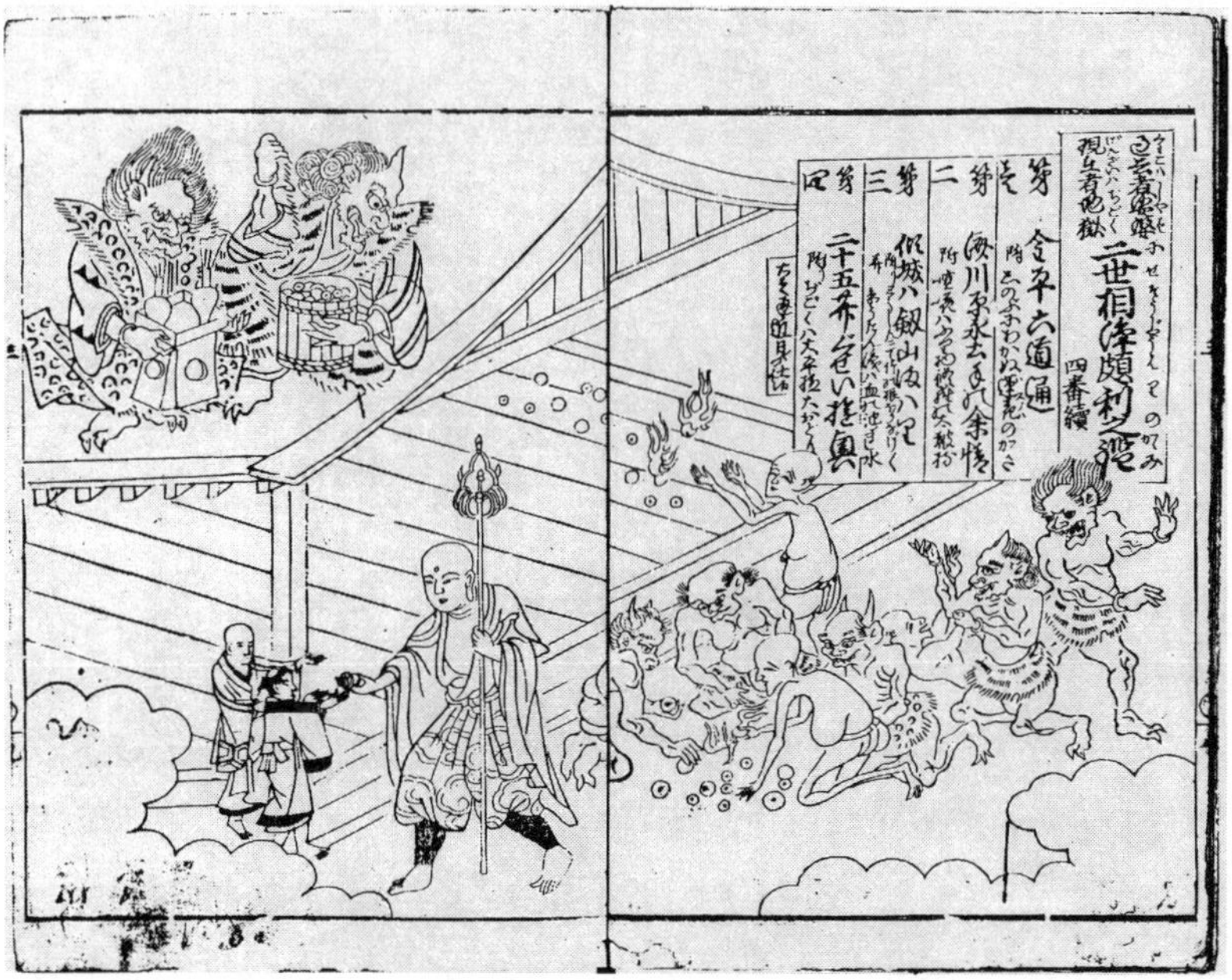

図⑭『正徳追善曾我』三之巻　8ウ・9オ

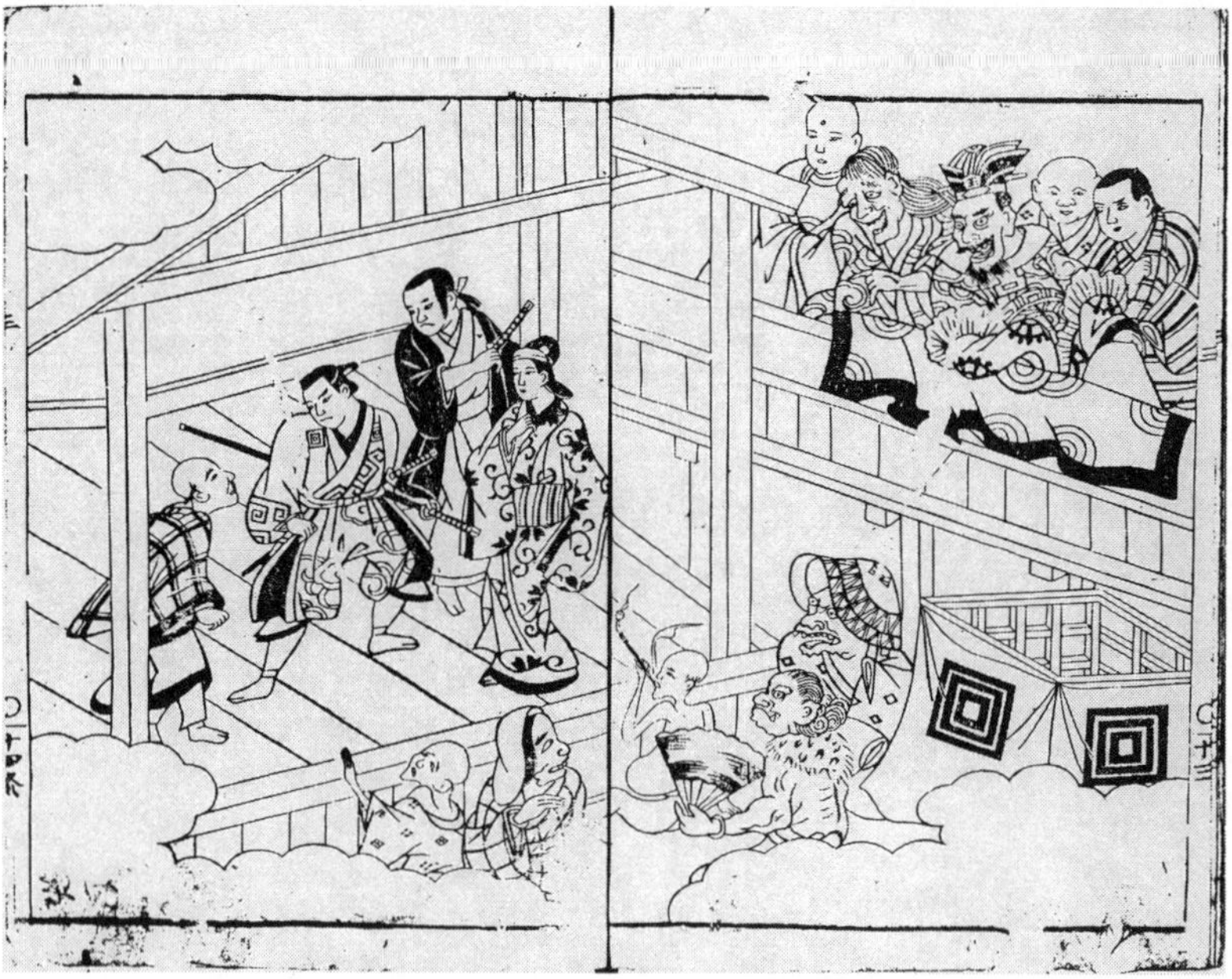

図⑮『正徳追善曾我』三之巻　13ウ・14オ

一）と村山平十郎、太鼓を初代荒木与次兵衛が勤めた、とする。

宝永七年（一七一〇）十一月頃刊かとされる浮世草子(12)『寛濶役者片気《かんかつやくしゃかたぎ》』（江島其磧《えじまきせき》作か）上巻一章は、初代市川団十郎（宝永元年没・一七〇四）・初代中村七三郎（宝永五年没・一七〇八）・初代荻野沢之丞（宝永元年没）の顔合わせで、賽の河原での芝居「名古屋山三《なごやさんざ》」を上演し、既に大当りを取った閻魔王の手代が、十一月一日（藤十郎の忌日）より地獄で顔見世興行をすると、初代坂田藤十郎《さかたとうじゅうろう》（宝永六年没・一七〇九）を迎えに来る話で、挿絵に賽の河原での芝居見物に来た仏や亡者達・初代中村七三郎や初代市川団十郎の紋看板の見える鼠木戸が描かれている。但しその他の話はむしろ最期物語の系譜を引いており、初代坂田藤十郎・初代市川団十郎・初代中村七三郎・二代目嵐三右衛門に恋慕した女性達をめぐる叢話である。

宝永四年（一七〇七）三月刊『役者友吟味《ともぎんみ》』江戸の部開口「月の光りか、やく嫁入」では市川覚栄《かくえい》（初代団十郎）・初代生島大吉《いくしまだいきち》（宝永三年四月没・一七〇六）が、三途川の姥が孫を亡くしたために、賽の河原の旅芝居が鳴物遠慮となったので、閻魔王に少しの間暇をもらってきたと、娑婆の役者評判をしに現れる。生島大吉は、宝永三年二月、尾州の奥女中と通じて投獄され、出獄後狂死した役者である。

寛保三年（一七四三）正月刊の役者評判記『役者和歌水《わかみず》』江戸の部、三代目市川団十郎（寛保二年没）の評に、白抜きで「市川団十郎」とあって簡単な一代記が書かれ、悲嘆にくれる栢莚（二代目団十郎）の夢に団十郎が現れて、狂言で諸

図⑯　『役者小夜衣』下巻三

人の目を喜ばせた功徳によって、浄瑠璃世界に生を受け、黄金の歌舞伎菩薩になった、と記される。

　宝暦九年（一七五九）正月刊『役者談合膝《だんごうひざ》』江戸の部は、宝暦八年九月に死んだ二代目市川海老蔵（二代目団十郎）の追善の趣向が様々に凝らされている。開口「豆数に若やいだ地獄極楽」は、近年地獄の風俗が変わってきたことを述べ、海老蔵の略歴、去年の秋より舞台を引いていたところ、西方極楽の芝居より一万両で抱えに来た話となる。座組は初代助高屋高助《すけたかやたかすけ》（初代沢村宗十郎・三代目沢村長十郎、宝暦六年没・一七五六）・二代目大谷広次《ひろじ》（宝暦七年没）・瀬川路考《ろこう》（初代菊之丞、寛延二年没・一七四九）・瀬川菊次郎（宝暦六年没）で、「九月廿日比にもなれば．娑婆から海老蔵がのぼるげなと．極楽の町中毎日〳〵待しに．廿四日に乗リ込とて．通リ筋は押シ合へし合ての見物．太夫本ト蓮池阿弥陀之助より六道の辻迄遠見を出し．例格の通リ三途川お姥宅迄出迎ひを付ケ置キ」、海老蔵到着の後は、盛大な芝居乗り込みの祝儀をする。更に顔見世初日は「蓮台の紋のやぐら幕天にひるがへり．芝居側には地ごくにて間に合ぬ堅炭《かたずみ》の山をつかせ．鬼に見せられぬせんべいの作り物．地蔵菩薩の子供連中より．井籠《せいろう》おびたゝ敷ク積ならべ．三途川のお姥より．苧《を》千ン把．台にのせ．弘誓《ぐぜい》の船頭仲カ間よりは木綿のぼりを百本立．其外菩薩達の送クり物．中々筆にも尽しがたく．冥途の老若男女貴賤の差別なくゑいとう〳〵の大入押シ」となる（図⑰）。狂言外題は「釈迦勇《しやかのゆう》　提婆《だいばが》勢《いきほひ》　仏国

図⑰　『役者談合膝』江戸巻開口

太平記」で、左右にそれぞれ極楽と海老蔵に因んだ語りが書かれる。また評判の本文でも「江戸名物　市川海老蔵」の白抜き文字に続き長文の一代記的記事が書かれる。

以上のことより、地獄・極楽における物故歌舞伎役者達による芝居上演という趣向は、元禄期から見られるものであり、特に役者評判記でよく使われたことが窺われる。

『中凋花小車』・『〔中車光陰〕』が、最期物語の片鱗を垣間見させる部分がありながらも、この部分があまり強調されないのは、絵を主体とする草双紙には地獄での故人役者達による芝居上演といった題材の方が適していたことを表していよう。また、『中凋花小車』・『〔中車光陰〕』・『江戸贔屓八百八町』の三作品共に、登場する役者・囃子方等は全て似顔絵で描き分けられており、役者似顔絵草双紙としても比較的早い時期のもので、[13]描法の目新しさを活かす意味でもこの趣向が選ばれたのであろう。

『中凋花小車』・『〔中車光陰〕』・『江戸贔屓八百八町』で、八百蔵が演じている助六（図③・⑫）、荒行（図⑤）、曾我の対面での五郎（図⑦）、勘平（図⑨）、暫（図⑩）は、全て明和五年（一七六八）以降という近接した時期に、一度ならず演じているものである。勘平以外は荒事の要素が強い役柄で、役者評判記『役者角力勝負附』（明和六年七月刊・一七六九）に、「更名《かうめい》いごあら事はお家やつしぬれ事所作ともにじゆうな舞台」（更名とは宝暦十三年十一月・一七六三・以降のこと、筆者注）と評された、八百蔵の特徴と人気の程をうかがわせる。『役者穿鑿論』（安永六年夏序・一七七七・劇場大通庵）に記される、安永四年（一七七五）十一月に中村座が八百蔵をかかえたがった時に、三代目海老蔵（四代目市川団十郎）が、「市川の名字を奪う」と脅して市村座に留めた事件の背景には、こうした圧倒的な人気を持つ「市川」一門役者への、市川宗家の危惧を感じさせるのである。

四　地獄破り説話

八百蔵が地獄から極楽へと向かう地獄破り的構成を持つことも、三作品に共通して見られるものであるが、この地獄破り説話も、芸能の世界では「朝比奈地獄破り」として伝統的に存在するものである。(14) 即ち狂言『朝比奈《あさひな》』(15)は、朝比奈が閻魔を手玉に取り、和田合戦の仕方話をして、閻魔に七つ道具を持たせて極楽へ案内させたという内容である。朝比奈はまた曾我物歌舞伎に登場する人物であることから、朝比奈役を得意とした初代中村伝九郎の死に際し、「朝比奈地獄破り」の趣向の追善文が創られている。

正徳四年（一七一四）正月刊『役者目利講《めききこう》』江戸の部、立役巻軸の初代中村伝九郎（正徳三年没）の評判については、既に戸板康二氏の指摘(16)があるが、得意であった演技や葬送の様子を述べた後、「おどけ人」であった伝九郎が極楽へ行く前に、まず地獄を見てみようと地獄へ行った様が書かれる。伝九郎がボタン付きの黒衣で骸骨の餓鬼踊りをして行くと、未熟な鬼共が常の餓鬼と思って、たゞ一口と走り寄る。伝九郎は骸骨の衣裳を脱ぎ捨て、頭を結い直し、三つ髭をかけて「小林の朝比奈を知らざるか」と、鬼共を荒事で踏み散らし、二十五菩薩に鳴物を鳴らさせて所作事をし、極楽へ行った、とある。

なお、八百蔵の追善草双紙が「朝比奈地獄破り」の系譜上にある構成を持つばかりでなく、狂言『朝比奈』の影響を受けている可能性も考えられる。『江戸贔屓八百八町』九丁表で、蓮切丸の刀詮議を地蔵から頼まれた八百蔵が、「助六」もどきに喧嘩を仕掛けて閻魔が刀を所持することを知り、極楽堤に閻魔を待ち受けるところで、閻魔が「さつきからどふれで　八百くさいにほひがした」と言う。これは狂言『朝比奈』で地獄の窮乏に困った閻魔が、六道の辻で罪人を捉えて地獄へ連れ行こうとするところで、「クシ　クシ　クシ。イヤ　罪人が来たとみえて、人臭うなった。」という部分に着想を得た可能性もある。

『籬の菊』では、若女方の二代目瀬川菊之丞に地獄破りはそぐわなかったためか、閻魔達を懲らしめるのは初代市川団蔵（元文五年没・一七四〇）であり、閻魔は団蔵によって、浅草蔵前の閻魔堂に追いやられるのである。

おわりに

『中凋花小車』・『〔中車光陰〕』・『江戸贔屓八百八町』の三つの八百蔵追善草双紙は、最期物語・冥途での芝居興行・地獄破り説話という、芸能の伝統を踏まえた特徴を兼ね備えている。また、三作品とも歌舞伎役者・囃子方・狂言作者が似顔で描かれており、死んだ役者の面影を偲びたいという贔屓の心理を利用すると共に、似顔絵という描法としての目新しさを活かす意味でも、物故役者達による歌舞伎上演という趣向が選ばれた。そしてこの三作品によって確立された追善草双紙の手法は、合巻期にまで引き継がれていくのである。(17)

ところで、明和七年正月刊（一七七〇）『風流いかい田分』（富川房信画）は、明和五年没の二代目坂東彦三郎を中心に、既に故人となった役者達、二代目市川海老蔵（宝暦八年没・一七五八）

図⑱　二代目市川八百蔵の死絵　細判錦絵

・二代目中島勘左衛門（宝暦十二年没・一七六二）・初代中村助五郎（宝暦十三年没）・初代助高屋《すけたかや》高助《たかすけ》（宝暦六年没・一七五六）を仄めかす登場人物で脇を固めたものであり(18)、追善際物草双紙の嚆矢『籬の菊』ほど明確ではないが、やはり追善の意図を持って創作された初期草双紙である、と考えることができよう。

現在のところ死絵の嚆矢は二代目市川八百蔵のものとされている（図⑱）(19)。してみると草双紙および一枚絵における絵画表現による追善物は、この安永六年の二代目市川八百蔵の死を契機として格段の発展を遂げたもの、ということになる。

注

（1）「歌舞伎俳優追善草双紙」（棚橋正博・『帝京大学文学部紀要』第二十号・昭和六十三年十月刊・一九八八・後「歌舞伎俳優追善黄表紙序説」と改題して『黄表紙の研究』・平成九年刊・一九九七・若草書房に所収）。

（2）『日本古典文学大辞典』（昭和五十九年刊・一九八四・岩波書店）「風流瀬川咄」の項（中山右尚）・「歌舞伎俳優追善黄表紙序説」。

（3）「歌舞伎俳優追善黄表紙序説」。

（4）土田衛氏ご垂教による。『近世芸文集』（祐田義雄先生華甲記念・天理大学国語国文学会・昭和四十五年刊・一九七〇）所収。「嵐三郎四郎をめぐって」（土田衛・『西鶴論叢』・昭和五十年刊・一九七五・中央公論社・後『考証元禄歌舞伎』・平成八年刊・一九九六・八木書店に所収）に指摘あり。その後の追善歌祭文については、「俳優追善の歌祭文」（松崎仁・『日本歌謡集成　十一　月報』・昭和五十五年刊・一九八〇・東京堂出版・後『歌舞伎・浄瑠璃・ことば』・平成六年刊・一九九四・八木書店に所収）に詳しい。また、「中村七三郎最期物語　をどりくどき」（『日本歌謡集成　巻七』「第二踊口説集」・昭和三十五年刊・一九六〇・東京堂出版）もある。

（5）武井協三氏ご垂教による。

（6）「嵐無常物語（上）―解釈とその理解」（野間光辰・『国語・国文』昭和十六年八月号・一九四一・後『西鶴新攷』・昭和二十三年刊・一九四八に所収・後『西鶴新新攷』・昭和五十六年刊・一九八一・岩波書店に所収）
「嵐都の土の一節」（野間光辰・『国語・国文』昭和十六年十一月号・一九四一・後『西鶴新攷』に所収・後『西鶴新新攷』に所収）
「嵐無常物語（中）―解釈とその理解」（野間光辰・『国語・国文』昭和二十一年一月二月合併号・一九四六・後『西鶴新攷』に所収・後『西鶴新新攷』に所収）
「嵐三郎四郎の最期―嵐無常物語」（野間光辰・『国語・国文』昭和二十三年四月号・一九四八・後『西鶴新攷』に所収・後『西鶴新新攷』に所収）
「再説嵐無常物語」（野間光辰・『ビブリア』昭和三十九年八月号・一九六四・後『西鶴新新攷』に所収）。
「人気役者最期物語」（松崎仁・『日本の説話』第五巻近世・昭和五十年刊・一九七五・東京美術社・後『歌舞伎・浄瑠璃・ことば』に所収）
「最期物語の変貌と元禄歌舞伎」（松崎仁・『立教大学日本文学』・昭和五十年七月刊・一九七五・立教大学日本文学会・後『歌舞伎・浄瑠璃・ことば』に所収）
「嵐三郎四郎をめぐって」（土田衛・『西鶴論叢』・昭和五十年刊・一九七五・中央公論社・後『考証元禄歌舞伎』に所収）。
「西鶴文学における演劇と演劇的なるもの」（土田衛・『講座日本文学　西鶴・下』・昭和五十三年刊・一九七八・至文堂・後『考証元禄歌舞伎』に所収）
「『伊藤鹿子』（仮称）の紹介」（武井協三・『演劇研究会会報』第十一号・昭和六十年六月刊・一九八五・後『若衆歌舞伎・野郎歌舞伎の研究』・平成十二年刊・二〇〇〇・八木書店に所収）
（7）「最期物語の変貌と元禄歌舞伎」
（8）「役者説話の形成―市川八百蔵の場合―」（郡司正勝・『日本の説話』第五巻に所収）
（9）注（3）参照。

（10）武井協三氏ご垂教による。

（11）『新群書類従』（明治四十一年刊・一九〇八・国書刊行会）第三所収『正徳追善曾我』は、天保九年（一八三八）七代目市川団十郎による書き入れと、明治十八年（一八八五）河竹黙阿弥による書き入れが末尾にあり、黙阿弥が見習い時代に書き写した物と思われる。団十郎の書き入れによると、団十郎自身の所蔵である『追善曾我』（正徳六年刊・一七一六）と石塚豊芥子蔵の『宝永忠信物語』は同じものであって、石塚豊芥子蔵の板本を七代目が譲り受ける時に筆写したものを豊芥子に戻したとある。一・三・四之巻は『正徳追善曾我』の書名、二・五之巻は『宝永忠信物語』の書名になっており、跋にも「宝永二乙酉歳正月吉辰　江戸芝神明前　山田屋三四郎版行」とある。これらのことから、『新群書類従』所収の『正徳追善曾我』は取り合わせ本ではあるが、内容は初板の『宝永忠信物語』（宝永二年刊・一七〇五）の時と同様のものと思われる。但し現在唯一残っている国立国会図書館蔵の『正徳追善曾我』は、この『新群書類従』所収本ではない。

（12）『八文字屋本全集』第二巻（平成五年刊・一九九三・汲古書院　所収本の解題に、宝永七年（一七一〇）十一月の坂田藤十郎一周忌頃に原刻本刊で、現存本は正徳元年（一七一一）十一月頃刊かとされている。

（13）この三作品が際物出版された約半年前、安永六年（一七七七）正月には、題簽のみ役者似顔絵で描かれ、本文は黒本・青本時代の類型的描かれ方をしている作品群が、松村屋より刊行されている。「黒本・青本・黄表紙と似顔絵」（『浮世絵芸術』一一四・平成七年一月刊・一九九五）第三章第二節参照。

（14）注（8）参照。

（15）狂言『朝比奈』は、寛正五年（一四六四）の糺河原勧進猿楽での上演記録がある。

（16）「評判記の散歩」（『歌舞伎評判記集成』第一期第六巻月報・昭和四十九年十月刊・一九七四）

（17）追善合巻の先行研究には次のようなものがある。

「『路考訥子追善　比翼紋対晴着』」（『実践国文学』第三十六号・佐藤悟・平成元年十月刊・一九八九）

「『路考訥子追善　比翼紋対晴着』（翻刻）」（『実践国文学』第三十八号・佐藤悟・岩崎由香里・藤本恵里砂・森淑江・平成二年十月刊・一九九〇）

「役者の追善合巻『三瀬川上品仕立』と『三ツ瀬川法花勝美』をめぐって」（『館報　池田文庫』第二号・北川博子・平成四年十月刊・一九九二）

（18）「初期草双紙と演劇」（『黒本・青本の研究と用語索引』・平成四年二月刊・一九九二・国書刊行会）第二章第三節参照。

（19）『秘蔵浮世絵大観　別巻』（平成二年刊・一九九〇・講談社）チェスタービーティ図書館蔵・五四の浅野秀剛氏解説による。

（図版リスト）

①『中凋花小車』三丁裏・四丁表、東京都立中央図書館加賀文庫蔵。

②『中凋花小車』四丁裏・五丁表、東京都立中央図書館加賀文庫蔵。

③『中凋花小車』五丁裏・六丁表、東京都立中央図書館加賀文庫蔵。

④『中凋花小車』八丁裏・九丁表、東京都立中央図書館加賀文庫蔵。

⑤『中凋花小車』九丁裏・十丁表、東京都立中央図書館加賀文庫蔵。

⑥『中凋花小車』十丁裏・十一丁表、東京都立中央図書館加賀文庫蔵。

⑦『〔中車光陰〕』三丁裏・四丁表、東北大学狩野文庫蔵。

⑧『〔中車光陰〕』八丁裏・九丁表、東北大学狩野文庫蔵。

⑨『〔中車光陰〕』九丁裏・十丁表、東北大学狩野文庫蔵。

⑩『江戸贔屓八百八町』三丁裏・四丁表、国立国会図書館蔵。

⑪『江戸贔屓八百八町』五丁裏・六丁表、国立国会図書館蔵。

⑫『江戸贔屓八百八町』六丁裏・七丁表、国立国会図書館蔵。

⑬『江戸贔屓八百八町』十丁裏、国立国会図書館蔵。

⑭『正徳追善曾我』三之巻八丁裏・九丁表、国立国会図書館蔵。

⑮『正徳追善曾我』三之巻十三丁裏・十四丁表、国立国会図書館蔵。

⑯『役者小夜衣』下巻三だんじり六法《ろっぽう》弘誓《ぐぜい》のふね、By permission of the Syndics of Cambridge University Library.

⑰『役者談合膝』江戸巻開口、演劇博物館蔵。

⑱ © The Trustees of The Chester Beatty Library, Dublin. 勝川春童画、二代目市川八百蔵の死絵、細判錦絵、安永六年、落款「蘭徳斎春童画」、印章「林」（壺印）、板元未詳。

第四節　六代目市川団十郎追善草双紙の中の市川家の芸

はじめに

初期の死絵（或いは追善絵、以下死絵で統一する）に関する研究は、近年に至るまであまりなされていなかった。林美一氏の「死絵考　その上――死絵の発生期とその展開――」[1]に、明治以降の死絵研究が概観されている。それによると、明治四十五年（一九一二）七月『此花』二十二号における宮武外骨氏の「死絵考」はその始まりを「寛政初年頃」とし、「役者の似顔絵が盛んに行はれた当時、初代の中村秀鶴や瀬川如皐《ママ》」の似顔絵に法号など擦込んだのを起源とする。大正三年（一九一四）の永井荷風氏の「大窪多与里」では死絵の起源を「勝川春章あたりか」とする。大正九年（一九二〇）九月の尾崎久弥氏の「死絵考」[2]では、「役者似顔絵が最盛期を迎えた寛政初期」に「初代中村仲蔵や、二代目市川門之助」などの名優を記念する意味で作られ、「創造者は晩年の春章か、門人の春英あたり」とする。昭和十年（一九三五）七月刊『国民百科大辞典』（冨山房）所載の大村弘毅氏「死絵」の項には、その初出を「寛政十一年」とし、六代目市川団十郎・四代目中村伝九郎の死絵が「最古の物の一つであらう」として、水裃姿で右手に菖蒲を持って立つ六代目団十郎の追悼の狂詠入り大錦・国政画、水裃姿で立つ四代目中村伝九郎の追悼の狂詠入り細絵・

春英画、お高祖頭巾で右手に樒を持ち没日と戒名・行年を入れた四代目岩井半四郎の細絵・春徳画の三図を死絵最古の作品として紹介している。更に林氏は「死絵考　その下」[3]の中で補記として、昭和四年（一九二九）五月『軟文学研究』創刊号所載の秋庭太郎氏「死絵について〈八世市川団十郎の死絵〉」で、死絵の創始期を寛政初年とし、寛政八年没二代目嵐小六・勝川春亭画の細判を所蔵しているという記述を紹介している。そして林美一氏自身は、安永六年からの追善草双紙の企てが、浮世絵版画にも影響を与え死絵が現れるようになったと考えるのが最も妥当な経過とされ、寛政六年十月の二代目市川門之助の二枚続き大判錦絵の死絵・東洲斎写楽画を現存死絵の最古の作品とされている。

昭和六十年（一九八五）代以降、死絵の研究は飛躍的に進展した。浅野秀剛氏は天明二年（一七八二）四月に死んだ初代坂東三津五郎の死絵を紹介され、無落款ながら勝川春章を画工と推定された[4]。更に同氏は、安永六年（一七七七）七月に死んだ二代目市川八百蔵の死絵（落款「蘭徳斎春童画」）も発見された[5]。また、新藤茂氏が五代目市川海老蔵の死絵解説の中で、死絵の確認される役者について初期のものを列挙されている[6]。岩田秀行氏は、明和五年（一七六八）頃に制作されたと思われる勝川春章画の初代市川雷蔵の助六、明和六年頃の春章画の二代目市川海老蔵の外郎売を、落款や様式等から、歌舞伎上演年から隔たって追善の意味で制作されたものとした[7]。これらの研究の動向を受け、原道生氏は、主に芸能の側からの「死絵」流行の意味を詳細に考察した[8]。

ところで、追善草双紙の研究に関しては、あまり進んでいるとは言い難い。初期追善草双紙の嚆矢とされる、安永二年刊『籬の菊』については棚橋正博氏の「歌舞伎俳優追善草双紙」[9]、安永六年刊の二代目市川八百蔵の追善草双紙については、拙稿「初期追善草双紙考――二代目市川八百蔵の死をめぐって――」がある[10]。また、明和年間にも追善草双紙が刊行されている可能性についても、若干触れたことがある[10]。

一　死絵と追善草双紙との相互影響関係

現在のところ、死絵の嚆矢は二代目市川八百蔵のものとされている(11)（図①）。特に『燕雀論』（寛政元年写・一七八九・紀豊綱・岩瀬文庫蔵）に、「早くも彼が形を画がき、板におこし、其様水上下を着し、手に筆と短冊を持、上の方に柳を書、かたわらに「秋風や土となり行露のたま」といへる一句を記し、是をうれば、其はやること日々千万の数を以てせり。彼ひいきなる女、是の画をかいて、朝夕香花を手向、ねんごろに回向す」（私に句読点を付す）と記されるものは死絵と推測されるが、これは現在発見し得ていない。しかしこのスタイルがその後の死絵の定型となったものと思われる。水裃を着た八百蔵は、追善草双紙『中凋花《なかにしぼむはなの》小車《をぐるま》』（安永六年刊・一七七七・画工未詳・鶴屋板）（図②）・『〔中車光陰〕』（安永六年刊・追善久陽作・鳥居清経画・板元未詳）（図③）に見られ、手に筆と短冊を持った姿は、『〔中車光陰〕』（図④）に見られる。

次いで現存の死絵は、天明二年（一七八二）二月十日、三十八才で急死した初代坂東三津五郎(12)（図⑤）のものであり、水裃を着て手に扇を反対に持つ様は、『中凋花小車』（図②）・『〔中車光陰〕』（図③）と同じである。更に初代坂東三津五郎の追善草双紙『蜀魂《ほとゝぎす》三津啼《みつのさえずり》』（天明二年刊・雀千声作・勝川春旭画・板元未詳）においては、本文中に『中凋花小車』・『〔中車光陰〕』・『江戸贔屓八百八町』（安永六年刊・蓬莱山人亀遊作・松村屋板）からの影響が明記されており(13)、短時間で作成せねばならない際物追善草双紙が、前回の追善草双紙を参照し、そのまま踏襲して作るという出版事情を窺わせる。

寛政六年（一七九四）十一月十九日、五十二才で死んだ二代目市川門之助には死絵は二枚現存するが(14・15)、追善草双紙は発見されていない。

寛政十一年（一七九九）五月十三日、二十二才で死んだ六代目市川団十郎には、初代歌川国政が描く多くの死絵[16・17・18・19]（図⑥・⑦・⑧・⑨）がある。追善草双紙は二種ある。

『東発名《えどのはな》皐月《さつき》落際《のちりぎわ》』（寛政十一年刊・曲亭馬琴作・画工未詳・鶴屋板）は、地獄破り・物故役者達による歌舞伎上演・極楽での先祖との対面といった定型をとりながら、団十郎の家の芸尽くしを六代目に演じさせるもので、最終丁には死絵と類似した図がある（図⑩）。『市川団十郎極楽実記』（福満多山人作・豊丸画・板元未詳・表紙裏より本文が始まる）は、極楽の舞台に乗り込み、物故役者達と共演する団十郎の前に、団十郎を慕って自殺したお升が現れるという話である。地獄を逃れたお升は、地蔵と共に舞台の上に暫のごとく登場し、地蔵の扱いで団十郎と盃を交わす。団十郎は仏果を得て、極楽で自由自在の暮らしを楽しむ、といったあらすじである。熱狂的なファンの後追い自殺を取り上げた点が、若干目新しいが、地獄破り・物故役者達による歌舞伎上演という大枠は踏襲している。叢豊丸こと二代目勝川春朗の描く絵も拙い（図⑪）。

寛政十一年八月二十八日、二十六才で死んだ四代目中村伝九郎の死絵（図⑫）[20]もまた、八百蔵以来の定型のものである。追善草双紙『追善極楽実記』（寛政十一年刊・清遊軒＝唐来参和作・百川子興＝栄松斎長喜画・板元未詳）は朝比奈地獄破りのパロディとなっており、朝比奈役をお家の芸とする中村伝九郎と聞いて緊張する鬼や閻魔王が、和事師の四代目伝九郎に拍子抜けして酒盛りをするが、天人達にもてる伝九郎に嫉妬して引き立てようとする所へ六代目団十郎が現れて伝九郎を救う、そして物故役者達による歌舞伎上演へとなる。これもまた、最終丁には死絵と類似した図がある（図⑬）。

このようにしてみると草双紙および一枚絵における絵画表現による追善物は、安永六年に四十三才で死んだ二代目市川八百蔵を契機として格段の発展を遂げたものであり、かつその後の追善草双紙や死絵に一つの型を与えたものと言えよう。三代目市川海老蔵と市川桃太郎の追善草双紙『三歳繰珠数　暫《みとせぐりじゆずのしばらく》』（安永七年刊・一七七八・肝釈坊＝烏亭焉馬作・磯田湖龍斎・一筆斎文調画・板元未詳）のように、死絵が現存していない例もあるが、二代目市川八百蔵・初代坂東三津五郎・六代目市川団十郎・四代目中村伝九郎等の急死した人気役者には、死絵も追善草双紙も出版されて現存しており、その図柄を細かく検討すると両者の近しい関係を如実に示すものがある。そして六代目団十郎の時には、死絵・追善草双紙共に出版物としての定着を示していた、といえよう。

二　『東《えどの》発《は》名《な》皐月《さつきの》落際《ちりぎわ》』における「市川家の芸」意識

寛政十一年（一七九九）刊『東発名皐月落際』（曲亭馬琴作・画工未詳）は、棚橋正博氏の『黄表紙総覧　中篇』（平成元年刊・一九八九・青裳堂書店）には、「歌舞伎俳優の追善草双紙…の中にあって本書が最も纏りのある作柄」と評せられ、画工は歌川豊国か、とされている。たしかに本書は、地獄破り・物故役者達による歌舞伎上演・市川の極楽での先祖との対面といった追善草双紙の定型をとるが、六代目団十郎が市川家の芸尽くしを演じる部分に特徴があると思われる。また、図⑥⑦⑧⑨の死絵が初代歌川国政によって描かれていることと、本書の画風の類似から、歌川国政画である可能性も想定できる。梗概を述べる。

六代目市川団十郎は、去年（寛政十年）顔見世より座頭になり、贔屓連中より、この人こそ才牛・栢莚に並ぶ名人となろうと楽しみにされていたところ、本年四月より病気になり、五月十三日死んでしまった（一ウ・二オ）。三途川の氷地獄にたどり着いた六代目団十郎は、去年顔見世で当てたお家の「六部」姿で、三途川の婆の宿で一夜の宿を頼む（二ウ・三オ）（図⑭）。三途川の婆の知らせを受けた閻魔王は、六代目団十郎は本来極楽へ遣わすべきではあるが、年老いた白猿を嘆かせ贔屓に深い思いをかけさせた罪障を滅するために、しばらく地獄に留めるという。そこへ初代尾上菊五郎が、親白猿に恩を受けたことを忘れず、極楽より迎えに来る（三ウ・四オ）。言葉を尽くして極楽へ団十郎を同道することを願う菊五郎は、閻魔王の逆鱗に触れ、大釜の中へ投げ入れられようとする。その時団十郎は家の荒事「暫」にて菊五郎を救い、極楽へと菊五郎を送り返す（四ウ・五オ）（図⑮）。団十郎は自分も極楽へ行こうとするが、閻魔王の命令で鬼達が極楽への通路である黒金の門を閉めてしまった。団十郎は鬼殺しの酒粕を丸めて丸薬とし、家の芸の「外郎売」の台詞で鬼達に心許させ、その丸薬を番の鬼共に飲ませる。鬼共が正体なく打ち伏す内に、団十郎は難なく鉄城の関を越える。そこへ数万の鼠が現れ、猛火もしきりに燃え上がるので、団十郎は、娑婆で盗みをした者が畜生道へ堕ち、鼠となって苦しむ姿と悟り、今年（寛政十一年）の春当てた「荒獅子男之助」の鉄扇で、鼠の頭を打ち砕き、残らず仏果を得させる（五ウ・六オ）（図⑯）。なおも極楽への道を急ぐ団十郎は焦熱地獄へ来かかり、炭火の上に青竹を渡し、罪人をその上に乗せて苦しめる様を見るに忍びず、先祖相伝の「竹抜き五郎」の出で立ちで鬼共を懲らしめる（六ウ・七オ）（図⑰）。所詮力ずくでは団十郎には敵わないと、鬼共は騙して舌を抜こうと梁の上に隠れていたが、釘抜きを落としてしまう。釘抜きの逆さまに立つのを見て、団十郎は代々当てた「粂寺弾正」の役を思い出し、忍びの鬼を突き生かす。もはや剣の山一つ越えれば極楽への近道ではあったが、いかなる荒事仕でもこの山は越えられまいと、鬼共は油断をしていたが、団十郎は「いざり景清」の車に乗り、易々と剣の山を越えてゆく（鬼の言葉に「いやはや呆れ返るほど家の芸がたくさんある」とある）（七ウ・八オ）（図⑱）。団十郎が極楽の東門にさしかかると、娑婆の贔屓の涙が血の雨となって降ってくるので、この春当てた「助六」の唐傘をさして蓮華の花道へ出ると、市川によしみのある役者が極楽より迎えに来る。団十郎が助六の出端の出で立ちをしているのを見て、秀鶴（1中村仲蔵・寛政二年没・一七九〇）は意休、1中村里好（天明六年没・一七八六）は揚巻、1佐野川万菊（延享四年没・一七四七）は白玉、2市川門之助（寛政六年没・一七九四）は白酒売り、3嵐七五郎（寛政十年没・一七九八）はかんぺら門兵衛、2中村仲蔵（寛政八年没・一七九六）は伊東九郎八、松本大七は朝顔仙平となり、その他市川八百蔵（代数未詳）、市川雷蔵（代数未詳）、千三五郎、1大谷友右衛門（天明元年没・一七八一）、1坂田半五郎（享保二十年没・一七三五）、2坂田半五郎（天明二年没・一七八二）、大谷広右衛門（代数未詳）が後見を勤める（八ウ・九オ）（図⑲）。団十郎は、中村仲蔵・市川門之助・尾上菊五郎の案内で極楽の楽屋へ入ると、元祖才牛は市川の水上に立って芸道の光を残し、二代目栢莚は成田不動、三代目は制吒迦童子、四代目は矜羯羅童子（但し図には三代目が矜羯羅童子、四代目が制吒迦童子）、桃太郎とも名乗りあい、市川の荒事で罪人を救った功徳により仏果を得る。（九ウ・十オ）（図⑳）。六代目団十郎は、去年の顔見世で初座頭を勤めたのに、今年の夏はかなく死んでしまった。そのため家の芸さえ見残して、名残を惜しむ見物が多く、故に市川流の家の芸をそのままに作り、団十郎贔屓の手向けの種とする（十ウ）（図⑩）。

このように、『東発名皐月落際』に描かれた市川のお家芸を登場順に挙げてみると、六部・暫・外郎売・荒獅子男之助・竹抜き五郎・毛抜き・いざり景清・助六となる。荒事を中心とした市川のお家芸であり、本書ほど明確でないが、二代目市川八百蔵の追善草双紙『中凋花小車』・『〔中車光陰〕』・『江戸贔屓八百八町』でも、助六や曾我五郎、暫や荒行といった、市川の荒事を地獄で演じる趣向を取る[21]。これは、初代坂東三津五郎や四代目中村伝九郎の追善草双紙と比較してみれば、その違いは明らかなことで、同様の興行を前者は『菅原伝授手習鑑』や実際に大当りを取った道成寺舞踊を、後者は曾我物での曾我十郎を演じている。更にさかのぼれば、宝永二年（一七〇五）刊の初代市川団十郎の追善物『宝永忠信物語』では、団十郎らが地獄で芝居をする夢を見た主人公が、品川の茶屋で団十郎を偲んで曾我五郎の草摺引を演じるという部分があり、初代の時から市川家の追善物では、荒事を演じるという趣向が使われていることがわかる。荒事を成立させる基盤にあった荒人神信仰[22]が、市川家の追善のみを、他の役者達とは異なる荒人神として祀る形式にしてしまっている、ということができよう。そしてこの荒事芸が、後に歌舞伎十八番へと変容しながら定着する。

　ところで、歌舞伎十八番は、天保十一年（一八四〇）三月「勧進帳」初演の際に、口上看板のなかで五代目市川海老蔵が「歌舞伎十八番の内」と銘記したのに始まるとされていた[23]。しかしながらそれより以前、天保三年（一八三二）三月、七代目市川団十郎が五代目海老蔵と改名し、息子を八代目団十郎とした際の『助六所縁江戸桜』上演時に配った摺物[24]に、「歌舞伎狂言組十八番」とあり、これを「歌舞伎十八番制定記念」と見る見方[25]もある。

　服部幸雄氏は、「七代目に歌舞伎十八番制定の意図を抱かせるに至った経過の中に、烏亭焉馬の存在とその果した役割とを逸することはできまい[26]」とし、天明九年（寛政元年・一七八九）刊『江戸《えど》客気《かたぎ》団十郎《だんじゅうろう》贔屓《ひいき》』・寛政四年（一七九二）刊『御江都《おえど》飾蝦《のかざりえび》』の序（山東京伝がよせたもの）・寛政十二年（一八〇〇）刊『団十郎《だんじゅうろう》七世《しちせ》嫡孫《のまご》』等の烏亭焉馬編作品中での、団十郎代々の当り芸を抜き出して紹介しようという意識について述べている。ちなみに服部氏論文中に挙げられている、三書中の団十郎当り芸は次のようになる。

『江戸客気団十郎贔屓』	『御江都飾蝦』	『団十郎七世嫡孫』
暫	暫	暫
黄石公・張良		関羽

竹抜五郎
虚無僧の五郎・草摺引
助六
矢の根
鳴神
正成・正行
牢破りの景清
景清
蛇柳
上総五郎兵衛
ういろう売
五代目の暫

助六
矢の根
鳴神
景清（二種）
上総五郎兵衛
外郎
鑷《けぬき》
不破
不動

助六
矢の根
鳴神
景清（二種）
外郎
鑷《けぬき》
不破
六拾六部
不動
荒獅子男之助
弁慶

天明六、七年（一七八六・七）に三升連を組織したとされる[27]立川焉馬が、「白猿のために著した最初の書物[28]」である『江戸客気団十郎贔屓』は、五代目に至るまでの代々の団十郎の芸歴を評判記形式で記したもので、十五種の当り役の挿絵がある。寛政三年（一七九一）の顔見世で、四代目海老蔵が六代目団十郎を襲名した記念の『御江都飾蝦』は、山東京伝の序が市川家の芸尽くしとなるのだが、本文は五代目の芸歴や評判、狂歌が中心である。三代目瀬川菊之丞の力により[29]、寛政十二年（一八〇〇）市村座顔見世での七代目襲名を祝した『団十郎七世嫡孫』の立川焉馬序には、『御江都飾蝦』以前に見られる「上総五郎兵衛」がなく、「関羽・六拾六部・荒獅子男之助・弁慶・工藤」が増加している。そして、本書『東発名皐月落際』に描かれた市川のお家芸、六部・暫・外郎売・荒獅子男之助・竹抜き五郎・毛抜き・いざり景清・助六には、『団十郎七世嫡孫』のみに記される「六拾六部」・「荒獅子男之助」が含まれている。これは実際の歌舞伎上演の実態を反映したものと思われる。

三　五・六代目団十郎による市川家の芸

明和末年からの五代目・六代目団十郎による家の芸の上演は、次のようになる。

明和七年（一七七〇）正月十五日中村座『鏡池《かがみがいけ》俤《おもかげ》曾《そ》我《が》』
3松本幸四郎（5団十郎）による**外郎売**。

同　十一月一日中村座『鵺森《ぬえのもり》一陽的《いちやうのまと》』

5団十郎の瀧口競、初**暫**。

明和八年（一七七一）十一月一日森田座『葺換《ふきかへて》月吉原《つきもよしはら》』

5団十郎の**荒獅子男之助**、**暫**の出。

安永二年（一七七三）十一月一日中村座『御摂《ごひゐき》勧進帳《くわんじんちやう》』

5団十郎の熊井太郎にて**暫**。**不動明王**。

安永三年（一七七四）十一月一日森田座『一ノ富突顔見世《いちのとみつきのかほみせ》』

5団十郎の片岡八郎にて**暫**。

安永六年（一七七七）正月二十日市村座『常磐春羽衣曾我《つきせぬはるはごろもそが》』

5団十郎の**外郎売実は景清**。

同　十一月一日中村座『将門冠初雪《まさかどかむりのはつゆき》』

5団十郎の加茂兵衛佐重光三立目に**暫**。

安永七年（一七七八）正月十五日中村座『国色和曾我《かいどういちやわらぎそが》』

5団十郎の観音七兵衛実は**景清**（**坊主景清**）。

同　七月十二（十五）日中村座『伊達競阿国戯場《だてくらべおくにかぶき》』

5団十郎の**荒獅子男之助**、細川勝元。

同　十一月一日森田座『伊達錦対将《だてにしきついのゆみとり》』

5団十郎荒川太郎にて**暫**。受けは1中村仲蔵。

安永八年（一七七九）十一月一日中村座『帰花《かへりはな》英雄《ゑいゆう》太平記《たいへいき》』
5団十郎篠塚伊賀守にて暫、受けは1尾上松助。

安永九年（一七八〇）十一月一日中村座『極翻《きてかえる》錦《にしきの》壮貌《わかやか》』
5団十郎の上総五郎兵衛忠光。

天明元年（一七八一）二（三）月十五日中村座『色里通《くるわがよい》小町曾我』
5団十郎の外郎売実は景清。

同　五月五日中村座『分身《ふんじん》矢《や》の根《ね》五郎《ごろう》』
5団十郎の曾我五郎時致にて矢の根。

天明二年（一七八二）正月十五（十六）日中村座『七種《なゝくさ》粧《よそほひ》曾我《そが》』
5団十郎のもぐさ売り実は景清。

同　五月五日中村座『助六《すけろく》曲輪《くるわの》名《な》取草《とりぐさ》』
5団十郎の助六、1中村仲蔵の意休。

同　十一月一日中村座『五代《ごだい》源氏《げんじ》貢《みつぎの》振袖《ふりそで》』
4海老蔵（6団十郎）の奴いせゑびあかん平にて暫のつらね。

天明三年（一七八三）三月三日中村座『江戸《えどの》花《はな》三舛《みます》曾我《そが》』
5団十郎の景清、日向勾当の見え。

天明四年（一七八四）正月七（十五）日中村座『筆始《ふではじめ》勧進帳《くわんじんちやう》』
5団十郎の熊井太郎にて暫。中嶋寅蔵の受け。

同　　二月一日中村座4団十郎追善の『景清牢破り』
　5団十郎の景清。
天明八年（一七八八）正月十五日桐座『けいせい優曾我《なとりそが》』
　4海老蔵（6団十郎）の外郎売藤吉。
寛政三年（一七九一）十一月一日市村座『金護鐔源家角鐔《きんめぬきげんけのかくつば》』
　5団十郎改め鰕蔵の渋谷金王丸にて暫。
寛政四年（一七九二）正月二十三日市村座『若紫《わかむらさき》江戸子曾我《えどっこそが》』
　鰕蔵（5団十郎）の景清・工藤祐経にて薦僧。
同　　十一月一日市村座『菊《こがねぎく》伊達《だて》ノ《の》大門《おおきど》』
　6団十郎の廻国の修行者、実は平知章。
同　　十一月二日河原崎座『大船盛鰕顔見世《おおふなもりえびのかおみせ》』
　鰕蔵（5団十郎）の六部快了、実は長崎勘解由左衛門。えびざこの十。
寛政五年（一七九三）四月二日『英名鏃五郎《えいめいやのねごろう》』
　鰕蔵（5団十郎）の分身矢ノ根五郎・植木売十兵衛実は景清。
寛政六年（一七九四）十一月一日桐座『男山御江戸盤石《おとこやまおえどのいしずえ》』
　鰕蔵（5団十郎）の六部実は阿部貞任、廻国修行良山・鎌倉権五郎景政の暫。
寛政七年（一七九五）十一月一日都座『帰花雪義経《かへりはなゆきもよしつね》』
　6団十郎の熊井太郎にての暫。

寛政八年（一七九六）十一月一（三）日都座『清和二代大寄源氏《せいわにだいおおよせげんじ》』
　鰕蔵（5団十郎）の**廻国修行者**快山実は相馬太郎良門。碓井ノ荒太郎定光にて**暫**。一世一代名残の口上。
寛政九年（一七九七）正月十五日都座『江戸春吉例曾我《えどのはるきちれいそが》』
　6団十郎の観音七兵衛実は**景清**一子あざ丸。
寛政十年（一七九八）十一月一（三）日『花三升芳野深雪《はなとみますよしののみゆき》』
　6団十郎初座頭。白猿（5団十郎）が三十日間座付口上に出て、狂歌を披露（図㉑）。6団十郎篠塚伊賀守にて**暫**（図㉒）。えびざこの十、**廻国の六部**実は畑六郎左衛門。
寛政十一年（一七九九）二月十三日中村座『大三浦伊達根引《おほみうらだてのねびき》』
　6団十郎の**荒獅子男之助**（図㉓・㉔・㉕・㉖・㉗・㉘）。
同　　三月三日中村座『助六《すけろく》　廓《くるわの》　花見時《はなみどき》』
　6団十郎の**助六**（図㉙・㉚・㉛）。

五代目団十郎が多く演じているのが、暫が十一回、景清が八回、六部と外郎売が三回ずつで、特に暫は「動かない」という点で五代目が得意としたものであり、元禄・享保の余風を感じさせるものであった。[30] 寛政八年顔見世での一世一代の暫は、「狂言見連　一日の狂言いたゞきにて……江戸中おしてきて、ばり〳〵との大入」で、「見巧者連　江戸大芝居皃見せ狂言も是迄かとおもわれ、是より二番めはじまりの口上も、聞納と名ごりおしいぞ〳〵」（寛政九年正月刊『役者大雑書』。句読点を私に付した。）と評される。二代目団十郎を想起させる五代目最後の暫は、天明歌舞伎の終焉を感じさせたのであった。更に評は五代目隠居の原因にも及ぶ。「頭取　当時ゑびのひげのさきにとまる役者しゅは、三ヶ津に一人もなく、にらみかへすお相手もなければ…御能役者　歌舞伎狂言の花実を論ずるに、あまり実をするとて物まねになりていやしき有。市川流の芸風、名人の工風かくも有たし。わる口連　ちいさくたとへて見よふなら、めだかばちの中に、金魚がたゞ一疋まじつている様な物で、じやまにされる様な物だ。そこを見きつて大海へおひつこみとは、イヨ江戸前のかざり蝦蔵さま」（『役者大雑書』）。寛政二年（一七九〇）には、天明歌舞伎の名優であり、常に五代目を庇護してきた初代中村仲蔵が五十三才で病没している。(31) 六代目に団十郎を襲名させ、五代目が鰕蔵となったのが、その翌三年。更に寛政八年（一七九六）には引退して、ただの成田屋七左衛門となってしまう。この早すぎる引退は、寛政以後の新しい歌舞伎の流れに取り残されたことを、五代目団十郎自身が自覚していたと考えられる。

　六代目団十郎は、暫が三回、六部が二回、外郎売・景清・荒獅子男之助・助六がそれぞれ一回である。特に荒獅子男之助は、寛政十一年（一七九九）二月十三日中村座上演『大三浦伊達根引』で演じられたもので、『歌舞妓年代記』に「名題かんばんに団十郎男之助の所を絵にかき。只一人鉄扇にてねずみを打見え也。古来より大名題さし絵に一人上るは稀なり。」とあり、鼠を打つ看板絵が評判であったことが窺われる。それは嘉永五年（一八五二）十月改印の「見立三十六歌撰之内　男之助」が六代目団十郎の似顔絵であることからもわかる（図㉜）。寛政十年（一七九八）正月刊『役者舞台粧』では「親父其侭」と褒められていたのが、十一年正月刊『役者三升顔見世』では、「何でも三舛にひいきのついた事を見ろ。江戸中しん場小田原丁、こぞつてうれしかります〳〵」とある。文政元年（一八一八）刊の『以代美満寿《いよみます》』（立川焉馬作）の六代目の項には、寛政十年以降の評として「其頃何をしても評判よかりしが」とあり、十年の顔見世で初座頭となり、六代目の人気がこれからの時の急死であったことがわかる。これらのことから本書『東発名皐月落際』や『団十郎七世嫡孫』に新たに加えられた「六部」や「荒獅子男之助」は、前者は主に五代目が当てた芸であり、後者は特に耳目に新しい六代目の舞台が反映されたものであることが窺われる。

四　六代目団十郎の死の意味

五代目団十郎は、四方山人（大田南畝）を始めとする狂歌連や戯作者達との交流により、文芸作品に自作の狂歌を載せたり登場人物として現れることの多い役者であった。そしてその子供である六代目もまた、狂歌連に大切にされていた。天明二年（一七八二）に徳蔵（後の六代目団十郎）から四代目海老蔵と改名した祝いに、四方山人連中は五代目に、狂歌集『江戸花海老』を贈っている。その中の一節に、

一体あの市川といふ技芸の家は、あの子でてうど六代の名家、元祖団十郎幼名を海老蔵とよびしより、二代目の栢筵、四代目の三升、ともに海老蔵と名のりたり。今三升海老蔵の名を子に名のらせ、我は団十郎を立る志、全く本系を重んじたる仕方、日比の気象ほどありて面白き事なり。

とある。六代目の早すぎた死は、寛政の改革による江戸歌舞伎の変化期と重なったために、一層市川家の芸存続の危機と感ぜられたかのようである。市川家には、二代目の養子でやはり寛保二年（一七四二）二十三才で早世した三代目がいたが、江戸歌舞伎界において特別な存在であった二代目海老蔵の活躍中でもあり、浮世絵や草双紙の出版文化があまり発達していなかったために、こうした動向は見られなかった。多色摺り浮世絵の隆盛、就中死絵の定着と、黄表紙期にあたる成熟した草双紙の出版文化を、六代目団十郎の死は背景にしている。ようやく舞台での人気が定着しかけた時の六代目の死は、五代目に他の男子がいないという危機感と相俟って「市川の家の芸」と共に文芸化された。本書と同じ曲亭馬琴作の寛政十二年（一八〇〇）刊『戯子名所図絵《やくしゃめいしょずえ》』巻之二の「市川山三升堂《いちかわざんさんじょうどう》」の名所として、

「替もんの瀧、不破のいな妻、かけ清いさり松、にらみ石、大太刀の鳥居、ゑぼしの松原、柿のすほう山、ういらう売の家、角かつらの宮、矢の根五郎の蝶、からかさのだんづか、六部の塔、五葉牡丹、久米寺のけぬ木」が描かれ（図㉝）、その他本文にも、「暫、不破、助六、三庄太夫、外郎売、傀儡師、竹抜五郎、矢の根、鳴神、工藤、景清、毛抜、松王丸、六部、荒獅子男之助」にちなんだ名所旧跡が紹介されている。(32) 三庄太夫、傀儡師、工藤、松王丸等の一般によく知られ、上演頻度も高い作品が含まれていることに注目したい。なおこの『戯子《やくしゃ》名所図絵』は、六代目団十郎急逝の直後に作られたものであり、凡例に六代目の死について述べて、「猶七代目相続の縁起は後篇に書載すべし」とあり、名所図の解説部分にもその旨は繰り返されているが、「七代目相続の縁起」は結局書かれなかったようである。本書『東発名皐月落際』・『戯子名所図絵』は共に六代目団十郎の死を契機として、荒事を中心に当時の団十郎の得意芸を極力多く連ねようという意識の下に編まれたものと思われる。寛政十三年（享和元年・一八〇一）刊の役者絵本『俳優《やくしゃ》画《が》図《ず》三階《さんがい》興《きょう》』（初代歌川豊国画・式亭三馬作）の本文は、談義本『和荘兵衛』（安永三年刊・一七七四）・『和荘兵衛後編』（安永八年刊・一七七九）にならい、故六代目団十郎が替紋の鶴に跨り、歌舞伎国を島巡りする趣向で綴られる。このように六代目の死は、寛政の改革による文化の急変期に当たったために、殊更庶民に大きな衝撃を与え、様々に作品化されたのである。

五代目・六代目団十郎は、立川焉馬らの贔屓連から、己らの愛する江戸市川の荒事芸としての「市川家の芸尽し」を贈られた。天保三年（一八三二）、七代目団十郎が五代目海老蔵を名のり、息子に八代目団十郎を襲名させて「歌舞妓狂言組十八番」を摺物にしてひいきに配ったのは、むしろ江戸劇壇における荒事の復権と、それにもとづく「市川団十郎」の権威確立を意図してのことであった。(33) そして天保初年の歌舞伎界には、江戸における役者の払底と上方役者の活躍といった、市川の家の権威確立を要する状況があった、という点も看過できない。(34)

六代目団十郎の死は、立川焉馬や曲亭馬琴ばかりでなく一般庶民にとっても、天明文化に代表される「江戸の花」の喪失を意識させたと思われる。そして時代の変化への不安と江戸市川の芸存続への危機意識が、六代目の追善草双紙『東発名皐月落際』中において「市川家の芸」尽くしを作品化する背景となったのである。

注

（1）『浮世絵芸術』四十五号（昭和五十年八月刊・一九七五・日本浮世絵協会）所載。
（2）初出誌不明。『江戸軟派雑考』（大正十四年刊・一九二五）所載。
（3）『浮世絵芸術』四十六号（昭和五十年十一月刊・一九七五・日本浮世絵協会）所載。
（4）『秘蔵浮世絵大観　九』（昭和六十年刊・一九八五・講談社）ベルギー王立美術館・九十六の解説。
（5）『秘蔵浮世絵大観　別巻』（平成二年刊・一九九〇・講談社）チェスタービーティ図書館・五十四の解説。
（6）『浮世絵芸術』百二十五号（平成九年十一月刊・一九九七・日本浮世絵協会）所載の表紙図版解説。
（7）「役者絵の隆盛（一）江戸絵」（『岩波講座　歌舞伎・文楽　第四巻　歌舞伎文化の諸相』所載・平成十年刊・一九九八）
（8）「歌舞伎の死絵について―追善の芸能化」（『明治大学公開文化講座　『生と死』の図像学』所載・平成十一年刊・一九九九・風間書房）、後に加筆修正を施して「「死絵」について―基礎的事項の確認」（『生と死の図像学』所載・平成十五年刊・二〇〇三・至文堂）。
（9）『帝京大学文学部紀要』第二十号（昭和六十三年十月刊・一九八八）所載、後「歌舞伎俳優追善黄表紙序説」と改題して『黄表紙の研究』（平成九年刊・一九九七・若草書房）に所載。
（10）「初期追善草双紙考　二代目市川八百蔵の死をめぐって」（『江戸文学』第十九号所収・平成十年八月刊・一九九八・ぺりかん社）。第三章第三節参照。
（11）注（5）参照。第三章第三節図版リスト⑱参照。

（12）『秘蔵浮世絵大観　九』（昭和六十年刊・一九八五・講談社）ベルギー王立美術館・九十六解説に、判型　細判錦絵　落款なし（但し浅野秀剛氏解説には勝川春章を画工とする）。板元　未詳　改印　なし　刊年　天明二年（一七八二）四月か、とある。

（13）『蜀《ほとゝ》魂《ぎす》三《み》津《つの》啼《さえずり》』四丁裏に「さても二代目市川八百そう　五年いぜん此とちに来り　ぢこくこくらくとのさかい丁に　かふきほさつのうち　わかてのざかしらをしていたりしが」とあり、六丁裏に「こんたはゑんま様は出ねェの　おやかたかありやしはらくのうけ斗」とある。また、二丁裏に登場する弁天おとよは、大田南畝が『金曾木』にも「弁天おとよといひしは、ゑりの所に疵《アザ》少しありしと云。よみ紙牌《カルタ》の役といふものに白絵（青き色なきをしら絵といふ）にアザ一枚あるを弁天といひし故、白き肌にアザあるのたはぶれごと也。其身は弁天〱とよぶゆへに、容の美なるを称していふとのみ思ひしとぞ。此妓、秋の比身まかりし時、橘町にすめる宗匠祇徳が追善の句、蛇は穴弁天おとよ土の下　といひしもおかし。」と記す実在した芸者であるが、『［中車光陰］』でも登場している。

（14）新藤茂氏ご垂教による。『芝居絵に歌舞伎をみる』（平成二年刊・一九九〇・麻布美術工芸館）ホノルル美術館蔵・図百二十六（判型　細判錦絵　落款「春英画」　板元　鶴屋喜右衛門　改印　なし　刊年　寛政六年（一七九四）十月か）。水裃を着て、両手を袖の中に入れたスタイル。

（15）『浮世絵大系　七　写楽』（昭和五十年刊・一九七五・集英社）五十三（東京国立博物館蔵・判型　間判錦絵　二枚続き　落款「写楽画」　板元　蔦屋重三郎　改印　極印　刊年　寛政六年（一七九四）十月か）。暫の扮装で、鬼を片手でつかむ。閻魔の扮装をした二代目中島三甫右衛門の暫の受けの絵と二枚続。但しこの死絵には、現在若干の疑問が提示されている。

（16）『浮世絵大成　第十巻』（昭和五年刊・一九三〇・大鳳閣書房）第二百三十一図（判型　大判錦絵　落款「国政画」　板元　不明　改印　なし　刊年　寛政十一年（一七九九）五月か）

（17）『錦絵にみる役者への追悼』（平成七年刊・一九九五・国立劇場資料展示室）一（判型　細判錦絵　落款「国政画」　板元　未詳　改印　なし　刊年　寛政十一年五月か）

（18）『浮世絵名品５００選』（平成三年刊・一九九一・神奈川県立博物館）二百四十三（判型　大判錦絵　落款「国政画」　板

元　未詳　改印　なし　刊年　寛政十一年五月か）
（19）『秘蔵浮世絵大観　別巻』（平成二年刊・一九九〇・講談社）ﾌｪスタービーティ図書館・九十解説に、判型　大判錦絵　落款「国政画」　板元　蔦屋重三郎　改印　なし　刊年　寛政十一年五月か、とある。
（20）『浮世絵大成　第八巻』（昭和六年刊・一九三一・東方書院）第二百四十五図（判型　細判錦絵　落款「春英画」　板元　未詳　改印　なし　刊年　寛政十一年八月か）
（21）注（10）参照。また、「三代目市川団十郎とその父」（広瀬千紗子・『歌舞伎　研究と批評』第五号所収・平成二年六月刊・一九九〇・リブロポート）によると、三代目団十郎早世のあと、初代市川八百蔵も団十郎の名跡を継ぐ候補とされていたことがわかる。二代目八百蔵は絶大な人気があり、荒事もよく演じていた。市川家一門の者として、傍系ではありつつも、大きな存在であったことが想像される。
（22）「荒事の成立」（郡司正勝・『かぶき　様式と伝承』・昭和二十九年刊・一九五四、同四十四年に復刊・一九六九・学藝書林）
（23）『歌舞伎十八番考』（石塚豊芥子・嘉永元年七月序・一八四八・『新燕石十種　第四巻』・昭和五十六年刊・一九八一・中央公論社）
（24）「歌舞伎十八番の美学」（郡司正勝・『図説日本の古典　20　歌舞伎十八番』所載・昭和五十四年刊・一九七九・集英社）、「象引考證」（服部幸雄・『国立劇場上演資料集』一九九所載・昭和五十七年一月刊・一九八二、後に『日本文学研究資料新集9　歌舞伎の世界』・昭和六十三年刊・一九八八・有精堂に再収、「象引――「引き合う」芸能史」と改題して『さかさまの幽霊』・平成元年刊・一九八九・平凡社に所載）、『江戸の摺物』四十（浅野秀剛・千葉市美術館・平成九年十月刊・一九九七）に紹介されている。
（25）『歌舞伎オン・ステージ　10』所収「歌舞伎十八番」（服部幸雄・昭和六十年刊・一九八五・白水社）、『江戸の摺物』四十解説。
（26）「象引考證」
（27）「天明・寛政期の烏亭焉馬」（延廣真治・『井浦芳信博士華甲記念論文集　芸能と文学』所載・昭和五十二年刊・一九七七・

笠間書院）

(28)『五世市川団十郎集』（日野龍夫・昭和五十年刊・一九七五・ゆまに書房）所載解説。

(29)『団十郎七世嫡孫《だんじゅうろうしちせのまご》』に、「妙妙妙　名ひらき迄を御世話とは　何につけても瀬川ろかう油」とある。

(30)「安永・天明の江戸歌舞伎」（古井戸秀夫・『歌舞伎・問いかけの文学』所載・平成十年刊・一九九八・ぺりかん社）

(31) 安永七年八月以降、『秀鶴日記』によると、五代目団十郎と友好な関係にあったのは、初代中村仲蔵と初代尾上菊五郎であり、菊五郎は天明三年に没している。

(32) 近松研究所叢書4『馬琴の戯子名所図会をよむ』（台帳をよむ会編・平成十三年刊・二〇〇一・和泉書院）に、絵文共に注釈が施される。

(33)『歌舞伎オン・ステージ　10』所収「歌舞伎十八番」。

(34)「化政期の江戸歌舞伎興行界」（守屋毅・『近世芸能興行史の研究』・昭和六十年刊・一九八五・弘文堂）、「幕末の歌舞伎〈江戸〉」（今岡謙太郎・『岩波講座　歌舞伎・文楽　第三巻　歌舞伎の歴史Ⅱ』所載・平成九年刊・一九九七）

（図版リスト）

① © The Trustees of The Chester Beatty Library, Dublin.

②『中凋花小車《なかにしぼむはなのおぐるま》』七丁裏・八丁表。東京都立中央図書館加賀文庫蔵。

③『〔中車光陰〕』一丁表。東北大学狩野文庫蔵。

④『〔中車光陰〕』一〇丁裏。東北大学狩野文庫蔵。

⑤ Collection of Musees Royaux d'Art et d'Histoire.

⑥『浮世絵大成　第十巻』（昭和五年刊・一九三〇・大鳳閣書房）第二百三十一図より転載。

⑦日本芸術文化振興会　国立劇場調査養成部資料課蔵。

⑧『浮世絵名品５００選』（平成三年十月刊・一九九一・神奈川県立博物館）二百四十三より転載。

⑨ © The Trustees of The Chester Beatty Library, Dublin.
⑩『東《えどの》発《は》名《な》皐《さ》月《つき》落際《のちりぎわ》』十丁裏。東京都立中央図書館加賀文庫蔵。
⑪『市川団十郎極楽実記』二丁裏・三丁表。東京都立中央図書館加賀文庫蔵。
⑫『浮世絵大成　第八巻』（昭和六年刊・一九三一・東方書院）第二百四十五図より転載。
⑬『追善極楽実記』五丁裏。国立国会図書館蔵。
⑭『東《えどの》発《は》名《な》皐《さ》月《つき》落際《のちりぎわ》』二丁裏三丁表。東京都立中央図書館加賀文庫蔵。
⑮『東《えどの》発《は》名《な》皐《さ》月《つき》落際《のちりぎわ》』四丁裏五丁表。東京都立中央図書館加賀文庫蔵。
⑯『東《えどの》発《は》名《な》皐《さ》月《つき》落際《のちりぎわ》』五丁裏六丁表。東京都立中央図書館加賀文庫蔵。
⑰『東《えどの》発《は》名《な》皐《さ》月《つき》落際《のちりぎわ》』六丁裏七丁表。東京都立中央図書館加賀文庫蔵。
⑱『東《えどの》発《は》名《な》皐《さ》月《つき》落際《のちりぎわ》』七丁裏八丁表。東京都立中央図書館加賀文庫蔵。
⑲『東《えどの》発《は》名《な》皐《さ》月《つき》落際《のちりぎわ》』八丁裏九丁表。東京都立中央図書館加賀文庫蔵。
⑳『東《えどの》発《は》名《な》皐《さ》月《つき》落際《のちりぎわ》』九丁裏十丁表。東京都立中央図書館加賀文庫蔵。
㉑『浮世絵大成　第十巻』（昭和五年刊・一九三〇）十三より転載。
㉒ Collection of Harvard University Art Museums.
㉓『第7回浮世絵大入札会』目録（平成八年十一月刊・一九九六・日本浮世絵商協同組合）二十六より転載。
㉔『浮世絵大成　第十巻』（昭和五年刊・一九三〇）百二十一より転載。
㉕『サザビーズ　ザ・コレクション　オブ　ザ　クーネ』（平成五年六月・一九九三）二百八十九より転載。
㉖『原色浮世絵大百科事典　第八巻』（昭和五十六年刊・一九八一・大修館書店）百二十六より転載。
㉗『歌舞伎年代記』（文化八年刊・一八一一・立川焉馬）より転載。
㉘「歌川国政作品目録」（ロジャー・S・キーズ・『浮世絵聚花　ミネアポリス美術館他』所収・昭和五十六年刊・一九八一・小学館）八十五より転載。

㉙『浮世絵大成　第十巻』（昭和五年刊・一九三〇）百七十より転載。
㉚ Collection of MAK-Austrian Museum of Applled Art／Comtemporary Art, Vienna.
㉚『シンドラー・コレクション浮世絵名品展目録』（昭和六十年刊・一九八五・日本経済新聞社・日本浮世絵協会）九十四より転載。
㉜「見立三十六歌撰之内　男之助」町田市立国際版画美術館蔵。
㉜『戯子名所図絵』巻之二、一丁裏・二丁表。蓬左文庫尾崎コレクション蔵。

図①　二代目市川八百蔵の死絵　細判錦絵

図②　『中凋花小車』7ウ・8オ

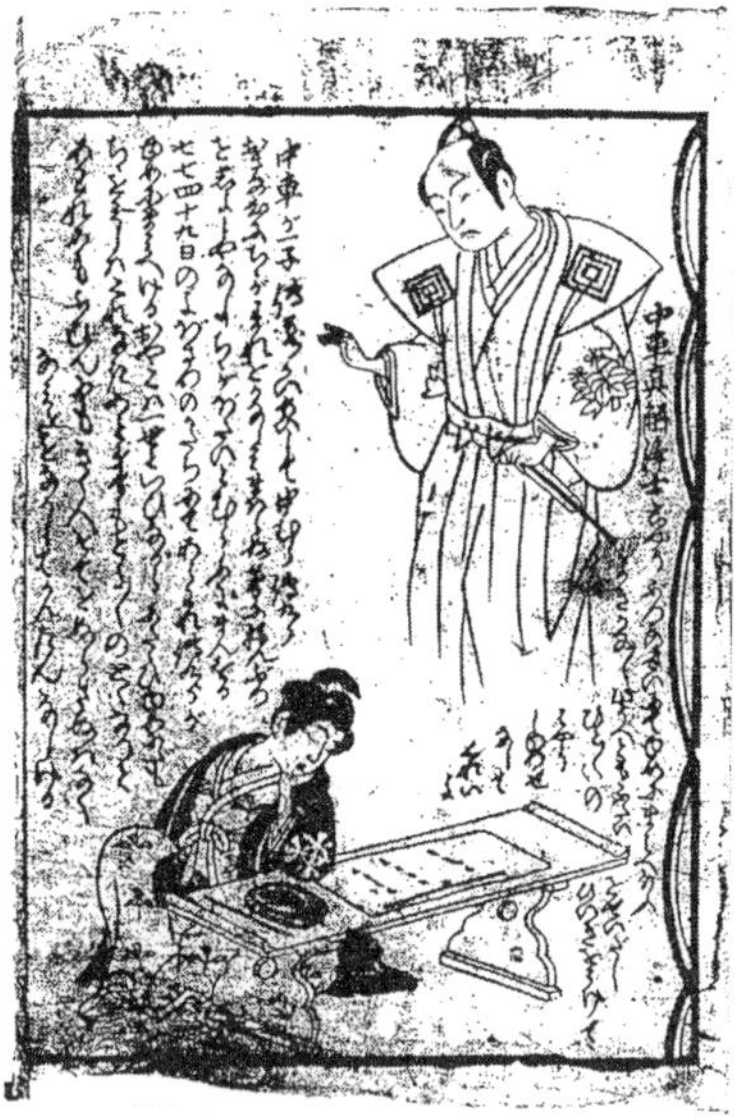

図③『〔中車光陰〕』1オ

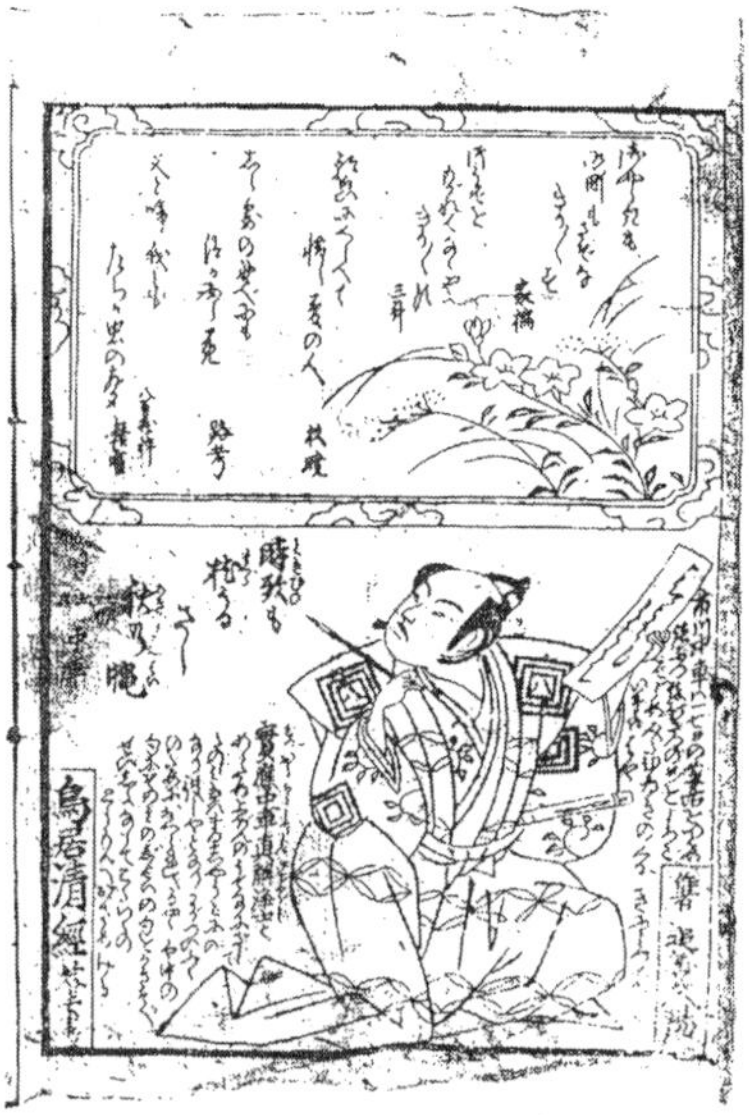

図④『〔中車光陰〕』10ウ

図⑤ 初代坂東三津五郎の死絵　細判錦絵

図⑥ 六代目市川団十郎の死絵　大判錦絵

図⑦　六代目市川団十郎の死絵　細判錦絵

図⑧　六代目市川団十郎の死絵　大判錦絵

図⑨　六代目市川団十郎の死絵　大判錦絵

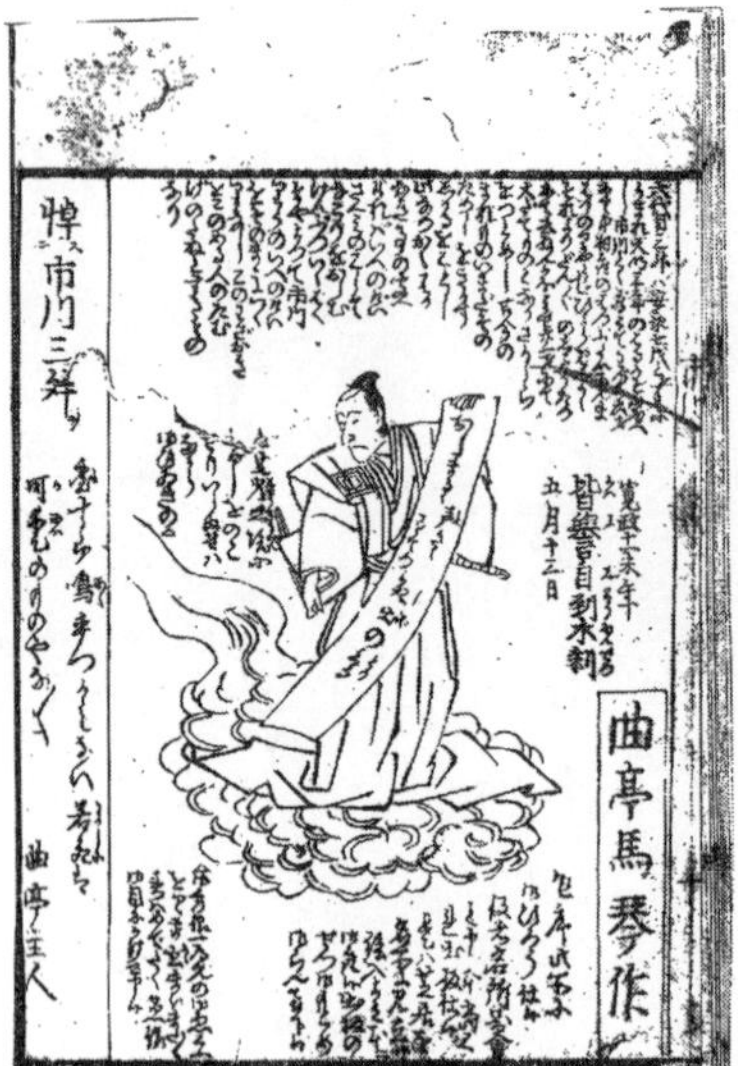

図⑩　『東発名皐月落際』10ウ

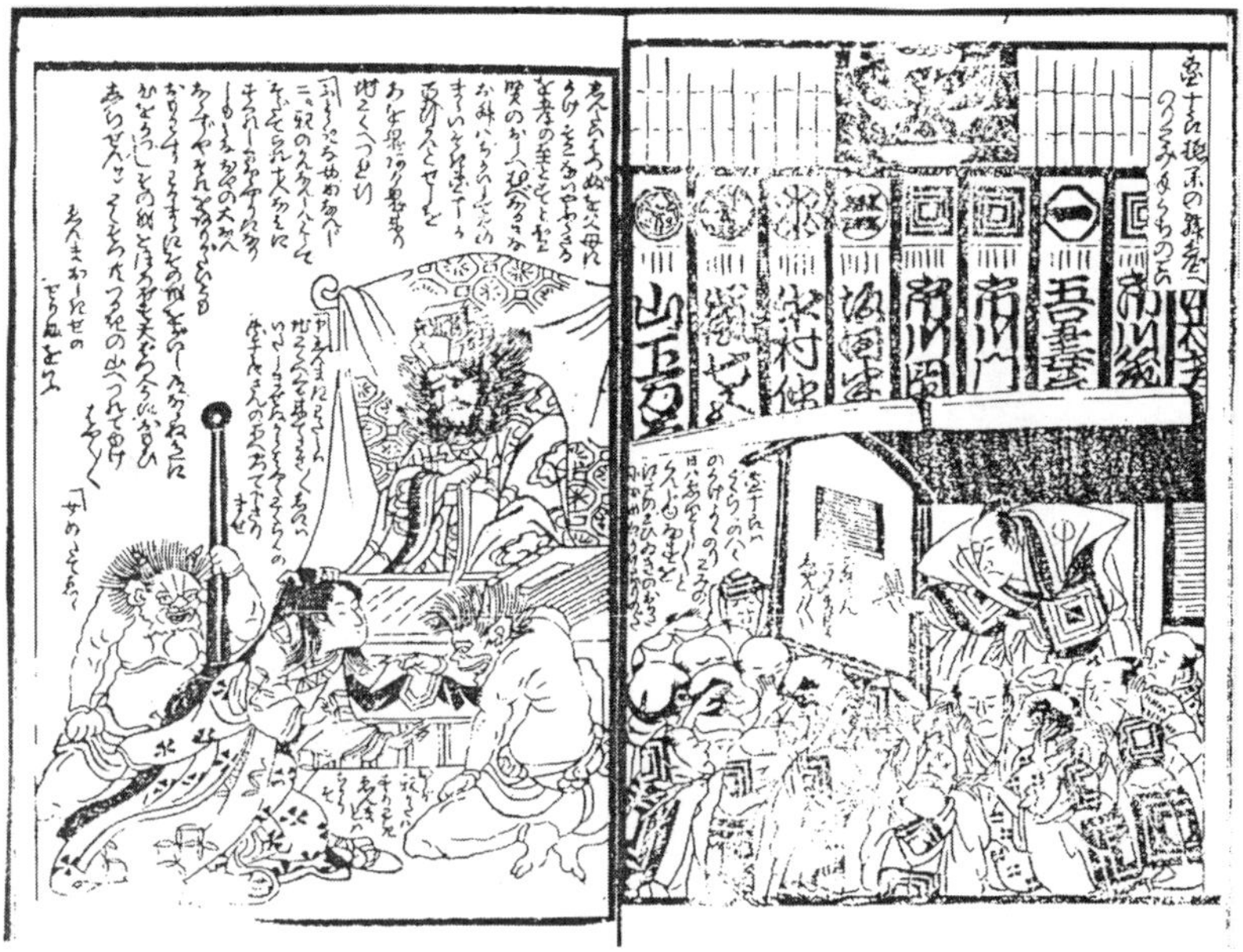

図⑪『市川団十郎極楽実記』2ウ・3オ

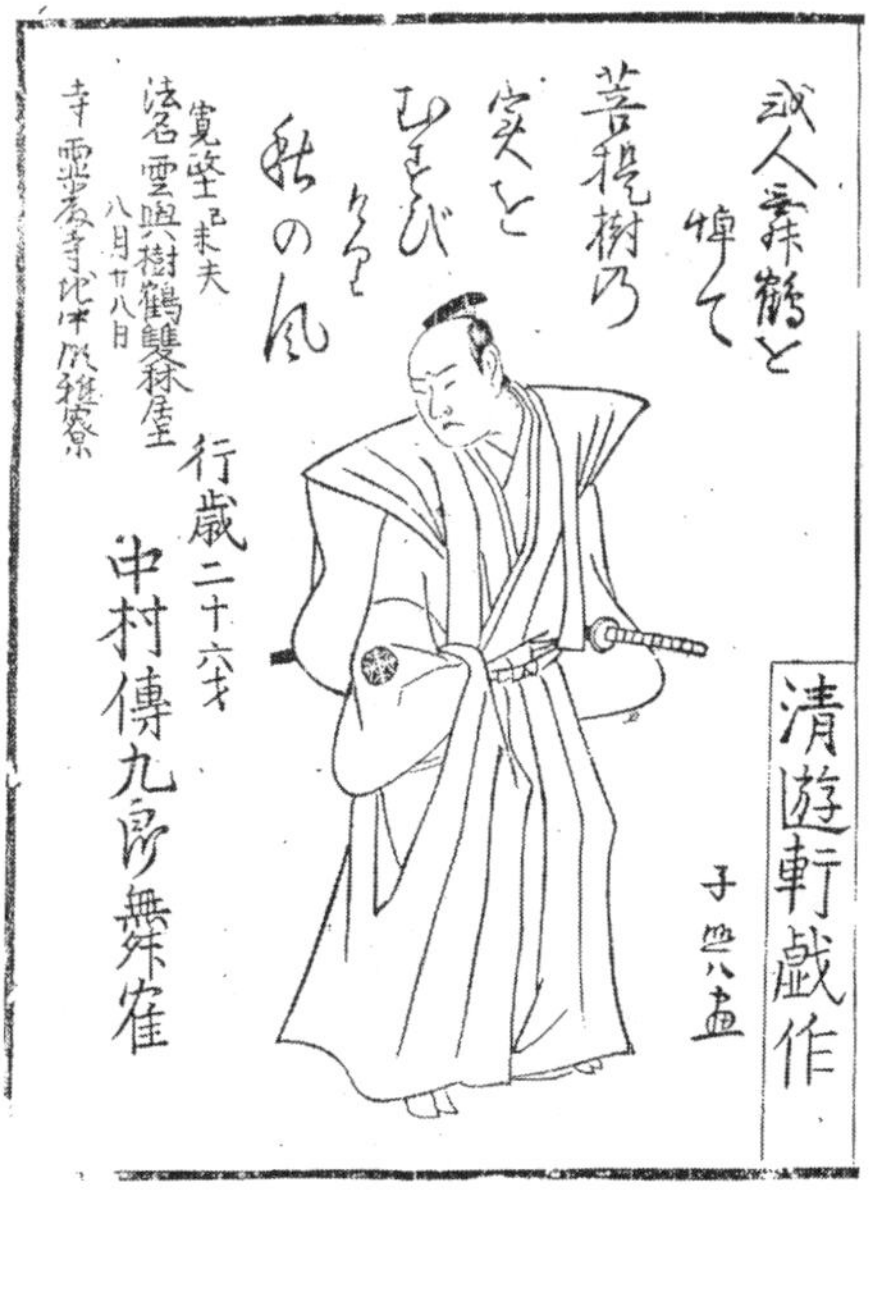

図⑬『追善極楽実記』5ウ

図⑫ 四代目中村伝九郎の死絵　細判錦絵

図⑭『東発名皐月落際』2ウ・3オ

図⑮『東発名皐月落際』4ウ・5オ

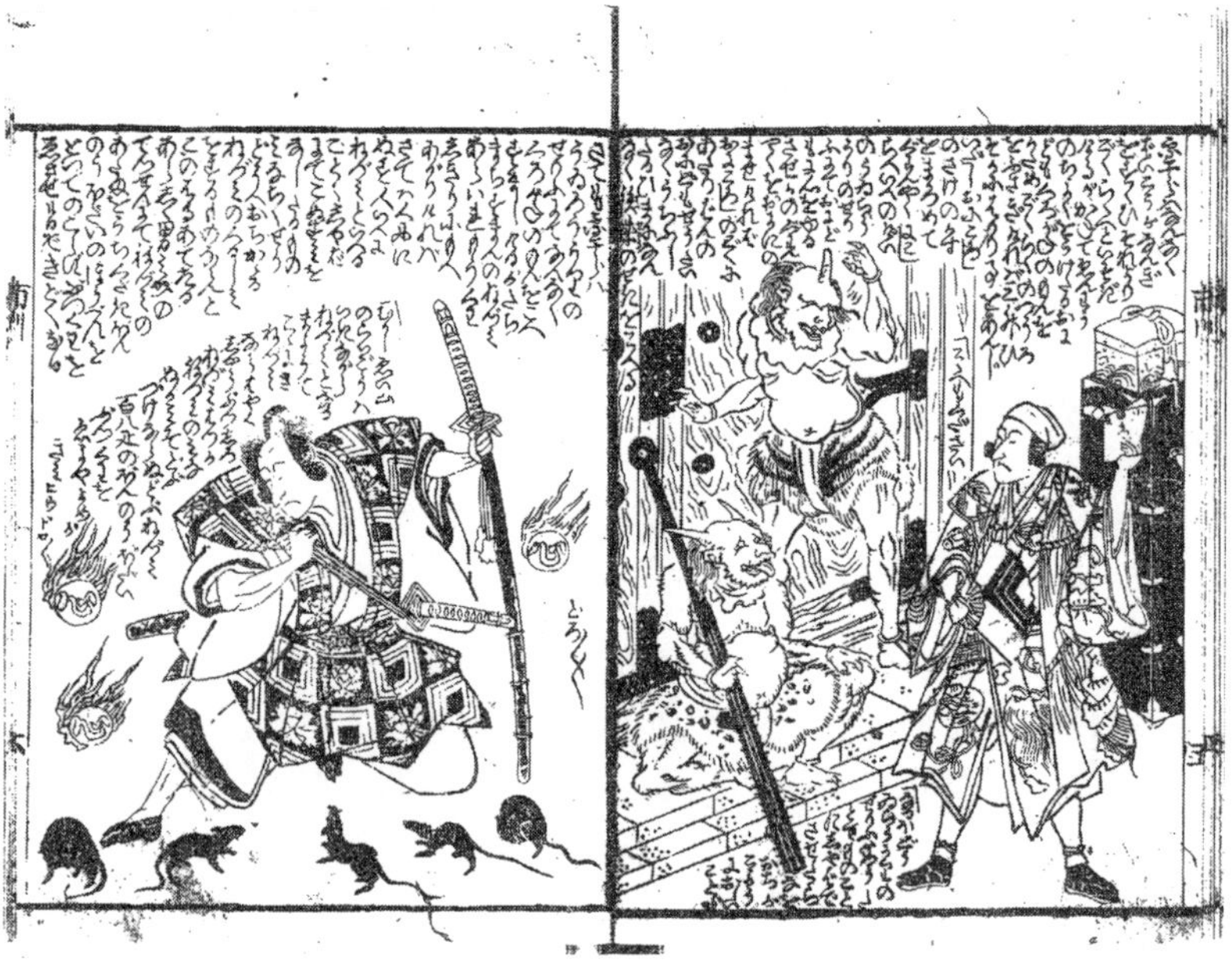

図⑯『東発名皐月落際』5ウ・6オ

図⑰『東発名皐月落際』6ウ・7オ

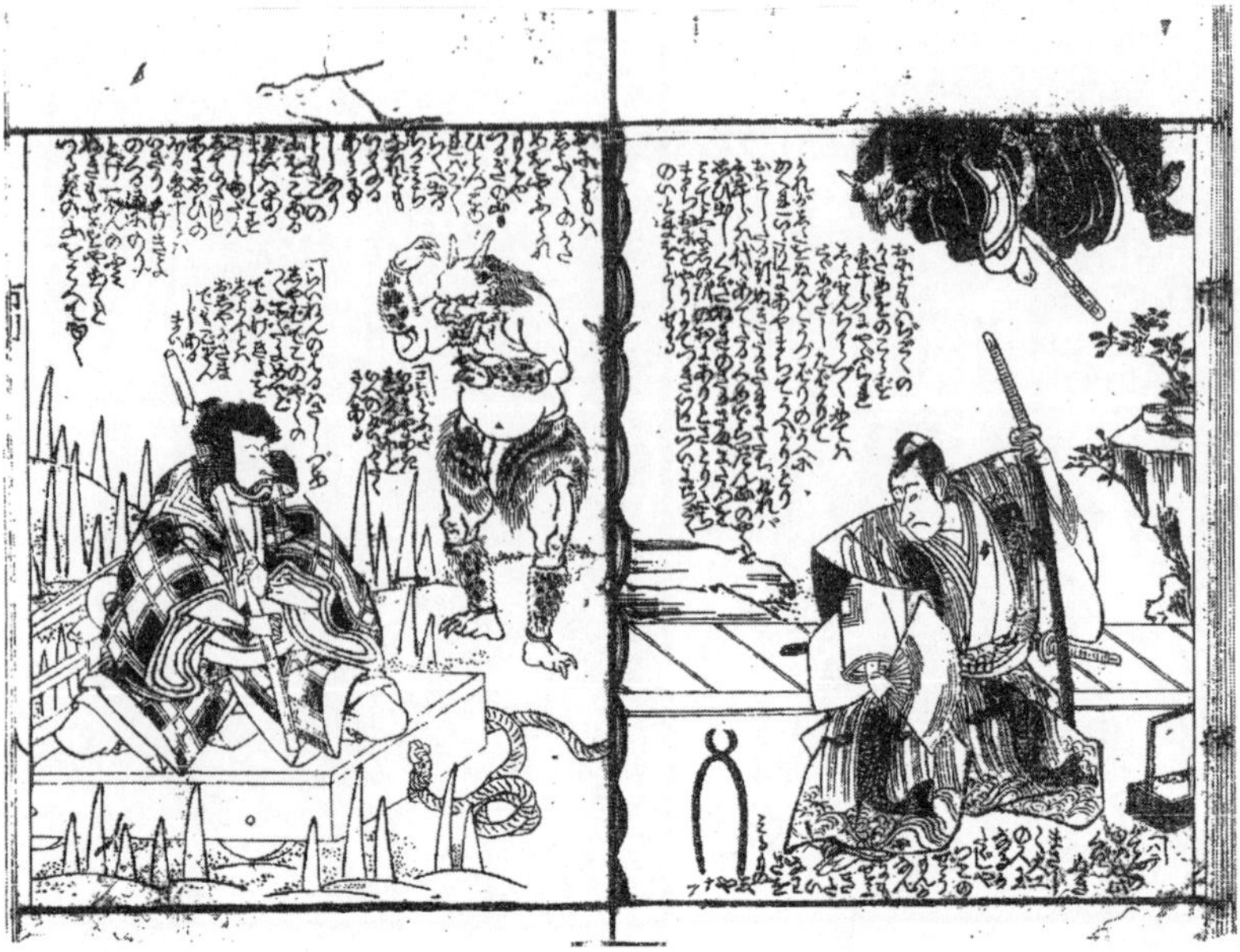

図⑱『東発名皐月落際』7ウ・8オ

図⑲『東発名皐月落際』8ウ・9オ

図⑳『東発名皐月落際』9ウ・10オ

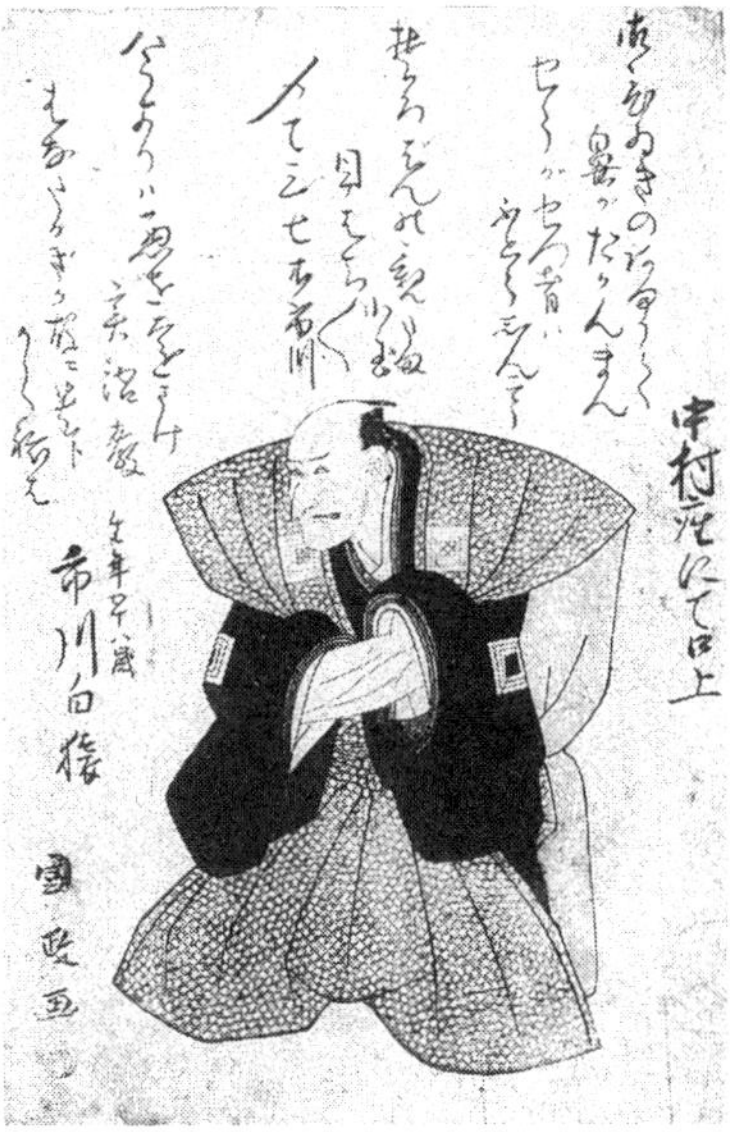

図㉑　市川白猿の口上　大判錦絵

図㉒　六代目市川団十郎の暫　大判錦絵

図㉓　六代目団十郎の男之助と三代目高麗蔵の仁木　大判錦絵

図㉔　六代目団十郎の荒獅子男之助　大判錦絵

図㉕　六代目団十郎の荒獅子男之助

図㉖　六代目団十郎の荒獅子男之助　大判錦絵

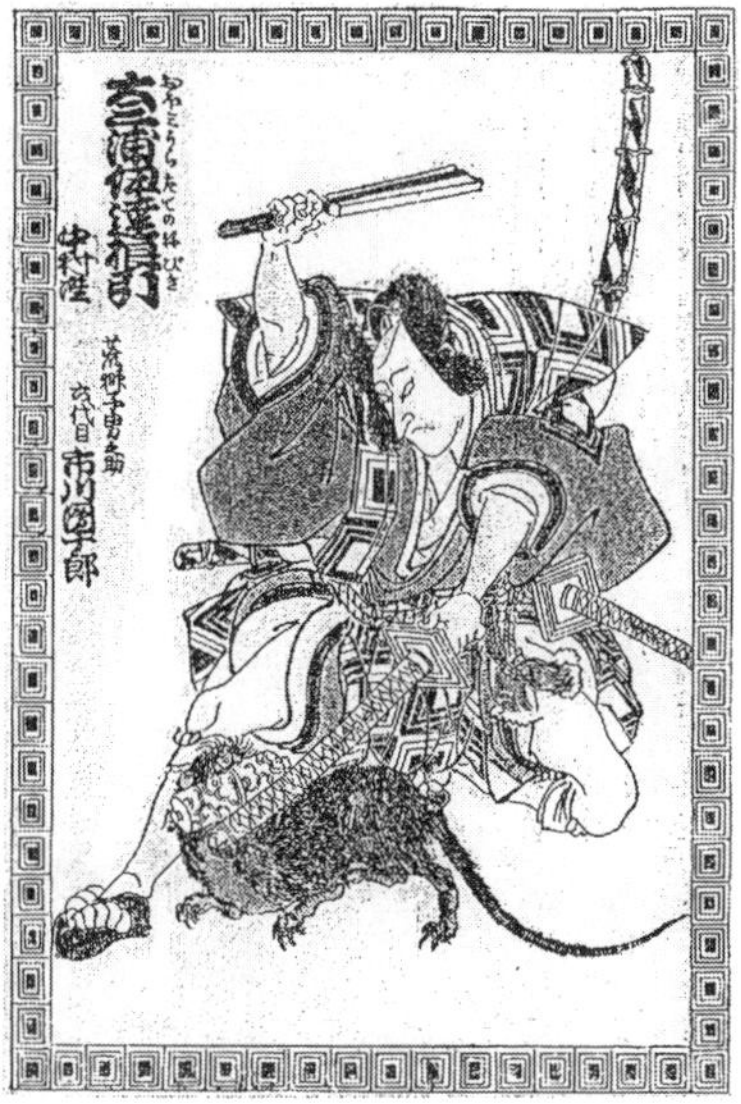

図㉗『歌舞妓年代記』

図㉘六代目団十郎の荒獅子男之助　大判錦絵

図㉙六代目市川団十郎の助六　大判錦絵

図㉚六代目団十郎の助六と初代条三郎の揚巻　大判錦絵

図㉛　六代目市川団十郎の助六　大判錦絵

図㉜　見立三十六歌撰之内男之助　大判錦絵

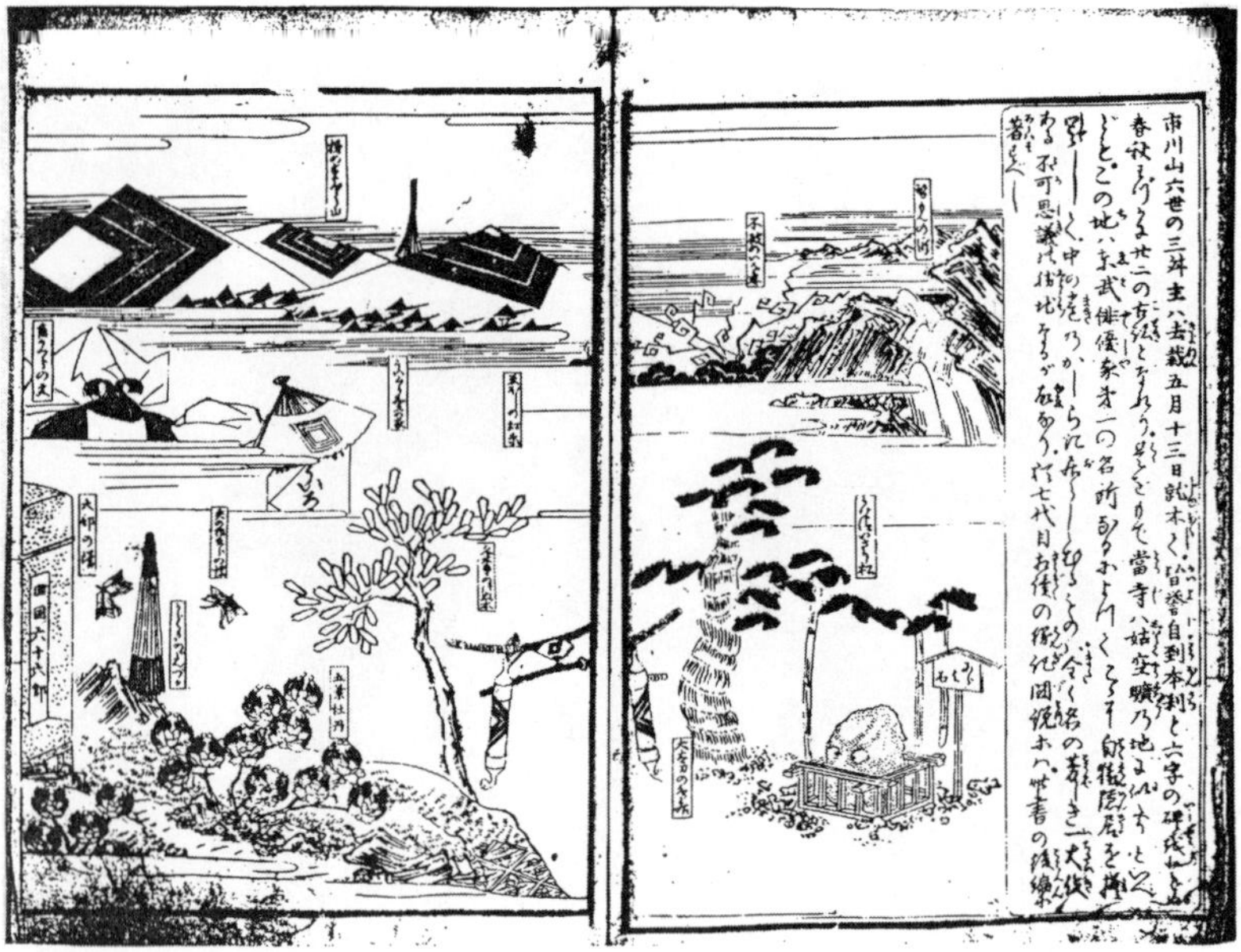

図㉝　『戯子名所図絵』巻之二、1ウ・2オ

第五節　役者似顔絵黄表紙の隠された意味（一）

——天明三年までの劇界内紛の投影——

はじめに

合巻の登場人物が役者似顔で描かれることについては、よく知られているが、それ以前の黄表紙の役者似顔絵使用についてはなかなか研究が進展していなかった[1]。ようやく棚橋正博氏の『黄表紙総覧　前編・中編』（青裳堂書店・昭和六十一年刊・平成元年刊・一九八六・一九八九）によってその個々についての指摘がなされ、更に、どの歌舞伎作品からの影響が考えられるかの論究[2]は、平成七年（一九九五）に入って複数発表され、少しずつ明らかにされつつある。

ところで、黄表紙の役者似顔は、「当時の出来事や風俗を前提にして構成される面が強く、それぞれの役者のその時その時のゴシップや評判を前提にして始めて理解できるような構成であるように思われる[3]」とあるごとく、当時の劇壇の諸情勢をふまえて読んで、初めてその意味が理解できるものがいくつか存在する。そうした黄表紙における役者似顔絵の深い読み解きは、岩田秀行氏により『通人為真似《まのふりをして》』（安永八年刊・一七七九）[4]と『明矣七変目《あくしちへんめ》景清《かげきよ》』（山東京伝作・北尾政演画・天明六年刊・一七八六）[5]が指摘されている。同様に、当時の安永七年（一七七八）八月以降の劇界の内紛状況を『秀鶴日記』[6]等で克明に追うことによって、歌舞伎界騒動を取り込んだ黄表紙をいくつか発見し得た。これらを紹介し、登場人物にどのように当時の劇界の人物関係が投影されているかを述べていきたい。

尚、後述する役者の人物関係を図示すると、下図のようになる。実線は友好関係、破線は非友好関係を表す。勿論これは、可変的なものである点を考慮されたい（算用数字は役者の代数を示す）。

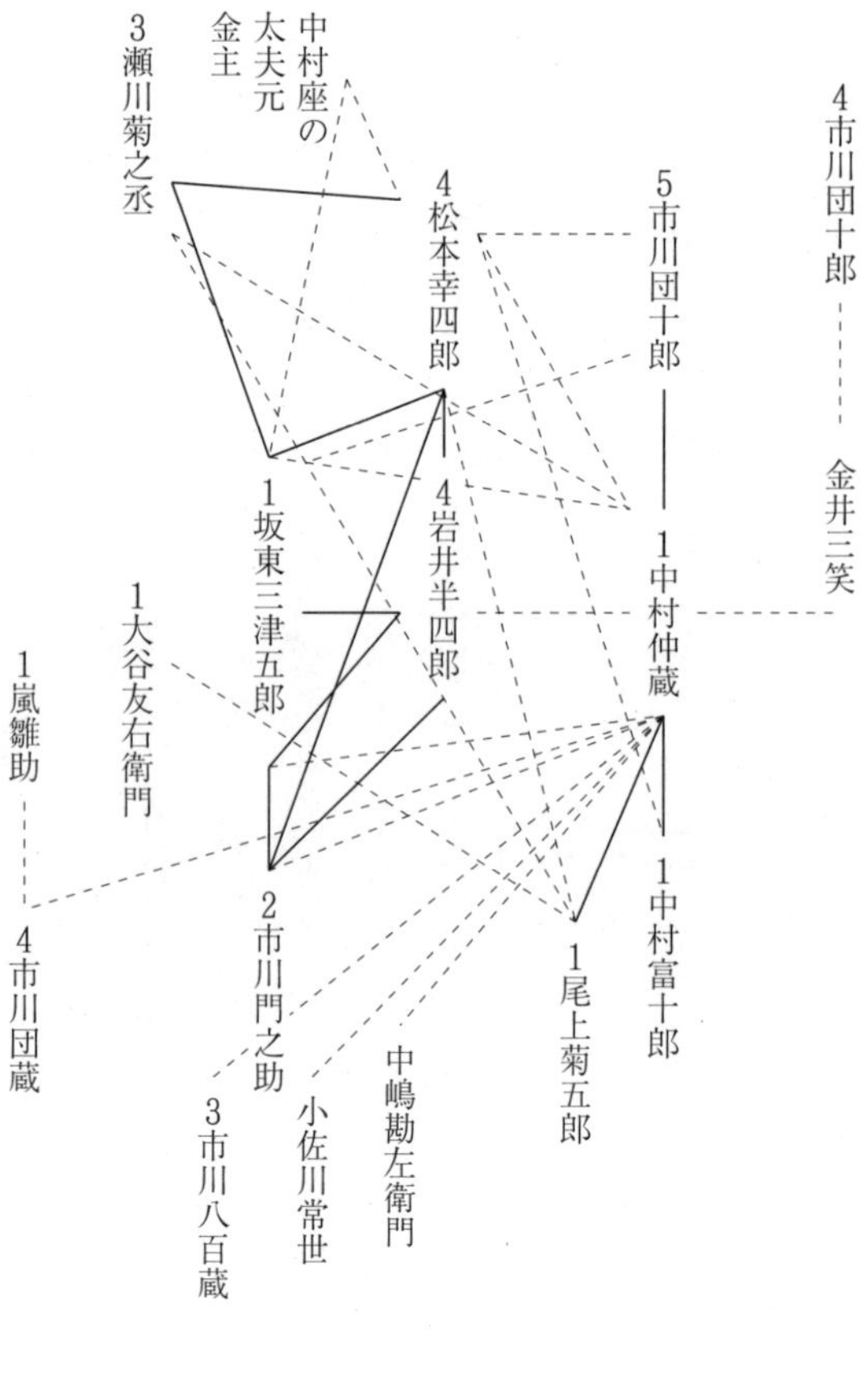

一

歌舞伎界内部の争いが、一般庶民に知れ渡るということは、あまり起こりそうもない。しかし、庶民が常に役者の噂話を求めていたと考えることはできよう。例えば、明和三年（一七六六）九月の『忠臣蔵』で、定九郎の新演出をもって大当たりを取った初代中村仲蔵は、安永元年（一七七二）には狂気したとの噂が流れる。『半日閑話』巻二十四

（『大田南畝全集』十一巻所収）には「優人中村仲蔵狂気の沙汰あり、よみ売等出る。虚説也」とあり、瓦版まで出たことがわかる。

安永七年（一七七八）三月に四代目市川団十郎が死んでからの劇界騒動の頻出は、或いは初代中村仲蔵という稀に見る筆まめな役者が存在したために、偶々書き残されたものなのかもしれない。しかしその内の二度は舞台上で騒動に及んだので、他の記録でそれを傍証できる。以下、主に『秀鶴日記』に依りながら、初代中村仲蔵を中心にした明和から天明前期までの歌舞伎界騒動を追ってみたい。(7)尚、《江》は『江戸芝居年代記』（『未刊随筆百種』第十一巻所収・中央公論社・昭和五十三年刊・一九七八）より、《年》は『歌舞妓年代記』（立川談洲楼焉馬・文化八・九・十二年刊・一八一一〜一二・一八一五・鳳出版・昭和五十一年刊・一九七六）より引用したものである。

明和三年（一七六六）九月市村座『仮名手本忠臣蔵』での定九郎の新工夫を、仲蔵は狂言作者金井三笑に相談しなかったために、三笑に憎まれる。安永二年（一七七三）に二代目瀬川菊之丞が死に、翌三年十一月に大坂下りの瀬川富三郎が三代目菊之丞を襲名する。安永五年（一七七六）正月中村座の『縣賦田植曾我《かぞえうた》』は、三笑が益々仲蔵を憎み、不評を取らせてやろうと考えた狂言で、仲蔵は努めて現実的な扮装を工夫し、「河童の生け捕り」との大不評を取る。その年の夏、仲蔵は三笑との軋轢から森田座へ行き、座頭になる。

『秀鶴日記』天明五年（一七八五）十代勘三郎の条に、金井三笑の専横が書かれる。即ち四代目団十郎に瀬川菊次郎の未亡人お松或いはお福を後妻に取り持ち、(8)益々中村座での地位を固め、八代目中村勘三郎に子無きを幸いに、自分の倅を九代目勘三郎にしようと企み、四代目団十郎に相談した、というものである。四代目はその場では賛同し、すぐ太夫元に報告、ために三笑は中村座を放逐される。(9)

安永七年七月中村座『伊達競阿国戯場』古今の大当たり。操りにても取り組む。

八月同座にて、五代目市川団十郎舞台上で見物に向かい四代目松本幸四郎が巧みにて兄弟不和になりし趣を三日間申しふらして退座。よって二幕抜いて二番目に「累殺し」。幸四郎、与右衛門・四代目岩井半四郎、かさね・初代大谷友右衛門、金五郎好評なれど、不入り。

中村座の座頭は市川五代団十郎也。……去年三月朔日父に別れ、継母の取り計らい何事も心ならず、……（幸四郎は）父（四代目）団十郎取り立て、秘蔵の弟子也。是は継母お福（お松）子細有って、随念（四代目団十郎）の手前よきように取りなす故、外々の弟子と違い格別の取り扱い、人々恐れ申し候。

二代目市川八百蔵の後家おるやと五代目市川団十郎の密通、妻お亀と別居。おるやと団十郎との同居。(10)

幸四郎は、一子高麗蔵を五代目団十郎の養子とし、中村座の内外を手なずけ、帳元へは弟分半四郎の娘を遣わし、団十郎へは自滅するように脇より憤らせ、団十郎の名前を高麗蔵へ譲らせるようにし向けた。

《江》に「八月下旬、此狂言之内、団十郎、幸四郎もめ合有之、団十郎退座いたし、急に不入に成」「伊達錦対将……当時日の出のひいき多き団十郎、当八月中より、堺町もめ合にて退座いたし、江戸中区々の取沙汰成所、此度木挽町出勤に付、一同悦び、此の顔見世木挽町に珍敷、大当り大入、大繁昌なり」とある。

《年》に「訳有て団十郎八月末より座を引」とある。

風来山人こと平賀源内が、『飛だ噂の評』（安永七年九月序・一七七八）で団十郎を弁護せねばならぬほど、おるやの事件は市井に喧伝された。そして仲蔵は、中村座に居られなくなった団十郎を森田座へ呼び、座頭の地位まで譲ったために、四代目幸四郎・四代目半四郎との対立に巻き込まれる。安永八年（一七七九）十一月、四代目幸四郎は中村座の座頭になったが評判悪く、桟敷を取り込む等の悪巧みをしたために、太夫元や金主に追い出される。中村座太夫元たちは、仲蔵を座頭にしようとするが、仲蔵は森田座との契約済みであったので、五代目団十郎を中村座へ戻す。団十郎は、十一月中村座『帰花英雄太平記《かえりばなえいゆうたいへいき》』千秋楽口上で暴言を吐き、同座していた初代坂東三津五郎・二代目市川門之助・四代目岩井半四郎を怒らせてしまう。

一方、森田座では五代目団十郎を中村座へ帰してしまったことから、帳元半兵衛は仲蔵を恨み、金主や四代目市川団蔵に謀って、仲蔵を抜いて四代目団蔵を座頭にしようと企んでいた。

安永八年十一月森田座『倭歌《うた》競《くらべ》当世《とうせい》模様《もよう》』九月十日より四代目市川団蔵・金主三郎兵衛・帳元半兵衛は、仲蔵を抜いて団蔵を座頭にしようと企む。給金を出さず、衣裳等を質物としているために幕開きに時間がかかり、仲蔵が小言を言うと「独り金を取り、その上にてやかましく申し候」等悪口を言いふらす。団蔵を座頭にして春狂言の由内々で相談するとの事が仲蔵へ漏れ、仲蔵は団蔵に「座頭をのけて団蔵芝居仕とて、名もなき仲蔵ゆゑに人々を語らひしなどと、団蔵の名に疵付たまふな。仲蔵を抜き芝居いだされ候程の科を糺し、仲蔵悪敷候はゞ、其時こそ芝居を取立、大勢の人をすくひ、団蔵は善悪ただし、仲蔵あしきゆゑに抜き申候と、左様申候て、名を立てたまへ。内々御聞に成候ゆゑに斯様申候」と忠告し、別荘へ引っ込んでしまう。

この森田座騒動は翌年正月まで続く。『秀鶴日記』によると、安永八年春に、先代団蔵の人形を仲蔵の許に持参して喜ぶ四代目団蔵母に、仲蔵は「今団蔵殿座頭に取り立て見せ申すべし」と、人形に両手を下げて言ったという。仲蔵にとっては、格別に目をかけていた四代目団蔵に出し抜かれたという思いがあったと思われる。また、四代目団蔵の方でも恩義ある仲蔵に諫言され、森田座へも出られず、地方巡業に行ってしまう。稽古にも出ないために森田座座頭としての役目も果たさず、身分を失ってしまう。仲蔵が「三・四月から団蔵を座頭にして自分は二枚目になると申し入れた」と説得し、ようやく稽古に出るようになったが、役が気に入らず興行中も邪魔をする。仲蔵は森田座のために奔走するが、かえって楽屋中より嫌われて、六度重年を申し入れたが、表方一同に反対されて、次の顔見世から中村座へ移る決心をする。

この初代中村仲蔵と四代目市川団蔵の確執は、舞台上での騒ぎには発展しなかったためか、他の資料には記されていない。辛うじて《江》に「三段目恵狂言　安永九年二月　森田座」とあり、辻番付『梅桜相生曾我《うめさくらあいおいそが》』の日付が一月二十八日になっていること、安永九年（一七八〇）十一月の顔見世から、仲蔵が中村座に移っていることが、この記述を裏付ける。そして、後述する黄表紙二作品が、初代中村仲蔵と四代目市川団蔵を対立関係の登場人物としている。

中村座では、安永八年顔見世での団十郎の暴言への意趣返しが初代坂東三津五郎を中心にして行われていた。

安永九年正月中村座『初紋日廓曾我《はつもんびくるわそが》』団十郎の口上なかばへ、三津五郎座付きに遅れ酔候躰にて跡より罷出候間、
　見物「坂三つ〳〵」とぞよめき、暫く口上もやめ候程の事ゆへ、三升憤り、口上もそこ〳〵に楽屋へ入

り候て、段々悪口いたし候ゆへ、半四郎・門之助も挨拶に入り申候。三津五郎かく致し候も工み事あり、挨拶いたし候両人も三津五郎同腹中也。顔見世よりも三升へさまざま無礼致候へば、此者共をば即座に叩り申候ゆへ、又々乱の基となり申候。

三津五郎、三月節句より「娘道成寺」をして大繁盛。これより三津五郎は座頭の如く、三升は有りて無かの躰たらく。三升を追い出して幸四郎を中村座に入れる計画が失敗。

門之助はいよいよ仲蔵を恨み、次期の契約を幸四郎のいる市村座と結ぶ。三津五郎もいよいよ悪意起こり、同様に市村座との契約を結び、五月節句より無理に中村座を引っ込んでしまう。

安永九年刊の黄表紙『新狂言梅姿』（勝川春常画）は、四代目幸四郎が得意とした畠山重忠を五代目団十郎に当て、仲蔵を重忠の家来半沢六郎として家横領を企む人物にしている。六郎（仲蔵）は、重忠の息女美女姫（三代目菊之丞）とその恋人（二代目門之助）の逢瀬を重忠に注進して、追放させる。重忠の家臣本多次郎近常（四代目団蔵）は、美女姫（三代目菊之丞）を連れて逃げ、六郎（仲蔵）に襲われる。即ち、仲蔵は四代目団蔵・二代目門之助・三代目菊之丞に敵対する人物とされているのである（図①）。

水野稔氏により安永九年（一七八〇）出版予定が遅延したとされる天明二年[11]（一七八二）刊『染直鳶色曾我《そめなおしとびいろそが》』（恋川春町画・朋誠堂喜三二作）は、氏によって将軍家治への鳶凧献上を取り入れたかとされ、黒石陽子氏により五代目団十郎の似顔使用が指摘[12]されている。加えて『染直鳶色曾我』は、この時の五代目団十郎と四代目幸四郎・初代三津五郎・二代目門之助・四代目半四郎、初代仲蔵と四代目団蔵の関係を細かく仄めかす作品と思われる。梗概を述べる。

【梗概】梶原平三景時（三代目団蔵か）は新参の奴凧平（五代目団十郎）の意見に従い、畠山・工藤・曾我を罪に落とそうと企む。近江の小藤太（四代目団蔵）は主人工藤祐経（初代仲蔵）のために大磯の虎（四代目半四郎）を請け出す。同様に八幡の三郎（朋誠堂喜三二）も祐経のために少将（三代目菊之丞）を請け出す。二人の恋人である曾我十郎（初代三津五郎）と曾我五郎（二代目門之助）は途中で襲うが、惰弱なために反対に懲らされる。源頼家公（恋川春町か）は凧を好み、諸大名へ凧を献上させる。武士に取り立てられた凧平は番場忠太（五代目団十郎）と名乗り、畠山が献上した奴凧や工藤が献上した赤とんびに難癖を付ける。畠山重忠（四代目幸四郎）は「奴凧は番場忠太（五代目団十郎）の姿。このような奴をなぜ天上へ引き上げるのか。忠太は平家の残党、景清」と見顕す。工藤祐経（初代仲蔵）からも赤とんびを踏めと追いつめられた忠太は、頼朝の紋の袖凧を刺し通しその場を去る。北条四郎時政（大谷広右衛門）は祐経に若葉内司と六代御前の首を差し出すよう命じ、板尾重正（北尾重政）と角川春昌（勝川春章）に描かせた凧を

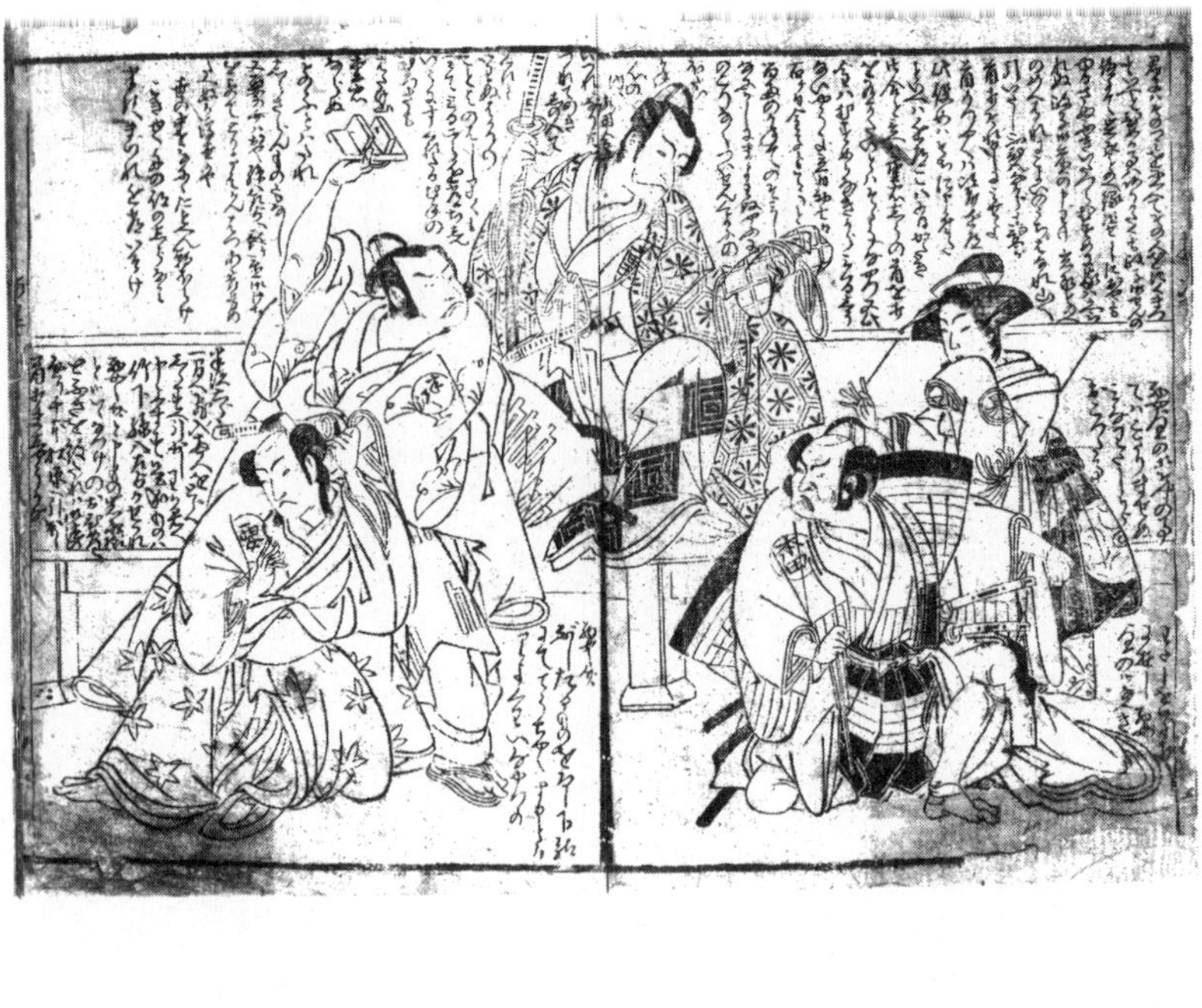

図①　『新狂言梅姿』3ウ・4オ

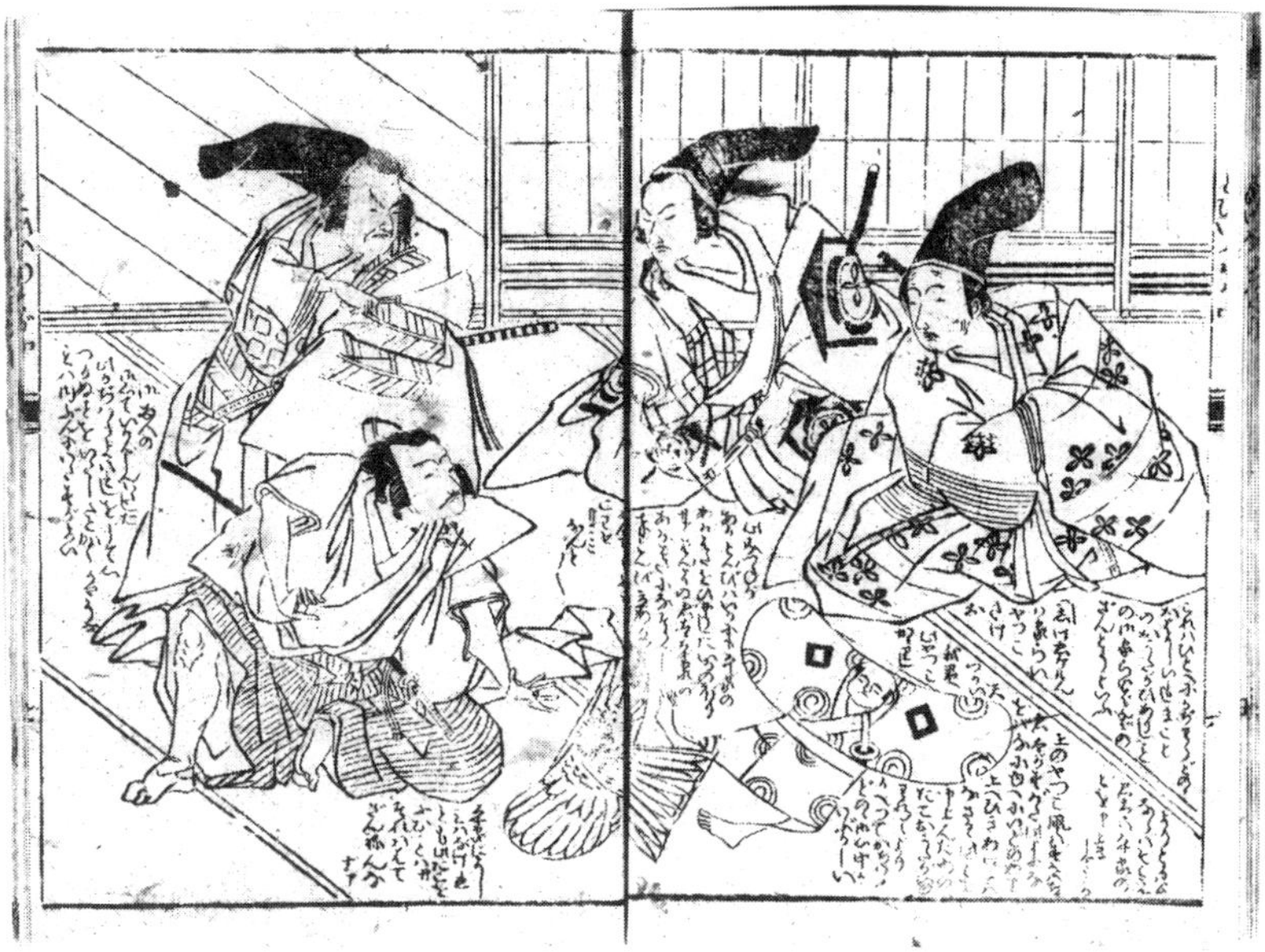

図②　『染直鳶色曾我』6ウ・7オ

図③　『染直鳶色曾我』14ウ・15オ

息子犬坊丸（九代目中村勘三郎か）に渡す。祐経は虎と少将を身代わりにしようと首を討たせるが、爪の絵の首が無くなり、二人は無事であった。祐経（初代仲蔵）は、近江小藤太（四代目団蔵）が実は京の二郎、八幡三郎（喜三二）が実は赤沢十内で、虎・少将共に曾我に心を通わす者と見抜き、四人に暇を出す。爪を使っての草摺引き・十番斬。虎（四代目半四郎）の引き合わせで、十郎（初代三津五郎）・五郎（二代目門之助）は兄の京の二郎（四代目団蔵）に対面する。二郎（四代目団蔵）は「二人で五月下旬に祐経を討て。自分も一緒にと思うが、一度主人と頼んだ人なので、手を下ろすのは不義に似ている。などと堅くでることもないさ」と言う。少将（三代目菊之丞）も品川で再び勤めに出たが、「天せい大のこんたんし」なので客をくるめるのがうまく、「くろめ」とあだ名を付けられる。畠山・工藤・曾我十郎は褒美にあずかる。

この作品は、番場の忠太（五代目団十郎）が景清であり、重忠（四代目幸四郎）・工藤（仲蔵）に詰問される場があり（図②）、京の二郎（四代目団蔵）が工藤（仲蔵）の家来でありながら、実は曾我兄弟（初代三津五郎・二代目門之助）の兄であって、虎（四代目半四郎）・少将（三代目菊之丞）同様の曾我側の人物であり、「以前主人であったことをあまり堅く考えることもない」と言う（図③）。少将（三代目菊之丞）が客を騙すことがうまい人物に設定されている点など、当時の劇界の裏面を仄めかしていると思われる部分が多く見られる。

二

市村座では、二年前の中村座騒動を凌ぐ出来事が起こってしまう。これもまた、糾弾されているのは四代目松本幸四郎である。

安永九年五月市村座『女伊達浪花帷子《おんなだてなにわかたびら》』初代尾上菊五郎、舞台の上にて黒船忠右衛門役の四代目松本幸四郎に悪口する場を借りて、幸四郎に財布を投げつけ見物へ向かい「幸四郎が手代弥兵衛と馴れ合いで役者に給金を渡さぬこと、三代目瀬川菊之丞・初代大谷友右衛門は以前世話をしたにも関わらず、幸四郎に加担して私を突き出し者にしていること」を述べ、真剣にて討ち果たさん勢いに、他の役者が為すすべもなくいる中を見物に挨拶して退座する。幸四郎はすぐに舞台の狂言にとりなして、「名人の仕方」と誉められる。

《江》に「女達出入湊……八月中、此狂言なかばに、菊五郎、半《ママ》四郎ともめ合、梅幸退座して、隣町中村座にて名残の忠臣蔵、大当たり」とある。

《年》に「何か菊五郎訳有て口上を述舞台を引く」とある。

この騒動も、時を置かずして、洒落本体裁の際物『神代椙木目《じんだいすぎもくめ》論《あらそい》』（古阿三蝶作か・安永九年五月序・一七八〇）に、菊五郎・幸四郎・菊之丞・友右衛門の争いを草木に託して書かれる。また、上方でも『梅幸松幸絵本《えほん》性根《しょうね》噺《ばなし》』が出され、『摂陽奇観』巻之三十六ノ七（『浪速叢書』第四所収・浜松歌国）にも記述されるほど[13]、上方にまで知れ渡る事件となってしまった。更に市村座での騒動後、上京しようとしている菊五郎のために、五代目市川団十郎が無理に説得して、九月中村座で名残狂言『忠臣名残蔵《ちゅうしんなごりのくら》』を上演する。市村座事件の話題性もあって大入無類で、舞台上にまで観客が溢れて道具の置き場もなく、誉め詞を言う者が七日間舞台へ出たという。白猿（五代目団十郎）贔屓連より梅幸

（菊五郎）丈へ土産として江戸紫の引幕を贈り、菊五郎は中村座の衣裳蔵「矢の根蔵」を再築し、これは「忠臣蔵」と呼ばれるようになる。江戸市中では団十郎・菊五郎を中村座の金銀星と言いふらすという熱狂ぶりを呈した。上方の方でもそれに呼応するが如く、菊五郎上京後の京都山下座での顔見世で、茶屋の暖簾・提灯・ひざかけまで全て三升の紋ちらしを付けたという。菊五郎は上京前の十月、仲蔵方へ来て息子丑之助を頼んでいる。

『明和誌』（青山白峯・文政五年序・一八二二）に、「寛政中頃にも有べき歟、元祖尾上菊五郎俳名錦江と云、松本幸四郎へ対し遺恨あり、市村座におゐて出合、遺恨の次第云はたす……◎安永九年ノ当世見立三幅対ニ、勝たやうで負た物、神田橋の喧嘩、尾上梅幸、神明の公事トアリ。」と書かれている。覚めた目で事態を見ていた観客も大勢いたことがうかがわれる。

天明二年（一七八二）には、市村座がいよいよ興行不能状態になりそうになり、四代目松本幸四郎等は、市村座のために無給で出勤し、九代目市村羽左衛門から助六を譲られる。十一月には、仲の悪かったはずの仲蔵も、市村座で幸四郎と同座する。

天明二年二月市村座『隅田川柳伊達衣《やなぎのだてきぬ》』借金への入金もなく無断で初日を出したために、町奉行へ訴えられ外囲いをされそうになる。ために見物人を追い出し、茶屋出方・外掛の者がそれを防ごうとし、鳶・魚河岸等が仲人として取り鎮める。

四月市村座　退座しようとしていた四代目幸四郎・四代目半四郎・あやめ・二代目助五郎らはいよいよ櫓が断絶するのを気の毒がり、無給にて出勤。

五月中村座『助六曲輪名取草《すけろくくるわのなとりぐさ》』助六（五代目団十郎）・揚巻（里好）・意休（初代仲蔵）・門兵衛（初代松助）・白

酒売（三代目宗十郎）

五月市村座『助六所縁《すけろくゆかりの》江戸《えど》桜《ざくら》』助六（九代目羽左衛門）（図④）・白酒売（四代目幸四郎）・意休（二代目半五郎）・揚巻（四代目半四郎）・朝顔（初代徳次）。羽左衛門一世一代の助六。舞台にて幸四郎へ譲り、また白酒売の役を三代目高麗蔵へ譲る。助六（幸四郎）（図⑤）・白酒売（高麗蔵）・揚巻（半四郎）・朝顔（徳次）・意休（半五郎）

十一月市村座『伊勢平氏栄花暦《いせへいしえいがごよみ》』遠藤武者（仲蔵）・渡辺亘（幸四郎）

図④　九代目市村羽左衛門の助六　細判錦絵

図⑤　四代目松本幸四郎の助六　細判錦絵

天明三年刊『笑種花濃台《わらいぐさはなのうてな》』（勝川春旭画）は、『神代椙木目論』と同趣向の草木争いで、四代目幸四郎と四代目半四郎、二代目門之助と三代目菊之丞を恋人同士、初代仲蔵を四人の恋人達に嫉妬する人物として登場させるお家騒動ものである。梗概を述べる。

【梗概】福寿草（初代菊五郎）の子息蘭之丞（二代目門之助）を、桜町中納言の娘美人草（三代目菊之丞）が見初め、婚礼することとなる。かねて美人草に心をかける薄（仲蔵）は、恋の意趣から福寿草の家の宝剣を盗もうと忍び入る。

図らずもそこで美男子の誉れ高い牡丹（四代目幸四郎）が、腰元杜若（四代目半四郎）と密会しているのをみつけ、腹を立てる。芍薬を殺して宝剣を手に入れた薄は、武蔵へ逃げる。蘭之丞（二代目門之助）は宝剣紛失の責任を取り、東へ下る。美人草もその後を追う。薄は江戸神田辺で剣術の師範をして裕福に暮らし、髭の意休と改名している。蘭之丞と美人草は王子稲荷の夢のお告げにより、花川戸にいる牡丹を尋ねて世話になる。杜若は二人の主人を養うために吉原に身売りする。牡丹（四代目幸四郎）は刀詮議のために、助六のようにやつして吉原へ出入りし、そこで意休（仲蔵）・かんぺら門兵衛（初代松助）・朝顔仙平（初代徳次）と出会う。牡丹は敵討ちの本懐を遂げ、芍薬の家を継ぐ。蘭之丞は美人草と、牡丹は杜若とそれぞれ婚礼する。

福寿草（初代菊五郎）に蘭之丞（二代目門之助）が打擲されている場面があり、牡丹（四代目幸四郎）が芍薬家の相続を仰せつけられ、福寿草（初代菊五郎）に平身低頭している結末部（図⑥）は、まさに安永九年の争いと、幸四郎を菊五郎に謝らせたいという庶民感情を反映していよう。更に、実際には上演されていない、四代目幸四郎の助六と初代仲蔵の意休の組み合わせで描かれていること（図⑦）は、二人の対立関係を描きたいという作者の意図があるように思われる。

天明四年に入り、初代中村仲蔵の演技が観衆に喜ばれなくなり、仲蔵狂気との噂が再び流れる。十一月桐座『重《じゅう》重《に》人重《ひとえ》小《こ》町《まち》桜《さくら》』で、仲蔵は小野良実役で長唄「仲蔵狂乱」を演じる。

同年十一月、大坂中の芝居に出演するために、四代目幸四郎・四代目半四郎が浪花道頓堀顔見世の乗込行事として、大川を船で行くと、橋の下へ漕来る時毎に多くの人が罵り嘲弄するばかりか、両人が乗った船を目当として、礫を打ち込み泥沙を撒懸け、船の舳先へ小便担桶を打ち込みまでする前代未聞の騒動となる。これは六年以前の市村

図⑥『笑種花濃台』14ウ・15オ

図⑦『笑種花濃台』12ウ・13オ

座騒動のために、菊五郎を半年余り休ませたと幸四郎が恨まれたためであり、その上角の芝居は菊五郎の息子尾上丑之助が座元で、軒並びの中の芝居へ幸四郎が来ることを知った芝居方の者が、幼少の丑之助に顔見世の口上で「中の芝居へは追つつけこわいおじ様がござるとの事なれば、夫がこわさに此芝居まで迯て参りました。何とぞ何れも様の御憐憫が御座りませねば、孤の私、今年は別して御取立下さりませい」と言わせたためである。(14)

天明五年二月桐座　菊五郎一周忌追善狂言　大切長唄『春昔
　所縁ノ英』相生獅子ノ所作　三代目菊之丞・仲
　蔵。仲蔵モメ合にて退座、三代目高麗蔵代わる。

時期は前後するが、天明二年（一七八二）刊『花珍奴《はなめずらしきやつこ》茶屋《ちゃや》』(15)（から井さんせう作・勝川春常画）は、『黄表紙総覧』の指摘のように、作者の「から井さんせう」が「辛い山淑と金井三笑を掛けた筆名」だとすると、金井三笑の立場から当時の劇界騒動を描いてみせた、とのことと思われる。石川五右

図⑧『花珍奴茶屋』13ウ・14オ

衛門後に弾正左衛門実は宋蘇卿（初代仲蔵）を久吉（四代目幸四郎か初代三津五郎）に敵対する人物にし（図⑧）、天竺徳兵衛（五代目団十郎）は最初は宋蘇卿（初代仲蔵）に与する立場に置く。久吉にそっくりなためにその身代わりになる半七（初代三津五郎か四代目幸四郎）には、三勝（三代目菊之丞）という恋人がいる。また、久吉・半七の顔が、全作品を一貫せず、場面によって四代目幸四郎か初代三津五郎かに描かれていることは、画者の力量不足であるかもしれないが、当時の劇界の複雑な人間関係を意図的に表したものである可能性もある。

安永七年までは、主に人気役者の写しであるか、一部の絵本番付・追善物・題簽のみの意匠として使用されていた役者似顔絵が、安永八年以降劇界騒動を仄めかす手段として利用されだす。追善物の先蹤は、談義本『根南志具佐《ねなしぐさ》後編』（風来山人・明和六年刊・一七六九）で、草双紙はこの作からヒントを得たといわれているが、[16] 劇界騒動ものも、同じく風来山人の『根南志具佐』（宝暦十三年刊・一七六三）・『飛《とん》だ噂の評』（安永七年刊・一七七八）が、多少性格は異にするが類似の際物として先行する。安永八年の『通人為真似《まのふりをして》』・同九年の『新狂言梅姿』と、役者似顔絵黄表紙の中でも数少ない存在であった劇界騒動ものが、天明二年に急増する。『染直鳶色曾我』・『再評判《にどのひょうばん》』（在原艶美作・北尾政演画）[17]・『花珍奴茶屋』等の他に『桂川嫐話《かつらがわうわなりはなし》』（勝川春常画か）も四代目幸四郎写しの長右衛門を色好みにしている点にそれが窺える。そして同年、勝川派による絵本番付もまた急増する。天明三年（一七八三）になり、劇界騒動ものの黄表紙は『笑種花濃台』位に減少するが、絵本番付は同じペースで勝川派が占め、翌四年もその状態が維持される。劇界騒動もの黄表紙の画工と、当時の絵本番付絵師とは重なる部分が多い。劇界に通じていた画工の知識を用いた劇界騒動もの黄表紙の示す情報はかなり信憑性があり、これら黄表紙によって一般化した役者似顔絵の手法が、役者似顔絵絵本番付の隆盛をもたらしたとも言えよう。

注

（1）「芝居と小説」（鈴木重三・『解釈と鑑賞』・昭和三十一年十月刊・一九五六）、『喜三二戯作本の研究』（井上隆明・昭和五十八年刊・一九八三・三樹書房）等。

（2）「黒本・青本・黄表紙と似顔絵」（高橋則子・『浮世絵芸術』一一四・平成七年一月刊・一九九五）、「五代目市川団十郎の景清」（黒石陽子・『東京学芸大学紀要』四十六・平成七年二月刊）、「乱咲菊蝶話『廓中丁子』考」（信多純一・『にせ物語絵』所収・平成七年刊・平凡社）、「『鐘入七人化粧』小考」（神楽岡幼子・『演劇研究会会報』二十一・平成七年六月刊）

（3）「役者似顔絵と黄表紙」（岩田秀行・『芝居おもちゃ絵の華麗な世界』・平成七年刊・たばこと塩の博物館）

（4）「役者似顔絵と黄表紙」

（5）「黄表紙『明矣七変目景清』攷」（『近世文芸』五十二・平成二年六月刊・一九九〇）、「黄表紙『明矣七変目景清』をめぐって」（『国文学研究』一一〇・平成五年六月刊・一九九三）

（6）原本所在不明。『芸術殿』（昭和七〜九年刊・一九三二〜四）に復刻されたものも適宜参照したが、意味不明の部分が多く、『歌舞伎年表』所載の文を主に用いた。

（7）同じ仲蔵の『月雪花寝物語』・『秀鶴草子』・『秀鶴随筆』には、こうした劇界騒動に関する記載は見出し得なかった。

（8）お松に関しては、「役者女房評判記の紹介」（武井協三・『芸能史研究』六十五・昭和五十四年四月刊・一九七九）、『娘道成寺』（渡辺保・昭和六十一年刊・一九八六・駸々堂）、「戯作・悪場所・千里鏡」（高田衛・『日本文学』・昭和六十三年八月刊・一九八八）、「宝暦期の歌舞伎役者の妻たち」（武井協三・『歌舞伎　研究と批評』十五・平成七年六月刊・一九九五）で論及されている。

（9）以後、天明四年（一七八四）十一月まで市村座の親類として、太夫元の後ろ盾になっていたという説もある（古井戸秀夫・「鶴屋南北（三）」・『近世文芸研究と評論』二十九・昭和六十年十一月刊・一九八五）。

（10）この事件に関しては、「五代目団十郎のとんだ噂」（武井協三・『歌舞伎　研究と批評』二・昭和六十三年十二月刊・一九八八・歌舞伎学会）で論及されている。

（11）『大東急記念文庫　善本叢刊　第五巻　黄表紙集』（昭和五十一年刊・一九七六・汲古書院）解題。

（12）「五代目市川団十郎の景清」

（13）『脚色余録』二編上の巻（西沢一鳳・嘉永五年成立・一八五二）に同文あり。

（14）『摂陽奇観』巻三十六ノ七「十一月中旬　中之芝居乗込騒動」より。『脚色余録』二編上の巻に、ほぼ同文あり。

（15）写真版と全文翻刻・解説は、『叢』十五号（平成四年十月刊・一九九二）。

（16）『日本古典文学大辞典』（昭和五十九年刊・一九八四・岩波書店）「風流瀬川咄」の項（中山右尚）、「歌舞伎俳優追善草双紙」（棚橋正博・『帝京大学文学部紀要』第二十号・昭和六十三年十月刊・一九八八・後に「歌舞伎俳優追善黄表紙序説」と改題され『黄表紙の世界』・平成九年刊・一九九七・若草書房に所収）。尚この説については、三章三節で若干の異論を述べた。

（17）「鶴屋南北（二）の下」（古井戸秀夫・『近世文芸研究と評論』二十三・昭和五十七年十月刊・一九八二）、『黄表紙総覧』に指摘あり。

（図版リスト）

①国立国会図書館蔵。『顔而知勧善懲悪』の別題本。
②東京都立中央図書館東京誌料蔵。
③東京都立中央図書館東京誌料蔵。
④ⓒ The Art Institute of Chicago.
⑤ⓒ The Art Institute of Chicago.
⑥東京都立中央図書館加賀文庫蔵。
⑦東京都立中央図書館加賀文庫蔵。
⑧東京都立中央図書館加賀文庫蔵。

第六節　役者似顔絵黄表紙の隠された意味（二）

——寛政改革への庶民意識——

天明期から四代目松本幸四郎の似顔絵で描かれた「畠山重忠」が、黄表紙によく登場する。この指摘は既に詳細に行われているので[1]、今までに触れられていないものをいくつか挙げてみる。天明二（一七八二）年刊『景清百人一首』（朋誠堂喜三二作・北尾重政画か・大門口蔦屋板）・天明六年（一七八六）刊『景清塔《かげきよとう》之《の》瞑《ねむり》』（万象亭作・北尾政演画・鶴屋板）・天明六年刊か『芸自慢童龍神録《げいじまんどうりゆうじんろく》』（恋川好町＝鹿都部真顔作・北尾政演画・板元不明）・天明八年（一七八八）刊か『亀子《かめのこが》出世《でたよ》』[2]（作者不明・蘭徳斎画・板元不明）等、既に指摘されている天明六年刊『明矣七変目景清《あくしちへんめかげきよ》』（山東京伝作・北尾政演画・蔦屋板）・天明八年刊『文武二道万石通《ぶんぶにどうまんごくとおし》』（朋誠堂喜三二作・喜多川行麿画・蔦屋板）も含め、幸四郎＝重忠のイメージは固定していたと言えるであろう。図①は『景清塔之瞑』の一丁裏二丁表で、景清が源頼朝に復讐しようとしているとの噂を聞いた畠山重忠が、狂言作者を呼びつけて景清詮議をしているところである。四代目松本幸四郎写しの重忠の上下には、重忠の家紋である五三桐が小さく描かれている。なお、付言すると、左側前列中央の丸顔の男が狂言作者の二代目中村重助であり、後列左側の男が同じく初代桜田治助であることは、『黄表紙総覧　前編』（棚橋正博・昭和六十一年刊・一九八六・青裳堂書店）で触れられている。

ところで、天明から寛政元年にかけての、江戸における最も大きな事件は天明七年（一七八七）に頂点に達した大飢饉と、そのために江戸をはじめ各地で起こった五月の大規模な打ち壊し[3]及び六月に松平定信が老中に就任したことであろう。天明期は、天明元年（一七八一）二年の大水・米価高騰、三年の浅間山大噴火で江戸に灰が降ったこと、四年の若年寄田沼意知が江戸城で旗本佐野政言《まさこと》に斬られたこと、六年（一七八六）の大洪水と老中田沼意次罷免等暗鬱な世相であり、七年の打ち壊しと老中交替は時代の行き詰まりと変革を庶民に実感させたであろう。黄表紙の中にも、米の買い置きをする商人（天明五年刊『莫切自根金生木《きるなのねからかねのなるき》』唐来参和作・千代女画・蔦屋板）や、米買い上げの不正事件を仄めかす蔵・米俵（天明八年刊『悦《よろこんぶ》贔屓《ひいきの》蝦夷《えぞ》押領《おし》』恋川春町作・北尾政美画・蔦屋板、寛政元年（一七八九）刊『奇事中洲話《きじもなかずわ》』山東京伝作・北尾政美画・蔦屋板）、或いは江戸市中の打ち壊し（『亀子出世』、寛政元年刊『天下一面鏡梅鉢《てんかいちめんかがみのうめばち》』唐来参和作・栄松斎長喜画・蔦屋板か）やお救い米を授ける場面（寛政元年『孔子縞于時藍染《こうしじまときにあいぞめ》』山東京伝作・北尾政演画）を逆転の手法で描いた作品が多く見られる。

歌舞伎で四代目幸四郎が重忠を非常に得意として演じていたために、黄表紙でも重忠として登場するのだが、天明八年

図①　『景清塔之瞑』1ウ・2オ

（一七八八）以降の作品では、老中松平定信を暗示する一手法として幸四郎が用いられたのではないかと思われるものがある。『文武二道万石通』は、重忠の衣裳の梅鉢紋（松平定信の家紋）の改刻(4)・幸四郎の似顔絵の改刻(5)に関して論及されている。即ち初板本においては、畠山重忠＝松平定信＝四代目松本幸四郎というイメージは、密接に絡み合った戯作の手法として成り立っていたのである。『文武二道万石通』刊行後のことではあるが、『歌舞伎年表』に

　寛政元年三月江戸中村座『荏《え》柄《がら》天《てん》神《じん》利《り》生《しょう》鑑《かがみ》』仲蔵休み。鈴木白藤の台帳書入れに、此狂言左交新奇を呈したる狂言にて、まねき看板に、幸四郎、長上下立身、看板へり黜りへ、梅鉢の紋を付たり。……富士浅間は、佐野をやつして、佐野氏事ありし前日、犬を切て刀を試しといふをやつして、高麗蔵富士にてこま犬を切り、鶏の印出る趣向。又世に伝ふ　隠岐侯にて、酒料を家婢となし、白河侯の堅くろしきを侮弄せしといふに擬して、重忠に幸四郎を、富三、万菊等出て、じやら付事あり。幸四郎応対甚妙。……此時大手にて白河駕を出ると、供侍共高麗屋〱とほめたり。戯場にても、高麗屋駕を出る時、白河〱と誉る。高麗蔵、半五郎系図を争ふ事、やはり佐野氏田沼氏系図の事を模す。

とある。また、松平定信が多くの隠密や隠目付をつかって情報を収集し、それを側近水野為長が聞き書きの形で記録した『よしの冊子』（『随筆百花苑』第八巻・第九巻）の寛政元年三月末と四月初旬の記事に

　一勘三郎芝ゐニて、松本幸四郎、重忠トヤラニ相成駕籠ニ乗大勢供を連レ出候跡より、訴状を持て訴訟人出候へバ、供の者共大勢ニて、下りませい〱と大に叱り付候処ニ、かごの内より訴訟のほども計がたいから訴状是

へ差出候様ニと、家來をしづめ訴状を受取候へバ、切落の見物より、イヨ有がたい西下と誉申候よし。

一勘三郎芝ゐニて幸四郎何か狂言仕候処、切落より越中様々々と頻ニ誉申候ニ付、遠慮いたし右狂言の処ハ抜と申さた。

とあり(6)、西下・越中共に定信のことであって、四代目幸四郎に自分が擬せられていたことは、定信自身もこの聞き書きを読んで(7)知っていたと思われる。

梅鉢の小紋模様になっている初板本の『文武二道万石通』と、類似の模様の上下を着た四代目幸四郎を描く、天明八年刊『時《じ》代《だい》世《せ》話《わ》二《に》挺鼓《ちょうつづみ》』（山東京伝作・喜多川行麿画・蔦屋板）がある（図②）。この作については、俵藤太と平将門に佐野・田沼事件を婉曲にうがったとされているが(8)、幸四郎写しによって定信をも暗示している。梗概を述べる。

【梗概】平将門討伐の勅を受けた藤原秀郷（四代目松本幸四郎）は、将門の影武者と合わせて七人に対抗し

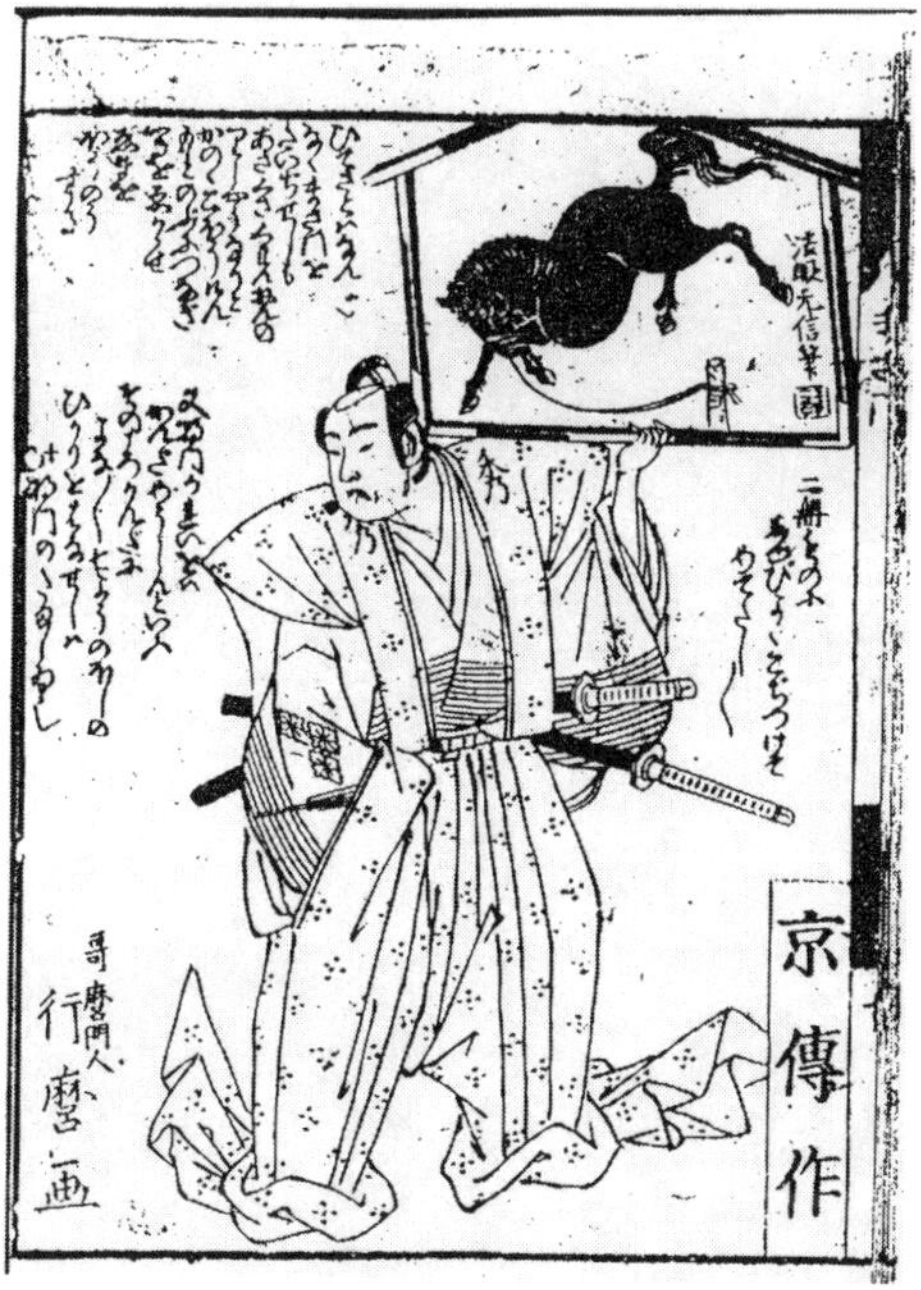

図②『時代世話二挺鼓』10ウ

て、早業八人前や八人芸、八挺鉦や八角眼鏡で打ち負かす。将門の首を刎ねた切り口から、七つの魂が飛び去る。秀郷は浅草観音の利生の賜物と、繋ぎ馬の絵馬を奉納する。そのころ神田に夜な夜な七曜星が現れたのは、この将門の魂である。

藤原秀郷は、常に幸四郎の替紋である四ツ花菱もどき模様の衣裳を着ており（図③）、似顔絵とともに四代目松本幸四郎として描かれていることは歴然としている。[9] 一丁裏・二丁表の「貴様は俵つう太とうけたまはつたが、俵やの吉野はどうしたの。いつも御さかんかの」と公家が言うのは、『役者人国記』（演劇博物館蔵・天明八年三月刊・一七八八）による評判「錦江国　……風俗柔和にして　武士町人ともに刀剣の術を得たり　多弁にして実議もつはらなり　しかしながら色情深き武士町人有て　色に乱る丶事あり」という面、安永九年（一七八〇）の初代尾上菊五郎との喧嘩に趣向を取った黄表紙『再評判《にどのひょうばん》』（天明二年刊・一七八二・在原艶美作・北尾政演画）に不義密通の場面（図④）を描かれるような、幸四郎の艶聞の多さをあてこすっているのである。そして秀郷が「秀郷とは申ますが、さとではない男さ」と応えているのも、『役者人国記』に「当時休み分　上上吉　松本幸四郎　洒落にては至上上吉」と記された、幸四郎の洒落好きを表している。[10] 最終丁での秀郷の衣裳は、梅鉢（松平定信の家紋）に類似した小紋模様の上下である（図②）。この模様は、同年刊『文武二道万石通』初板本の、[11] 重忠の上下の小さな梅鉢の小紋模様に似ている。当時の読者にとっては明確すぎる程の四代日幸四郎写しをされた秀郷は、無論若年寄田沼意知を斬った佐野善左衛門を仄めかしていようが、当時の幸四郎＝重忠＝定信のイメージの繋がりから、松平定信をも暗示していることは間違いない。[12]

演劇史上では四代目松本幸四郎は、政治力があり容姿も良く、台詞に優れて諧謔味あり、和事実事所作事を得意と

図③『時代世話二挺鼓』6ウ・7オ

図④『再評判』6オ

した愛嬌のある役者とされる。加えて洒落が〈お家〉で普段から趣味に通じた〈当世男〉であった。[13] これらの幸四郎の投影が作品全体の構想となっているのが、時代は前後するが、天明六年刊（一七八六）かとされる『芸自慢童龍神録』（恋川好町＝鹿都部真顔作・北尾政演画・板元未詳）である。梗概を述べる。

【梗概】高慢斉と金々先生を合わせた名の高麗屋金五郎（四代目松本幸四郎）というとびの者は、足柄越えの時に天狗に会う（図⑤）。天狗どん龍坊は、愛宕山で羽を落とされ、金五郎を頼って江戸へ来る（図⑥）。どん龍は宗匠となるが、雇った前髪が大飯喰らいだったので相撲を取らせ「白藤」と名乗らせる。手取りの白藤は増長して「うぬ川」（小野川）と呼ばれ、関取ばら門（谷風）と勝負して勝つ。勧進相撲で金を手に入れたどん龍は、「江戸一番の小僧の親玉和泉屋の息子」（四代目市川海老蔵）を仕込む（図⑦）。また、豊後節・法談・書道・長刀の師匠となり（図⑧）、八人の子供の名人を作り、金儲けする。畠山重忠（四代目幸四郎）は頼朝の命を受け、どん龍を相模の国に連れ帰り、儲けた金で鎮守を再興させる（図⑨）。これは重忠のはかりごとであった。

四代目松本幸四郎を天狗と重忠に擬えた作品で、天狗どん龍坊が大天狗に羽を落とされるのは、安永七年八月に幸四郎が五代目市川団十郎と喧嘩をし、江戸中の評判を落としたことを暗示する。[14] また、四代目市川海老蔵のご機嫌を伺う図（図⑦）は、天明六年五月頃に実現した団十郎との仲直りを仄めかす。本書刊行が天明六年正月であるとしても、幸四郎贔屓の大通などの手回しによって、仲直りの下準備ができているとの噂が流れていた可能性はある。様々の芸事の師匠となって子供に芸を仕込むところ（図⑧）は、『当世役者穿鑿論』（戯場大通庵著・安永六年刊）に、「此人茶の湯　まりが好。俳諧もいたされます。しかし何に付ても一トロツ、。思付をいふて見たがるかくせてこさる。」

図⑤『芸自慢童龍神録』1オ

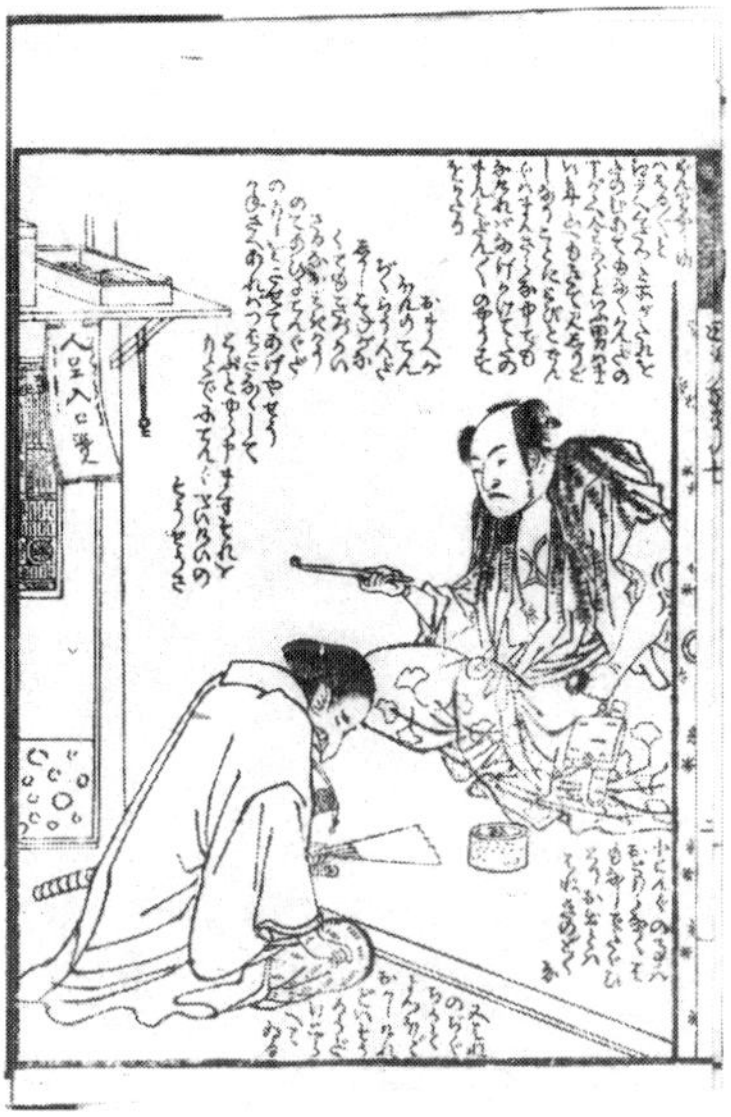

図⑥『芸自慢童龍神録』2ウ

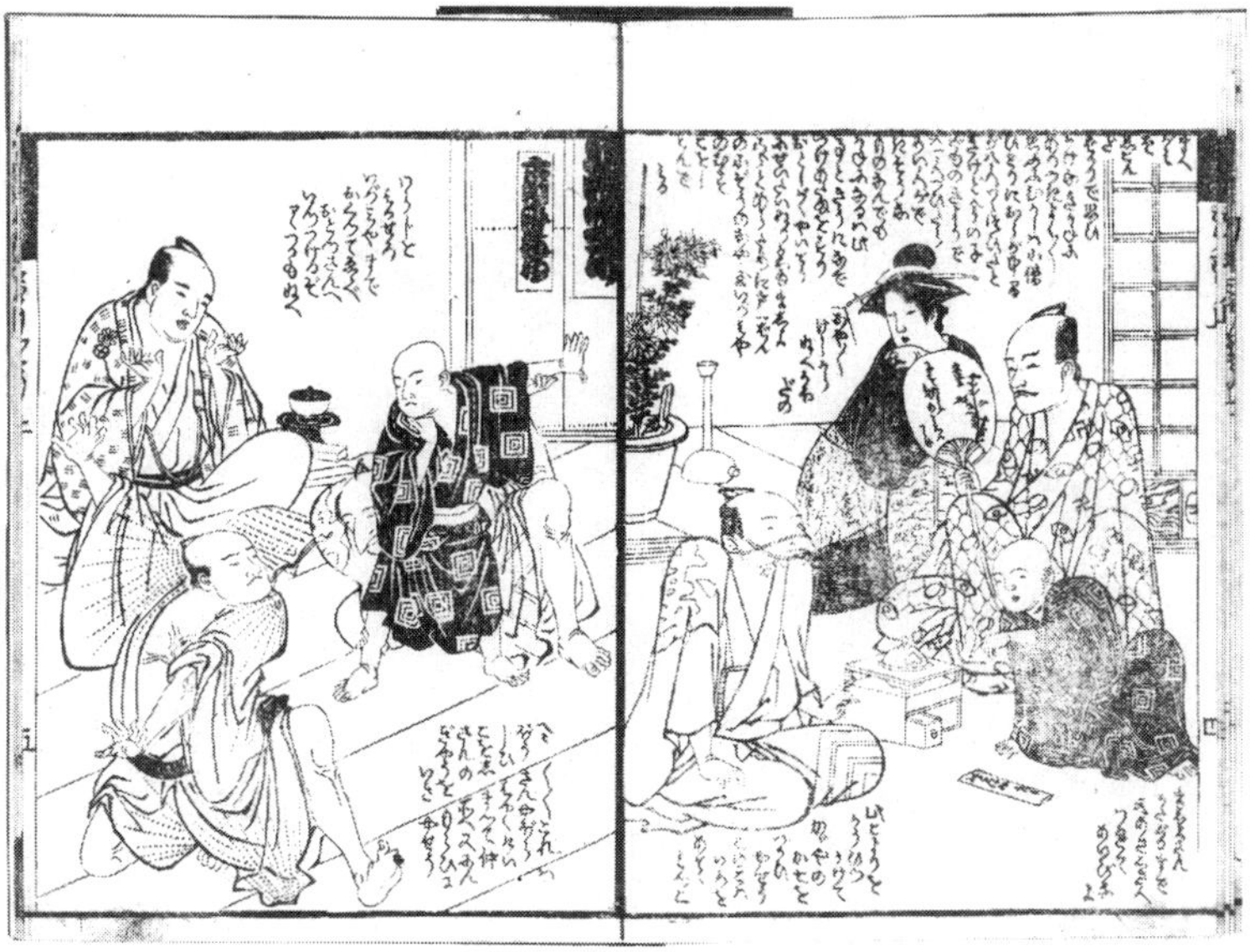

図⑦『芸自慢童龍神録』4ウ・5オ

図⑧『芸自慢童龍神録』6ウ・7オ

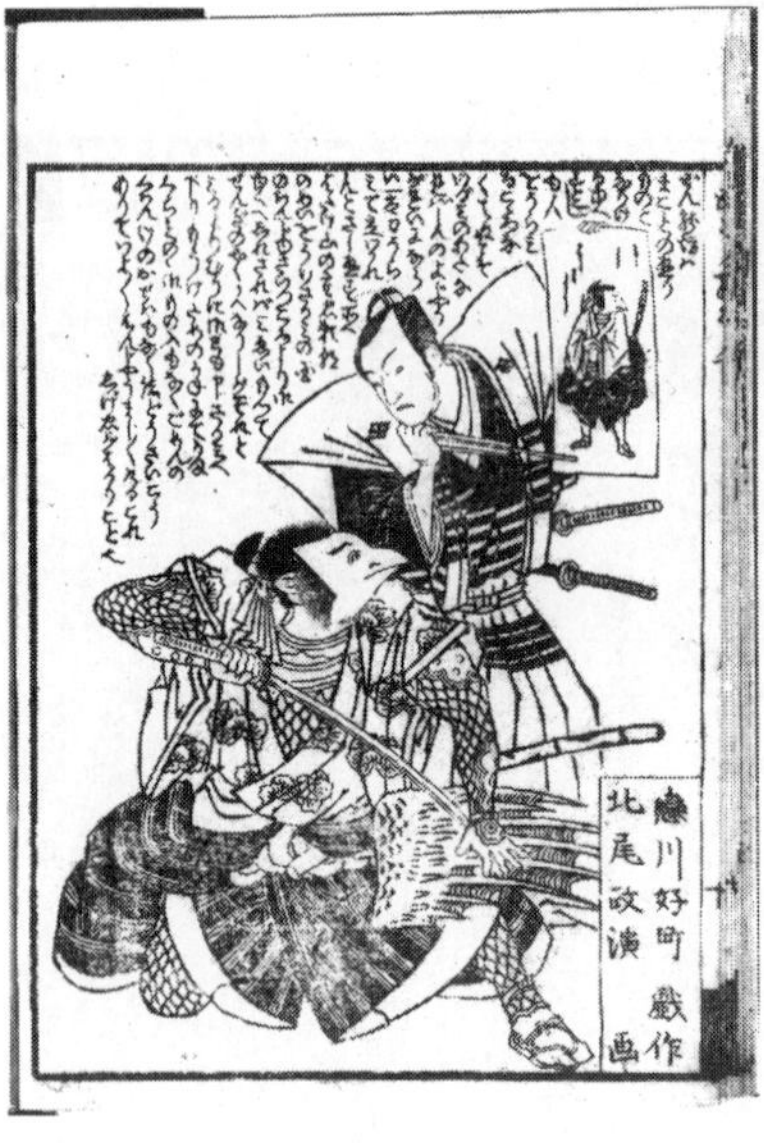

図⑨『芸自慢童龍神録』10ウ

とある幸四郎の得意芸をうがっているのである。幸四郎の趣味の広さは舞台にも活かされ、稽古所の場は得意とするところであったという[15]。つまり『芸自慢童龍神録』は、幸四郎の評判や得意芸を全編に取り入れた、役者ゴシップもの黄表紙であり、安永八年（一七七九）以降数多く出版された劇界騒動ものの黄表紙[16]の流れの上にあるものと言えよう。

なぜ幸四郎のゴシップもの黄表紙が作られたのか。幸四郎は天明四年（一七八四）十一月から六年（一七八六）三月まで、上方に出勤していた。それは前述したように、安永七年（一七七八）に五代目市川団十郎と、安永九年（一七八〇）に初代尾上菊五郎と舞台の上で派手な喧嘩をしてしまい、江戸での評判が落ちてしまったこと[17]に加え、江戸三座の興行状況が低迷を極めていたことも原因となっていよう[18]。特に安永八年（一七七九）十一月中村座の金主や太夫元に追われて以来、市村座との繋がりの深かった幸四郎にとって、天明四年（一七八四）五月より市村座が興行不能に陥った状況は大きな意味を持つだろう。表1は安永七年（一七七八）から寛政元年（一七八九）までの江戸三座の興行状況を実線で示したものである。尚、体裁については、寛政元年から天保元年（一八三〇）まで同様の表に図式化されている「江戸の歌舞伎興行界」のもの[19]を踏襲した。

〔表1〕

	中村座	市村座	桐　座	森田座
安永七年	―	―		―
八年	―	―		―

九年	天明元年	二年	三年	四年	五年	六年
	火事正月		火事十月			火事正月
	火事正月	地代滞る	火事十月	五月		
					十一月	火事正月
		十一月	四月　九月	一月　九月	火事十二月	二月

七年

八年　九月

十一月

寛政元年　十一月

天明四年（一七八四）十一月に道頓堀での乗り込み騒動のすえ、顔見世以来大坂大西中村粂太郎座に出勤した幸四郎の評判は、「おとなしく端手なる事少しもなく　おちついた仕打は只者にあらずとさたもすれども　場の端〳〵は届かぬこうとうさゆへ　も少しいづれともわからぬ評判……どうやら物ありそうにて　下手ではないとのみ聞へる方多し」（天明五年正月『傾城睦月陣立』の大切所作事『七変化七草拍子』細川和泉守・白酒売四郎兵衛の評判・『役者大極図《たいきょくのず》』演劇博物館蔵・天明六年正月・一七八六）とか、「和事の仕打は大に受よく……かさねの末に少し計大坂にて所作も出て甚やわらかな仕立ながら　何分土地に合ぬか東武より聞し程にもなく」（五年四月大坂大西中村座『善悪女の恋妬』佐々木六角・浮世渡平・わたり勘平・妙閑・忠兵衛の評判・『役者大極図』）、「南連　これまで江戸役者にこれほど世話の利ィたは覚へぬ　急度受ケてゐるぞ……真のひいき　とかくせりふを渡さる、所が向ふを育る心かしらぬが　格別詞は念が

入るゆへ　情がはなれて初心らしい調子のあはぬはぜひがなひが　まちつとせりふにのびち、みがしてほしい　上方では夫が肝心じや　【頭取】　大切卯月の紅葉〻にて　杜若丈と景事はきれいな事　すべて其場〱にてシテワキの役廻りはあるもの　ワキよりシテをおしたふそふする芸者根生　錦江丈はワキの本意をはなれ　前あしらい大事としてゐらる、所　又格別の立者でござる　夫故追々便もよく繁昌有るべしと存る内　四月二三日芝居類焼にて思ひよらざる大変ゆへ　其後はか〱しき興行もなく　天災とは云ながら錦江丈のふ仕合せは折悪しき出坂　どふぞ二三年もあしを止メ　御手連をあらはし給へ　【あはてもの】　ア、幸四も時にあはずじやナア」（『三国舞台鏡』演劇博物館蔵・天明六年正月刊「附録役者両傑評論」）といったものであった。菊五郎との喧嘩のために、大坂での風当たりは強かったが、「いづれともわからぬ」・「和事の仕打は大に受よく」・「これまで江戸役者にこれほど世話の利ィたは覚へぬ」等の評判を得た。

一方初代中村仲蔵は、天明七年（一七八七）正月から八年夏まで上方で出勤した。天明六年（一七八六）十二月には名誉の道頓堀乗り込みをし、「寿三ばさうにて所作の味は小手の利キを覚へてよい〱といひしが　狂言にか、つて　春狂言の実悪何とやらぬるひと云だしてから評判がぶらりといたして」（天明七年正月大坂大西中村座『けいせい桜《さくらの》城砦《じんだて》』尼子三郎と『寿三番叟』の評判・『役者姿記《しき》評林《ひょうりん》』演劇博物館蔵・天明九年正月刊「秀鶴　奥山　仕打問答」）とか、

【頭取】　……三番三は江戸大坂にて勤られし通　翁の出立も世の常と替つて手に三方に金銀の幣を持出て　始より所作事の和らかみ　いかさま志賀山の一流さもあるべくも　一躰姿をくずさずして達者に見へて　しかもしほらしく其中に味はひふかく　当時是程の所作をする人三ケ津に　先秀鶴丈より外にはござりますまい　【芝居好】　大坂にてもよいとはいへど　一統に請取かねたが　さすが手たれの程あらはれ　京の目水晶の見物が見極て只よい〱と桟敷も場も一統に評判よきは　おてから〱……去とは和らかにて　拍子きく事もきつときかし　地芸はちと丁寧なる仕込

にて　当時上ミ方風にては古風なる請なれど　所作事にかけてはつゞく者はないぞ〳〵」（天明七年十月京都北東布袋屋座『寿三番叟』と『義経千本桜』の評判・『役者五極成就』東京芸大蔵・天明八年正月刊・一七八八）と評された。つまり、所作事は続く者がないとまで褒められるが、「地芸はちと丁寧なる仕込にて　当時上ミ方風にては古風なる請」ということである。

しかも二人が江戸へ帰った後、さらに評判は変化する。『役者姿記評林』（演劇博物館蔵・天明九年正月刊・一七八九）「秀鶴　奥山　仕打問答」に「……秀鶴大坂へ見へたる時とても　やつはりそんなものにて　土地に合ふまでは評判はさま〳〵……是を思へは錦虹　狂言は出立薄いやうな狂言ながらも　こちはいつ迄も此通り　当つても当らいでも是より外仕様なしといふ様に仕打を仕あふせられて存る……一にては其儘にて当りをとり　ほんに上手〳〵といはれしも　持前の仕あふせにて　土地に合はそうと思れなんた所を思へは　心に厚い仕打ありてたのもしくこそ思はるれ　秀鶴すでに持前とはいへども俊寛や教興寺の惣次の役　或は前に云鹿子勘兵へなどで見る時は　土地に合はそふと仕られし心だけ　心に薄い所顕はれたやうにて残念ながら　仕打は流石大の字付に立者とも申した」とある。これらの評判から幸四郎の芸風は、当世風で和事世話事に秀でた、次の時代に通じるものであり、それゆえに黄表紙にも多く登場したと思われるのである。

五代目市川団十郎については、戯作者達との関わりについての先学の研究が多くあり[20]、黄表紙での扱われ方は、「白猿との近さを誇示するもの」・「白猿の内部に疲労を蓄積せずにはおかなかったろう[21]」等と言われている。役者ゴシップもの黄表紙『芸自慢童龍神録』図⑦を、五代目団十郎の情報提供面から考察すると、これが団十郎の家庭事情、四代目市川海老蔵と和泉屋との関係に触れているのがわかる。左の五丁表の上部に、「草鞋をはかせろ。和泉屋まで送ってゐらべ。お父つさんへ言つつけるぞ。ア、つがもねへ」と四代目海老蔵の台詞がある。これは、四代目海老蔵が和泉屋の養子となっていたが、実は五代目団十郎の実子であることを絵と共に表している。市川徳蔵として五才で初舞台を踏んだ時の評判に、「頭取……秀鶴丈引合せの口上　則さかい町和泉屋勘十郎忰にてござれども　実は市川団十郎肉縁のわけました忰和泉屋へ養子に遣し　此度改て門弟と仕ましてござれば　誠に子也甥也弟子也」（『役者花実論』抱谷文庫蔵・天明二年三月刊・一七八二）とある。すると右の四丁裏、団十郎の後ろにいる海老蔵の母親らしき女性は誰だろうか。団十郎が本妻である八代目市村羽左衛門の孫娘お亀（俳名　梅旭）としっくりいっていなかった事は有名である。安永七年八月までには、団十郎はお亀と別居し、二代目市川八百蔵未亡人おるやと同居していた。海老蔵は安永七年生まれで、おるやが海老蔵の母である可能性はある。しかし六代目団十郎の出生については、『市川団十郎』（伊原敏郎・明治三十五年刊・一九〇二・エックス倶楽部）では「落胤の養子」「矢張外で出来た子を例の和泉屋勘十郎方へ引取つて和泉屋から改めて市川家へ入れた」と記され、『市川団十郎の代々』（坪内逍遙閲・伊原青々園編・大正六年刊・一九一七・市川宗家蔵版）では「実は五代目団十郎の庶子」とあり、母がおるやであるとは記されていない。故に海老蔵の本当の母は未詳とするしかない。しかし天明七年（一七八七）正月刊『役者評判魁《さきがけ》梅《うめの》朔《ついたち》』の海老蔵の評には「梅旭さんの嘸悦び」とあり、正妻として市川家の繁栄をおそらく喜んでいるであろうお亀が描かれる。

本書『芸自慢童龍神録』が海老蔵の「母」として描く女性は、やはりお亀ではないか。寛政五年（一七九三）刊『天狗《てんぐ》礫《つぶて》鼻《はなの》江《え》戸子《どっこ》』（烏亭焉馬作・鹿杖山人＝鹿都部真顔校合・歌川豊国画・秩父屋板）に登場するお亀は、衣裳に「亀」と記され、海老蔵（六代目団十郎）と共に描かれる（図⑩）。これは『芸自慢童龍神録』との構想の類似が指摘されており、[22] どちらも鹿都部真顔が関与している。真顔は天明六年四月の第一回咄の会にも参加し、以後咄の会の咄本、三升連狂歌俳諧集ほとんど全てに入集する。[23] つまり熱烈な団十郎贔屓の一人であり、おるやとの醜聞をことさらに打ち

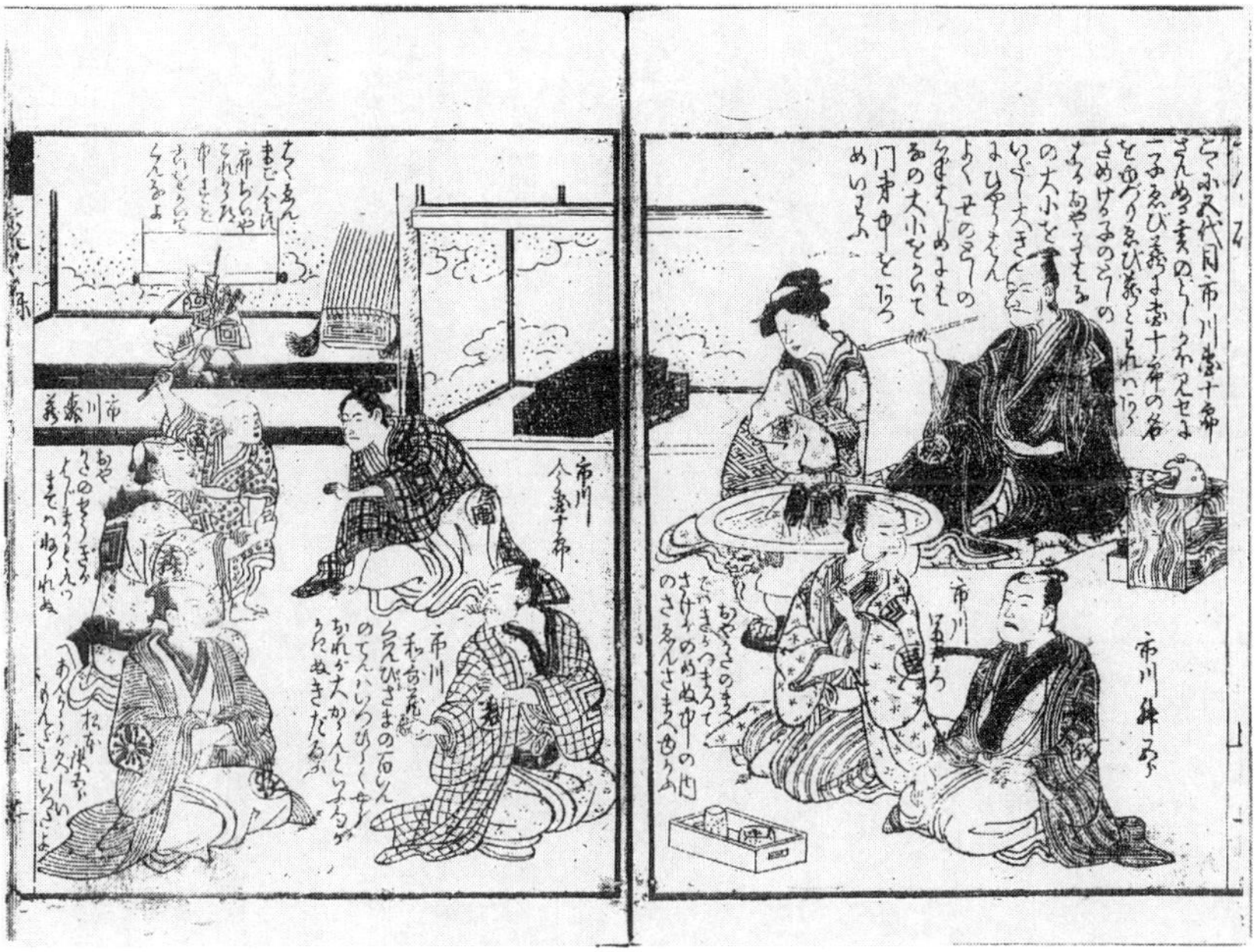

図⑩『天狗礫鼻江戸子』1ウ・2オ

図⑪ 五代目団十郎とその家族　大判錦絵

消すような、正妻に愛される海老蔵を描く家族団欒図を草双紙に取り入れたのではないか。ちょうどこの頃、鳥居清長描く大判錦絵に五代目団十郎とその家族の図（図⑪）があり、(24) 四代目海老蔵を肩に担ぐ弟子の市川升五郎の他に二人の女性が描かれている。左端の若い女性を娘おすみだとすると、海老蔵に細かな心配りをする妻らしき人物は、お亀として描かれていると考えられる。するとこれも、正妻に愛される海老蔵を描く家族団欒図ということになる。但し寛政三年（一七九一）刊『世上洒落《よのなかしゃれ》見絵《けんのえ》図《ず》』（山東京伝作・北尾政演画・蔦屋板）の「本当の女房お亀奥より出」については、団十郎の複雑な家庭事情をうがっている可能性が強い。『当世役者穿鑿論』（安永六年夏刊・一七七七）に団十郎の住居は堺町和泉屋の裏とあり、『役者紋選』（寛政二年正月刊・一七九〇）の地図に、和泉屋は中村座と市村座のちょうど中間にある。海老蔵・団十郎と市村座に縁のあるお亀とは、頻繁に交流があったのではないか。

　寛政元年刊『延寿反魂談《えんじゅはんごんたん》』（山東京伝作・北尾政演画・榎

図⑫『延寿反魂談』3ウ・4オ

本屋板）は、これも正体不明の妻が登場する（図⑫）作品である。梗概を述べる。

【梗概】天帝のまちがいから、市川屋升助（五代目市川団十郎）は忍びの者に魂を盗まれ、友人の金幸（四代目松本幸四郎）が年始に来てそれを見咎める（図⑬）。升助は魂を奪われてから拍子抜けのした人となり、人相見に見てもらうと「来月三日には必ず死ぬ」と云われる（図⑫）。升助は身代を売り払って金に替え、奉公人に金を与えて暇を出す。吉原で大尽遊びをしたり、芝居を一日千両で買い切ったり茶屋へ役者を呼んで声色を遣わせたり、花火を上げ乞食に金を与えたりして金を使う。女房を尼にして死ぬのを待つが、その日になっても一向に死なない。乞食になり世を悲しんで自殺しようとする升助を、友人金幸が止め、自分が実は琴高仙人であると明かし、魂を返し、短冊を与える（図⑭）。升助は短冊の暗号を解いて富籤を当て、大金を得て家作等を取り戻す。それより升助は琴高仙人を型どり、鯉の滝上りを家の紋とする。

『黄表紙総覧　中編』によると、本書は咄本『寿々葉羅井《す、はらい》』（志丈戯撰・安永八年刊・一七七九）所収「人相見」（現在は「ちきり伊勢屋」別名「白井左近」）を元にして、京伝自身の旧作『三筋緯客気植田《みすじだちきやくのきうへだ》』に撮合したものとされる。寛政三年（一七九一）十一月に五十一才で団十郎の名を十四才の海老蔵に譲り、同八年（一七九六）十一月引退した五代目は、『蜘蛛の糸巻』にあるように、寛政五年（一七九三）頃には楽屋へ遊びに来た鹿都部真顔・山東京伝・京山にまで隠居の希望を洩らすようになっていた。向島（寺島村・本所牛島とも）の質素な隠居生活は『蜘蛛の糸巻』に「六畳に勝手あるのみにて、天井はらず、草屋根の裏みゆ」等とある。寛政元年（一七八九）当時の団十郎の生活がどのようなものであったのかは不明であるが、退隠後の生活をはからずも戯画化したものとなっている。なお、図⑬の発端と図⑭の替紋「鯉の滝上り」を琴高仙人（四代目松本幸四郎）にこじつける所が、当時の幸四郎の位置の大きさを示し

図⑬『延寿反魂談』1ウ・2オ

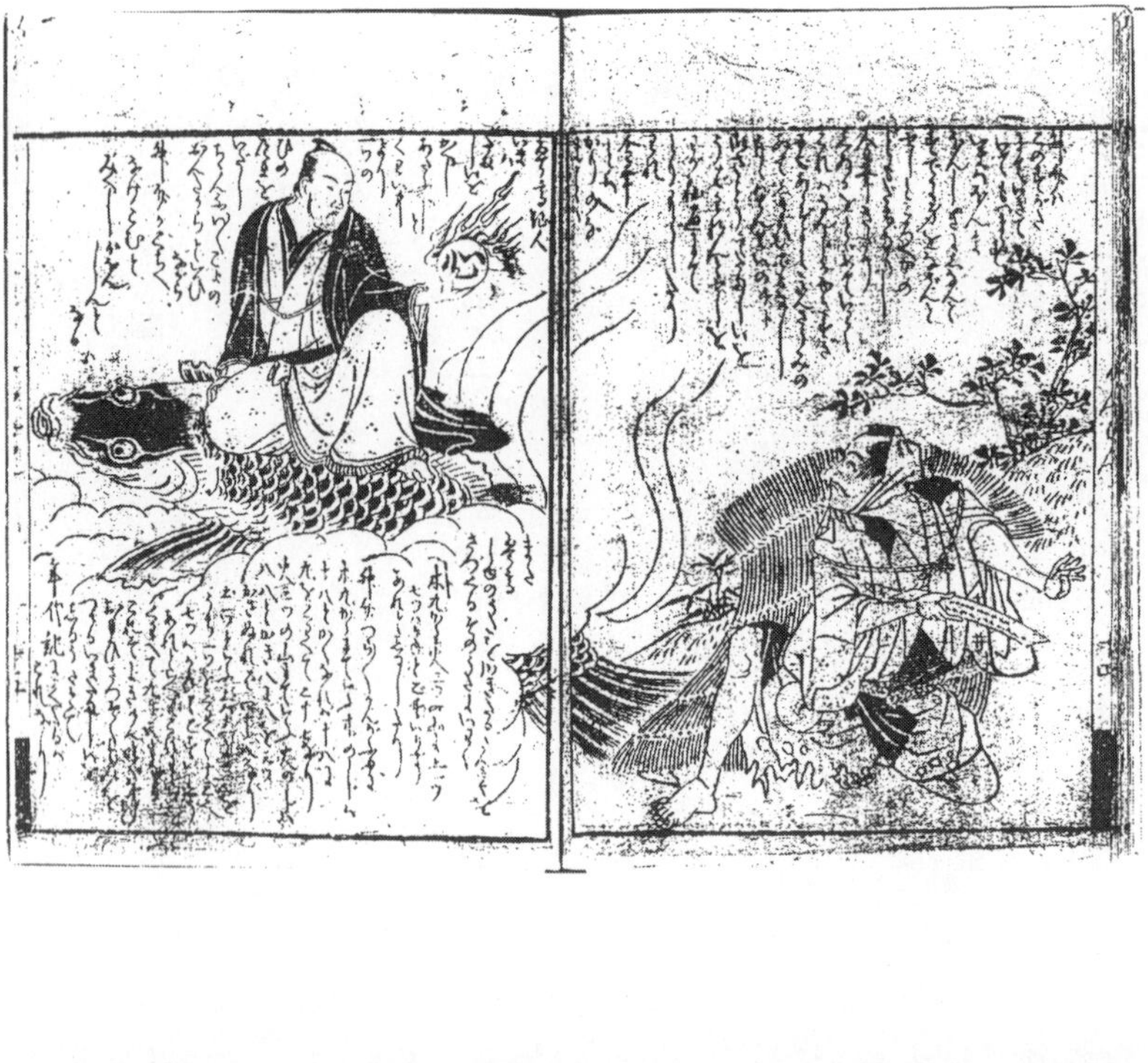

図⑭『延寿反魂談』14ウ・15オ

ている感がある。

雑誌『百万塔』（金港堂・明治二十四年十二月刊・一八九一）所載の「役者評判[25]」に次のようなものがある。初代中村仲蔵については、従来の高い評価と変わらないので省略する。市川団十郎とは五代目のことであり、松本幸四郎は四代目である。五粒は四代目団十郎のことである。

　市川団十郎、後鰕蔵、至て下手　其上けんのんにて太刀打出きず　凡市川家の中にて古今無双の下手と云は此人なり　悪評余り多き故に人に借たる時削り去　仲蔵手書の日記にも其事少し載たり、松本幸四郎、初瀬川錦次市川武十郎、後男女川京四郎、今の幸四郎親　所作事ぬれ事愁嘆上手　重忠よし幡随長平衛いく度しても大評判　古今無類の大出来　其余福島屋清兵衛　朝顔千太郎　一力亭主抔すべて世話事至て名人狂言の内にしやれをいふ事前後此人に及ぶ者なし　戻駕の時大秀鶴にならひ所作せん人此人の外なし　二番目千の利休尤大出来なり　此男のしやれにて笑わぬ人なし　しゆうたんにてなかぬ人無し　実に此より前に高麗やなく　是より後に高麗やなし　上方にのぼりて江戸のしやれ一向に土間に落す　不評判なりしが　見巧者の者どもは　至てかんしんして決て下手ではなく名人なりといひたり　大塔宮曦威鎧にて斎藤小六との詰合　中々出来ぬ事をよくしこなしたるは　上手に相違なしと評せしと云　此狂言の生酔奇々妙々　外に仕手はなし　相手の五粒は一向に見られぬといふ評判なり

四代目松本幸四郎を「後男女川京四郎、今の幸四郎親」と表現していることから、享和元年（一八〇一）十一月から天保九年（一八三八）五月の間に書かれたものであることがわかる。この評価は、単に四代目松本幸四郎贔屓の人

間の言であるのかもしれない。しかし天明・寛政期の五代目団十郎鰕蔵の風潮が強い江戸で[26]、これほど多く幸四郎が黄表紙に登場することは、やはり注目すべきであろう。

天明八年以降に若干見られた、幸四郎による松平定信の暗示は、寛政の改革に庶民の期待が高まった時期に一時的に行われたものであり、黄表紙作者石部琴好・唐来参和らが処罰され、恋川春町が病死、朋誠堂喜三二が筆を折るなどした一連の筆禍後[27]は見られなくなる。役者ゴシップもの黄表紙は連綿と出版され続けるが、天明六年（一七八六）からの咄の会及び三升連に参加している作者の場合には、その団十郎鰕蔵の立場を考慮して作品を読み解く必要があろう。

注

（1）「『明矣七変目景清』について」（岩田秀行・『国文学研究』一一〇号・平成五年六月刊・一九九三・早稲田大学国文学会）

（2）「天明江戸打ちこわしの黄表紙」（南和男・『日本歴史』四五三号所収・昭和六十一年二月刊・一九八六）に紹介されている。

（3）「籠耳集」（草間直方・『日本都市生活史料集成一』所収・昭和五十二年刊・一九七七・学習研究社）、「森山孝盛日記」（『日本都市生活史料集成二』所収・昭和五十二年刊・学習研究社）等にその様子が描写されている。

（4）「黄表紙における刊年と異版の問題」（水野稔・『国語と国文学』三十巻九号・昭和二十八年九月刊・一九五三・後『江戸小説論叢』・昭和四十九年刊・一九七四・中央公論社に所収）、「寛政元年板黄表紙雑考」（棚橋正博・『近世文芸　研究と評論』三十号・昭和五十七年十一月刊・一九八二・後『黄表紙の研究』・平成九年刊・一九九七・若草書房に所収）等。

（5）「『明矣七変目景清』について」。また岩田氏は、「直接的仮託ではなく、間に重忠役者の松本幸四郎が入っているという点に面白さがあると考えるべきではないだろうか。二重性を持たず、直接的に定信を表現するのは、戯作としてはやや働きが足りぬように思われる。」と幸四郎写しを考察している。

（6）後者の記事については、『江戸の戯作絵本（三）』（昭和五十七年刊・一九八二・現代教養文庫）所収「天下一面鏡梅鉢」解説（小池正胤）・「寛政元年板黄表紙雑考」で触れられている。

（7）「二百年前の声」（丸山泰・『随筆百花苑』第九巻付録・昭和五十六年一月刊・一九八一・中央公論社）

（8）『江戸の戯作絵本　続巻一二』解説（棚橋正博・昭和六十年刊・一九八五・現代教養文庫）

（9）『黄表紙　川柳　狂歌』（日本古典文学全集・昭和四十六年刊・一九七一・小学館）所収の「時代世話二挺鼓」の絵5の注（浜田義一郎）でも似顔は指摘されている。

（10）「洒落と幸四郎」（古井戸秀夫・『洒落本大成』二十三巻月報・昭和六十年六月刊・一九八五・中央公論社。後に『歌舞伎・問いかけの文学』「安永・天明の江戸歌舞伎」（平成十年刊・一九九八・ぺりかん社）に所収）。天明七年十一月江戸中村座『雪見月栄花鉢木』は「鉢の木」と「菅原」の趣向で、幸四郎の植木売り実は武部源左衛門で「生酔の内、なまゑひのねたに雪をればなしといふ錦紅しやれあり」（『歌舞妓年代記』）とある。

（11）改刻本の刊年については、「黄表紙における刊年と異版の問題」、『江戸の戯作絵本（三）』所収の解説（中山右尚）、『黄表紙総覧　前編』（棚橋正博・昭和六十一年刊・一九八六・青裳堂書店）でも初板本とほぼ同時としている。

（12）『草双紙集』（新日本古典文学大系・平成九年刊・一九九七・岩波書店）所収の「黄表紙――短命に終わった機知の文学」（宇田敏彦）に、「田沼を平将門に、定信を俵藤太秀郷に擬え、町人でも得ることの出来る常識的な風評によって、田沼政治の終焉を描いている」と指摘されている。

（13）「洒落と幸四郎」

（14）天明六年五月以降刊の際物黄表紙『三升錦考中直里』（画作者未詳・西村屋板）は、次のような内容である。
蔵前の大通（文魚＝札差大口屋治兵衛か）は、贔屓の四代目松本幸四郎が五代目市川団十郎と喧嘩をしたことより、浮世の受けが悪くなり大坂へ上ってしまったので、二人を仲直りさせようと王子稲荷へ祈念する。稲荷明神は上方から錦考の魂を呼び、滝の水で洗うと、錦考の我も折れ、大通の仲立ちで二人は仲直りする。

錦考上坂の際の摺物等全ての世話は、蔵前の大通が行ったとの文があるのが興味深く、幸四郎の魂を洗って仲直りするという形を取らざるを得ない江戸の劇界事情が窺える。

(15)「洒落と幸四郎」

(16)「役者似顔絵黄表紙の意味―天明前半までの劇界の投影―」(高橋則子・『日本文学　45』・平成八年十月刊・一九九六・日本文学協会)、第三章第五節参照。

(17)『三升錦考中直里』参照。

(18)「櫓の興亡」(今尾哲也・『日本芸能史6』所収・芸能史研究会編・昭和六十三年刊・一九八八・法政大学出版局)。天明六年(一七八六)十二月に十年の懇望に応える形で仲蔵が上坂するのも、前年の顔見世以来中村座のために尽力し、経済的に逼迫した故と思われる。市村座の休座に関しては、「天明四年の市村座休座と桐座仮芝居興行に関する史料」(林公子・『歌舞伎　研究と批評　7』所収・平成三年六月刊・一九九一)に詳しい。

(19)「江戸の歌舞伎興行界」(守屋毅・『化政文化の研究』・昭和五十一年刊・一九七六・岩波書店・「化政期の江戸歌舞伎興行界」と改題して『近世芸能興行史の研究』所収・昭和六十年刊・一九八五・弘文堂)。

(20)「五世市川団十郎と戯作者達」(日野龍夫・『国語と国文学』昭和四十九年十月刊・一九七四)、『五世市川団十郎集』(日野龍夫・昭和五十年刊・一九七五・ゆまに書房)、「虚構の文華―五世市川団十郎の世界―」(『江戸人とユートピア』所収・日野龍夫・昭和五十二年刊・一九七七・朝日選書)、「五代目市川団十郎の晩年について」(『ことばとことのは』第五集所収・廣瀬千紗子・昭和六十三年十一月刊・一九八八)。

(21)「五世市川団十郎と戯作者達」

(22)『黄表紙総覧　中編』(棚橋正博・平成元年刊・一九八九・青裳堂書店)

(23)『落語はいかにして形成されたか』(延廣真治・昭和六十一年刊・一九八六・平凡社)

(24)岩田秀行氏ご垂教による。

(25)正本『御ひいき勧進帳』の末尾に附載するものとある。向井信夫氏・小池章太郎氏のご垂教による。

(26) 天明六年（一七八六）四月　烏亭焉馬、向島武蔵屋にて第一回咄の会を催す。また、この頃三升連を組織した。咄の会と三升連との密接な繋がりは『落語はいかにして形成されたか』に詳しい。
『役者評判魁《さきがけ》梅朔《うめのついたち》』（演劇博物館蔵・天明七年正月刊・一七八七）に「頭取左様〳〵御ひいきは一といつて二のなひ三舛丈　お聞なさい此間も浅草道のひいき連中にて　五十人ほど一よふに背なかに一めんに三舛のほり物　私も見ましたが御当地の御ひいきは格へつなものでござります」とある。寛政元年（一七八九）正月江戸市村座上演『恋便仮名書曾我』は、大坂下り初代浅尾為十郎が大評判で、「江戸狂歌連中ほめ言葉の歌を集め三升訥子杜若、路考奥山。此五人の錦絵を勝川春好筆にて摺物五百枚を贈る」と挿絵入りで『歌舞妓年代記』に紹介されている。この勝川春亭写の挿絵の原版である春好の摺物は、『THE ART OF SURIMONO』（ROGER KEYES・SOTHEBY・1985）に載っている（新藤茂氏ご垂教による）。

また、「役者絵を読む（四）」（岩田秀行・小池章太郎『跡見学園女子大学国文学科報』第二十四号・平成八年三月刊・一九九六）でも触れている。この摺物については、「為十郎は初下りで前年顔見世より市村座に出勤していたが、恐らく江戸に馴染みが薄い為、座頭の団十郎を介して焉馬に贔屓方を依頼したのではあるまいか。愈々焉馬が世話役としての活動を開始し出した感がある。」と延廣真治氏は指摘する（「天明・寛政期の烏亭焉馬」『芸能と文学』所収・昭和五十二年刊・一九七七・笠間書院）。

(27) 寛政改革により筆禍を蒙った作品については「寛政元年板黄表紙雑考」に詳しい。

(図版リスト)

① 『景清塔之賑』一丁裏・二丁表。東京都立中央図書館加賀文庫蔵。
② 『時代世話二挺鼓』十丁裏。東京都立中央図書館加賀文庫蔵。
③ 『時代世話二挺鼓』六丁裏・七丁表。東京都立中央図書館加賀文庫蔵。
④ 『再評判』五丁裏・六丁表。東京都立中央図書館加賀文庫蔵。
⑤ 『芸自慢童龍神録』一丁表。東京都立中央図書館加賀文庫蔵。

⑥『芸自慢童龍神録』二丁裏。東京都立中央図書館加賀文庫蔵。
⑦『芸自慢童龍神録』四丁裏・五丁表。東京都立中央図書館加賀文庫蔵。
⑧『芸自慢童龍神録』六丁裏・七丁表。東京都立中央図書館加賀文庫蔵。
⑨『芸自慢童龍神録』十丁裏。東京都立中央図書館加賀文庫蔵。
⑩『天狗礫鼻江戸子』一丁裏・二丁表。東京都立中央図書館加賀文庫蔵。
⑪ All rights reserved, The Metropolitan Museum of Art.
⑫『延寿反魂談』一丁裏・二丁表。東京都立中央図書館加賀文庫蔵。
⑬『延寿反魂談』三丁裏・四丁表。東京都立中央図書館加賀文庫蔵。
⑭『延寿反魂談』十四丁裏・十五丁表。東京都立中央図書館加賀文庫蔵。

第四章　役者名義合巻と正本写し合巻

第一節　役者名義合巻『都鳥《みやこどり》浮寝《うきね》之《の》隅田川《すだがは》』の手法

役者名義合巻『都鳥《みやこどり》浮寝《うきね》之《の》隅田川《すだがは》』は、文政十年（一八二七）刊、市川三升（七代目市川団十郎）作、五柳亭徳升代作、初代歌川国貞画で、甘泉堂こと和泉屋市兵衛から出版された。内容は主に勧化本『隅田河《すみだがは》鏡《かがみ》池《がいけ》伝《でん》』（寛延四年刊・一七五一・西向庵春帳作、西村源六板）と、読本『隅田川《すみだがは》梅柳《ばいりゅう》新書《しんしょ》』（文化四年刊・一八〇七・曲亭馬琴作・葛飾北斎画・鶴屋喜右衛門板）に依拠している。特に勧化本『隅田河鏡池伝』からは、内容を簡略化して利用している。本書『都鳥浮寝之隅田川』本文の文体は、やや擬古文めかしており、先の読本や勧化本を種本とする点も併せて、衒学的傾向のある合巻と考えられる。これは、前年の役者評判記で「誠に文盲な奴が代作をする」と批判された徳升が、改良の工夫を勧化本等に求めたものであろう[1]。

　本書の主な登場人物は、全て当時活躍中の、歌舞伎役者の似顔で描き分けられている。当時、本書『都鳥浮寝之隅田川』と類似した筋の歌舞伎上演は見られないが、似顔から判断される配役は、文化十一年（一八一四）初演歌舞伎『隅田川《すみだがは》花御所染《はなのごしょぞめ》』（四世鶴屋南北作）との類似が見いだせ、団十郎似顔の人物は脇役に廻っている。更に、口絵の一部や最終部には、隅田川周辺の名所旧跡が描かれ（図①）、墨堤を散歩する人々が登場する（図②）。読者に親しみを感じさせる地の由緒譚ともなっているのである。また、最終丁には、七代目団十郎ゆかりの人々（五代目市川高麗蔵・六代目市川海老蔵・次男重兵衛）が、あらすじとは関わりなく描かれる。これは団十郎名義合巻としての特徴と考えら

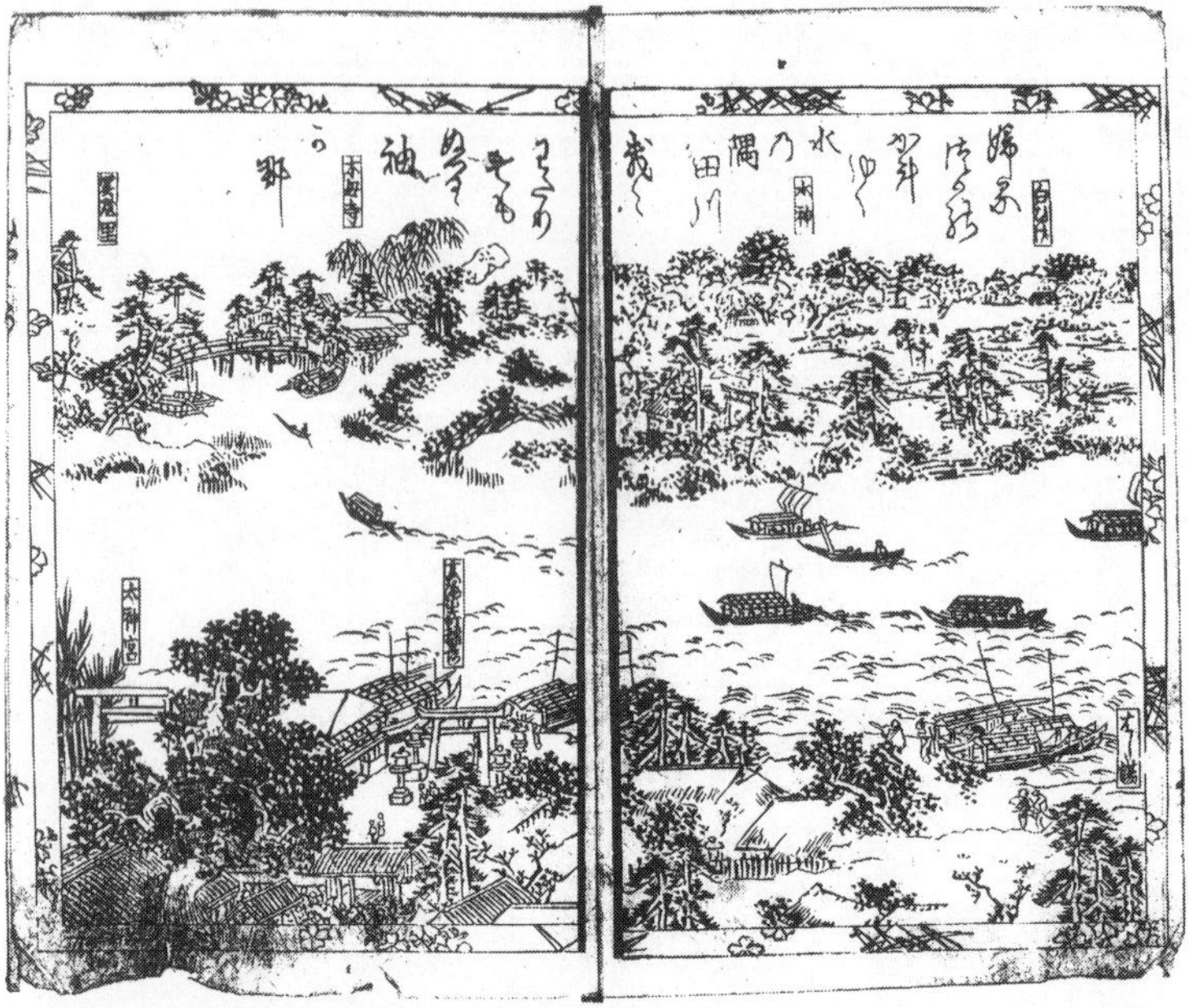

図①『都鳥浮寝之隅田川』1ウ・2オ

図②『都鳥浮寝之隅田川』29ウ・30オ

れる。(2)

『都鳥浮寝之隅田川』には、現在三つの諸本が認められるが、拙稿においては国立国会図書館蔵本を底本とする。尚本書の全丁影印と翻刻は『叢』十六号（平成六年三月刊・一九九四・近世文学研究「叢」の会）所収「『都鳥浮寝之隅田川』について」を参照されたい。

一　書誌的事項

本書は、『国書総目録』に、

都鳥浮寝之隅田川《みやこどりうきねのすみだがわ》　六巻　㊩合巻　㊮市川三升作（五柳亭徳升代作）、歌川国貞画　㊜文政一〇刊　㊖国会・早大（合巻本集三五四）（一冊）・東大

とあるうちの国会図書館本である。

本書は『改訂　日本小説書目年表』の合巻、文政十丁亥年出版の項に

○都鳥浮寝之隅田川　六　三升代作五柳亭徳升　歌川国貞

とある。

以下、国会図書館本の体裁を記す。

表紙　後表紙は薄茶色無地に三本ずつの横線模様。原表紙は摺付け表紙で、上中下で三枚続の役者似顔絵（図③④⑤）。

題簽　後表紙に後題簽。「都鳥」・「ぬ四亀十弐」と墨書される　貼題簽。上の原表紙にも「都鳥」と墨書される貼題簽。

図③　上表紙

図④　中表紙

図⑤　下表紙

見返し題　上表紙見返しに「都鳥浮寝之隅田川」とある。

柱刻　　みやこ鳥　　　　　　　　　　　　　　壱（〜三十）

寸法　後表紙　縦十八・二糎　横十二・四糎
　　　原表紙　縦十八・二糎　横十二・二糎
　　　後題簽　「都鳥」縦十四・四糎　横二・六糎
　　　　　　　「ぬ四亀十弐」縦八・六糎　横一・八糎
　　　　　　　「都鳥」（上原表紙）縦八糎　横二・四糎
　　　匡郭　　縦十五・八糎　横十・四糎

紙数　六巻が上中下にされた合一冊。三十丁。

作者・画工　上表紙・中表紙見返し・十五丁裏・下表紙・下表紙見返しに「三升作・国貞画」。上表紙見返し・三十丁裏に「市川三升作・歌川国貞画」。一丁表の序に「五柳亭徳升述」とある。

板元　上表紙見返しに「芝神明前甘泉堂梓」、中表紙見返しに「和泉屋市兵衛梓」、下表紙見返しに「泉市はん」とあり、甘泉堂こと和泉屋市兵衛である。

刊記　上表紙・上表紙見返し・一丁表の序・広告に「文政十年亥春」と記され、中表紙見返し・下表紙見返しに「亥春」と記されることより、文政十年（一八二七）刊。

広告　有り。

　東大本は、

表紙　原表紙。摺付け表紙で、上中下の三枚続き役者似顔絵。

題簽　無し。
寸法　原表紙　縦十八・一糎　横十二・一糎
　　　匡郭　　縦十六糎　横十・四糎
以下は同じである。
また、原本は未見であるが、九州大学蔵本が国文学研究資料館でマイクロ資料化されている。但し保存状況はあまり良好ではない。
早大本は未見である。

二　梗概

【梗概】吉田少将惟房《これふさ》は、名君として民に慕われていたが、奥州二ヶ国に一揆が起こるため、国司として任命されて奥州へ下向する。下向の途中で、少将の北の方の兄、小川右兵衛之助から、妹が側室柳の局への嫉妬から、悪計を企んでいるため、離縁するようにと勧められるが断る。

近江路と美濃の境の車返しで、雨に降りこめられて茶店に休む少将に、茶店の翁が歌を贈答し、自分は惟喬親王の臣夏山茂樹の子である事、今は零落して末娘を遊女にしている事などを物語る。野上の宿で、少将は美貌の遊女亀鶴（異名は花子）に興味を持つ。亀鶴が茶店の翁の娘であることを知り、少将は一夜を共にする。別れを悲しむ花子（亀鶴）に、少将は奥羽から帰洛の節には都へ連れ帰ると約束し、扇を与えて、宿の主人に花子のことを頼む。

少将の北の方錦の前は、悪臣仁科平九郎盛景と密通し、少将の側室柳の局とその子松雅丸《まつわかまる》を殺そうと企む。錦の前に二人を殺すように命じられた増井源吾は、柳の局の部屋に忍び入るが、盗み聴いた局の話から、自分が局の腹違いの兄であることを知り、二人を逃がす。

少将の任地は、三年間もの干魃に悩んでいた。少将は雨乞いの法を修そうとするが、夢に年古る亀が現れ、雨乞いに霊亀を使わぬように願う。少将が断ると、亀は少将一族に祟りをなすと予告する。雨乞いの法によって雨が降り、少将の声望は高まったが、三年の任が果てたので、少将は帰洛することとなった。野上の宿にて花子に再会すると、花子は少将の赤子を生んでいた。梅雅丸《うめわかまる》と名付けられた赤子と花子を連れ都へ帰った少将は、二人を北白川の柳の局の許に預けた。柳の局と花子は異父姉妹であることがわかり、仲良く暮らす。

再び奥州へ下向することとなった少将の留守をねらい、錦の前は仁科平九郎の勧めに従って、修験者横川の旦緑を味方につける。そして錦の前と平九郎は、少将を毒殺し二人の間の子供を世継ぎにする計画を立てる。天狗にさらわれたかと思われた松雅丸は、実は錦の前の暗殺計画から守るため、惣持寺の円了法師の寺に預けられたのであった。

少将上京の知らせに焦った北の方は、少将の毒殺と北白川の梅雅親子の襲撃を命じる。押し寄せる悪僧らに、下部軍助は梅雅丸を背負って逃げる。少将は殺され、松雅丸に家督を譲ると言い残す。

軍助と共に東の方へ落ちのびた梅雅丸は、人買いしのぶの惣太にかどわかされ、隅田川のほとりで過労のために死ぬ。追いついた軍助は惣太を殺し、梅雅丸の塚を作る。梅雅を尋ねて狂気となった花子は、隅田川のほとりの梅雅塚でその死を知り、嘆き悲しむ。浅草寺の忠円阿闍梨の弟子となり、花子は出家して妙亀尼となる。忠臣粟津六郎勝久、勢田七郎俊道により、騒動の知らせを受けた松雅丸は、今出川の館へ押し寄せ、仁科平九郎ら逆臣を捕える。錦の前は自害する。吉田家は松雅丸が家督を継ぐよう命じられる。妙亀尼は自害し、その亡骸を葬り、鏡ヶ池の妙亀堂とする。梅雅親子の塚は後の木母寺となる。

三　解説

（一）読本『隅田川梅柳新書』からの取材

本書は、吉田家が一時滅亡する原因を、武蔵国豊島郡浅茅が原の池に棲む霊亀が旱魃の祈りのために殺された祟りとしている。これは文化四年（一八〇七）刊の読本『隅田川梅柳新書』（曲亭馬琴作・葛飾北斎画）と同趣向である。また、仁科平九郎盛景を悪役として設定している点も同じで、『隅田川梅柳新書』（以下『梅柳新書』と略記）では左馬頭行盛の子行雅（平清盛の曾孫）が成長しての後の名としている。加えて吉田家を卜部の家とし、少将惟房が陸奥の国司となって都を下る途中で野上の宿で花子と出会う箇所も類似する。花子の本名亀鶴も、『梅柳新書』の仁科盛景の娘亀鞠《かめぎく》と類似している。更に花子と契りを交わす場面では、「大離る鄙にも又。か丶る美女はありけりとて」・「花子も又都人の風流たるにこゝろときめける」・「羽生の小屋のいぶせき旅寝は。殿もさそな寂寞おぼすべき」・「風なきに靡く青柳のいとにくからずおぼしつ丶一夜の夢を締給ひぬ」といった『梅柳新書』の表現を、そのまま本書は利用したと思われる。その他にも一夜の契りで懐妊し、少将惟房が陸奥の国司を勤め了った三年後に父子の対面をさせる所は、『梅柳新書』と文辞まで類似する。但し『梅柳新書』では　遊び女である花子の産んだ子供を自分の胤であるかと疑う少将に、その面影がよく似ることを知らせようと見せた鏡によって、花子の出生の秘密（少将の亡父とちなみある平行盛の妾腹の娘）がわかり、花子を妻にする決意をする。一方『都鳥浮寝之隅田川』では、容貌がよく似ることを鏡で確認した少将は、簡単に我が子と認め喜ぶというように、単純化されている。その他梅雅が女とまちがえられて人買いに拐かされる所、軍介が渡し守となっている所なども類似している。また、隅田川物では通常梅若・松若と記される名を、梅雅・松雅と表記している点も『梅柳新書』と同じである。
以上の事より、本書は読本『隅田川梅柳新書』を種本の一つとした作品であるといえよう。

（二）勧化本『隅田河鏡池伝』からの取材

合巻『都鳥浮寝之隅田川』は、読本『隅田川梅柳新書』を種本としているのみでなく、勧化本『隅田河鏡池伝』（寛延四年刊・一七五一・西向庵春帳作）[3]からも、その大筋を仰いでいる作品である。『梅柳新書』を典拠とする箇所以外は、ほとんどが『隅田河鏡池伝』と類似しているといえる。

①あらすじ上の類似

合巻『都鳥浮寝之隅田川』の発端部である五丁裏から八丁裏の半ばまで、及び九丁裏・十丁表の半ばは、勧化本『隅田河鏡池伝』（以下『鏡池伝』と略記）巻第一「少将奉命到奥羽」・「茶店ノ翁説往事」・「羽林到野上ノ客舎」・「羽林感花子之孝」を簡略化したものである。同じく十丁裏から十四丁裏までは、『鏡池伝』巻第二「増居源五為刺客」・「源五救松若母子」を簡略化したものである。

『都鳥浮寝之隅田川』の十六丁裏・十七丁表から二十丁表までは、『鏡池伝』巻第三「羽林再到陸奥」・「若葉ノ前愛花子」・「松若避難晦跡」・「松若隠物持寺」を典拠としている。同じく二十九丁裏・三十丁表の下段から三十丁裏までは、『鏡池伝』巻第五「木母寺ノ草創並妙亀塚来由」を典拠とする。

②人物名・文辞・和歌等の類似

『都鳥浮寝之隅田川』が他の隅田川物作品と比べて特徴的と思われる人物に、少将の側室柳の局がいる。この柳の局は『鏡池伝』に登場し、花子と異父姉妹で、増井源太左衛門国忠の娘にして、増井源五の妹という設定も同じである。また、嫉妬から悪家老に与する奥方錦の前は、『鏡池伝』では若葉の前という名ながら、同設定で登場する。『都鳥浮寝之隅田川』の人物名が『鏡池伝』のそれに類似するのは、これらの主要な登場人物のみではない。

『鏡池伝』では、少将が奥羽へ下るにあたっての御供は「簗田《やなだ》三郎近忠・勢田七郎俊道・藤嶋東蔵久宅・沢小文次」らとなっており、『都鳥浮寝之隅田川』五丁裏には「勢田七郎俊道・藤嶋東蔵久景」と「粟津六郎勝久」らを召し連れたとある。『都鳥浮寝之隅田川』では、「沢小文次」は、後に九丁裏で今津の翁や近江の喜三次に花子の世話を依頼させる人物として登場するが、「簗田三郎近忠」は、十五丁表に松雅丸を山門に連れゆかんとする人物として突然登場するので、若干わかりにくい。『都鳥浮寝之隅田川』で「数代恩顧の侍」ではあるが、悪臣の「仁科平九郎盛景」に対して、忠臣の「粟津六郎勝久」を造形している部分は、『梅柳新書』から取ったものである。奥羽下向の途上で、少将北の方の兄（『都鳥浮寝之隅田川』では「小川右兵衛之助」、『鏡池伝』では「小川兵衛尉」）に諫言される設定も同じである。

その他特に『鏡池伝』を典拠とすると思われる人物名は、市原の修験者ぜんりう（『鏡池伝』では市原ニ住ム潜龍ト申修験者）・よがはのたんろく（『鏡池伝』では横川ノ檀縁或いは叡山ノ悪僧旦縁）・物待寺のゑんりやうほうし（『鏡池伝』では摂州物持寺の円了）・あさくさでらの忠ゑんあじやり（『鏡池伝』では浅草寺ニマシマス羽黒山ノ忠円阿闍梨）であり、前後のあらすじも類似している。

文辞にも似通う点が多い。例えば今津の翁の茶店に到り着く箇所で、『鏡池伝』では

大津打出《ウチデ》ノ浜《ハマ》ヲ過《スキ》。野路《ノシ》。ウ子野。篠原《シノハラ》鏡山。武者《ムサ》ナント云処ヲ歴《ヘ》テ。次ノ日ハ愛知《エチ》川ト云処ヨリ出玉ヒ。和田山荒神山《クワウジンヤマ》ナド見ワタシ。犬上川《イヌカミカハ》ヲ渡リ。小野《ヲノ》ノ宿《シユク》ヲ越。番馬《バンバ》。醒《サメ》ガ井ヲ歴《ヘ》テ近江路《ジ》ト美濃ノ境《サカイ》。車返《カヘシ》ト云処ニテ。春雨頻《ハルサメシキリ》ニ降《フリ》テ…

とある部分が、『都鳥浮寝之隅田川』では

大津うちでのはまをすぎてかゞみ山よりあいち川をこえわだ山なんど見わたしてばんばさめが井かしはばらをこへてあふみぢとみののさかいくるまかへしといふ所にてしきりにむらさめふりければ…

となる。特に『鏡池伝』とのあらすじの類似が著しい『都鳥浮寝之隅田川』十四丁裏までは、文辞もそのまま利用したと思われる所が多い。また、『都鳥浮寝之隅田川』中の和歌は全て『鏡池伝』から引用したものである。

（三）歌舞伎の影響

①当時の歌舞伎界の反映

本書刊行の前年である文政九年（一八二六）正月の役者評判記『役者珠玉盡』市川団十郎の評に次のように記される。

しかし頭取また東西〳〵としかるで有ふがチト聞てもらひたい事が有近頃新板の草冊子に団十郎作といふのが沢山出るからさすがは江戸の大達者白猿以来文道にも心をかけると思わるゝと思ひの外に拙なひ作で何ぼ子供だましでもあんまり面白くないゆへ楽屋の様子をきけば団十郎の名ばかりで誠に文盲な奴が代作をするそうだが江戸は格別遠国の人も市川団十郎ときけば役者の氏神と思つて居る其所で合巻絵草紙を見たら知らねへ者まであいそがつきるだらう江戸の名物に傷のつく事だからあれをばどふぞやめてもらいたい

この評を五柳亭徳升が読んでいたという確証はないが[4]、本書は擬古文めかした文体で和歌なども多く引用し、読本や勧化本を種本にしているなどのやや衒学的傾向の見られる役者名義合巻であるといえよう。

本書は三十丁を上中下の三巻にしたものであるが、十五丁裏に作者・画工名が記される。更に十丁裏・十一丁表と、二十丁裏・二十一丁表の図は、それぞれ見開きで一つの場面となっており、本書のように半丁ずつ用いるのは不自然である。これは当初上下で出版する予定であったものを、上中下の三分冊にしたために生じたものであろう。

本書が刊行された文政十年（一八二七）頃の隅田川物歌舞伎は、四世鶴屋南北作の『隅田川花御所染《すみだがははなのごしよぞめ》』（文化十一年・一八一四・三月初演）・『桜姫東文章《さくらひめあづまぶんしやう》』（文化十四年・一八一七・三月初演）・『舞扇栄松雅《まいあふぎちよのまつわか》』（文政八年・一八二五・九月初演）等がある。なかでも『隅田川花御所染』は大当たりを取り、六年後の文政三年（一八二〇）三月には再演されたのみならず、同年八月には名古屋で翌年三月には大坂で上演された。本書登場人物の役者写しは『隅田川花御所染』と類似するものが多い。七代目市川団十郎の軍助・五代目松本幸四郎の忍ぶの惣太・岩井紫若の梅雅丸、また仁科平九郎のような悪家老役としての粂の平内を五代目松本幸四郎が演じている点である。

本書が『隅田川花御所染』と相違する点は、松雅丸を三代目尾上菊五郎の役者写しにしている・嫉妬から悪家老に与する奥方錦の前という人物を造形し、五代目瀬川菊之丞の写しにしている・少将の側室柳の局を造形し、五代目岩井半四郎の写しにしている・花子後に班女を柳の局の妹とし、二代目岩井粂三郎の写しにしているところである。『隅田川花御所染』では七代目市川団十郎が演じている松雅丸を、本書では三代目尾上菊五郎の写しにしているが、三代目菊五郎が松雅丸を演じた歌舞伎には『閨扇墨染桜《ねやのあふぎすみぞめざくら》』（文化七年・一八一〇・六月上演・四世鶴屋南北作）・『舞扇栄松雅』がある。どちらも台帳が現存せず詳しい内容は不明であるが、絵本番付から判断するに、『閨扇墨染桜』は「強盗の張本天竺冠者光遠実は吉田の松若丸」（役割番付）が蝦蟇の妖術を使う天竺徳兵衛の延長上にある人物であり、『舞扇栄松雅』は「幸崎甚内実は吉田の松若丸」（辻番付）が大切に霊宝の威徳によって退治される人物となっているようである。

『舞扇栄松雅』は『菅原利生好文梅《すがはらりしやうのとびむめ》』の二番目として上演された歌舞伎であり、一番目で桜丸・武部源蔵・菅原道真の三代目尾上菊五郎が、天拝山にての宙乗り迄を演じた後の演目となっている。二番目では伊勢参り一の権五郎・吉田家の腰元庵崎後に御台牛の御前・幸崎甚内実は吉田の松若丸を演じている三代目尾上菊五郎は、ここでは牛の御前が嫉妬によりろくろ首となる所を見せ場としたものである。文政八年は七月に『東海道四谷怪談』が上演されており、菊五郎は「からすの泣ぬ日はあれどあたらぬ日とてはないわいナア」（『役者珠玉盡』）という勢いであった。『菅原利生好文梅』は上坂の名残狂言であり、中村座の四谷怪談で既に名残狂言を銘打ってしまったために、亀井戸の天満宮で初代菊五郎の『天神記』の番付を拾ったので神意の依る所とし、再度河原崎座で名残狂言をするという苦肉の言い訳をしての上演であった。(5) 当時の三代目尾上菊五郎の人気の高さが窺われる。

歌舞伎『闇扇墨染桜』・『舞扇栄松雅』は本書の松雅丸の人物造形に直接の影響を与えたとは考えにくいが、『舞扇栄松雅』等での人気から松雅丸は三代目尾上菊五郎との印象が庶民にはあったのであろう。また、本書が団十郎の名義合巻であったから、団十郎似顔の人物は脇役に廻るという不文律があったとも考えられる。(6)

②役者似顔絵

本書の摺付け表紙は上中下三枚続きの意匠の役者似顔絵となっている。上は野上の花子の二代目岩井粂三郎（後の六代目岩井半四郎）（図③）・中は花子改め班女の五代目瀬川菊之丞（図④）・下は渡し守の七代目市川団十郎（図⑤）と思われるが、中の五代目瀬川菊之丞のみが内容と齟齬したものとなっている。

本書の登場人物は全て役者似顔絵で描き分けられている。登場人物の役者写しは以下のような対応関係となっている。尚似顔の考証は『三賀之津俳優素顔夏の富士』（文政十一年刊・一八二八・山東京山讃・香蝶楼国貞画）によって行なった。

※印は本文中で役者の対応が混乱したと思われる人物である。

松雅丸……………………………………………三代目尾上菊五郎（図⑥）
軍助・渡し守・瀬田七郎俊道……………七代目市川団十郎（図⑥）
錦の前…………………………………………五代目瀬川菊之丞（図⑥）
仁科平九郎盛景・忍ぶの惣太……………五代目松本幸四郎（図⑦）
柳の局…………………………………………五代目岩井半四郎（図⑦）
吉田少将惟房…………………………………三代目坂東三津五郎（図⑧）
野上の花子後に班女…………………………二代目岩井粂三郎（図⑧）
梅雅丸…………………………………………岩井紫若（図⑧）
近江喜三次……………………………………初代坂東大吉
増井源吾………………………………………二代目関三十郎
瀬田淡路之助敏常……………………………七代目片岡仁左衛門
粟津六郎勝久…………………………………四代目坂東彦三郎・二代目沢村源之助か※
藤島藤蔵久景…………………………………嵐眠升か
梁田三郎近忠…………………………………四代目坂東彦三郎・二代目沢村源之助か※
善りゆう………………………………………初代嵐冠十郎
こま蔵…………………………………………五代目市川高麗蔵
ゑび蔵…………………………………………六代目市川海老蔵

図⑥『都鳥浮寝之隅田川』2ウ・3オ

図⑦『都鳥浮寝之隅田川』3ウ・4オ

図⑧『都鳥浮寝之隅田川』4ウ・5オ

図⑨『都鳥浮寝之隅田川』30ウ・広告

新之助……………………七代目市川団十郎の次男重兵衛か。『歌舞伎俳優名跡便覧』には二代目市川新之助（八代目市川団十郎）は、文政九年秋までとあり、三代目は天保四年生まれとなっている。

以上のように、本書『都鳥浮寝之隅田川』は、勧化本『隅田河鏡池伝』・読本『隅田川梅柳新書』より大筋を仰ぎ、部分的に歌舞伎『隅田川花御所染』での配役に沿った形での役者似顔の登場人物としているが、上演時の配役そのままではなく、人気役者を一堂に集めた作りとなっている。そして、団十郎以外の役者に中心的役割を配し、最終丁には、団十郎の門弟（後の六代目松本幸四郎）や長男海老蔵、次男新之助を描いている（図⑨）のであって、まさに団十郎名義合巻としての特徴を備えている。

③三十丁裏の新之助について

『歌舞伎俳優名跡便覧』〔第二次修訂版〕（国立劇場芸能調査室編・平成十年発行・一九九八）では、八代目市川団十郎が二代目新之助を名乗るのは、文政九年（一八二六）二月までと記され、三代目新之助即ち七代目市川高麗蔵は天保四年生まれであるとすると、本書刊行時の文政十年に新之助と記される人物は誰か、という問題になる。これは先に述べたように、七代目団十郎の次男重兵衛と思われる。

これを決定づける資料として、「柳亭種彦の摺物三種」(7)の中に、「七代目団十郎とその二人の子供を「不動」の見立で描いた」錦絵（歌川国貞画・山本久兵衛板・ライデン民族学博物館所蔵・図⑩）に記される四世鶴屋南北の画賛が紹介され、その中に、「……新之助をもって市川海老蔵と改また出現し給ふ童子を新之助と名付数代繁栄子孫長久霊験あらたなる尊像なりと云々……鶴屋南北」とある。また、「八代目団十郎とその役者絵」(8)の中で詳細に論じられているが、文政十一年（一八二八）刊の役者絵本『三賀之津俳優素顔　夏の富士』（山東庵京山讃・香蝶楼国貞画）に新之助が描かれている。そして京山の讃に、「木場はお家の荒事獅子に牡丹のてふあいも。二ツならべし男子の花。大鵬のゑび蔵は。古今才智な子宝童子。日々〳〵に新なる新之助は。歳より余程せいたか童子。是を左右の前立にて。成田加護の太郎当といふわんぱく若衆。……」とある。更に同論考は、「三ヶ津　大当り　役者附」と題された絵番付（文政末から天保二年刊）に、ゑび蔵、新之助兄弟の幼い暫姿があるものを紹介している。これらに加えるに、文政十一年（一八二八）正月刊『三芝居細見』（個人蔵）十八丁裏の、「市川団十郎」の項に、「子役　同　ゑび蔵　同　新之助」が描かれている（図⑪）。

『歌舞妓年代記続編　廿四』（石塚豊芥子・鳳出版）の嘉永三年（一八五〇）三月河原崎座［有難御江戸景清］での五代目市川海老蔵（七代目市川団十郎）舞台での口上に、「次男新之助事は幼年の折り疱瘡にて私が譲りもの、かんじんの眼玉を一つ失ひましたる故是は素人に相成十兵衛と申只今にては木場に居母の世話等致しをり升る」とある。[9]

八代目団十郎が「新之助」から「海老蔵」を襲名した文政八年（一八二五）以降、九年正月刊の役者評判記『役者珠玉盡』江戸の「若衆形并子役の部」に中村座出勤で「上上　新之助改　市川海老蔵　中　名よりはみのあるおくらしゞみ　上　市川新之助　中　ちいそうてもならんではやる永代団子」と初出する市川新之助は、七代目団十郎の次男の重兵衛である可能性が強い。以下、文政十年より天保四年までの役者評判記と『歌舞妓年代記　続編』の記事を参考までに記す。

文政十年（一八二七）正月『役者註真庫』江戸

若衆形并子役の部 上上　市川海老蔵　市

上　市川新之助　市

図⑩　七代目団十郎と二人の子供　大判錦絵

図⑪　『三芝居細見』18ウ

○三月廿一日より市村座［萬歳阿国歌舞妓］笹野才蔵、ゑび蔵、小姓桜木弥生之介、市川新之助。
五月十二日より市村座［三略巻］重仁親王、ゑび蔵、松王ごてい、新之助。
霜月、市村座［重年花現時顔鏡］瀧口小舎人鯉丸、新之助、景清子普門丸、小いさみ瀧登りの升、ゑび蔵。
文政十一年（一八二八）正月『役者三都鑑』江戸
若衆方并子役の部　上上吉　　市川海老蔵
　　　　　　　　　上上　　　市川新之助
○正月廿一日より市村座［二葉春花麗曾我］御所の五郎丸、ゑび蔵、実朝公、新之助。
三月三日より市村座増補［楼門五三桐］小姓登之助、新之助、第二番目［助六所縁江戸桜］茶屋廻り小いさみの三次、ゑび蔵。

五月九日より市村座［菅原］菅秀才、ゑび蔵、御随身鈴千代、新之助。

七月廿一日より市村座［千本桜］熊井太郎、新之助、権太一子善太、ゑび蔵。

九月十五日より市村座［敵討合法衢］草かり童升次、新之助、いさみの吉、ゑび蔵。

十一月三日より河原崎座［魁源氏騎士］六代御前、新之助、金剛太郎照時、ゑびざこ十、二条の院の童瀧丸、海老蔵。

文政十二年（一八二九）正月『役者内百番』江戸
三座子役之部　白上上吉　　市川海老蔵　　河
　　　　　　　白上上吉　　市川新之助　　河
○正月廿日より河原崎座［江南魁曾我］頼家公、新之助、曾に奴あかん平、海老蔵七才にて大出来。

三月七日より河原崎座［伊達競阿国戯場］鯉瀧登之介、新之助、鶴千代君、海老蔵。
十一月十五日より河原崎座［倭いろは鏡］八才の宮、新之助、楠正行、小奴さゝら三八、うゐろう売虎屋藤吉、
　大館左馬之介照時、茶屋廻り小僧吉、長兵衛一子長まつ初暫人形にて相勤る海老蔵。
文政十三年（一八三〇）正月『役者始開暦』江戸
若衆方并子役之部　白上上吉　市川新之助　河
物巻軸　上上吉　市川海老蔵　河
　白魚やしやうひんなから江戸生れ
○八月廿六日より河原崎座［市川哉真砂御摂］大館左馬之介、新之助、禿たより実は五右衛門悴五郎市、ゑび蔵。
十一月朔日より河原崎座［一陽来復渋谷兵］高雄山の子坊主どんぐり、ゑび蔵、うし若久次郎、六代御前、新
　之助。
天保二年（一八三一）正月『役者大福帳』江戸
若衆形并子役の部　上上白吉　市川海老蔵
　上上　市川新之助
○五月十一日より河原崎座［矢口渡］新田徳寿丸、新之助。
六月廿二日より河原崎座［十帖源氏物ぐさ太郎］佐々木桂之助、海老蔵、同義丸、新之助。
天保三年（一八三二）正月『役者舞遊問答』江戸
若衆形并子役の部　上上白吉　市川海老蔵　市村　河原崎
　市川の跡目に龍頭

上上　市川新之助　同座

天保三年正月下旬『役者武勇問答跡追　役者花威艸』江戸

若衆形并子役の部 上上吉　市川海老蔵 市

乙女　をとめこが神さびぬらじあまつそで

上上　市川新之助　同（河）

○三月十二日より市村座『隅田川花御所染』第二番目……［助六所縁江戸桜］うゐろううり十八番のうち虎屋藤吉、団十郎、同（茶屋廻り）新介、新之助、花川戸助六、海老蔵。

十一月十六日より河原崎座［頼有御摂綱］小舎牡丹丸、新之助。

天保四年（一八三三）正月『役者四季詠』江戸

惣巻頭　上上吉　市川団十郎　河

一寸もさがらぬ気生は小田原町

三座子方之部　上　市川新之助

○正月十九日より河原崎座［富士扇三升曾我］景清一子あざ丸、新之助。

三月五日より河原崎座［仮名手本忠臣蔵］力弥弟大三郎、新之助。

五月十六日より河原崎座［玉藻前御園公服］当今の小舎人梅丸、新之助。

九月十三日より河原崎座［竹春吉原雀］井筒女之助、新之助。

十一月十五日より市村座［恋入対弓取］同（御曹司）木場丸、新之助。

この重兵衛については、『俳優世々の接木』（安政六年刊・一八五九・俳優堂夢遊大人）に、「次男重兵衛　幼名不知、中途より役者を止る。内の手代と成」とあり、『団十郎三代―堀越加納女思ひ出話―』（加賀山直三・昭和十八年刊・一九四三・三杏書院）に、「七代目さんの次男の十兵衛さん―この方は生れて間もなく疱瘡にか、つて、片眼を失くし、顔もいけなくなつたので、役者にはならなかつた方でした」「弟の十兵衛さん―この方は前に申しました様に、七代目さんの二男で、赤子の時、疱瘂《ママ》を患つて片眼失くし、顔にアバタが出来ましたので、役者にならず大きくなつてからずつと八代目さんの手代をなすつて居ました」「七代目さんの二男の十兵衛さん、八代目さんの手代をなすつて居たお人です―が、その翌年の明治元年の六月二十三日の日に、どう云ふわけですか、行方知れずになりまして、その後、雲州の松江とか何処とかで確かにそれと思ふ人を見かけたと申す人もございましたが、未だに再び縁故の者には姿を見せずじまひで」とある。伊原青々園は、『市川団十郎』（明治三十五年刊・一九〇二・エックス倶楽部）で「二男重兵衛　矢張新之助といひしが、疱瘡にて明を失ひ商人と為り、明治元年六月廿三日、家を出で、生死を知らず」と記し、『市川団十郎の代々』上巻（大正六年刊・一九一七・市川宗家）では「母は同上。文政九年生る。疱瘡にて隻眼を失ひしかば、俳優とならず。後失踪して生死を知らず。或る人、出雲にて見掛けたりといふ」としている。また、牧村史陽は『八代目団十郎の死』（『史陽選集2』に収録）で、「八代目は幼名を新之助といった。ところが翌々八年十月実弟が生まれるとともに新之助の名はそれにゆずられ、彼れは海老蔵と改められた。……満四才の冬、五代目松本幸四郎のふところに抱かれて舞台に出ているが、ほんとうの初舞台は、二年後の河原崎座の顔見世における『倭いろは鏡』の楠多聞丸であろう」とする。[10]

　市川新之助の名は、片岡家にもあったことには、注意を要する。『俳優世々の接木』の「八代目　養子　片岡仁左衛門」の箇所に、「幼名市川新之助といふて子供の時は始終座元を勤め、其後目徳璃寛門人と成」とあるが、本書に登場する新之助は、団十郎名義合巻故に市川家の人物と思われる。

以上、本書に登場する新之助は七代目団十郎次男重兵衛であり、幼くして疱瘡を患い役者を辞め、新之助の代数にも入れられなかった人物であることが判明したかと思う。

本書『都鳥浮寝之隅田川』は、取材の範囲を勧化本にまで広げて、や、衒学的文体にしたという特徴が認められる以外は、役者名義合巻としての典型的特性の作品と言えよう。しかし団十郎関係出版物の流れの中で見ると、若干注目すべき点がある。

出版文化の成熟につれて、天明末から寛政期頃の五代目団十郎の時代から、「市川団十郎」は、その私生活を種にされたり家族団欒図が描かれたりしていた。しかしながら五代目団十郎の場合は、「団十郎」であることに違和感を持ち、ただの市井人に憧れた五代目の傾向を、贔屓がおもしろがる報道がその中心に存在していた。五代目団十郎の家族団欒図も、夫婦不仲説が世間に定着している前提があっての意識的構図なのであって、その家族図には本妻お亀が必ず登場するのである。

七代目の場合は、妻妾が複雑に存在したためか、家族図に妻は登場しない。その代わりに、「子福長者」という呼称にふさわしく、一家一門の繁栄と永続を願う「一門図」として[11]の傾向の強いものへと変質している。そしてそれは、江戸の歌舞伎愛好者達が求めた、江戸「随市川の系脈の視覚化」と、七代目が志向したものが一致して創り出していったもの、と言えるであろう。

注

（1）役者名義合巻の題材としては、浄瑠璃や歌舞伎の他、実録体小説や長話が指摘されたことがある。『役者合巻集』解題（佐

藤悟・叢書江戸文庫24・平成二年刊・一九九〇・国書刊行会）、「七代目市川団十郎の合巻」（佐藤悟・『歌舞伎　研究と批評』二十七号所収・平成十三年六月刊・二〇〇一・歌舞伎学会）。

（2）「七代目市川団十郎の合巻」には、「市川団十郎家の伝統を誇示し、団十郎の私生活をも含めた団十郎の報道」とされている。

（3）国文学研究資料館蔵マイクロフィルム化されている、中村幸彦氏御架蔵本を参照した。

（4）拙稿においては、『都鳥浮寝之隅田川』は市川三升の名を借りて、五柳亭徳升が代作したと考える。「役者名義合巻作品目録」（佐藤悟・『役者合巻集』所収）に依ると文政八年刊の団十郎名義徳升代作の合巻は三つあり、その内の『会席料理世《くわいせきりやうりせ》界吉原《かいもよしはら》』・『児ケ淵紫両若衆《ちごがふちゆかりのふりそで》』は役者似顔合巻で、歌舞伎趣味濃厚な作品ながら、筋の構成にやや拙い面が見受けられた。『会席料理世界吉原』については、七代目市川団十郎自身の作と考える立場（小池正胤・『草双紙集』新日本古典文学大系所収解説・平成九年刊・一九九七・岩波書店）もあるが、ここでは役者評判記『役者珠玉盡』で手厳しい批判をされた五柳亭徳升が、構成・文体・和歌等を、勧化本や読本を使用して、改良しようとしたもの、と考える。尚、徳升は文政十一年（一八二八）正月刊『三芝居細見』、天保二年（一八三一）正月刊『声色早合点』の序を書いており、当時の芸能出版物に通じていたと考えられる。

（5）郡司正勝・『東海道四谷怪談』解説・新潮日本古典集成・昭和五十六年刊・一九八一・新潮社。

（6）「七代目市川団十郎の合巻」

（7）佐藤悟・『実践女子大学文学部紀要』三十三所収・平成三年三月刊・一九九一。

（8）中村恵美・『浮世絵芸術』百十三号所収・平成六年十一月刊・一九九四。

（9）岩田秀行氏ご垂教による。

（10）今尾哲也氏ご垂教による。

（11）「七代目団十郎の残像―「血走る眼」の系譜―」（神山彰・『歌舞伎　研究と批評』二十七号所収）

（図版リスト）

①『都鳥浮寝之隅田川』一丁裏・二丁表　国立国会図書館蔵。
②『都鳥浮寝之隅田川』二十九丁裏・三十丁表　国立国会図書館蔵。
③『都鳥浮寝之隅田川』上表紙　国立国会図書館蔵。
④『都鳥浮寝之隅田川』中表紙　国立国会図書館蔵。
⑤『都鳥浮寝之隅田川』下表紙　国立国会図書館蔵。
⑥『都鳥浮寝之隅田川』二丁裏・三丁表　国立国会図書館蔵。
⑦『都鳥浮寝之隅田川』三丁裏・四丁表　国立国会図書館蔵。
⑧『都鳥浮寝之隅田川』四丁裏・五丁表　国立国会図書館蔵。
⑨『都鳥浮寝之隅田川』三十丁裏　国立国会図書館蔵。
⑩大判錦絵・五渡亭国貞画・山本久兵衛板・文政八年刊か・一八二五・Courtesy National Museum of Ethnology, Leiden.
⑪『三芝居細見』十八丁裏（文政十一年刊・一八二八・五柳亭徳升作・五渡亭国貞画・森屋治兵衛・山口屋藤兵衛板）個人蔵。

第二節　四谷怪談・似顔象嵌の合巻

はじめに

歌舞伎『東海道四谷怪談』（文政八年七月江戸中村座初演・一八二五）の正本写し合巻、即ち歌舞伎の筋を簡約化して草双紙にしたもの、が数多く存在する。『国書総目録』・『古典籍総合目録』にも、

○東街道《とうかいどう》四ツ家怪談《よつやかいだん》　三編一二巻　（類）合巻　（著）尾上梅幸作（花笠文京代作）、渓斎英泉画　（成）文政一一刊
（版）慶大　＊東街道中門出之魁四ツ家怪談・四ツ家怪談後日譚の合冊再版本

○東街道《とうかいどう》四ツ家怪談《よつやかいだん》　三編一二巻　（類）合巻　（著）尾上梅幸作、花笠文京代作、渓斎英泉画　（成）文政一一刊
（版）文政九版－鶴舞水野（「四ツ谷怪談」前後　文政九－一一刊　二冊）、その他－国文研（「四ツ谷怪談」四冊）　＊東街道中門出之魁四ツ家怪談・四ツ家怪談後日譚の合冊再版本

とあり、更に

○名残花《なごりのはな》四谷怪談《よつやかいだん》　（類）合巻　（著）尾上梅幸　（成）文政九刊　（版）京女大（一冊）

とある。『東街道四ツ家怪談』で合冊再版とされている『四ツ家怪談後日譚』については、

○四ツ家怪談後日譚《よつやかいだんごにちばなし》　前編三巻後編三巻　(類)合巻　(著)尾上梅幸作（花笠文京代作）、一筆庵英泉画　(成)文政一〇刊　(版)国会、東大、尾崎久弥　(活)改造文庫草双紙選　＊東街道中門出之魁四ツ家怪談の後編→東街道四ツ家怪談

○四ツ家怪談後日譚《よつやかいだんごにちばなし》　前編三巻後編三巻　(類)合巻　(著)尾上梅幸作、花笠文京代作、渓斎英泉（一筆庵英泉）画　(成)文政一〇刊　(版)文政一〇版―国文研（二冊、「東街道四ツ家怪談」の内）　＊東街道中門出之魁四ツ家怪談の後編

とある。

また、『国書総目録』・『古典籍総合目録』未掲載である、東北大学狩野文庫蔵の『四ツ家怪談』、抱谷文庫蔵の『四ツ家の怪談』・『東海道四ツ家怪談』、個人蔵本『名残花四家怪譚《なごりのはなよつやかいだん》』、鈴木重三氏ご架蔵本『東街道四ツ家怪談』、佐藤悟氏ご架蔵本『東海道四ツ谷怪談』がある。

この『東街道四ツ家怪談』は、文政九年（一八二六）刊『名残花四家怪譚』の板木に部分的象嵌を加えながら、主に歌舞伎『東海道四谷怪談』の上演ごとに後摺りされたものである。これらの正本写し合巻についての紹介及び初板本との関係については、おおさわまこと氏が、文政十年（一八二七）刊の合巻『四ツ家怪談後日はなし』（尾上梅幸作・花笠文京代作・渓斎英泉画）の紹介の後、この話の前輯についての書名及び三種の板本の異同について述べている[1]。即ち初摺り本である『名残花四家怪譚』（京都女子大吉沢文庫蔵）と、改題後摺り本『東海道四ッ家怪だん』（国立国会図書館蔵・但し目録には『四ツ家怪談後日譚』）と、改題三摺り本『東街道四ツ家怪談』とである。「文政拾弌稔戊子春新板」と裏表紙見返しの広告上に記される国会本『東海道四ッ家怪だん』は、氏が述べている如く、「表紙絵のみを替えて同じ板元若狭屋から出されたもの」であって、文政十年九月中村座上演の、江戸での再演歌舞伎『東海道四谷怪談』における五代目松本幸四郎の神谷仁右衛門を写した表紙絵となっている。但し、この表紙について氏が、「今度は役

者絵表紙として旧版より大きく幸四郎の似顔絵を出すために」、初代国貞に描かせた、とするには若干の疑問を感じる。

また、慶応義塾図書館所蔵の合巻『東街道四ツ家怪談』について、おおさわ氏は「表紙絵のみを三たび更えた三摺本」とされ、「本文は英泉画の旧板木を依然としてそのま、用いての出梓」とされたが、よく見てみるとほゞ全丁に亙って雁首すげかえや演出上の変化を投影させて、板木に象嵌を行っているのがわかる。

これらの正本写し合巻の複雑な刊行事情について、若干の考察を加えたい。

一　初摺り本『名残花四家怪譚』について

文政九年（一八二六）刊の正本写し合巻『名残花四家《なごりのはなよつや》怪譚《かいだん》』（尾上梅幸作・花笠文京代作・渓斎英泉画）は、小池章太郎氏により、「初演のおもかげを色濃く反映した」・「芝居見たままの形式に近い読物」と紹介され、初演時の役者似顔で描かれ、扮装や舞台面を知る上での貴重な資料と評価されている。[2] 役者似顔については、つとに渥美清太郎氏が「歌舞伎小説解題」での『名残花四家怪譚』の解説中に、「毎頁、初演俳優の似貌の挿絵があって、絵だけ見ても大体の筋書はわかる」と述べている。[3]

全六編、前編後編二冊、芝神明前若狭屋与市板。役者似顔絵摺付表紙は、藍色の菊五郎格子の地に、前編は七代目市川団十郎と二代目岩井粂三郎、後編は五代目松本幸四郎と三代目尾上菊五郎が二人ずつ扇面に描かれたものである（図①）。縦十七・九cm×横十二cmの中本。外題は「よつや怪談」、見返し題「東街道中《とうかいどうちう》門出《かどで》之《の》魁《さきかけ》四ツ家《よつやの》怪談《くわいだん》」（前編）、「四ツ家の怪談」（後編）。柱題「名残花」。個人蔵本・名古屋市鶴舞図書館水野文庫本・東北大学狩野文庫本の広告に、

「東街道門出《とうかいたうかとての》　魁《さきかけ》　名残花《なごりのはな》四家《よつや》怪談《くわいだん》　全六冊」とある。前編表紙に「尾上梅幸作、渓斎英泉画」、後編表紙に「文政九年丙戌春新版全本六冊、芝神明前若狭屋与市板」。見返しには、題の他に、「浅草境内の場、裏田圃の場、雑司ヶ谷四家町の場」（前編）「隠亡堀の場、三角屋敷の場、小汐田隠家の場、蛇山庵室の場」（後編）と歌舞伎上演の場が示され、「尾上梅幸作、一筆庵英泉画、芝神明前若狭屋与市版」（前編）「梅幸作、英泉画、芝神明前若狭屋与市板」（後編）とある。

花笠文京の序によると、「文政八乙酉初冬稿成　同九丙戌新春発兌」で、「二日見物《ふつかけんぶつ》せざれば。趣向《しゆかう》のつぢつま全《まつた》からず。惜《をしい》かな狂言のなかば見遺《みのこ》して。遺感《のこりをし》とするもの多《おほ》しとて。板元来《はんもときたり》て例《れい》の絵草紙《ゑぞうし》にせん事《こと》を需《もと》む」とあり、初演の『東海道四谷怪談』が、初日と後日で『仮名手本忠臣蔵』と『東海道四谷怪談』を各々半分ずつ上演するという、特殊な上演形態のために生まれた正本写し合巻である、と書かれている。

『名残花四家怪譚』の役者似顔を登場順に記す。なお、

図①　文政九年刊『名残花四家怪譚』の表紙

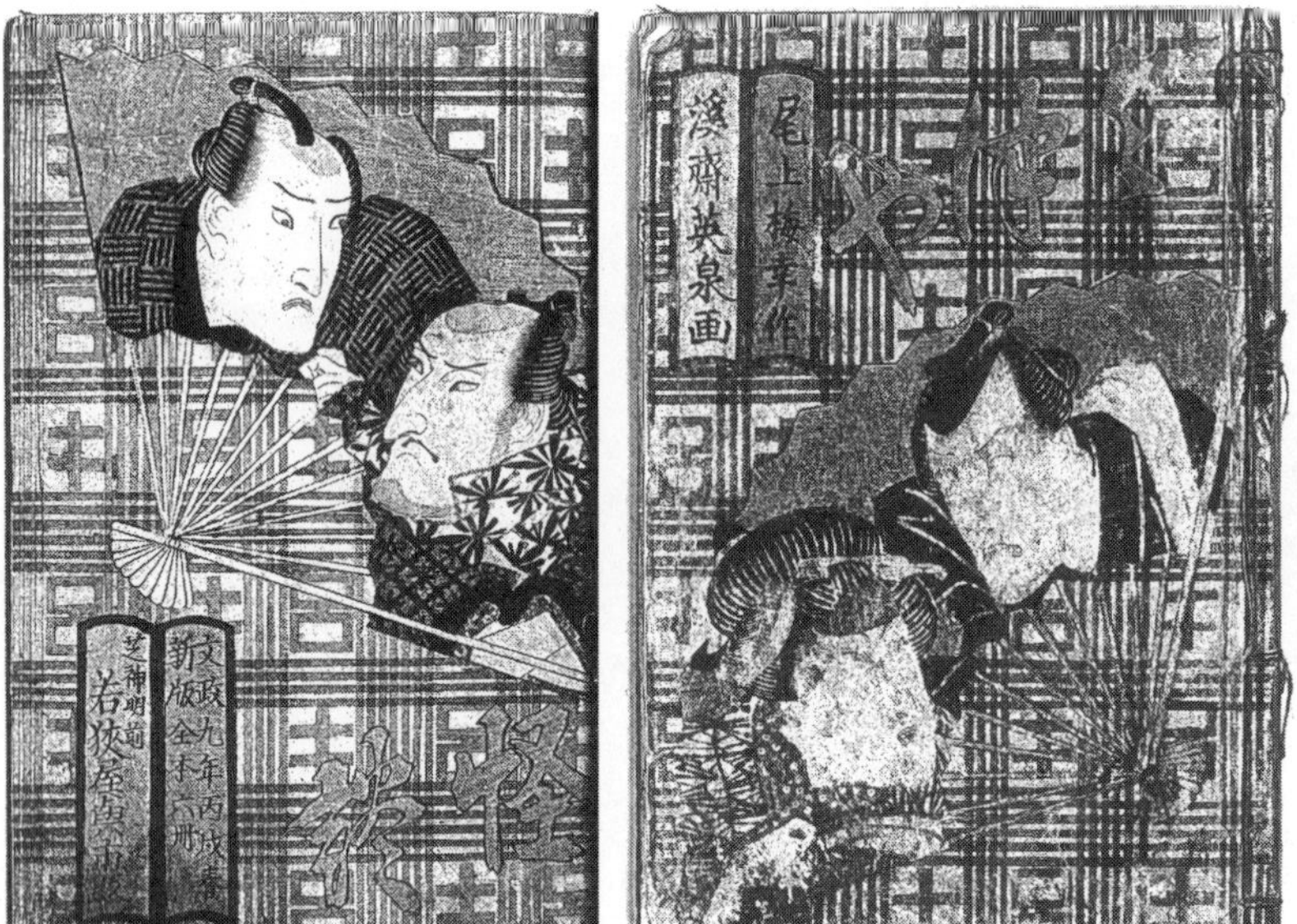

似顔の照合は、「市村座大入あたり振舞楽屋之図」（文化八年刊・一八一一）・「森田座顔見勢楽屋之図」（文化九年刊・一八一二）・「中村座楽屋之図」（文化十年刊・一八一三）・『戯場役者似顔画早稽古』（文化十四年刊・一八一七）・「中村座三階図」（文政六年刊・一八二三）・『三賀之津俳優素顔 夏の富士』（文政十年序、十一年刊・一八二八）・『三芝居細見』（文政十一年刊）等で行った。

お岩（三代目尾上菊五郎）、僕《しもべ》折助（二代目坂東彦左衛門）、神谷以右衛門（七代目市川団十郎）、直助の権兵衛（五代目松本幸四郎）、佐藤与茂七（三代目尾上菊五郎）、以藤喜兵衛（市川宗三郎）、按摩宅悦（大谷門蔵）、おもん・お袖（二代目岩井粂三郎）、仏孫兵衛（沢村しゃばく）、乳母おまき（市川おの江）、秋山藤兵衛（二代目坂東彦左衛門）、関口官蔵（松本染五郎）、小仏小平（三代目尾上菊五郎）、後家お弓（吾妻藤蔵）、汐田又之丞（初代三枡源之助）

これらの役者は全て、文政八年（一八二五）七月初演の歌舞伎『東海道四谷怪談』での配役に一致している。表紙や序の刊年、登場人物の役者似顔より、京都女子大吉沢文庫蔵本、東北大学狩野文庫蔵『四ツ家怪談』、名古屋市鶴舞図書館水野文庫本三冊の内の二冊（前編・後編）、個人蔵本が初摺り本であり、抱谷文庫蔵『四ツ家の怪談』も破損や汚れが目立つが、初摺り本と思われる。

二　文政十年刊『四ツ家怪談後日譚』と文政十一年刊『東海道四ッ家怪だん』

文政十年（一八二七）刊『四ツ家怪談後日譚』は、花笠文京の序によると、前年刊行した『名残花四家怪譚』の好評により、板元若狭屋与市がその嗣篇を編むようにと依頼したものとある。全六編、前編後編二冊という体裁も同じであり、表紙も『名残花四家怪譚』の意匠をそのまま用いて、藍色の菊五郎格子の地に、七代目市川団十郎（前編）

と五代目瀬川菊之丞（後編）が、一人ずつ扇面に描かれる多色摺り役者似顔絵摺付表紙である（図②）。内容は歌舞伎『東海道四谷怪談』の後日譚を文京が創作したものであり、民谷伊右衛門の腹違いの兄進藤九十郎が、小仏小平の寡婦お花と結婚したために再びお岩や小平の怪異に会うというものである。前編の口絵の後に、文政九年正月大坂道頓堀角の芝居浅尾与三郎座上演の『いろは仮名四谷怪談』の役割番付が載る。

国文研本・国会本は、どちらも文政九年刊行の『名残花四家怪譚』と共に保存され、同一請求番号になっている。国文研本は、『名残花四家怪譚』二冊『四ツ家怪談後日譚』二冊の、全四冊であり、『名残花四家怪譚』の表紙は前編が半分破損してはいるが、初板本と同様に藍色の菊五郎格子の地に扇面に役者二人が似顔で描かれる多色摺りのものである。『名残花四家怪譚』に広告はなく、刊年は後編表紙及び序文に記される文政九年とある記載しかない。『四ツ家怪談後日譚』は、表紙に「四ツ家怪談後日はなし」の外題があり、「全本六冊」「文政丁亥春新版」「芝神明前若狭屋与市板」とある。見返しにも『四ツ家怪談後日譚』の見返し題、全六冊とあり、作者名、画工名、板元、刊年が同様に記される。これらのことから、国文研本は、文政九年刊『名残花四家怪譚』と文政十年刊『四ツ家怪談後日譚』を、一作品としているものと考えられる。

国会本は、貸本屋大惣の後表紙が、『名残花四家怪譚』『四ツ家怪談後日譚』のそれぞれに付せられる。それぞれが六巻一冊で、計二冊である。そして『名残花四家怪譚』に相当する本の表紙が変えられている。外題が『東海道四ッ家怪だん』となり、「尾上梅幸作　渓斎英泉画」とあって、前篇と後篇の表紙が一雄斎国貞画の多色摺り二枚続き役者絵となっている（図③）。場面は隠亡堀の場で、五代目松本幸四郎の民谷伊右衛門と、三代目尾上菊五郎の佐藤与茂七である。しかしながら本文の役者似顔は、初演時を写した『名残花四家怪譚』のままである。『東海道四ッ家怪だん』後編の広告に「文政拾弐稔戊子春新板」と記される国会本の表紙の変化は、文政十年（一八二七）九月江戸中村座上演の歌舞伎『東海道四谷怪談』を写したものである。

文政十年の歌舞伎『東海道四谷怪談』では、表紙に描かれるごとく五代目松本幸四郎が伊右衛門と直助を演じた。そのために、隠亡堀の場では鰻かき五郎吉を五代目市川高麗蔵（六代目松本幸四郎）が演じた。『花江都歌舞妓年代記続編』（石塚豊芥子編・安政末年成・『新群書類従第四』所収・明治四十年刊・一九〇七・国書刊行会）にも、「ごもく伜の五郎吉、こま蔵」と記され、役者評判記『役者三都鑑』（文政十一年刊）の尾上菊五郎の評に、「土手の場戸板かへしの早替りかんしんかんしん与茂七となりて錦升丈こま蔵丈との立廻り大出来〳〵」とあり、幸四郎は伊右衛門役であるから、高麗蔵は直助権兵衛に相当する役である。文政十年上演時に、実際にどのように演じ分けたのかは未詳である。

ところで、この直助権兵衛と伊右衛門の二役を五代目幸四郎が演じた文政十年の上演は、三代目菊五郎が周囲の役者と内輪もめを繰り返したために起ったことであった。『文政雑談』（廿二）（『東都劇場沿革誌料　下』国立劇場芸能調査室編に記載されるが原本所在不明）によると、文政十年（一八二七）の春狂言の時に、給金のことより松本幸四郎・岩井半四郎らと喧嘩した菊五郎は、中村座を退座。六月より河原崎座で南北作『独道中五十三駅《ひとりたび》』を演じて大当りを取った菊五郎は、自分一人の手柄と高言して同座した三代目坂東三津五郎や七代目団十郎・道具方長谷川勘兵衛までも怒らせてしまう。仲間割した菊五郎と、団十郎・三津五郎は、それぞれ中村座と市村座に分かれて忠臣蔵を演じる。結果は菊五郎方の中村座が不入となるが、菊五郎は少しも動じなかった、といういきさつの後に、

松本幸四郎、岩井半四郎、同紫若、旅より戻りしかば加勢に入れて、『忠臣蔵』の敵を取らんと、九月十六日より菊五郎得手ものお岩稲荷大化物の仕掛ケにて此度こそ丸勝と芝居の者迄も一同勇み居たり、葺屋町にては隣町の大勢を相手取り負ぬ気に張合、不入なる時は『忠臣蔵』の仕返しさるゝに似たり、此度はおとなしく狂言を替ず二幕も出し置方可然と長谷川に相談したる処、夕霧伊左衛門を付たるに、工夫の大仕掛ケ甚珍しく、伊左衛門大当り

図②　文政十年刊『四ツ家怪談後日譚』の表紙

図①　文政十一年刊『東海道四ッ家怪だん』の表紙

にて、堺町は六日にて狂言替たり、菊五郎が化物も仕古しとて『忠臣蔵』程も入なく、本意を失へり（傍点引用者）

とある。役者の内紛より生じた特殊な事情が、直助・伊右衛門の一人二役という、劇の構成上かなりの不自然さが生ずる演出の、直接の原因となったのである。また、七月より『忠臣蔵』を上演して不入となった菊五郎が、九月に松本幸四郎らの帰国を受けて『東海道四谷怪談』を演じ、これもまた不入りで、一週間ほどの上演後『芦屋道満大内鑑』に狂言変えしたこともわかる。文政十一年刊の役者評判記『役者三都鑑』における評判は

頭取　九月狂言例の東海道四ッ谷怪談佐藤与茂七大出来仁右衛門妻お岩　老人　松緑以来怪談物にかけてはお家の者〳〵いつもながらお手柄〳〵（尾上菊五郎評）

とあって、「お家」の芸と既に意識されていた事がわかる。この時は五代目幸四郎の伊右衛門が「格別にくみがあってよかった」（『役者三都鑑』）点が、最も高く評されている。このことが国会本『東海道四ッ家怪だん』の表紙絵に投影されているのであろう。評判記の記事と多少くい違うのが、先の『文政雑談』の「菊五郎が化物も仕古し」との評である。

文政十一年（一八二八）刊『東海道四ッ家怪だん』は、こうした慌ただしい上演事情と芝居の不振から、表紙のみを文政十年上演歌舞伎に対応させるという、いささか乱暴な刊行になったものと思われる。文政十年刊『四ツ家怪談後日譚』と一緒にしたのは、貸本屋等の後人の手によるものであろう。

三　天保三年刊『東海道四ツ谷怪談』

天保三年（一八三二）刊『東海道四ツ谷怪談』は、佐藤悟氏ご架蔵本、抱谷文庫本、鶴舞図書館水野文庫本の内の一冊（下篇のみ）である。上篇三巻下篇三巻の二冊である。原表紙は、藍色一色に白抜きで菊の花（十六菊・陰十六菊・十六裏菊）と葉の模様が摺られたものへと変わっている。これは文政後期以降のベロ藍摺の流行を背景としている。[4]また、菊は主役の三代目尾上菊五郎を表している。外題は「四ッ家怪談」、見返し題は「難波土産東海道四ツ谷怪談」。板元は銀座四丁目の正栄堂（川口正蔵板）へと移動した。『地本錦絵問屋譜』（石井研堂・大正九年刊・一九二〇・伊勢辰商店）によると、「川口正蔵　正栄堂　京橋銀座四丁目、天保二年後両国広小路栄川堂ひし屋か」とあり、『近世書林板元総覧』（井上隆明・平成十年刊・一九九八・青裳堂書店）には、「江戸銀座四丁目→両国広小路左衛門店（天保二年以降）」とある。両書共に正栄堂は天保二年以降は両国広小路に移ったと記されているが、本書の板元住所は銀座のままである。文政九年から十一年の板元若狭屋与市は明治六年まで営業しており、天保期に営業不振になったという記録はない。若狭屋から川口への板元移動の理由は未詳である。

天保三年刊の本書で最も注目すべきであるのは、二十六丁裏・二十七丁表の蛇山庵室の場、お岩亡霊出現の所で、天保二年から提灯抜けを上演したその眼目となる部分である。初演時の上演を反映した『名残花四家怪譚』では、雪の降りしきる中、お岩亡霊は流灌頂より赤子を抱えた産女のこしらえで出現した（図④）のに対し、天保三年刊『東海道四ツ谷怪談』は、お岩亡霊は提灯より出るようになっていて、迎火にあたり地蔵を抱えている（図⑤）。この二十六丁裏・二十七丁表のみは新たに板木を彫っていて、文章もこの部分のみは「流れ灌頂に水向けし」が「提灯に迎

図④『名残花四家怪譚』26ウ・27オ

図⑤『東海道四ツ谷怪談』26ウ・27オ

い」・「流れ灌頂のかたへよりお岩が姿朦朧と」が「お岩が姿提灯の中より」へと変化している。図は、お岩亡霊や背景等にも薄墨を施した丁寧なものとなっている。しかも二十六丁裏には「此一丁国芳画」と記されている。文政末年の「通俗水滸伝豪傑百八人一個」シリーズで成功し、一躍有名になった歌川国芳の名を、天保三年刊行時に宣伝のために利用したのであろう。

提灯から出る幽霊の仕掛けについては『御狂言楽屋本説』（安政五年刊・一八五八・三亭春馬作・国立劇場芸能調査室編）にも描かれ、大道具長谷川勘兵衛が工夫したことで知られる。『芝居秘伝集』（安政元年以降か・一八五四・三升屋二三治・『日本庶民文化史料集成』第六巻所収）に、「提灯の幽霊」として、この仕掛けが生まれた事情が詳しく書かれる。

菊五郎お岩にて提灯の内より初めて出たるは、南北、梅幸が工風に非ず、長谷川勘兵衛工風にて菊五郎へすゝめる。菊五郎はどうして出らるるやら更に呑込めず。勘兵衛、盆提灯の二番を買って来り、真中糸の骨のかかり二間《ふたま》切って捨てたり。切たる糸のつなぎへ張金《はりかね》にてくくり付け、紙をはり、尤も前と後、通り抜けに切りたり。菊五郎　細工場へ来て見て、「是では小さからう、一番の提灯が宜からう」といへば、勘兵衛笑ふて、「大きい中より出るは誰でも出られます。小さい内から如何《どう》して出られると思はせねば面白くなし」といふ。「顔が出たれば前へからだずっと張って出、前へ下より撞木突上ぐれば、此の撞木に手をかけ、撞木の棹には足の懸る罠ついてあれば自由にて、其の儘撞木舞台の下へ引下ぐる。提灯の後よりは樋《とひ》を突出す。是にて出らるる道理」といふ。
梅幸感心して　其の通りにやり評判よく、世の中では梅幸が工風と今にいひ伝ふ

このように、提灯抜けの仕掛けは道具方長谷川勘兵衛が生み出し、導いていった方法であって、初演の流灌頂・産女・赤子といった、劇の本質に関わる日本古来の怪異のイメージ(5)からは、やゝ遠のいた演出になったと言わざるを得ない。この提灯抜けは、天保二年（一八三一）上演時から踏襲されたものであり、『花江戸歌舞伎年代記続編』（石塚豊芥子）

の天保二年八月の四谷怪談の所に、「挑《ママ》灯より出るは此度初る也」とあり、天保三年刊の『芝居細見さんばさう』（個人蔵・立川焉馬・歌川国貞画）にも、二代目関三十郎の伊右衛門が迎火をたき、提灯から現れたお岩亡霊に驚く図がある（図⑥）。役者評判記『役者花威種《はないくさ》』（天保三年刊）の尾上菊五郎の評判に、

別して此度は評判よろしく先年角にてお勤の通りなり共挑灯より出るは珍ら敷きつい評判でござりました……また〳〵四ッ谷怪談に切川崎音頭大坂の通り是又けしからぬ大評判にて大あたりてござりました……京町中では盆のとうろうやつくり物迄もお岩〳〵と大はやりでござりました……これは三ヶ之津御見物様方御ぞんじの自作工夫の細工もの二たび三たび評するにおよばずお家〳〵

とあり、提灯抜けがいかに観衆に受けたのかがわかる。

また、十三丁裏と十四丁裏の、毒薬で変貌したお岩の顔や鬘も著しく変化している。『名残花四家怪譚』では、髪が逆立ち額が突出した醜女の容貌（図⑦）であったの

図⑥『芝居細見さんばさう』9ウ・10オ

が、天保三年刊『東海道四ツ谷怪談』では現行上演に近い、髪が抜け落ち、顔の片側が崩れたような容貌（図⑧）となっている。

そして本書の多くの登場人物は、歌舞伎初演を写した『名残花四家怪譚』の役者似顔に、象嵌（雁首すげかえ）を施したものとなっている。本書が『名残花四家怪譚』の登場人物に似顔象嵌することによって、違う役者を写している箇所等を順次挙げる。

僕《しもべ》折助（坂東三津右衛門）、夢の場の神谷以右衛門の鬘、神谷以右衛門（二代目関三十郎）、直助の権兵衛（片岡市蔵）、佐藤与茂七（三代目尾上菊五郎）、喜兵衛娘お梅（瀬川多喜恵）、おもん（三代目尾上栄三郎）、お袖（三代目尾上栄三郎）、乳母おまき（坂東我朝）、お岩（三代目尾上菊五郎）、秋山藤兵衛（坂東三津右衛門）、小仏小平（三代目尾上菊五郎）

これらの役者似顔の中で、佐藤与茂七、お岩、小仏小平は初演時と同じ三代目尾上菊五郎であるにも関わらず、すげかえられている。画工が自分なりの描き方で役者の顔を描きたかったのであろう。役者似顔は、単に役者の判別を行うため以上の重要な要素であったことが窺われる。秋山藤兵衛及び折助役の坂東三津右衛門が、小さく描かれている箇所まで全て象嵌されているのは、『歌舞伎年代記続編』に「秋山長兵衛大当り」とあり、役者評判記『役者花威《はない》種《くさ》』（天保三年刊）の三津右衛門評に、「犬とのたはむれごとは見物一同に嬉しがりました」とある三津右衛門の人気を反映したものであろう。また、宅悦は初演時と文政十年（一八二七）の時は二代目大谷門蔵、天保二年上演時は尾上伝三郎が演じているが、合巻の方では雁首すげかえを行わないで大谷門蔵のままである。端役である喜兵衛娘お梅（瀬川多喜恵）や乳母おまき（坂東我朝）にまで、雁首すげかえをしている点から考えると、その理由は不明である。

図⑦『名残花四家怪譚』14ウ・15オ

図⑧『東海道四ツ谷怪談』14ウ・15オ

四　天保八年刊『東街道四ツ家怪談』

慶応義塾図書館所蔵の合巻『東街道四ツ家怪談』（中・下表紙に尾上菊五郎作・歌川国芳画、中・下表紙見返しに梅幸作・英泉画）は、十丁ずつの三冊本となっている。板元は天保三年刊行と同じ銀座四丁目の正栄堂である。鈴木重三氏御架蔵本には、上・中・下表紙が備わり、表紙見返しに場割、裏表紙見返しに本の目録が書かれて、「銀座四丁目川口正蔵板」と記されている。

本書『東街道四ツ家怪談』で雁首すげかえを行ったものを調べてみると、天保七年上演歌舞伎の役者を、似顔で表した作品であることがわかる。本書が、雁首すげかえを行っている登場人物等を、順次指摘する。

お岩の怨霊（三代目尾上菊五郎）、僕折助（二代目坂東彦左衛門）、神谷以右衛門（五代目市川海老蔵）、お岩怨霊の変貌した顔、直助の権兵衛（五代目松本幸四郎）、佐藤与茂七（三代目尾上菊五郎）、以藤喜兵衛（嵐七五郎）、おもん（三代目尾上栄三郎）・権兵衛悴直助（五代目市川海老蔵）、お袖（三代目尾上栄三郎）、お岩（三代目尾上菊五郎）、小仏小平（三代目尾上菊五郎）、関口官蔵（市川一友）、小仏小平の怨霊の髪、汐田又之丞（四代目坂東三津五郎）

天保三年刊と同様に、似顔象嵌は同じ役者であっても行っていることがわかる。菊五郎演じるお岩・与茂七・小平は、それまでの上演全てを菊五郎が演じているにも関わらず、本書においてもすげかえられている。つまり菊五郎の雁首すげかえは三度目である。また、おもん・お袖は天保二年上演と同じ三代目尾上栄三郎であるが、やはり象嵌されている。三代目菊五郎のお岩と栄三郎のお袖が登場する、天保三年刊『東海道四ツ谷怪談』（図⑨）と天保八年刊『東街道四ツ家怪談』（図⑩）を挙げる。どちらも同じ役者を描いているのであるが、お岩の眉がなくなっている等微

図⑨『東海道四ツ谷怪談』8ウ・9オ

図⑩『東街道四ツ家怪談』8ウ・9オ

細な点で異なっている。また、宅悦は尾上菊四郎が演じているが、初演時と文政十年（一八二七）の時の二代目大谷門蔵のままである。秋山長兵衛は天保七年上演では二代目坂東彦左衛門であるが、十八丁表の背景に小さく立つ秋山藤兵衛のみが、天保二年上演時の坂東三津右衛門の似顔のまま残ってしまっている。また、劇中ではあまり重要な役ではなく、天保三年刊では歌舞伎で演じた十二代目市村羽左衛門の似顔象嵌になっていなかった汐田又之丞が、本書では四代目坂東三津五郎に似顔象嵌されている。役者評判記『役者早速包丁』（天保八年刊）における位付が「巻頭白大上上吉」という四代目坂東三津五郎の人気に加えて、中風を病み、俗に「よひ三津」と呼ばれた彼の、「其身の金さう病に苦み只一身にかこつけてのせりふ見物一同に涙をこぼしました」（『役者早速包丁』）という、歌舞伎での楽屋落ち的当たりを投影させていると考えられる。

本書『東街道四ツ家怪談』の似顔象嵌で最も興味深いのは、直助権兵衛が、五代目市川海老蔵と五代目松本幸四郎の顔となっていることである。無論これは天保七年上演の歌舞伎で、直助を二人で演じたためであり、役割番付には「薬売権兵衛　松本幸四郎……権兵衛伜直助　市川海老蔵」とある。海老蔵が伊右衛門役も演じていたために、幸四郎は浅草境内の場での薬売り、浅草裏田甫の場での殺人後、お岩・お袖を騙す所、隠亡堀の場と、海老蔵の伊右衛門が登場している場で権兵衛を演じていることが本書よりわかる。直助権兵衛を二人で演じることはこれが初めてではなく、文政十年（一八二七）江戸中村座上演時にも、五代目幸四郎が伊右衛門と直助を演じたために、隠亡堀の場では鰻かき五郎吉を五代目市川高麗蔵（六代目松本幸四郎）が演じた。文政十年上演時に、実際にどのように演じ分けたのかは未詳であるが、本書『東街道四ツ家怪談』によって、伊右衛門役も演じている役者が直助となり得るのは、宅悦住居の場と深川三角屋敷の場ということが明らかに見てとれる。この二役は天保七年上演時にも行われたが、この時の事情は五代目海老蔵が役不足を言い立てたか、七十歳を越えた五代目幸四郎の身体を慮ってのことかと思われるが、未詳である。

天保七年（一八三六）七月、江戸森田座上演時の役者評判記『役者早速包丁』（天保八年刊）の尾上菊五郎の評に曰く

芝居好 梅幸丈無人の節は御工風の怪談仕掛もの等なさるいつも大入大繁昌はお手柄でござりますが此度は大座といひ皆揃て居られますゆへ外の狂言でしつかりとしたことが有そふなものだ 見功者 怪談ごともあまり度々でござりますとうるさくなりますさればこそ此度もわづか二幕計の廿四孝が評判でござりました……伊右衛門内の場例の怪談夢の場白猿丈の懐中より出る所此度はゐんがはゆへ格別はなれわざのやうに思はれました……

つまり五度目の上演以降は、夢の場で、新しい仕掛けを見せることに工夫の主眼が置かれ、観客もそれを喜ぶ一方で、怪談ものは無人の折にやるべきであって、「しっかりとした」狂言ではない、との認識があったようである。

ところで、この慶應義塾図書館蔵『東街道四ツ家怪談』の表紙について、少し触れたい。十丁ずつの三冊本となった本書は、上・中・下の三枚続きの役者絵となった表紙であるが、残念ながら上の表紙のみが後のものである。そこで上のみは鈴木重三氏御架蔵本の表紙を載せる（図⑪）。三冊は全て尾上菊五郎作、歌川国芳画とされて外題があり、藍地に菊の花と葉を絞り模様とした背景で、上は五代目市川海老蔵の直助権兵衛が出刃包丁を持つ図、下は三代目尾上菊五郎の佐藤与茂七が刀を構える図であることから、深川三角屋敷の場を絵画化したことがわかる。すると、中の表紙の、小袖を持った世話女房風の役者はお袖ということになろう。お袖は、天保七年上演時では三代目尾上栄三郎（四代目尾上菊五郎）であるはずだが、(6) この表紙絵の顔は三代目栄三郎ではない。本文中では栄三郎の写しである淋しい顔立ちで（図⑩参照）、役者評判記に「些色けが薄うござりました」（『役者早速包丁』）といかにも評されそうな描かれ方をしている。中表紙の、受け口・鷲鼻・つり上がった目の、派手な印象の顔立ち（図⑫）とはやはり異なってい

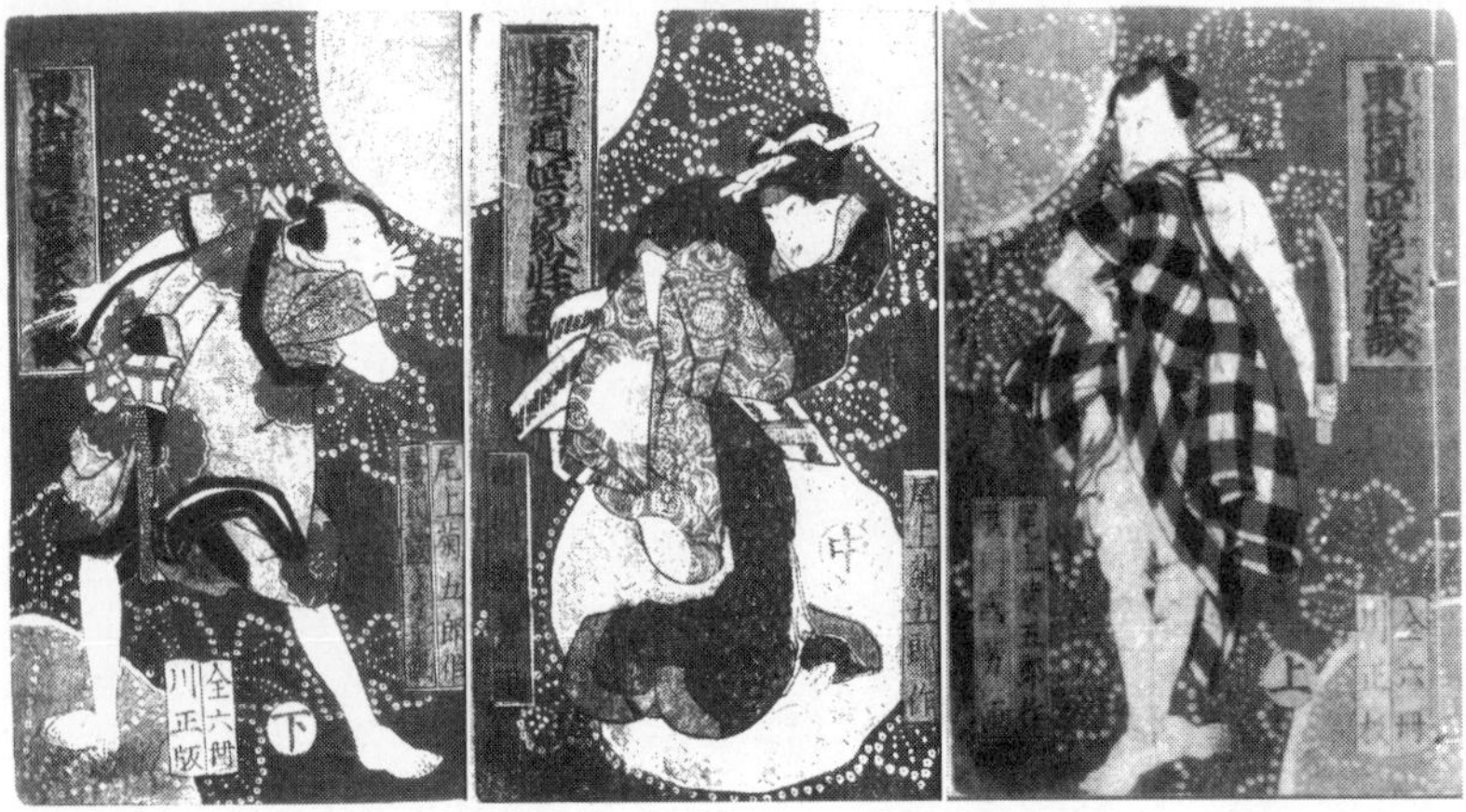

図⑪『東街道四ツ家怪談』上・中・下表紙

図⑫『東街道四ツ家怪談』中表紙部分

る。しかも着ている衣裳には、よく見ると杜若の地模様が入っている。本文中の三角屋敷の場で、お袖は初演時二代目岩井粂三郎（六代目岩井半四郎）をシンボライズさせた杜若の着物を着ていて、顔のみを三代目尾上栄三郎に変えたため、そのまま杜若の着物を着ている。その本文中の姿をそのまま反映させたもの、と一応は考えられる。しかし直助権兵衛も与茂七も、本文とは別の衣裳をわざわざ着せて描かれているのに、お袖のみ何の意図もなく本文中の姿を描いたとは考えにくい。つまり今一つの可能性は、その顔立ちといい、当時人気の女方、岩井紫若（七代目岩井半四郎）を写したものではないか、ということである。紫若は天保七年までにお袖を演じた事は一度もなく、またそれ以後もなかった。お袖を演じてもいない役者をお袖のようにして描き、三枚続きの役者絵風表紙絵として、人気を当てに売り込んだのではないか、という仮定は、しかし全くあり得ないことではあるまい。天保七年上演の歌舞伎『東海道四谷怪談』は、一番目は『本朝廿四孝』であった。その時紫若は、高坂弾正妻唐織と八重垣姫を演じ、いわばこの狂言の呼び物であったのであり、全く無関係というわけではなかったのだから。

以上のように、歌舞伎『東海道四谷怪談』の正本写し合巻として、文政九年刊『名残花四家怪譚』、文政十一年刊『東海道四ッ家怪だん』、天保三年刊『東海道四ツ谷怪談』、天保八年刊『東街道四ッ家怪談』が存在し、文政九年初板本の板木を利用しつつ、表紙を変え、前年上演歌舞伎の役者似顔象嵌をしたり、演出の変化を反映させたりしながら、歌舞伎の上演の都度後摺り刊行されていたことがわかる。これらの後摺り本の相違は、歌舞伎演出上の変化や、浮世絵と通底する社会事情等を反映させているが、『国書総目録』・『古典籍総合目録』の表記では諸本は混在している。諸本間の違いは、全板本の全丁写真版を詳細に比較検討することによって初めて知り得る。同外題板本で、一見同一本と見られるものであっても、調査収集の必要性を説かれる近世板本の、特殊な刊行事情が窺われる一例と捉えることができよう。

注

（1）『渓斎英泉』（昭和五十一年刊・一九七六・郁芸社）

（2）『鶴屋南北の世界』（昭和五十六年刊・一九八一・三樹書房）のなかで向井信夫氏ご架蔵本の書誌、全丁写真版翻刻、解説を加える。

（3）『早稲田文学』二六一号所収（昭和二年十月刊・一九二七）

（4）「本物と贋物と複製の境界線」（新藤茂・『芸術倶楽部』二十五所収・平成十年三・四月号・一九九八）でベロ藍使用の上限は文政四年九月頃とされ、文政末年以降は本藍からベロ藍に全て代わってしまう、とされる。「浮世絵における「ブルー革命」」（ヘンリー・スミス・『浮世絵芸術』百二十八号所収・平成十年七月刊・日本浮世絵協会）でも、中国産の安価なベロが大量に輸入されるようになったのは、文政八年以降とある。更に板本でのベロ藍摺りの早い作例として、文政七年刊『軒並娘八丈』・文政九年刊『廓雑談』が挙げられる。

（5）拙稿「鶴屋南北と産女――『天竺徳兵衛韓噺』の乳人亡霊から『四谷怪談』の岩への変質――」（『文学』五十三巻・昭和六十年九月刊・一九八五・岩波書店）。

（6）『歌舞伎年表』には粂三郎（八代目岩井半四郎）、『歌舞伎年代記続編』には半四郎（六代目か？四月没）と記されるが、辻番付・役割番付・絵本番付・役者評判記には、三代目尾上栄三郎とある。

（図版リスト）

①『名残花四家怪譚』前篇表紙・後篇表紙　個人蔵。

②『四ツ家怪談後日譚』前篇表紙・後篇表紙　国立国会図書館蔵。

③『東海道四ッ家怪だん』前篇表紙・後篇表紙　国立国会図書館蔵。

④『名残花四家怪譚』二十六丁裏・二十七丁表　個人蔵。

⑤『東海道四ツ谷怪談』二十六丁裏・二十七丁表　佐藤悟氏蔵。
⑥『芝居細見さんばさう』九丁裏・十丁表　個人蔵。
⑦『名残花四家怪譚』十四丁裏・十五丁表　個人蔵。
⑧『東海道四ツ谷怪談』十四丁裏・十五丁表　佐藤悟氏蔵。
⑨『東海道四ツ谷怪談』八丁裏・九丁表　佐藤悟氏蔵。
⑩『東街道四ツ家怪談』八丁裏・九丁表　慶応義塾図書館蔵。
⑪『東街道四ツ家怪談』上・中・下表紙　上のみ鈴木重三氏蔵。中・下は慶応義塾図書館蔵。
⑫『東街道四ツ家怪談』中表紙部分　慶応義塾図書館蔵。

第三節　演劇資料としての正本写し合巻
——『金瓶梅《きんぺいばい》曾我《そが》賜宝《のたまもの》』考——

江戸時代に、中国四大奇書のうちで唯一翻訳出版されなかった『金瓶梅』は、現在鹿児島大学附属図書館玉里文庫にのみ訓訳本が伝わるが、これは遠山荷塘が講じていたものであることが、徳田武氏により紹介されている。[1] 筆写年時は、記載あるものの中では文政十年（一八二七）が最も早く、天保三年（一八三二）が最も遅い、とある。現在内閣文庫に伝存する明版『金瓶梅』は、正保元年（一六四四）に紅葉山文庫に入ったものであり、正徳三年（一七一三）の舶載書目、張竹坡批評本の項には既に説明が施され、その後儒者等の間に流行して、寛延四年（一七五一）などには一度に十一部も伝わったという。[2]『小説字彙』（序に天明四年・一七八四・奥書に寛政三年・一七九一・秋水園主人識）には引用書目名に『金瓶梅』が載る。曲亭馬琴作の長編合巻『新編金瓶梅』（天保二年・一八三一～弘化四年・一八四七）が、原作に即した翻案でなく勧善懲悪の図式を明確にした別個の作品となっていることは、水野稔氏により論じられている。[3] 更に氏は『新編金瓶梅』が歌舞伎『金瓶梅《きんぺいばい》曾我《そが》松賜《のたまもの》』として上演された点についても指摘している。[4]

合巻『金瓶梅《きんぺいばい》曾我《そが》賜宝《のたまもの》』（万延元年刊・一八六〇・甘泉堂・文慶堂合梓）は、万延元年正月十五日初演（絵本番付）（十一日初演・役割番付）、江戸中村座上演歌舞伎『金瓶梅《きんぺいばい》曾我《そが》松賜《のたまもの》』の内容を合巻体裁にした、所謂「正本写し」であるが、その刊行は歌舞伎上演と同時であったと思われる。歌舞伎『金瓶梅曾我松賜』には台帳が残存せず、三種の絵本番付・役割番付・役者評判記の記述以上に、本合巻によって知られる内容はより具体的に精密である。正本写し合巻『金瓶梅曾我賜宝』は、『江戸文学と中国文学』（麻生磯次・昭和二十一年刊・一九四六）に、「支那文学の趣向を学んだ作」として紹介されたが、以来論及されていない。よって本書の紹介と考察を行い、歌舞伎『金瓶梅曾我松賜』がいかに合巻『新編金瓶梅』を演劇化したかという点について考えてみたい。また、歌舞伎『金瓶梅曾我松賜』は『歌舞伎細見』（飯塚友一郎・大正八年刊・一九一九）「水滸伝」の項で紹介され、明治時代以前に、水滸伝の世界を翻案した歌舞伎としての位置付けもなされているのである。よって興行的には成功したとは言いがたい作品ではあるが、歌舞伎『金瓶梅曾我松賜』を取り上げることには意味があると思われる。

以上の点から、正本写し合巻『金瓶梅曾我賜宝』を通して歌舞伎『金瓶梅曾我松賜』を考察してみたい。

一　正本写し合巻『金瓶梅曾我賜宝』の作者・画工

本書は各篇に一～四までの巻数が入り、二十丁ずつ全四篇から成る作品であり、各篇の表紙に「瀬川如皐原稿　柳水亭種清録　一勇斎国芳画　甘泉文慶合梓」と書かれている。これは三世瀬川如皐が立作者である歌舞伎の台帳を、柳水亭種清が合巻に直したということと解釈される。三世瀬川如皐は文化三年（一八〇六）江戸に生まれ、明治十四年（一八八一）没した。四代目市川小団次のために作った『東山桜荘子《ひがしやまさくらそうし》』（佐倉義民伝）や、八代目市川団十郎のために作った『与話情浮名横櫛《よわなさけうきなのよこぐし》』（切られ与三）が有名である。嘉永三年（一八五〇）に三世瀬川如皐を襲名してから、市川小団次と提携して作者の一人者とまで成ったが、二世河竹新七（黙阿弥）におされ、晩年は不遇であった。その理由としては、「彼れの作はすべて趣向緻密に過ぎ、正本を細字に書きて而も他の作者より紙数多く、俳優は台詞の長きに倦みたりといふ。これ彼れが弱点なりしならん」（『近世日本演劇史』伊原敏郎・大正二年刊・一九一三）といった点が考えられる。後述するが、本書の基になった歌舞伎にも、やはり瀬川如皐の作品としての弱点が投影されていると思われる。

不遇な晩年とはいえ有名な三世瀬川如皐に対し、柳水亭種清についてはほとんど知られていない。三田村鳶魚の「柳水亭種清」（『早稲田文学　第二四三号』大正十五年刊・一九二六）に、河竹繁俊氏の言として記されている閲歴は次のようなものである。文政四年（一八二一）飛騨高山生れ、越後に行き両親に別れ遊行上人に伴われて江戸に来る。日輪寺（浅草柴崎町）に入り、役僧にまでなったが、女性関係から寺を追われる。嘉永三年（一八五〇）黙阿弥の門に入り、「能晋輔」という狂言作者になったが、同七年（一八五四）で番付からその名は消える。安政三年（一八五六）より種清綴るとある草双紙が続出することから、安政年度からは柳下亭種員門下に入ったと思われる。黙阿弥と柳下亭種員とは親交があり、仏学もあった種清にとっては狂言引直しの戯作のほうが性に合っていたということであろう。安政末年にお詫びがかない、遊行上人と再会して明治初年には常陸で住職となる。同二十年（一八八七）頃より相州酒匂上輩寺の住職となり、四十年（一九〇七）に八十七歳で死ぬ。

「正本写し」即ち「芝居見たまま」の合巻を、安政三年から万延元年（一八六〇）までの五年間に二十八作出版し、江戸時代末期には第一流の作家として盛名を馳せていた種清は、現在忘れ去られた人物であろうと三田村鳶魚は言う。してみると、本書『金瓶梅曾我賜宝』は種清の正本写し合巻作家としては終わりに近い時期の作品となる。

画工、一勇斎国芳については改めて述べるまでもないのだが、本稿に関連すると思われる点に関して若干触れたい。寛政九年（一七九七）江戸日本橋に生れ、文久元年（一八六一）没する。初代豊国の門人となるが、十年以上もの雌伏期を経て文政十年（一八二七）頃刊行の『水滸伝豪傑百八人之一個』シリーズで驚異的なブームを起こす。文政十二年（一八二九）から嘉永四年（一八五一）まで刊行された合巻『国字水滸伝《かながきすいこでん》』（『水滸伝』の抄訳本）の画工である。多種

図①『新編金瓶梅』第二集　26ウ・27オ

図②『金瓶梅曾我賜宝』三篇　9ウ・10オ

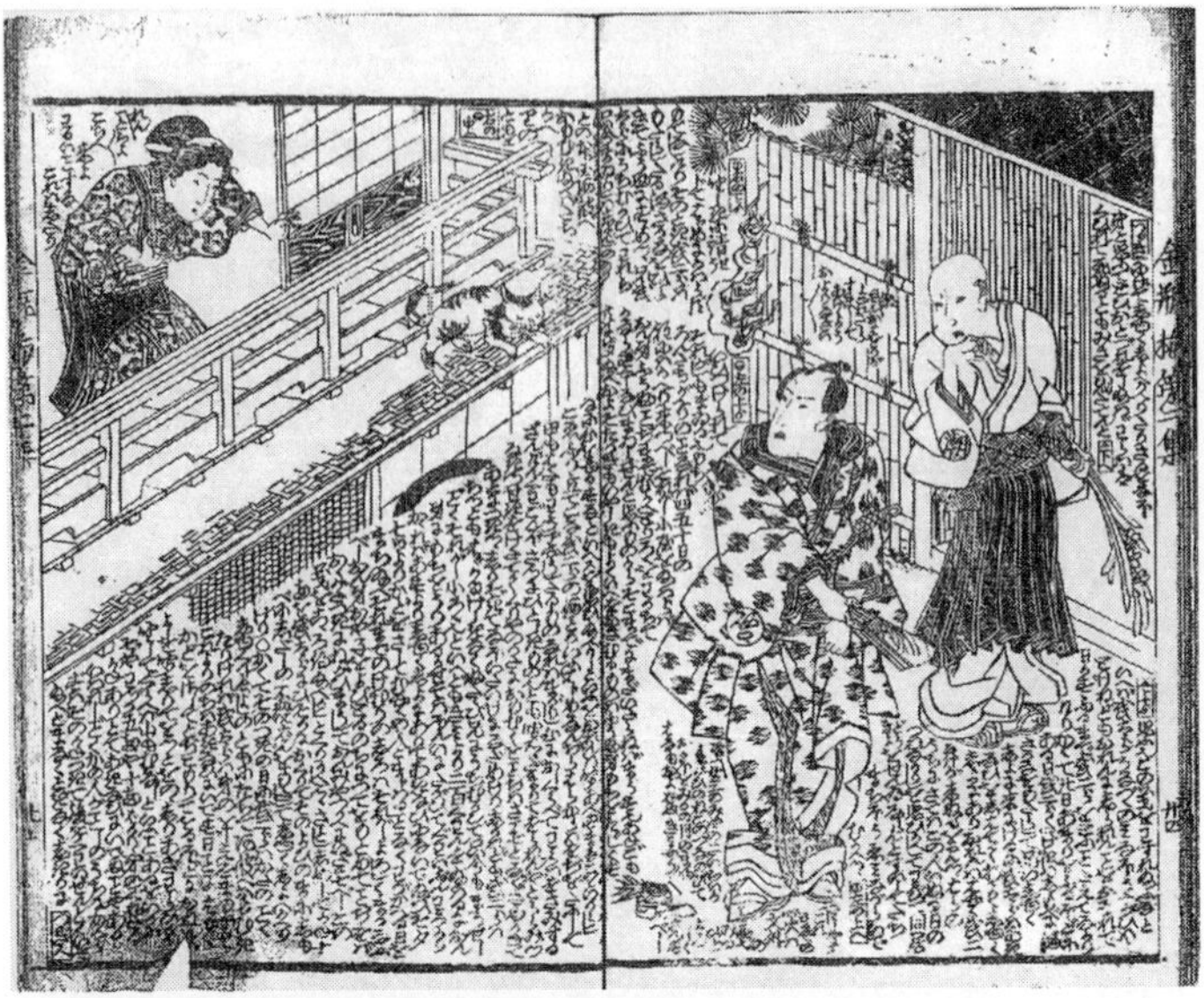

図③『新編金瓶梅』第二集　34ウ・35オ

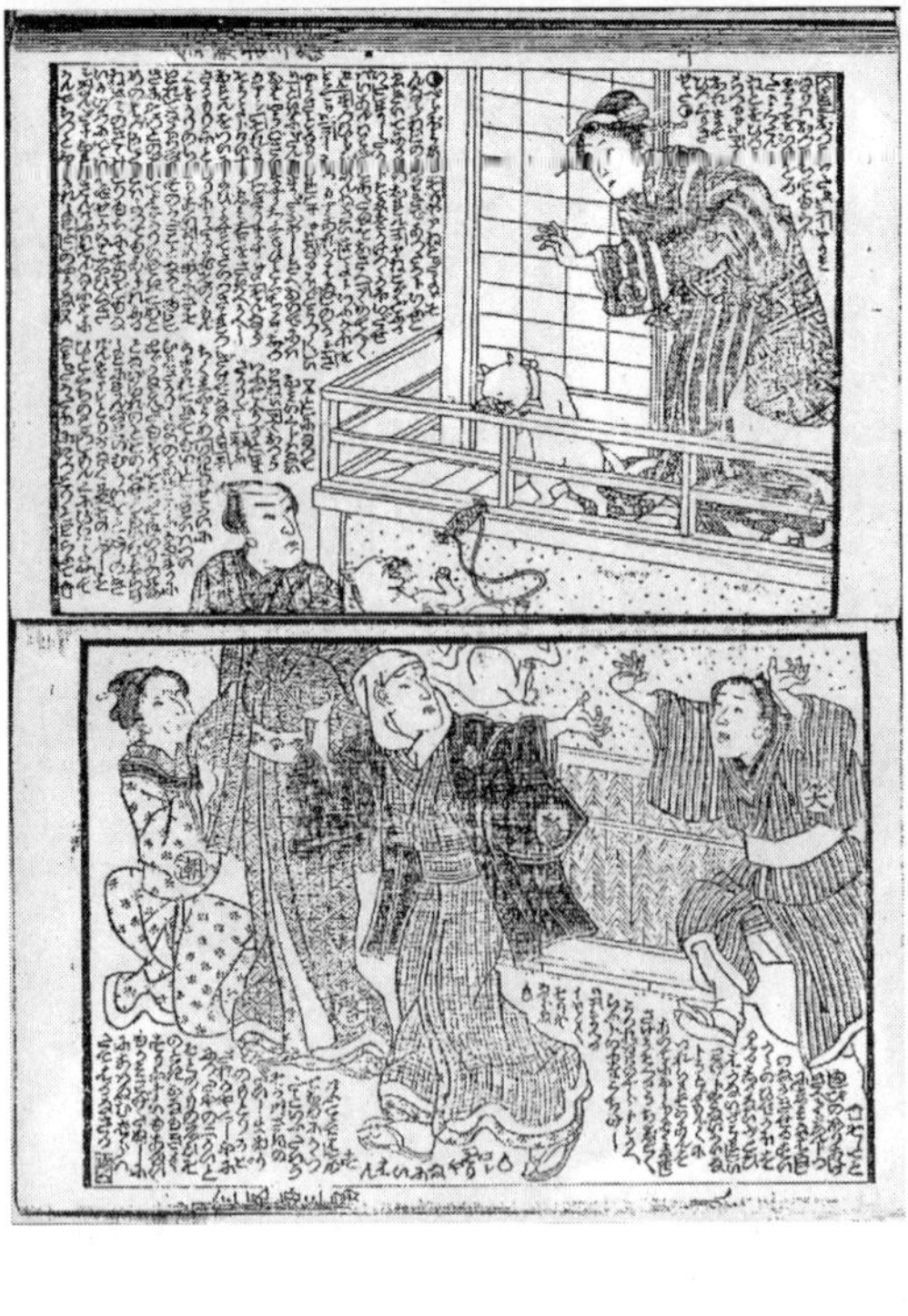

図④『金瓶梅曾我賜宝』三篇　7ウ・8オ

図⑤『新編金瓶梅』第二集　37ウ・38オ

図⑥『金瓶梅曾我賜宝』三篇　15ウ・16オ

多様な絵入板本を種本とし、種々の分野に自己の才能を伸ばすが、役者絵はあまり得意な分野でなかった。門人を多く持ち、安政五年（一八五八）頃から中風にかかったため代筆させたものもある。[5] 本書正本写し合巻『金瓶梅曾我賜宝』と合巻『新編金瓶梅』（歌川国安・歌川国貞画）との絵の類似はほとんど見いだせない。僅かに武松虎退治の場（図①②）、啓十郎とお蓮の見初めの場（図③④）と、密通の場（図⑤⑥）がやや類似しているかと思われるくらいである。[6] つまり本書は読者に舞台を見たような気持ちにさせるのを目的とするので、あえて『新編金瓶梅』の絵を利用することは避けているのである。更に、本書は役者似顔絵で描かれている。歌舞伎『金瓶梅曾我松賜』に登場する役者のうち、四代目尾上菊五郎・八代目片岡仁左衛門・初代中村福助（四代目中村芝翫）・十三代目市村羽左衛門（五代目尾上菊五郎）・初代中村鶴蔵（三代目中村仲蔵）などの主な役者が描き分けられていることが、『三ケ津役者評判記』（嘉永三年刊か・一八五〇・画工未詳）・『役者尽し千代の鞠哥』（安政二年刊・一八五五・歌川芳藤画）・『古今俳優似顔大全』（文久二～三年改印・一八六二～三・演劇博物館役者絵研究会編・平成十年刊・一九九八・八木書店）によって傍証できる。

二　正本写し合巻『金瓶梅曾我賜宝』の内容・考察

明治大学図書館蔵正本写し合巻『金瓶梅曾我賜宝』は四篇全て揃っている保存状況良好のものだが、一篇一丁表序の後半部から二丁裏までが、同篇二十丁裏以降に綴じられている。国立国会図書館本は四篇の無い欠本である上に保存状況が悪く、東京大学本は全篇揃っているが明治大学本ほどには保存状況が良くなかった。故に明大本を底本とした。尚、慶応義塾図書館蔵本・早稲田大学蔵本・日本大学蔵本については未見である。

本書一篇の序には「三世瀬川如皐誌」として、本書が『新編金瓶梅』を種本とし、『水滸伝』の一部の筋を利用して、歌舞伎の世界での定型である曾我の世界を綯い交ぜたものであること、阿蓮西啓が実は親の敵討ちや忠義のために悪事をしたという筋に変えられていること、瀬川如皐が柳水亭種清に歌舞伎上演の前年に草稿を渡していることが書かれる。

次に本書の梗概を述べる。尚傍線部は『新編金瓶梅』と相違する箇所である。

【梗概】（一篇）矢瀬文五兵衛の妻山木は、文五兵衛の弟大原武具蔵《ぶぐぞう》や九郎五郎との所領争いにまきこまれ、娘お蓮を連れて鎌倉へ来、綿乙《わたのいち》と再縁。綿乙が病となりお蓮は妾奉公をするが、暇を出される。西門屋《にしかどや》の養子啓十郎は、船館《ふなやかた》家の姪呉羽《くれは》を正妻、卓二《たくじ》を妾としている。啓十郎の実の親九郎五郎は、一人奥州へ行き藤原秀衡に武士に取り立てられたが、義経をかくまった騒動よりまた浪人し、金瓶梅という家宝の壺を奪って鎌倉へ逃げて来ていた。九郎五郎は啓十郎が実の子と知り、会いに行く。〈夢の場〉高毬《こうきゆう》と呼ばれる高階泰常と奴竹平は、山奥の館で毬に戯れる猫の縁で、美しい女官と出会い、「啓」と書かれた玉手箱を貰う。開くと金の梅が出て、二人は恋仲となる。〈鞍馬の夢〉鞍馬の龍虎が嶽に分け登った梶原景高は、石公廟の中に三略之巻を預かった常陸坊海尊が隠れていると、突鎮坊《とつちんぼう》や荏柄の平太が止めるのも聞かずに壊す。扉の中の「遇高開」とある石櫃を打つと、そこに張天仙女の姿が現われる。仙女は三略之巻を、奪い合う梶原と荏柄の手から、武松《たけまつ》へと渡す。と、今のは柳島の妙神で啓十郎・大原武二郎《ぶじろう》武松・たがねのお蓮が、同時に見た夢であった。啓十郎らは三略之巻をめぐって暗闇でのだんまり。九郎五郎、九紋龍の史郎吉もそれに加わる。〈餅屋の場〉鎌倉大仏餅屋を営む武太郎《ぶたろう》の許へ武松がやってくる。武松は楠卜伝の弟子になっていた。武太郎は妻落葉亡き後、後妻をもらおうとする。そこへ楠の娘千早《ちはや》を船館苫四郎《とましろう》が嫁に所望するという騒動が起き、武松は館へ帰る。巡礼の姿にやつした高衡は乞食に乱暴されそうになるが、武太郎に救われる。供の瓶子《かめこ》は来る。
武太郎の亡き妻落葉の妹であり、高衡らは武太郎宅へ身を隠す。武太郎の後妻には、錦戸家へ妾奉公していたお蓮が
れる。
（二篇）〈花水橋の場〉鎌倉花水橋の川岸で綿乙と山木は、お蓮の嫁入り支度と金六十五両を九郎五郎に奪われ殺さ
武太郎がつづらを背負って逃げる。〈縄手の場〉護良四郎高衡と奴萩平は、仇八らに正体を知られ、高衡は九郎五郎につづらの中へ入れられるが、
かけ、主君大江広元の御前にて、千早と試合をする。〈卜伝館の場〉船館苫四郎は楠千早を妻にしようと、卜伝の小柄を引出物におし
される。捕り手に囲まれた武松は、それとも知らず大江広元の部屋近くまで来て、広元の長刀を手水鉢で受けとめた
事から家来に取り立てられる。また千早との婚礼を命じられる。〈武太郎婚礼の場〉婚礼の用意をする武太郎は、高
衡と武松をひきあわせる。お蓮は武太郎に嫁入るが、式の邪魔をしに来た仇八を武松が追い払う。高衡を匿ったと伯
父の九郎五郎が武太郎を召し捕ろうとするが、お蓮が密書と引き替えに止めさせる。〈東福寺の場〉船館苫四郎は、
範頼に取り入るために高階の泰常《やすつね》の恋人小蝶姫をおびきよせる。また、小蝶姫の兄林中納言資朝が大江広元の取り成
しによって都の政務を取るようになる事も苫四郎が邪魔する。
（三篇）小蝶姫は操の前と狩野殿衛丞《かののとのえのじよう》に救われる。〈白虎堂の場〉林中納言資朝の臣、狩野殿衛丞が朝緑《あさみどり》の太刀を
持って代参するが、資朝は太政官の御正印《みしよういん》を隠し持つとの疑いを受ける。上総五郎の頼朝暗殺計画にも関与してい
る証拠も捏造され、資朝は範頼・頼員に捕えられる。〈舞鶴屋の場〉長谷寺門前町の大仏餅売り武太郎の隣に住む、
舞鶴屋お潮はお蓮と親しい。雪の下の西門屋啓十郎は、太鼓医者の意案・丁稚笑吉を連れて来かかり、舞鶴屋の二階
で化粧をするお蓮と顔を見合わせる。猫が守り袋を落とした事から啓十郎とお蓮は酒盛りをし、契りを結ぶ。〈暗が
り峠の場〉関白より虎退治を命じられた武松は、虎の絵を描く名人寅念《えんねん》という僧が化した虎を、見事に殴り殺す。

〈武太郎内の場〉大工の喜太郎が、高衡の潜むつづらを持っていく。武太郎の留守中お蓮は武松に色仕掛けで迫るが失敗する。家を出ていった武松を、お蓮は自分に不義を仕掛けたのだと武太郎に話す。武松を追い掛ける武太郎を見て、お潮は西門屋啓十郎を連れてきてお蓮と逢引きさせる。〈四ツ辻の場〉大工喜太郎は、武太郎にお蓮と啓十郎の密通を教える。〈舞鶴屋の場〉お蓮は啓十郎の養父の娘である事が知れ、二人はますます離れがたく思う。そこへ大工喜太郎が飛込み、お潮ともみ合う。武太郎も現われ二人の履物を証拠に奥へ踏み込もうとする。

〈四篇〉お潮は武太郎に毒薬を飲ませる。武太郎が両親を殺したと誤解しているお蓮は、武太郎にとどめを刺す。〈西門屋の場〉雪の下の西門屋には、本妻呉羽の他に妾瓶子・野梅《のうめ》がいる。啓十郎の留守中、野梅は奉公人の秘事松《ひじまつ》に言い寄り、お蓮に見つかる。武太郎が真の敵でなかった事を知ったお蓮も、その手がかりに秘事松や船館帆九郎《ふなだてほくろう》を口説く。お蓮に頼まれた金が用意できず、船館帆九郎は死のうとするが、九紋龍史郎吉に救われる。啓十郎の実父九郎五郎が親の敵である事を知ったお蓮は、九郎五郎殺しを決意するが、九郎五郎に察知される。お蓮が武松を呼び出す手紙を奪った九郎五郎は、返り討ちしようと武松の代わりに逢引きの場所へ行く。船館帆九郎の助けを得て、お蓮は九郎五郎を殺して敵討する。現われた武松に討たれる覚悟でお蓮は切り結び、遺書を武松の袖に縫い付けて死ぬ。お潮は武松に両腕を切られて殺される。九郎五郎所持の金瓶梅の香合と飛龍丸の太刀を手にした武松は、啓十郎を目指して奥へ行く。啓十郎は既に切腹しており我が血を絞り、秘事松実は高衡の眼病の薬にと渡す。幼い時に秀衡の小姓であった啓十郎は、恩返しのためにお蓮と自分の血を高衡に飲ませようと、死ぬ覚悟で悪事を行なったと言う。お蓮の遺書から、親の敵を討ちたい一心で武太郎を殺したことがわかり、二人の忠孝心は人々を感動させる。〈淡路島の場〉淡路島に流された林中納言資朝は、範頼・頼員の叛意を悟り、都へ帰る時節を待つ。島の元小二《げんしょうじ》の娘刈藻《かるも》は、資朝の子供音若を女装させて対面させる。淡路島司の穂馬刑部《ほこまぎょうぶ》は資朝を焼き討ちにしようと、館のまぐさ小屋に火を付けるが、資朝は秩父の重忠に助けられて帰洛する。

正本写し合巻『金瓶梅曾我賜宝』では、お蓮は親の敵討のため啓十郎は主君のために、仕方なく悪事を行なったという「もどり」(悪人が実は善人だった)の型になっている。これは、歌舞伎『金瓶梅曾我松賜』でお蓮・啓十郎を演じた四代目尾上菊五郎・八代目片岡仁左衛門の芸風に合わせての改変と思われる。特にお蓮の九郎五郎殺しは原作『新編金瓶梅』にもあり、殿村篠斎の評に「おれんか、九郎五郎を母養父の讐と知りて、謀討たる其志におきては、称すへきに似たれとも、禽獣はいさしらす、人としては、よし何ほと兇悪邪佞のものにても、親の讐をおもふの意無きものは有るましく、但し身にかへ命にかへ、おもふとおもはさるとにて、孝子不孝子の差別あるへき也。おれんか所為、かくの如し。誠意の復讐とはいふへからす。されは此脚色は、復讐を書かれしならて、一家親族彼此、讐敵のよりつとへる悪因縁を、書かれしなる事もちろんならんか」(適宜句読点を付した)とあり、お蓮の孝心が描かれているると捉えるべきでないとされる。小津桂窓はより端的に「親のかたきはかたきなれと、わか夫の親なれは、いかに悪婦なりとて、みつから手をいたしては懲悪にうとかり。作者尤苦心の場なるへし」(適宜句読点を付した)と、夫の親を殺すのは懲悪と言えないとする。[7] 読本(この場合は合巻)の見巧者達の見方からは評価できない箇所であっても、歌舞伎の人物造型が役者に依拠し、また、類型的にならざるをえない側面からは、利用するに値する設定であったのであろう。

正本写し合巻『金瓶梅曾我賜宝』が合巻『新編金瓶梅』を利用した部分で、『金瓶梅』・『水滸伝』を典拠とする箇所について述べる。[8] 尚、合巻『新編金瓶梅』がいかに原作『金瓶梅』を翻案したかについては、水野稔氏が「原作のイメージを存しつつ、否定的な姿勢をもってこれを解体し、別個の作品をつくり出してゆくところに、この翻案の新しい意味を見出そうとした」との評価があり、第四集の序に『隔簾花影《かくれんかえい》』が典拠と記されている点についても述べられているが、その翻案の一々については詳述されていない。(9)『新編金瓶梅』第一集の部分が『拍案驚奇』巻三十三「張員外義撫螟蛉子・包龍図智賺合同文」を種本としていること、第二集から第三集にかけての姦通譚が原作の翻案らしき色彩を見せながらも、『拍案驚奇』巻六「酒下酒趙尼媼迷花・機中機賈秀才報怨」の趣向を借りていること、第十集にやはり『拍案驚奇』巻十四「酒謀財」の入話部分借用があることが指摘されている。(10)その他にも合巻『新編金瓶梅』第三集之二で、兄の死に疑問を持った武松が啓十郎の身内である船館幕左衛門家の香炉を壊したという冤罪に問われる箇所は、『水滸伝』第六回「豹子頭が白虎堂に誤って入る」を利用しており、第四集之四〜第五集之二で、播磨の室《むろ》へ行ったまま帰ってこない啓十郎を待ち疲れた瓶子が尼ヶ崎の医者斧形曳水《おのがたえんすい》と結婚し、帰ってきた啓十郎によって斧形曳水は無実の罪に陥らされて獄死させられ、瓶子は折檻されて下女へと格下げされる箇所は、原作『金瓶梅』を踏襲している。又第五集之四で、淡路島に流された武松が塩木小屋に暮らしていたところ、相撲で手柄をたてたことから憎まれて、小屋のまわりに伏柴を積まれ焼き殺されそうになる箇所は、『水滸伝』第十回「林冲が山神の廟に風雪をさけ、陸謙は草科場に火をはなつ」・同第二十九回「施恩がふたたび孟州の覇となり、武松が大酔して蒋門神をなぐる」を撮合させて翻案したものであり、第六集之一で、危難を脱した武松が敵を殺し壁に「奸を剿しにして以て民の患を除く者」と血で書く箇所は、『水滸伝』第十一回「朱貴が水亭で天を射放ち、林冲は雪の夜に梁山にのぼる」で林冲が酒屋の壁に五言八句の詩を墨書した趣向を借りている。

正本写し合巻『金瓶梅曾我賜宝』が合巻『新編金瓶梅』を利用した部分で、『金瓶梅』・『水滸伝』を典拠とするのは、お蓮が虎退治をした武松を誘惑しようとして失敗する所と舞鶴屋お潮の手引きで西門屋啓十郎と不義密通をする所（三篇）、淡路島に流された林中納言資朝を焼き討ちしようと穂馬刑部が館のまぐさ小屋に火を付ける所（四篇）である。武松の虎退治は『新編金瓶梅』で、楠一味斎の娘千早と結婚することとなった武松が朋輩の嫉みを受け、一味斎の許に居づらくなって故郷へ帰る途中、暗がり峠前後寺の所化寅念《えんねん》が化した虎に出会うという話になっている。寅念は虎の絵を描くことを異常に好み、師に禁じられたために病に臥し、ついには生きながら虎と化したのである。『新編金瓶梅』で牛哀《ぎゅうあい》の逸話（病んで虎となり其の兄を殺した）と共に紹介される寅念の虎は、武松に退治されるのであるが、凱旋の途上虎の死骸から鬼火が飛び出し、お蓮が抱えていた虎毛の猫にそれが乗り移る。そして、鬼火が乗り移った猫がお蓮が武松を誘惑する際近くに居る設定になっている。啓十郎との不義密通のきっかけも、原作『金瓶梅』・『水滸伝』では簾を外すための竿を男の頭上に落としたためであるのだが、『新編金瓶梅』では、この猫が食いさしの魚の腸を偶然啓十郎の上に落としたために、お蓮と啓十郎の関係が始まることとなっている。つまりは『新編金瓶梅』では武松・武太郎・お蓮・啓十郎による一件は、全て虎の怨霊に導かれたものと受け取られるように構成されている。

正本写し合巻『金瓶梅曾我賜宝』ではお蓮と啓十郎の出会いは武松虎退治の前であり、猫が守り袋を落としたためのきっかけも、『新編金瓶梅』のような因縁譚とはなっていない。更に原作『金瓶梅』・『水滸伝』や『新編金瓶梅』では、人妻である金蓮（お蓮）を手に入れるために西啓（啓十郎）が王婆（妙潮）を介して苦心する所が細かく描写されるのであるが、『金瓶梅曾我賜宝』では猫が守り袋を落としたお詫びにと酒盛りをし、そのままお蓮・啓十郎は契りを結ぶ。これは一篇夢の場で、二人が『源氏物語』若菜の巻の如く、鞠に戯れる猫の縁で既に恋仲となっていたためである。その後お蓮は武松を誘惑するのだが、雪の降る日に温めた酒を用意する箇所（図⑦）は『新編金瓶梅』よりも原作に忠実である。謹厳な武松に恥しめられたお蓮は、家を出て行く武松を追って武太郎が居なくなると、お潮の手引きのままに啓十郎と逢引きをする。淫婦とはいえ、いささか節操がなさすぎる展開であるが、これはもとの歌舞伎『金瓶梅曾我松賜』で、武太郎と啓十郎とを八代目片岡仁左衛門が早替りで演じる点が見せ場であったためと思われる。歌舞伎演出の都合で筋が不自然になったところである。

淡路島に流された林中納言資朝を焼き討ちしようと館のまぐさ小屋に火を付ける所は、『新編金瓶梅』では武松の身の上に起こった事とされているが、正本写し合巻『金瓶梅曾我賜宝』では原作『水滸伝』第十回「林冲が山神の廟に風雪をさけ、陸謙は草科場に火をはなつ」での林冲を類推させるような人物を設定している。この林中納言資朝は、「白虎堂の場」で冤罪に問われて、淡路島へ流されたのであり、原作『水滸伝』の林冲譚を『新編金瓶梅』のように武松譚に吸収させてしまってはいない。故に正本写し合巻『金瓶梅曾我賜宝』のこの部分は、『新編金瓶梅』を参照しながらも『水滸伝』をより直接的に翻案しようとする姿勢の垣間見られる箇所でもある。

以上、正本写し合巻『金瓶梅曾我賜宝』が『新編金瓶梅』を利用して原作を典拠とする部分を考察したが、

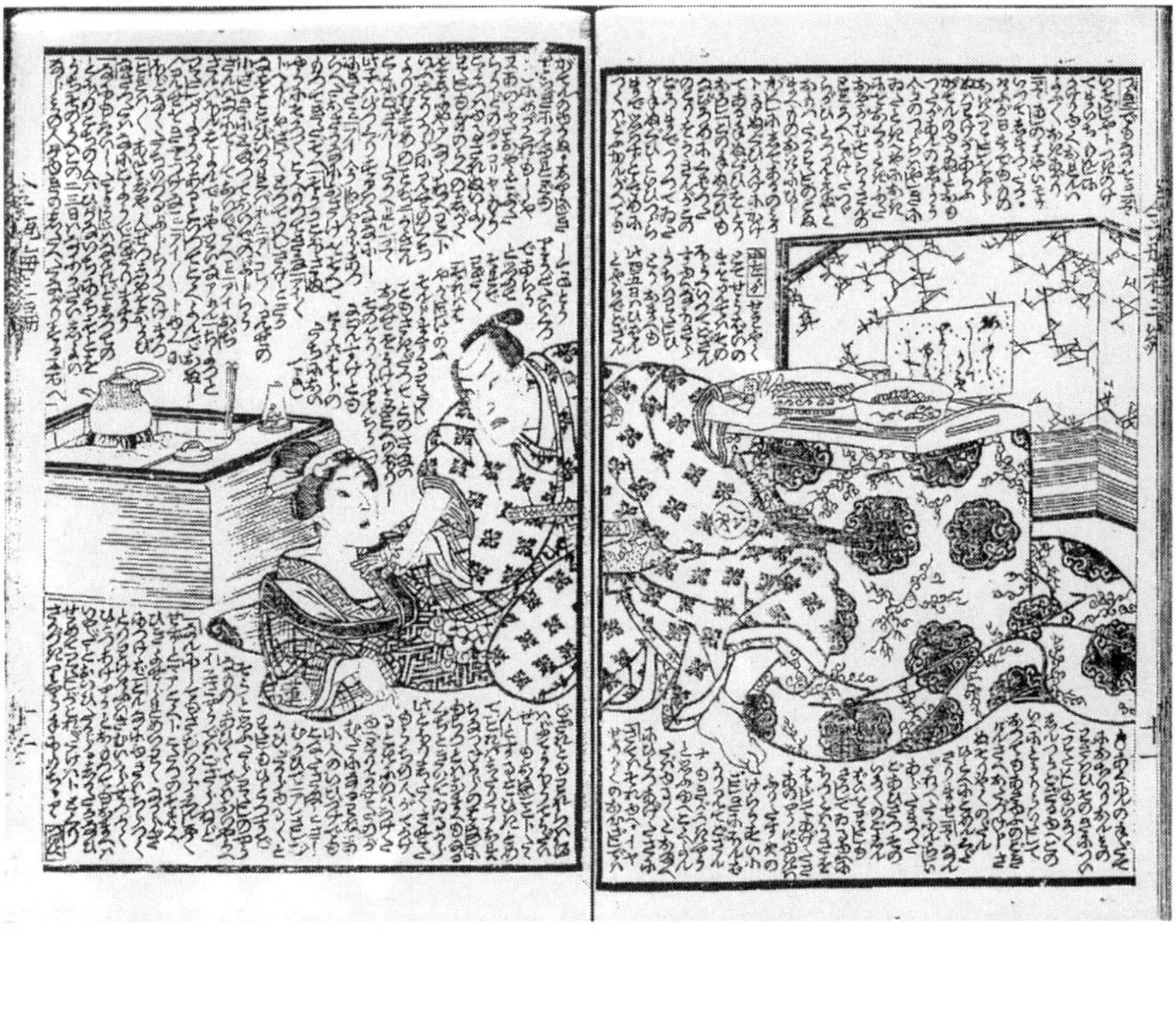

図⑦『金瓶梅曾我賜宝』三篇　11ウ・12オ

『新編金瓶梅』と全く同じようには原作を取り入れてはいない事が窺われる。

次に傍線部『新編金瓶梅』と相違する所であるが、『新編金瓶梅』とは違う形で『水滸伝』を取り入れたためのものと、歌舞伎の「義経記」・「曾我物語」・「太平記」の世界のそれぞれの登場人物を組み入れたためのものとがある。

正本写し合巻『金瓶梅曾我賜宝』における『水滸伝』の取り入れは、高毬・突鎮坊（歌舞伎の役割番付には香和尚とちゝん）・張天仙女・九紋龍史郎吉・林中納言・元小二という『新編金瓶梅』には登場しない人物を造型したのみではない。一篇の鞍馬の夢の場で、龍虎が嶽に登った梶原景高が「遇高開」とある石櫃を打つと、張天仙女が現われるところは、『水滸伝』第一回「洪太尉誤って妖魔を走らす」及び第四十二回「宗公明九天玄女に遇う」を利用したものである。但し『金瓶梅曾我賜宝』六丁裏・七丁表の絵は、あたかも石櫃に張天仙女の図が彫られているがごときであり（図⑧）、これは読本『椿説弓張月』続篇巻之六（文化四～八年刊・一八〇七～一八一一・曲亭馬琴作・葛飾北斎画）に出てくる「赤瀬の碑」と類似している（図⑨）。他にも『椿説弓張月』からの影響を思わせるものに、『金瓶梅曾我賜宝』三篇の四ツ辻の場を中心とした「凧」の頻用があり、三篇表紙には奴凧（曾我の世界に登場する朝比奈のパロディ）の意匠が用いられている。これは『椿説弓張月』後篇巻之三の有名な、朝稚《ともわか》を凧に結びつけて飛ばす件を仄めかしていると考えられないこともない。更に『金瓶梅曾我賜宝』四篇で、淡路島に流された資朝を助ける島の元小二の娘刈藻には、『椿説弓張月』で為朝を助ける伊豆大島の簓江《ささらえ》が投影され、淡路島まで父資朝を訪ねて来て帰るように諭される音若の嘆きは、『椿説弓張月』後篇巻之六で阿蘇の雁回山《がいかいざん》に為朝を訪ね、空しく帰る朝稚の愁嘆と重なる。『椿説弓張月』が『水滸伝』・『水滸後伝』を基とするという知識が瀬川如皐にあった事が窺われる。

また、『金瓶梅曾我賜宝』二篇白虎堂の場は『水滸伝』第七回「豹子頭誤って白虎堂に入る」を、『新編金瓶梅』よりも忠実に翻案したものである。『新編金瓶梅』では船館幕左衛門宅で塩釜の香炉を盗んだとの濡れ衣を武松が着せ

図⑧『金瓶梅曾我賜宝』三篇　6ウ・7オ

図⑨『椿説弓張月続篇』巻之六

られるのだが、『金瓶梅曾我賜宝』では林中納言が朝緑の太刀の件で無実の罪に落とされる。「白虎堂」の名をそのまま使って、範頼の悪巧みの意図を明確にしている所である（図⑩）。

本書『金瓶梅曾我賜宝』が歌舞伎の正本写し合巻であるために、歌舞伎の世界の約束事をそのまま反映しているのが、「曾我物語」等の登場人物の入れこみである。歌舞伎『金瓶梅曾我松賜』は正月興行の春狂言なので、必ず曾我に関連させねばならず、本書において藤原秀衡・高衡（「義経記」）、秩父重忠・大江広元・源範頼・梶原景高・荏柄平太（「曾我物語」）、資朝・頼員・護良（「太平記」）等が登場する主な理由はそうした歌舞伎の決まり事があるためである。但し、あまりに入り組んだ趣向で多くの登場人物が登場するため若干わかりにくい面があるのは否めない。その反対に『新編金瓶梅』では重要な登場人物である、秘事松・瓶子・笑二《えみじ》らが無個性化されている点に注意したい。これは四代目菊五郎と八代目仁左衛門を中心に据える歌舞伎の役者座組を反映したためのものと思われる。

本書の表紙を見てみよう。一篇は龍の図柄に梅型に背景を取ったお蓮（四代目尾上菊五郎の似顔）と、虎の図柄に瓶型に背景を取った啓十郎（八代目片岡仁左衛門）の二枚続き大首絵である（図⑪）。二篇は松の木を背景に、出刃包丁を口にくわえたお蓮と鉄棒を持つ武松（初代中村福助）の二枚続き大首絵である。三篇は梅の木を背景に、朝比奈の奴凧と槍を持つ啓十郎と刀を持つ武松が描かれる和凧で、やはり役者似顔で描かれており二枚続きである。四篇は魚の図柄を背景として、笊の中に資朝（四代目尾上菊五郎）と苅藻（二代目尾上菊次郎か）の二枚続き大首絵であり、本書がいかに『水滸伝』・『新編金瓶梅』・『椿説弓張月』をうまく取り入れているかを、一目で印象付けるように作られているのである。

このように正本写し合巻としては細心の出来であると言ってもよい本書は、甘泉堂と文慶堂との合梓である。甘泉堂こと和泉屋市兵衛（泉市とも）は天明以来からある元組の板元で定行事であり、『新編金瓶梅』の板株を持っている。

図⑩『金瓶梅曾我賜宝』二篇　4ウ・5オ

図⑪『金瓶梅曾我賜宝』一篇　表紙

それに対し文慶堂こと大国屋金次郎は、安政二年（一八五五）八月にようやく元組に加入した新進の板元であり[11]、両者の力関係は歴然と異なる。文慶堂については『近世書林版元総覧』（井上隆明・日本書誌学大系・昭和五十六年刊・一九八一・青裳堂書店）には本書が載るのみ、『地本錦絵問屋譜』（石井研堂・大正九年刊・一九二〇・伊勢辰商店）には「人形町通り　堀留町　遊山双六」とあるのみで、未詳である。文慶堂が本書の企画を立て、甘泉堂の販路と問屋仲間内における政治力を利用する意味で合梓としたものかと想像される。

三　歌舞伎『金瓶梅曾我松賜』に関して

歌舞伎『金瓶梅曾我松賜』の絵本番付は三種ある。東大秋葉文庫蔵の三種を綴じられている順にア本・イ本・ウ本と名付けてみる。ア本は「序満久・おなじ久・二幕目・三幕目・おなじ久・五幕目・大詰・同じ久・大切」の順で大切は「浄瑠理初便廓文章」である。イ本は「三幕目」の次が白紙で、「おなじ久・五幕目～」と続く。「大切」は「浄瑠理其扇屋浮名恋風」とある。ウ本は「三幕目」と「おなじ久」の間に「四幕目」がある。但し「大切」は無い。四幕目とは白虎堂で対面の場である。このことと『続々歌舞伎年代記』（田村成義・大正十一年刊・一九二二）にある、「此芝居仁左衛門病気のため捗々しからざりしかば翌二月朔日よりさし幕として廓文章吉田屋の場を出したり」とある文とから、絵本番付の刊行はウ本が最初である事がわかる。更にア本の大切浄瑠璃の名題「初便廓文章」の上下に余白が不自然なほどある事から、これがイ本の浄瑠璃名題「其扇屋浮名恋風」の部分を削って新たに彫り直したことがわかり、次いでイ本・ア本の順で刊行されたと思われる。これは、四幕目白虎堂での対面の場が途中でなくなった事を示している。

歌舞伎『金瓶梅曾我松賜』の役者評判を見てみよう。上演年の六月に死んだ四代目尾上菊五郎は、役者評判記『役《やく》者舒《しやたと》言草《えぐさ》』(12)に、「片岡丈の啓十郎がどうも悪者と見へないのに菊五郎丈も相応にはこなされましたがなんだか人のよさそふなお蓮だと申升た 芝居好 全体此お役は故人しうか丈と八代目丈にさせとふござり升た其上淋しい出し物にて春狂言らしくなくてあれよりは金瓶梅を丸で致されたら面白い場も有升ふがチット筋がわかりにくふござり升た水滸伝を入られたのは作者の力こぶでも有升ふが何分わかりにくふござり升たゆへ芝居も不入にて残念〱 頭取 二役林中納言お持まへの上品にていかにも雲の上人と見へ升た福助丈の範頼との対面無念をこらへるお仕内受取升た 蔵前 爰へ対面を持込れたのは役者の御妙案恐れ入升た配所の場もきつと見こたへがござり升た」とある。つまりお蓮の役が、四代目尾上菊五郎の柄に合っていないこと、『水滸伝』を取り入れて筋が複雑になりわかりにくかったこと、芝居が不入りだったことがわかる。更にこの頃には『金瓶梅』(『新編金瓶梅』のこと)・『水滸伝』の筋は、一般の歌舞伎愛好者にもごく常識的に知られていたことが窺える。評判にもあるように、お蓮・啓十郎を当時既に故人となっていた初代坂東しうか・八代目市川団十郎に演じさせたかったという江戸歌舞伎愛好家達の思いは強く、実際には上演されていないにも関わらず、二人のお蓮・啓十郎の役者絵がある(図⑫)。三代目歌川豊国画、安政二年(一八五五)八月改印であり、嘉永七年(一八五四)八月に死んだ八代目団十郎と、安政二年三月に死んだ初代しうかの、追善絵の一種で、本書の歌舞伎上演に五年先だつ制作である。

次に片岡仁左衛門の評に移る。位付けは客座の白極上上吉で「頭取 畏り升た去春金瓶梅に啓十郎のお役 さじき 是はまづ善悪にかゝわらず不評でござり升た菊五郎丈の評にも申通り色悪といふお役ゆへ我童丈にははまらぬお役でござり升た 土間 二役武太郎は作り万端お好みにて少しも申分なし 見巧者 ヲツト申分はない事もねい第一でこのかづらが悪ふござり升た定めし是は片岡丈金瓶梅の合巻の画割を見てからの御工夫で有升たろうが大きに不評でござ

り升た　ひいき　イヤ〳〵そふいちがいに悪ふはいわぬもの此武太郎はよい男の啓十郎と早替りゆへまさか武太郎を白髪でも出来ずそこででこのかづらと思ひ付れたのでござり升ふ」とある。仁左衛門もまた啓十郎という役の柄でなかったこと、武太郎と啓十郎の早替りが見せ場であったことがわかる。確かに『新編金瓶梅』では啓十郎も手を下した武太郎殺しの場が、本書ではお潮とお蓮のみで行なわれている。また、武太郎を演じる際の「でこかづら」は合巻の絵を見て工夫したものであろうと言っている点にも注意したい。つまり、歌舞伎役者が合巻『新編金瓶梅』を見て、扮装等の参考にしていたのであろうことが、当時容易に想像される現象であった、ということである。初代中村福助改め四代目芝翫は、立役之部　至上上吉で当時の花形役者であり、中村座と森田座を掛け持ちしていた。『金瓶梅曾我松賜』で演じた武松の評は「さじき　お仕内は相応にこなされましたが衣装のお好みが淋しうござり升た　しんば　是も色々御工風有たそふなれと何をいふにも書おろしの事ゆへこんなものであろふといはゞあてずいりやうで致される事ゆへ衣装までいぢるはこちらの無理じやアねえか虎

図⑫　新編金瓶梅　大判錦絵

狩の場は花やか〳〵　見巧者　お蓮と啓十郎の殺しも今一ト際手ぬるいよふでござりました」とある。

初演当時これほど不評であったこの歌舞伎が再演された記録はない。正本写し合巻『金瓶梅曾我賜宝』は歌舞伎上演に先立って作られたものであるから、実際の上演歌舞伎とは異なっている部分がある。それは三種の絵本番付の変遷が語っている「白虎堂の場」の削除と「廓文章の場」の付加である。[13]「白虎堂の場」の対面は、『水滸伝』と歌舞伎の決まり事の世界を合体させた意欲的な場面であるのだが、粗筋には直接関わらない人物が最も多く登場するために興行上の理由から削除され、代わりに仁左衛門が得意とする「廓文章」を加えて観客の入りを取ろうとしたのであろう。正本写し合巻『金瓶梅曾我賜宝』はそうした興行状況の反映される以前の段階のものであるから、如皐の当初意図した作品形態が窺えるのである。

四　結　語

『西澤文庫　脚色餘録　初編』上の巻「忠義水滸伝脚色の話」（西澤一鳳・嘉永四年・一八五一・『新群書類従　第二』所収）に次のようにある。

戯場の狂言になり兼るは水滸伝なり　唐土の雑劇には水滸の世界を多く遣ひ　譬はゞ我朝の源平か太閤記の世界の如く毎度遣ふ事とぞ　本朝の浄瑠璃歌舞妓に遣ふには色気なく皆豪傑の荒事のみなれば也　近松が国性爺に武松が虎を討條を遣ひ　並木が博多小女郎波枕を歌舞妓に直して　和訓水滸伝と賦したるは海賊毛剃九右衛門等が仲間を梁山泊と見立　小女郎の色香にひかされ仲間入する小松屋惣七を宋公明と見立　惣と宋との声も合ば賦し

たるならん　それさへ素人落のせぬを案じ　四幕目島の小平二が異国に漂着して久々にて家に帰るに唐装束にて出る　庄屋送り出てハア、是で水滸伝の外題のこゝろもわかったとのせりふ有　其餘水滸伝を読て面白き條は武松が兄の仇討　宋公が閻婆惜殺し　晁蓋が棗売などよき條なれども　女形に和らぎなく雑劇狂言にならざる筋としるべし

『水滸伝』には情緒連綿たる恋愛譚がなく、「金瓶梅」に該当する部分すら女形に和らぎがないため、我が国の浄瑠璃・歌舞伎にはなり得ないと書かれている。歌舞伎『金瓶梅曾我松賜』上演の九年前に書かれたこの文により、水滸伝を本格的に翻案した演劇がほとんどない理由がわかる。かろうじて明治十九年（一八八六）五月に河竹黙阿弥作『水滸伝雪《ゆきの》挑《だんまり》』で瓦罐寺の場のみを中幕として初演され、以後同様の形式で上演されている。

歌舞伎『金瓶梅曾我松賜』が合巻『新編金瓶梅』を基にしながらも、繁雑なほどに『水滸伝』・『椿説弓張月』から趣向取りをしているのは、或いは作者三世瀬川如皐に「狂言になり兼る」『水滸伝』をどうにか歌舞伎化してやろうという野心があったためではないか、とも思われる。興行的には失敗としか言い様のない経過を辿ってはいるが、瀬川如皐の試みは評価されるべきものと思われる。そして台帳の残っていない歌舞伎の、作者の創作意識をある程度詳しく知る事のできる正本写し合巻の存在意義を、改めて感じるのである。

注

（1）「遠山荷塘と『金瓶梅』」（『日本近世小説と中国小説』所収・昭和六十二年刊・一九八七・青裳堂書店）

（2）「我国に於ける金瓶梅の流行」（『長澤規矩也著作集　第五巻シナ戯曲小説の研究』所収・昭和六十年刊・一九八五・汲古書

院）
（3）「馬琴の長篇合巻」（『江戸小説論叢』所収・昭和四十九年刊・一九七四・中央公論社）
（4）『日本古典文学大辞典』の「新編金瓶梅」の項（昭和五十九年刊・一九八四・岩波書店）
（5）「国芳―多彩奇抜な画業」（『浮世絵八華　7』所収・鈴木重三・昭和六十年刊・一九八五・平凡社）、『国芳』（鈴木重三・平成四年刊・一九九二・平凡社）所収「総説」。
（6）国芳画の『枕邊深閨梅』（天保九年序・一八三八）は『新編金瓶梅』の図を利用している（『江戸枕絵の謎』林美一・昭和六十三年刊・一九八八・河出文庫）。
（7）『馬琴評答集　四・五』（早稲田大学蔵資料影印叢書　三十巻・三十一巻　平成二・三年刊・一九九〇／一九九一・早稲田大学出版部）
（8）『金瓶梅詞話』（『中国古典文学全集』・昭和四十二～四年刊・一九六七～九・平凡社）を底本とし、『新刻繡像批評金瓶梅會校本』（一九九〇・三聯書店）も参照した。
（9）注（3）参照
（10）「馬琴と『拍案驚奇』」（『江戸小説論叢』所収・昭和四十九年刊・一九七四・中央公論社）
（11）『諸問屋名前帳　細目（三）』（『旧幕引継目録　5』・国立国会図書館・昭和三十八年刊・一九六三）
（12）文久元年（一八六一）刊。東京芸術大学附属図書館蔵。但し、国文学研究資料館蔵マイクロフィルムを利用した。
（13）『江戸芝居番付朱筆書入れ集成』（平成二年刊・演劇博物館）所載の辻番付には、「初便廓文章」の浄瑠璃名題があり夕霧・伊左衛門の図が描かれている。

（図版リスト）
①『新編金瓶梅』第二集二十六丁裏・二十七丁表、名古屋市蓬左文庫蔵。
②『金瓶梅曾我賜宝』三篇九丁裏・十丁表、明治大学図書館蔵。

③『新編金瓶梅』第二集三十四丁裏・三十五丁表、名古屋市蓬左文庫蔵。
④『金瓶梅曾我賜宝』三篇七丁裏・八丁表、明治大学図書館蔵。
⑤『新編金瓶梅』第二集三十七丁裏・三十八丁表、名古屋市蓬左文庫蔵。
⑥『金瓶梅曾我賜宝』三篇十五丁裏・十六丁表、明治大学図書館蔵。
⑦『金瓶梅曾我賜宝』三篇十一丁裏・十二丁表、明治大学図書館蔵。
⑧『金瓶梅曾我賜宝』三篇六丁裏・七丁表、明治大学図書館蔵。
⑨『椿説弓張月続篇』巻之六挿絵、東京都立中央図書館東京誌料蔵。
⑩『金瓶梅曾我賜宝』二篇四丁裏・五丁表、明治大学図書館蔵。
⑪『金瓶梅曾我賜宝』一篇表紙、明治大学図書館蔵。
⑫大判錦絵『新編金瓶梅、多金の阿蓮、西門屋啓十郎』、架蔵。

終章

現在においてすら、日本の絵画と文字が共に存在するような作品の水準は、非常に高いと言える。それは恐らく、二百年或いはそれ以上の、草双紙の伝統を母胎としているからと思われる。しかしながら、永らく草双紙が研究対象として正当に評価されないできてしまったために、草双紙研究は、まだ緒に就いたばかりと言える。活字化されたものは少なく、常に原本調査、写真版作成、翻刻から始まる研究である。作品の内容も、他の分野の文学や演劇に依拠することが多い。これからも、極力多くの草双紙研究が為されることを望むものであるが、「草双紙と演劇」と題した本書のまとめと、今後の課題として考えられるものを次に挙げる。

一

多くの先行研究が紹介している浄瑠璃抄録物草双紙を概観すると、説教節や古浄瑠璃をも含む様々な新古浄瑠璃に基づいて創られていることがわかる。刊行した板元も様々であるが、やはり浄瑠璃正本をも扱った板元が多い傾向も見受けられる。特に近松門左衛門作の浄瑠璃等、江戸での上演記録がほとんど見られないような作品や、初演以降の上演記録がない浄瑠璃も、抄録物草双紙が多数刊行されている点は注目すべきである（第一章第一節）。

これは浄瑠璃作品が、「読み物」として江戸庶民階層に、就中草双紙愛好者層にも鑑賞されていたことを示している。近松作の浄瑠璃も、優れた「読み物」として享受されていたのである。浄瑠璃の抄録物草双紙化は、その浄瑠璃作品の中心となる部分を的確にとらえ、非常に巧妙に行われているのであり、加えて江戸草双紙愛好者層に受け入れられやすいような改変も加えられている（第一章第一節・第二節）。

同時に、草双紙の板元が画工や作者に、浄瑠璃正本を草双紙化する企画を示し、正本をはじめとする様々な資料を貸与していた可能性も考えられる（第一章第二節）。このように、膨大な量の浄瑠璃抄録物草双紙の存在は、浄瑠璃享受の問題を考える際に、草双紙愛好者層をもその視野に入れる必要があることを示唆している。

例えば『国性爺合戦』の場合、江戸においては浄瑠璃全段の上演記録は見いだせず、三段目中心の上演記録が近世期を通して五回しか残されていない。しかし、恐らくは享保中期頃（一七三〇頃）には、浄瑠璃『国性爺合戦』初演直後に上方で板行された浮世草子型浄瑠璃読み物の挿絵を参照していたとしても、江戸において草双紙としての独自な構図等を工夫して描いた作品が板行されている。その草双紙には、二代目市川団十郎による国性爺もの歌舞伎からの投影が、色濃く表れている。そしてこの先行草双紙や、浄瑠璃正本・浮世草子等を参照しながら、同じ板元から再刻本が板行され、寛政年間には、寛政の改革による出版統制を意識して、浄瑠璃抄録物であることを強調するような再刻本が再び板行されている。こうした現象は、享保改革や寛政改革等による出版統制が、浄瑠璃抄録物草双紙の出版の契機となっている可能性も考えさせられる（第一章第二節）。

今後の問題としては、法令と浄瑠璃抄録物草双紙の出版の関係や、浄瑠璃正本の板元と抄録物草双紙の板元の関係についてを検討すべきである。浄瑠璃抄録物草双紙は実に様々な板元から刊行されており、一見したところでは何の関連性もないように思われる。しかしながら、浄瑠璃正本を扱った板元は草双紙の板元と重なる場合が多いので、江戸において浄瑠璃抄録物草双紙が様々な板元から刊行されている、ということ自体が特異なことである可能性もある。

二

初期草双紙の歌舞伎からの取材の方法としては、歌舞伎役者の名や俳名、役者紋や替紋といった、当時の庶民にとっては、明らかにそれとわかるものばかりでなく、その役者が得意とした芸を作品に取り込んだり（第二章第一節・第二節）、合印という、特定役者を仄めかす模様を登場人物の衣裳に用いたり（第二章第一節）、部分的に似顔表現を用いたりしている（第二章第二節・第三節）。部分的にでも草双紙に似顔表現が用いられたごく初期のもので、刊年を明確にし得るのは、寛延二年刊（一七四九）『日本蓬艾《もぐさ》始』である。これは、現在のところ一枚絵で制作年代が明らかになる似顔表現の、ごく初期のものとされる寛延元年（一七四八）十一月上演歌舞伎取材の「暫」[1]と、ほぼ同時である（第二章第二節）。

江戸において特に人気のあった役者が、草双紙に登場するのは当然のこととも言える。しかし、三ヶ津の役者を多面的に評価しようとする、上方板元の役者評判記の記述とは異なり、草双紙における役者の取り上げ方は、江戸の庶民感覚に非常に密接なものがあるように思われる。そして、歌舞伎史の上からも、意味のある描かれ方をしている場合も多い。

初代・二代目瀬川菊之丞は、初代が享保十五年（一七三〇）に江戸下りしてから、ほとんどを江戸の地で過ごした女方であった。初代は、華やかな所作事を得意とし、加えて女よりも女らしいとされた普段からの肉体の鍛錬によって、嫉妬事を地芸で表現する画期的な演技で、江戸を熱狂させた役者である。菊之丞の嫉妬の地芸を投影した初期草双紙は非常に多い。初代の死後相当年数を経てからも、菊之丞を仄めかした登場人物に、嫉妬に燃える女性の役割を振り当てる黒本『菊重女清玄』等が創られているのは、美貌の二代目菊之丞に、この芸を継承してほしいとの思いからであると思われる（第二章第一節）。

二代目市川団十郎が、江戸歌舞伎界において特別な存在であったことについては、既に論及されている[2]。江戸荒事を大成し、和事を結合させ、世話事系の演技・演出様式をもたらした二代目団十郎は、初期草双紙においても特別な存在であった。特に荒事的演技は、草双紙に最も多く取り入れられ、(3) それが江戸庶民の嗜好であったことを表している。二代目団十郎が宝暦八年（一七五八）に死に、十三回忌の明和七年（一七七〇）に、二代目が大当りを取った歌舞伎荒事をいくつも取り込み、部分的に二代目の似顔絵で描かれている黒本『龍宮土産』が板行されているのは、二代目への追善と、二代目とは芸風の違う四代目団十郎への不満、五代目を襲名する新団十郎への期待、明和期における享保懐古の情を背景としていると思われる（第二章第二節）。

初代嵐音八と二代目坂東彦三郎は、宝暦後期～明和期の草双紙に登場する役者であり、役者紋や合印、更には似顔によっても描かれている可能性がある。

嵐音八は、宝暦十年（一七六〇）以降の江戸歌舞伎界で、道外方の第一人者であった。その人気は、上品で華があり、上方歌舞伎の長所を取り入れた和事的側面のある道外にあったと思われる。役者似顔絵の始まりを、彼を描いた絵と記す随筆もある。明和六年（一七六九）に死んだ嵐音八を思わせる、似顔やしぐさの道外役が登場する草双紙は明和元年（一七六四）刊の黒本『初春万歳《はつはるまんざいの》寿《ことぶき》』等数多い。

二代目坂東彦三郎は、明和五年（一七六八）に二十八才で早世した役者である。名優であった初代の実子で、花形役者として女性に圧倒的な人気があった。人気ゆえに鳥居清満描く役者絵も数多い。同じく鳥居清満画の草双紙に、彦三郎の似顔で描かれた、宝暦十年刊かと思われる青本『佐野本領玉恋聟《さのゝほんりやうたまのこいむこ》』がある。『佐野本領玉恋聟』には彦三郎の名や役者紋等は記されていないが、衣裳の模様は、彦三郎の合印と思われる観世水の縞模様と光琳菊である。更に、彦三郎早世から程経ずして、彦三郎追善の意図をもって刊行されたと思われる草双紙がある。明和七年（一七七〇）刊の『風流いかい田分《たわけ》』で、これに登場する主人公の衣裳には彦三郎の役者紋があり、脇役にも既に故人となっている歌舞伎役者を仄めかした人物が多数登場する。

このように宝暦後期～明和期の草双紙には、二代目市川団十郎のように江戸歌舞伎界のみならず、江戸の文化そのものに特別な意味のある人物ばかりでなく、初代嵐音八や二代目坂東彦三郎のような人気役者も、似顔絵で描かれている。また彦三郎没後一年半ほど経ってから板行された追善草双紙は、追善草双紙の嚆矢とされている『籬《まがき》の菊』（安永二年刊・一七七三）よりも[4]、三年早い刊行となる（第二章第三節）。

明和～天明（一七六四～一七八八）にかけて活躍した、立役・敵役の名優初代中村仲蔵が、草双紙に目立って登場するようになるのは安永頃からである。安永五年（一七七六）以降は、草双紙中に似顔絵によって役者写しを行う作品が数多く見出されるが、特に中村仲蔵は、非常に多く似顔絵によって草双紙中に写された歌舞伎役者と言えよう。既に黄表紙期に入った草双紙の仲蔵の描かれ方は多様であり、大きく分けると四種類になる。

その一は、作品中の敵役に仲蔵の写しをしたもので、これは当時の歌舞伎界が、実悪を主流とするような、「悪」の演技を深化させていったことを背景としていよう。その二は、仲蔵が歌舞伎で演じた役をふまえたもの。その三は、安永七年（一七七八）八月以降の劇界内紛仄めかしを目的としたもの。その四は、めくりカルタの賭博用語「団十郎・仲蔵・海老蔵」等を登場人物とするものである。

歌舞伎舞台をふまえた描かれ方のうち「早替り」は、実際に演じたものを描いた青本『恋娘昔八丈《こいむすめむかしはちじょう》』と、実際には仲蔵は演じていないものの、他の役者が演じる早いテンポの新しい演技を、仲蔵に演じてほしいという意識で描かれたのではないかと思われる黄表紙『振袖江戸紫《ふりそでえどむらさき》』がある。また現行歌舞伎『隅田川続俤』に登場する法界坊のもととなった、仲蔵の悪坊主「大日坊」と葱売りの娘の演じ分けも、「道成寺のやつし」として、黄表紙『鐘入七人化粧』等多くの草双紙に写されている（第二章第四節）。

第二章は、草双紙に描かれた歌舞伎役者を考察したのであるが、草双紙と浮世絵（役者絵）との密接な関係を示す場合が多々見受けられた。草双紙の画工は浮世絵師であり、両者の関連性は当然のこととも言える。更に浮世絵師にとっては、草双紙よりもむしろ浮世絵（役者絵）の方が本業であり、草双紙研究には、役者絵研究は必要不可欠のものである。浮世絵史から見て、興味深い現象が草双紙に現れていることもある。また、草双紙に特定の歌舞伎役者が多く登場する場合、その現象それ自体が、演劇史的にも意味のあることであることが多い。それがどう意味のあることなのかは、歌舞伎の歴史や役者に関する知識を持って、始めて理解されることなのである。演劇種草双紙の研究が、なかなか進展しなかった理由もそこにある。浮世絵と演劇の研究を深めれば深めるほど、草双紙から読みとれるものが大きくなるのであり、常に課題とすべきことでもある。

三

全ての役者が似顔絵で描かれた絵本『絵本舞台扇』（一筆斎文調、勝川春章画・雁金屋板）が刊行された明和七年（一七七〇）、やはり登場人物のほとんどを上演歌舞伎の役者似顔絵で描いた絵本番付『鏡池俤曾我』（北尾重政画・鶴屋板）が板行される。これは、登場人物全てをかなり写実的な役者似顔絵で描き分けた絵本番付の嚆矢である（第三章第一節）。

瓢箪足、みみずがきと言われる伝統的描法の鳥居派の中にあっても、傍系の鳥居清経は、明和後期から鳥居派風の似顔絵で登場人物を描き分けた絵本番付を描いていた。安永五年（一七七六）刊、鳥居清経画の青本『菅原伝授手習鑑』は、登場人物のほとんどを似顔絵で描いており、役者紋等が衣裳の模様のように描かれている人物も登場する作品である。あらすじは概ね安永三年（一七七四）上演歌舞伎『仮名手本手習鑑』に依ると思われるが、似顔絵で描かれている役者は、『仮名手本手習鑑』上演時の役者と異なる場合もある（第三章第二節）。
役者似顔絵そのものを目新しい趣向として、効果的に見せることが目的であるような草双紙も制作された。安永五年刊、恋川春町作画黄表紙『其返報《そのへんぽう》怪談《ばけものばなし》』は、「絵師数川春章」（勝川春章のこと）を登場させ、「役者の姿を写すに誠に生けるがごとし」と賛嘆する。更に春章画の役者似顔の団扇絵を、化物があたかもその役者になったかと思われるような構図で持ち、似顔絵を効果的に用いている。(5) また、安永六年・七年（一七七七・八）刊の松村屋板の黄表紙で、題簽は役者二人の半身像が勝川派風の似顔絵で描かれていながら、作品中は旧来通りの類型的顔立ちで描かれた作品が数多く存在する。題簽に似顔絵で描かれた役者は、役柄相応の当時の役者が、作品内容に即した扮装で描かれており、後の合巻における手法の先蹤と捉えられる（第三章第二節）。

安永九年・天明元年（一七八〇・一）には、勝川春常画の黄表紙で、いくつかの歌舞伎に取材しながら、役柄に適した役者を選択して、作品中一貫して似顔絵で描くという手法のものが複数見られる。こうした手法は伝奇性のある話と結びつけば、そのまま文化四、五年頃に完成された合巻へと繋がっていくものである（第三章第二節）。

三代目瀬川菊之丞が、天明元年（一七八一）三月市村座上演歌舞伎『劇場花万代《かぶきのはなばんだい》曾《そ》我《が》』二番目で、富本豊前太夫の語りによる心中道行舞踊を、一日ずつ違う立役と、三日替りで演じた。三代目菊之丞の所作事を中心に据えた桜田治助の作劇法が、当時の江戸庶民の好尚に適したためか、この『劇場花万代曾我』の心中道行舞踊に取材した役者絵も草双紙も数多い。中でも天明四年（一七八四）刊の『闇羅《やみら》三茶替《みつちやがはり》』は、三代目菊之丞と三人の立役を非常に精密な似顔絵で描くが、その内容はこの心中道行舞踊の価値を逆転させて描き、より深い意味を読者に推測させるものとなっている。即ち、金持ちの娘お菊（菊之丞）に婿入りの申し込みが殺到し、お菊は三人の婿を一日ずつ三日替りで取る。お菊の心中（誠意）が見たいという三人の夫のために、お菊はそれぞれの夫と毎日心中に出かけるが、夜明けと共に次の日の夫が現れ、心中は実現しない。そんな忙しい日々が百日余りも続いた後、三人の夫は王子の狐に化かされていたことに気づくというもので、三代目菊之丞の人柄が仄めかされているような内容の黄表紙である（第三章第二節）。

安永六年（一七七七）七月、人気役者二代目市川八百蔵が急死すると、追善草双紙が刊行された。現存三種の追善草双紙は、全て役者・囃子方・狂言作者が似顔絵で描かれている。死んだ役者の面影を偲びたいという贔屓の心理を利用すると共に、似顔絵という目新しい描法を効果的に用いたものと思われる。また、これら三種の追善草双紙は、芸能関係追善出版物に貞享・元禄期より見出される、「最期物語」・「冥途での芝居興行」・「地獄破り説話」という伝統的な特徴を兼ね備えている。現在のところ死絵の嚆矢は、この二代目市川八百蔵のものとされている。(6) 草双紙および一枚絵における絵画表現による追善物は、この安永六年の八百蔵の死を契機として格段の進歩を遂げたものである（第三章第三節）。

二代目市川八百蔵の死を契機として、追善草双紙や死絵は格段に発展し、その後の追善草双紙や死絵は一つの型を与えられた。追善草双紙と死絵の類似した図柄は、両者の近しい関係を示している。寛政十一年（一七九九）五月に六代目市川団十郎が急死した時は、既に死絵・追善草双紙共に出版物として定着しており、『東発名《えどのはな》皐月落際《さつきのちりぎわ》』という、市川家の芸尽くしが描かれる追善草双紙が板行されている。市川家の追善物出版物には、初代の時から荒事を演じるという部分があり、これは荒事を成立させる基盤にあった荒人神信仰が、市川家の追善を荒人神として祀る形式にしている、ということができる。五代目市川団十郎は、寛政三年（一七九一）に六代目に団十郎を襲名させ、八年（一七九六）に早々と引退してしまう。十年（一七九八）の顔見世で初座頭となった六代目団十郎は、人気がこれからという時に急死してしまった。六代目の早すぎた死は、寛政期の江戸歌舞伎変化期と重なったために、一層市川家の芸存続の危機と感ぜられたかのようで、寛政十二年（一八〇〇）刊『戯子《やくしゃ》名所図絵』でも、荒事を中心に数多くの市川の得意芸が戯画化されている（第三章第四節）。

黄表紙における役者似顔絵の意味は、その裏に当時の出来事や風俗を前提にして用いられている場合が多く、その時のゴシップや諸情勢をふまえて始めて理解できるような構成となっている。(7) 安永七年（一七七八）七月からの劇界騒動を仄めかした黄表紙については、既に岩田秀行氏により『通人為真似《まのふりをして》』（安永八年刊・一七七九）・『明矣七変目景《あくしちへんめかげ》清《きよ》』（天明六年刊・一七八六）が指摘されている。初代中村仲蔵の『秀鶴日記』等に依りながら、この騒動を追ってみると、四代目松本幸四郎と五代目市川団十郎との喧嘩が、初代坂東三津五郎・四代目岩井半四郎・二代目市川門之助・四代目市川団蔵と初代中村仲蔵の喧嘩に、更に初代尾上菊五郎と幸四郎・三代目瀬川菊之丞らの喧嘩に発展していることがわかる。故に『新狂言梅姿』（安永九年刊・一七八〇）・『染直鳶色曾我《そめなおしとびいろそが》』（天明二年刊・一七八二）・『桂川嫐話《かつらがわうわなりはなし》』（天明二年刊）・『花珍奴茶屋《はなめずらしきやつこちやや》』（天明二年刊）・『笑種花濃台《わらいぐさはなのうてな》』（天明三年刊・一七八三）等の黄表紙も、劇界騒動を仄めかしている可能性がある（第三章第五節）。

天明期には、四代目松本幸四郎の似顔絵で「畠山重忠」が描かれる黄表紙が数多く見られる。これは歌舞伎で幸四郎が重忠役を得意としていたから、黄表紙でも重忠として描かれているのである。天明六年（一七八六）刊か『芸自《げいじ》慢童龍神録《まんどうりゆうじんろく》』は、最終丁に重忠として描かれた幸四郎似顔の人物が登場するが、全編に幸四郎の評判や得意芸を取り入れた、役者ゴシップもの黄表紙である。天明八年（一七八八）以降の作品では、老中松平定信を暗示する一手法として、幸四郎の似顔絵が用いられた。天明八年刊『文武二道万石通《ぶんぶにどうまんごくとおし》』は、重忠の衣裳の梅鉢紋（松平定信の家紋）の改刻や幸四郎の似顔絵の改刻について、既に指摘されている。(8) つまり初板本では、畠山重忠＝四代目松本幸四郎＝松平定信という戯作の手法が成り立っていたのである。同年刊『時代世話二挺鼓《じだいせわにちようつづみ》』の藤原秀郷は幸四郎の写しで描かれ、幸四郎の替紋である四ツ花菱に類似した模様の衣裳を着ている。秀郷には、若年寄田沼意知を斬った佐野善左衛門を仄めかしているとの指摘があるが、当時の幸四郎＝定信のイメージの繋がりから、松平定信をも暗示したと思われる。五代目市川団十郎が登場する黄表紙で、寛政元年（一七八九）刊『延寿反魂談《えんじゆはんごんたん》』は、役者ゴシップもの草双紙の一種であり、同じく寛政三年（一七九一）刊の『世上洒落《よのなかしやれ》見絵図《けんのえず》』も、団十郎の複雑な家庭事情をうがって描いたものである。しかし咄の会や三升連に参加しているような、団十郎贔屓の作者の場合には、寛政五年（一七九三）刊『天狗礫《てんぐつぶて》鼻江戸子《はなのえどっこ》』のように、現実とは異なる「家族団欒図」を描く場合がある。

天明八年以降に若干見られた、幸四郎による松平定信の暗示は、寛政の改革に庶民の期待が高まった時期に一時的に行われたものであり、黄表紙作者の一連の筆禍事件以後は見られなくなる。役者ゴシップもの黄表紙は連綿と板行され続けるが、団十郎を描いた作品の場合、作者が咄の会や三升連のような贔屓である時は、美化している可能性も考慮すべきである（第三章第六節）。

第三章は、役者似顔絵という、当時において斬新な手法を手に入れた時、様々な出版物において、どのような利用の仕方があったのかを追ってみた。役者似顔絵の絵本と、役者似顔絵の絵本番付が、ほぼ同時に出現していることや、浮世絵や絵本番付で役者似顔を試みた直後に、同じ画工が草双紙でも役者似顔を用いていることなど、近世中期のこれら出版物の非常に近しい影響関係を見て取ることができる。役者似顔絵使用の初期において、題簽のみに役者似顔絵を用いた草双紙があり、板元主導で売り上げを伸ばす手段としたことなどが推測される。題簽のみを板元抱えの絵師に流行最先端の描き方で描かせたのか、と想像されるが、今後の課題とする。

追善草双紙は、役者似顔絵草双紙が一般化する時期と、ちょうど同時期に普及・定型化していく。追善草双紙は、その特徴から考えて、追善芸能出版物の一種と考えられる。加えて追善草双紙は、浮世絵史の流れの中では、似顔表現の錦絵が一般化する時期よりも、少し遅れての出現となり、死絵の出現とほゞ同時である。役者似顔絵という手法によって、絵画表現による追善物が一般化した、と捉えられる。

　同じ追善物でも、市川家の場合は、江戸歌舞伎の流れの中での意味を考える必要がある。荒事や歌舞伎十八番との関係は、七代目市川団十郎や、近代の九代目団十郎の問題までをも視野に入れなければなるまい。

四

　文政十年（一八二七）刊の役者名義合巻『都鳥浮寝之隅田川《みやこどりうきねのすだがは》』は、市川三升作、五柳亭徳升代作で、初代歌川国貞画の役者似顔絵で描かれ、和泉屋市兵衛板である。内容は主に勧化本『隅田河鏡池伝』（寛延四年刊・一七五一・西向庵春帳作・西村源六板）を簡略化して利用し、その他にも読本『隅田川梅柳新書』（文化四年刊・一八〇七・曲亭馬琴作・葛飾北斎画・鶴屋喜右衛門板）に依拠する部分もある。本文は擬古文めかした文体で、和歌なども多く引用され、やや衒学的傾向がある。それは前年の文政九年（一八二六）正月刊の役者評判記『役者珠玉盡』に、「団十郎の名ばかりで誠に文盲な奴が代作をするそうたが」と手厳しく批判された徳升が、改良の工夫を勧化本や読本に求めたものであろう。役者名義合巻の題材としては、勧化本や読本は珍しいものと思われる。本書『都鳥浮寝之隅田川』の主な登場人物は、全て当時の歌舞伎役者の似顔絵で描き分けられているが、特定の歌舞伎上演時の配役を草双紙化したものではない。但し文化十一年（一八一四）三月初演歌舞伎『隅田川花御所染《すみだがははなのごしよぞめ》』は、その後何度も再演された大当り狂言であるが、その初演時の配役と、本書に似顔絵で描かれる役者は共通するものが多い。また、団十郎似顔の人物が脇役に廻っているという特徴や、隅田川周辺の名所旧跡が描かれ、最終丁には団十郎ゆかりの人々が描かれるという特徴は、全て役者名義合巻として典型的なものである。これらの七代目団十郎ゆかりの人物とは、五代目市川高麗蔵（六代目松本幸四郎）と六代目市川海老蔵と「新之助」である。この新之助は七代目団十郎の次男重兵衛で、幼くして疱瘡を患い片目を失って役者を辞め、新之助の代数にも入れられなかった人物である。七代目団十郎の場合は、五代目の時のような「家族団欒図」ではなく、一家一門の繁栄と永続を願う「一門図」的傾向の強い図に描かれることが多い（第四章第一節）。

歌舞伎『東海道四谷怪談』の正本写し合巻は、初演の翌年文政九年（一八二六）に刊行された『名残花四家怪譚』（尾上梅幸作・花笠文京代作・渓斎英泉画・若狭屋与市板）が、江戸再演の翌年文政十一年（一八二八）に、『東海道四ッ家怪だん』と改題されて、再び若狭屋与市板で板行された。これは、表紙のみ文政十年上演時の五代目松本幸四郎の伊右衛門・三代目尾上菊五郎の佐藤与茂七に替え、後編『四ッ家怪談後日はなし』を加えて全六冊としたものである。

更に江戸三演の翌年天保三年（一八三二）には、『東海道四ッ谷怪談』と改題されて、天保二年上演時の役者へと似顔象嵌を行い、川口正蔵板で刊行された。この時、蛇山庵室の場のお岩亡霊出現の箇所のみは、天保二年上演時から提灯抜けへと演出が変化したのを反映して、新たに歌川国芳画で板木を彫り直した。表紙はお岩を演じる三代目尾上菊五郎にちなみ、藍色無地に白抜きの菊の花と葉の模様が摺られたものとした。また、毒薬で変貌したお岩の顔や鬘も著しく変化させている。

そして、江戸四演の翌年天保八年（一八三七）には、『東街道四ツ家怪談』と改題されて、天保七年上演時の役者へと似顔象嵌したものが、川口正蔵板で刊行された。この時は上中下三巻に無理に分け、表紙を三枚続き役者絵風（歌川国芳画）にしたもので、五代目市川海老蔵の直助権兵衛、岩井紫若のお袖、三代目尾上菊五郎の佐藤与茂七が描かれている。岩井紫若はお袖を演じてはいないのだが、同じ森田座の一番目狂言に出演しており、人気をあてに表紙に描いたものと考える。

このように、『東海道四谷怪談』のような何度も再演された歌舞伎の正本写し合巻は、仕込みを極力安価に押さえようという板元の意図で、元の板木に手を加えての板行となっている。その際、演出の変化はその部分のみ板木を彫り直し、その都度上演時の役者似顔へと象嵌をする。似顔象嵌は、同じ役者であっても行われており、役者の容貌変化の反映と、自分なりの描き方をしたいという画工の思い入れが、その理由として考えられる。当時における役者似顔の重要性は、特にこうした出版物においては際立ったものであったと思われる。そして板元は、表紙を替え、著名な絵師の名を表紙に入れ、実際には演じていない人気役者を表紙に利用したりして、販売の工夫を重ねているのである（第四章第二節）。

万延元年（一八六〇）刊の正本写し合巻『金瓶梅曾我賜宝《きんぺいばいそがのたまもの》』（瀬川如皐原稿・柳水亭種清録・一勇斎国芳画・和泉屋市兵衛、大国屋金次郎合梓）は、同年正月上演歌舞伎『金瓶梅曾我松賜』を合巻体裁にしたもので、上演と同時に刊行された。上演に先立って、瀬川如皐が台帳の草稿を柳水亭種清に渡して成ったものと思われる。歌舞伎『金瓶梅曾我松賜』には台帳が残らず、番付類や役者評判記でしか、その上演の実態はわからない。正本写し合巻『金瓶梅曾我賜宝』は、番付が示す歌舞伎『金瓶梅曾我松賜』の上演実態とはやゝ異なるが、狂言作者瀬川如皐の創作意図はある程度知ることができる。台帳が残らない歌舞伎の、正本写し合巻の意義は大きいが、上演実態を反映していない点には留意すべきである。

正本写し合巻『金瓶梅曾我賜宝』によると、歌舞伎『金瓶梅曾我松賜』は合巻『新編金瓶梅』に影響されたものとの指摘があるが、(9)それればかりではなく、『水滸伝』や『椿説弓張月』からも繁雑なほどに趣向取りをし、歌舞伎の約束事である曾我の世界の人物までもが登場するものであることがわかる。あまりに入り組んだ趣向で、多くの人物が登場するため、筋がわかりにくく、不評で、途中から「廓文章」を差し幕として加えた。役者評判記の記述によると、当時の歌舞伎愛好者は、『水滸伝』の筋はごく常識的に知っていたようである。また、歌舞伎役者が、合巻『新編金瓶梅』の絵を見て鬘などの工夫をしていた、との記述もある（第四章第三節）。

第四章では、役者名義合巻と正本写し合巻という、歌舞伎との関係が特に強い特殊な合巻のみを扱った。合巻の数も膨大であり、極力多くの作品を研究対象としなくてはならない。初期草双紙で考察した演劇との関係が、後期草双紙では、どのように引き継がれ、どのように変化したのかを、今後の課題とすべきであろう。

注

（1）「役者絵の隆盛（一）―江戸絵」（岩田秀行・『岩波講座　歌舞伎・文楽　第四巻　歌舞伎文化の諸相』・平成十年刊・一九九八・岩波書店）

（2）『日本演劇史』（伊原青々園・明治三十七年刊・一九〇四・早稲田大学出版部）、『市川団十郎の代々』（伊原青々園・大正六年刊・一九一七・市川宗家）、「元禄かぶき以降の荒事―「荒実事」の出現と荒事への吸収―」（武藤純子・『演劇研究』十五号・平成四年三月刊・一九九二・早稲田大学演劇博物館）、「近世の芸能」（服部幸雄・『体系日本史叢書21　芸能史』所収・平成十年刊・一九九八・山川出版社）、『歌舞伎の歴史　新しい幌点と展望』「享保期の歌舞伎」・「宝暦期の歌舞伎」（平成十年刊・一九九八・雄山閣）等。

（3）「黒本『くりうしのづかはた わたりゆう力かゞみ東荘寺合戦』について」（丹和浩・『昭和61年度科学研究費による「江戸時代の児童読物の中心となった赤本・黒本・青本の調査内容分析と翻刻研究」報告書』所収・昭和六十二年三月・一九八七・東京学芸大学国語教育学科古典文学第六研究室、後に『江戸の絵本Ⅱ』所収・昭和六十二年刊・一九八七・国書刊行会）、「『篠塚角力遊』について」（細谷敦仁・『昭和63年度科学研究費による「江戸時代の児童絵本の調査分析と現代の教育的意義の関連の研究」報告書』所収・平成元年二月刊・一九八九・東京学芸大学国語教育学科古典文学第六研究室、後に『江戸の絵本Ⅳ』所収・平成元年刊・

一九八九・国書刊行会）

（4）「歌舞伎俳優追善草双紙」（棚橋正博・『帝京大学文学部紀要』第二十号所収・昭和六十三年十月刊・一九八八、後に『黄表紙の研究』所収・平成九年刊・一九九七・若草書房）

（5）「役者似顔絵と黄表紙」（岩田秀行・『芝居おもちゃ絵の華麗な世界』・平成七年刊・一九九五・たばこと塩の博物館）

（6）『秘蔵浮世絵大観　別巻』チェスタービーティ図書館蔵　五十四（浅野秀剛・平成二年刊・一九九〇・講談社）

（7）「役者似顔絵と黄表紙」

（8）「黄表紙における刊年と異版の問題」（水野稔・『国語と国文学』三十巻九号・昭和二十八年九月刊・一九五三、後に『江戸小説論叢』所収・昭和四十九年刊・一九七四・中央公論社）、「寛政元年板黄表紙雑考」（棚橋正博・『近世文芸　研究と評論』三十号・昭和五十七年十一月・一九八二、後に『黄表紙の研究』所収）、「『明矣七変目景清』について」（岩田秀行・『国文学研究』百十号・平成五年六月刊・一九九三・早稲田大学国文学会）

（9）『日本古典文学大辞典』「新編金瓶梅」（水野稔・昭和五十九年刊・一九八四・岩波書店）

初出論文一覧

第一章第一節　書き下ろし

第二節「江戸における『国性爺合戦』の受容―浄瑠璃抄録物草双紙の視点から―」（『近松研究所紀要』第十三号・平成十四年十二月刊・二〇〇二・園田学園女子大学近松研究所）

第二章第一節「黒本・青本と瀬川菊之丞」（『近世文芸』四十九号・昭和六十三年十一月刊・一九八八・日本近世文学会）

第二節「黒本・青本から見た二世市川団十郎―黒本『龍宮土産』をめぐって―」（『歌舞伎―研究と批評』三号・平成元年七月刊・一九八九・歌舞伎学会）

第三節「初期草双紙と演劇」（『黒本・青本の研究と用語索引』・平成四年二月刊・一九九二・国書刊行会）

第四節「初代中村仲蔵と草双紙」（『歌舞伎―研究と批評』二十六号・平成十二年十二月刊・二〇〇〇・歌舞伎学会）

第三章第一節「絵本番付『鏡池俤曾我』について」（『浮世絵芸術』一〇五号・平成四年七月刊・一九九二・日本浮世絵協会）

第二節「黒本・青本・黄表紙と似顔絵」（『浮世絵芸術』一一四号・平成七年一月刊・一九九五・日本浮世絵協会）

第三節「初期追善草双紙考―二代目市川八百蔵の死をめぐって―」（『江戸文学』十九号・平成十年八月刊・一九

九八・ぺりかん社）

第四節　「追善草双紙『東発名《えどのはな》皐月落際《さつきのちりぎわ》』と市川家の芸」（『寛政期の前後における江戸文化の研究』・平成十二年三月刊・二〇〇〇・千葉大学大学院社会文化科学研究科研究プロジェクト報告書）

第五節　「役者似顔絵黄表紙の意味－天明前半までの劇界の投影－」（『日本文学』四十五号・平成八年十月刊・一九九六・日本文学協会）

第六節　「役者似顔絵黄表紙の意味（二）－天明後半から寛政元年まで－」（『歌舞伎－研究と批評』二十号・平成九年十二月刊・一九九七・歌舞伎学会）

第四章第一節　「『都鳥浮寝之隅田川』について」（『叢』十六号・平成六年三月刊・一九九四・近世文学研究「叢」の会）

「『都鳥浮寝之隅田川』（前号）の訂正と追加」（『叢』十七号・平成七年五月刊・一九九五・近世文学研究「叢」の会）

第二節　「近世の後摺り本の問題－四谷怪談の正本写し合巻」（『国文学研究資料館紀要』第二十九号・平成十五年二月刊・二〇〇三・国文学研究資料館）

第三節　「合巻『金瓶梅《きんぺいばい》曾我賜宝《そがのたまもの》』考」（『江戸小説と漢文学』和漢比較文学叢書第十七巻・平成五年五月刊・一九九三・汲古書院　和漢比較文学会）

あとがき

本書は、十五年ほど前からの草双紙に関する主な論文を、平成十五年現在の演劇・浮世絵の研究水準にあわせて四年間ほどかけて書き直したものである。論文の書き直しは、筆者の勉強不足に依るところが大きいが、この十五年間に、演劇や役者絵の研究が刮目に値するほど進展したためでもある。また、もし本書をこれからの草双紙研究に利用していただけるのであれば、多方面にわたる先行研究がだいたい把握できるものにしたいとも思った。故に本書掲載の論文は、初出のものではなく、本書掲載のものを利用していただくよう切にお願いしたい。

私が草双紙と出会ったのは、今から約二十五年近く前の東京学芸大学大学院入学時であった。現在も活動を続けている『叢』という同人誌を、小池正胤先生から見せていただいた時の衝撃を、私は今でも覚えている。現在はやや小綺麗なものに変化しているが、創刊当時の『叢』は、印刷も製本も表紙すら手作りのものであった。どう贔屓目に見ても不細工としか言いようのないものではあったが、原本書誌調査・写真撮影・諸本校合・注釈・考察という、ごくあたりまえの学問の姿勢がそこにはあった。それはその当時の文学理論に傾きがちであった私に、一番遠いものであった。

それからは、ただひたすら草双紙の翻刻や注釈に没頭していたのであるが、高校教諭に就職してからはやはり日々の時間との戦いであった。小池正胤先生が研究の場を提供し続け、時には厳しく学問への邁進を鼓舞して下さらなかったならば、こういう形で本書をまとめることは恐らくありえなかったであろう。

研究をはじめて十年位は、初期草双紙のような片々たる庶民文芸の研究から、どのような展望が見えてくるのか、全く雲をつかむような思いであった。ともかく草双紙が依拠するところの大きい演劇の勉強をしなくてはと、早稲田大学演劇科大学院の鳥越文蔵先生の研究室にもお世話になった。知らないことばかりで、恥のかき通しではあったが、徒然草の一節にも「つれなく過ぎて嗜む人、終に上手の位にいたる」とあると空うそぶいて過ごした。

明治大学大学院博士後期課程に編入してからは、悠揚迫らざる原道生先生のもとで、心おきなく研究を楽しむ喜びを味わわせていただいた。幸福な八年間であった。

学芸大大学院でも、早稲田大学大学院・明治大学大学院でも、素晴らしい人間関係に恵まれた。現在も続いているこの交流によって、私の研究は支えられてきた。そして、私を見守って下さった定時制高校の時の上司や同僚の皆さん、生徒達、勤務先の国文学研究資料館の方々にも、心より感謝申し上げたい。

本書掲載の論文の多くは、定時制高校に勤務していた時に書かれたものである。国会図書館や国文学研究資料館を飛び出して、夕方の道を勤務先へと急いだ記憶は、多分私の中で最も貴重な思い出として、死ぬまで心に焼きついているだろう。

本書を成すにあたり、多くの方々にご指導・ご教示を賜り、貴重なご架蔵資料を拝見させていただいたり、資料閲覧にご高配をいただいたりした。既にその中の何人かの方は、故人となってしまわれた。それら多くの方々の、温かいご厚意によって、本書は支えられている。そうした全ての方々のお名前を挙げるのは不可能であるが、特に本書に関して直接にご配慮を賜った方のみ、お名前を挙げて深甚の感謝の意を表したく思う。

浅野秀剛氏、浅野正人氏、板坂則子氏、岩田秀行氏、神山彰氏、小池正胤氏、佐藤悟氏、信多純一氏、新藤茂氏、鈴木重三氏、叢の会の皆様、武井協三氏、近松の会の皆様、土田衛氏、服部幸雄氏、原道生氏、水野稔氏、向井信夫氏、武藤純子氏、安田文吉氏、和田修氏。

また、図版の掲載をご許可下さった、浅野正人氏・大久保ふみ氏・関西大学図書館・慶応義塾図書館・小池正胤氏・国立劇場調査養成部資料課・国立国会図書館・佐藤悟氏・鈴木重三氏・大東急記念文庫・たばこと塩の博物館・東京国立博物館・東京大学総合図書館・東京都立中央図書館特別文庫室・東北大学附属図書館・東洋文庫内岩崎文庫・名古屋市蓬左文庫・南山大学図書館・西尾市岩瀬文庫・平木浮世絵美術館・町田市立国際版画美術館・明治大学図書館・向井純一氏・早稲田大学演劇博物館・Cambridge University Library・Harvard University Art Museums・MAK-Austrian Museum of Aplled Art・Musees Royaux d'Art et d'Histoire・National Museum of Ethnology, Leiden・Portland Art Museum・Prof. Dr. G. Pulverer, Cologne・Rijksmuseum voor Volkenkunde・The Art Institute of Chicago・The British Museum・The Chester Beatty Library・The Metropolitan Museum of Art・The Museo Chiossone, Genova, Italy に深謝申し上げる。

図版転載をご許可下さった、神奈川県立歴史博物館・早稲田大学演劇博物館に深謝申し上げる。

Reproduced by kind permission of the Syndics of Cambridge University Library, Harvard University Art Museums, MAK-Austrian Museum of Aplled Art, Musees Royaux d'Art et d'Histoire, National Museum of Ethnology, Leiden,Portland Art Museum, Prof. Dr. G. Pulverer, Rijksmuseum voor Volkenkunde, The Art Institute of Chicago,The British Museum, The Chester Beatty Library and Gallery of Oriental Art, The

Metropolitan Museum of Art, The Museo Chiossone, Genova, Italy.

最後に、旧稿のパソコン入力に関して、夫 山下琢巳と明治大学大学院博士後期課程在学中であった中島次郎氏にお世話になった。また、索引作成の労を中島次郎氏・東京学芸大学大学院生の橋本智子氏にお願いした。要旨の英文訳をロンドン大学のアラン・カミング氏にお願いした。心より御礼申し上げます。本書刊行にあたり、汲古書院の石坂叡志氏には、親身の温かい励ましをいただき、編集の小林淳氏は、掲載許可に関する煩瑣な雑務をはじめ、本書に誠実に邁進して下さった。心より感謝申し上げます。また、富士リプロの皆様には、図版の多い大変な製版・印刷に惜しみなくご努力下さった。心より御礼申し上げます。

なお、本書は研究の過程で、日本学術振興会より平成十一〜十四年度科学研究費補助金（基盤研究(C)）「草双紙と役者絵―寛政期の黄表紙を中心として」の交付を受け、出版に際し、平成十五年度科学研究費補助金（研究成果公開促進費）の交付を受けた。併せて感謝申し上げます。

二〇〇三年十月

高橋　則子

著者紹介

高　橋　　則　子（たかはし　のりこ）

国文学研究資料館助教授。博士（文学）。

1956年２月29日生まれ。

明治大学大学院博士後期課程修了。

本名　山下則子。

編著書

『初期草双紙集成　江戸の絵本』Ⅰ～Ⅳ（共著）

（1987～1989年　国書刊行会）

『黒本・青本の研究と用語索引』（共著）

（1992年　国書刊行会）等。

草双紙と演劇
―役者似顔絵創始期を中心に―

二〇〇四年二月一六日　発行

著　者　高　橋　則　子

発行者　石　坂　叡　志

整版印刷　富　士　リ　プ　ロ

発行所　汲　古　書　院

〒102-0072 東京都千代田区飯田橋二-五-四

電　話　〇三（三二六五）九七六四

ＦＡＸ　〇三（三二二二）一八四五

ISBN4 - 7629 - 3449 - 6 C3091

Abstract:

Kusazôshi and Theatre — The Early Use of Illustrated Likenesses of Kabuki Actors

The main aim of this book is to examine the nature of the relationship between early *kusazôshi* illustrated popular fiction and theatre. We already know that many early *kusazôshi* were based on *jôruri* puppet theatre plays, however, to date there has been little research into their connections with kabuki. Furthermore, previous studies into the relationship between *kusazôshi* and *jôruri* have limited themselves to mainly tracing specific sources. My central arguments focus on the illustrated aspects of *kusazôshi*, and are concerned primarily with the use and meaning of *yakusha nigaoe* (illustrated likenesses of actual kabuki actors) in the period when this technique first began to appear. I have also considered several problems relating to *gôkan*, a popular literary genre most closely related to kabuki.

The *kusazôshi* sub-genre known as *jôruri shôroku kusazôshi* ("digest" *kusazôshi*, which summarise the plot of part of, or the whole of, a particular *jôruri* play) covers the novelizations of both contemporary and older *jôruri* plays. These works were published by a wide range of different publishers, but in general we can observe a tendency for them to be handled by the same publishers who specialized in issued *jôruri* texts (*shôhon*). Even plays which were not in regular performance in Edo or which had quickly fallen out of the repertory were often published in digest form. *Jôruri* by Chikamatsu were widely accepted as superlative reading material, but they were modified when they were turned into *kusazôshi*, in order to make them

more accessible to readers from Edo. We can also consider the possibility that when publishers were planning a new *kusazôshi* version of a *jôruri* play, they would lend their original texts and other materials to the artists. The existence of vast numbers of these digest *kusazôshi* hints at one aspect of *jôruri*'s wide enjoyment in Tokugawa Japan.

Turning to the specific example of digest versions of *Kokusenya gassen* (The Battles of Coxinga), around the middle of the Kyôhô period (c.1730) a version was published in Edo which already followed the structure unique to *kusazôshi*. There is the possibility that the artists for this version referred to the illustrations from a *jôruri*-related publication in the Kamigata *ukiyozôshi* style. The Edo version, however, clearly exhibits the influence of Ichikawa Danjûrô II's portrayals of the Coxinga character on the kabuki stage. Furthermore, a later edition of this work was issued by the same publisher with additional material from the original *jôruri* text and ukiyo-zôshi versions. In addition, during the Kansei period (1789-1801), and out of reaction to the publishing restrictions imposed during the Kansei Reforms, a further edition was published which stressed its links with the *jôruri* digest tradition.

Kabuki references in *kusazôshi* go beyond the immediately identifiable methods of using actors' names, their poetic pennames (*haimyô*), or their various crests in the illustrations. Other methods of reference include using actors' well-known stage techniques as part of the plot, having characters in the story wear costumes with patterns that were linked to certain actors (*aijirushi*), and the partial use of *nigaoe* in the illustrations. A very early example of a *kusazôshi* that makes sporadic use of representations of actual actors' faces is *Nihon mogusa hajime* (The Origins of Moxa in

Japan), published in 1749, which uses the face of Ichikawa Danjûrô II. This book dates from almost exactly the same time as the earliest verifiable single-sheet print to include a facial representation of a kabuki actor — the *Shibaraku* print based on the eleventh month performance of 1748. I believe that the visual representations of kabuki actors in *kusazôshi* are extremely closely related to the aesthetics of Edo commoners. Many of these representations are also important from the perspective of kabuki history.

Segawa Kikunojô I and II were both *onnagata* (actors who specialise in female roles), who spent almost their entire careers in Edo. Kikunojô I came down to Edo from Osaka in 1730, and was most renowned for his epoch-making realistic acting style (*jigei*) in scenes where he would show his jealousy (*shittogoto*). There are large numbers of early *kusazôshi* that reflect these realistic displays of jealousy. Even after the death of Kikunojô I, *kurohon* such as *Kiku gasane onna seigen* (The Female Seigen in the Autumnal Costume) continued to portray female characters who burn with jealous rage and who facially resembled Kikunojô I. I argue that these representations were framed as a plea to Kikunojô II to carry on his adopted father's artistic tradition.

Just as Ichikawa Danjûrô II had a special place in the world of Edo kabuki, so too did he have a special place in early *kusazôshi*. In particular, his formal and bombastic *aragoto* acting style was frequently portrayed in *kusazôshi*, evidencing the high regard in which it was held by Edo popular audiences. Danjûrô II died in 1758, but twelve years later in 1770, a *kurohon* called *Ryûgû miyage* (Souvenirs of the Dragon Palace) was published. This book includes scenes from many of Danjûrô II's most successful aragoto plays and it is partly illustrated using his facial features. I argue that this

can be interpreted in several ways: as a memorial to Danjûrô II; as an expression of dissatisfaction with the different acting style of Danjûrô IV; as an expression of expectation regarding the new Danjûrô V who had just taken the name that year; and as a form of nostalgia for the Kyôhô period of the 1720s and 30s.

In the Edo kabuki world after 1760, Arashi Otohachi I was acclaimed as a refined and talented actor of comic roles who encompassed the relatively realistic Kamigata *wagoto* acting style. Otohachi I was the leading actor of comic roles (*dôkegata*) in Edo. There are many *kurohon*, including *Hatsuharu manzai no kotobuki* (Manzai Dancers' Celebration of Spring), published in 1764, which portray comic characters whose facial features and actions are similar to Otohachi's.

Bandô Hikosaburô II, who died in 1768 at the age of twenty-eight was a star actor immensely popular with women. Torii Kiyomitsu produced many prints of him. Amongst the kusazôshi illustrated by this same Kiyomitsu, there is an *aohon* entitled *Sano no honryô tama no koimuko* (The Sano Fief and the Dashing Love Match Husband), probably published in 1760, which includes a handsome character whose facial features and hairstyle are very similar to prints of Hikosaburô. The illustrations include neither Hikosaburô's name nor his crest, but the pattern on the character's costume is the Kanzemizu stripe frequently worn by Hikosaburô in prints. The *kusazôshi Furyû ikai tawake*, published in 1770, one year after Hikosaburô's death, is thought to be a memorial publication. In the book, the lead character's costume bears Hikosaburo's acting crest, and many other deceased kabuki actors appear as subsidiary characters. This *kusazôshi* was published three years before *Magaki no kiku* (The Bamboo Fence

Chrysanthemum, 1773), which is usually held to be the first memorial *kusazôshi*.

Nakamura Nakazô I first begins to appear regularly in *kusazôshi* during the 1770s. From 1776 onwards, there is a growing trend for *kusazôshi* to use actors' facial features and the number of works using this device increase markedly. Representations of Nakazô I are extremely common in *kusazôshi*. At this period in the development of *kusazôshi*, the kibyôshi format had already appeared. Nakazô I is depicted in many different ways, but of particular interest are those representations that reflect actual kabuki staging practice, especially those involving quick change costuming techniques (*hayagawari*). For example, the *aohon Koi musume mukashi hachijô* (The Girl in the Hachijô Checked Kimono) was modelled on an actual production that Nakazô starred in. We can also point to the *kibyôshi Furisode Edo murasaki* (Long Sleeves in Edo Purple), which, I argue, was written out of a desire to see Nakazô attempt certain high-tempo performance styles that other actors were pioneering. Nakazô's techniques for portraying the two roles of the wicked priest Dainichibô and the girl grass-seller in one play were frequently reproduced in *kibyôshi*, where they were known as *Dôjôji no yatsushi* (the Dôjôji disguise). Nakazô's portrayal of the wicked priest in this play forms the basis for the similar role of Hôkaibô in the still performed play *Sumidagawa gonichi no omokage* (Subsequent Traces of the Sumida River).

The picture book *Ehon butai ôgi* (Actor's Fan Picture Book), published in 1770 and illustrated by Ippitsusai Bunchô and Katsukawa Shunshô, was comprised entirely of representations of actors' faces. In the same year, a similar illustrated programme booklet (*ehon banzuke*) for the play

Kagamigaike omokage Soga (Reflections of the Soga Brothers in Mirror Pond), comprised almost entirely of *nigaoe* representations of actors who were appearing in the play, was published. This booklet was illustrated by Kitao Shigemasa. This was the first illustrated programme in which it was possible to differentiate between realistic facial portrayals of each of the actors.

Even within the conservative Torii school, which was known for its traditional "gourdlike" legs and "worm" lines graphical style, there those who started to adopt the more realistic style. One of these was Torii Kiyotsune, from outside of the main lineage of the school. From the late 1770s on, Kiyotsune started producing illustrated programme booklets in the Torii style, but using realistic representations of the actors' faces. Almost all of the characters in Kiyotsune's *aohon Sugawara denju tenarai kagami* (Sugawara and the Secrets of Calligraphy, 1776) are depicted using actual actors' faces. In addition, the patterns on the costumes of certain characters are made up of actual actors' crests. Some *kusazôshi* were published whose main selling point was this new and realistic depiction of actors' faces. One example is the *kibyôshi Sono henpô bakemono banashi* (Revenge — A Tale of Monsters, 1776), written and illustrated by Koikawa Harumachi, which makes effective use of realistic likenesses of actors pasted onto fans (*ôgie*). Many of the *kibyôshi* published by the publisher Matsumura between 1777 and 1778 include on their title slips a half-length picture of two actors, drawn with realistic facial features in the style of the Katsukawa school. However, the contents of many of these books is in the older style, with little individual differentiation beyond broad facial types. The pictures on the title slips portray contemporary actors, specialising in role types

and wearing costumes appropriate to the content of the book.

In the *kibyôshi* illustrated by Katsukawa Shunjô from around 1780, there are several examples which borrow from kabuki but which choose actors appropriate to the character-type in the story, and then depict their facial features realistically throughout the whole book. When this methodology linked up with stories of the fantastic, there is a direct link to the *gôkan* genre of popular literature which reached its peak of perfection around 1807 to 1808. During the third month of 1781, at the Ichimura Theatre, Segawa Kikunojô III performed in *Kabuki no hana bandai Soga* (The Eternal Soga Brothers, Flowers of Kabuki). To the narration of Tomimoto Buzentayû, Kikunojô danced three different *michiyuki* lovers' journeys which rotated on a daily basis. Many actor prints and *kusazôshi* were published to take advantage of the popularity of this performance of the lovers' journey. Amongst them, Yamira miccha gawari (The Higgledy-Piggledy Transformation, 1784) realistically depicted the features of Kikunojô III and the three male leads, but it totally reversed the meaning and value of the theatrical journey, forcing readers to infer a far deeper meaning.

The use of these realistic depictions of actors' faces in *kibyôshi* often masks references to contemporary events or fashions, and they can only be properly understood with a detailed knowledge of contemporary gossip and political landscape. Scholars have already pointed out two *kibyôshi* which covertly refer to the quarrel between the actors Matsumoto Kôshirô IV and Ichikawa Danjûrô V which shook the kabuki world from the seventh month of 1778. However, by examining Nakamura Nakazo I's diary *Shûkaku nikki*, which discloses details of the disagreement between the two actors, we can further point to another five *kibyôshi* which possibly refer to the quarrel.

During the 1780s, there are many likenesses of Matsumoto Kôshirô IV in *kibyôshi* which claim to depict a character called "Hatakeyama Shigetada." In works published after 1788, likenesses of Kôshirô IV are used as one method of covertly depicting the senior councillor (*rôjû*) to the Bakufu, Matsudaira Sadanobu. It has been pointed out that in the first edition of *Bunbu nidô mangokutôshi* (The Ways of the Pen and the Sword – The Wealthy Lord's Journey) in 1788, a *gesaku* technique is developed that identifies Hatakeyama Shigetada with Matsudaira Sadanobu, through Matsumoto Kôshirô IV. In *Jidai sewa nichô tsuzumi* (Historic and Domestic, Two Handdrums, 1788), the character of Fujiwara Hidesato is drawn with Kôshirô's features, and he wears a costume with a pattern that is very similar to Kôshirô's alternative crest. It has been argued before that Hide sato is in fact a reference to Sano Zenzaemon who murdered junior councillor Tanuma Okitomo in 1784. However, I believe from the imagery used that Hidesato could also be seen as a reference to Matsudaira Sadanobu. Amongst the *kibyôshi* which feature Ichikawa Danjûrô V, there are two which are based upon backstage gossip: *Enju hangontan* (Talks on Life-Extending and Spirit-Resurrection, 1789), and *Yo no naka share ken no ezu* (Pictures of This Comic World, 1791). Both of these works were written by authors who were fans of Danjûrô and members of fan organisations like Hanashi no Kai and Mimasuren, and there is a tendency for them to aestheticize him.

In the seventh month of 1777, the popular actor Ichikawa Yaozô II died suddenly, and several memorial *kusazôshi* were published. Three of these *kusazôshi* still survive today, and each of them contain facial likenesses of actors, musicians, and playwrights. As well as exploiting the de-

sire of fans of the dead actor to remember him, I believe that the use of the new graphic technique of facial likenesses is used to great effect in these works. These three *kusazôshi* also combine several traditional characteristics which were a constant in theatre-related memorial publications since the end of the seventeenth century. Pictures of Yaozô are said to have been the first examples of *shinie* (portraits produced on the death of famous actors, artists, etc.). What is certain is that graphic memorial publications, especially *kusazôshi* and single-sheet prints, progressed rapidly during this period. From this time on, memorial *kusazôshi* and shinie possessed a single format, and the similarity of their design speaks of the close relationship between the two.

By the time of Ichikawa Danjûrô VI's sudden death in the fifth month of 1799, both *shinie* and memorial *kusazôshi* were securely established as publication genres. As a memorial to Danjûrô a *kusazôshi* entitled Edo no *hana satsuki no chirigiwa* (Flower of Edo — Scattered in the Fifth Month) was published. This *kusazôshi* portrayed Danjûrô playing the many roles which previous holders of the name had made famous. Memorial publications for actors from the Ichikawa lineage often had a section which depicted the line's famous *aragoto* style of acting, which was pioneered by Ichikawa Danjûrô I. The aragoto technique was founded upon the popular belief in *arahitogami*, or wild gods which took human form. Memorials for Ichikawa actors took the form of worshipping them as *arahitogami*. In 1791 Ichikawa Danjûrô V passed on his name to Danjûrô VI, and then in 1796 he took an early retirement from the stage. At the *kaomise* performances in 1798, Danjûrô VI appeared for the first time as head of troupe (*zagashira*), and it seemed that his popularity was just on the verge of blossoming when

he suddenly died. His death coincided with a period of artistic change in Edo kabuki during the 1790s, and perhaps his fans perceived a danger to the continuation of the art of the Ichikawa line itself. As if in response to these feelings, a *kusazôshi* called *Yakusha meisho zue* (Illustrated Tourist Guide to Actors), published in 1800, caricatures many of the Ichikawa line's most famous *aragoto* roles.

The 1827 gôkan *Miyakodori ukine no Sumidagawa* (Birds of the Capital Asleep on the River Sumida), was ghost-written for Ichikawa Danjûrô VII by the author Goryûtei Tokushô. The contents make liberal use of two older works, the Buddhist fundraising text (*kangebon*) *Sumidagawa kaga migaikeden* (The Story of the River Sumida and the Mirror Pond), and the *yomihon Sumidagawa bairyû shinsho* (River Sumida Plums and Willows, Revised). The main text is written in a style that parodies classical Japanese, with slightly self-conscious intellectual tendencies. It seems that Tokushô, who in the actor appraisal book (*yakusha hyôbanki*) *Yakusha Tamatsukushi* (Myriad jewels of actors, first month 1799) had harshly criticised another *gôkan* that had been published under Danjûrô's name, decided to improve the style by borrowing from other *yomihon* and *kangebon*. All of the main characters in Tokushô's text have the facial likenesses of actors, and he seems to have tried to work in every popular actor of the day. The final page of the book carries an illustration of Ichikawa Ebizô VI and "Shinnosuke," the name traditionally borne by successors to the Danjûrô line. This "Shinnosuke" is actually Jûbei, the second son of Ichikawa Danjûrô VII. When Jûbei was a child he lost an eye after contracting smallpox and had to give up acting, and in fact he had never even been numbered as an official "Shinnosuke."

Publishers attempted to keep costs to an absolute minimum when publishing *gôkan* which drew on texts of kabuki plays that were frequently revived, such as *Tôkaidô Yotsuya kaidan* (Tôkai Highway and Ghost Stories of Yotsuya). As a result, many publications in this genre were made with old blocks that had been altered. They would carve out new portions for parts of the play that were produced differently on that particular occasion, and new actors' faces would be carved and set into the old blocks. Even if a particular role was being played by the same actor, the face would still be newly carved and set into the blocks. The reason for this could be to reflect changes in the actor's appearance since the previous production, or else because the artist wished to impose his own stamp on the product. The importance of accuracy in these likenesses of actors' faces is particularly apparent in this kind of publication. Publishers also tried many tricks to increase sales – they would change the cover for each new production, add the name of a famous artist to the cover, and use the image of a famous actor even if he was not appearing in the play.

The script-based (*shôhon utsushi*) *gôkan Kinpeibai Soga no tamamono* (The Golden Lotus and the Soga Gift) of 1860 was a *gôkan* version of the kabuki play of the same title, and it was published to coincide with the performance on the play in the first month of that year. It is thought that the playwright Segawa Jokô gave a draft of the script to the *gôkan* author Ryûsuitei Tanekiyo. However, as there is no surviving script of the play, we can only make suppositions about the actual performance based upon the various types of programme and actor evaluation books. Script-based *gôkan* to tend to differ slightly from actual stage performances, but they do tell us much about the intentions of the playwright.

(Translated by Alan Cummings,

School of Oriental & African Studies, University of London)

索　　　引

あ

相生獅子　113,334
合印　6,107,111,114,115,117,118,139,140,166,233,234,251,443,444
間判錦絵　248,259,304
青本　5,8,10,13,15,47,62～71,76～82,84～86,88,91,114,115,139,140,161,178,179,232,233,235,444～446
『青本絵外題集 Ⅰ』　117,141,145,238～241
『青本黒本集』　46
青山白峯　143,330
赤沢十内　328
県主時景　142
赤本　5,6,9,11～15,23,24,29,114,115,129,131,133,135,140
『赤本・黒本・青本』　9,11,42
『〔赤本聖徳太子〕』　13
赤松彦五郎教祐　75
赤間亮　135
秋田彦九郎　150
秋月一角　172,178,179
秋葉太郎　286
秋葉芳美　137
秋本鈴史　89
秋山長兵衛　408
秋山藤兵衛　395,404
『悪源太平治合戦』　45
悪七兵衛　208
『明矣七変目景清』　18,258,319,336,338,358,449,455
芥川　160
揚巻　155,251,261,269,291,317,330,331
阿古屋　179,189,200,204～206,209
『朝比奈』　278,282
朝比奈　198～200,203,204,278,288,428,430
朝比奈三郎　131
朝比奈地獄破り　278,288
『朝比奈物語』　271
浅井了意　122
朝岡興禎　194,256
浅尾為十郎(初代)　181,182,361
浅尾与三郎座　396
朝顔　331
朝顔千太郎　357
朝顔仙平　291,332
浅田一鳥　255
浅野秀剛　283,286,303,304
浅野正人　189,190
浅間嶽　113
浅間山大噴火　339
あざ丸　298,386
『芦屋道満大内鑑』　399
麻生磯次　415
『仇敵餰名香』　139
吾妻藤蔵　395
吾妻藤蔵(二代目)　265
渥美清太郎　8,42,233,393
阿那聒散人　134
阿部貞任　297
阿呆　147
阿房銀介　143,233
阿呆の金目丸　142
『海人』　38,39
天川屋儀兵衛　182
尼子三郎　350
『操歌舞岐扇』　151,232
『操浄瑠璃の研究』　47
新井白石　48
荒川太郎　295
荒行　265,277,291
荒木与次兵衛(初代)　275
荒事　63,76,86,120,122,127,129,131,133,134,

158,277,278,290～292,301,304,382,435,444,448,451
荒事芸　292
荒事仕　290
荒事尽し　134
嵐音之助　150
嵐音八(初代)　139,140,143,145,147,149～151,153～155,164～166,182,232,233,444,445
嵐音八(二代目)　149
嵐冠十郎(初代)　378
嵐小六(二代目)　286
嵐座(大坂)　181
嵐座(京都)　26
嵐三郎四郎(初代)　272
嵐三右衛門(初代)　25,272,273
嵐三右衛門(二代目)　272,275
嵐三五郎(初代)　150
嵐三五郎(二代目)　178,234
荒獅子男之助　290,291,293～295,298,299,301,316～318
嵐七五郎(三代目)　291
嵐七五郎　406
『嵐無常物語』　270
嵐雛治　156,160,196,201
嵐雛助(初代)　320
嵐眠升　378
荒人神　124,292,448
『有難御江戸景清』　382
在原艶美　18,335,342
淡路七郎俊兼　182
『粟嶋譜嫁入雛形』　13
粟津六郎　205,206
粟津六郎勝久　374,378
粟津六郎左衛門　198,203
安大人　76
あんばいよし六兵衛　151,152
按摩宅悦　395,404,408

い

飯塚友一郎　415
家の芸　290,294
庵崎　377
『伊賀越乗掛合羽』　181
伊賀介　33
伊賀屋　15
伊鬼九郎　265
伊久　172
意休　175,178,247,261,269,291,296,330～332
生島大吉(初代)　275
生島半六　273
池山晃　89
伊左衛門　437
いさみの吉　384
いざり景清　290,291,294
石井研堂　400,431
石川五右衛門　172,334
『石居太平記』　100
石塚豊芥子　282,304,382,397,402
石部琴好　358
伊豆次郎　182,200,206
和泉屋　351,352,354
和泉屋勘十郎　352
和泉屋市兵衛　365,369,430,451,453
出雲お国　113
伊勢幸　171,176
『いせさんくう新五人女』　270
伊勢治　13,18
伊勢津八幡　142
伊勢中之地蔵　66
『伊勢平氏栄花暦』　176,331
伊勢屋金兵衛　13
伊勢屋治助　172
磯田湖龍斎　243,289
伊丹村百姓太郎作　153
市川　178
市川一友　406
市川鰕蔵　297～299,357
→市川団十郎(五代目)
市川海老蔵　382,385～387
市川海老蔵(初代)　300
→市川団十郎(初代)
市川海老蔵(二代目)　29,74,124,130,276,277,280,286,300
→市川団十郎(二代目)
市川海老蔵(三代目)　75,234,235,240,277,289,300
→市川団十郎(四代目)

市川海老蔵(四代目)　294,296,297,300,344,351,352,354,355
→市川団十郎(六代目)
市川海老蔵(五代目)　286,292,301,381,382,406,408,409,452
→市川団十郎(七代目)
市川海老蔵(六代目)　365,378,452
→市川団十郎(八代目)
市川おの江　395
市川覚栄　275
市川家の芸　285,289,294,300,301
市川家の芸存続　448
市川家の芸尽くし　289,294,301,302,448
市川小団次(四代目)　415
市川高麗蔵(二代目)　151,193,195,197,198,203,207
→松本幸四郎(四代目)
市川高麗蔵(三代目)　316,322,331,334,340
→松本幸四郎(五代目)
市川高麗蔵(五代目)　365,378,397,408,451
→松本幸四郎(六代目)
市川高麗蔵(七代目)　381
市川三升　365,367,369,389,451
→市川団十郎(七代目)
市川山三舛堂　300
市川新之助　381,382,384～387
市川新之助(二代目)　381
→市川団十郎(八代目)
市川新之助(三代目)　381
→市川高麗蔵(七代目)
市川純蔵　198,199
→松本幸四郎(五代目)
市川宗家　277
市川宗三郎　395
市川伊達蔵　196,201
『市川団十郎』　352,387
市川団十郎　131,139,170,176,292,294,304,382,386,388
市川団十郎(初代)　272,273,275,292,300
市川団十郎(二代目)　7,14,16,29,62,67,74～76,88,120,122,124,127,129～131,133～135,158,166,265,275,276,291,298,300,442～445
市川団十郎(三代目)　15,130,133,275,291,300,304
市川団十郎(四代目)　67,75,124,130,133,134,136,143,195,197,198,203,204,206,208,235,265,277,291,297,300,320～322,357,444
市川団十郎(五代目)　134,178,195,239,240,247,251,257,294～301,305,320,322～326,328～330,335,344,347,351～355,357,359,361,388,444,448～450
市川団十郎(六代目)　177,178,285,288～292,294,296～302,309,310,315～318,352,355,448
市川団十郎(七代目)　84,282,292,294,301,365,375～378,381～383,387～389,393,395,397,451,452
市川団十郎(八代目)　84,89,286,292,301,381,382,387,415,433
市川団十郎(九代目)　451
市川団十郎家　389
『市川団十郎極楽実記』　288,306,311
『市川団十郎の代々』　135,352,387,454
市川団蔵(初代)　271,279
市川団蔵(三代目)　26,238,239,265,324,326
市川団蔵(四代目)　175,181,182,184,186,239,241,251,320,323～326,328,449
市川伝蔵　269
→市川八百蔵(二代目)
市川徳蔵　300,352
→市川団十郎(六代目)

市川の荒事　291
市川の荒事芸　301
市川の家の権威　301
市川のお家芸　291,294
市川の極楽　265
市川の得意芸　449
市川武十郎　357
市川弁蔵　195,196,198,202,208
　→市川門之助(二代目)
市川升五郎　15,133,354
市川桃太郎　289,291
市川門之助(二代目)　75,175,195,234,240,244,247,251,285～287,291,320,323,325,326,328,331,332,449
市川八百蔵　291
市川八百蔵(初代)　265,304
市川八百蔵(二代目)　75,195,197,198,202,203,208,239,240,247,260,261,265,269,270,276～280,284,286～289,291,303,304,308,322,352,448
市川八百蔵(三代目)　320
『市川哉真砂御摂』　385
市川屋升助　355
市川雷蔵　291
市川雷蔵(初代)　182,196,260,261,265,286
市川流の家の芸　291
市川流の芸風　299
一代記　198,275
『一谷嫩軍記』　8,13
『一ノ富突顔見世』　295
市のや十郎兵衛　26
市場通笑　18
一枚絵　6,7,82,130,133,156,160,162,165,280,288,443,448
市村羽左衛門(八代目) 352
市村羽左衛門(九代目)　139,142,143,145,187,330,331
　→市村亀蔵(初代)
市村羽左衛門(十二代目)　408
市村羽左衛門(十三代目)　420
　→尾上菊五郎(五代目)
市村亀蔵(初代)　124,131,143
市村座(江戸)　14,25,26,74,98,100,101,107,112,113,115,118,124,142,143,145,149,154～156,160,162,176,179,183,187,232,245,253,277,294,295,297,321,325,328～332,336,347,354,360,361,384,386,395,397,447
市村四郎治　273
市村竹之丞　25
市村満蔵　101
「一門図」　388,452
市山助五郎座(京都)　109
一雄斎国貞　396
一勇斎国芳　415,416,453
『一陽来復渋谷兵』　385
一楽　273
一力亭主　357
いつき　155
『一休和尚　悟乳柑子』 44
『一心二河白道』　97
一寸徳兵衛　253
一世一代　298
一世一代名残の口上　298
『逸竹達竹験温泉華』　240
井筒女之助　75,386
井筒屋徳兵衛　29
一筆庵英泉　392,394
　→渓斎英泉
『一筆斎文調』　210
一筆斎文調　18,151,165,172,195,199,232,233,243,289,446
『〔伊藤鹿子〕』　281
以藤喜兵衛　395,406
伊藤九郎八　291
伊藤小太夫(二代目)　270,272,273
『糸桜女臈蜘』　10
『糸桜本町育』　8,13
暇乞い狂言　186
糸ゆふ　200
稲妻姫　114
犬坊丸　328
井上和雄　241
井上隆明　188,241,336,

400,432
井浦芳信　305
井原西鶴　5,270
伊原青々園　135,136,352,387,454
伊原敏郎　25,150,352,415
今岡謙太郎　305
今尾哲也　117,360,389
『〔今川状〕』　46
今川仲秋　75
『当世酒呑童子』　127
『今様道成寺』　112
『以代美満寿』　299
異類騒動もの　247
入間郡領　202
色悪　183,244,433
『色紙百人一首』　114
色事仕　160
『色上戸三組曾我』　160,183
「色手綱恋の関札」　105
『いろは仮名四谷怪談』396
『以呂波物語』　12
『色模様青柳曾我』　171,183,184,255
岩井粂三郎(初代)　317
→岩井半四郎(五代目)
岩井粂三郎(二代目)　376～378,393,395,411
→岩井半四郎(六代目)
岩井粂三郎(三代目)　412
→岩井半四郎(八代目)
岩井座(大坂)　25,100
岩井紫若　376,378,397,411,452
→岩井半四郎(七代目)
岩井半四郎　397
岩井半四郎(四代目)　75,105,175,247,251,286,320,322,323,325,326,328,330～332,449,
岩井半四郎(五代目)　376,378
岩井半四郎(六代目)　377,411,412
岩井半四郎(七代目)　411
岩井半四郎(八代目)　412
『岩崎文庫貴重本叢刊〈近世編〉第六巻　草双紙』　10,43
岩崎由香里　282,283
岩沙慎一　118
岩田秀行　18,136,209,257,258,286,319,336,358,360,361,389,449,454,455
岩戸屋　9,11,18,175
『岩波講座　歌舞伎・文楽』47,89,136,257,302,305,454

う

『〔うゐろう〕』　15
外郎売　15,133,176,198,200,286,290,291,293～299,301,385,386
植木売十兵衛　297
上田秋成　5
うがち　256
浮島弾正　127
浮世絵　5,7,164～166,194,231,236,256,300,411,445,446,450
『浮世絵芸術』　282,302,336,389
浮世絵師　6,446
『浮世絵聚花』　151,190,210,258,306
『浮世絵大系』　303
『浮世絵大成』　119,168,169,210,258,303～307
『浮世絵の現在』　136,257
『浮世絵八華』　437
浮世絵版画　286
『浮世絵名品500選』　304,306
浮世草子　8,62,65,76,86,115,271,275,442
『浮世双紙洗小町』　17
浮世草子仕立浄瑠璃本　65
『浮世草子の研究』　115
浮世渡平　349
受け　295,296,303
うさみ三郎　200,201,205
宇治加賀掾正本　142
宇治座　142
うし若久次郎　385
『牛若千人切はし弁慶』12
碓井ノ荒太郎定光　298
歌川国貞(初代)　117,365,367,369,381,393,403,420,451

歌川国虎　84
歌川国政(初代)　177,285,288,289,303,304
歌川国安　420
歌川国芳　117,402,406,409,437,452
歌川豊国(初代)　17,116,167,231,232,289,301,352,416
歌川豊国(三代目)　433
歌川芳藤　420
『倭歌競当世模様』　179,180,189,323
宇田敏彦　359
『歌嚢蛙鴬』　164
打ち壊し　338,339
内山美樹子　47,167
団扇絵　130,236,447
卯月の紅葉〻　350
写し　129,134,140,143,151,153,170～172,176,257,335,338,341,358,376,377,397,404,409,411,445,449
烏亭焉馬　106,289,292,352,360,361
善知鳥安方　261
有働裕　11,43～45,188
鰻かき五郎吉　397,408
『卯花重奥州合戦』　10
『〔うはがひ〕』　46
梅王　234
梅ケ枝　109,111,115,145
梅川　253
梅川忠兵衛　253,349
『梅桜相生曾我』　324
梅三郎　106
梅の由兵衛　198,272
梅鉢紋　340～342,347,449
　→松平定信
『梅紅葉伊達大関』　155
梅雅　372,373
梅若　202,372
梅雅丸　376,378
梅若丸　186,208
『浦島出世亀』　45
『浦島年代記』　12
浦辺幹資　47
漆絵　133
鱗形屋　9～12,15,16,18,30,96,109,147,161,175,233
鱗形屋孫兵衛　39

え

栄松斎長喜　17,288,339
　→百川子興
栄川堂ひし屋　400
『英名鎌五郎』　297
絵入り小説板本　5
絵入り浄瑠璃本　115
絵入り本　11,26,48,115
『荏柄天神利生鑑』　340
荏柄平太　430
江島其磧　275
絵草紙　394
絵尽　195
絵尽本　13,65,76,147
越中　341
　→松平定信
江戸荒事　120,443
江戸市川の芸　302
江戸大芝居　298
『江戸客気団十郎贔屓』　292,294
江戸歌舞伎　7,29,75,120,124,133,134,300,448,451
『江戸歌舞伎団扇絵』　136
江戸歌舞伎界　131,300,443～445
『江戸歌舞伎集』(新日本古典文学大系)　118
『江戸近世舞踊史』　118
江戸草双紙　24,29,42,63,84,86,441
江戸三座　74,347
江戸三芝居　74
『江戸綉小袖曾我』　184,185,190
『江戸芝居年代記』　181,198,321,324
『江戸芝居番付朱筆書入れ集成』　437
『江戸自慢恋商人』　8,13
『江戸小説と漢文学』　458
『江戸小説論叢』　358,437,455
『江戸人とユートピア』　360
江戸道外方　165
『江戸軟派雑考』　302

『江戸の絵入小説』　89
『江戸の絵本Ⅰ』　44
『江戸の絵本Ⅱ』　44,135,168,454
『江戸の絵本Ⅲ』　44,45,96
『江戸の絵本Ⅳ』　45,137,454
『江戸の戯作絵本』358,359
『江戸の摺物』　304
江戸の花　302
『江戸花海老』　300
『東発名皐月落際』　177,288,289,291,294,299,301,302,306,310,312～315,448,458
『江戸花三舛曾我』　296
『江戸花陽向曾我』　187
『江戸春吉例曾我』　298
『江戸贔屓八百八町』　18,261,266～269,271,277～279,283,287,291
『江戸文学と中国文学』415
『江戸文芸叢話』　17,119,167,257
『江戸豊後浄瑠璃史』　118
『江戸枕絵の謎』　437
『江戸紫根元曾我』　143,155,160
『江戸名所緑曾我』　179,184,185,190,255
『江島児淵』　43,44
榎本屋　176,354
絵番付　382
えびざこの十　297,298,384
『ゑびす講結御神』　25,48
海老蔵　106,170,382,384,385
『絵本東土産』　145
『絵本敵討待山話』17,116,167,231
『絵本国せんやかつせん』　84
『絵本故事談』　122
『絵本性根噺』　329
『絵本と浮世絵』　209
絵本番付　153,179,193,194,197,243,244,247,255,256,335,376,412,414,431,435,436,450
『絵本舞台扇』18,153,195,446
絵巻　122
吴一　430
江見屋　13
演劇取材草双紙　6
演劇博物館役者絵研究会　130,420
『演劇百科大事典』　167
園枝　265
　→吾妻藤蔵(二代目)
『燕雀論』　287
『延寿反魂談』　354,356,362,450
『燕石十種』　117,167
遠藤武者　331
寅念　426
閻魔　260,261,269,271,272,275,278,279,288,290,304
円了　374

お

お家　200,204,205,270,277,288,344,399
お家芸　142
お家騒動　25,122
お家騒動もの　255,331
お家の六部姿　290
お岩　395～397,399,400,402～404,406,408,452
王羲之　164
王子稲荷　359
王子の狐　247,251,448
『桜草集』　118
王婆　426
近江の喜三次　374,378
近江の小藤太　200,202,326,328
淡海三磨　107,134
近江屋(横山町)　90
お梅　155,198,207,208,404
『御江都飾蝦』　292,294
大いその虎　201
大江広元　430
『大江山』　140
大木戸のおよつ　156
大口屋治兵衛　359
大国屋金次郎　430,453
　→文慶堂
大首絵　430
「大窪多与里」　285
『大桜勢曾我』　14,129,131

大薩摩文太夫　199
おおさわまこと　392,393
『大角力藤戸源氏』　149
大立　75,76
大館左馬之介照時　385
大田南畝　260,300,303
『大田南畝全集』　321
大谷徳次（初代）　175,253,255,331,332
大谷友右衛門　75
大谷友右衛門（初代）　149,178,234,238,240,291,320,322,329
大谷広右衛門　291
大谷広次（二代目）　276
大谷広次（三代目）　234,239～241,253
大谷広蔵　196
大谷門蔵　395
大谷門蔵（二代目）　404,408
『大塔宮曦鎧』　12,357
『大友真鳥』　9,13
大友真鳥　129,131
大西芝居（大坂）　66,349,350
大西芝居三條定助座（大坂）　26
大西芝居中村座（大坂）　25
大判墨摺絵　68,90
大判錦絵　151,152,249,259,286,304,309,310,315～318,353,354,383,390,434,438
『大船盛蝦顔見世』　297
『大鉞御存知荒事』　238
『大三浦伊達根引』　298,299
大村弘毅　285
大森彦七　100
『大門口鎧襲』　101,107
『大鎧海老胴篠塚』　197
大鷲文吾　182
お梶　251
尾頭町（名古屋）　39
緒方三郎　75
お亀　322,352,354,388
岡本勝　12,43
小川　9
小川右兵衛之助　374
小川座（大坂中）　186
小川屋　10
隠岐　340
荻江露友　113
お菊　247,447
荻田清　11、43
荻野沢之丞（初代）　273,275
荻野千種之介　178
荻野八重桐（二代目）　260
『御狂言楽屋本説』　402
『阿国染出世舞台』　162
奥村　141,233
奥村繁次郎　121
奥村政信　11,67,90
奥村屋　15
奥村屋源六　10,12
奥山　350,351,361
『をぐり』　97
『小栗吹笛乾局』　46
『おぐり判官てるて物語』　12
小佐川清三郎　150
小佐川常世（二代目）　196,200,320
尾崎久弥　285
お潮　425,426,434
おすみ　354
おせん　207
お袖　395,404,406,408,409,411,452
お染　184
お染久松　158
『お染久松蔵の内』　9,15
『お染久松心中』　15
『お染久松心中袂の白絞』　15
お千代　115
お千代半兵衛　246,247,249
「お千代半兵衛道行垣根の結綿」　244
小津桂窓　424
御伽草子　122,271
『伽婢子』　122
おどけ人　278
「男作五ッ雁金」　151,232
『男山御江戸盤石』　297
音若　428
お仲　258
お夏　103,247,248
お夏清十郎　247,248
「お夏清十郎道行比翼の菊

蝶」　244
鬼王　198,200～202
鬼王新左衛門　200,202
『鬼の四季遊』　114
『御能太平記』　100
尾上丑之助(初代)　330,335
尾上栄三郎(三代目)　404,406,409,411,412
→尾上菊五郎(四代目)
尾上菊五郎　406
尾上菊五郎(初代)　178,257,290,291,305,320,329～332,334,342,347,350,377,449
尾上菊五郎(三代目)　376～378,393,395～397,399,400,402～404,406,409,452
尾上菊五郎(四代目)　409,420,424,430,433
尾上菊五郎(五代目)　420
尾上菊四郎　408
尾上菊次郎(二代目)　430
尾上伝三郎　404
尾上前　155
尾上梅幸　329,330,391～394,396,402,406,409,452
尾上松助(初代)　75,179,181,182,189,241,296,330,332
斧形曳水　425
小野川　344
『小野小町今様姿』　45,139,140
小野良実　332
お花　396
尾花才三郎　178
尾花六郎右衛門　172,179
お半長右衛門　244,246,247,250,258
「お半長右衛門道行瀬川の仇波」　244
お福　321,322
『御触書天保集成』　89
お升　288
お町　112
お松　321,322,328,336
おみわ　98,99,103
→鳴神比丘尼
男女川京四郎　357
『思事夢能枕』　18
「俤曾我」　198,203,207
→『鏡池俤曾我』
沢瀉姫　142
沢瀉模様　142,154,167
おもん　395,404,406
親父形　137
小山田太郎　155
折助　395,404,406
おるや　322,352
お蓮　420,421,424～426,430,433,434
阿蓮西啓　421
お六　105,106
『お六櫛木曾の仇打』　16,167,231
お綿　155
『音曲猿口轡』　127
恩地左近　155
女景清大仏供養のやつし　206
女方　99,100,114,182,187,236,239,411,436,443
女菅丞相　15
『女清玄二見桜』　16
『女清玄昔噺』　96
『女達出入湊』　329
『女伊達浪花帷子』　329
『〔女てつかい〕』　115
女鳴神　98～101,103,105,106,114,115
『嬬髪歌仙桜』　100,103
『女鳴神振分曾我』　100
『女はちの木』　46
女馬子　98,103,105,106,112
『女文字平家物語』　130
隠密　340
怨霊事　100,107

か

廻国修行者快山　297,298
廻国の六部　298
骸骨の餓鬼踊り　278
改作物　11
改作物浄瑠璃　25,26
『帰陣太平記』　124
『会席料理世界吉原』　389
怪談物　399,409
『改訂日本小説書目年表』

367
『街道一棟上曾我』　16
『国色和曾我』　295
傀儡師　198～200,206,301
傀儡師の所作　198
「傀儡師髭の門松」　199
替紋　6,16,139,143,165,166,171,233～235,251,253,301,342,355,442,449
『帰花英雄太平記』　296,323
『帰花雪義経』　297
香和尚　428
『顔而知勧善懲悪』　251,258,337
顔見世　289～291,294,298,299,322,324,325,330,332,334,349,360,361,387,448
顔見世興行　275
『鏡池俤曾我』　193,195,197～199,203,208,212,243,257,294,446,457
『鏡山旧錦絵』　9
加賀山直三　387
杜若　247,332
杜若の地模様　411
隠目付　340
『廓中丁子』　336
『神楽歌雨乞小町』　112
神楽岡幼子　13,44～46,88,188,336
『隔簾花影』　425
景清　198,203～206,208,209,244,293,295～299,301,326,328,338
『景清塔之暝』　338,339,361
『景清百人一首』　338
『景清牢破り』　297
籠抜けのやつし　25
笠縫専助　149
累　147,322
「累殺し」　322
風見軍八　142
『花山院后諍』　9
貸本　82
貸本屋　396,399
『撲楸峠吉例相撲』　155
梶原　204,207
梶原景季　111,145
梶原景高　428,430
梶原景時　199,203,326
上総五郎兵衛　293,294,296
華清夫人　78
『化政文化の研究』　360
『縣譜田植曾我』　321
家族団欒図　352,354,388,450,452
片岡市蔵　404
片岡我童(二代目)　433
→片岡仁左衛門(八代目)
片岡家　387
片岡仁左衛門(七代目)　378
片岡仁左衛門(八代目)　387,420,424,427,430,432～435
片岡八郎　295
かたかい　145
『敵討鳴呼孝哉』　237,239,242,258
『敵討女鉢木』　241
『敵討合法衢』　384
『敵討垣衣摺』　237
『敵討忠孝鑑』　149
『敵討松山鑑』　17
『敵討最上稲舟』　162
敵役　158,170～172,179,183,207,445
刀屋半七　247
『かち〳〵山』　139
勝家　101
勝川春英　8,189,285,286,303,304
勝川春旭　18,175,247,287,331
勝川春好　153,195,247,259,361
勝川春章　18,143,151,153,165,189,194,195,197,232,233,236,247,256,258,259,285,286,303,326,446,447
勝川春常　18,172,175,243,247,251,255,256,259,325,334,335,447
勝川春亭　286,361
勝川春童　284
勝川春朗　176

勝川春朗(二代目)　288
　→叢豊丸
勝川派　237,335,447
葛飾北斎　365,372,428,451
勝たやうで負た物　330
「河童の生け捕り」　321
『桂川嬎噺』　243～245,258,335,449
『桂川連理柵』　244,257
『かつらきやま眉輪王出生記』　46
柯東　118
加藤康子　45,135
角の芝居(大坂)　334,396
金井三笑　320,321,334
『国字水滸伝』　416
仮名草子　122
『金曾木』　303
『仮名手本忠臣蔵』　13,182,233,269,321,386,394
『仮名手本手習鑑』446,447
『かな村やおさん』　9
金屋金五郎　162,163
鐘入　183,187,209
『鐘入七人化粧』　172,174,182,186～189,336,445
鐘供養　106
かね子の十郎　143
鹿子勘兵衛　351
かのこの前　115
『鹿の子餅』　143,144,164,165,168
鹿の子餅　143,145,164,165,233
鹿の子餅売三ぶ　143,155
歌舞伎　5～8,10,14～17,25,26,29,33,62,67,86,95,97～99,105,107,109,111,115,116,120～122,127,130,133,134,142,145,147,149,151,153,154,156,160,162,166,171,172,176,178,179,181,182～184,186,187,193,197～199,231～233,235,244,247,251,253,255,258,272,299,339,365,375～377,381,388,389,391,392,395,396,399,404,406,408,409,411,414～416,420,421,424,426～428,430,431,433,435,437,442,443,445～447,449,451～454
『歌舞伎　研究と批評』257,304,336,360,389
『かぶき　様式と伝承』304
歌舞伎荒事　444
『歌舞伎絵尽し年表』　193
『歌舞伎オン・ステージ』304,305
歌舞伎化　15,25,26,29,74,127,436
歌舞伎界　261,301,320,375,445
歌舞伎界騒動　319,321
『歌舞伎脚本集』　16
歌舞伎狂言組十八番　292,301
歌舞伎国　301
『歌舞伎細見』　415
歌舞伎史　170
歌舞伎十八番　292,304,305,451
『歌舞伎十八番考』　304
『歌舞伎十八番集』　122,258,279,286,288,294,365,394,414,421,433,435,451
歌舞伎小説　233
『歌舞伎・浄瑠璃・ことば』280,281
『歌舞伎図説』　90,137,151,153,168,189,210
『歌舞伎台帳集成』　117,118,189
『歌舞伎・問いかけの文学』189,305,359
『歌舞妓年代記』　198,208,299,306,317,321,322,359,361
『歌舞妓年代記続編』　382,404,412
『歌舞伎年表』　25,145,146,208,209,257,340,412
『歌舞伎の世界』　136,304
『劇場花万代曾我』　244～247,258,259,447
『歌舞伎の歴史』(岩波新書)117
『歌舞伎の歴史　新しい視

点と展望』　117,135,454
『歌舞伎評判記集成』第一期　282
『歌舞伎評判記集成』第二期　167,209
歌舞伎舞台　67,76,108,116
『歌舞伎文化の享受と展開』　88,188
歌舞伎菩薩　276
歌舞伎物　15
歌舞伎役者　6,7,16,42,95,98,116,117,120,139,140,149,158,160,165,167,270,279,365,434,442,444〜446,451,454
歌舞伎役者写し　139,140,167,170
歌舞伎役者投影　140
歌舞伎役者似顔　167
『歌舞伎俳優名跡便覧』381
鎌倉権五郎景政　297
『鎌倉三代記』　13
釜屋武兵衛　253,255
上方歌舞伎　150,446
『上方狂言本(七)』　48
上方役者　301
髪すき　201
神谷以右衛門　392,395,404,406
紙屋治兵衛　29
神山彰　389
『冠競和黒主』　154
亀鞠　372
瓶子　425,430
亀蔵小紋　139,142,145
亀鶴　372
『亀子出世』　338,339
加茂兵衛佐重光　295
歌謡　27
から井さんせう　18,334
唐織　411
からくり　33,36,42,63,65,85,89,100
烏羽の歌　204〜206
『唐錦国性爺合戦』　74
雁金五人男　232
雁金屋伊兵衛　195,446
『苅萱桑門』　9,13
『歌留多』　189
刈藻　428,430
軽業　100
川口正蔵　400,406,452
川崎音頭　403
河竹繁俊　416
河竹新七(初代)　187
河竹新七(二代目)　415
→河竹黙阿弥
河竹黙阿弥　282,415,416,436
河鍋暁斎　190
河原崎座　84,297,377,382,384〜387,397
『重年花源氏顔鏡』　384
『川隔小瀬世話』　237
観阿弥　271
関羽　292,294
『寛濶役者片気』　275
甘輝　65,75,78
雁首すげかえ　393,404,406
観劇用筋書き絵本　13,23
勧化本　365,373,375,381,388,389,451
『関西大学図書館影印叢書青本黒本集』　88
勘三郎芝居　340,341
肝积坊　243,289
菅丞相　234,235
「勧進帳」　292
寛政の改革　7,63,82,84,88,176,300,301,338,358,361,442,450
『観世又次郎』　15,16,131
観世水　162,164,444
甘泉堂　365,369,414,415,430,432
→和泉屋市兵衛
神田与吉　179
『寛天見聞記』143,151,232
菅秀才　384
観音七兵衛　295,298
看板絵　299
勘平　269,277
かんぺら門兵衛　291
『漢楊宮』　12
『咸陽宮通約束』　176

き

『ぎおん大まつり』　11,12,43
戯画化　355
戯曲物赤本　13

菊重　112,113
『菊重女清玄』　45,95,96,98,99,101～106,109,112～114,116,119,140,443
『菊家彫』　114,117
菊五郎格子　393,395,396
『菊寿草』　253
菊池真理子　46
菊の花と葉の模様　400,409,452
菊松　156,162
菊模様　251,253
菊屋長兵衛　65
「義経記」　428,430
『喜三二戯作本の研究』　188,336
岸喜七　150
岸田小才治　273
『奇事中洲話』　339
喜蔵　178
北尾重政　8,9,18,172,193,231,243,247,326,338,446
北尾政演　18,175,176,319,335,388,399,342,344,354
→山東京伝
北尾政美　176,339
北側芝居(京都)　25
北川博子　283
喜多川行麿　338,341
『義太夫年表』　23,47,48,65,136
義太夫節浄瑠璃狂言　74,124
吉三郎　155,156,160,253,255
狐つり　198
『極翻錦壮貌』　296
きぬた　100
杵屋喜三郎　199
杵屋佐二郎　265
『甲子待座鋪狂言』　45,171,188
木下甚右衛門　11,115
紀豊綱　287
木場の親玉　265
→市川団十郎(四代目)
木場丸　386
黄表紙　5～9,13,17,18,63,76～83,85,86,90,91,116,117,140,158,178,179,182,187,233,236,238,243,247,251,255～257,300,319,324,325,335,338,339,342,351,357,358,445,447～450
『黄表紙絵題簽集』　238～240
『黄表紙集』(古典文庫)　188
『黄表紙集』(大東急記念文庫善本叢刊)　337
『黄表紙　川柳　狂歌』　359
『黄表紙総覧　前編』　13,18,44,178,188,257,258,319,334,337,338,359
『黄表紙総覧　中編』　13,18,45,77,289,319,355,360
『黄表紙の研究』　280,302,337,358,455,503
黄表紙評判記　253
木村捨三　136
木村黙翁　17,167,231
木村八重子　12,16,18,24,43,44,46,47,89,119,136,168,188
木室卯雲　143,164
『脚色余録』　337,435
『旧記拾要集』　74
『旧幕引継目録』　437
『旧幕府引継書影印叢刊』　89
九紋龍史郎吉　428
狂詠入り大錦　285
狂詠入り細絵　285
狂歌　294,298
狂歌集　300
『京鹿子娘道成寺』　111
狂歌俳諧集　352
狂歌連　300
行基　37,39
狂言　14,16,25,74,82,84,98,99,112,116,118,124,129,150,151,183,195,197,199～201,203,207,253,269,272,273,275,276,278,282,298,299,321,322,324,329,340,341,350,351,357,394,399,409,411,435,436,

451,452
狂言絵尽　193
狂言絵尽本　14,15,118,147
狂言作者　279,321,338,416,448,453
狂言引直しの戯作　416
狂言本　82
教興寺の惣次　351
京の次郎　198,201,202,209,328
『享保撰要類集』　82
享保の改革　6,47,63,84,86,89,442
曲亭馬琴　8,9,177,288,289,300,302,365,372,414,428,451
清滝　33
「切られ与三」　415
桐座(江戸)　297,332,334,347,360
『莫切自根金生木』　339
際物　282,329,335
際物黄表紙　359
際物出版　172,178
際物追善草双紙　287
『金花山大友真鳥』　129
金々先生　344
錦江　330,342,350
→松本幸四郎(四代目)
銀考　257
→松本幸四郎(四代目)
金幸　355
→松本幸四郎(四代目)
錦考　207,359
→松本幸四郎(四代目)
錦虹　351
→松本幸四郎(四代目)
琴高仙人　355
→松本幸四郎(四代目)
金五郎　147,149,322
金主　323,347
錦升　397
→松本幸四郎(五代目)
錦祥女　78
『近世上方浄瑠璃本出版の研究』　47,89
『近世芸道論』　118
『近世芸能興行史の研究』　305,360
『近世芸文集』　280
『近世子どもの絵本集　江戸篇』　12,16,24,44,47,119,136
『近世書林板元総覧』　241,400,432
『近世日本演劇史』　415
『近代金平娘』　237,241
金中斎　243
琴通舎英賀　117
『金之揮』　67,68,72,74,90,120,127,129
金平　122
『公平寿八百余歳の札』　13
『金平手柄盡』　9
金平本　9
『金瓶梅』　414,424～426,433,436
『金瓶梅詞話』　437
『金瓶梅曾我賜宝』　414～420,424～431,435,437,438,453,458
『金瓶梅曾我松賜』　414,415,420,424,426,430,432,434,436,453
『金韄鏵源家角鐔』　297
金蓮　426

く

括り猿　140,141,164,165
くくり猿模様　143,145,147,149,153,233
草摺引　131,207,273,292,293,328
草双紙　5～10,14～16,18,23,27,33,36,42,62,66,76,82,84,88,89,118,131,134,135,139,140,145,153,164～166,170,171,176,178,187,194,231,232,241,243,256,277,280,288,300,335,352,391,416,441～448,450
草双紙化　8,10,11,108,147,149,441,451
草双紙研究　5,10,441,446
『草双紙集』　46,47,89,389
『草双紙と読本の研究』　9,14,42,64,136
草双紙の祝儀性　33,42
『草白露』　270
草間直方　358
叢豊丸　288

→勝川春朗(二代目)
楠一味斎　426
楠多聞丸　387
楠正行　293,385
くずのは　108
癖台詞　29
九蔵　127
口合　149
工藤　99,106,171,175,198〜202,294,301
工藤祐経　198,199,297,326,328
『工藤祐経大磯通』　25
『国芳』　437
熊井太郎　295〜297,384
熊坂　198,203,208
粂太郎座(京都)　25
「粂寺弾正」　290
久米之すけ　155,198,207,208
粂の平内　376
『蜘蛛の糸巻』　16,17,167,231,355
『色里通小町曾我』　296
『花街曲輪商曾我』　100,118
『廓雑談』　412
黒石陽子　11,43〜46,325,336
九郎五郎　424
黒船忠右衛門　329
黒本　5,9〜11,13,23,30,32,33,36〜39,47,62,63,66〜71,76,77,85〜88,91,95,96,114〜118,120〜122,124,127,129〜131,133〜135,140,141,143,147,149,153,157,167,233,443,444
黒本・青本　5,9,12,15,16,17,95,107,114〜116,131,133,135,140,157,164,167,231〜233,236,282
『黒本・青本の研究と用語索引』　257,283,457
黒本化　127
郡司正勝　122,282,304,389
軍助　184,186,202,208,372,376,378
『軍法富士見西行』　11,43

け

『稽古本目録』　86
『渓斎英泉』　412
渓斎英泉　391〜394,396,406,452
慶子　204,205
→中村富十郎(初代)
『芸自慢童龍神録』　338,344〜347,351,352,361,362,449
『妓者呼子鳥』　270
啓十郎　420,424〜426,430,433,434
『芸術殿』　336
「傾城今様道成寺」　111
『傾城掛物揃・丹波与作』　24
『傾城鵬』　118
『けいせい桜城砦』　350
『傾城千引鐘』　101
「傾城道成寺」　111,113
傾城外山野　101
『けいせい優曾我』　297
『傾城反魂香』　11
『傾城福引名古屋』　108,111
『傾城仏の原』　272
『けいせい満蔵鑑』　109
『傾城枕軍談』　13,47
『傾城無間鐘』　116
『傾城睦月陣立』　349
『慶長以来書賈集覧』　241
芸尽くし　288
『芸能史』(体系日本史叢書)　135,454
『芸能史研究』　11,43
『芸能と文学』　304,361
芸の継承　112
芸論　118
劇界騒動　321,334〜336,449
劇界騒動もの黄表紙　335,347
劇界内紛　170,175,319,445
『劇神僊筆記』　198
『劇代集』　99,103,105,199
『戯財録』　26
『戯作外題鑑』　140
戯作者　300,351
戯作の手法　340

化粧　120
『戯場年表』　181,182,186
下女お杉　253
毛剃九右衛門　435
『外題年鑑　明和版』　142
毛抜き　291,293,294,301
けはい坂少将　201
化粧坂の少将　131
源吾　200
原作浄瑠璃　24,26,27,32,42,75
『源氏烏帽子折』　45
『源氏物語』　426
元小二　428
『原色浮世絵大百科事典』　306
源太　145,146
『元服朝比奈』　131
源平　435
『源平布引瀧』　8
『元禄歌舞伎傑作集　下巻』　48

こ

古阿三蝶　329
恋川好町　338,344
恋川春町　18,175,236,325,326,339,358,447
小池章太郎　360,361,393
小池藤五郎　9,10,15,16,43
小池正胤　15,45,136,168,193,358,389
小いさみ瀧登りの升　384
小いさみの三次　384
『恋染隅田川』　124
鯉瀧登之介　385
『恋女房染分手綱』(歌舞伎)　26
『恋女房染分手綱』(浄瑠璃)　25
「鯉の滝上り」　355
『恋便仮名書曾我』　361
『恋娘昔八丈』　172,173,178,179,189,445
『恋入対弓取』　386
合巻　5,7,8,17,63,83～87,91,95,116,117,231,255,256,279,319,367,373,389,391～393,404,406,414～416,420,424,425,433,434,436,447,453,454
合巻絵草紙　375
後期草双紙　454
『弘徽殿』　10,23,30～35,49
『弘徽殿鵜羽産家』　10,23,32,33
高毬　428
幸崎甚内　181,376,377
『講座日本文学』　281
『孔子縞于時藍染』　339
口上　324
口上看板　292
『考証元禄歌舞伎』　257,280,281
黄石公　292
かうそう皇帝　38
『江南魅曽我』　384
『弘法大師御本地』　12
高慢斉　344
高野心中　198
高麗屋　340,357
高麗屋金五郎　344
光琳菊　162,164,444
『郡山非人敵討』(黄表紙)　46,171,187
『菊伊達ノ大門』　297
黄金五郎　142
『古画備考』　194,256
『国字小説通』　17,167,231
『国書総目録』　24,30,63,88,117,121,141,145,178,233,367,391,392,411
国性爺　67,74,75,78,86,121,124,127,129,158
『〔国性爺合戦〕』(黄表紙)　91
『こく性や合戦』(黒本)　45,62,66～71,76,88,90,91,127,136
『国せんや合戦』(青本)　14,62～64,66,68～71,77,79～81,87,90,91
『国性谷合戦』(合巻)　63,83,84,87,91
『国性爺合戦』(浄瑠璃)　62,65,67,74,76,77,82,86,435,442,457
『国性爺合戦』(浄瑠璃絵尽し本)　62,65,76
『国性爺合戦』(森田座)　75

国性爺歌舞伎　74,124
『こくせんやぐんき』　88
『国性爺御前軍談』　8,63,65,76
『国性爺後日合戦』　89
国性爺浄瑠璃　124
『国性爺竹抜五郎』　67,74
国姓爺竹抜五郎　14,88
国性爺もの　62,76
国性爺もの歌舞伎　442
国性爺老母　62,63,82,85,86
『国民百科大辞典』　285
『国立劇場上演資料集』304
後家お弓　395
後家髷　100
『古今四場居色競百人一首』　272
『古今役者大全』　33,150
『古今役者論語魁』　118
小ざる　200
呉三柱　65,76,78,85,86
五三桐　338
古浄瑠璃　11～13,23,24,36～39,42,97,116,162,271,441
『古浄瑠璃集　角太夫正本（一）』　48
『古浄瑠璃正本集　角太夫編』　48
『御所桜堀河夜討』　10
『御所桜都飛梅』　9
『五衰殿熊野本地』　44,45
『五世市川団十郎集』　305,360
小関智子　46
『五代源氏貢振袖』　296
五大三郎　112
『碁太平記白石噺』　8
五代目の誓　293
『古典籍総合目録』　391,392,411
五渡亭国貞　377,382,390
小舎牡丹丸　386
『ことばとことのは』　360
『寿三番叟』　350,351
子供芝居　186
『五人男』　151
九重左近　118
『木下陰狭間合戦』　9
『小咄本集・近世笑話集（中）』　168
小林朝比奈　160
小林五郎時宗　160
『古版小説挿画史』　195
『御摂勧進帳』　105,118,197,295,360
木挽町　127,322
『御評判高雄文覚』　176,177,189
「子福長者」　388
『語文叢誌』　11
小平二　436
小仏小平　395,396,404,406
小本絵尽し　11
小松屋惣七　435
「駒鳥恋関札」　105,106
小万　27,29
虚無僧　16,113,131
虚無僧の五郎　293
小むつ　67,76,78,84
米買い上げの不正事件 339
米の買い置き　339
薦僧　297
小奴ささら三八　385
小余綾　33
五粒　357
→市川団十郎（四代目）
五柳亭徳升　365,367,369,375,389,390,451
『惟高惟仁　位あらそひ』　43
五郎　155,160,198,203,207,277
五郎市　385
五郎時宗　124,155,160
五郎丸　384
小六兵衛　209
「頃皐月娘鳴神」　112
『声色早合点』　389
矜羯羅童子　155,291
金剛太郎照時　384
『金剛杖花高峰』　12
『今昔操年代記』　26
近藤清春　9,15,67
権兵衛悴直助　406

さ

西下　341
『西鶴新攷』　281
『西鶴新新攷』　281
『西鶴論叢』　280,281

さいかや與治右衛門　198
才牛　289,291
→市川団十郎(初代)
西向庵春帳　365,373,451
最期物語　270,275,277,279,448
在色　140
才次郎　106
斎藤月岑　75
斎藤小六　357
最明寺　162
堺町　150,322,354
堺町勘三郎(六世)　74
榊山座(京都)　25
『さかさまの幽霊』　304
坂田金平　124,127,129,130,133
坂田佐十郎　239
坂田藤十郎(初代)　275,282
坂田藤十郎(二代目)　196,198,200,202,208
坂田半五郎(初代)　291
坂田半五郎(二代目)　239,291,331,340
『相模入道千疋犬』　12,13
相模掾　36
相模掾正本　23,37～39,42
さがみや　9
『魅源氏騎士』　384
作劇法　247
「佐倉義民伝」　415
桜木弥生之介　384
桜田治助(初世)　149,183,198,200,201,247,338,447
桜姫　97,115
『桜姫東文章』　376
桜町中納言　331
桜丸　234,376
狭衣　97,98,101,103
→清玄
笹尾音十郎　150
佐々木桂之助　385
佐々木六角　349
笹野才蔵　384
『サザビーズ　ザ・コレクション　オブ　ザ　クーネ』　306
篠江　428
『硼末広曾我』　105,107
『座敷操御伽軍記』　63,65,85
定九郎　171,172,181,182,320,321
座付口上　298
『皐需曾我橘』　155
さつま上るり　127
『提彦松浦軍記』　12
佐藤恵里　48
佐藤悟　46,282,283,392,400,413
佐藤知乃　117
佐藤至子　89
佐藤与茂七　395～397,399,404,406,409,411,452
佐渡嶋座(大坂)　99
実朝公　384
佐野川市松(初代)　265
佐野川市松(二代目)　238,241
佐野川千蔵　99
佐野川万菊　291
佐野川万菊(初代)　204,205
佐野善左衛門　342,449
『佐野本領玉恋聟』　161,162,164,165,168,233,444
佐野政言　339～341
三郎兵衛(森田座金主)　323
『小夜嵐』　271,273
猿島惣太　182
猿若三左衛門(初代)　273
猿若の曲　272
沢井注蔵　269
沢井又五郎　181
沢小文次　374
沢村歌菊　99
沢村国太郎座(京都南)　182
沢村源之助(二代目)　378
沢村しゃばく　395
沢村宗十郎(初代)　25,158,276
沢村長十郎(三代目)　276,331
『山家鳥虫歌』　27
三勝　335
三ヶ津　299,350,382,403,443
『三ヶ津役者評判記』　420
『三賀之津俳優素顔　夏之

富士』　377,382,395
三吉　27
三弦　199
『三国舞台鏡』　350
山三郎　109,111
三芝居　150
『三芝居細見』　382,383,389,390,395
『三芝居役者絵本』　152,153,156,157,164,168,195
『三芝居連名』　107,108,119,143,233
『讃州志度道場縁起』　39
三十六歌仙　318
三升　75,134,204,205
→市川団十郎(四代目)
三升　300,324,325,361
→市川団十郎(五代目)
三舛　299,361
『三升錦考中直里』359,360
『〔さんせう太夫〕』　46
三庄太夫　301
三條の右衛門　198,203
三夕　273
『三世二河白道』　11
三亭春馬　402
山東庵京山　382
山東京山　16,167,231,355,377
山東京伝　16,118,167,176,292,294,319,338,339,341,354,355
『山東京伝全集』　188,189
『三徳兼備源家長久』　239
『三幅対紫曾我』　188
『楼門五三桐』　384
「三略巻」　384

し

『塩売文太物語』　9,12
汐田又之丞　395,406,408
『四海浪和太平記』　142
鹿倉秀典　209
鹿杖山人　352
→鹿都部真顔
鹿津部真顔　338,344,352,355
→恋川好町
志賀山の振の指南　186
色紙　164
式亭三馬　8,301
地芸　112,113,351,443
重の井　27,29
重仁親王　384
市紅　265
→市川団蔵(三代目)
地獄・極楽での歌舞伎興行　271
地獄・極楽での芸能興行　271
持国天　154
地獄物　260,271
地獄破り　279,288,289
地獄破り説話　271,278,279,448
志丈　355
辞世　269
思宗烈皇帝　78
『時代世話二挺鼓』　341,343,361,449
『信田長者柱』　127
信田小太郎　162,163
『信田小太郎・伊達染手綱』　24
信田左衛門　187
『七福神宝あらそひ』　14
「七変化七草拍子」　349
実悪　134,137,149,158,182～184,202,350,445
実事　158,342
実説　244
七珍万宝　176
嫉妬　142
嫉妬事　100,114,443
嫉妬事の地芸　95,140
嫉妬の演技　107
嫉妬の地芸　98,100,103,112～114,116,142,443
嫉妬の前段　98,100,101,107,118
嫉妬の段　142
十返舎一九　9
実役　201,202
実録体小説　388
しててん孫太郎　273
四天王　33
『四天王再功』　12
志度寺縁起　38
信濃屋お半　244,247,250
死絵　165,279,280,284～300,308～311,448,450

死絵研究　285
「自然生のおさん」　112
信多純一　48,89,336
しのたしよさ　108
篠塚伊賀守　296,297
篠塚浦右衛門　196
篠塚五郎　131
『篠塚角力遊』　114,131,137,454
葱売り　172,175,176,179,182～184,186,187,255,445
「垣衣恋写絵」　183,184,186,255
「垣衣草千鳥紋日」　182
忍ぶの惣太　376,378
『葱例跡色歌』　186
『芝居絵と豊国及び其門下』　17,167,232
『芝居絵に歌舞伎を見る』　210,303
芝居絵本　232
『芝居おもちゃ絵の華麗な世界』18,209,336,455
芝居小屋　261,273
『芝居細見さんばさう』　403,413
劇場大通庵　277,344
『芝居始』　15,16
『芝居番付　近世篇(四)』　47
『芝居秘伝集』　402
芝居見たまま　416
『戯場役者似顔画早稽古』　395
芝全交　18,247
暫　130,143,269,277,288～299,301,303,315,382,443
暫のつらね　296
渋谷金王丸　297
地本問屋　231
『地本錦絵問屋譜』　400,431
寂連法師　103
石橋　113
石橋・田舎娘の舞踊　271
蛇柳　293
洒落　344,357,359
洒落本　118,270,329
『洒落本大成』　359
十王　261
秀鶴　171,178,204,291,350～352,357
→中村仲蔵(初代)
『秀鶴随筆』　336
『秀鶴草子』　198,209,336
『秀鶴日記』　257,305,319,321,324
『十帖源氏物ぐさ太郎』385
秋水園主人　414
愁嘆　357
『十二支大通話』　243
『十二段』　140
『重重人重小町桜』　332
十番斬　328
重兵衛(長谷川町)　241
重兵衛　365,381,382,386～388,452
十良　98
十郎　100,142,198,204,205,207
十郎祐成　131
守随憲治　16,137,189
『出世やつこ』　46
俊寛　351
『潤色江戸紫』　175,179,251,253,255
春水　200,206
→芳沢崎之助(三代目)
春藤玄番　234
春徳　286
丈阿　12,115
正栄堂　400,406
定花　265
→市川八百蔵(初代)
少将　204,205,326,328,374,376
少将惟房　372,373
『小説字彙』　414
『史陽全集』　387
少長　265
→中村七三郎(二代目)
聖天町　183,184
『正徳追善曾我』　272,274,282,284
『少年時に見た歌舞伎の追憶』　8
庄兵衛　12
正本　11,24,36,39,42,142,360,415,441
正本写し　414,416

正本写し合巻　7,8,391～394,411,414,415,420,424～428,430,435,436,452～454
正本写し作家　416
定紋　118,162
抄訳本　416
『逍遙選集』　257
浄瑠璃　5,7～15,23,24,26,27,33,36,39,42,62,63,65～67,74,77,82,84～86,88,89,97,103,105,109,111,115,116,127,141,142,145,146,149,157,178,182,199,231,232,255,269,388,431,435,436,441,442
浄瑠璃絵尽本　11,13,24,62,65,76,147
浄瑠璃化　29
浄瑠璃座　82
浄瑠璃作品　8,14,23,441
浄瑠璃上演　23,26,42,47,82
浄瑠璃正本　23,26,441,442
浄瑠璃抄録物　7,9,11,13,14,62,63,84,442
浄瑠璃抄録物赤本　23
浄瑠璃抄録物黄表紙　82
浄瑠璃抄録物草双紙　9,11,23,24,42,46,47,62,63,86,441,442
浄瑠璃所作事　182
『浄瑠璃史論考』　47
浄瑠璃世界　276
『浄瑠璃せりふ』　143,144,149,168
浄瑠璃題材　6,13,24,47
浄瑠璃太夫　178,273
『浄瑠璃の十八世紀』　47
『浄瑠璃本』　118
浄瑠璃本　12,23,26,82,140,244
浄瑠璃名題　431,437
浄瑠璃寄せ物　232
抄録　24,27,32,33,36,42,115,141,142
松緑　399
抄録化　86
抄録本　115
抄録物　10,13,14,26,36,38,62
抄録物草双紙　8,23,62,65,67,85,441,442
抄録物草双紙化　441
『初期上方子供絵本集』　12,43
初期上方子供絵本　12
初期草双紙　8,13,62,95,114,116,117,120,131,133,135,139,164～166,280,443,454
初期追善草双紙　260,286
『諸芸評判　金の揮』　135
所作　118,183,184,198～200,255,277,334,349,350,357
所作事　100,107,112～114,157,183,184,186,247,278,342,349～351,357,443,447
『諸問屋名前帳』　437
「白井左近」　355
白糸　200
白河　340
　→松平定信
白菊　182
白玉　291
白太夫　234
白拍子　103,155
白拍子三輪　155
素人狂言　171
白酒売　143,291,331,349
白酒売四郎兵衛　349
白妙　100
『新燕石十種』　304
「真覚声吟ついぜんのおどりうた念仏」　270
『新狂言梅姿』18,175,251,254,259,325,326,335,449
『新群書類従』282,397,435
『新古今歌合』　115
『新刻繍像批評金瓶梅會校本』　437
『新刻役者綱目』　114
新古浄瑠璃　9,23,441
新古浄瑠璃の抄録　12
薪水　154,156,157,160,162,164,265
　→坂東彦三郎(二代目)
『神代椙木目論』　329,331

『心中重井筒』　29
『心中天網島』　29
心中道行　251
心中道行舞踊　447
『新天鼓』　142
進藤九十郎　396
新藤茂　286,303,361,412
『シンドラー・コレクション浮世絵名品展』　90,307
新王　273
新之助　381,384,385,387,388,452
『新板累物語』　147～149,168
『新板軍法富士見西行絵尽』　11,44
『新板　倭歌須磨昔』　44
『新編金瓶梅』　414,415,417～421,424～428,430,433,434,436～438,453,454
人変雷神　235
森羅亭主人　151,232
『神霊矢口渡』　13

す

『水滸後伝』　428
『水滸伝』　415,416,420,424～428,430,433,435,436,453,454
「水滸伝豪傑百八人之一個」　416
『水滸伝雪挑』　436
随念　322
→市川団十郎(四代目)
随筆　199,244,444
『随筆百花苑』　340,359
『扇恵方曾我』　124,136
『末ひろ扇』　15
「菅原」　359,384
『菅原利生好文梅』376,377
『菅原伝授手習鑑』　8,10,14,172,188,233～235,257,258,291,446
菅原道真　376
宿禰兼道　14,129,131
宿禰太郎　234
助高屋高助(初代)　157,158,276,280
→沢村宗十郎(初代)
祐経　201,203
資朝　430
祐成　99,160,182,198,201,204
祐信　204
助六　16,178,247,251,261,269,277,278,286,290,291,293,294,296,298,299,301,317,318,330～332
『助六曲輪名取草』　296,330
『助六廓花見時』　298
『助六廓夜桜』　251
助六の出端　291
助六物　269
『助六所縁江戸桜』　143,292,330,384,386
祐若兄弟　25
素浄瑠璃　86
薄　247,331,332
鈴木重三　10,12,16,17,43,44,47,119,135,136,167,194,231,256,336,392,406,409,413,437
鈴木俊幸　256
鈴木白藤　340
鈴木平左衛門(初代)　273
鈴木平八(初代)　270
すゞの森のおいし　156
『鈴曙恋関札』　105
『寿々葉羅井』　355
雀千声　287
『図説日本の古典』　304
須藤六郎左衛門　171
『隅田河鏡池伝』　365,373～375,381,451
『隅田川続俤』182,186,445
隅田川の世界　182
『隅田川梅柳新書』　365,372～374,381,451
『隅田川花御所染』　365,376,381,386,451
隅田川物　372,373
隅田川物歌舞伎　376
『隅田川柳伊達衣』　330
須山章信　193
摺物　292,301,359,361
『寸錦雑綴』　151,152,168,232

せ

世阿弥　271
西啓　426
清玄　97,98,105,107,116,184
清玄物狂い　184
『〔せいすい記〕』　115,139,145～147,149,151,153,164,165,168,232,233
制吒迦童子　155,291
『『生と死』の図像学』　302
盛府　265
　→佐野川市松(初代)
清遊軒　288
　→唐来参和
『青楼花色寄』　118
『清和二代大寄源氏』　298
瀬川菊次郎(初代)　95,98,100,101,103,110,112,276,321
瀬川菊之丞　114～117,131,139
瀬川菊之丞(初代)　14,95,98～101,105,106,109,111,113～116,140,142,276,443
瀬川菊之丞(二代目)　95,107,112～115,142,143,145,146,155,156,167,195,197,198,207,209,260,261,265,269,271,279,321,443
瀬川菊之丞(三代目)　95,118,175,234,239,240,244,247,251,253,258,294,320,321,325,326,328,329,331,334,335,447,449
瀬川菊之丞(五代目)　376～396,398
『瀬川菊物語』　15,114
瀬川吉次　112,154,155
　→瀬川菊之丞(二代目)
瀬川吉松　196,202
瀬川錦次　357
　→松本幸四郎(四代目)
瀬川家　115
瀬川如皐　285
瀬川如皐(三代目)　415,416,420,421,428,435,436,453
瀬川多喜恵　404
瀬川富三郎(初代)　118,321
　→瀬川菊之丞(三代目)
瀬川富三郎(二代目)　340
『瀬川ぼうし』　117,247
瀬川雄次郎(初代)　197,198,208,238
関口官蔵　395,406
関三十郎(二代目)　378,403,404
関根只誠　88
関の小万　116
瀬田淡路之助敏常　378
勢田七郎俊道　374,378
説経　12,97
説経太夫　273
説経節　23,441
『摂陽奇観』　329,337
台詞術　120
『せりふ正本集』　210
台詞本　136
世話事　120,351,357,443
『善悪女の恋妬』　349
泉市　369,430
「善光寺」　43
『〔善光寺〕』　46
『善光寺』　11
禅師坊　155,160
千秋楽口上　323
栴檀皇女　67,76,78,85
千の利休　357
『千本左衛門』　45,131,132,135,138,139
『千本桜』　384
『千本さくら』(黒本)　13
千三五郎　291
善りゅう　374,378

そ

宗因　140
惣踊り　265
象嵌　392,393,404,406,453
『総校日本浮世絵類考』　194,256
宋公明　435
草紙絵本　82
草紙屋　151
相州酒匂上輩寺　416
宗匠祇徳　303
僧正坊　198,204,206

宋蘇卿　335
増長天　154
『増訂武江年表』　75
『増補　古今俳優似顔大全』　130,420
『増補新版　日本文学史　近世』　15,16,43
相馬太郎良門　298
曾我　129,201,202
『曾我会稽山』　10
曾我兄弟　328
『曾我兄弟十ばん切』　15
曾我兄弟の対面　204
曾我五郎　101,131,160,273,291,292,326,328
曾我五郎時致　296
『曾我崎心中』(歌舞伎)　29
『曾我十ばん切』　15,63
曾我十郎　99,101,203,291,326,328
曾我の世界　101,186,421,428,453
曾我の対面　265,277
『曾我贔負二本桜』　143,182
『曾我蓬莱山』　15
曾我物　131,244,291
「曾我物語」(歌舞伎)　428,430
曾我物歌舞伎　278
『曾我裲襠護若松』　113
俗医者左内　181
『続々歌舞伎年代記』　431
卒塔婆小町　179
曾に奴あかん平　384
「其扇屋浮名恋風」　431
『其返報怪談』　18,236,237,243,258,447
『鼠璞十種』　167
『染手綱初午曾我』　112
『染直鳶色曾我』　175,188,325,327,335,449

た

『大益天神記』　45
大海童子　67
太閤記　435
大三郎　386
『〔大しよくはん〕』(黒本)　23,36～38,40～42,49
『大しよくはん』(古浄瑠璃)　23,36～39,42
『大織冠』　39
大職冠　38
大職冠玉取り譚　39,42
『大職冠水からくり』　39
大職冠物　37,42
太宗皇帝　38
『大内裏大友真鳥』　9
大団円　85
台帳　247,255
大通　359
『赤本黒本青本集』(大東急記念文庫善本叢刊)　10,43
大日坊　171,172,175,182～184,186～188,255,445
『大日本伊勢神風』　75
大仏供養　206
『太平記』　121,131,428,430
『太平記賤女振袖』　155
平知章　297
平の時国　115
平将門　121,127,341,359
平行盛　372
絶間姫　271
『誰袖粧曾我』　156,160
高田衛　336
高橋則子　43,45,46,88,188,336,360
高衡　430
「たき川市弥しでみちゆき」　270
瀧口競　295
滝中秀松　106
武井協三　257,281,282,336
竹下要之助　251
竹田出雲　10
『竹田出雲　並木宗輔浄瑠璃集』　167
竹田子供芝居(大坂)　150
竹中吉三郎　272
竹抜五郎　158,290,291,293,294,301
『〔竹之丞〕』　15
『竹春吉原雀』　386
武部源左衛門　359
武部源蔵　234,376
武松　420,425～427,430,434,435
竹本座(大坂)　14,23～25,

33,65,66,115,142
糺河原勧進猿楽　282
多田南嶺　33,150
立川洋　137
橘町　304
橘守国　122,194
立役　170,179,182,183,186,187,251,278,434,445,447
『立髪定家鬘』　14
立川焉馬　294,299,301,302,306,321,403
『伊達競阿国戯場』　149,295,321,385
『伊達染手綱』　115
『伊達錦対将』　295,322
伊達与作　29
『伊達与作亀山通』　25
棚橋止博　13,18,44,45,77,188,237,243,280,286,289,319,337,338,358～360,455
田部義長　97
谷風　344
田螺金魚　270
谷村太兵衛　39
田沼意次　339,359
田沼意知　339～342,449
田沼政治　359
『頼有御摂綱』　386
旅芝居　275
玉川千之丞(初代)　273
玉嶋磯之丞　258
玉章　162
『玉藻前御園公服』　386
民谷伊右衛門　396,397,399,403,408,409,452
田村成義　431
為朝　428
為永太郎兵衛　255
太夫元　320,321,323,336,347
『俵藤太絵巻』　122
俵藤太の百足退治説話　120,121,127,129
俵藤太秀郷　120～122,127,129,341,342,359,449
『俵藤太物語』　122
丹和浩　44～46,120,131,135,137,454
談義本　164,165,260,261,301,335
団七九郎兵衛　253
「団七嶋」　253
『丹州千年狐』　141,142
『丹州爺打栗』　9
団十郎　17,386
談州楼焉馬　17,116,167
『団十郎三代－堀越加納女思ひ出話－』　387
『団十郎七世嫡孫』　292,294,299,305
『団十郎と江戸歌舞伎展』　210
「団十郎、仲蔵、海老蔵」　170,176,445
団十郎似顔　365,377
団十郎の得意芸　301
団十郎贔屓　291
団十郎名義　389
団十郎名義合巻　365,381,387
弾正左衛門　335
「だんじり六法ぐぜいの舟」　273,274
丹前　201
丹波助太郎　98
『丹波爺打栗』　9,13,232
丹波の日吉　272
『たんばよさく』　13,23,24,26～29,46,49
『丹波与作』　48
『丹波与作』(歌舞伎)　25
『丹波与作』(浄瑠璃)　24,25
丹波与作　25,27,29
『丹波与作浮名鞋』　26
『丹波与作亀山通』　25
『丹波与作手綱帯』　25
丹波与作の世界　112
『丹波与作待夜の小室節』　23～27,29,48,115
『丹波与作無間鐘』　115
段物集　23
旦縁　374

ち

近石泰秋　47
近松作浄瑠璃　10～12,23,25,32,62,65,86
『近松浄瑠璃集　上』　48
『近松全集』　48,167

近松物世話浄瑠璃　29
近松門左衛門　10,23,24,26,29,33,62,65,75,115,124,141,182,435,441
『近松門左衛門集』　89
「ちきり伊勢屋」　355
『児ヶ淵紫両若衆』　389
『児桜蒡実記』　26
秩父重忠　430
秩父屋　352
千鳥　145
ちば之助常種　202
千早　426
茶化し　256
茶番狂言　269
忠円阿闍梨　374
『中国古典文学全集』　437
中国四大奇書　414
『中古戯場説』　99,100,103,113
中車　265,269
→市川八百蔵(二代目)
『〔中車光陰〕』18,243,261,265～267,270,271,277,279,283,287,291,303,305,309
中将雪枝　142
『忠臣蔵』　181,320,330,397
『忠臣名残蔵』　329
長右衛門　244,247,250,335
長吉　198,207,209
『長生殿常桜』　105
張竹坡　414
提灯抜け　400,402,403,452
提灯の合印　118
「提灯の幽霊」　402
張天仙女　428
長編合巻　414
長まつ　385
張良　292
『勅宣養老水』　46
千代女　339
千代寿丸　271
『ちんぜい八郎ためとも行状記』　45
『椿説弓張月』　428,430,436,453
『椿説弓張月続編』428,438
『枕邊深閨梅』　437

つ

追善　112,134,160,164,165,176,260,276,280,286,292,297,304,444,448
追善歌祭文　280
追善絵　285,433
追善歌謡　270
追善狂言　334
追善際物草双紙　271,280
追善草双紙　161,165,170,176,177,243,260,261,270,271,278,279,285～289,291,302,445,448,450
追善久陽　18,243,261,287
追善芸能出版物　450
追善合巻　282
『追善極楽実記』288,306,311
『追善曾我』　282
追善文　278
追善本　270
追善物　15,165,260,261,270～272,280,288,292,335,448,451
追善物草双紙　256
追善物出版物　448
津打治兵衛(二世)　147
つがもない　29
『常磐春羽衣曾我』　295
『月湊英雄鑑』　74,126,130
『月雪花寝物語』　199,336
付舞台　63,85
辻番付　75,76,124～127,178,185,190,209,324,376,412,437
辻法印　145,146,232
蔦か河骨状　140
蔦重　172
蔦屋　338～341,354
蔦屋重三郎　303,304
土田衛　48,193,257,280,281
経若　208
『津国夫婦池』　9
『津の国夫婦が池』　9
角田一郎　167
壺　151

→勝川春章
壺印　232,284,303
坪内逍遙 8,17,139,232,352
釣鐘弥左衛門　181
釣狐　199,203,204
釣狐の対面　198,199,203
『釣狐春乱菊』　210
鶴千代君　385
鶴の丸　154,156,158
鶴の丸紋　154
鶴菱　154,158
鶴屋　10,12,15,17,18,131,139,172,175～177,193,251,261,287,288,338,446
鶴屋喜右衛門　39,303,365,451
鶴屋南北(道外方)　150
鶴屋南北(四世)　365,376,381,397,402
『鶴屋南北の世界』　412

て

『〔定家〕』　11,12,115
『定家』(土佐浄瑠璃)　95～98,103,105,114～116
定家　103,115,164
「でこかづら」　434
手代丈八　178
手代清七　258
鉄拐仙人　115
『手前味噌』　187
寺島村　355
出羽掾　39
『天下一面鏡梅鉢』　339
伝吉　253
『天狗礫鼻江戸子』　352,353,362,450
天狗どん龍坊　344
『天鼓』　142,167
天竺徳兵衛　335,376
『天竺徳兵衛韓噺』　412
天竺浪人　260
→平賀源内
『天神記』　377
『天智天王』　12,44,45
天保の改革　89
天満八太夫　273
天明歌舞伎　298,299
天明の大飢饉　338
天明文化　302

と

戸板康二　278
「東街道中門出之魁四ツ家怪談」　391～394
『東海道四ッ家怪だん』　392,395,396,398,399,411,412,452
『東海道四ツ家怪談』　392,400,401,404～407,411,413,452
『東海道四谷怪談』(歌舞伎)　377,389,391,392,394～397,399,411,452,453
『東街道四ツ家怪談』　392,406～411,413,452
藤吉　297
道具方　402
道外　137,146,147,149～151,182,444
道外方　149～151,182,232,233,444
道外者　154
道外役　153,233
団三郎　131,155,160,200～202
東洲斎写楽　286,303
同宿弁長　175,179,255
道成寺　101,111,114,118,187,189,208
『東荘寺合戦』　44,133,135,137,454,502
道成寺所作事　105,187
道成寺の鐘入り　111
道成寺の所作　106
道成寺のやつし　184,187,198,445
道成寺舞踊　105,111,291
道成寺物　100,187
当世男　344
当世見立三幅対　330
『当世役者穿鑿論』344,354
『東都劇場沿革誌料』　88,124,397
道頓堀　66,332,349,350
『唐文章三笠の月』171,189
唐来参和　288,339,358
→清遊軒
遠山荷塘　414
通油町　241
戸隠の神職　155

とがり彦次衛門　271
時宗　198,201,203,204,207
常磐津　105,182,184,186
常磐津兼太夫　184
得意芸　449
徳川家治　325
『徳川文芸類聚』　118
徳田武　414
土佐少掾橘正勝　97
土佐浄瑠璃　11,13,95～98,103,105,114～116
『土佐浄瑠璃正本集』　97,117
杜若　350,361
　→岩井半四郎(四代目)
とちゝん　428
訥子(古訥子・初代)　150,204,205
　→沢村宗十郎(初代)
訥子(三代目)　361
訥子(四代目)　282
突鎮坊　428
『殿造千丈嶽』　12
殿村篠斎　424
賭博カルタ　176
『賭博史』　189
賭博用語　176,445
富川吟雪　12,121,238
　→富川房信
富川房信　10,12,15,16,121,130,131,135,141,151,153,157,165,166,197,233,237,279
富十郎座(大坂)　111
富永平兵衛　25
富本豊前太夫　447
巴　145,146
巴丸　142
友切丸　100,207
知盛　206
ともよ(女力持ち)　237
朝稚　428
友若　206
豊竹和泉太夫　269
豊竹座　63,82,116,244
豊竹嶋太夫　178
豊竹肥前掾　25,147
豊竹和佐太夫　178
虎　100,101,103,143,204,205,207,326,328
虎が石　204
虎少将　200,201
虎退治　76,78,84,88,420,426
虎屋永閑　273
虎屋藤吉　385,386
鳥居　9,139,194
鳥居清重　16,130,136,257
鳥居清経　9,10,18,115,145,147,151,153,165,171,172,178,197,232,233,235,237,239～241,243,260,261,287,446
鳥居清長　8,18,171,189,231,237,240,241,255,352
鳥居清信　11,14,63,64,115,130
鳥居清広　67,75,90
鳥居清倍　16,67,90
鳥居清満　9,10,12,15,16,66,114,122,127,131,133,147,161,162,164,165,168,169,233,444
鳥居派　64,130,139,140,235,446
鳥居フミ子　44
『飛だ噂の評』　322,335

な

直助の権兵衛　395,397,399,404,406,408,409,411,452
永井荷風　285
長唄　105,332,334
長歌源右衛門　273
長唄正本　199
長崎勘解由左衛門　297
『長澤規矩也著作集』　436
中島勘左衛門(二代目)　158,280
中島勘左衛門(三代目)　255,320
中嶋国四郎　196
中島助五郎　158
中島寅蔵　296
中島三甫右衛門(二代目)　234,235,238,253,303
「仲蔵狂乱」　332
長友千代治　47,89
『中洞花小車』　17,18,243,261～264,270,271,277,

279,283,287,291,305,308
中の芝居(大坂)　332,334
中村歌右衛門(初代)　197,198,203,205
中村歌右衛門(二代目)　195,198
中村歌右衛門(三代目)186
中村恵美　389
中村勘三郎　273
中村勘三郎(初代)　272
中村勘三郎(八代目)　321
中村勘三郎(九代目)　321,328
中村勘三郎(十代目)　321
中村勘三郎座　193
中村吉兵衛　149
中村喜代三郎　101
中村此蔵　75,196
中村座(江戸)　14,15,26,29,74,75,84,100,101,105,107,109,112,113,115,122,124,127,129,130,134,143,149,151,155,160,162,172,178,181～184,186,193,204,208,209,232,233,251,255,277,294～299,320～325,328～330,340,347,352～354,359,360,377,382,392,395,397,391,408,414,434
中村座(大坂)　26,101,107
中村座(京都)　101
中村芝翫(四代目) 420,434
中村七三郎(初代) 273,275
中村七三郎(二代目)　26,197,199,202,234,235,265
中村秀鶴(初代)　285
→中村仲蔵(初代)
中村重助(二代目)　338
中村助五郎(初代) 158,280
中村助五郎(二代目)　178,195,199,201,203,234,241,330
中村大太郎　75
中村鶴蔵(初代)　420
→中村仲蔵(三代目)
中村伝九郎(初代)　278
中村伝九郎(二代目)　131,149,195,198,200,202,204,207
中村伝九郎(三代目)　265
中村伝九郎(四代目)　285,288,289,291,311
中村伝蔵　265
中村富十郎(初代)　95,98,100,101,103,105,111,114,116,240,241,320
中村友十郎　196
中村仲蔵　75
中村仲蔵(初代)　170～172,175,176,178,179,182～184,186～188,196,198～200,204,209,234,235,240,247,251,255,285,291,295,296,299,305,320,321,323～326,328,330～332,334～336,340,350,357,360,445,449
中村仲蔵(二代目)　291
中村仲蔵(三代目)　187
中村福助(初代)　420,430,433,434
→中村芝翫(四代目)
中村松江(初代)　196,201,206
中村幸彦　10,43,47,389
『中村幸彦著述集』　47
中村里好(初代)　291,330
中山新九郎　25
中山文七座(大坂)　100
中山右尚　280,337,359
泣男　155
名古屋小山三　162,163
「名古屋山三」　275
名残狂言　329,377
『名残花四家怪譚』(合巻)　392～396,400,401,403～405,412,413,452
『名残花四谷怪談』　391
名題かんばん　299
『夏祭其翌年』　251,253
『夏祭浪花鑑』　253,258
七草四郎　75
『七種粧曾我』　296
『浪速叢書』　329
並木　435
並木栄輔　101
並木正三(二世)　26

並木千柳　142
並木宗輔　101
波静　117
成田不動　291
成田屋七左衛門　299
鳴物遠慮　275
鳴神　271,293,301
『鳴神化粧桜』　15
鳴神比丘尼　98,112
『雷神不動北山桜』　99
『男色大鑑』　270

に

似顔　16,17,116,130,133,135,139,140,151,153,162,164,165,167,171,172,175,179,182,194〜197,231〜233,235,236,238,243,244,247,251,253,255,256,279,325,359,365,377,393,395,396,406,408,430,443,444,449〜451
似顔絵　6,7,17,116,139,150,151,153,161,170,187,195,197,231〜233,236,243,247,256,277,279,285,299,338,340,342,393,444〜449,451
似顔式小説絵　195
似顔象嵌　84,89,391,404,406,408,411,452,453
似かほの人形　247
肉体表現　100,107
錦絵　5,84,232,247,265,361,381,450
『錦絵にみる役者への追悼』　303
錦の前　374,376,378
西沢一風　26,65,337,435
仁科平九郎盛景　372,374,376,378
西宮新六(江戸)　86
西村源六　365,451
西村重長　9,133
西村屋　13,15,18,63,172,359
二十五菩薩　278
「廿四孝」　409
『二世市川団十郎』　135
『にせ物語絵』　336
にせやつこさなだの与市　155
『二代政宗』　17,172,173,189
『日乗上人日記』　97
日輪寺　416
仁木　316
新田徳寿丸　385
『日本商人の始』11,43,44,117,118
『再評判』18,257,335,342,343,361
『二の替芸品定』　109
二の宮　155,202
『日本演劇史』　129,130,135,150,156,454
『日本演劇史論叢』9,15,43
『日本歌謡集成』　280
『日本近世小説と中国小説』　436
『日本芸能史』　360
『日本古典文学大辞典』　12,16,17,43,47,135,188,280,337,437,455
『日本小説書目年表』　24,30,63,236,243,253
『日本庶民生活史料集成』　209,358
『日本庶民文化史料集成』　88,137,402
『日本の説話』　281,282
『日本版画美術全集』　256
『日本版画便覧』　256
『日本文学全史　近世』15
『日本文学大辞典』　188
『日本蓬艾始』　127,132,133,136,138,443
女色男色論　261
人形芝居　12
人形浄瑠璃　244
人形町　143,151,431
「人相見」　355

ぬ

『鵺森一陽的』　134,295
濡事　206〜208,253,277,357
濡れ場　131

ね

『猫鼠大友真鳥』　9,10,14,

129,131
鼠木戸　275
『ねずみ文七』　16
『根南志具佐』　114,260,
335
『根無草後編』　164,165,
260,335
寝惚先生　260
→大田南畝
『閨扇墨染桜』　376

の

能興行　271
能晋輔　416
→柳水亭種清
『軒並娘八丈』　412
『残雪槑曾我』　155,160
延廣真治　304,360,361
登之助　385
野間光辰　281
乗り込み　350
乗込行事　332
乗り込み騒動　349
『乗初奥州黒』　10
野分　115,186

は

俳諧　344
『誹諧談林』　140
梅旭　352
→お亀
『博多小女郎波枕』　435
『馬琴評答集』　437
『拍案驚奇』　425,437
栢莚　99,124,133,200,265,
275,289,291,300
→市川団十郎(二代目)
白猿　178,290,294,298,
315,329,351,375,409
→市川団十郎(五代目)
栢車　164,183,265
→市川雷蔵(初代)
「博奕仕方風聞書」　189
羽子板売り　200
箱王　131
土師兵衛　234
蓮切丸　269,278
長谷川勘兵衛　397,402
長谷川町　151,241
長谷川強　119
畠山重忠　251,325,326,
328,338～340,344,357,
358,449
『二十山蓬莱曾我』　100,
103
畑六郎左衛門　298
八才の宮　385
八蔵　27,29
『八代目団十郎の死』　387
「鉢の木」　359
八兵衛　232
八文字屋其笑　33,150
八文字屋自笑　115,143
八文字屋瑞笑　33,150
八文字屋八左衛門　12
『八文字屋本全集』　282
はちや孫太郎　155
『初暦寿曾我』　101
「初便廓文章」　432
服部幸雄　135,292,304,454
『初春万歳寿』　141,143～
145,153,164,165,167,
168,233,444
『初紋日艶郷曾我』181,324
花井才三郎(初代)　273
『〔花ういらう〕』　15,133
花笠文京　391～396,452
花形主馬之介　187
『花襯風折烏帽子』　118
『花筐班女扇』　182
花形役者　434,444
花川戸助六　386
花子　372～374,376～378
咄の会　352,358,361,450
咄本　143,164,165,352,355
『花三升芳野深雪』　298
『花江都歌舞妓年代記続編』
397,402
『花江都歌舞妓年代記』
106,136
『東川添名所』　237,241
『花珍奴茶屋』18,172,188,
334,335,449
はねわなの彌蔵　208
浜田義一郎　238,359
浜田啓介　89
浜松歌国　329
早替り　178,179,181,182,
426,433,445
早雲座(京都)　25
囃子方　277,279,448
林公子　360

林京平　151
林久美子　45
林屋七衛門　151
林美一　178,285,286,437
はやとの介　208
原田次郎吉　161,162,164
『原田二郎種直』　162
原道生　48,286
『春霞清玄凧』　115
春狂言　323,350,397,430,433
『春宝東人形』　199
『春曙埣曾我』　98,103,105～107,117
「春昔所縁ノ英」　334
樊噲　127
判官　182
判官代輝国　234
『はんごんかう』　11,43,45
半沢六郎　175,251,325
半七　335
『半日閑話』　237,241,320
班女　376～388
班女道行　182
幡随長平衛　357
『萬歳阿国歌舞妓』　384
半太夫　118
番付　8,95,130,136,233,261,377,416,453
『坂東一寿曾我』　16,131
坂東我朝　404
坂東菊松　156
坂東三八(初代)　265
坂東しうか(初代)　433
坂東助三郎　26
坂東善次　75,196
坂東大吉(初代)　378
坂東彦左衛門(二代目)　395,406,408
坂東彦三郎(初代)　156,444
坂東彦三郎(二代目)　139,153～157,160～162,164～166,233,261,265,269,271,279,444,445
坂東彦三郎(三代目)　178,253,255
坂東彦三郎(四代目)　378
坂東又九郎(初代)　273
坂東又九郎(四代目)　75
坂東又二郎　272
坂東又太郎　75
坂東又太郎(初代)　127,273
坂東又太郎(四代目)　234,235,239
坂東万蔵　182
坂東三津右衛門　404,408
坂東三津五郎(初代)　175,239,240,244,247,258,286,287,289,291,309,320,323～326,328,335,449
坂東三津五郎(三代目)　378,397
坂東三津五郎(四代目)　406,408
番人弥作　155
番場の忠太　145,179,326,328
半兵衛(森田座帳元)　323
萬里亭　134

ひ

贔屓　6,279,290,344,352,357～361,388,448,450
贔屓連　289,301,329
『東山後日八百屋半兵衛』　115
『東山桜荘子』　415
『東山殿戯場朔日』　113
『彦山権現誓助剣』　8
久松　160
久吉　335
秘事松　430
毘沙門天　127
毘沙門天の百足退治　127,129
美女姫　251,325
美人草　247,331,332
肥前座(江戸)　66,244
『秘蔵浮世絵大観』　302,303
『秘蔵浮世絵大観別巻』　283,302,304,455
ひたちの介　25
『秀郷龍宮巡』　122,123,127,128,137
『人似小真根』　243,244
人丸　209
一人立役者絵　151,162
『独道中五十三駅』　397
日野龍夫　305,360
批評本　414
『百万塔』　357

冷水売り　269
日向勾当　296
日傭取六介　154
評判　118,277,294,319,342,347,349～351,403,433,449
評判記　95,112,156,399
評判記形式　294
比翼紋　131,154
『比翼紋対晴着』　282,283
平賀源内　114,164,260,322
『ひらがな盛衰記』　108,111,115,145,147,232
平戸のあま小弓　75
平野屋徳兵衛　29
広瀬千紗子　304,360

ふ

『封文栄曾我』　142
風来山人　260,322,335
→平賀源内
『風流いかい田分』　157～160,168,279,444
『風流一対男』　9,10
『風流瀬川咄』　280,337
『風流達磨隠居』　153,154,167,168
『風流なこや山三』　46
『風流从すけ六』　16,139
『ふゑ竹角田』　45
『葺換月吉原』　295
葺屋町　397
吹屋長兵衛　247
『舞曲扇林』　270
福島屋清兵衛　357
福寿草　331,332
福田泰啓　46
福満多山人　288
普賢菩薩　155
房前　39
富士浅間　340
『富士扇三升曽我』　386
藤川菊松座(大坂角の芝居)　66,186
藤嶋東蔵久景　374,378
富士田吉次(初代)　265
藤田小平治(初代)　273
富士田楓江　265
→富士田吉次(初代)
富士太郎　124
藤壺　33
『富士見西行』　11
『富士見西行絵盡』　9
藤本恵里砂　283
藤屋伊左衛門　142
藤原鎌足　38
藤原淡海　38
藤原時平　234～236
藤原はるか　46
『両顔月姿絵』　186
『双生隅田川』　182
『双蝶々曲輪日記』　9,10
『二葉春花麗曾我』　384
二葉の前　184
二人立役者絵　162
武太郎　426,433,434
仏国太平記　276
物故役者　273,277,279,288,289
物故役者達による歌舞伎上演　288,289
『筆累絹川堤』　43,145,146～149,151,168
「筆娶八百屋お七」　160
『筆始勧進帳』　296
『筆始曾我玉章』　155
不動　293,381
不動信仰　120
不動明王　295
懐手　147,149
太綱の首引　131
船館幕左衛門　425,428
普門丸　384
『振袖江戸紫』　174,175,179,180,182,189,251,253～255,259,445
『振袖隅田川』　186
『降積花二代源氏』　152,153,168
古井戸秀夫　118,189,257,305,336,337,359
古山師重　25
『武烈天皇(きさき)』　12
不破　293,301
不破伴左衛門　136
不破伴作　163
『文学』　12
文魚　359
→大口屋治兵衛
文慶堂　414,415,430,432
文耕堂　109
豊後節　105,118,344

豊後節の全面禁止令　105
文七　151
「分身鏃五郎」　122,130
『分身矢の根五郎』　296
『文政雑談』　397,399
『文武二道万石通』　338,340～342,449

へ

米価高騰　339
平久　265
→坂東三八(初代)
『平家女ごの嶋』　46
平家のすけの局　207
『ベルリン国立博物館所蔵名作浮世絵展』　90
ベロ藍摺　400,412
弁慶　293
『弁慶誕生記』　12
変化舞踊　179,182
変化物　187
弁天おとよ　265,269,270,303
ヘンリー・スミス　412

ほ

『宝永忠信物語』　272,282,292
鳳凰と桐の意匠　12,30
法界坊　182,183,186,445
法界坊もの　182,186,187
北条　206
北条四郎時政　326
朋誠堂喜三二　172,175,325,326,338,358
法談　344
ほうどう丸　209
『望夫石　堤彦松浦軍記』　46
蓬莱山人亀遊　18,241,261,287
卜尺　140
墨川亭雪丸　84,89
穂馬刑部　425
菩薩おどり　272
『星合源氏車』　156
細川和泉守　349
細川勝元　75,295
細窪孝　188
細判　151,286
細判漆絵　72,90,108
細判錦絵　183,184,189,190,235,236,248～250,255,256,258,259,279,284,302～304,308～311,331
細判紅摺絵　73,90,106,163,168,169
細谷敦仁　45,46,120,137,187,454
牡丹　332
牡丹杏葉之助　247
ボタン付きの黒衣　278
布袋市右衛門　151,232
布袋屋座(京都北東)　350
仏孫兵衛　395
『蜀魂三津啼』　287,303
堀留町　431
本所牛島　355
本多次郎近常　251,325
『本朝廿四孝』(歌舞伎)　411
『梵天国』　140

ま

『舞扇栄松雅』　376,377
『籬の菊』　260,271,279,280,286,445
牧村史陽　387
『将門冠初雪』　295
正成　293
増井源吾　373,378
増井源太左衛門国忠　373
又五郎　33
松井源吾　198,202～205
松王　234,235,384
松王丸　172,301
松崎仁　280,281
松平定信　338,340～342,358,359,449,450
『松平大和守日記』　25
松葉ヶ谷袖之介　100,103
松原哲子　167
松村屋　13,18,169,171,237,238,243,261,282,287,447
松村弥兵衛　236,241
松本幸四郎(二代目)　134,136
→市川団十郎(四代目)
松本幸四郎(三代目)　134,195,198,200,201,207～209,294

→市川団十郎(五代目)
松本幸四郎(四代目)　75, 175,195,239,244,247, 253,257,320,322,323, 325,326,328～332,334, 335,338～342,344,347, 349,355,357～359,449, 450
松本幸四郎(五代目)　355, 376,378,387,392,393, 395～397,399,406,408, 452
松本幸四郎(六代目)　381, 397,408,451
松本染五郎　395
松本大七　196,200,291
松本秀十郎　196,202
松雅　373
松若　200,202,203,208,372
松若丸　377
松雅丸　374,377,378
真那子庄司娘　100
まねき看板　340
『通人為真似』319,335,449
丸屋小兵衛　9～13,16,24, 127,169
丸山泰　359
万象亭　338

み

『三浦弾正風俗鎧』　111
見得　160,296
三河屋義平次　253
『未刊随筆百種』　189,321
水からくり　39
『三筋緯客気植田』　355
水田かや乃　117,189
水谷不倒　9,14,42,88,195, 197
『水谷不倒著作集』　42,88, 136,209
水野為長　340
水野備前守　105
水野稔　188,325,358,414, 424,455
見世物　237
『鼠尾艸取縁紫』　269
御台牛の御前　377
三田村鳶魚　416
乱髪おせん　155
道行　39,42,105
『三瀬川上品仕立』　283
『三ツ瀬川法花勝美』　283
三つ人文字模様　171,251
『〔三歳繰珠数暫)』　243, 289
南和男　358
源範頼　430,433
源義家　155
『源よしつね高名そろへ』　12
『源義経将棊経』　10
源頼家　326,384
源頼朝　338,344
源頼光　33
源頼兼　75
みねの弥太郎　171
三原野ノ女狐　209
『三保崎貍膏薬』　238
三枡源之助(初代)　395
『三升なこや』　15
三升紋　67,131,139,251, 330
三升屋二三治　402
三升連　294,352,358,360, 450
宮尾しげを　136
都座　297,298
『宮古路月下の梅』　118
宮古路加賀太夫　105
宮古路文字太夫　105
『都鳥浮寝之隅田川』　365 ～367,369,372～375, 379～381,388～390,451, 458
都鳥沖右衛門　209
都万太夫芝居(京都)　33
宮崎八蔵　195
『宮薗花扇子』　244
宮薗節　244
宮武外骨　189,285
妙閑　349
『妙智力群鳩』　236,239,242, 258
三好修一郎　11,43～46
三好松洛　25,109,142
『眉輪王出生記』　12
明版　414

む

向井信夫　17,116,167,231, 360,412

昔噺物　9
『〔むけん〕』　95,107,109～111,114,116,119
無間の鐘　109,111,113～116,145,146,265
「無間鐘新道成寺」　111
→「傾城道成寺」
向島　355
向島武蔵屋　360
「虫づくしせりふ」　199
武者絵　127,194
『娘敵討故郷錦』　175,188
『娘敵討上代染』　13,46
『娘曾我帰陣屋島』　204,205
「娘道成寺」　325,336
『寓骨牌』　176
武藤禎夫　168
武藤純子　135,136,257,454
村井省三　189
村田屋　9,12,13,30,36,63,66,77,121,171,172,175,197,233,251
村田屋次郎兵衛　121
村山座（京都）　25
村山平十郎　275

め

名義合巻　377
『名君矢口社』　13
『名作浮世絵二百年展』210
冥土での芝居興行　279,448
冥土物　260
『明和伎鑑』　107,108,119,134
『明和誌』　143,330
めくり　176
めくりカルタ　170,176,445
『驪比翼塚』　13,45
目徳璃寛　387
乳母おまき　395,404
めりやす　113

も

木庵　162
艾売り　127,133,296
『百舌鳥国文』　13
『持攤太平記』　236,239
もどり　424
『物種太郎』　10
もみじの替紋模様　251
紅葉山文庫　414
百川子興　288
→栄松斎長喜
『百千鳥大磯通』　160,162
『百千鳥艶郷曾我』　101,107,118,122,125
「百千鳥娘道成寺」　105
森田勘弥（八代目）　75,76
→坂東又九郎（四代目）
森田勘弥　273
森田座（江戸）　15,29,75,122,129,150,156,160,179,182,184,186,253,255,295,321,323,324,347,395,409,434,452
盛遠　176
森屋治兵衛　390
守屋毅　305,360
『森山孝盛日記』　358
護良　430
森淑江　282
紋看板　275
文殊菩薩　155
門兵衛　330,332
門破り　131

や

八重垣姫　411
「八百手本急死蔵」　269
八百屋お七　155,156,160,253
『八百屋お七　恋藤巴』45
八百屋お七物　156
八百屋丁稚　155
八百屋半兵衛　247,249
『役者紋二色』　101
『役者有難』　75
『役者一向一心』　156,160
『役者今川状』　145,150,156,160
『役者色艶起』　198～210
『役者色紙子』　109
『役者新詠合』　100
『役者内百番』　384
役者写し　233,376
『役者裏彩色』　134
役者絵　67,74,84,105,107,153,162,164,165,184,194,199,233,235,256,

258,260,392,396,409,411,420,433,444～446,452
役者絵研究　446
『役者絵尽し』　25
役者絵本　301,382
『役者大雑書』　298,299
『役者開帳場』　149
『役者花実論』　352
『俳優画図三階興』　301
『役者吉書始』　76
『役者觽』　107,108,119
『役者芸雛形』　183
『役者刪家系』　124
『役者合巻集』　388,389
『役者五極成就』　351
役者ゴシップもの黄表紙　347,351,358,449,450
役者ゴシップもの草双紙　450
『役者歳旦帳』　134
役者座組　430
『役者早速包丁』　408,409
『役者小夜衣』　273,275,284
『役者三幅対』　74
『役者四季詠』　386
『役者姿記評林』　350,351
『役者商売往来』　179,184,186
『役者人国記』　342
『役者相撲勝負附』　277
『役者穿鑿論』　277
『役者全書』　143
『役者大極図』　349
『役者大福帳』　385
『役者互先』　179
『役者辰暦芸品定』　25
『役者砕言草』　433
『役者珠玉盡』　375,377,382,389,451
『役者談合衝』　272
『役者談合膝』　124,156,276,284
『役者註真庫』　382
『役者尽し千代の鞠哥』420
『役者真壺錺』　75,112
『役者手はじめ』　145,182,183
『役者友吟味』　275
『役者闘鶏宴』　183
『役者男紫花』　75
役者似顔　18,136,139,140,151,165,167,195,197,231,232,236,251,255～258,319,381,393～396,404,430,447,450,453
役者似顔絵　7,8,17,18,84,89,135,178,187,193,194,231,232,237,241,243,256,285,319,335,367,369,377,393,420,444,446,449～451
役者似顔絵絵本　18,153
役者似顔絵絵本番付　335
役者似顔絵黄表紙　231,319,335,338
役者似顔絵草双紙　277,450
役者似顔合巻　256,389
『役者二挺三味線』　272
『役者子住算』　100
『役者年内立春』　112,157
役者の氏神　120
『役者初白粉』　182
『役者初庚申』　150,156
『役者始開暦』　385
『役者初火桶』　149
『役者花威種』　403,404
『役者花の会』　184
『役者久意物』　157
役者評判　199,272,275,431
役者評判記　74～76,98,103,106,109,112,145～147,149,150,165,167,198,199,208,253,272,275,277,365,375,382,389,397,399,403,404,408,409,412,414,431,443,451,453
『役者評判魁梅朔』352,361
『役者舞台粧』　299
『役者懐相性』　167
『役者懐世帯』　129
『役者夫美祢』　106
『役者舞遊問答』　385
『役者武勇問答跡追　役者花威艸』　386
役者菩薩　265
『役者名声牒』　127,134
『役者枕言葉』　124

『役者巡炭』　113,151
『役者美開帳』　198～209
『役者三都鑑』　384,397,399
『役者三叶和』　113
『役者身振氷面鏡』　195
『役者三升顔見世』　299
役者名義合巻　7,365,375,388,451,454
『戯子名所図会』　300,301,307,318,448
『役者名物袖日記』　134,137
『役者目利講』　278
『役者桃埜酒』　98,103
役者紋　6,16,131,139,154,161,167,233,235,251,253,442,444,446
『役者紋選』　354
『俳優世々の接木』　386,387
『役者龍門滝』　198～210
『役者和歌水』　275
『役者若見取』　113
『役者笑上戸』　112
『矢口渡』　385
役人替名　199
櫓幕　272
櫓紋　63,82
役割番付　99,103,105,145,154,178,199,376,377,396,408,412,414,428
安清　13
安田岩蔵　256
奴いせゑびあかん平　296
奴凧平　326,428,430
やつし　27,29,142,277
やつし芸　25,29
やつし姿　201,202
柳川桂子　10,147,260
柳の局　373,376,378
簗田三郎近忠　374,378
家主八兵衛　145
家主杢兵衛　145,146
矢の根　122,124,129,131,182,293,296,301
『矢根朝比奈』　131
矢の根蔵　122,330
矢の根五郎　136,297,301
弥兵衛（手代）　329
山口剛　188
山口屋藤兵衛　390
山崎春菜　188
『山崎与次兵衛寿門松』　10
『山桜姿鐘入』　211
山師　260
山下金作（二代目）　156,240,241,253
山下座（京）　330
山下琢巳　43～45,187
山下万菊（初代）　340
山城屋　168
山田和人　48,89
山田ノ三郎　209
山田屋三四郎　282
『倭いろは鏡』　385,387
『倭歌須磨昔』　45
大和屋甚兵衛　25,272,273
山吹御前　145
山村座（江戸）　127
山本角太夫　36,39
山本九兵衛　12,39,65
山本久兵衛　381,390
山本重春　9,11,127,133
山本序周　122
山本平吉　84
山本義信　133
→山本重春
『闇羅三茶替』　18,247,252,259,447
八幡　204
八幡三郎　202,205,326,328

ゆ

湯浅佳子　46
結綿紋　115,131,139,145,154,251
結城座　66
夕霧　437
『夕霧阿波鳴門』　9～11,43,44
夕霧伊左衛門　397
『有職鎌倉山』　8
祐田善雄　47,280
『縁草有馬藤』　236,240,242,258
『雪女瀬川結綿』　139
行雅　372
『雪見月栄花鉢木』　359
遊行上人　416
湯島の三吉　253
『楪根元曾我』　122
「夢路の花」　270
夢助　272

『由良千軒蝨鬼湊』　112
由良哲次　194,256
由良之助　182
由利の八郎　198,208
『〔百合若〕』　127
動木幸助　25

よ

与一兵衛　181,182
「よひ三津」　408
　→坂東三津五郎（四代目）
謡曲　5,38,39
葉状模様　107,108,115,143
与右衛門　147,322
与作　116
与作踊り　27
『与作三番続』　25
与作馬士しよさ　25
与次右衛門　207
芳沢あやめ（初代）　113
芳沢あやめ（四代目）　330
芳沢崎之助（三代目）　196,200,205,206,209
吉田　203
吉田冠子　25
吉田家　372,377
吉田少将惟房　378
義経　204
『義経地獄破り』　271
『義経島めぐり』　9
『義経千本桜』　142,167,204,351
『義経堀河夜討』　10,47
義仲　97,98,101,105
『よしの冊子』　340
由兵衛　207～209
与次兵衛　75
義丸　385
義盛　145
よしや　243
吉原　261
四ツ花菱　342,449
『四ツ家怪談』　392,395
『四谷怪談』　391,412
『四ツ谷怪談後日談』　391,392,395,396,398,399,412,452
『四ツ家の怪談』　392,393,395
『世上洒落見絵図』　354,450
よみカルタ　303
読本　17,95,116,117,167,231,365,372,373,375,381,389,424,428,451
読本化　116
「読み物」　65
四方山人　253,300
　→大田南畝
頼員　430
『夜雨虎少将念力』　10
『祝昆布君を松前』　236
『悦贔屓蝦夷横領』　339
『与話情浮名横櫛』　415

ら

『らいこう山入』　9
『頼光山入』　9
『落語はいかにして形成されたか』　360
らん菊　209
蘭徳斎　8,284,286,303,338
蘭之丞　247,331,332

り

陸謙　425,427
りけい　265
李蹈天　74,78,82,85
柳歌君　78
柳下亭種員　416
『龍宮土産』　120,122,123,125,126,128,134,135,137,138,444,457
柳水亭種清　415,416,421,453
柳亭種彦　381
両国広小路左衛門　400
梁山泊　435
『両州連理松』　36
林冲　425,427
林中納言　428,433
林中納言資朝　425,427,428

ろ

老一官　75,78
『籠耳集』　358
六拾六部　293,294
六代御前　384,385
六部　291,298,299,301
六部快了　297

路考(元祖)　115,147,276
路考(二代目)　114,154,
207,265
→瀬川菊之丞(二代目)
路考(三代目)　244,282,
305,361
→瀬川菊之丞(三代目)
路考茶　114
路考髷　114
ロジャー・S・キーズ 306
論語読まずの論語しらず
206

わ

若女方　108,253,272,279
「我衣手蓮曙」　155
若狭屋与市　392～396,
400,452
若衆形　164,233
『若衆歌舞伎・野郎歌舞伎の研究』　281
若太夫芝居(大坂)　66
若葉の前　374
『若緑勢曾我』　15
『若紫江戸子曾我』　297
『和訓水滸伝』　435
和孝／和考　146,149～
151,165
→嵐音八(初代)
和国　109,111
和事　29,120,131,142,150,
158,342,349～351,443,
444
和事師　288
『和荘兵衛』　301
『和荘兵衛後編』　301
和田合戦　278
綿九大臣　272
渡辺庄三郎　256
渡辺滝口競　130
渡辺保　336
渡邊英信　45
渡辺亘　331
和田萬吉　9,42
わたり勘平　349
和藤内　62,65,67,68,72～
76,84,124
『和藤内九仙山合戦』63,77
和藤内金時　158
『〔和藤内三舛若衆〕』　63,
65,77,79～81,83,90
「和藤内出世物語」　63
『笑種花濃台』 18,175,247,
331,333,335,449

他

『The Actor's Image』
259
『THE ART OF SURIMONO』　361
『The Male Jorney in Japanese Prints』
258